Nelleke Noordervliet

Die Schatten von Pelican Bay

ROMAN

Aus dem Niederländischen
von Hanni Ehlers

Paul Zsolnay Verlag

Die Originalausgabe erschien erstmals 2002 unter dem Titel
Pelican Bay bei Uitgeverij Augustus in Amsterdam.

Die Übersetzung wurde gefördert
vom Nederlands Literair Produktie- en
Vertalingenfonds in Amsterdam.

1 2 3 4 5 09 08 07 06 05

ISBN 3-552-05350-6

Satz: Satz für Satz. Barbara Reischmann, Leutkirch
Druck und Bindung: GGP Media GmbH, Pößneck
Printed in Germany

Jacob

PROLOG

Der Magistrat sitzt schwitzend hoch zu Pferd. Er hat Bauchschmerzen. Es könnte sein, daß er unterwegs absteigen muß, um sich zwischen dem Zuckerrohr zu erleichtern. Nicht nur der Diarrhöe wegen wäre er am liebsten zu Hause geblieben. Er ist auch alles andere als beglückt über die ihn erwartende Aufgabe. So müde und krank fühlt er sich, daß er morgens kaum die Kraft hat, sich das Hemd in die Hose zu stecken, geschweige denn, daß er imstande wäre, eine Treibjagd auf einen Mörder zu leiten. Und dann das Grauen von Blut und Tod. Das Durcheinander. Der Aufruhr. Der Gestank. Der Gram von Jacob Rivers, dem Besitzer von Pelican Bay. Die schnell wegsehenden Sklaven. Die Unruhe, die eine solche Geschichte in die gesamte Gemeinschaft bringt, als wäre das Leben nicht schon schwer genug. Der Bericht für den Gouverneur. Ihn schaudert und fröstelt.

Die Straße, die der Küstenlinie der Insel folgt, ist staubig. Der Wind, der ewige heiße Wind wirbelt den Sand auf. Das Salz verklebt die Mähne seines Pferdes. Vorbeigleitende Wolken dämpfen hin und wieder die Sonnenhitze. Es ist gegen drei. Der Magistrat wischt sich Hals und Nacken trocken und schaut hinter sich, ob die Männer noch mit ihm Schritt halten. Er sieht seinen kurzen Schatten, und schlagartig trifft ihn seine eigene Gegenwart an diesem Ort und zu dieser Stunde. Warum ist er hier und nicht anderswo? Warum ist er nicht im regnerischen Sussex? Die Sonne taucht wieder weg, der Schatten verschwindet und mit ihm auch die unwilligen Gedanken.

Reeder Burke, ein guter Freund von Rivers, sprang sofort in den Sattel, als er von dem Mord hörte. Er reitet gleich hinter dem Magistrat. Dann folgt der Schreiber eines Handelshauses, dann der zweite Hafenmeister und schließlich der geschäftstüchtige Inhaber von fünf Rumshops. Die letzten drei tun an diesem Tag Dienst in der Bürgermiliz, die für die Sicherheit auf der Insel einsteht, und halten ihre Waffen im Anschlag. Schon eine Kleinigkeit kann weitere Gewalt auslösen. Ihre Kehlen sind trocken vor Angst. Bevor sie noch genau wissen, was passiert ist, sind sie von Rache besessen. Der Doktor ist mitgekommen, um Tod und Todesursache offiziell festzustellen. Er trägt keine Waffe, sondern seine Tasche. Ganz zuletzt reitet aufrecht und ernst der Sklave, der den Mord gemeldet hat, in seiner seltsamen Aufmachung: Hemd, Hose und Weste des Weißen, die nackten Füße und die Kopfbedeckung des Afrikaners. Der Magistrat traut ihm nicht. Der Magistrat traut niemandem, gebildeten und redegewandten Sklaven schon gar nicht.

Sie traben Hunderte von Metern an wogendem grünem Zuckerrohr entlang, das für die Ernte gerade noch nicht hoch genug steht, wohl aber hoch genug, um Männer zu verbergen. Dann wieder kommen sie an einer frisch bepflanzten, mit faulender Bagasse gedüngten Parzelle vorüber. Ihm wird übel von dem süßlichen Gestank. Dem Gestank nach Tod. Auf einem Baumwollfeld, das plötzlich einen größeren Ausblick gewährt und einen wieder Atem schöpfen läßt, stehen gebeugte schwarze Rücken, die sich auf das Hufgetrappel hin aufrichten. Stumm schauen die Sklaven ihnen nach, bis der Aufseher seine Peitsche knallen läßt. Sie beginnen zu singen, werden aber ermahnt, still zu sein. Der Magistrat riecht ihren Schweiß. Oder sind es die Ziegen, die ein Stück weiter auf einem Eckchen Ödland von drei Kindern zusammengetrieben worden sind? Sein Magen macht ihm zu schaffen. Bei einem Krampf in seinen Gedärmen beugt er sich tief über den Hals des Pferdes. Salz brennt in seinen

Augen. In der Nähe von Rivers' Haus läßt er das Pferd Schritt gehen und bedeutet seinen Männern, gut achtzugeben. Man kann nie wissen, worauf man stößt: auf einen flüchtigen Sklaven, einen Trupp Marrons auf der Suche nach zu erbeutendem Vieh. Die Plantage ist recht abgelegen. Bei ein paar Hütten hockt eine alte Sklavin neben einem qualmenden Feuerchen. Im Schatten liegt ein kranker Mann, der sich auf einen Ellenbogen stützt, um sie zu sehen. Als er den Mund verzieht, weiß der Magistrat nicht, ob es ein Ausdruck von Schmerz ist oder eine höhnische Grimasse. Er möchte ihn schlagen, er möchte ihn wie einen Hund humpelnd und jaulend im Gebüsch verschwinden sehen. Sein Pferd wird nervös. Mit Mühe hält er es im Zaum.

Der Magistrat will nicht weiter. Unten an der von Tamarinden gesäumten Auffahrt zum Pflanzerhaus macht er halt. Dort hinten, von hier nicht zu sehen, steht die Fabrik: die Zuckermühle, das Siedehaus, die Raffinier- und die Destillieranlage. Dort werden sich die Arbeiter zusammengerottet haben, den Haß in Unterwürfigkeit eingesperrt. Dort wird er die Wahrheit ermitteln müssen. Er kneift die Gesäßbacken zusammen und lenkt sein Pferd in den Schatten der Tamarinden. In der Ferne hört er aus den klammen Wäldern am Berghang das mächtige Dröhnen der verbotenen Goombaydrum.

Das Haus hat einladend die Flügel ausgebreitet; die luftigen, schattigen Veranden rund um das Erdgeschoß verheißen Gästen Ruhe und Kühle; die monumentale Mahagonitür steht offen. Das weit aufgerissene dunkle Maul in der Mitte des Hauses saugt den widerstrebenden Magistrat heran. Niemand zu sehen. Sie sitzen ab. Der Hafenmeister und der Rumshopbesitzer bleiben als Posten bei den Pferden stehen. Der Sklave reitet zur Zuckermühle weiter, wo seine Anwesenheit erforderlich sei, wie er sagt. Dabei sieht er den Magistrat an. Der fühlt sich unerklärlicherweise schuldig, er weiß nicht, wofür. Sklaven sehen ihm nie in die Augen.

Das ist ungehörig. So würde er auch nie einen Sklaven berühren, es sei denn mit einem Stock, um ihn zu schlagen. Eine Woge des Schmerzes brandet durch seinen Bauch. Es ist nicht mehr zurückzuhalten. Die Latrinen sind zu weit entfernt. An der blinden Mauer eines Anbaus an der Seite des Hauses spritzt er wimmernd und würgend seine Gedärme leer, und da hat er die Leiche noch gar nicht gesehen.

In der Eingangshalle mit dem glänzenden Holzboden und den weißgetünchten Wänden ist es kühl und still, oder hören sie ein unterdrücktes Jammern, das ihnen den Weg weist? Nein. Nichts. Als der Doktor hüstelt, erschrickt der Magistrat. Wohin? Sie blicken sich um, auf der Hut, besorgt, gehen dann auf Zehenspitzen nach hinten, wo die Tür zum Schlafraum sein muß. Der Tod hat sich schon unverkennbar an die Balken geheftet, hat seinen Flor über die Bilder gehängt, breitet seinen Schwefel wie Nebel in den Zimmern aus. Die Männer lassen den Magistrat als ersten an die Tür, die angelehnt ist. Er drückt sie auf. Später wird er diese Gebärde in Gedanken unzählige Male wiederholen und sehen, was er sah, weil er für den Bruchteil einer Sekunde etwas zu entdecken glaubte. Bevor ihn das Grauen in seinem ganzen Ausmaß erreicht, läßt ihn die Haltung von Jacob Rivers stutzen. Wenn er sie beschreiben sollte: triumphierende Ratlosigkeit. Widersprüchlich. Ist es Trauer oder Bedauern? Oder Haß? Der Magistrat weiß nicht, warum ihm dieser Gedanke kommt, wenn auch nur flüchtig. Später weiß er nicht mehr genau, was er gedacht hat. Jeder Zweifel verfliegt, als er das Bild auf sich wirken läßt.

Jacob Rivers steht an der Längsseite des großen Himmelbetts, den linken Arm um ihre Schultern gelegt, die rechte Hand – rot vor Blut – erhoben. Ihr Kopf hängt seltsam abgeknickt hintenüber, der Hals ist mit einer Machete durchgeschnitten worden. Man hat sie geerntet wie Zuckerrohr. Noch grauenhafter ist die Wunde in ihrem Bauch, aus der ein ausgereifter Fötus hervorquillt, als wäre das aus dem

Mutterschoß kletternde Kind an der Ferse zurückgezogen worden vom grimmigen Tod. Der Doktor schiebt den Magistrat zur Seite und eilt ans Bett. Seine erste Sorge gilt dem Fötus, den er aus der ihn einzwängenden Wunde befreit, wonach er die Nabelschnur durchtrennt, das Kind wie ein Kaninchen an den Füßen hochhält und ihm auf den Po schlägt.

»Atme«, befiehlt der Doktor. »Atme!« In der Stille hallt seine Stimme. Doch es sind Stunden verstrichen, seit die Tat begangen wurde. Das Leben läßt sich nicht kommandieren. Der Doktor geht mit dem Kind ans Fenster und besieht sich den kleinen Leichnam in dem diffusen Licht, das durch die Läden hereinfällt. Er drückt das Kind an sich, rafft von einem Stuhl ein Umschlagetuch, das die Frau noch vor so kurzem lebendig und singend dorthin gelegt hat, wickelt das Kind ganz darin ein und legt es mit einer zärtlichen und sorgsamen Gebärde neben seine tote Mutter.

Der Reeder hat derweil seinen Freund vom Bett weggeführt. Der Doktor winkt den Magistrat herbei. Sie müssen zusammen die Leiche der Frau beschauen. Überall Blut. Ihre Augen sind noch geöffnet. Auf der toten Netzhaut liegt das Bild des Mörders. Als der Doktor ihr die Augen schließt und ihre Hände auf dem Bauch faltet, als bedeckte sie die Scham ihrer Wunde, entfährt ihrer durchgeschnittenen Luftröhre ein letzter Seufzer, und es bildet sich eine blutige Blase, die zerplatzt. Ein Tropfen gelangt auf die Hand des Magistrats. Er möchte mit Grausen davonlaufen, doch die Würde seines Amtes hält ihn zurück.

Der Schreiber vom Handelshaus studiert einen Stich an der Wand und hält sich die Hand vor den Mund. Seine Schultern zucken. Der Doktor bückt sich und zieht die Machete unter dem Bett hervor. Er überreicht die Mordwaffe dem Magistrat, der nicht weiß, was damit tun, bis ihm der Doktor einen Kissenbezug gibt, in dem er das Ding verstauen kann. Vielleicht ist dessen Besitzer ausfindig zu machen.

Schweigend verlassen sie das Zimmer der Toten und schließen die Tür hinter sich. Frauen werden sich der Leichen annehmen.

Der Eingangshalle gegenüber liegt das Kontor von Jacob Rivers. Dort hat der Reeder seinen Freund in den Stuhl am Schreibtisch gesetzt; er schenkt ihm ein Glas Rum ein und läßt die Flasche herumgehen. Der Alkohol löst den Schmerzknoten im Magen des Magistrats. Er wagt es, langsam einen leisen Wind zu lassen. Er wechselt den Standort, um dem eigenen Gestank auszuweichen, und nimmt noch einen Schluck. Dann wird ihm bewußt, daß alle schweigen, weil er etwas sagen oder fragen muß.

»Wer war es, Rivers? Habt Ihr den Täter gesehen?«

Jacob Rivers sagt nichts. Er schüttelt den Kopf. Der große Zeeländer mit dem verwitterten Gesicht starrt auf seine rechte Hand, auf der das Blut seiner Frau dunkle Krusten bildet.

»Wie habt Ihr davon erfahren? Wo wart Ihr? Wer hat es entdeckt?«

»Die Köchin.«

Es ist das erste, was sie ihn sagen hören. Und als habe die eigene Stimme ihn aufgebrochen, legt Rivers den Kopf auf die Arme und beginnt zu weinen.

Neben dem Haus, in einem länglichen Verschlag mit dicken Mauern und einem hohen Schornstein, liegt die Küche. In die breite Feuerstelle ist eine Bank gemauert, mit Öffnungen an der Oberseite, auf denen Kochtöpfe stehen, und Öffnungen an der Vorderseite, durch die schwelende Holzkohlenfeuer zu sehen sind. Es gibt Regale mit Ton- und Zinngeschirr. Kannen und Schüsseln. Es hängen Schüreisen und Blasebälge da. Im Kamin sind zwei Öfen. Auf dem großen, gescheuerten Arbeitstisch liegt ein Klumpen Teig, mit Mehl bestäubt, daneben zwei gerupfte Hühner; mit ihren gebrochenen Hälsen weisen sie eine abstoßende Ähnlichkeit zu ihrer ermordeten Herrin auf. Es riecht nach verbrennendem Brot. In einer Ecke bewegt sich eine weiße Schürze. Dort sitzt die Köchin. Ihr Oberkörper wiegt und beugt sich wie ein Baum im Sturm. Sie murmelt unablässig vor sich hin und stößt kleine Schreie aus.

»Mie jammer ju, tee mie kries ju, tee mie neem steen veeg mie hogo.«

»Sie beweint Frau Rivers«, sagt der Schreiber des Handelshauses, der das Neger-Holländisch der Köchin ein wenig versteht.

»Finger seg ju, no seg mie.«

»Ich glaube, sie sagt, daß sie es nicht getan hat.«

»Wer war heute morgen im Haus?«

Der Magistrat spricht langsam und laut. Die Köchin duckt sich, bang vor Schlägen. Sie wiederholt ihren Klagegesang. No seg mie. No seg mie.

»Waren Fremde da? Was hast du gehört? Was hast du gesehen?«

Jetzt wehrt sie mit ihren großen, rosa Handflächen den schreienden, rot anlaufenden Magistrat ab. Ihr Wehklagen tönt einige Stufen höher.

»Schlagt sie«, befiehlt der wütende Magistrat, der selbst zu feige ist.

Der Schreiber blickt sich zögernd um. Der Reeder und der Doktor sind bei Rivers geblieben. Der Hafenmeister und der Rumshopbesitzer stehen noch Wache. »Ich glaube nicht, daß Schläge helfen«, sagt der Schreiber. »Sie ist ja ganz kopflos.« Er bricht in nervöses Kichern aus.

Rivers' Plantage hat zwei Zuckermühlen: eine Windmühle und eine Mühle, die von Ochsen oder Sklaven angetrieben wird. Die Windmühle ist ständig in Reparatur. Ersatzteile sind schwer zu bekommen. Die zweite Mühle wird gerade für eine neue Zuckerrohrernte bereitgemacht, die kurz bevorsteht. Es ist Januar, und die ersten Felder sind beinahe reif. Die Rinnen, durch die der Saft von der Mühle zu den Zisternen laufen soll, sind gesäubert, die Kessel gescheuert, die Schuppen gefegt. In Haufen liegt getrocknete Spreu für die Feuer unter den Sudkesseln bereit, in denen der Saft Schritt für Schritt gekocht und gereinigt und umgegossen wird. Eine Arbeit für Spezialisten. Gewaltige Oxhofte warten in der Raffinieranlage auf den abgekühlten Brei. Die Melasse wird heraustropfen, und im Innern bleibt der braune Muscovado zurück. Aus der Melasse wird Rum gemacht. Nichts geht verloren.

Als Rivers, der ursprünglich aus Zeeland stammt und van de Wetering hieß, die Plantage von einem Nichtsnutz übernahm, der sein Geld in London verpraßt und sein Land bis zum Äußersten beliehen hatte, um seine Spielschulden zu begleichen, war der Betrieb dank eines trunksüchtigen, hartherzigen irischen Aufsehers schwer heruntergewirtschaftet. Rivers hatte Pech, weil der Zucker just zu der Zeit weniger einbrachte und die Insel von Naturkatastrophen, Arbeiterunruhen und Korruption heimgesucht wurde, doch er hat seinen Betrieb in den Griff bekommen. Die Sterblichkeit unter den Sklaven ist zurückgegangen, es kommt erheblich seltener zu Fluchten, die Zukunft sieht gut aus. Und jetzt das.

Im Siedehaus warten die Sklaven und die Aufseher auf den Magistrat. Selbstredend geht er nicht einmal das kurze Stück vom Haus zur Fabrik zu Fuß. Er sitzt hoch zu Pferd, um Eindruck zu machen. Das gelingt ihm nun auch wieder, seit er sich erleichtert hat. Die Köchin eilt im Laufschritt vor ihnen her. Das Siedehaus ist eine geräumige, luftige Konstruktion: ein Strohdach auf Holzpfählen, der Wind hat hier freies Spiel, die Sonne nicht. Wenn die Feuer unter den Kesseln brennen, kann es dennoch glühend heiß sein. Der Magistrat sitzt ab. Es fällt ihm nicht leicht, sich unter lauter Schwarze zu begeben. Er fühlt sich bedroht. In einem Vorhof zur Hölle.

Auf dem Boden aus festgestampfter Erde kauern die rund

sechzig Feldsklaven von Jacob Rivers, in graue Baumwollhosen gekleidet und mit Hacken und Schaufeln bewehrt. Die Haussklaven stehen beieinander. Sie sind ordentlicher gekleidet und besser genährt und sehen auf die anderen herab. Bei den Kesseln lehnen die Facharbeiter: die Böttcher, die Sieder, die Maurer, die Zimmerleute, die Töpfer. Dort steht auch der Sklave, der den Mord gemeldet hat. Er nennt sich Betriebsführer.

Der Magistrat weiß nicht recht, wie er die Sache angehen soll. Er sieht, daß einige Sklaven weinen. Vor Kummer. Nicht vor Angst. Er kennt den Unterschied. Das bringt ihn aus dem Konzept. Er räuspert sich. Befragen hat keinen Sinn. Sie haben in der Regel nicht für einen Cent Verstand. Zuwenig Verstand auch, um ein kapitales Verbrechen zu begehen. Und sollte dem nicht so sein, dann stellen sie sich dumm. Oder sie lügen. Er richtet ein paar kurze Worte an sie. Sie müßten es unverzüglich melden, wenn sie etwas Verdächtiges gesehen hätten oder über Informationen verfügten, welche die Untersuchung erleichtern könnten. Und wehe, wenn nicht. Die Wahrheit kommt immer heraus. Und aus einem Sklaven, der lügt, wird ein sehr hungriger oder sehr toter Sklave, dessen können sie gewiß sein. Und nun an die Arbeit! Er bedeutet den Handwerksleuten und den Haussklaven, daß sie bleiben sollen. Das ist ein klügeres Kaliber. Dem Pflanzer vielleicht auch mehr zugetan. Wie Hunde. Schwarze sind Hunde. Sie sollten wie Hunde behandelt werden.

Die Feldsklaven raffen sich hoch. Doch sie bleiben stehen, als sie Jacob Rivers nahen sehen, mit Blut auf seinem Hemd und seiner Weste. Ein Klagelaut entfährt der Kehle einer jungen Frau, die übrigen fallen ein. Es ist kein Theater, auch kein Ritual, es ist aufrichtig und spontan, das sieht auch der Magistrat. Und Jacob Rivers läßt es zu, daß der älteste Sklave vor ihm niederkniet, ihm die Hände küßt, sich erhebt und mit seiner Stirn die Stirn Rivers' berührt.

»Ich brauche eure Hilfe«, sagt Rivers. »Ich hoffe und erwarte, daß keiner von euch schuldig ist. Ich weiß, daß ihr sie geliebt habt. Aber vielleicht ist doch einer unter euch, der Grund hatte, meine Frau und mein Kind zu ermorden. Erzählt mir, wer meint, ihm sei Unrecht getan worden, von meiner Frau oder von mir. Hört euch um, ob sich jemand der Schärfe seines Messers brüstet.«

Ein Raunen des Erschreckens und des Protests geht durch die Reihen. Die Köchin fällt in Ohnmacht. Rivers nimmt eine Spitzhacke und läuft in die Sonne hinaus. Sie sehen ihn den Abstand zum Haus und zur Fabrik abschätzen. Am Rande eines kleinen Kürbisfelds schlägt er unter einem Banyanbaum die Hacke in den Boden und beginnt ihr Grab zu schaufeln.

Ada

Die letzte Maschine des Tages brachte mich zur Insel – eine große grüne Qualle Land mit schmalem weißem Rand, in funkelndes Blau gelegt – ein Klischee von Paradies. Wir hatten die untergehende Sonne im Rücken. Die kurze Landebahn war ein deutlich abgesetztes Rechteck in einem Gebiet, in dem ansonsten augenscheinlich nichts geradlinig verlief. Gleich würde ich dort sein. Ich dachte mich bereits dorthin. War ich erst mal unten, könnte ich nie mehr weg. Denn nur meinetwegen würden alle Fähren stillgelegt und alle Flüge annulliert. Es gäbe nicht mal mehr einen Waschzuber zu mieten, in dem man in See stechen könnte, mit Schöpflöffeln als Paddel. Man würde mich gnadenlos auf dieser Landscholle zurücklassen, wie einen Meuterer. Und ich hatte es selbst so gewollt.

Die Stewardeß saß mit glasigem Blick in ihrem Sicherheitsgurt, bereit für die Landung, und wollte meinen Wink nicht sehen. Ihr Puppenkopf hatte die gelackte Beinahe-Echtheit einer Jeff-Koons-Skulptur. Ich schnallte mich ab und ging zu ihr, zwischen bösen Blicken hindurch, mich an Sitzlehnen festhaltend, zielgerichtet wie eine Betrunkene auf dem Weg zur nächsten Kneipe. Überraschung zuerst, dann Vorwurf in ihren Augen. Der Mechanismus sprang quietschend an.

»Sie müssen auf Ihrem Platz bleiben.« Stählernes Stimmchen.

»Geht diese Maschine heute abend noch zurück?«

Ich fiel im Gang auf die Knie, weil das Flugzeug plötzlich stark sank. Sie beugte sich pro forma vor, um mir zu helfen, aber ich wehrte sie ab.

»Sie müssen auf Ihrem Platz bleiben.« Klick. Sie müssen

auf Ihrem Platz bleiben. Klick. Sie müssen auf Ihrem Platz bleiben.

Das tat ich: Ich saß auf dem Boden, während das Flugzeug wackelnd und vibrierend abwärts tauchte. Der Pilot mußte bei gehörigem Seitenwind genau diese Tennisbahn treffen. Die Passagiere drehten sich um, geil auf Randale. Sie würden noch Tage später von dieser Frau im Flugzeug erzählen, die aufgestanden war, als man das gar nicht durfte, und während der Landung im Gang sitzen geblieben war, eine Irre mit extremer Flugangst.

»Kann ich mit Ihnen zurückfliegen?« Notfalls als Stückgut aufs Gepäck gezurrt. Ich streckte eine Hand nach ihr aus. Hilfe, wir stürzen ab. Der Wind erfaßt uns und schmettert uns gegen den Berghang. Wir zerschellen wie Insekten auf der Windschutzscheibe.

»Wir sind ausgebucht«, sagte sie aufs Geratewohl, denn das konnte sie meiner Meinung nach gar nicht wissen. »Sie müssen auf Ihrem Platz bleiben.« Klick.

Genau das wollte ich ja. Ich blieb also zu ihren Füßen im Gang sitzen. Wovor hatte ich Angst? Wollte ich sicher landen, oder wollte ich gar nicht landen? Kurz darauf mußte ich dann doch die Maschine verlassen, denn ihre Stimme verkündete in freundlichen Modulationen – der Stahl hatte einen Samthandschuh übergestreift –, daß wir gelandet und willkommen seien und daß sie uns einen angenehmen Aufenthalt wünsche. Selbst wenn wir in der Hölle gelandet wären, hätte sie uns das gewünscht. Ich erinnerte mich an ein bitterböses, ironisches Plakat, das früher bei uns zu Hause in der Küche gehangen hatte: »This vacation visit beautiful Vietnam.« Soldaten pirschten ballernd durchs Gelände, abgerissene Gliedmaßen flogen durch die Luft. Auch hing einige Zeit ein Foto von einem Biafrakind da, mit Augen wie Karfunkeln und nicht dem leisesten bißchen Fett zwischen Haut und Knochen. Guten Appetit. Genau der sollte einem, glaube ich, vergehen.

Als ich erst mal festen Boden unter den Füßen hatte, verflüchtigte sich die Panik und hinterließ nur eine leichte Angespanntheit. Ich seufzte tief. Was stellte ich mich nur so an. »Du mußt lernen, die Konsequenzen deiner Handlungen zu tragen, Kindchen«, sagt Huib in so einem Fall mit seinem ziemlich sadistischen pädagogischen Einschlag. Wenn er findet, daß ich mich anstelle, kommt er auch immer mit diesem antiquierten »Kindchen« à la Couperus.

Es wehte. Der Wind war warm wie in der Luftschleuse eines Kaufhauses. Die Nationalflagge flatterte auf dem Ankunftsschuppen, der aus billigen Fertigteilen bestand. Die Stewardeß behielt mich im Auge. Dachte natürlich, daß ich hinter ihrem Rücken wieder ins Flugzeug huschen oder dickköpfig wie ein Esel mit hängendem I-Ah-Kopf auf der Landepiste stehenbleiben würde. Ich winkte ihr ermunternd zu. I'm okay. I'm fine. Und das stimmte. Sie zog die Mundwinkel in Lächelstellung. Ich schämte mich ein bißchen. Hoffentlich vergaß sie mich bald.

Der Zoll war mit Lust bei der Sache. Das Gepäck war auf einen Haufen geworfen worden. Jeder durfte für die Durchsuchung auf seines zeigen. Keine Tasche, kein Koffer, kein Rucksack ging ohne minutiöse Kontrolle durch. Die Passagiere – größtenteils Inselbewohner – drängten sich ungeduldig um den Schalter, an dem zwei Beamte gemächlich ihr schändendes Werk verrichteten. Mit Schnüren umwickelte Pakete mußten geöffnet und inspiziert werden. Es wurde geflucht und geschimpft, sogar geschrien, doch die Herren machten in aller Ruhe weiter. Demonstrativ gründlich.

Ich hielt mich fern. Ich wollte keine Eile haben. Ich brauchte noch etwas Aufschub. Meine Lust auf die Insel war in Widerwillen umgeschlagen. Und dieser Widerwille galt vor allem der blinden Dickköpfigkeit, mit der ich meinen Willen durchgesetzt hatte. Ja, ja, Huib, die Konsequenzen, ich weiß. Du hast nicht unbeträchtlich zu meiner Entschlossenheit beigetragen, indem du einen Einwand nach dem anderen vorgebracht hast. Um mir zu helfen. Um mir die Risiken bewußt zu machen. Bist du dir sicher, Kindchen? Ja, ich bin mir sicher. Wirklich? Wirklich. Nein, bei dir brauche ich nicht reumütig anzukommen; »siehst du wohl«, wirst du zwar vielleicht nicht sagen, und deine Arme werden ihre Trostarbeit tun, wie es sich gehört, aber gewarnt hast du mich ja.

Durch ein großes, schmutziges Fenster sah ich auf das Makadam-Vorfeld hinaus, wo sich das Flugzeug ausruhte; dahinter sah ich den Zaun, der den Flughafen einsäumte, hinter diesem ein verwahrlostes, mit Gras und Sträuchern bewachsenes Gelände und jenseits davon einige übertrieben rosagolden ausgeleuchtete Hügel. Ich war noch nicht wirklich da. Ich war noch in Quarantäne. Wie ein Mantra war mir unaufhörlich durch den Kopf gegangen, daß ich hierhermußte. Richtig in Fahrt kam die Gebetsmühle, als ich vor ein paar Monaten, um ein hartnäckiges inneres Unbehagen zu vertreiben, in voller Lautstärke das Streichquintett in C-Dur von Schubert hörte. Die Musik versetzte mich in eine Region, wo kein Pardon galt. Die halluzinatorischen letzten Takte mündeten in ein knallhartes Kommando: Du mußt dorthin. Du mußt dorthin! Dieser Befehl ließ mich nicht los. Ich mußte dorthin. Und hier war ich nun also.

»Miss? This yours?«

Jemand tippte mir auf die Schulter. Ich hatte offenbar nicht auf vorhergehende Fragen reagiert. Die Passagiere waren abgefertigt. Nur ich noch. Nur mein Gepäck. Und noch eine Tasche. Ich zeigte, was mir gehörte.

»And that citybag?«

»Not mine.«

Ich schaute nach draußen und sah das Flugzeug davonrollen. Als ließe meine Mutter mich am ersten Schultag im Stich. Ein Zollbeamter musterte mich eindringlich, auf Körpersprache gespitzt, während der andere meinen Koffer öffnete. Triumphierend zog er einen Plastikbeutel unter meinen T-Shirts hervor.

»That's Wipp Express«, sagte ich.

»What?«

»Wipp Express.« Ich sang es. Wipp Exprehess. Grins.

»What is whip express?« Ernst.

Ich suchte nach dem englischen Wort für Waschpulver, aber er hatte die Tüte schon aufgerissen, gerochen und gekostet.

»Soap-powder«, sagte ich, nicht sicher, ob das wohl das richtige Wort war. Er war enttäuscht, daß es stimmte.

Mein Schreibblock und meine Bücher wurden umgedreht, die Rücken aufgebrochen. Das Karteikästchen wurde ausgekippt. Sämtliche Döschen und Tuben aus dem Kulturbeutel wurden aufgeschraubt. Offenbar bescherte die Auslage meiner intimen Körperpflege den uniformierten Fetischisten erotische Genüsse. Mir wurde angst und bange, als sich einer der beiden mit dem interessierten Blick eines cleveren Kleinkinds an meinen Laptop machte. Vorsicht! Ich bekam darauf einen unergründlichen Blick und mußte mein Handgepäck hergeben. Der zweite Zollbeamte, der mit seiner hängenden Unterlippe wie ein funktionaler Analphabet auf mich wirkte, aber man soll ja nicht nach dem Äußeren gehen, studierte meine Papiere. Er ging mit ihnen weg.

»He, come back!« rief ich. Er tat, als hörte er mich nicht, und verschwand in einem kleinen Büro. Der erste Zollbeamte griff zu der fremden Tasche, um sie zu öffnen.

»That's not mine!«

»Nobody else here.« Er sah sich suchend um, gespielt verwundert.

»Die hat jemand vergessen. Sie gehört nicht mir.«

»Können Sie das beweisen?« Geübte Hände sperrten die Citybag auf. Der Inhalt lag wehrlos preisgegeben wie die Gedärme bei einer Bauchoperation.

»Ich habe keinen Beleg dafür. Für den Koffer schon.«

»Das ist kein Beweis.«

Aus der fremden Tasche kamen drei aufgerollte Handtücher, zwei Kameras, einige Filme, fünf Dosen Twinings Earl Grey, drei neue Sets sexy Unterwäsche in Phantasieverpackung und ein wattierter Bodywarmer, mit dem man es gut am Nordpol ausgehalten hätte. Draußen waren es dreißig Grad! Ich war den Zoll noch nicht los, vermutete ich. Jeder Versuch zu erklären, was passiert sein könnte, prallte am schweigenden Argwohn des Zollbeamten ab, den es in den Fingern juckte, die Dosen aufzumachen beziehungsweise den Bodywarmer zu zerschneiden. Wir warteten auf die Rückkehr des anderen. Es dauerte lange. Ich sann auf eine Möglichkeit zu entkommen. Eine rührselige Geschichte aufzutischen oder so, aber der Zollbeamte mir gegenüber war anscheinend trotz des dümmlichen Äußeren des anderen sein Untergebener und demnach nicht in der Position, etwas durchgehen lassen zu können. Nach einer Viertelstunde kam die Unterlippe ohne meine Papiere aus dem Büro.

»Kommen Sie bitte mit.«

»Und mein Gepäck?«

»Hierher.« Er winkte mich in ein fensterloses Wartekabäuschen. Dort stand ein Stuhl, auf den ich mich setzen durfte.

»Worauf warten wir?«

»Auf eine Kollegin.«

»Warum?«

»Wir dürfen keine Leibesvisitation an Ihnen vornehmen.«

»Sie dürfen mich noch nicht mal festhalten! Ich habe nichts getan. Ich will den niederländischen Konsul sprechen.«

Ich wußte gar nicht, ob es den gab, und noch weniger, ob der mir helfen konnte. Man hörte die schrecklichsten Geschichten über die Gleichgültigkeit des Auswärtigen Dienstes. Das Selber-schuld-Prinzip. Er schloß die Tür, ohne etwas zu sagen.

»Einen Anwalt«, rief ich ihm nach.

Ich war allein und dachte an meine Sachen, die dort unbeaufsichtigt auf dem Tisch auslagen. Jetzt konnten sie mich erst richtig reinlegen. Alles mögliche in meinem Gepäck »finden«. Dafür brauchte man noch nicht mal ein guter Zauberkünstler zu sein. Ich hatte Angst und war wütend, aber irgendwie auch seltsam ruhig, bereit, die Folgen eines nicht begangenen Verbrechens zu tragen. Womöglich würde dies die Zelle sein, in der ich die besten Jahre meines Lebens verbrachte. Von niemandem vermißt, von niemandem besucht. Ich tilgte die Namen aller, die mich retten konnten, ich vergaß die Telefonnummern meiner Lieben, ich machte tabula rasa. Ich eilte an der Angst vorbei und schnellte dem Tod entgegen. Sich am besten gleich mit dem Schlimmsten vertraut machen. Ich lieferte mich aus, halb schaudernd, halb spielerisch, weil wir insgeheim nie glauben, daß uns die Stunde auch wirklich schlagen wird.

Als die Frau hereinkam, war von meinem Fatalismus nicht mehr viel übrig. Mir war schlecht, die Nervosität schlug mir auf den Darm, ich mußte dringend aufs Klo.

»Ziehen Sie sich aus«, sagte sie in einem für gefährliche Kriminelle reservierten Ton. Sie war schwarz wie ein Ofenrohr und hatte die blutunterlaufenen Augen eines wachsamen Rottweilers.

»Warum?«

»Ich stelle hier die Fragen. Ziehen Sie sich aus.«

Sie wartete ungerührt, bis ich mich ausgezogen hatte. Betont langsam faltete ich jedes Kleidungsstück zusammen und legte es auf den Stuhl. Früher oder später würde sich doch noch eine geheimnisvolle Hand aus einer Wolke oder einem brennenden Dornbusch hervorstrecken, um mich zurückzuhalten, und eine göttliche Stimme würde sagen, daß ich dieses Opfer nicht zu erbringen bräuchte, daß nur meine

Bereitschaft dazu getestet worden sei. The readiness is all. Ab und zu machte sie eine routinierte Gebärde: Ja, auch den BH; ja, auch die Unterhose, bis ich splitternackt vor ihr stand, groß, blond und furchtbar weiß und trotz der stickigen Hitze fröstelnd. Ich konnte mich des Eindrucks nicht erwehren, daß sie ihre Macht auskostete, war mir aber des Klischees bewußt. Wahrscheinlich empfand sie überhaupt nichts, und das war noch schlimmer. Von keinem Liebhaber hatte ich mich je so intim und gleichgültig betrachtet gefühlt. Noch nie war ich auf so entzaubernde Weise, in einem derart klinischen Tempo meiner Eigenheit beraubt worden. Meiner Wärme. Meiner Komplexität. Mein Ich war in meine Kleider gefaltet. Mein Körper war einzig und allein Objekt des Spotts und Ekels. Ja, der Meinung war ich auch. Mein Leib war ekelerregend. Sie zog sich unter viel Geknister einen dünnen OP-Gummihandschuh an und spreizte und bewegte ihre Finger, damit er gut saß.

»Umdrehen.«

Ich fing ihren Körpergeruch auf, als sie sich nah an mich heranstellte, und konnte mir lebhaft ihre Achselhöhlen ausmalen.

»Ich muß zur Toilette.«

»Bücken. Beine breit.«

Sie inspizierte Anus und Vagina. Dann raffte sie meine Kleider vom Stuhl und verließ das Zimmerchen. Als ich wieder allein war und nicht mehr begafft wurde, kehrten meine Einzelteile zueinander zurück. Ich spürte die Risse. Ich glaubte nicht, daß ich je wieder ganz werden würde.

Die Frau kam mit meinen Kleidern zurück und befahl mir, mich anzuziehen. Sie blieb an der Tür stehen und wartete. Hände in den Seiten. So schön im Englischen, »arms akimbo«. Ich war geradezu kriecherisch neugierig auf ihre Gedanken. War ich ein Insekt? War ich der x-te potentielle Drogenkurier und somit eine vertraute Erscheinung? War ich nicht mal einen Gedanken wert? Ich wollte, daß sie mich sah und Mitleid mit mir hatte. Ich wollte, daß sie mich sympathisch fand. Ich hätte ihr gern zu verstehen gegeben, daß ich es ihr nicht übelnahm. Sie machte ja auch nur ihre Arbeit. Ach was, sie dachte natürlich an die gegrillten Cajun-Hähnchenschlegel, die sie im Stich lassen mußte, um herzukommen. Ich zog mich an. Was jetzt?

»Wir warten auf den Inspektor.«

»Welchen Inspektor?«

»Von der Polizei.«

»Warum?«

»Für ein Verhör.«

»Ich habe nichts verbrochen. Sie haben nicht das Recht, mich zu verhören. Ich verlange einen Anwalt. Ich möchte telefonieren. Ich möchte den Konsul sprechen.«

Sie schwieg. Sie trug eine hellblaue Hemdbluse und eine dunkelblaue Uniformhose. Der Bund schnitt ihr ins üppige Fleisch.

»Wie lange wird das dauern?«

»Don't know.«

»Ich habe einen Mietwagen bestellt. Nachher ist das Hertz-Büro geschlossen. Dann komme ich hier nicht mehr weg. Gibt es am Flughafen ein Hotel?«

»No.«

»Ich werde mich beschweren.«

Das ging ihr doch am Arsch vorbei. Wir schwiegen. Fünf Minuten. Zehn. Ich schaute dauernd auf meine Armbanduhr, vergaß aber immer wieder, wie spät es beim letzten Mal gewesen war, so daß ich das Vergehen der Zeit nicht messen konnte. Vielleicht stand meine Uhr auch oder lief langsamer. Draußen war es inzwischen sicher dunkel. Samtige Finsternis. Samtige Freiheit. Ach, wenn ich doch darin verschwinden könnte wie in einem großen, dunklen Ohr.

»Haben Sie Kinder?« fragte ich, um die Stille und die Spannung zu brechen, doch sie hatte gelernt, nicht mit Verdächtigen ins Gespräch zu kommen.

»Das Ganze ist absurd«, sagte ich auf niederländisch. »Das ist der totale Irrsinn.«

Es gefiel mir, meine eigene Stimme in meiner eigenen Sprache zu hören. Damit verlieh ich mir eine gewisse Macht. Ich baute mich vor der Bewacherin auf und versuchte sie zu verwirren, indem ich sie in einer fremden Sprache anredete. Was ich sagte, war unerheblich, Hauptsache, sie zeigte irgendeine Reaktion, geriet aus dem Gleichgewicht, lief böse davon, whatever. Ich wollte, daß sich etwas tat. Ich konnte es nicht ertragen, daß sich nichts tat.

»Hans Haus Hut Jan Ball Tor«, begann ich lächelnd; ich warf nasse weiße Wortkügelchen an die glänzende schwarze Schultafel, »Hund Schaf Maus Papa Mama Oma Opa, Mairegen bringt Segen, Großmutter, was hast du für große Ohren, Großmutter, was hast du für große Augen, Großmutter, was hast du für einen großen Mund, was hast du für einen großen Mund, und es kommen so verdammt wenige Worte aus diesem großen Mund, wie gern würde ich dir in die große Fresse hauen, wie gern würde ich dir die fetten Arme auf den fetten Rücken drehen und deinen Kopf in die Kloschüssel stecken und spülen, wie gern würde ich begreifen, wieso mir das hier passiert, wieso ihr mich haben wolltet, wieso, wieso. Weil ich groß bin und blond und weiß? Weil ich an der Reihe war? Ich hab keine Angst, falls du das denkst. Hab keine Angst, o nein, hab keine Angst.«

Ich sang. Einen Moment lang schien sie das zu erstaunen, doch sie sah gleich wieder an mir vorbei. Wenn ihr Blick mein Gesicht streifte, sprach daraus keinerlei Regung, nicht mal Verärgerung. Sie nahm mich nicht wahr.

Ich setzte mich auf den Stuhl. Schultern vorgebeugt, Blick auf das Linoleum gerichtet. Ich dachte an Überwältigung. An Schreien. An hysterisches Weinen. An Bestechung. An nichts. So saß ich eine Viertelstunde. Eine halbe Stunde. Die Frau war kurz weggegangen, hatte ihre Dunstglocke dagelassen und war wieder in sie zurückgeschlüpft. Auf meiner Armbanduhr war es acht Uhr.

»Darf ich zur Toilette?«

»Sie müssen warten.«

»Dann pinkle ich auf den Boden.«

Sie zuckte die Achseln. Ging davon aus, daß ich dafür zu gut erzogen war.

»Dann scheiß ich in die Ecke.«

»Nur zu.«

Ich streckte den Mittelfinger hoch. Der Hauch eines Lächelns zuckte um ihre Mundwinkel. Sie seufzte, räusperte sich und schaute auf ihre Armbanduhr. Sie hatte knallrote, lange Fingernägel, krumm wie Vogelklauen. Die würden jedem besoffenen Tankwart noch Spaß machen. Zum Masturbieren auch nicht gerade das Wahre, schien mir.

Ich entschied mich für eine andere Taktik. Ich fixierte ihr entkraustes Haar, das ihren Kopf umschloß wie ein gelackter Helm und aussah, als wäre es nicht mit der Schere, sondern mit der Eisensäge geschnitten worden. Es dauerte nicht lange, und sie bewegte die Hand in Richtung Helm, um zu fühlen, ob er noch gut saß. Eine Spur unsicher.

»Gucken Sie nicht so«, sagte sie.

»Sorry«, sagte ich und schaute kurz weg, ließ meinen Blick aber zurückkehren. Unwiderstehlich, dieses Haar. Angeblich.

»What's wrong?«

»Nichts.«

Sie ging weg und kam kurz darauf wieder. »Sie dürfen zur Toilette.«

Sie ging mit. Die beiden Zollbeamten standen bei meinem zerfledderten Gepäck und rauchten. Die Teedosen waren geöffnet. Sonst sah ich niemanden mehr. Die kleine Bar in einer Ecke der Ankunftshalle war geschlossen. Draußen war es dunkel.

Die Bewacherin brachte mich zu einem verwahrlosten Klo in einem stinkenden kleinen Gang und postierte sich vor der Tür, die ich schließen wollte.

»Die Tür bleibt offen«, sagte sie. Pinkeln ging, aber nach Scheißen war mir nicht mehr, obwohl ich ihr liebend gern mit meinem Gestank Kontra gegeben hätte. Als wir zurückkamen – sie hinter mir –, sah ich die Lichter eines sich nähernden Autos. Sie schienen kurz in die Halle hinein, schwenkten dann herum. »Da ist er«, sagte sie.

Die Zollbeamten machten schnell ihre Zigarette aus und stellten sich hinter dem Schalter wie Marktverkäufer mit meinen Sachen auf. Ich brauchte nicht mehr in das Wartekabäuschen zurück. Ich war froh, daß die Prüfung jetzt ein Ende haben würde, denn ich zweifelte nicht daran, daß ich den Polizeiinspektor von meiner Unschuld überzeugen konnte.

Der Polizeiinspektor machte auf den ersten Blick einen vertrauenerweckenden und aufgeschlossenen Eindruck. Ich ging ohne weiteres davon aus, daß höherer Rang für Verstand, Bildung, Ebenbürtigkeit stand. Größere Befugnisse bedeuteten meiner Vorstellung nach größere Handlungsfreiheit und deren verantwortungsbewußte Ausschöpfung. Zur Not auch größere Nachgiebigkeit, obwohl die Hoffnung auf letzteres einem Eingeständnis meiner Schuld gleichkam. Und ich hatte nichts getan. Das mußte ich mir einhämmern. Jedes übertriebene Leugnen konnte als verkapptes Geständnis ausgelegt werden. Es war von größter Wichtigkeit, die richtige Haltung zu finden. Nicht im entferntesten schuldbewußt, aber kooperativ und verständnisvoll. Meine Nerven konnten mich verraten, obwohl es nichts zu verraten gab. Ich schmeckte Blut. Ich schwitzte. Sie hatten nichts gefunden, weder in meinem Gepäck noch an meinem Körper. Diese fremde Tasche. Wie konnte ich beweisen, daß sie nicht mir gehörte? Ich arglose Reisende war in eine klassische Falle getappt. Ich hätte nicht warten dürfen, bis die Halle leer war. Ich hätte meinen Koffer aus dem Haufen herausziehen und mich vordrängeln sollen, es eilig haben, Ansprüche stellen, mich aufspielen, drohen, alles nach meiner Pfeife tanzen lassen sollen, dann säße ich jetzt in einem komfortablen Hotel beim Planters Punch.

Sachte. Beherrsch dich. Eine Winzigkeit Arroganz ist erlaubt. Ein Hauch von Entrüstung. Die selbstverständliche Erwartung einer Entschuldigung, die großmütig angenommen wird. Aber wenn diese Twinings-Dosen voll Koks waren, stand ich auf verlorenem Posten. Oder angenommen, der Tee ließ sich rauchen. Auch fünf Dosen Marihuana aus niederländischem Anbau würden mich erledigen. Zugleich kam mir der Gedanke, daß meine Zurückhaltung auch zu meinen Gunsten sprach. Wäre ich wirklich ein Drogenkurier, hätte ich bestimmt nicht gewartet. Die Eigentümerin von Tee und Bodywarmer hatte sich dem Akt zollbeamtlicher Gewissenhaftigkeit beizeiten entzogen und das Problem dem letzten Passagier aufgehalst. Aber für die Polizei galt natürlich, daß sie hier eine Tasche mit Marihuana hatten und dort eine Person. Ob diese Person nun einen völlig anderen Gepäckaufkleber auf dem Ticket hatte oder nicht. Open and shut case.

Der Polizeiinspektor sah gut aus. »Adrett«, hätte meine Großmutter anerkennend gesagt, »auch wenn er braun ist.« Sie hatte immer für Harry Belafonte geschwärmt, und dieser Mann sah ihm ähnlich. Das erhöhte noch meine Erleichterung über sein Kommen. Jemand mit einem so einwandfreien Äußeren mußte mich einfach freilassen. Die meisten Serienmörder haben auch ein einwandfreies Äußeres, protestierte mein nüchterneres Ich. Er warf einen beiläufigen Blick auf mich und rief die beiden Zollbeamten zu einem mündlichen Rapport über die Suchergebnisse in ihr kleines Büro. Danach wurden die Bewacherin und ich hereingerufen. Es fehlte nicht viel, und sie hätte mich vor sich hergeschubst. Ich konnte schon fast ihr Fett wogen und schwabbeln hören. Der Stoff ihrer Uniformhose ratschte, als hobelte sie Teakholz.

Der Inspektor saß hinter dem Schreibtisch. Die beiden Zollbeamten standen ihm zur Seite, so ein bißchen in Habachtstellung. Unterlippe nahm seine Mütze ab und wischte sich mit einem weißen Taschentuch über den Schädel. Ich mußte mich auf einen Stuhl vor dem Schreibtisch setzen. Die Bewacherin nahm den vertrauten Standort an der Tür ein, Arme verschränkt, drohend blickende SM-Meisterin. Wir waren alle ihrer Willkür ausgeliefert. Es war eng und stickig. Keine Klimaanlage, wohl aber ein Ventilator, der relativ langsam genau über meinem Kopf rotierte. Er würde sich herabsenken, zuerst meine Haare absäbeln und mich dann skalpieren, enthaupten und in Scheiben schneiden, wie der Fleischer mit der Maschine Schinken schnitt. Tschack, Tschack. Blut würde in rhythmischen Stößen umherspritzen. Draußen war es stockdunkel, denn wir blickten auf die verlassene Landebahn hinaus und nicht auf die spärlich erleuchtete Straße zum Hauptort der Insel. Ich schaute in das schwarze Loch der Vergangenheit, aus der ich kam, und wußte nichts mehr. Ich wußte überhaupt nichts mehr. Name und Nummer, dachte ich, Name und Nummer.

Der Inspektor blätterte in meinem Paß. Er sah mich nicht an. Die Zollbeamten sahen mich auch nicht an. Der eine kratzte sich im Schritt. Er trug ein dickes goldenes Gliederarmband, natürlich von Schmiergeld gekauft. Was die Bewacherin hinter mir machte, konnte ich nicht sehen, aber für sie war ich zweifellos Luft. Sie schwiegen. Das kleine Büro atmete und schwitzte. Ein Raubtier, das jetzt kurz schlief. Ich sah die Poren in den Wänden. Die Luft bewegte sich: ein und aus. Ein und aus. Das Rascheln von Paßseiten. Studium diverser Visa. Er las mein Privatleben. Sah mich nicht an. Stille. Es war die Taktik der Nichtswürdigkeit. Wer ignoriert wird, sucht Anerkennung, notfalls als Täter. Ich war nahe daran zu gestehen, um dadurch sichtbar zu werden. Jemand zu werden. Wenn sie denn unbedingt einen guten Fang machen wollten, stellte ich mich zur Verfügung. Lieber keine Folter, obwohl ich ihnen eventuell auch diesen Gefallen tun wollte. Selbst wenn sie mich gleich gehen lassen mußten, weil es keine Beweise gab, weil auch in den Teedosen kein Gramm Cannabis gefunden worden war, selbst dann noch würde mich die Demütigung ihrer Ablehnung und ihrer Mißbilligung begleiten. Selbst dann noch würde mir der Stempel des Verstoßenseins aufgedrückt werden. Würde ich vergehen vor Scham, daß ich Raum einnahm. Überhaupt da war. Ich senkte den Kopf. Ich hatte meine wahre Bestimmung gefunden.

»Tja«, sagte der Inspektor, legte den Paß auf den Schreibtisch und seine Hand darauf. »In welcher Absicht sind Sie hier?«

Ich hatte vergessen, was ich auf eine derartige Frage antworten mußte. War es besser, sich »Tourist« zu nennen, oder sollte man sich für »Geschäfte« entscheiden? Dafür gab es eine Regel. Ich sagte also »Tourist« und meinte »Geschäfte«.

»Geschäfte«, fügte ich hinzu.

»Sie müssen sich entscheiden«, sagte er.

»Wie bitte?« Das Timbre seiner Stimme lenkte mich ab. Er hatte eine Stimme, in der man *Ol' Man River* schon fast mitschwingen hörte.

»Tourismus oder Geschäfte. Eins von beidem.«

»Äh ... Geschäfte.«

»Was für Geschäfte?« Er seufzte ermüdet und begann mit meinem Paß zu spielen, kurze Kante, lange Kante, kurze Kante, lange Kante.

»Personal business.«

Er spielte weiter, hielt kurz inne, sah mich dann an. Er hatte sanftmütige Augen, während sein Mund keine Regung verriet. Ich verlor mich in seinen Gesichtszügen, starrte auf seine glattrasierten Wangen, seine gerade, schmale Nase (wie von einem äthiopischen Prinzen), seinen Mund, der dieselbe Tönung hatte wie seine Haut, nur glänzender, seidiger. Seine Lippen bewegten sich; ich achtete auf die Bewegung, hörte erst dann, was er sagte.

»Weiter.«

»That's it.«

»Was für persönliche Geschäfte?«

»Das geht Sie nichts an.«

»Ich fürchte doch.«

Weswegen war ich noch hier? Wie sollte ich das erzählen?

»Ich habe nichts verbrochen.«

»Danach hatte ich nicht gefragt.«

»Wie lautete noch Ihre Frage?«

»In welcher Absicht Sie hier sind.«

»Ich suche etwas.«

»Was?«

»Informationen.«

»Damn it, woman, don't play games with me!« Er schlug mit der flachen Hand auf den Schreibtisch, daß die Zollbeamten aus ihrem Halbschlaf hochschraken und ich hinter mir die Handschellen am Koppel der Bewacherin klappern hörte.

»Es ist eine lange Geschichte«, sagte ich.

PROLOG 2

Sie beginnt in Vlissingen, vor zweihundert Jahren. In London. In St. George bei Elmina. Oder irgendwo auf See unter einem schwindelerregenden Sternenhimmel. Sie könnte auch in De Bilt beginnen, vor dreißig Jahren. Ja sogar hier, auf dieser karibischen Insel könnte sie beginnen, vor dreißig, fünfzig, zweihundert Jahren. Mit einem Mord. Sie könnte zu jedem beliebigen Zeitpunkt und an einer Handvoll entscheidender Orte beginnen. Ich greife einen Faden im Gewebe auf, verfolge ihn und gelange unwiderruflich hierher.

Vielleicht könnte ich den Prolog am besten in De Bilt ansiedeln, im Jahr 1970. In dem Jahr beschlossen meine Eltern, ein Kind zu adoptieren. Im selben Jahr erbten wir eine alte Seemannskiste mit dem Emblem der Middelburgse Commercie Compagnie und eine Akte, die den Geruch von vergeblicher Gralssuche hatte. Wer weiß, vielleicht übte die Kiste von Anfang an ihren Einfluß aus. Meine Mutter ist empfänglich für das Leben scheinbar toter Dinge und vertritt die Theorie, daß Gegenstände fühlen und sich erinnern, daß sie zarter besaitet sind als die grobe menschliche Seele und daß sie die schmerzlichen Erfahrungen, deren Zeuge oder gar Opfer sie geworden sind, in ihren Rillen, ihrem Glanz, ihrer molekularen Struktur speichern. Ein stinknormaler alter Wäscheschrank verströmt demnach die Tragik aller Tränen, die auf der Suche nach einem Taschentuch zwischen seinen Türen vergossen wurden. Meine Mutter läuft mit einer selbstentwickelten emotionalen Wünschelrute auf Versteigerungen herum und kann mit untrüglicher Sicherheit zwischen einem »guten« und einem »unguten« Tischchen unterscheiden. Viele schlechte Erfahrungen ziehen weitere Unannehmlichkeiten an. Positive Erfahrungen bringen nur Gutes. Als die Seemannskiste hereingetragen wurde, hatte meine Mutter diese Fähigkeit noch nicht ausreichend ausgebildet, sonst hätte sie die Kiste vielleicht gleich wieder hinausbefördert.

Sie stand gegenüber dem braunen Kordsofa, auf dem meine Eltern saßen, als sie mich in ihre Pläne einweihten und, wie es sich für die herrschenden pädagogischen Anschauungen gehörte, mit entscheiden ließen, oder besser gesagt: so taten, als hätte ich irgendein Mitspracherecht. Ich war acht. Die Fotos und Super-8-Filme aus der Zeit sind peinlich rührend. Kann mir mal jemand sagen, wieso die Farben von früher so unnatürlich sind? Ist das bloß Chemie, geht Pigment aus den Aufnahmen flöten, oder geht Pigment aus unserem Gedächtnis flöten? Meine Eltern kaspern und turteln in ausgeblichenen Unisex-Jeansanzügen herum. Ich kann mich nicht entsinnen, daß sie je so jung waren. Jünger, als ich es jetzt bin. Der Mund meiner Mutter bewegt sich: Hör auf, Maarten. Aber er hörte nicht auf. Ich sitze dabei wie ein Richter, der ihnen ihre Geschichten nicht abnimmt. Schon damals nicht abnahm.

»Hättest du gern ein Brüderchen oder ein Schwesterchen, Ada?« Sie sagten Ada und nicht Daatje oder Aatje, es handelte sich also um eine seriöse Angelegenheit. Die Frage, die sie mir stellten, ist für ein achtjähriges Kind nicht so leicht zu beantworten. Wenn ich drei gewesen wäre oder fünf, ja sogar bis zum siebten Lebensjahr hätte ich noch freudig ja gesagt; acht war gerade etwas zu alt. Ich war mir nicht mehr so sicher. Aber ich sagte ja, weil ich diese Antwort nicht zu begründen brauchte und weil sie sich mein Ja so überdeutlich wünschten. Für ein Nein fiel mir nicht so schnell ein triftiger Grund ein. Und ich wollte ihnen eine Freude machen. Ich tat alles, um ihnen eine Freude zu machen.

Meine Mutter ließ sich darüber aus, daß Papa und sie (Maarten und sie, ich durfte sie beim Vornamen nennen, aber das wollte ich nicht mehr, es genierte mich plötzlich) natürlich ein eigenes Kind machen könnten, aber daß es so viele arme Kinder auf der Welt gebe, die keinen Papa und keine Mama hätten und kein schönes Haus und kein Essen, so daß es eigentlich sehr egoistisch sei, selbst eins zu machen, wo man doch einem schon existierenden Kindchen helfen könne. So wie man einen Hund auch besser aus dem Tierheim hole. Dagegen konnte ich nichts einwenden, zumal sie sagten, daß sie keinen alten, falschen Hund wollten, sondern einen ganz jungen. Einen Welpen. Und ich dürfe nun sagen, was für eine Sorte Kind es sein solle. Ein kleiner Chinese, ein Negerkindchen aus Afrika, ein kleiner Indio aus

Südamerika oder vielleicht gar so ein bedauernswertes, vom Krieg betroffenes Vietnamesenkind. Kleine Koreaner seien gerade im Sonderangebot. Und solle es ein Junge oder ein Mädchen sein? Sie erläuterten die Vorteile eines Brüderchens und die Vorteile eines Schwesterchens. Nachteile waren nicht damit verbunden. Ich fragte, wie Indios aussähen. Ob die auch einen Federschmuck auf dem Kopf trügen. Sie mußten lachen und griffen zu einem Bildband. *The Family of Man*. Ich dachte, es wäre ein Versandkatalog. Such dir eins aus, und es wird frei Haus geliefert. Ich entschied mich für einen kleinen braunen Strahlemann von den Antillen oder da irgendwo. Meine Eltern sahen sich an. Ich begriff, daß ich einen Streit beigelegt hatte. Eine Frage geklärt hatte. Ihnen eine Entscheidung abgenommen hatte.

Danach fragte ich noch hin und wieder, wie es um meine Bestellung stehe. Die Standardantwort meiner Mutter lautete, daß die Adoption eines ausländischen Kindes ein ziemliches Stück Arbeit sei und ich Geduld haben müsse. Als ich eigentlich schon erleichtert vergessen hatte, daß ich Schwester werden sollte, wurde auf einmal das kleine Zimmer gestrichen (knallblau mit weißen Wolken), und eine Freundin meiner Mutter brachte mein ausgeliehenes Kinderbettchen zurück. Ich mußte gleich für eine Woche mit zu ihr, denn meine Eltern nahmen das Flugzeug, um mein Brüderchen zu holen.

Am Tisch dieser Freundin, deren zwei Kinder von drei und fünf noch nicht mal den Mumm hatten, ihr Gemüse stehenzulassen, wurde mein Glück bejubelt. Endlich sei ich nicht mehr allein. Endlich ein Spielkamerad, endlich ein Brüderchen, auf das ich aufpassen könne, endlich ein Brüderchen, mit dem ich teilen könne. Letzteres wurde betont. Was die beiden trüben Tassen anging, war ich wohl nicht sonderlich gut darin. Mit jedem Wort wurde die Wunde in meiner Seele größer. Sie schnippelten mir mit fröhlichem Geplapper das Herz aus dem Leib, sie zerfetzten mir den

Magen, sie stachen mit Fleischgabeln ins Gedärm, und dann drehten sie ganz nebenbei meinen Kopf ab und warfen ihn in den Mülleimer. So, das in etwa war ich wert. Nichts.

Meine Mutter hat später alles abgestritten. Sie habe mich in die ganze Prozedur mit einbezogen und sich regelmäßig vergewissert, ob ich mit der Adoption auch noch einverstanden war und nicht eifersüchtig wurde oder mich zurückgesetzt fühlte. Dafür habe es keine Anzeichen gegeben, nein, ich sei vielmehr begeistert gewesen und hätte wiederholt ungeduldig nachgefragt, wie denn die Dinge stünden. Das war bei der Familientherapeutin, zu der wir damals oft gingen. Meine Mutter hatte Flecken am Hals vor unterdrückter Wut. Die Therapeutin sagte, sie solle ihren Ärger »Ada gegenüber herauslassen«. In blindem Triumph machte sie mich zur Schnecke. Ich sei eine pathologische Lügnerin. Ein egozentrisches Miststück. Undankbar. Asozial. Ich war fünfzehn. Ich steckte ein. Die Psychologin hielt keusch die Hände über ihren Unterlagen gefaltet. Mein Vater lief raus und schmiß laut die Tür hinter sich zu. Die Aufmerksamkeit verlagerte sich auf ihn. Meine Mutter lief kreischend hinter ihm her. Feigling!

Antonio war ein hübscher brauner Junge mit schwarzen Löckchen, die sich anfühlten wie die Roßhaarfüllung eines alten Sessels. Er war kein Baby. Die Babys seien gerade alle gewesen, sagte meine Mutter, aber der hier habe sie im Kinderheim so flehend angesehen und so lieb gelacht und mit einer kleinen Tasche an sich gedrückt bereitgestanden, um mitzugehen, daß sie ihn nicht zurücklassen konnten. Das hatten die Nonnen den Zwei- und Dreijährigen beigebracht, damit sie gegenüber den begehrten Babys auch eine kleine Chance hatten. War ein Kind erst einmal über das Alter hinaus, in dem es sich noch tragen ließ, sanken seine Chancen von Tag zu Tag. Meine Mutter wollte das nie glauben. Antonio hatte Papiere mitbekommen, auf denen Name und Herkunft beider Eltern vermerkt waren. Der Vater war wie üblich abgehauen, die Mutter, nicht in der Lage, für das Kind zu sorgen, war auf der Suche nach Arbeit, Essen und Liebe zufällig auf der Insel gestrandet, auf der meine Eltern nun ein Kind kaufen wollten.

Ich erwartete sie mit dieser Freundin meiner Mutter bei uns zu Hause. Es war drei Uhr nachmittags. Es schneite ein wenig, aber der Schnee blieb nicht liegen. Das Licht war gelbgrau wie das ungewaschene Haar alter Leute. Auf Betreiben der Freundin – sie hieß, glaube ich, Friedel, oder war das ihr Nachname? Jedenfalls ist sie bald in Ungnade gefallen – hatte ich ein Bild gemalt, auf dem ich unser anstehendes Familienglück vorweggenommen hatte: Antonio als strahlender Mittelpunkt in einer kleinen Krippe und mit einer Aureole à la Jesus C. und um ihn herum meine Eltern wie moderne Josef und Maria und ich. Um mir eine authentische Rolle zu geben – Jesus hatte schließlich keine ältere Schwester –, hatte ich Flügel angenommen. Ich war der Engel. Ich hielt mir das Bild wie ein Transparent vor die Brust, als der Schlüssel im Schloß umgedreht wurde und im folgenden Augenblick meine Eltern in der Türöffnung standen, zwischen sich an der Hand einen ängstlichen und verlegenen dunkelbraunen Jungen von etwa drei Jahren. Ich habe das Bild fest auf meiner Netzhaut, und inzwischen weiß ich, was falsch daran ist: Sie haben das Kind an der Hand, sie haben es nicht auf dem Arm, sie tragen es nicht, haben es nicht sicher über den Ozean hinweggehoben. Er steht da wie eine wandelnde Trophäe, wie ein Bindestrich zwischen Teilen, die am Auseinanderfallen waren. Ich bin zu verdattert, um etwas zu sagen.

»Das ist nun also Antonio, Daatje. Antonio, das ist Ada, deine Schwester. Sprich ruhig gleich Niederländisch mit ihm, dann lernt er es am schnellsten.«

Als wäre ich irgendeiner anderen Sprache mächtig gewesen. Es mußten gleich klare Verhältnisse geschaffen werden, fand ich. Ich brachte ihm bei, wie er sich als jüngstes Kind in dieser Familie zu verhalten hatte. Ich weihte ihn in unsere Gewohnheiten und Eigenarten ein und steckte mein Territorium ab. Das war ein umfangreiches Gebiet. Es war nur zu seinem Besten, wenn er gleich begriff, daß er sich etwas zu erobern hatte. Das Leben war nicht leicht, und daß ihm nun das unsagbare Glück zuteil geworden war, von meinen Eltern der Armut und dem frühen Tod entrissen worden zu sein, war noch keine Garantie für dauerhaften Erfolg. Ich gestattete ihm wenig, damit das klar war. Es mußte Regeln geben, und den ängstlich verzückten Gesichtern meiner Eltern sah ich an, daß sie fürs erste nicht vorhatten, ihm Vorschriften zu machen. Irgendwer mußte es tun. Ich wählte meinen Ton aus dem Repertoire herablassender Erwachsener.

»Komm mal mit, Antonio, dann zeig ich dir dein Zimmer. Da darfst du schlafen und spielen. Aber du mußt immer schön deine Sachen aufräumen. Und das hier ist mein Zimmer. Hübsch, nicht? Da darfst du nicht rein. Nur, wenn ich es erlaube. Und dann darfst du nichts anfassen. Und das hier sind Papas Langspielplatten. Wenn du die aus dem Schrank nimmst, kannst du dich auf was gefaßt machen.«

In diesem Stil gab ich ihm eine Tour d'horizon. Meine Eltern sahen gerührt zu, als ich ihm zum Schluß mein Bild zeigte und mit dem Finger verdeutlichte: »Das hier ist Antonio. Antonio. Du. Das hier bin ich. Ada. Ada. Das ist Papa. Papa. Das ist Mama. Mama. Sprich mir mal nach: Mama, Papa, Ada.«

Er sah mich aus großen Sarotti-Kugeln an. Tat keinen Mucks. Den ganzen Tag nicht. Aß nicht. Trank nicht. Als sie ihn abends ins Bett stecken wollten, weigerte er sich, ausgezogen zu werden, weigerte sich, unter die Decke zu schlüpfen. Er hat die ganze Nacht aufrecht in seinem Bettchen gesessen, hinter hochgeklapptem Gitter. Nicht mal geweint. Morgens war er mit der Wange an den Gitterstäben eingeschlafen. Noch tagelang lief die Gitterspur über seine Wange. Heute denke ich an den Schrecken des Unbekannten für Antonio, damals hielt ich ihn für ein reichlich undankbares Kerlchen.

Je mehr Antonio sich einlebte, desto schwieriger wurde es für mich, meine Haltung zu ihm zu bestimmen. Die Sprache bekam er ziemlich schnell in den Griff, und was das Essen betraf, machte er den Schaden vom ersten Tag mehr als wett, aber viel Freude brachte er nicht. Anhänglichkeit war nicht sein Ding. Er war ziemlich in sich gekehrt und ordnete sich unter. Man hätte ihn sogar für gleichmütig, um nicht zu sagen hintertrieben, halten können, wenn er nicht oft Alpträume gehabt hätte. Meine Mutter führte sie auf seine ersten Lebensjahre zurück. Die seien für ein Kind bestimmend. Er müsse schreckliche Dinge gesehen und mitgemacht haben. Ich war neidisch auf eine so geheimnisvolle Lebensgeschichte. Hätte ich doch auch in meiner frühesten Kindheit etwas Schlimmes erfahren, dann wäre ich ein besonderes Kind und hätte Anspruch auf eine umsichtige Behandlung und viel Beachtung. Insgeheim bezweifelte ich, daß das so wichtig war. Was konnte denn auf ein Baby schon so einen tiefen Eindruck machen? Das verstand doch gar nichts. Alpträume handelten nie von früher, die handelten immer vom Jetzt. Da konnte ich mitreden, aber von mir kein Sterbenswort. Ich fand, daß sie sich da gegenseitig hineinsteigerten. Antonio, der so tadellos, ja geradezu absichtlich dem Bild eines traumatisierten Kindes entsprach. Meine Mutter, die sich ihren Freundinnen gegenüber so wichtig damit tat. Ich bewahrte ihn vor der Verweichlichung, indem ich ihn von Zeit zu Zeit züchtigte. Trotz meiner selbstgewählten Rolle als strenge, aber gerechte zweite Mutter fühlte ich mich hoffnungslos überflüssig. Ich hatte meine Eltern nicht glücklich machen können, deshalb hatte man Antonio dazugeholt. Daß er es ebensowenig bewerkstelligen konnte, schienen meine Eltern ihm nicht so sehr anzukreiden wie mir. Aber vielleicht hat Antonio das anders empfunden.

Das war einer der möglichen Prologe. Für den Polizeiinspektor hatte ich eine andere Geschichte parat: den Prolog von der alten Seemannskiste, wenn auch in Kurzform und vom Schmerz befreit.

PROLOG 3

Seit seiner Erkrankung hatte sich ein schriller Oberton in die Stimme meines Vaters geschlichen. Der Tod pfiff sein Lied in fis, und mein Vater pfiff mit, ob er wollte oder nicht. »Kommst du heute noch?« fragte er auf meinem Anrufbeantworter. Das letzte Wort quietschte wie ein Stück Kreide auf einer Schultafel. Daß er nicht krank wäre, daß er nicht sterben würde, das wünschte ich mir, nicht mal deswegen, weil er mein Vater war und ich ihn gebührend liebte, sondern vor allem, weil ich seine fordernde Hilfsbedürftigkeit nicht ausstehen konnte. Wenn er schicksalsergeben die Achseln zuckte und einen kurzen Seufzer ausstieß, schielte er verstohlen nach dem Effekt. Auf subtile Weise machte er alle, die ihm nahestanden, an jeglichem ihm zugefügten Unrecht mitschuldig.

Als ich seine Haustür öffnete, vergaß ich, den Blick niederzuschlagen, und stand Auge in Auge mir selbst gegenüber. Ertappt. Genau gegenüber der Haustür hing ein lebensgroßer Spiegel in der Diele über der Seemannskiste mit dem eingravierten Monogramm der Middelburgse Commercie Compagnie.

»Bist du das, Ada?«

Wie es sich anhörte, saß er im Wohnzimmer in seinem Charles-Eames-Sessel mit Fußbank, der meiner Mutter zu protzig gewesen war. Sie fand Knopfpolster aus Rindsleder häßlich, das erinnerte sie an ein Arschloch. Er hielt es in dem Stuhl nur ein paar Stunden aus. Der Tod knabberte Tag für Tag Minuten von seinem Aufrechtsein ab. Mein Vater wurde immer geübter in vollkommener Horizontalität. Nicht mehr lange, und er sei gelernte Leiche, sagte er. Ich antwortete nicht. Er würde ja gleich sehen, daß ich es war. Wer denn sonst. Ich ging in die Küche, um eine Flasche Orangensaft in den Kühlschrank zu stellen.

»Ada!?«

Das Lasso seiner Stimme schlang sich um meinen Hals und wurde zugezogen.

»Ich komme«, sagte ich, aber das konnte er nicht hören.

Kurz darauf öffnete sich die Wohnzimmertür. Als ich mich umdrehte, sah ich ihn dastehen, Hand an der Tür, Hand am Türrahmen. Arme scheinbar in herzlichem Willkommen ausgebreitet. Unter seinem weinroten Morgenmantel schauten die bleichen, dünnen Beine hervor. Der Gürtel hielt Mantel und Leib lose zusammen. Sein nach hinten gekämmtes graues Haar war etwas zu lang. Es lohne nicht mehr, den Friseur kommen zu lassen, sagte er. Schneid du's, wenn es dich stört. Seine Augen lagen wieder ein Stück tiefer in den Höhlen, seine Wangen waren wieder etwas weiter eingefallen. Er wurde von innen ausgeschabt. Mit jedem Stuhlgang schwand auch etwas von seiner Füllung. Ich dachte einen Augenblick mit Wärme an mein altes Plüschkänguruh.

»Wo bleibst du denn. Hast du mich nicht gehört. Ich habe dich gerufen.«

»Ich komme«, sagte ich und ging auf ihn zu. Angst. Das sah ich. Die Angst lag ihm wie ein Häutchen über den Augen. Die Angst straffte die Haut über seinen Wangenknochen. Die Angst bewegte seinen Adamsapfel in seinem Hals auf und ab wie einen verrückt gewordenen Fahrstuhl. Schrecklich. Er durfte keine Angst haben. Er sollte mit Würde sterben. Er durfte nicht seine knochigen Klauen, die jeden Tag größer wurden, in mich schlagen im Versuch, sich über Wasser zu halten oder mich mitzuziehen, nach dem Motto: Wenn ich untergehe, dann auch du. Seine Angst war mir zu intim. Einen Moment lang dachte ich, er würde mich erbost hinauswerfen. Ich zuckte zusammen. Er war krumm geworden und geschrumpft. Als siebenjähriges Mädchen hatte ich zu ihm aufgeschaut und gedacht, wie toll es wäre, ihm bis zu den Schultern zu reichen. Jetzt reichte er mir bis dorthin. Er hatte Mühe mit dem Gleichgewicht. Erst als er es gefunden hatte, wagte er den Türrahmen loszulassen. Ich faßte ihn beim Ellenbogen und hielt ihn. Harter, unvergänglicher Knochen.

»Wo warst du so lange?«

»Ich hab eine Flasche Orangensaft in den Kühlschrank gestellt.«

»Nein, heute mittag. Warum bist du so spät.« Er ließ sich in den Eames zurücksinken und schloß kurz die Augen. »Ahhh.«

»Schmerzen?«

»Ach, es geht.« Also ja, starke Schmerzen.

»Ein Glück. Daß es geht.«

Er sah mich beleidigt an. Das war nicht die richtige Antwort.

»Ich möchte etwas mit dir besprechen.«

Auf dem Tischchen neben seinem Sessel lag eine Zeichenmappe aus marmorierter Pappe mit grünen Bändern. Er legte die Hand darauf. Ich warf einen raschen Blick durchs Zimmer. Die Sonne beleuchtete kunstvoll die Krümel und Staubteilchen auf dem gläsernen Couchtisch. Die Helferin vom häuslichen Pflegedienst war noch nicht dagewesen, oder er hatte sie rausgeekelt. Es war nicht gelüftet. Der Geruch nach krankem alten Mann war unerträglich. Noch abends stanken meine Kleider so. Wenn er tot war, würde ich mit dem Gesicht in meinen Pullovern nach Spuren von ihm schnuppern.

»Wo sind die Bücher von der Bibliothek?« fragte ich. »Hast du *Black Athena* schon ausgelesen?«

Mein Vater sammelte kontroverse Theorien. Er identifizierte sich mit denen, die radikale Gegenpositionen zur herrschenden Meinung bezogen und, wie er sehnlichst hoffte, im nachhinein recht haben würden.

»Ich brauche keine Bücher mehr aus der Bibliothek«, sagte er. »Mir genügt ...« Der Satz blieb in der Luft hängen. Das kam jetzt häufiger vor. Er vergaß Namen, die er sonst dauernd im Mund geführt hatte. Er brach mitten in einem Satz ab und verfiel starrend in Schweigen. Voll geheimer Bedeutung. Als sei das Wort, das er gerade benötigt hätte, hinter dem Horizont verschwunden und ihm fehle der Mut, es zu verfolgen. Dann wedelte er mit einer Hand kurz den Eindruck des Fernseins weg. Tja. Vages, gequältes Lächeln. Worüber sprachen wir noch gleich?

»Ovid«, sagte er schließlich. »*Tristien.*«

Der gekränkte Dichter beklagt seine Verbannung.

»Warum nicht etwas weniger Grimmiges. Etwas Elegisches. Einen schönen Gedichtband von Kopland. Oder zur Not auch Nel Benschop.«

»Ovid hilft mir, mein Schicksal nicht zu fürchten, wenn späterhin die Skythen und Thraker laut mich umstehen.«

»Was meinst du denn damit jetzt wieder?«

»Der Tod ist eine Verbannung.«

Ich sah meinen Vater, in ein Totenhemd gehüllt, die kahlen Felsen bei Tomi erklimmen, wie von Ransmayr beschrieben, ohne sich umzusehen, langsam in einem feuchtkalten Nebel verschwindend. Ich fragte mich, ob ich seine Hand ergreifen sollte. – Papa schläft im Gras. Ich sehe seine Hand daliegen. Sein Traum schickt Befehle, die seine Finger jedoch nicht ausführen. Kleine Zuckungen. Welches Wesen hat Besitz von ihm ergriffen? – Jetzt hauste nicht ein Traum, sondern der Tod unter seiner Haut. Der Tod langte nach mir, bat um meine Hand. Ich zuckte zurück.

Mein Vater zog die Mappe mit den grünen Bändern auf seinen Schoß. »Das hier sind die Unterlagen, die wir mit der Seemannskiste geerbt haben«, sagte er.

Ich kannte die Geschichte. Die Papiere suggerierten, daß unsere Familie Rechte auf ein Stück Land in der Karibik geltend machen konnte. Eine alte Zuckerrohrplantage. Doch diese Ansprüche ließen sich nicht erhärten. Meine Eltern hatten einen Versuch unternommen, als sie Antonio holten, aber der hatte zu nichts geführt. Und dabei war es geblieben.

»Hier ist alles drin. Auch die Papiere von ... deinem Bruder.«

Wie ein Stromstoß fuhr mir das schrille »deinem Bruder« durch den Leib. Das jahrelange Schweigen war gebrochen. Der Tod kennt kein Gebot. Er reichte mir die Mappe. Verwirrt zupfte ich die Bänder auf, ohne zu hören, was genau mein Vater über die Familie van de Wetering und ihre Seefahrtsvergangenheit sagte. Das erste Dokument war ein Brief. Das Papier war vergilbt, die Tinte verblaßt, aber noch gut lesbar. Eine alte Handschrift. Ich las die Worte nicht, sah aber unten auf der Seite ein kräftig geschriebenes »Jacob«. Später, dachte ich, später. Und schlug die Mappe wieder zu.

»Kann ich noch etwas für dich tun? Möchtest du Orangensaft? Soll ich ein Video für dich ausleihen?« Ich suchte nach einer ablenkenden Beschäftigung.

»Ich möchte über ein paar Dinge mit dir reden«, sagte mein Vater. Er wickelte sich fester in seinen Morgenmantel ein und veränderte die Lage seiner Beine auf der Fußbank. Ich stellte mir sein altes, schlaffes Geschlecht unter dem Frotteestoff vor, ein dunkelbrauner, toter Maulwurf, undenkbar, daß es je aufgerichtet gewesen war und mich gezeugt hatte. Dort war mein Ursprung, in diesem sterbenden Leib da in dem Sessel. Er wollte mit mir reden.

Ich wollte nicht. Ich wollte keine Abrechnung, die mich den Rest meines Lebens verfolgen würde. Ich hasse rückhaltlose Ehrlichkeit im Angesicht des Todes. Was unbesprochen war, sollte unbesprochen bleiben. Ein Prickeln überlief meinen Schädel. Ich wollte abhauen, ihn ganz fest umarmen, eine Vase durchs Fenster schmeißen, ich wollte sehr, sehr gern ganz, ganz woanders sein. Ich wollte mit einem gewaltigen Schwenk in der Zeit zurückversetzt werden und mit aller Macht den Lauf des Schicksals in eine andere Richtung kehren.

»Worüber denn?« fragte ich schroff.

»Was ich falsch gemacht habe.«

»Du hast nichts falsch gemacht. Jeder Mensch macht Fehler.« Ein Widerspruch. Es gehört sich so, daß man das sagt. Also sagte ich es.

»Was ich meiner Meinung nach falsch gemacht habe.«

»Ich mag keine Sterbebettszenen mit Bekenntnissen und Vergebung. Du hast nichts falsch gemacht. Ich habe dir nichts zu vergeben. Laß es gut sein.«

Daß er wirklich sehen könnte, was für ein Mensch er gewesen war, daß er darüber womöglich in Lachen ausbrechen würde, in einen unaufhaltsamen Lachkrampf, der in einen unaufhaltsamen Weinkrampf übergehen würde wie vor fünfzehn Jahren, das verursachte mir ein Kribbeln der Hoffnung und der Angst. Es durfte sich nicht alles zum Guten wenden. Nein, das nicht. Nicht jetzt. Gerade jetzt nicht, nicht auf den letzten Drücker. Angenommen, er sah und wußte und erkannte das, wie würde ich mich betrogen fühlen, daß es erst jetzt geschah und nicht schon früher. Nicht schon viel früher. Papa, hab mich lieb. O stell dir doch nur vor, er würde es sagen. Er würde sagen …

»Ich habe *dir* etwas zu vergeben«, sagte er. »Mein Fehler ist, daß ich es nicht schon früher getan habe. Daß ich immer noch einen Groll gehegt habe.«

Er taxierte mich, wach und scharf plötzlich, ließ die Mitteilung tief in meine Weichteile einsickern. Luken klappten unter meinen Füßen auf. Ich spürte, wie mir das Blut aus dem Kopf wich. Groll? Gegen mich? Ich hatte mich für ihn entschieden, als es darauf ankam. Ich hatte mich im Jahr nach Antonios Verschwinden, als meine Eltern mit einem letzten heftigen Scharmützel den Kampf um ihre Ehe aufgaben, auf die Seite meines Vaters geschlagen. Ich hatte seine Launen und seine komischen Freundinnen ertragen, mir seine Klagen angehört, seine Empörung beschwichtigt, umsorgte ihn in seiner letzten Krankheit. Aber er mußte sich offenbar immer, wenn er mich sah, überwinden, mich zu küssen, zu begrüßen, bei sich zu empfangen.

»Was habe ich denn getan!?« rief ich aus.

»Es war deine Schuld«, sagte er. »Ich kann jetzt nicht länger darüber schweigen. Ich habe es immer gewußt.«

Mich durchfuhr eine leise Panik. Ich war mir keiner Schuld bewußt. In seinem geheimen Spiegel erschien langsam eine unbekannte, sündige Ada. Welches liederliche Wesen tauchte da auf »through a glass darkly«? Dr. Jekyll meets Mr. Hyde. Da konnte natürlich nicht ich gemeint sein. Es ging um sein eigenes verpfuschtes Leben, seine gescheiterten Ambitionen, seine in Alkohol ertränkten Illusionen, die Scheidung, es ging um die Flucht meiner Mutter in den Obskurantismus. Was war denn daran um Himmels willen meine Schuld?

»Was hast du immer gewußt?«

Er sah mich mit einem Blick an, der sagte, ich solle mich jetzt nicht dumm stellen. »Antonio. Du hast ihn vergrault. Du hast einen Keil zwischen deine Mutter und mich getrieben. Du hast alles kaputtgemacht. Du hast mein Leben zerstört. Aber ich schenke dir Vergebung.«

Man deckt die rechte Flanke und bekommt einen Treffer auf die linke. Es verschlug mir die Sprache. Mein Gott, jetzt sollte ich ihm wohl auch noch dankbar sein, daß er das all die Jahre für sich behalten hatte, diese verquere, vollkommen unmögliche, absurde Idee. Die perfide Lüge.

»Papa! Wie denn?«

»Tu jetzt nicht so, als wüßtest du von nichts.«

»Ich *weiß* von nichts!«

»Bestimmt verdrängt«, sagte er verächtlich.

»Dann hilf mir, mich zu erinnern«, sagte ich wie gelähmt. Es konnte ja sein. Möglicherweise war ich wirklich so frech gewesen, daß ich alle bis aufs Blut geärgert hatte. Solche Kinder gibt es. Sie wissen selbst nicht, daß sie so sind.

»In einem Urlaub in Frankreich kam es heraus.« Er schloß die Augen, um die quälenden Bilder besser auf seine Netzhaut zu bekommen.

»Wir sind immer nach Frankreich gefahren.«

Er hörte mich nicht. Fuhr fort. »Ich weiß nicht, was der Anlaß war. Aber du hast ja immer irgendeinen Anlaß gefunden. Ich hörte Geschrei. Geschimpfe. Du schriest: ›Ich bring dich um.‹ Dein kleiner Bruder rief um Hilfe. Ihr standet in der Küche. Du hattest ihn zwischen deinem Körper und der Spüle eingekeilt und mit dem linken Arm hieltest du seinen Kopf so umklammert, daß sein Hals frei war. Mit der rechten Hand setztest du ihm ein Fleischermesser an die Kehle. Ich kam gerade noch rechtzeitig.«

Ich sah die Szene vor mir. Er beschrieb sie so lebendig. Den dunkelbraunen Spülstein. Sah ich es? Oder erinnerte ich mich daran? Mein Herz pumpte wie verrückt Eiswasser durch meine Adern. Dies war der Moment zurückzuschlagen. Jetzt konnte ich meine Litanei von Vorwürfen anstimmen. Aber die Worte erstarben auf dem Weg zu den Lippen. Wie so oft. Er hatte Bilanz gezogen, und dieses war seinen Büchern zufolge das Ergebnis. Er würde mich nicht verstehen. Er war krank. Er war fast schon tot. Nichts konnte ihn retten. Wenn ich ihn liebte – und das tat ich; tat ich das? –, blieb mir nichts anderes übrig, als zu schweigen.

»Dieser Haß«, sagte er. »Dieser Haß ...«

Triumphierend legte er meine Seele bloß. Oder sprach er von sich?

Ich machte zu. Ich schloß mich ab. Das war das Ende. Ich wollte nichts mehr für ihn tun. Ich löste die Kette, das falsche Bündnis. Ich lief davon.

»Ada! Hierher!« rief er.

Ich stockte kurz, ans Gehorchen gewöhnt, aber dann habe ich ihn in seinem Sessel sitzenlassen, von Krebs ausgezehrt, von Groll zerfressen. Mitten in seinem Plädoyer. Das war meine späte Revolte, mein fast schon posthumer Widerstand. Auf der Straße ging das Leben in aller Unschuld weiter. Eine Straßenbahn mit der Werbeaufschrift einer Vermittlungsagentur für Zeitarbeit fuhr vorüber. Die Sonne war weg. Der Himmel dachte an Regen. An der Ecke hörte ich jemanden sagen: »Er hat recht.«

Anfangs war er jeden Tag auf meinem Anrufbeantworter. »Ada, komm.« – »Ada! Komm!« – »Ada!« Dann seltener. In der letzten Woche gar nicht mehr. Drei Wochen nach meinem Besuch war er tot. Ich muß es mir zur Last legen, daß er einsam gestorben ist. Daß ich ihn liebte, ihn liebe, ist so ungeheuer schmerzlich. Daß ich ihn trotz allem immer geliebt habe und glauben wollte, daß er diese Liebe erwiderte. Auf die ihm eigene seltsame Art. Es stank. Wenn ich an ihn dachte, stank es.

Nach drei Monaten öffnete ich die marmorierte Zeichenmappe und fand den Brief von »Jacob«. Mit einiger Mühe entzifferte ich ihn. Und da begann die Faszination. Vielleicht gar die Obsession. Ich bildete mir ein, daß die Worte auf dem Papier im selben Moment erschienen seien, da mein Vater über mich richtete, genau zur gleichen Zeit, als eine heimliche Genugtuung für mich, wie eine über die Jahrhunderte hingereichte Hand, eine Seele, die zu meiner von einer Zerrissenheit sprach, die die meine war. Menetekel.

Brief des sich Rivers nennenden Jacob van de Wetering an seinen ältesten Bruder Hendrik:

Werter Bruder!
Ich habe mit dem grausamen Gott Abrahams gerungen, dem Gott, der Abraham zwingt, seinem Sohn das Messer an die Kehle zu setzen, dem Gott, für den Abraham das Liebste, das er hat, zu opfern bereit ist, mit diesem grausamen Gott habe ich gekämpft. Und ich habe verloren. [etwas Unleserliches, durchgestrichen] Meine Frau und ihr ungeborenes Kind sind tot. Ermordet. Ich habe sie mit durchgeschnittener Kehle und aufgeschlitztem Bauch gefunden, aus dem das beinahe ausgetragene Kind hervorquoll. Es ist, als ob ich es getan hätte.

Solange mein Leben sündig war, meinte das Schicksal es gut mit mir. Es war, als schaute der Herr in die andere Richtung. Es kann auch sein, daß er mich dazu verleitete, Sünde auf Sünde zu häufen, bis meine Schuld so groß war, daß er mir die schwerste Strafe erteilen konnte. Ich halte es für möglich, daß er es von dem Moment an, da ich die Vlissinger Reede verließ, auf mich abgesehen hatte, vielleicht sogar noch früher. Daß er selbst mir den Teufel auf den Hals hetzte, nicht, um mich mit kleinen Vergehen auf die Probe zu stellen, sondern um des Vergnügens willen, einen großen Sünder heranzuzüchten und ihn tief fallen zu lassen. Nun, das ist ihm gelungen. Er hat mich getroffen, als ich nicht mehr darauf gefaßt war. Dann sitzt der Schlag um so härter und ist tödlicher. Gottes Rache ist ohnegleichen.

Du kennst mich von Kindesbeinen an, du kennst mich als den jungen Mann, der nach einem Fehltritt nach Afrika geschickt wurde. Vielleicht kannst du, der du mein Naturell kennst, gnädig urteilen. Du bist immer der brave, rechtschaffene Sohn gewesen. Von einem guten Menschen darf ich Ehrlichkeit erwarten und einen scharfen Blick für das Böse. Hatte mich das Böse denn schon damals im Griff, oder war meine unbesonnene Handlungsweise etwas, was jedem gesunden Jungen eigen ist, und hatte ich nur weniger Glück als du? War ich für das Böse vorbestimmt? Stand irgendwo unauslöschlich mit Tinte geschrieben, daß *ich* aus Gottes Hand fallen würde? War es in meinem Blick spürbar, hörtest du es meiner Stimme an, sahst du es an meiner Haltung in der Kirche, lief ich mit allzu herausfordernd erhobenem Kopf umher?

Unablässig beobachte ich mein Tun und Handeln. Tag um Tag verweile ich in meiner Vergangenheit und wäge die Zeichen. Ich krümme mich vor Scham. Vor schmerzlichem Mitleid. Mit allen, die meinen Pfad gekreuzt haben. Wille oder Schicksal? Was hat meinen Niedergang gelenkt? Manchmal denke ich, ich werde irr, oft denke ich, daß ich es bereits war. Mein Leben liegt in Scherben vor mir. An jeder scharfen Kante kann ich mir die Adern aufreißen. Ich recke die Faust in den Himmel und schreie. Böses, du sollst für mich das Gute sein. Ist es das, was Du willst? Ich höre das Echo in der Leere verhallen. Da ist Schweigen. Nichts. Endlosigkeit. Der Tod im Leben.

Jacob.

Dem Polizeiinspektor erzählte ich, daß Nachforschungen hinsichtlich des Verfassers des Briefes – dessen Inhalt ich nur flüchtig antippte – zu einem zeeländischen Vorfahren namens Hendrik van de Wetering geführt hätten, dessen Bruder jener sich Rivers nennende Jacob van de Wetering war, der zunächst nach Westafrika verbannt worden, dann in die Karibik gelangt und als Zuckerrohrpflanzer auf dieser Insel geendet war. Aber, *geendet*? Wie und wann Jacob Rivers gestorben war, verzeichneten die zeeländischen Archive nicht. Und wer gegebenenfalls für den Mord an seiner Frau gehängt worden war, ebensowenig. Deshalb sei ich hier. Um das herauszufinden. Letztlich eine Familienangelegenheit, wie der Inspektor verstehen werde. Ich sei an Genealogie und Geschichte interessiert und versuchte anhand von Briefen, Dokumenten und anderen Quellen – und vor allem mit dem, was ich mir aus den Fingern saugte – den Lebenslauf von Jacob Rivers zu rekonstruieren. Ich murmelte etwas von einem Buch. Einem Roman. Antonio unterschlug ich lieber. Das war zu persönlich. Das ging ihn nichts an.

Der Schweiß strömte mir über den Rücken. Ich hatte Bauchkrämpfe. Hätte diese Quälerei doch bloß bald ein Ende!

Der Inspektor sah mich lange und forschend an. Als ich die Stille freiwillig mit weiteren Rechtfertigungen ausfüllen wollte – anstatt mit der Faust auf den Schreibtisch zu hauen und meine Freilassung zu verlangen –, hob er die Hand. Ich sollte schweigen. Mit der anderen Hand schob er mir meinen Paß zu.

»Kann ich gehen?« fragte ich erleichtert und grapschte nach meinem Paß.

Er hielt die Hand darauf. Beinahe hätte ich sie berührt. Das Blut schoß mir in die Wangen. Denn ich wollte seine Hand berühren. So wie ein Bittsteller die Hand des Königs berührt, so wie ein Sünder die Hand eines Heiligen zu küssen versucht, so wie ein Bettler um ein Almosen bittet, so wie eine Hure einen potentiellen Freier ködert.

»Wo sind Sie untergebracht?«

Er ließ seine Hand ruhig liegen. Ein schönes, kleines, braunes Gebirge mit fünf Ausläufern. Flache rosa Nägel.

»Ich habe kein Hotelzimmer reserviert. Ich habe zwar bei Hertz ein Auto gemietet, aber das Büro ist jetzt wohl geschlossen. Wie ich in die Stadt komme, weiß ich nicht. Und hier scheint es ja kein Hotel zu geben. Sie sind mir etwas schuldig. Zumindest ein Taxi.«

»Sie müssen sich für nähere Untersuchungen zur Verfügung halten.«

»Wozu? Ich habe nichts verbrochen. Warum behandeln Sie mich wie eine Verdächtige?«

Ich fand endlich zu meiner Empörung zurück und begann ihn auf meine Rechte hinzuweisen, doch ich spürte

Tränen brennen, und meine Stimme klang merkwürdig hoch und gepreßt. Die Brust des Fußbodens hob und senkte sich. Ein Strahlenkranz umgab den Kopf des Polizisten.

»Sie können mit mir mitfahren. Ich bringe Sie zu einem Hotel.«

Er gab der gestrengen Meisterin ein Zeichen, daß sie die Tür öffnen könne. Zollbeamte und Bewacherin verließen das Büro und schauten aus einiger Entfernung zu, wie ich meinen Koffer einpackte. Keine Entschuldigung, keine schuldbewußte Hilfe, nichts. All in a day's work. Die Tasche mit der sexy Unterwäsche, dem Bodywarmer und den fünf geöffneten Dosen Twinings, aus denen mir ein unverkennbarer Bergamotteduft entgegenschlug, schob ich entrüstet beiseite. Not mine! Die vernichtenden Blicke, die ich ihnen zuwarf, ließen sie kalt. Ich war zwar nicht ertappt worden, aber ich blieb eine Schmugglerin. Noch einmal zur Toilette. Aus meinen Öffnungen spritzte der Dreck.

Die Nachtluft war Balsam. Vom Nachmittagswind war nur eine flaue kleine Brise geblieben. Sie trug wie Blütenstaub die Düfte von Pflanzen und Blumen mit sich, die an den Berghängen wuchsen. Ich atmete tief ein. Ich mußte zusehen, daß ich durch den betäubend süßen Oberton im Duft dieses Ortes hindurch ganz schnell auf den bitteren Grund kam. Für einen karibischen Cocktail aus Musik, Mond und Männern war ich nicht hergekommen. Ich schaute nach oben, kniff gegen das Streulicht der Ankunftshalle, in der eine Neonreklame blau und störend für eine örtliche Cola blinkte, ein wenig die Augen zusammen und suchte die Sterne. Wo mochten sich wohl die Ereignisse von vor zweihundert Jahren befinden? Das Licht von Fanny Rivers' Tod reiste mit einem Strahl von fünfzehn Milliarden Lichtjahren durch ein gekrümmtes Weltall. Sie war noch nicht sehr weit. Zwar längst an Sirius und Aldebaran vorbei, aber noch lange nicht bei Antares in meinem Sternbild Skorpion. Wie schnell raste und rotierte die Milchstraße noch gleich durchs Weltall? Mit atemberaubender Geschwindigkeit, das wußte ich, aber dennoch schienen wir unbeweglich in der Zeit zu schweben. Nur der Wind bewegte sich. Gerade wenn im Licht der Ewigkeit nichts von Bedeutung ist, zählt jedes einzelne Detail, erhält jede Gebärde einzigartiges Gewicht, dachte ich. Wieso und warum, mußte ich mir selbst noch erklären. Ich ging so vorsichtig, als wäre ich aus Glas.

Der Polizeiinspektor, der mein Gepäck in seinen Kofferraum gehoben und mir die Beifahrertür aufgehalten hatte wie ein Gentleman-Taxifahrer, fuhr einen klapprigen Plymouth. Mich zu einem andern ins Auto setzen, empfinde ich als eine Form von Penetration, eine von mir nicht erwünschte Intimität. Als zöge ich jemandes ungewaschene Kleider an. Ich schnupperte zaghaft. Nichts säuerlich Engstirniges oder süß Selbstzufriedenes, keine Achtlosigkeit, die sich in Andenken wie einem verfaulten Apfel oder einer umgefallenen Dose Öl bemerkbar macht, kein abgestandener Junkfoodgeruch aus Styroporschachteln; ein vager Weihrauchduft, als wäre er in seiner Freizeit Priester. Ich roch keine Frau, wenn das auch nichts heißen wollte, wohl aber schwach Teer und Nikotin. Nicht von einem Raucher, sondern von jemandem, der nichts dagegen hat, wenn in seinem Auto geraucht wird. Ich schmachtete nach einer Zigarette, obwohl ich seit Monaten nicht mehr rauchte.

Wir schwiegen, während er den Wagen auf die schmale Straße Richtung Stadt lenkte. Am Armaturenbrett baumelte eine laminierte Ausweiskarte. In den Lichtstreifen der vorbeiziehenden Straßenlaternen las ich den Namen. Marcus G. Penn.

»Wofür steht das ›G‹?« fragte ich, auf das Kärtchen zeigend.

»Garvey. Marcus Garvey Penn.«

»Wo habe ich diesen Namen schon gehört.«

»Marcus Garvey ist einer unserer Helden.«

»Ach ja«, sagte ich. Es fiel mir wieder ein. Bob Marley

war zu und nach seinen Lebzeiten der größte Held der Karibik, aber Marcus Garvey gehörte zu den Ikonen der »black consciousness« aus einer früheren Zeit. Mit einem großen Schiff, der *Black Star*, wollte er Nachkommen von Sklaven in ihre Heimat in Afrika zurückbringen und bekam dafür nicht nur herzliche Zustimmung, sondern auch finanzielle Unterstützung vom Ku-Klux-Klan. »Ihre Eltern hatten offenbar politisches Bewußtsein.« Mein ungewollt paternalistischer Ton hing in der Luft wie der Gestank eines Furzes. »Ich meine, es besagt doch etwas, wenn man sich für so einen Namen entscheidet«, versuchte ich den Gestank zu vertreiben. »So wie man bei uns niemanden Karl oder Adolf nennen konnte, ohne damit eine politische Aussage zu machen. Sogar Josef war lange verdächtig. Was komisch ist, denn mit dem Namen verband natürlich jeder eher den Mann Marias als Stalin.« Ich beendete meinen kurzen, nervösen Wörterbrei mit einem gackernden Auflachen.

Er warf einen flüchtigen Seitenblick auf das fremdartige Insekt, das ich war, zog ein Handy aus seiner Innentasche und rief eine gespeicherte Nummer an. »Ma? Ich bringe einen Gast mit. Ist das vordere Zimmer oben frei? ... Dann mach es frei ... In einer halben Stunde ... Eine Frau ... Allein ... Niederländerin ... Das erklär ich dir nachher.«

Er steckte das Handy wieder weg. »Meine Mutter betreibt eine Pension in Pelican Bay.«

»Aber das ist nicht in der Stadt.«

»Sie werden mir dankbar sein.«

»Warum? Stehe ich unter Aufsicht? Ich bestimme gern selbst, wo ich wohne.«

Er schaltete das Autoradio ein, um meinen Protest zu beenden. Oder damit es etwas gemütlicher würde. Was denn, »dankbar sein«? Ich sah ihn entrüstet an, aber die Worte fielen zurück, noch bevor sie mir auf die Lippen kamen. An sein Profil könnte ich mich gewöhnen. Die kurzen Löckchen über seinem Ohr, wo er ein bißchen grau wurde, hatte ich schon mal in einem Traum gesehen. Ich hatte Mühe, die Hand im Schoß zu behalten und nicht mit den Fingerspitzen seine Wange zu berühren.

Ich versuchte etwas von der Insel zu erkennen und spähte ins Dunkel, aber was ich sah, hätte genausogut der Peel in Brabant sein können. Marcus G. Penn klopfte im Takt zur Musik aufs Lenkrad. Nervtötend. Er ignorierte mich. Er hätte am Flughafen ein Taxi für mich rufen können. Warum sollte ich ihm dankbar sein? Was meinte er damit? Ich war müde, hundemüde. Die Beine taten mir weh. Ich hatte Hunger und Durst. In meinem Koffer war eine Flasche Whisky. Ich sehnte mich nach einem ordentlichen Schluck. Noch ein wenig Geduld. Eine halbe Stunde. Ich ergab mich, lehnte den Kopf gegen den Fensterrahmen und schloß die Augen.

»Der Mord ist aufgeklärt«, sagte er.

Ich dachte, er wäre über eine mysteriöse Mobiltelefonverbindung mit dem Polizeipräsidium verbunden und meldete, daß er mich als Hauptverdächtige hereinbringen werde. Aber er redete mit mir.

»Welcher Mord?«

»Der Mord an Fanny Rivers.«

Ich fuhr hoch. »Was? Woher wissen Sie das?«

»Ich bin Polizist.« Großkotzig.

»Wer war es?«

»Nicht der, der dafür gehängt wurde.«

»Wer denn?«

»Ich habe meine Vermutungen.«

»Aber wer ist dafür gehängt worden?«

»Ein Sklave.«

»Woher wollen Sie wissen, daß der es nicht war?«

»Jeder weiß das.« Er sprach darüber, als handelte es sich um einen kürzlich geschehenen Fall. Als hätte er die Untersuchung geleitet – oder eben gerade nicht. Hätte er die Untersuchung geleitet, wäre etwas anderes herausgekommen, das implizierte sein Ton.

»Der Fall ist also bekannt?«

»Einigen.«

»Wo kann ich etwas darüber finden?«

»In Legenden und Liedern der Insel. Es gibt Leute, die mehr wissen. Die Familie Henriquez da Silva zum Beispiel scheint Dokumente zu haben, verweigert aber den Einblick.«

Er stellte die Musik leiser, sagte dann aber nichts mehr dazu. Und ich fragte nicht weiter, mußte erst in Ruhe darüber nachdenken. Das war mir alles etwas zu zufällig. Die Straße stieg an. Er steuerte durch eine Kurve nach der anderen. Davon wollte ich ihn nicht ablenken. Ich sah in der Ferne den Lichterklumpen der Hauptstadt verschwinden. Wir fuhren ganz offensichtlich über den schmalen Bergrücken hinweg auf die andere Seite der Insel. Das Auto hatte Mühe, der Motor lief auf höchsten Touren. Ich war eine Geisel und begann mich nach der Freundschaft meines Entführers zu sehnen.

»Warum sind Sie wirklich hier?« fragte er. Sein rascher, dunkler Blick streifte meine Wange. Nicht mehr professionell, sondern persönlich. Als wäre jetzt alles off the record. Woher weiß ein Mensch das eigentlich? Worin liegt der Unterschied? Er veränderte die Haltung seiner Hände am Lenkrad. Bei mir schlugen in Kopf und Leib Zeiger aus, und Seismographen zeichneten die Ausschläge heimlicher Beben auf. Ich war eine große Antenne, die auffing und interpretierte. An meiner Wirbelsäule wurde in Höhe des dritten Lendenwirbels ein Nerv von einem Signal aus dem Unterbewußtsein getroffen.

»Aus Neugier.«

Es war viel komplizierter.

»My father died«, sagte ich nach einer Stille, in der er nicht merklich auf meine erste leere Phrase reagierte, als habe er die einfach überhört und warte auf den wahren Grund. Es rutschte mir in einer plötzlichen Anwandlung heraus. Wenn ich noch *ein* Wort sagte, würde ich zusammenklappen.

Er stellte das Radio ab, sagte eine Weile nichts, steuerte noch durch einige weitere Kurven; der Nachtwind, der durch das Seitenfenster hereinwehte, wurde kühler, je höher wir kamen.

»When?« fragte er.

»Vor fast einem Jahr.«

Wir waren auf dem höchsten Punkt, kippten hinüber. Der Motor klang erleichtert. Ein Stückchen weiter hielt er den Wagen an.

Mit einemmal bekam ich Angst. Vergewaltigung. Mißhandlung. Mord. Ich faßte den Türgriff, bereit rauszuspringen. Vor mir in der Tiefe sah ich einen Halbkreis von Lichtern. Ich roch das Meer und das süße, faulige Aroma der Tropen. Kein Hahn würde nach mir krähen, wenn Penn mich hier im Gebüsch liegenließ. Streunten hier Aasfresser herum, Hyänen, Schakale, Geier? Ein scharfer Schnabel zerrte und pickte an meinem Fleisch. So be it. Na gut. Dein Wille geschehe.

»Da drüben ist Pelican Bay«, sagte er. »Und hier begannen die Ländereien von Jacob Rivers.«

Ein Stich durchfuhr mich vom Brustbein zum Schambein.

Ein Polizeiinspektor taugt natürlich nur was, wenn er einen Verdächtigen zum Reden bringt. Und so verstand Marcus G. Penn es, mir in den Minuten, die uns noch bis zur Ankunft in der Pension seiner Mutter verblieben, den Anfang von Jacobs Geschichte zu entlocken. Soweit mir bekannt. Soweit von mir rekonstruiert. Zurechtgesponnen.

Ich eröffnete meine Rede mit ein paar relativierenden Bemerkungen über »Geschichte und Einbildung« und »Wahrheit und Dichtung« und darüber, daß ausgemalte Historie unter Umständen wesentlich zuverlässiger sei als die eigenen Erinnerungen an eine konkrete Wirklichkeit. Und daß historische Forschung deshalb so schön sei. Daß man das Archiv gleichsam als Rettungsring benutze, um nicht in der Gegenwart zu ersaufen. Ich warf ihm einen verstohlenen Blick zu. Der Inspektor interessierte sich nicht für vage, hypochondrische Einleitungen und Anspielungen. Er hielt den Blick auf die Straße geheftet. Er wollte die Geschichte.

»Es beginnt auf Walcheren«, sagte ich.

»Walcheren«, imitierte Penn mit übertriebenen Rachenlauten und wunderte sich, daß es Menschen gab, die in einem Sprachfehler lebten.

»Das ist eine friedliche, grasige Insel des zeeländischen Archipels«, fügte ich gekünstelt und als sei ich beleidigt hinzu. »Gottesfürchtige Leute, harte Arbeiter, aufrechte Kaufleute, obwohl das Wort aufrecht hier vor allem bedeutet, daß sie sich nicht schämten, einem andern das Fell über die Ohren zu ziehen.«

Er lachte.

In einem solchen Moment ginge man im Niederländischen zum Du über. Hin und wieder tauchte der Plymouth in ein Schlagloch. Die Stoßdämpfer hatten ihre beste Zeit hinter sich, und auch die Sitze waren durchgesessen wie alte Jogginghosen. Er wird die Straße schon kennen, dachte ich mit dem Mut der Verzweiflung, als die Scheinwerfer plötzlich über den Abgrund hinweg ins schwarze Nichts leuchteten. Es folgten der Tritt auf die Bremse und der Ruck am Lenkrad. Die Lichter von Pelican Bay verschwanden und kamen wieder. Das Meer schimmerte wie schwarzes Plastik.

Jacob

Jacob van de Wetering ist erst zwanzig, als die Familie beschließt, ihn seinem Onkel mütterlicherseits, Kompagnon der Reederei Hurgronje & Louyssen in Vlissingen, anheimzugeben. Die benötigt einen Bevollmächtigten an der afrikanischen Westküste. Jacob hat das falsche Mädchen geschwängert und damit die Familienehre besudelt. Ein Skandal droht. Es ist der Tropfen, der das Faß zum Überlaufen bringt. Das Mädchen schicken sie mit einer Abfindung nach Sluis. Ihn schieben sie an die Goldküste ab. Das ist ein Verbannungsort für schwarze Schafe und anderes unliebsames Gesindel. Weiße sterben dort wie die Ratten.

Jacob protestiert. Für Abenteuer ist er durchaus zu haben, aber er möchte nicht fort von Walcheren. Er verspricht wie immer, sich zu bessern. Das Versprechen haben sie zu oft gehört. Stell mal in Afrika unter Beweis, was du taugst. Er ist überrascht, nein, fassungslos. Zürnen hilft nichts. Bitten und Betteln auch nicht. Vater! Laßt Euch doch erweichen. Mutter! Legt ein gutes Wort für mich ein. Sie sind unerbittlich. Sein Onkel. Seine Eltern. Bin ich Euer Sohn nicht mehr? Doch, er ist ihr Sohn. Ebendarum. Fort mit ihm. Er kann es nicht fassen. Als er sie umarmen will, greift er ins Leere.

De Waakse Hond heißt der Kauffahrer, der für die erste Etappe der Dreieckspassage gerüstet wird. Jacob ist Assistent des Supercargos und hilft beim Verzeichnen der Ladung. Chintz, Köper, Serge und Perpetuan, stückweise und in Ballen. Eisenstangen, Schnappschloßgewehre und Schießpulver, Töpfe und Pfannen, Fässer Branntwein, Wollfett. Wegzehrung für die Überfahrt. Sogar ein Päckchen Angelhaken. Er steht am Kai und zählt die Ballen. Abends praßt er mit seinen Freunden im Wirtshaus. Über sein Schicksal ist ohnehin entschieden. Zu Wohlverhalten besteht kein Anlaß mehr.

Seine stürmische Verliebtheit in die Tochter eines Schankwirts hat sich ebenso rasch wieder gelegt, wie sie aufgekommen war. Er vermißt sie nicht, widmet aber hin und wieder einen unruhigen Gedanken an das Kind, das seine Züge aufweisen und nach ihm fragen wird. Wie wird er fortleben? Als der verachtenswerte Vergewaltiger? Der gottlose Leichtfuß? Der tragische Geliebte? Er hat keinen Einfluß darauf, welches Bild sein Kind von ihm haben wird. Er sieht seinen Doppelgänger im dunklen Spiegel eines Kinderlebens in Sluis. Doch es ist gut möglich, daß das Kind stirbt, ohne von einem Vater zu wissen. Welche Verschwendung, denkt Jacob.

De Waakse Hond liegt zusehends tiefer im Wasser. Die Laderäume sind nahezu voll. Die Takelage wird nachgesehen. Der Seilschläger bringt ein neues, aus drei Kardeelen gedrehtes Peerd. Der Seiler flickt die Risse im Besan- und Bramsegel. Jacob lernt die Namen von Kapitän, Steuermann, Bootsmann, Geschützmeister, »Krankentröster«, Koch und allen Offizieren, die ihm in den kommenden Monaten sonst noch zur Gesellschaft gereichen werden. Das gemeine Schiffsvolk kümmert ihn nicht, unter der stumpfsinnigen Bagage wird er ja doch keine Freunde finden. Er ist ein Außenseiter, den die Männer mit Argwohn beäugen: Repräsentant des Reeders, Topfgucker, Spitzel, Milchbübchen.

Einer seiner Saufkumpane erzählt von Barbaresken, Seeräubern vor der marokkanischen Küste, die ihren Gefangenen die Hoden abbeißen. Wir haben Türkenpässe, sagt Jacob. Ob er denn glaube, daß ein Stück Papier gegen den Blutdurst dieser Mauren helfe. Und das sei nur der Anfang, denn in der Bucht von Benin erwarteten ihn Tropenfieber und giftgetränkte Assagaie. »Aber auch Gold«, sagt Jacob. »Reich werden kannst du dort. Es schwärt dort in Klümpchen aus dem Boden. In Hülle und Fülle.« Nichts als starke Geschichten. Je näher der Tag der Abreise rückt, desto größer wird seine Angst. Er möchte nicht fort.

Den Abend, bevor er an Bord geht, verbringt er mit seiner Familie. Mit Vater und Mutter, seinen Brüdern Hendrik und Laurens und den drei kleinen Schwestern, die den Moment des Abschieds mit vor Müdigkeit weißen Gesichtchen hinausschieben. Vater liest das Gleichnis vom verlorenen Sohn vor und hebt die Stimme, als er sagt: »Ich will mich aufmachen und zu meinem Vater gehen und zu ihm sagen: Vater, ich habe gesündigt gegen den Himmel und vor dir. Ich bin hinfort nicht mehr wert, daß ich dein Sohn heiße; mache mich zu einem deiner Tagelöhner!« Dann schlägt er die Bibel mit dem schweren Schloß zu. »Laßt uns beten, daß du dereinst so reuevoll zurückkehren und Barmherzigkeit erfahren mögest.« Mutter schiebt sich auf ihren Stuhl und nickt. Ihr Mund verrät, daß sie sich die Tränen verbeißt.

Jacob muß etwas sagen. Er sucht nach den rechten Worten. Sieht sie an. Die schwere Tischdecke schimmert in Tiefrot und Dunkelblau. Darauf die Zinnschale, blitzsauber gescheuert. Er streicht mit dem Finger über den geschorenen Plüsch. Ihm wird bewußt, daß er hier zum letzten Mal sitzt, daß er schon unberührbar ist. Er sieht sich mit wütender Geste dem Vater die Bibel entreißen und sie an die Wand werfen. Er hört sich schreien, daß die Strafe in keinem Verhältnis zur Sünde stehe. Daß ihr gerechter Gott den Rock von Pfarrer Maathuis trage. Barmherzigkeit? Jacobs Wut liegt dichter unter der Oberfläche als das Bedauern, kriecht ihm wie Schaum auf die Lippen, verfliegt dort.

Seine jüngste Schwester gähnt und steckt die anderen an. Hendrik und Laurens haben die Augen niedergeschlagen. Er sieht sich um dieser Geschwister willen doch noch vor dem Stuhl des Vaters niederknien und um Vergebung bitten.

Wenn er spricht, wird es mit seinen eigenen Worten sein. Von dem Guten, das verlorengehe. Davon, wie er sie vermissen werde. Davon, wie ihm der Mut sinke. Seine Nase läuft. Er wischt sie sich mit dem Handrücken ab. Aber er sagt nichts. Sieht seinen Vater an. Ihre Blicke prallen aufeinander und sprühen Funken wie zwei Feuersteine. Vaters Blick schreibt ihm die rechten Worte vor, zwingt ihn. Nein, das nie. Es ist ein kurzes, stummes Kräftemessen, das beide, Vater und Sohn, verlieren. Der Sohn spricht nicht das Wort des Vaters. Der Vater vergibt seinem Sohn nicht.

Jacob blickt in die Runde. Was er auch täte oder sagte: Er kann sie schon nicht mehr erreichen. Er ist allein. Sie haben ihn losgelassen. Er muß sie loslassen. Er schiebt seinen Stuhl zurück, auch wenn Vater ihm noch nicht erlaubt hat, sich zu erheben. Die Augen seiner Mutter sind blau wie Veilchen. Er verläßt das Haus, um die Nacht in einer Wirtschaft zuzubringen oder bei einer Hure oder am Ufer der Westerschelde. Kalt bis auf die Knochen. Kälter noch.

Als er im dichten Nieselregen an den Häusern entlangläuft, den Kopf eingezogen, den Hut tief in der Stirn, hört er Schritte hinter sich und die Stimme seines Bruders Hendrik: »Warte!« Jacob wartet nicht, doch Hendrik holt ihn ein, paßt sich seinem Schritt an und läuft neben ihm her.

»Das kannst du Mutter nicht antun. Du mußt dich von ihr verabschieden.«

»Ich verabschiede mich nicht. Ich will nicht fort. Sie haben mich verstoßen.« Überquellender Kummer und erstickte Empörung lassen ihn wachsen.

»Du hast es nicht anders verdient.«

Jacob beschleunigt seine Schritte.

»Komm mit zurück nach Hause.«

»Ich habe kein Zuhause mehr.«

Er ist so böse, daß er seinem Bruder einen Stoß versetzt und davonrennt, bis er Seitenstiche bekommt. Die Dunkelheit legt ihm den Arm um die Schultern, als er die Stadt hinter sich läßt. Eine Baumwurzel hemmt seine Flucht. Er stürzt und preßt die Stirn auf den schweren zeeländischen Lehmboden. »Wache mit mir«, murmelt er.

Als das Schiff bei ablaufendem Wasser vom Kai losgemacht wird, um in der Westerscheldemündung auf den Kapitän und günstigen Wind zu warten, steht Jacob verkrampft an Deck. Naßkaltes Aprilwetter, der Himmel grau in grau, es geht kaum Wind. Das Schiff treibt äußerst langsam davon. Vlissingen kriecht von ihm fort. Die Türme und Fassaden der Stadt graben sich in sein Gedächtnis ein. Es schmerzt in seiner Brust.

Zum erstenmal in seinem Leben ist Jacob so weit draußen auf dem Meer, daß er kein Land mehr sieht. Er fühlt sich hilflos. Ihn schwindelt, wenn er daran denkt, daß sie wochenlang nichts als Wellen und Wolken in sämtlichen Schattierungen von Grau, Blau und Grün sehen werden. Auf dem Schiff ist alles, was er berührt, kalt und feucht. Er bekommt eine schwere Erkältung und sitzt fröstelnd und niesend beim Koch in der mit Kupfer ausgeschlagenen Kombüse. Dort ist es warm. Der Koch ist ein schweigsamer Gerechter aus Noordeloos. Zerfressen von Zweifeln über seine Bestimmung. Wenn er spricht, prophezeit er den Zorn Gottes. Nichts und niemand taugt etwas. Er muß die Bibel eigens auf die Verfluchungen hin studiert haben, denn aus seinem verfaulten Mund kommen nur die fürchterlichsten Verse. Alles, was einen Hoffnungsschimmer in sich birgt, hat er rigoros gestrichen. Der Mensch ist ein Wurm. Vor allem Jacob.

»Wenn ich ohnehin nichts für oder gegen meine Auserwählung tun kann, wozu soll ich da ein redliches Leben führen?« fragt Jacob den Koch. Der rührt verbissen im Brei und läßt sich zu keiner anderen Antwort herab als einem gedämpft vor sich hingemurmelten: »Heide«.

Eines Nachts träumt Jacob von den Groden- und Schlickflächen Walcherens. In seinen Ohren hört er den Wind rauschen und das schlürfende Geräusch seiner Stiefel im Schlamm. Stelzenläufer picken nach Muscheln und Krabben. Eine Silbermöwe schreit. In der Ferne ist schwach die Turmuhr von Vlissingen zu vernehmen, und er hört die Stimme seiner Mutter. Sie ruft ihn. Er will zu ihr, doch er kommt nicht voran. Langsam sinkt er ein, zum Schluß ragt nur noch sein Arm aus dem Morast. Er kämpft sich aus dem Schlaf. Hat da jemand seinen Namen gerufen?

Er verläßt die Kajüte. Die Wache hat sich tief im Mantel vergraben. Das Schiff knarrt, die anderen Schläfer schnarchen in ihren Hängematten auf dem Zwischendeck. Es ist voll dort und stickig. Sie hängen dicht an dicht wie die Fledermäuse. Hoch in der Luft hört er mit hohlem Laut den Wind heranjagen. Alles knarrt und ächzt und stöhnt. Der Wind hat den Himmel für die Sterne reingefegt. Es ist Neumond. Die See ist so schwarz, daß er keine Wellen sieht. Nicht das leiseste Glitzern. Warum strahlen die Sterne kein Licht ab? Warum strahlen sie nur für sich? Unsichtbare Hände stoßen das Schiff hin und her. Man kann sich nicht dagegen wappnen, weil man nichts vorhersieht. Der Himmel kippt und kippt. Die Milchstraße schwankt von einer Seite zur anderen. So wie er träumend im Treibsand versank, versinkt er nun in der Ewigkeit.

Auf der Höhe von Madeira – Land wie eine Fata Morgana –, als der Seegang noch ungestüm, doch der Wind plötzlich günstig ist, fällt ein Schiffsjunge aus der Want. Bis dahin hat es die üblichen Unfälle gegeben: Prellungen, Hautabschürfungen, Blessuren von ausgerutschten Messern. Damit weiß der Barbier und »Krankentröster« umzugehen. Ruhr und Bronchitis müssen einfach durchgestanden werden. Oder es wird eben daran gestorben. Als der Schiffsjunge nach einigen Tagen zu sich kommt, erkennt er seine Umgebung nicht mehr und tobt wie ein Wahnsinniger. Er muß festgebunden werden, kann sich aber immer wieder befreien und stellt eine Bedrohung für die Mannschaft dar. Der Zimmermann baut ihm mit Eisenstangen aus der Ladung einen Käfig auf dem Zwischendeck. Er wird zur Jahrmarktsattraktion. Vierzehn ist er und klein für sein Alter. Manche der Männer spielen grausame Spielchen mit ihm. Jacob schickt die Männer wütend fort. Er besänftigt den Schiffsjungen. Von dem Moment an kann allein Jacob das unglückliche Kind erreichen. Er füttert den Jungen mit Brei, tunkt steinharten Zwieback in seinen Wasserbecher. Da der Junge nichts entgegnen kann, gesteht Jacob ihm seine Angst. Daß er nicht erst aus der Want zu fallen braucht, um hinter einer Tür in seinem Innern den Irren toben zu hören, der in ihm steckt. Er erkennt sich selbst in dem Jungen, wenn er ihm durch die Gitterstäbe hindurch Brot gibt. Er sieht seinen eigenen Wahnsinn, seine Angst, seine erbärmliche Verlassenheit. Das einzige, was seinen Geist beisammenhält, ist der zwingende Gedanke, daß einer auf dieser Seite des Käfigs bleiben muß. Solange ich für dich sorge, bleibe ich ganz. Das klingt beinahe wie Beten, denkt Jacob.

Auf der Höhe der Kanarischen Inseln, als sie ohne Probleme die Domäne der Barbaresken passiert haben – nicht *ein* fremdes Segel! Nicht *ein* Segel! Leere See, leer, leer, leer –, bekommen sie es mit Gegenwind zu tun. Der Schiffer beschließt, nicht beizuliegen und abzuwarten, sondern abzudrehen und den Wind zu umfahren, mit dem Risiko, daß sie dabei zuviel Höhe verlieren. Es wird die Reise verlängern. Das Wasser wird rationiert. Sechs Tage später sehen sie einen großen Ostindienfahrer auf dem Weg nach Brasilien, von wo er zum Kap der Guten Hoffnung queren wird. Wegen der schweren See können sie nicht längsseits gehen, um Nachrichten auszutauschen. Im Laufe der folgenden Woche sterben fünf Seeleute. Im großen Schiffsraum hat sich ein Leck gebildet. Sie müssen im Schichtdienst schöpfen und pumpen. Der Zimmermann repariert das Leck provisorisch. Fortwährend sind die Männer mit den Segeln beschäftigt, die gesetzt, gerefft, eingeholt, repariert, ausgerichtet werden müssen.

Dann legt sich der Wind. Und regt sich nicht mehr. Sie sind in der Kalmenzone. Der Gestank auf dem Zwischendeck ist nicht auszuhalten. Es wird ein wenig Schießpulver abgebrannt, um das Ärgste zu bekämpfen. Jacob langweilt sich. Auch ans traurige Schicksal des Schiffsjungen, der jetzt meist reglos in einer Ecke sitzt, hat er sich gewöhnt. Er verfällt in einen Zustand von Neutralität, der Ähnlichkeit mit Gemütsruhe hat. Sie dümpeln tagelang dahin, gefangen im Blau: ein stinkendes, wimmelndes, in der weißglühenden Sonne schmorendes Stück Holz. Ausgetrocknet. Vier Seeleute sterben. Jacob fragt den Kapitän, ob der Schiffsjunge nicht wieder freigelassen werden könne. Er habe sich ja ausgetobt und stelle keine Gefahr mehr dar. Jacob werde ihn anleinen wie einen Hund, wenn der Kapitän das wünsche. Es wird genehmigt. Und so führt Jacob den zahmen Dirk mit sich, der nur noch knurrt und bisweilen rhythmisch mit dem Kopf gegen die hölzerne Reling schlägt.

Die Wirtstochter erscheint ihm oft, und nun, da er sie nicht mehr haben kann, begehrt er sie mehr denn je. Doch da sind andere Gedanken, die ihn tiefer bewegen. Darüber spricht er mit niemandem. Er hat wenig zu tun. Der Kapitän, selbst kein Schreiber, läßt ihn das Logbuch führen. In der dunklen Kapitänskajüte sitzend, die Feder in der Hand und das Tintenfaß vor sich auf dem schweren Holztisch, der sich bei Seegang manchmal neigt, schreibt er eines Tages mit großen Lettern mitten auf eine weiße Seite: »Ich bin, der ich bin.« Und er signiert: Jacob van de Wetering. Gott. Un-Gott. Er schaudert. Gott oder Satan oder Jacob, es ist ihm einerlei. Nun, da er fort ist aus seiner Heimat, weiß er nicht mehr, was das heißt: zu sein, wer er ist.

Als endlich Land in Sicht kommt, diskutieren der Kapitän und der Maat darüber, welches Land das nun genau sei. Ob wohl Untiefen und Klippen zu befürchten sind, ob es wohl einen Ort gibt, wo sie anlegen oder vor Anker gehen können, einen natürlichen Hafen, eine Flußmündung. Ist das Guinea? Benin? Sie studieren die Karten und schließen, daß es Cabo Verde ist. Jubel bricht los. Hier beginnt die eigentliche Arbeit. Von hier aus werden sie sich handelnd und tauschend St. George bei Elmina entgegenbewegen. Je nach der politischen Situation an der Küste kann der Handel zügig oder schleppend verlaufen. Im voraus läßt sich das nicht sagen. Heute schießen die Schwarzen mit ihren von den Zeeländern gekauften Musketen und ihren giftgetränkten Assagaien jeden Weißen über den Haufen, morgen ist plötzlich ein Vertrag zwischen dem Stammesfürsten und einem Vertreter der Compagnie geschlossen.

Mit klopfendem Herzen begibt sich Jacob mit dem Supercargo und einigen Mann Besatzung im Beiboot an Land, um die Lage zu peilen. Afrika! Fester Boden unter den Füßen! Er fühlt sich Kilos zu schwer, als er stolpernd die ersten Schritte auf dem breiten, weißglitzernden Strand tut. Sie sind von einigen Schwarzen an Land gezogen worden, die mit ihren Prauen um *De Waakse Hond* schwärmten, kaum daß sie in der Bucht vor Anker gegangen waren, das Geschütz sicherheitshalber parat. Dieselben Männer geleiten sie auch mit gezückten Speeren, anders kann er es nicht nennen, zu der Ansiedlung aus Strohhütten und kleinen Holzhäusern in der spärlich bewachsenen Ebene hinter dem Strand. Weit entfernt erhebt sich ein blaugrüner Bergrücken.

Sie haben Proben von der Ladung mitgenommen. Stoffmuster. Der Häuptling oder Stammesfürst, der sich von seinen Untertanen durch einen anderen Kopfschmuck und eine Kette aus Kaurimuscheln zum Zeichen seines Reichtums unterscheidet, gibt zu verstehen, daß ihn der Handel nicht sonderlich interessiere. Der Supercargo spricht ein paar Worte Portugiesisch – damit kommt man in diesen Breiten ganz gut durch – und versichert, daß es auf dem

Schiff weitere, reichere Waren gebe. Der Stammesfürst will Schießpulver. Das ist auch vorhanden. Wieviel? Genug. Gewehre? Gewiß. Nicht viele, aber von hervorragender Qualität. Das Neueste vom Neuen. Bezahlung gerne in Sklaven oder Gold. Sklaven. Der Stammesfürst läßt ein Anschauungsexemplar bringen: einen jungen Neger, an Händen und Füßen gefesselt. Von Öl glänzend, so daß seine Muskeln schön zur Geltung kommen.

»Den habe ich beim vorigen Mal auch schon gesehen«, sagt der Supercargo zu Jacob. »Er ist kein Sklave, er spielt den Sklaven. Die echten Sklaven sind meist in einem bejammernswerten Zustand. Die muß man erst wieder aufpäppeln.«

Der Supercargo bekundet seine Zweifel und bittet um weitere Beispiele. Der Stammesfürst bedeutet mit einer Geste: »Kommt nicht in Frage.« Der Supercargo zuckt die Achseln. Dann eben nicht. Und geht. »So läuft das hier«, sagt er. »So ist das Spiel. Vielleicht hat er nur Nahrungsmittel für uns, ein paar Schweine, ein paar Ziegen. Die müssen wir zu einem überhöhten Preis akzeptieren. Wir müssen ihn uns warmhalten.«

Ohne einen Blick für die wundersam fremdartige und exotische Welt um ihn her verläßt der Supercargo die Hütte. Jacob folgt ihm staunend. Er sieht dunkle Frauen, die sich für ihren Mund schämen, aber keineswegs für die Nackheit ihres Körpers. Nach dem salzigen Schweiß- und Kotgeruch auf *De Waakse Hond* steigt ihm nun ein trockener, bitterer Geruch nach Versengtem in die Nase. Er ist nicht angenehm. Oder doch? Es überrascht ihn jedenfalls, daß hier alles so anders riecht als zu Hause in Zeeland, diesen weit entfernten, unscheinbaren Inseln, diesen paar vergessenen Ausscheidungen eines Kontinents.

In nahezu jeder Bucht, die *De Waakse Hond* anläuft, werden Sklaven gekauft. Es sind meist mutlose Männer und Jungen, das schwarze Kraushaar grau vom Staub. Man hat sie in Zweier- und Dreiergrüppchen aus dem Landesinnern herantransportiert, wo sie von einer Kohorte feindlicher Küstenbewohner erbeutet, aus ihren Hütten geschleppt, von ihren Ziegen weggeholt wurden, und sie haben einen langen Marsch hinter sich. Sie sehen zum erstenmal das Meer und lassen sich am Strand vor Schreck platt auf den Bauch fallen. Das Schiff ist ein furchterregendes Seeungeheuer, die Weißen mit ihren Feuerwaffen sind rachsüchtige Götter fremder Völker. Sie wissen nicht, wie ihnen geschieht. Sie wissen nicht, was sie erwartet. Sie sehnen sich nach zu Hause.

Die Neuankömmlinge hoffen auf Informationen von denen, die bereits an Bord sind, doch sie können einander nicht verstehen. Sie sprechen alle verschiedene Sprachen. Widerstand, falls es überhaupt einmal dazu kommt, resultiert bei ihnen aus Angst, nicht aus Mut. Jacob geht nicht mehr gern aufs Zwischendeck oder in den Schiffsraum. Die Gegenwart der schweigenden, schwitzenden Männer, das Ächzen und ihr manchmal geradezu besessenes Summen beklemmen ihn. Er hat auf dem Jahrmarkt in Middelburg einmal einen Bären an der Kette gesehen, der Kunststückchen vorführte. Dieser Bär kam ihm, so sehr er Tier war, weniger tierisch vor als die Schwarzen, die sie jetzt nach St. George bei Elmina bringen und anschließend nach Curaçao und St. Eustatius. Nach Essequibo und Berbice. Ihn ekelt vor ihnen.

Jacob gewöhnt sich an die afrikanischen Gebräuche. Sie werden häufig empfangen, und dann bietet man ihnen eine Frau an. Der Supercargo sagt, es sei unhöflich, das abzulehnen, und es verstoße auch nicht gegen die Ehrbarkeit. Er habe eine Frau und fünf Kinder in Veere, doch diese Erfüllung eines körperlichen Bedürfnisses und einer geschäftlichen Pflicht gelte nicht als Ehebruch. Ihm seien Jungfrauen am liebsten, weil er nicht gern im Schmutz eines anderen stochere. Ansonsten verschließe man am besten Augen und Nase und bringe die Tortur möglichst rasch hinter sich. Jacob folgt seinem Rat und kommt auf den Geschmack, so wie man eine Vorliebe für, ja sogar eine Sucht nach Kautabak oder Pfeiferauchen entwickelt. Die ungeschlachte Wirtstochter aus Vlissingen, nach deren nur knauserig freigegebenen Herrlichkeiten er unter etlichen Flanellröcken tastete, kann sich nicht messen mit den »Tapujerinnen«, Mischlingsfrauen, die vielfach eigens für diesen Zweck reserviert werden, und ihrer würzigen, seidenweichen Haut. Die nackte, willige Darreichung der saftigen Frucht, ach, er könnte davon träumen, er träumt davon, er denkt an nichts anderes. Er ist zwanzig.

Kurz vor St. George bei Elmina wird Jacob krank. Fieber, Durchfall, Erbrechen. Er phantasiert. Dirk sitzt, verzweifelt vor- und zurückwippend, an seiner Seite und wischt ohne großen Erfolg mit seinem Hemd das Erbrochene auf. Er fällt den »Krankentröster« an und wird wieder in seinen Eisenkäfig gesteckt. Als sie das Fort erreichen, ist Jacob noch am Leben. Er wird in einer Hängematte von Bord getragen, Dirk folgt mit Hand- und Fußfesseln wie ein Galeerensträfling. Sie bringen die beiden in eine leere Vorratskammer in den Kellern des Forts, an die unaufhörlich die tosende See schlägt. Dirk hämmert mit dem Kopf zurück.

Einige Tage später verläßt Jacob endlich die nebligen, von Dämonen bevölkerten Regionen des Fieberhalbschlafs. Da hat *De Waakse Hond* bereits Richtung Accra abgelegt, aber das ist ihm natürlich entgangen. Er weiß nicht, wo er ist. Es fällt ein wenig Licht herein durch einen schmalen, hohen Spalt in der Mauer. Durch den dringen auch das Lärmen, der Geruch und der feine, salzige Nebel von schäumenden Wellen. Er liegt auf einem niedrigen Bett. Neben ihm sitzt Dirk. Das Eisen, mit dem die Fußgelenke des Jungen zusammen- und an die Wand gekettet sind, hat ihn wundgescheuert. Dirk hält Jacob eine Schale hin, die dieser dankbar austrinkt. Er weiß nicht, ob sie gefangen oder frei sind, und harrt in gespannter Erwartung darauf, daß sich die Tür öffnen und ein Bediensteter oder Weisungsbefugter Aufschluß geben wird. Es ist ein Arzt, ein Holländer, und er ist betrunken.

»Dieses stinkende Prachtland, dieses von Ungeziefer und Miasmen starrende höllische Erdenloch, es macht einen verrückt, es macht einen krank, es macht einen tot. Es sei denn, man ist stärker als der Teufel selbst«, sagt er, während er Jacob untersucht. »Daß Ihr genesen seid, gibt dem Satan keine Hoffnung. Sobald Ihr stehen könnt, erwartet Euch der Sekretär. Der sitzt irgendwo oben in der Festung. Spielt Lomber, raucht Pfeife und schreibt seinen Bericht für die Compagnie: ›Alles bestens. Schickt Waffen.‹«

Der Doktor lacht schallend und verabschiedet sich mit einer verunglückten Verbeugung. Aus anderen Räumen, die auf den Gang hinausgehen, hört Jacob ein Murmeln, einen anschwellenden und wieder schwächer werdenden Schrei, einen Sturm erstickter Laute. Die Keller des Forts, durch die er sich auf der Suche nach einer Treppe bewegt, sind voller Geräusche. Echos, Metall auf Metall, Klopfen, Quietschen, Knarren. Er weiß nicht, ob das Seufzen, das er hört, von Wind und See stammt oder von toten Seelen, die keine Ruhe finden. Er wird sich plötzlich der Symbolik seiner Wiederauferstehung vom sicheren Tod bewußt, und er sieht darin ein Zeichen für die Zukunft. Das alte Leben ist abgestreift wie eine Schlangenhaut. Er schaudert, erfüllt von Angst und Hoffnung. Das neue Leben kündigt sich an. Er ist nicht mehr, der er war. Den Rite de passage hat er ganz allein bewältigt. Niemand hat ihm zum Abschied gewinkt. Niemand wartet auf ihn. Dirk ist der stumme Zeuge eines vorigen Lebens. Dirk ist der Spiegel seiner Einsamkeit. Der Käfig für seine Raserei. Erneut und mit größerer Eindringlichkeit als an Bord der *De Waakse Hond* angesichts der ewigen Sterne prägt er sich die rätselhafte Botschaft wie ein Brandzeichen ins Herz: Gott, Un-Gott, ich bin, der ich bin.

Der Sekretär schnarcht vor sich hin. Sein Kopf ruht auf dem linken Arm. Aus der rechten Hand ist ihm der Gänsekiel gefallen, mit dem er gerade einen Brief schrieb. Er sitzt an einem schweren Schreibtisch mit Kugelfüßen. Ein solcher steht auch bei Hurgronje & Louyssen im Herrenzimmer. Mitten in einem Satz überfiel ihn der Schlaf. Ein Krug Genever steht neben einem leeren Glas. Ein kleiner schwarzer Junge fächelt ihm mit einem viel zu großen Pajong. Sachte raschelt das Papier im rhythmischen Seufzen des künstlich erzeugten Windes. Die Perücke des Sekretärs ist verrutscht, dünnes graues Haar klebt ihm auf der blassen, glänzenden Stirn. Seine Augäpfel bewegen sich träumend hinter den geschlossenen Lidern.

Leise setzt sich Jacob auf einen mit zerfasertem grünen Plüsch gepolsterten Stuhl, der an der Wand neben der Tür steht. Die unbequeme Haltung und die große Schmeißfliege, die ihm über die Wange krabbelt, werden den Sekretär bald wecken. Stören will Jacob nicht. Durch das Fenster sieht er über die Brustwehr der Festungsmauer hinweg nicht das Meer, sondern die Hügel des Hinterlandes. Die Sonne wird von einer dünnen, trüben Wolkendecke verschleiert, die sehr gut von den rauchenden Feuern unter den Kochtöpfen bei den Negerhütten aufgestiegen sein könnte. Die Luft im Raum ist stickig und feucht. Jacob fühlt sich benommen und seltsam leicht im Kopf, führt das jedoch auf seine Krankheit zurück. Welchen Ton soll er dem Sekretär gegenüber anschlagen? Höflich? Untertänig? Arrogant? Er hat allen Grund, den Mann als seinesgleichen, ja vielleicht sogar als untergeordnet zu betrachten. Die WIC, die Westindische Compagnie, die den Sekretär beschäftigt, hat nicht mehr viel zu bestellen, und daß sie überhaupt noch den Schein wahren kann, sie hätte Verfügungsgewalt, ist dem Wohlwollen der Middelburgse Commercie Compagnie und der anderen Reeder und Kaufleute, unter anderem Jacobs Familie, zu verdanken.

Jacob wartet. Träumt, immer noch schwindlig, vor sich hin. Er sieht eine junge Schwarze auf das Ruhebett zugehen. Ihre geräuschlosen, graziösen Bewegungen sind herrlich anzusehen. Das prachtvoll geblümte Tuch von der Koromandelküste, das ihren Körper umhüllt, legt sie ab. Sie streckt sich auf dem Ruhebett aus, die Gliedmaßen in angenehmer Haltung. Dann bewegt sie die Hand zwischen ihren Beinen vor und zurück, und nicht lange danach spannt sie sich wie ein biegsamer Zweig, der auf den Boden herabgezogen wird. In den vier Ecken des dämmrigen Raums leuchten grüne Augen auf, und Frauen mit schaukelnden Brüsten wie von säugenden Hündinnen kommen hervorgekrochen. Sie nähern sich ihm mit geöffneten Lippen und rosa Zungen. Es brennt in ihm. Und das Brennen ballt sich in seinem Geschlecht. Er befreit seinen pochenden und pulsierenden Penis aus der ihn beengenden Hose. Die laue, feuchte Luft ist wie der Mund einer Frau. Er stöhnt vor Genuß und hört sich selbst. Erschrocken schaut er auf und blickt genau in die Augen des Sekretärs, der gerade erwacht ist und noch nicht recht erfaßt, was er da sieht, bis er mit einem Ruck den Kopf von seinem linken Arm hebt. Die Perücke fällt zu Boden, ein Speichelfaden hängt ihm am Kinn.

»Steck das weg, liederlicher Schurke. Sodomit!«

Jacob stottert eine Entschuldigung. Die vorgenommene Arroganz schrumpft so schnell wie sein Glied. Der kleine schwarze Junge hält den Pajong still. Keine Frauenschatten in den Ecken des Zimmers, keine lauernden Katzen, das Ruhebett ist unberührt. Dennoch riecht Jacob unverkennbar das Palmöl, mit dem sich die einheimischen Frauen die Haare einreiben.

»Was suchst du hier? Wer bist du?«

Jacob macht einen Schritt auf den Sekretär zu. Der fährt zurück, hebt seine Perücke vom Boden auf und stülpt sie sich über. »Ich muß zu meinen Enten«, sagt er und schiebt sich geschwind an Jacob vorbei durch die offene Tür, die Hand schützend vor seinem Schritt. Der Junge läßt den Pajong sinken und läuft seinem Herrn nach.

Auf dem Innenhof schlendern Soldaten der Garnison umher. Sklaven tragen gerade gelöschte Ijsselsteinchen herbei, eine Mauer wird damit repariert. Ein braungeflecktes Schwein scharrt in einem Dreckhaufen. Drei Frauen kommen mit wiegendem Gang zum Tor herein, jede mit einem Ballen sauberer Wäsche auf dem Kopf. Jacob sieht ihre geraden, schlanken Hälse, die königliche Haltung, die schwingenden, breiten Hüften, auf denen anmutig eine Hand ruht. Die stolze Entschiedenheit des Blicks aus ihren halb geschlossenen Augen beeindruckt ihn. Sie gehen ganz nah an ihm vorüber, geschmeidig und elegant wie die Zibetkatzen, die um ihres Duftstoffs willen im Fort gehalten werden. Er könnte sie berühren, fürchtet aber, ins Leere zu greifen. Er liest die Worte von Psalm 132 über dem Tor: »Dies ist die Stätte meiner Ruhe ewiglich; hier will ich wohnen, denn das gefällt mir.« Ein Schauder durchrieselt ihn.

»Höllisch« ist zuviel gesagt, aber ungewohnt und tükkisch ist der Aufenthalt in dem staubigen, salzbestäubten, häßlichen und schmutzigen Elmina gewiß. Am liebsten kehrte Jacob bei der nächstbesten Gelegenheit nach Zeeland zurück (Butterblumen in grünem Gras, fetter Lehm, helle Sonne, kühler Regen, glänzendes Holz und Messing), wäre da nicht sein Ehrgefühl. Und Dirk. Und die verblassende Erinnerung an einen Sternenhimmel auf hoher See und der Gedanke, daß Elmina eine läuternde Prüfung ist, ihm in den Weg gelegt von einer höheren Macht, die seine Herausforderung angenommen hat.

Jacob lernt rasch. Er schlägt sich seinen Weg durch den Wald von Korruption, Machtmißbrauch und Opportunismus. Bevor sie ihn betrügen, betrügt er selbst. Sein Vorteil ist seine wache Intelligenz. Er betrachtet jede Situation als mögliche Manifestation bösen Vorsatzes. Er traut niemandem. Niemand traut ihm.

Die WIC ist ein hochverschuldetes Unternehmen. Doch unverdrossen schickt die holländische und zeeländische Kauffahrtei Schnauen und Fregatten zum Sklavenhandel aus. Irgendwann muß das doch Gewinn bringen. So denkt Jacob auch. Handel ist Handel. Menschen oder Baumwollballen, das macht keinen Unterschied. Für niemanden, auch für die Afrikaner nicht. Einem Zeeländer fiele es nicht ein, einen Holländer an einen Spanier zu verkaufen oder auszuliefern. Doch in Afrika sind solche Praktiken üblich. Jacob hat das akzeptiert. Es ist eine Frage des Zufalls, wer in den Kellern des Forts und den Laderäumen der Schiffe landet und mit gefesselten Füßen wie Stückgut verfrachtet wird. In jedem Sklaven steckt ein Herr. In jedem Herrn ein Sklave. Weiße Sklavenhändler machen sich das zunutze. Und wohin es auch geht, für viele ist alles andere besser als Afrika.

Manchmal staunt Jacob, wie leicht er sich an Dinge gewöhnt, die in Vlissingen einen Auflauf verursachen würden. Je fremder alles ist, desto leichter ist das Fremde zu akzeptieren. Und im Grunde besteht kein Unterschied zwischen den Ritualen der Neger, den wilden Tänzen, den Opfern, den Amuletten, der Aufmachung, den Medizinmännern, der Zauberei und dem getragenen, schleppenden Gesang in weißgetünchten Kirchen oder dem warnend erhobenen Finger eines Gerechten.

Der Schweiß läuft ihm den Rücken hinunter, und ihn plagt ein juckender Ausschlag. Sein Gesicht ist aufgedunsen. Dirk kauert im Schatten, ganz wie ein Einheimischer auf den Fersen. Der Doktor, der gelb wie Gerbstoff ist und widerlich aus dem Mund stinkt, besieht sich die nackten Sklaven, Männer und Frauen durcheinander, von Kopf bis Fuß. Sie stehen in der grellen, stechenden Sonne. Seit Stunden stehen sie dort schon und glänzen von Öl und Schweiß. Jacob bewundert ihr Durchhaltevermögen und ihre Fügsamkeit. Sie wissen, daß Weglaufen keinen Zweck hat. Manche haben es versucht, wurden aber von Afrikanern, die sich für die Wiederbeschaffung von Handelsware hohe Prämien ausbedingen, rasch wieder zurückgebracht.

Der Doktor zieht Lippen hoch und zählt Zähne, er kneift in Bizepse und mustert Waden, er faßt ins Kraushaar, um zu sehen, ob Grau darin ist. Ohne Protest lassen sie es zu. Tiere bocken stärker gegen die Hand des Viehprüfers als diese Schwarzen. Er fühlt, ob das Fleisch der Brüste fest ist. Befiehlt einem nach dem anderen, sich zu bücken, und sieht nach, ob nicht ein Korken im Anus den Durchfall zurückhält. Manche werden für zu alt oder zu krank befunden; die scheiden aus: »Makrons«. Andere erhalten ein Gesundheitszeugnis. Der Doktor sagt zu Jacob, daß er mit so einem roten Kopf nicht durch die Prüfung käme. Doch wohl nicht dem Alkohol verfallen, Junge? Oder schlimmer? Nein, er ist nicht dem Alkohol verfallen.

Die Liebe ermattet ihn. Er begehrt seine Beischläferin, die Tapujerin Emily, wenn sie am Feuer hockt und im Kochtopf rührt. Er begehrt sie, wenn sie mit trägen Bewegungen die Wäsche durchs Wasser schlägt. Er begehrt sie, wenn sie ihrem dreijährigen Söhnchen, einem Kind aus der Verbindung mit einem Fiskal, Liedchen singt. Er begehrt sie, wenn sie geduldig auf dem Ausguck steht und auf er weiß nicht was wartet. Er begehrt sie, wenn sie abends vor dem Schlafengehen die Matte fegt und das Bett auf Ungeziefer kontrolliert. Er begehrt sie, wenn sie auf dem Feld kauert, um ihre Notdurft zu verrichten. Er begehrt sie und nimmt sie. Er wartet nicht ab, er nimmt. Sie ist ein Körper. Er kennt sie nicht und gibt sich auch keine Mühe, ja kommt nicht einmal auf die Idee, sich in ihren Geist zu vertiefen, als könnte das seine Begierde besudeln. Sie verweigert sich ihm nie. Drei-, viermal am Tag, an Sonntagen öfter. Sie kniet geduldig nieder und streckt ihm ihr Gesäß entgegen, ihre wunderbare, dichtbewachsene Spalte, in der rosarot die glänzende Öffnung der Vagina schimmert wie der Eingang zur Unterwelt. Sie könnte eine Färse, eine Sau, eine Ziege sein. Sein Penis ist rauh und fast ununterbrochen erigiert, pulsierend, pochend, brennend. Der brennende Schmerz wird in der Heftigkeit der Befriedigung gelindert, die er schon allein deswegen sucht. Er schießt seinen Samen in das Dunkel ihres Schoßes, füllt sie bis an den Rand, stößt durch das Dach der Welt und regnet weit und breit herab, wie Funken, wie Asche, wie Manna.

Der einzige Freund, den er sich macht, ist der neue Generaldirektor Jan Huydecoper, ein Amsterdamer, der einige Jahre zuvor zur Begleichung seiner Schulden nach Afrika geschickt wurde. Er ist schon Gouverneur verschiedener anderer Forts gewesen, bevor die WIC ihn endlich auf seinen Posten in Elmina beruft. Huydecoper kennt die bornierte Bruderschaft von neurasthenischen Alkoholikern und durch Geschlechtskrankheiten angefressenen Dummköpfen durch und durch. Er liest abends Tacitus und Hooft und raucht sein Pfeifchen. Er liest, um seinem Platz in der göttlichen Ordnung auf die Spur zu kommen. Er weiß eigentlich nicht, ob er noch nach Holland zurückmöchte. Hier herrscht ein ungekanntes Maß an Freiheit für den, der sich nicht auf Intrigen einläßt.

Ihre Gespräche in der Abgeschiedenheit von Huydecopers Zimmer stellen ein beinahe schon unwirkliches Gegengewicht zur Außenwelt dar. Huydecoper ist auf seine Weise ein Philosoph. »Wir werden hier – von unserem Zuhause abgeschnitten – zu Fremden für uns selbst. Und dadurch vielleicht erst ganz wir selbst.«

»Das verstehe ich nicht«, sagt Jacob.

»Man gedenkt derer nicht, die früher gewesen sind, und derer, die hernach kommen; man wird auch ihrer nicht gedenken bei denen, die noch später sein werden.«

»Prediger«, sagt Jacob.

»Der Prediger Salomo hat vieles Unverständliche gesagt,

daher gibt er mir zu denken. Nichts bleibt. Niemand wird sich deiner erinnern. Die Vergangenheit ist passé. Für die Zukunft brauchst du nichts zu tun. Die Zukunft ist der Tod. Und der ist nicht weit. Und der ist Freiheit.«

Freiheit? denkt Jacob. Huydecopers Freiheit ist eher Entwurzelung. Verwirrung. Wahn.

Die Melancholie des Gouverneurs steckt ihn eine Weile an, doch dann begehrt Jacobs Vitalität gegen den Fatalismus auf. Er spürt die lähmende Kraft des Klimas, er sieht, wie um ihn her Krankheiten die Menschen, Weiß und Schwarz, heimsuchen. Er selbst setzt sich mit seinem Geschlechtstrieb zur Wehr. Emily wird freilich nicht schwanger. Vielleicht kennt sie die Geheimnisse der Unfruchtbarkeit. Vielleicht ist sein Samen tot. Alles, was aufgebaut wird, verfällt, verfault. Unmöglich, dagegen anzuleben. Entweder er bleibt und versinkt in Huydecopers zufriedene Verzweiflung, oder er zieht weiter.

Die Regenzeit bricht an und bringt eine Epidemie mit sich. Zuerst stirbt das Söhnchen, dann stirbt Emily. Dirk wird ernstlich krank, erholt sich jedoch wieder. Jacob kommt ungeschoren davon.

Jacob ist dreiundzwanzig Jahre alt. Zeeland ist fern. In seinem Innern hat er einen harten Hohlraum, einen Resonanzkörper für seine klappernde Seele. Manchmal sieht er sich selbst handeln und sprechen. Er weiß nicht, in wessen Namen und auf wessen Geheiß. Die Länge und Breite, die Höhe und Tiefe seines Daseins lassen sich nicht mehr messen. Seine Hände tasten nach Fels, sie finden Wasser und Luft.

Ada

Erwarten Sie hier keinen Service. Jeder Gast ist auf sich selbst angewiesen. Ich trag keinem was hinterher.«

Sie ging vor mir die Treppe hinauf, Mrs. Edith Penn, die ich Ma Edith nennen sollte, weil alle das taten. Marcus G. hatte mich abgeliefert und seiner Mutter übergeben, die zu meiner Überraschung klein, dürr und weiß war. Ebensogut könnte sie in grauer Strickjacke und moosgrünen Gummistiefeln durch einen englischen Country Garden tigern. Eine vertrocknete Teerose, die vor Sprödheit knistert. Ihrer Fahne entnahm ich, daß sie sich vergeblich in Alkohol zu konservieren versuchte. Ihre linke Hand war zum Glas hin ausgefahren. In der Rechten hielt sie eine Zigarette, die sie sich bei der Begrüßung kurz zwischen die Lippen steckte. Die unbarmherzige Zeit hatte sich um ihre Fingerknöchel geklumpt.

»Toussaint, mein anderer Sohn, Unternehmer in zwielichtigen Geschäften, will, daß ich ein Strandrestaurant aufmache. Er will, daß ich hier lauten Amerikanern und läufigen deutschen Blondinen – no offense meant – und sonstigem Kroppzeug, das hier so angeschippert kommt, für ein Schweinegeld Bohnen und angebrannte Spareribs andrehe und ihnen von unmusikalischen Bodybuildern einen traurigen Volksliederabklatsch vorspielen lasse. Er will, daß ich meine Exilanten rausschmeiße, das Haus umbaue und ein exklusives kleines Hotel für Honeymooners draus mache. No way.«

Während ich hinter ihr herging, fragte ich mich, ob ich wohl in ihre Obhut gegeben oder ihrer Aufsicht unterstellt worden war. Marcus hatte sich schleunig verabschiedet, als habe er sich einer schmutzigen Arbeit entledigt. Mein Gepäck konnte ich selbst nach oben tragen. Als ich im Hintergrund das Aufröhren des Plymouth, dem er ordentlich Gas gab, von der Hauswand widerhallen hörte, wurde mir mit Schrecken bewußt, daß er mir meinen Paß nicht zurückgegeben hatte. Ohne das rote Büchlein war ich eine abgelehnte Asylbewerberin, eine illegale Gastarbeiterin. Ich drehte den Kopf und fühlte einen Nackenwirbel knacken, ein Schmerz durchzuckte mich und zersprang in meinem Kopf wie eine Feuerwerksrakete.

»Ich bin zu alt, um mich noch zu verändern«, fuhr Ma Edith fort. »Es hat sich schon so viel verändert. Die Toilette ist auf dem Flur. Die teilen Sie sich mit den Jungs von gegenüber.« Sie zeigte mit einer routiniert schwungvollen Geste, die so verschlissen war wie der Kokosläufer auf der Treppe, auf zwei Türen. Eine davon trug die Lettern Mc, das M saß ein Stück tiefer als das c. Es sah aus wie eine physikalische Formel, M hoch c. Aber das lag daran, daß das W verkehrt herum an seinem Nagel baumelte.

»In dem vorderen Zimmer, das Sie jetzt bekommen, hat lange der Kubaner geschlafen, aber ich hab seine Sachen wieder bei seinen Kumpels im hinteren Zimmer abgeladen. Wenn ich was übersehen habe, werfen Sie's ruhig auf den Flur raus.«

Es war dunkel, warm und feucht auf dem oberen Treppenflur. Eine nachgemachte Tiffany-Deckenlampe sträubte sich mit ihren bunten Glasscherben und Bleirähmchen hartnäckig dagegen, das Licht der Glühbirne zu verbreiten. Die Sprühdose mit Insektengift war großzügig zum Einsatz gekommen, und es hätte mich nicht gewundert, wenn die ausgebeulten Betten, die ich erwartete, mit ihren Holzbeinen preziös in mit Petroleum gefüllten Konservenbüchsen gestanden hätten. Ihre Pensionsgäste gehörten nicht zum auserwählten Volk der Touristen, sagte Ma Edith. Das hatte ich schon begriffen. Sie seien Treibgut, flotsam and jetsam. Exilanten, denen sie mit ihrem immer mitleidenden Herzen schlecht die Tür habe weisen können. Aber alles besser als ein Luxusresort mit dementsprechender Klientel. Allein schon der Name: Resort. Es folgte eine Tirade gegen den Tourismus. Eine Geißel, eine Plage, eine Krankheit, eine Pest. Verrat an der Authentizität der Insel. Alles Gute werde davon infiziert. Die nettesten Menschen würden korrumpiert. Die Zeit der Unschuld sei vorüber.

»Sie wollen mich weghaben«, sagte sie, während sie die Tür zu meinem Zimmer öffnete und das Licht anknipste. Ich ging mit meinem Koffer an ihr vorbei und fing durch den Whiskydunst hindurch eine Wolke intensiver Süße auf, als hätte sie sich von oben bis unten mit Karamel eingerieben.

»Viel ist es nicht, aber besser als nichts. Enjoy your stay in Pelican Bay.« Angesichts der triefenden Ironie ihres Wunsches durfte ich wohl davon ausgehen, daß sie diesbezüglich schwarz sah.

Ich war angenehm überrascht. Das Zimmer war zwar nicht groß. Drei mal vier Meter. Aber mit Einfachheit ließ sich ausgezeichnet leben. Schlichter, gediegener Holzfußboden mit Sisalläufer; ein dem Anschein nach sauberes Bett mit dunkelblauer Bettwäsche; hellblau getünchte Wände; Gott sei Dank keine Bilder. Tischchen mit Wasserkocher und zwei Tassen, ein Glas Nescafé. Kleiner Kühlschrank. Duschkabine in der Ecke, Waschtisch daneben. Schreibtisch mit wackligem Stuhl. Vase mit fünf prachtvollen rosa Pfingstrosen, ein wenig geöffnet in ihrer weichenden dunkelgrünen Knospe, auf der noch Abendfeuchte glänzte. Es erinnerte mich an die Liebe. Mich durchrieselte ein Schauder, und ich verspürte einen Stich durch den Unterleib. Ich schloß Ma Edith ins Herz. Allein schon wegen dieser Blumen. Pfingstrosen in der Karibik?

»Sie haben auch einen Balkon, aber wenn drinnen das Licht an ist, halten Sie die Tür nach draußen besser geschlossen.«

Ich ging neugierig zur Balkontür, schob die Gardine zur Seite und schaute mit den Händen um die Augen durch die Scheibe nach draußen. Ja, Meeresblick. Weiter Meeresblick. Ich machte die Flügeltüren auf. Mit einem tiefen Seufzer strömte der frische Atem der Nacht herein. »Das ist herrlich«, sagte ich.

»Glad you like it.« Sie hatte ihre Zigarette aufgeraucht und suchte nach einem Aschenbecher, während sie den Aschekegel aufrecht hielt, damit er nicht auf den Boden fiel. Auf dem Weg zum Schreibtisch, auf dem ein Glasaschenbecher stand, dessen eingestanzter Schriftzug »Magnolia Gardens« verriet, daß er aus einem Luxusresort entwendet worden war, stützte sie sich einen Moment wankend auf den Schreibtischstuhl. Der Kummer, der plötzlich aus all ihren Poren stieg, war fast greifbar. Er umgab sie wie ein Heiligenschein. Selbst für Unsere Liebe Frau des Immerwährenden Beistands, der es auf ein Stündchen Trost mehr oder weniger nicht ankam, wär das ein harter Brocken gewesen. Ich erschrak und schrak auch davor zurück. Fürs erste hatte ich genug mit mir selbst zu tun, obwohl es ja kein besseres Mittel gegen Selbstmitleid gibt als die Nöte eines andern. Sie hatte sich schnell wieder im Griff und wiegte sich im Glauben oder hoffte, ich hätte nichts gesehen.

»Warum sind Sie hier?« fragte sie. »Sie sind doch keine Touristin?«

»Eine alte Familiengeschichte.«

Ah. Damit schien alles erklärt zu sein.

»Dieser Kubaner«, fragte ich, »weiß der, daß ich hier schlafe?«

»Er hat keinen Zimmerschlüssel. Sie schon. Er wird schon merken, daß die Tür zugesperrt ist, wenn er nach Hause kommt. Wir haben eine Abmachung. Wenn ich einen Gast für dieses Zimmer habe, muß er raus. Sie wohnen zu dritt im hinteren Zimmer. Drei alte Exilanten: ein Chilene, ein Argentinier und ein Kubaner. Aber sie haben ständig

Streit. Der Kubaner ist nämlich rechts, und die beiden andern sind links. Sie könnten alle längst nach Hause zurück, aber sie haben sich an ihr Exil gewöhnt. Irgendwann kennt man es gar nicht mehr anders. Und möchte es auch gar nicht mehr anders. Schließlich ist man ja ganz damit ausgefüllt, sich für entwurzelt und unwillkommen zu halten. Und wenn man die Kunst erst mal beherrscht, wäre es doch schade, sie so einfach über Bord zu werfen, bei all der Mühe, die man sich gemacht hat. Zu Hause ist ohnehin nichts mehr so, wie es früher war. Selbst wenn das Wetter ist, wie es war. Ich meine: Wenn für das Exil kein Grund mehr besteht.«

»Erfahrung?«

»Ach, wir haben alle unsere Geschichten. Die sollte man uns nicht nehmen.«

Sie zog ihren Kimono etwas fester um ihre mageren Glieder, fühlte in den Taschen, fischte eine Packung Zigaretten und ein Feuerzeug heraus und bot mir eine Marlboro an, die ich unter Aufbietung aller meiner Kräfte ablehnte.

»Hoffentlich trinken Sie dann wenigstens«, sagte sie. Um zu beweisen, daß man in der Hinsicht auf mich zählen konnte, holte ich die Flasche Whisky aus meinem Koffer. Ob sie auch einen wolle. Ich sah, wie sie sich fast vornüberneigte, so unwiderstehlich zog der Alkohol sie an, und sie öffnete schon den Mund, um »I wouldn't mind if I do« zu sagen, entschied sich dann aber für ein »Nein, danke, im Moment nicht. Sie sind bestimmt müde von der Reise. Ein andermal gern«.

Jetzt sollte sie auch das Zimmer verlassen, fand sie. Bei der Tür angekommen, fragte sie noch: »Woher kennen Sie Marcus?«

»Ich habe ihn am Flughafen kennengelernt.«

Ah.

Sie zog die Tür zu. Ich hörte das Klicken des Schlosses, leise, aber definitiv. Ich war allein. Ich war angekommen.

Da begann ich heftig zu zittern. Es fing irgendwo im

Zwerchfell an und breitete sich seismisch über meine Gliedmaßen aus, bis meine Zehenspitzen erreicht waren. Um das Gebibbere irgendwie in den Griff zu kriegen, packte ich meinen Koffer aus und legte meine Kleider in den nach Kampfer riechenden Schrank. Ich schenkte mir einen Whisky ein und kippte ihn runter. Meine Zähne schlugen gegen das Glas, daß es klirrte, als würde eine reich gefüllte Bar von einem leichten Erdbeben erschüttert. So, wo meine Speiseröhre verlief und wie groß mein Magen war, wußte ich jetzt wieder. Aber das Zittern hörte nicht auf. Ich schaute auf meine Hände und spreizte die Finger. Sie standen unter Strom. Ob mein Handy hier ging? Sollte ich Huib wecken und sagen, daß ich so was wie einen anaphylaktischen Schock hatte und was ich dagegen tun sollte? Kindchen. Bloß das nicht. Dann lieber noch ein Gläschen und frische Luft und die unermeßlichen Sterne und das beruhigende Rauschen des unsichtbaren Meeres. Ich nahm den wackligen Schreibtischstuhl mit auf den schmalen Balkon und zwang mich zu Ruhe und Entspannung. Meine Mutter hätte hierfür bestimmt eine famose Übung, bei der man auf spirituellem Wege allerlei Punkte abging, die man drücken oder auf die man sich konzentrieren mußte, aber ich machte es einfach mit Selbstbeherrschung und dem Nachtwind, der wie das Wasser des Styx eine Reihe von Erinnerungen auf seinem Strom davontrug. Schließlich ebbte das Beben zu einem inneren Summen ab, wie man es in elektrischen Leitungen zu hören meint.

Da hockte ich nun auf der Insel von sozusagen Familienangehörigen, dem sich Rivers nennenden Jacob van de Wetering, und Antonio, der nach außen hin zu einem van de Wetering wurde, der aber seinen geheimen Namen, den Namen seiner verlorenen Mutter, den Namen seines abtrünnigen Vaters, wie einen Stempel auf der Innenseite seiner Haut mit sich getragen hatte, wie eine Signatur in seiner DNA. Wir sind alle versiegelt. Irgendwo in der Achselhöhle oder einer anderen Körperverzweigung, von Haaren oder einem Gelenk verdeckt, befindet sich eine winzige Plombe. Das Siegel aufzubrechen ist nicht im Sinne des Erfinders. Wer es dennoch tut, erhält Zugang zu einem Gewirr aus Drähten und Relais, und man muß sich in diesem Labyrinth verdammt gut auskennen, um keinen Kurzschluß auszulösen. Es knattert und funkt dort ziemlich schnell. Ganz im Innern der Verdrahtung liegt ein zerbrechlicher Kern. Dieses wehrlose Weichtier ist das Selbst. Das Selbst ist ein Schleimklacks, den wir bewahren und bei unserem Tod unversehrt übertragen müssen. Das ist der Auftrag. Es gelingt so gut wie niemandem. Nein, nein, das Selbst ist nicht die Seele. »Seele« ist zu sehr mit Theologie infiziert. Auch nicht das »Ich«, das von der Psychologie zu einem Baukasten mit Legosteinchen degradiert wurde, die man der Vorlage entsprechend zusammenfummeln kann. Das Selbst, das ich meine, hat noch nie was von Psychologie gehört. Es ist blind und taub und hilflos. Es tröstete mich, mich als Schrein eines Schleimklackses zu sehen. Darin war ich Antonio gleich, Jacob gleich. Und sie mir.

Es war alles etwas anders gelaufen, als ich erwartet hatte. Okay, hatte jemand gesagt, der Herr über die Lebensgeschichten ist, das war bis jetzt nichts Halbes und nichts Ganzes, wir streichen alles, was vorher war (schön wär's!), und fangen jetzt richtig an. Versuchen wir es doch mal so: Ada wird des Drogenschmuggels verdächtigt. Sie weiß eigentlich selbst nicht, ob sie schuldig ist oder nicht, jedenfalls verhält sie sich so, und nach dem Verhalten wird man beurteilt. Der dazugehörige Polizeiinspektor ist eigens in die Geschichte hineingedacht worden, um Ada an Ma Ediths Exilort in Pelican Bay zu bringen, der perfekt auf Adas Charakter zugeschnitten zu sein scheint; sie neigt nämlich dazu, auch im Paradies die zugigen Ecken aufzusuchen. Mein Gott, da saß ich nun, ich hatte es ja schon im Flugzeug gewußt: Wie eine Fliege auf dem Leim. Diese Geschichte war für die Frau mit der sexy Unterwäsche und der Earl-Grey-Sucht bestimmt, nicht für mich. Wie entkam man der falschen Geschichte? Einfach noch einmal von vorn anfangen, zurück zum Flughafen, wieder ankommen, rechtzeitig das Gepäck aus dem Haufen ziehen, sich ein klein wenig vordrängeln, den Wagen bei Hertz abholen und dann schnurstracks zum *Magnolia Gardens*. Aber leider: Rückweg versperrt. Es gibt auch gar keine falsche Geschichte. Es gibt nur eine Geschichte. Von dem Moment an, da der Zollbeamte mich fragte »This yours, Miss?«, kamen die Insel und ich miteinander in Berührung, und aus dieser Reibung wurde der Beginn einer Geschichte.

Auf diesen neuen Standpunkt und diese neuen Anfangssätze mußte ich mit einem Plan antworten. Erst mal schlafen, das schien mir keine schlechte Idee. Ich war völlig erledigt vom Jetlag, fast vierundzwanzig Stunden in Aktion. Wenn ich ausgeschlafen hatte, würde ich in Ruhe die Umgebung erkunden und sehen, ob mir was Brauchbares geboten wurde. Auto oder Motorroller mieten. Und dann bei einem von beiden beginnen: Jacob oder Antonio, sowie in beiden Fällen bei mir selbst. Am Ende des Trips würde lebensgroß ich selbst zutage treten zwischen den geschrumpften Ballons meiner Ausreden: der antiken Puppe Jacob mit den kleinen satanischen Hörnern zwischen den blonden zeeländischen Haaren und dem zerrissenen Poster von einem schwarzen Ödemkind mit treuherzigen Augen, tief wie Teiche.

Nach langem Sinnieren bis an diesen Punkt gelangt, beschloß ich, schon mal den Spiegel über dem Waschbecken zu erproben. Es konnte nicht schaden, mit einem Blick in die eigene Visage das Ende der Suche zu beschleunigen. Ich wollte sehen, wen Marcus gesehen hatte. »Guten Morgen, himmlische Mevrouw Ping, hat Euch die milde Nacht gefallen, und haben die Pfingstrosen gebührend geduftet?« fragte ich mein Spiegelbild. Ein paar lange blonde Strähnen hingen mir über die Wangen. Aus dem Gummiband gerutscht. Meine braunen Augen, die mancher ungewöhnlich fand zum Hautton und zur Haarfarbe, glühten wie die einer Schwindsüchtigen. Darunter lagen schwarze Balken, als wären die Knochen unter der durchscheinend dünnen Haut nicht aus bleichem Gebein, sondern aus Holzkohle. Von der Nase führten zwei schmale Furchen zu den Mundwinkeln. Irgendwer hatte sie mit spitzem Nagel in Brotteig gekerbt. Meine Lippen waren schmal und trocken, weil ich sie im Flugzeug und danach nicht ausreichend mit Labello eingefettet hatte. Totenblaß war ich nach einem vitaminlosen Winter. Das alles war etwa so attraktiv wie ein Doppelzentner ausgekeimte Kartoffeln. Ich putzte mir die Zähne, zog mich aus, öffnete die Balkontür einen Spaltbreit, hinter zugezogenen Vorhängen, um die Insekten draußen zu halten, und schlüpfte unter ein gestärktes Laken, das so glatt war wie ein teures Kuvert. Zum letztenmal hatte ich Appretur bei meiner Oma gerochen, die gern ihre Schwesternschürze damit behandelte. Gott sei Dank etwas von früher, ein Geruch, der mich zusammenhielt.

Es war kein Weichtier, das versteckt in der aus menschlichen Drähten gemachten Hülle ruhte, sondern umgekehrt: An Haken hingen Babys in schleimigen Kokons. Ich wußte, daß die Kokons das Leben der Kinder nicht schützten, sondern bedrohten. Zu allem Übel trat Huib als Gesangsduo auf. Zwei Huibs sangen *Una Paloma Blanca* und schwangen synchron eine scharfe Sichel. Um die Kinder zu retten, mußte ich das Duo außer Betrieb setzen. Ein Baby fiel wie eine kleine weiße Wurst aus dem Hintern eines Kokons. Da ich den Schalter nicht finden konnte, fielen weitere Würste aus Kokons, bis es Würste regnete, nein, schneite und ich darunter begraben wurde und mich verzweifelt aus der weißen Masse emporkämpfen mußte. Ich wurde kurz wach, tastete völlig desorientiert nach der beruhigenden Gegenwart Huibs, war er noch nicht im Bett? Hatte er auf dem Klo einen Herzanfall gehabt und lehnte jetzt tot am Geburtstagskalender? Ich mußte den Notarzt rufen. Bis mir bewußt wurde, wo ich war. Da dämmerte ich wieder ein, für die nächste Runde, in der mir jemand mit einem großen Gummihandschuh die Eingeweide und Organe aus den verschiedenen Körperöffnungen holte, so wie Heringe oder Hühner ausgenommen werden, und ich rief: »Nein, nein, nicht mein Herz, laß die Finger von meinem Herz, alles könnt ihr haben, aber nicht mein Herz.« Wie dieser Alptraum endete, weiß ich nicht, denn plötzlich ging das Licht an und jemand rief: »Heilige Mutter, sie haben mir einen Engel ins Bett gelegt. Hab Dank, o Herr, hab Dank.«

Vor meinem Bett kniete ein etwa sechzigjähriger Mann mit grauem Haar und Brille, deren Gläser so dick waren wie der Boden von Marmeladengläsern. Aus dem verschlissenen Kragen seines Oberhemds ragte ein magerer Schildkrötenhals. Ich sah, daß ihm Haare aus der Nase und den Ohren sprossen, als hätte er sie dort absichtlich dicht gesät. Der Kubaner. Ich hatte die Tür nicht abgeschlossen.

»Sie müssen in das andere Zimmer. Ich wohne jetzt hier. Ma Edith sagt, Sie sollen ins hintere Zimmer. Da sind auch Ihre Sachen. Ich habe vergessen, die Tür abzuschließen.«

Die Enttäuschung in seinen stark verkleinerten Augen, zwei schwarzen Kernen in konzentrischen Glaskreisen, war so tief, daß ich beinahe Mitleid mit ihm bekam, aber ich wedelte mit der Hand und machte Laute mit der Zunge: »Ksst, weg. Weg mit dir.«

Er stand auf, machte eine schwungvolle Verbeugung und bekundete, während er rückwärts aus dem Zimmer ging, sein Bedauern über meine brüske Zurückweisung; aber die Eiskönigin würde ohne Frage in seinem Feuer schmelzen, und dann bliebe leider nichts von ihr übrig, was so schade wäre, daß er lieber von der innigen Umarmung absehe, als die Welt eines Schmuckstücks zu berauben. Als er weg war und die Tirade lauthals auf dem Flur fortsetzte, sprang ich zur Tür, stemmte mich mit meinem ganzen Gewicht dagegen und drehte den Schlüssel im Schloß um.

Einschlafen konnte ich nicht mehr. Zu Hause wäre es längst Zeit zum Aufstehen. Ich setzte mich auf den Balkon und wartete darauf, daß es hier soweit sein würde. Ich wollte die Insel und das Meer erwachen sehen. Ich wollte endlich wissen, wo ich war. Das Licht sickerte langsam in meine Seele ein. Erst grau, dann rosa, dann weiß.

Ich schauderte, als der erste Schluck Nescafé meine Geschmacksknospen passierte. Was für eine Plörre, was für ein unbeschreiblich ekliges Zeug. Ich hatte zuviel Zucker reingetan. Das machte es noch schlimmer. Ma Edith kam in einem schwarzen Badeanzug aus dem Haus. Ihr Alter verriet sich in der Abwärtsbewegung des bißchen Specks, den sie am Rücken hatte. Er hing wie ein zusammengesacktes Soufflé am Kleiderhaken ihrer Schultern, ein wenig über den Rand ihrer elastischen Hülse hinweg. Sie sah sich nicht um, und mir fehlte der Mut, ihr fröhlich guten Morgen zuzurufen. Ihre schmächtige Gestalt hatte eine aggressive Einsamkeit an sich, die einen zurückzucken ließ. Sie lief immer weiter, als wäre da kein Wasser, als würde sie bis zum unsichtbaren anderen Ufer weiterlaufen. Das Laufen ging unbeirrt in Schwimmen über. Und sie zog immer weiter. Durch das Glitzern der aufgehenden Sonne auf dem Wasser und die Dünung, die Ma Ediths Vogelkopf in geraumer Entfernung vom Strand hin und wieder in einem Wellental begrub, verlor ich sie beinahe aus den Augen. Wenn sie nur nicht das Schicksal damit herausforderte, daß sie jedesmal ein klein wenig weiter ging als beim vorherigen Mal, dem gefräßigen Maul der See für einen kleinen Moment ihren Zeh, ihre Wade, ihre Hüfte anbot und dann gerade noch entwischte – bis es sie eines Tages verschlang. Ma Edith weckte einen Beschützerinstinkt; so sagen Kinder mit einemmal zu ihren Müttern: »Paß auf dich auf, ja.«

Wie hauchdünnes, helltönendes Kristall umhüllte mich das Licht. Ich war zur Ruhe gekommen. Gelassen blickte ich mich um. Es hatte mit dem Ort zu tun. Pelican Bay war wie eine weite Sichel Sand, etwa vier Kilometer von Kap zu Kap. Bis nah an den Strand zog sich das üppige Grün, in dem flache Häuser standen. In der Ferne der bläuliche Rücken einer anderen Insel. In der Bucht lagen einige Segelyachten vor Anker. Wenn es hier Tourismus gab, war er nicht besonders auffällig. Dieser unprätentiöse Ort wies mich nicht ab. Er prüfte meinen Gehalt, testete meine Gutartigkeit, aber er stand mir offen.

Endlich erhob sich Ma Edith aus der schäumenden türkisen See, alte Aphrodite, und watete an den weißen Strand. Sie verschwand kurz hinter der mit Glasscherben bestückten Mauer, die den Garten der Pension vom Strand trennte. Jetzt ging sie durch den schmalen Gang zwischen ihrem Grundstück und dem der Nachbarn, um im geöffneten Gartentor wieder sichtbar zu werden. Sie schaute nach oben und sah mich dort sitzen. Sie hob kurz die Hand zum Gruß.

»Wenn Sie Frühstück möchten, müssen Sie es sich selbst aus der Küche holen.«

Ich hörte die Fliegengittertür quietschen, kurz darauf rauschte entfernt eine Dusche. Es wurde wärmer, der Wind war fühlbar, streichelte mich mit Musselintüchern. Ich erwog, sitzen zu bleiben und eins zu werden mit dem terrakottafarben gestrichenen, abgeblätterten Holz des Hauses, genauso trocken und gebeizt zu werden, zäh den alljährlichen Orkanen standzuhalten, mich nicht vom Fleck zu rühren, treu bis in den Tod, verankerte Verbannte. Hatte ich das Gefühl für die Dinge von meiner Mutter geerbt? Das mich umgebende Holz, das mich umgebende kunstvoll geschnörkelte Schmiedeeisen des Geländers, das über die Fassade kriechende Grün und Fliederblau der Petrea, dieses knarrende Echo von New Orleans, Glied zwischen Land und Wasser, hielt mich wie in einer sicheren Hand.

Die Küche mit der quietschenden Fliegengittertür lag auf der Längsseite des Hauses und hatte einen Zementboden, in dem Natursteinscherben zu einer Art Einheit gefügt worden waren, eine alte, hier und da geborstene Spüle aus Granit, einen vorsintflutlichen Herd, lachsrosa Rauhputzwände, einen großen amerikanischen Kühlschrank und einen Tisch mit aus Treibholz gemachten Stühlen. Vor dem kleinen Fenster stand ein Strauch, dessen obszön rosarote Blüten, aus denen Staubgefäße und Stempel quollen wie ellenlang rausgestreckte Zungen, in die Küche hereinschauten. Ich sah frisches Obst auf einer Schale und Joghurt im Kühlschrank. Auf einem Regalbrett standen Schüsseln. In einer Schublade fand ich Besteck. Ich schaute mich um.

»Was suchen Sie?«

Ma Edith stand im Kimono in der Tür zur Diele und kämmte sich das nasse Haar.

»Zucker«, sagte ich.

Sie zeigte auf eine große braune Schüssel mit flachem Deckel und einer Öffnung, in der ein Löffel stak. »Zucker gibt's hier satt.«

Etwas befangen in der Situation blieb ich stehen und wartete auf ich weiß nicht was. Ma Edith kämmte sich immer weiter, auch als das Haar längst fertig war. Sie sah mich an, wie sich ein Hautarzt einen neuen Warzentyp ansieht: interessiert, aber auch mit leichtem Abscheu.

»Darf ich etwas von dem Joghurt nehmen?« fragte ich.

»Tun Sie sich keinen Zwang an.«

Ma Edith verschwand. Ich schälte eine Papaya, schnitt sie in kleinen Würfeln in den Joghurt, tat Zucker hinzu, rührte um und setzte mich zum Essen an den Tisch. Ma Edith kam in weißem T-Shirt und weißer Baumwollhose und mit einem weißen Schirm über den Augen wieder wie ein Schiedsrichter bei einem Tennismatch. Sie setzte sich mir gegenüber und schaute zu, wie ich aß. Das verschlug mir beinah den Appetit.

»Blondieren Sie Ihr Haar, oder ist das echt?«

»Das ist echt.«

Ein großer roter Kater kam geräuschlos in die Küche spaziert, den Schwanz steil aufgerichtet, und sprang auf den Tisch.

»Hau ab, Thatcher.« Ma Edith fegte das Tier runter. »Man muß Katzen immer einen Namen mit einem Zischlaut geben«, sagte sie. »Sie hören nur aufs Zischen. Falls sie überhaupt hören. Haben Sie Katzen?«

»Ich habe keine Katzen.«

»Hunde?«

»Wir haben keine Tiere.«

»Aber Kinder?«

»Mein Mann hat Kinder aus erster Ehe.«

»Wollen Sie keine?«

»Mein Mann ist sterilisiert. Like milk.«

»Schmeckt scheußlich.«

Wir verstummten kurz. Mein Löffel schwebte über dem Joghurt. Dann brachen wir in Lachen aus. Sie hatte ihren Abscheu vor der Warze überwunden.

»Was haben Sie heute vor?« fragte sie.

Ich sah sie verwundert an. Was ging sie das an? Wenn ihr Sohn, der Polizeiinspektor, ihr aufgetragen hatte, mein Tun und Treiben zu überwachen, erledigte sie das auf nicht gerade sehr subtile Weise, obwohl auch etwas für ihre Direktheit sprach. Sie konfrontierte mich jedenfalls mit der Tatsache, daß ein Vorhaben vonnöten war.

»Ich weiß nicht«, sagte ich. »Erst mal sehen, daß ich meinen Paß zurückbekomme.«

Sie erhob sich wortlos; ich hörte sie durch die Diele schlurfen, und kurz darauf legte sie meinen Paß auf den Tisch. »Hier«, sagte sie. »Hat mein Sohn heute früh gebracht.«

Ich hatte ihn nicht gesehen oder gehört. Also doch kurz auf meinem Stuhl eingenickt. So weit, so gut. Anständige Leute also. Ich gestand mir widerwillig ein, daß mich Ma Ediths Weißsein beruhigte. Ich weiß nicht, ob ich mich bei einer Big Mama so ohne weiteres hätte heimisch fühlen können, so herzlich und gastfreundlich sie auch sein mochte. Die hätte mich abgestempelt, der Kategorie »die anderen« zugeordnet. Da hätte ich mich bemühen müssen, jeden Anschein von Herablassung zu vermeiden, wäre ins andere Extrem verfallen und damit unnatürlich gewesen.

»Was ist das für eine Familiengeschichte, wegen der Sie hier sind?« fragte sie. »Nicht, daß ich mich einmischen will, aber vielleicht kann ich Ihnen helfen. Es gibt wenig, was ich über diese Insel nicht weiß.«

Nicht, daß sie sich einmischen wollte! Na, so ein Schatz! Ma Edith verschränkte die Finger ineinander, als verspürte sie ein plötzliches Bedürfnis zu beten. Eine frömmlerische Bereitschaft zuzuhören. Ich war im Zwiespalt. Einerseits wollte ich ihre offensichtliche Neugierde nicht befriedigen. Andererseits war mir jede Auskunft über Jacob Rivers willkommen. Antonio wollte ich rauslassen. Den fand ich schon auf eigene Faust. Der ging keinen was an.

»Mein Ururgroßonkel hieß Jacob Rivers. Er besaß hier Ende des achtzehnten Jahrhunderts eine Zuckerrohrplantage.«

»Das gibt's doch nicht!« rief Ma Edith aus. »Das gibt's doch nicht!«

Thatcher sprang wieder auf den Tisch, aber diesmal fuhren Ma Ediths rheumatische Hände abwesend über sein Fell und streichelten ihn. Er streckte sich genüßlich.

»Eine Verwandte von Jacob Rivers!« rief sie noch einmal ungläubig aus.

Ich wischte mir mit dem Handrücken den Mund ab und stellte die Schüssel in die Spüle, um sie abzuwaschen. Man konnte meinen, der Mann lebte noch, so entzückt war sie. Entzückt? Oder entgeistert?

»Das ist ja unglaublich!«

Ja, das fand ich auch. Ich hatte gedacht, eine solche Suche bleibt immer irgendwie stecken. Wer rechnete schon damit, gleich bei der erstbesten Begegnung auf der Insel ins Schwarze zu treffen?

»Wissen Sie etwas über die Geschichte?« Ich setzte mich wieder ihr gegenüber.

»Ich sagte Ihnen doch: Es gibt wenig, was ich nicht über die Insel weiß. Mein Mann sammelte Geschichten. Er hörte den Alten zu. Er schrieb alles auf.«

»Na, so ein Zufall«, sagte ich matt.

»Der Fall Fanny Fenwick ist berühmt. Berüchtigt.«

»Fenwick?«

»Bevor sie Rivers heiratete, hieß sie Fenwick. Sie war Schauspielerin. Auf Tournee durch die Kolonien, als sie Rivers kennenlernte. Das sollte ihr zum Verhängnis werden.«

»Wieso ist der Fall berüchtigt?«

»Sie haben den Falschen gehängt.«

»Woher wissen Sie das?«

»Das ist allgemein bekannt.«

»Wer war es denn dann?«

»Rivers selbst natürlich!«

Da hätte ich sie mit Verweis auf Jacobs Brief gleich enttäuschen können: »Es ist, als ob ich es getan hätte.« Als ob. Aber ich hielt den Mund.

»Warum sollte er seine eigene Frau ermorden?«

»Eifersucht. Haß. Man sagt, daß sie ein Verhältnis mit einem Sklaven hatte. Das war eine Schande. Weiße Männer taten nichts anderes, als schwarze Frauen zu vergewaltigen und zu mißbrauchen, aber hatte eine weiße Frau ein Liebesverhältnis mit einem Schwarzen, dann war das ein fürchterliches Verbrechen, weil sich der schwarze Mann dadurch mit dem weißen Mann auf eine Stufe stellte. Das war eine nicht zu duldende Anmaßung. Rivers nahm Rache, indem er sie umbrachte und ihn für den Mord den Kopf hinhalten ließ.«

»Geht das aus den Geschichten hervor, die Ihr Mann aufgeschrieben hat?«

»Das geht aus allem hervor. Aus allem, was danach kam. Aus der Gewohnheitsmäßigkeit von Unrecht. Aus der schändlichen Erniedrigung und Kriminalisierung von allem, was schwarz war. Schwarz ist. Das geht aus der Geschichte hervor, Mrs. Rivers!« Ma Edith ereiferte sich.

»Van de Wetering«, sagte ich, »aber das bleibt sich gleich. Lebt Ihr Mann nicht mehr?« fragte ich, um sie abzulenken und vielleicht milder zu stimmen.

»Nein«, rief sie im unverändert wütenden Ton ihres letzten Satzes. »Nein, er ist jetzt seit dreihundertvierzig Tagen und sechzehn Stunden tot!«

Es hallte von den Wänden wider, brauste durch die Fliegengittertür nach draußen, knallte gegen den Herd. Papa. Hatte der Vater von Marcus Garvey Penn am Ufer des Styx neben dem meinen gestanden, beide fröstelnd im dünnen Gewand ihrer Erinnerungen, bevor sie ins Vergessen übergesetzt wurden? Hatten die Schatten einander die Hand gedrückt und Erfahrungen ausgetauscht, ob das Sterben leicht gegangen war, ob sie noch unerledigte Aufgaben hatten und viele trauernde Hinterbliebene sie zurückgehalten hatten, und hatte Papa ihm erzählt, daß er leider allein gewesen war, weil seine einzige Tochter ihn kurz vor seinem Tod im Stich gelassen hatte, können Sie das verstehen, daß man einem Sterbenden den Rücken kehrt? Waren sie als Freunde in Charons Boot gestiegen?

»Mein Vater ist etwa zur gleichen Zeit gestorben.«

Die Atmosphäre in der lachsrosa Küche verdichtete sich. Wir saßen jede auf ihrer Seite des Tisches. Ihre und meine Worte lagen in Bleilettern vor uns. Ma Edith Penn saß da wie ein Wachtposten vor dem Tor zu den Tiefen ihres eigenen Lebens. Da war jemand sehr damit beschäftigt, den Geliebten durch Nichtbeachtung aus dem Schattenreich zum Vorschein kommen zu lassen. Und ich fühlte mich nun, da ich meinen Vater mit diesem einen kleinen Satz herbeigezaubert hatte, mehr denn je aus seiner Gegenwart verstoßen. Es zwickte und zog in mir drin. Als hätte ich ein zu enges Futter. Wohin flüchten?

»Geh Mäuse fangen, Thatcher«, sagte Ma Edith. Sie warf die Katze runter und schob brüsk ihren Stuhl zurück. »Ich werde nachher mal schauen, was ich für Sie finden kann.«

Als ich kurz darauf von meinem Balkon hinunterblickte, sah ich Ma Edith in einer Ecke ihres Gartens bei den Pfingstrosen stehen. Sie rupfte die dicken rosa Knospen von den Stielen und zertrat sie mit dem Absatz.

Ich las in meinen Aufzeichnungen, um mich auf Jacob Rivers einzustimmen. »Die westliche Zivilisation zeichnet sich nicht nur durch einen enormen Expansionsdrang aus, sondern neigt auch in ungeahntem Maße zur Introspektion und Selbstreflexion. Unentwegt durchleuchten wir die Vergangenheit. Spiegeln die Gegenwart in der Vergangenheit. Ziehen die Zukunft in Betracht. Wie wir uns jemals wieder in die Augen sehen können, wenn ... Schwanken jedesmal, wenn unser Eingreifen als bitter notwendig für die Rettung der Zivilisation empfunden wird. Hadern mit uns, weil wir ein ums andere Mal der Veränderung das Wahre abgewinnen müssen. Irak. Kosovo. Ruanda. Afghanistan. Ja. Nein. Sollen wir. Sollen wir nicht. Handeln. Glänzende Argumentationen. Heldenhaft bescheidene Begründungen. Scheinbeweise. Das Gute. Das Böse. Und dann später das Bedauern. Die Ironie. Der Zynismus. Wie verhalten sich diese Eigenschaften des Glaubens und des Zweifelns innerhalb ein und derselben Person zueinander?

Jacob Rivers zum Beispiel. Gehen wir einfachheitshalber mal davon aus, daß Jacob Rivers ein anständiger Mensch war, obwohl er Gott verwarf, oder vielleicht gerade dank seiner Auseinandersetzung mit dem Allerhöchsten. Er fügte sich als Pflanzer und Sklavenhändler in ein System ein, das sich – so human es auch gehandhabt werden mochte – in den Grundzügen nicht mit seiner Überzeugung und seinem Gefühl vereinbaren ließ, wenn wir davon ausgehen, daß der Anstand einige universelle Gesetze wie unter anderem ein Gesetz gegen Erniedrigung und Ausbeutung kennt. Er muß mit Sklaven gehandelt, Sklaven gehalten, Leibesstrafen erteilt und sich in jeder Hinsicht als Besitzer verhalten haben, als freier Mensch, der seine vor Gott gleichen Mitmenschen unfrei und somit ungleich macht und darin das göttliche Gebot übertritt, seinen Nächsten zu lieben wie sich selbst.

Wie kann man diesen Konflikt im täglichen Leben ein ums andere Mal beschwören und bagatellisieren? Wie konnte er das Brot essen, das unter Zwang gebacken worden war? Wie konnte er das Geld einstreichen, das zahllose Hände verdient hatten, welche für ihre Kraft keine andere Gegenleistung erhielten als eine Hose pro Jahr und die Erlaubnis, ein Stückchen Land für den eigenen Bedarf zu bebauen? Wie brachte er die Stimme seiner Vernunft und seines Mitgefühls zum Schweigen? Er muß nach den Maßstäben seiner Zeit beurteilt werden, danach, was er wissen konnte. Nun, es gab Proteste gegen die Sklaverei. Und das nicht zu knapp. Er hätte sich für die Abschaffung entscheiden können. Er hätte ein Beispiel abgeben können. Wenn er das nicht tat, warum nicht? Feigheit, Bequemlichkeit? Und sollten wir ihn dafür verachten?

Wie er morgens sein Haus verläßt, das Pferd gesattelt vorfindet und auf Inspektionsritt geht. Sein Herz dürfte schneller schlagen vor Angst und Unruhe. Er dürfte sich schreckhaft umsehen, nach einer rächenden Gerechtigkeit oder einem Engel mit flammendem Schwert oder einfach nur einem verbitterten Sklaven mit einem Messer, bereit, Gleichheit im Tod zu erzwingen. Die gesamte Gemeinschaft lebt in beständiger, nagender beidseitiger Angst. Der Sklave in Angst vor der Peitsche. Der Herr in Angst vor dem Aufstand. Er sieht die abgestumpften Quashees, die, schon ganz irre von der harten Arbeit, krank und unterernährt, tödlich gehorsam, am ›hookworm‹ leidend, den Schmutz und den Staub der Straße fressen. Wie verhält sich ein anständiger Mensch zum evidenten Bösen, das in seinem Namen und von ihm angerichtet wird?

Kann die Geschichte der karibischen Insel, auf der Jacob van de Wetering die letzten Jahre seines Lebens zubrachte, geschrieben werden, als hätten wir die Parteilichkeit und die politische Korrektheit längst überwunden, können wir darüber schreiben, wie wir über die athenische Demokratie zu Perikles' Zeit schreiben, ohne ein implizites moralisches Urteil, weil es befremdlich wäre, über etwas zu urteilen, das Jahrhunderte zurückliegt? Ist der neutrale Blick ein erstrebenswertes Ziel? Ist es möglich, und ist diese Frage sinnvoll? Ich weiß es nicht.«

Ich starrte nach draußen. Meine eigene Sprache gefiel mir nicht. Pedantische Fragen. Über dieser Seite lag falsches Studierzimmerlicht. Ich sollte mir vielmehr ansehen, wie Menschen mit dem verwässerten Erbe von Rivers' Doppelmoral, mit der Erinnerung an die Erniedrigung lebten. Aber ich mochte das sichere Haus nicht verlassen. Tief in meiner Verdrahtung summte die Angst vor den Blicken der anderen. Treue, verräterische Begleiterin. Ich hatte ein starkes Bedürfnis nach stinknormalen Handlungen. Eine Ansichtskarte kaufen. Wie eine Touristin Sehenswürdigkeiten besichtigen. Bei beruhigender Radiomusik einen Korb flechten. Zwiebeln und Paprika schneiden. Ein Oberhemd bügeln. Huib anrufen. Rasen mähen. Mit dem Käsehändler schwatzen. Ich hatte ein intensives Bedürfnis nach der glücklichen Gedankenlosigkeit, mit der man Zeit vergeuden kann, als sei man ein unbedeutendes und verzichtbares Rädchen in einer großen Maschine und finde das auch gut so.

Ich sah Pelikane träge und elegant kreisen und dann unvermittelt – Schnabel nach unten – vom Himmel herabdüsen, ins Wasser eintauchen und mit einem zappelnden

Fisch wieder heraufkommen. Mich beschlich eine Sehnsucht nach Huibs Unerschütterlichkeit, und ich kämpfte kurz mit den Tränen, die weniger Huib galten, als vielmehr der Bitterkeit einer abflauenden Liebe. Seit dem Tod meines Vaters glaubte ich an gar nichts mehr, und jeder Versuch, die wachsende Entfernung zwischen Huib und mir zu kitten, schien zum Scheitern verurteilt. Aber Papa hatte mir die Dokumente gegeben, und ich hatte sie als Zeichen an der Wand betrachtet, als Hilfestellung. Während er mit der einen Hand seine Liebe von mir abzog, wies er mir mit der anderen den Weg zum Trost. Trost? Das sollte ein Trost sein? Was konnte mich denn Jacob Rivers' elendes Schicksal verdammt noch mal lehren?

Hier auf der Märcheninsel, wo er seine größte Prüfung und seinen tiefsten Kummer (oder Triumph?) erfahren sollte, entglitt er mir. Hier existierte das achtzehnte Jahrhundert nur als Piratenfilm mit Errol Flynn. Technicolor-Fiktion. Hier wurde Jacob Rivers' Leben zum Szenario: Auf einer erhöhten Ebene am Berghang oberhalb von Pelican Bay rauscht das Zuckerrohr. Ein Aufseher mit breitkrempigem Strohhut treibt die Feldsklaven an. Vom großen weißen Haus her nähert sich das Pferd mit dem Pflanzer. Er blickt auf sie herab. Man sieht die staubigen Reitstiefel, die Sporen, die weiße Hose, breite, muskulöse Schenkel pressen sich gegen die Pferdeflanken, man sieht den von Salz und Schweiß verfilzten langen Wollrock, die roten, behaarten Handgelenke und Hände, die locker die Zügel halten, ruhig und stark, die offene gelbe Weste, die schmuddlige Krawatte, die überkragende Kinnpartie des fleischigen Kopfes mit der Adlernase und Augen unter buschigen Brauen, Augen, die auf die Sklaven blicken wie auf ein Warzenschwein oder einen Kakerlak. Dieser Jacob Rivers spielt auch den weißen Pflanzer in *Onkel Toms Hütte*. Dieser Jacob Rivers hat Züge von Huib. So leicht konnte ich mir keinen Zugang zum verschlossenen Haus der Vergangenheit verschaffen.

Die Insel bot keine sichtbare Handhabe. Sie trieb in der Zeitlosigkeit der sich ewig erneuernden Natur. Keiner hatte sich die Mühe machen wollen, eine architektonische Spur zu hinterlassen, einen kulturellen Haufen zu legen, ein Ausrufezeichen aus Stein und Stahl hinter seine flüchtige Existenz zu setzen. Der Wind hatte jede Prätention verweht. Ein Orkan hatte jeden Wahn kurz und klein gepustet. Es gibt nur jene Überlieferungen, die sich zäher halten als die Holzhäuser, die Zuckermühlen, die Sklavenquartiere. Es gibt Nachfahren, die mit dem Blut der Sklaven die Geschichten und das widerständisch Träge und Zähe geerbt haben. Aufgrund der isolierten Lage hatte sich im Alltagsleben über die Jahre hinweg ziemlich wenig verändert. Wenn ich mich also einfach mal im Rumshop an der Ecke umschaute und beim leisen Klacken der Steine Gespräche mit den Domino spielenden Männern anknüpfte oder mit den faulenzenden Händlern ohne Handel, die lachend, redend, schauend, schlafend auf ihren alten Stühlen im Schatten saßen, wenn ich mit dem Eisverkäufer sprach, dem Besitzer der Autowerkstatt, dem Busfahrer, der Kellnerin, dem Friseur, dann würde ich vielleicht den Geist der Insel ergründen und in der breitbeinigen Gelassenheit einer Matrone auf der Veranda ihres korallenroten Häuschens die Überbleibsel des vitalen Fatalismus ausmachen können, mit dem Sklaven, Kreolen und freie Farbige ihre postabolitionistische Gesellschaft gegründet hatten.

Jacob

Und wieder ist er auf See. Mit Dirk. Die *Middelburghs Welvaren* ist eine schnelle, starke Brigg. Der Schiffsraum ist mit menschlicher Fracht gefüllt. Jacob hat inzwischen einen Blick dafür. Die Bedingungen sind besser als normal. Das Schiff ist nicht übervoll, der Bootsmann ist ein recht reinlicher Tholener, der gern mal zu einer Pütz Wasser greift, und der Kapitän ist ein ausgefuchster Seemann, der aus jedem Windhauch das Beste zu machen versteht. Die Sklaven sehen gut aus. Die erfolgreiche Expansion der Aschanti, die massenhaft gegen Nachbarstämme vorrücken, hat den Sklavendepots reichen Nachschub an gesunden Schwarzen beschert. Zum Glück gibt es keine Anzeichen für ansteckende Krankheiten. Aber er verspürt eine gewisse Aufsässigkeit, sobald er den Sklavenraum betritt. Es flirrt und knistert vor Widerstand. Der Geschützmeister hat einigen gemeinen Exemplaren einen Maulkorb anlegen lassen. Sie hatten wie bissige Hunde nach den Knöcheln des Kochsmaats geschnappt, wo der ihnen doch das Essen brachte.

Die Vitalität der Ladung wird von der Roheit der Mannschaft noch übertroffen. Dabei handelt es sich zwar ohnehin meist um den Abschaum der Gesellschaft, doch auf der *Middelburghs Welvaren* dient schon ein außergewöhnlich übles Volk. Einmal fangen die Männer einen kleinen Hai. Obwohl der Koch sagt, daß Haifleisch ungenießbar sei, werfen sie das Tier nicht gleich zurück. Es liegt mit hervorquellenden Knopfaugen und aufgesperrtem Maul an Deck und schlägt mit dem Schwanz. Sie werfen ihm eine Schlinge um Kopf und Schwanz und legen sich mit drei Mann in die Seile, um den halb bewußtlosen Hai im Zaum zu halten. Zwei Matrosen schneiden ihm die Flossen ab. Dann werfen sie den Fisch über die Reling. Er zieht eine Blutspur hinter sich her, als er, verzweifelt nach Gleichgewicht und Richtung suchend, in die Tiefe hinabtaucht. Dirk hält den Rest des Tages die Arme im Wams versteckt.

Wenn es das Wetter zuläßt, wird gegen Abend ein Grüppchen Sklaven heraufgeholt. Zwei von ihnen müssen die Trommel schlagen. Die anderen müssen zum Takt der Schläge tanzen und springen. Das hält die Muskulatur geschmeidig und wahrt die Qualität der Ware. Die Besatzung steht darum herum und klatscht und johlt und spuckt aus und steckt den Sklaven Stöcke zwischen die Fußfesseln, so daß sie stolpern und wie Dominosteine umfallen. Jacob fängt den Blick von einem der Schwarzen auf. Dieser Blick nistet sich in seinem Kopf ein. Jacob hat sich schon so an die dumpfe Ausdruckslosigkeit oder tierhafte Angst der meisten gewöhnt, daß er diesen Kontakt als bemerkenswerten und rätselhaften Umstand betrachtet. Der Blick war nicht von Erniedrigung oder Wut oder Untertänigkeit getrübt, es war darin keine Spur von Angst oder Arroganz; einen Moment lang dachte Jacob, so müsse Jesus im Garten Gethsemane Judas angesehen haben, wenn auch der Sklave freilich nichts von Jesus' nachsichtiger Heiligkeit erkennen ließ. Jacob wurde von einem Bruder angesehen. Einem älteren Bruder. Er weiß nicht, wie das kommt. Vielleicht ein Moment der Schwäche seinerseits. Jeden Abend schielt er verstohlen zu der Gruppe der Tänzer hinüber. Er beginnt schon zu denken, daß er es sich eingebildet hat. Da entdeckt er den Mann wieder. Er erkennt die Haltung des Kopfes und sieht das ernste Profil. Ich bin, der ich bin. Der Gedanke, daß sie einander gleichen, beunruhigt ihn. Und eine Sekunde lang durchzuckt ihn die Angst, daß er der Unterlegene sein könnte. Er sieht, wie sich der Mann behende auf den Beinen hält und seinen Leidensgenossen aufhilft, wenn sie fallen.

Wenn Jacob schlaflos in seiner Koje liegt und Dirk neben

sich sieht, das Gesicht glatt und von der Bestürzung befreit, welche die unfaßbare Wirklichkeit tagsüber hineingräbt, gesellt sich zu diesem Bild das der ruhigen Schicksalsergebenheit in den Zügen des Sklaven. Ist Dirk für Jacob Sinnbild des drohenden Wahnsinns, so steht der Sklave für ein besseres Ich. Für Unverletzbarkeit. Jacob faßt den Plan, den Sklaven am Ende der Reise zu kaufen. Um ihn zu zähmen, nein, zu brechen. Dirk ist ihm nicht von ungefähr aus der Want vor die Füße gefallen. Der Sklave hat ihn nicht von ungefähr beim Tanz auf der *Middelburghs Welvaren* angesehen. Für Dirk empfindet er die gleiche gutmütige Zärtlichkeit wie für seine jüngste Schwester. Der Sklave rührt an seine brachliegende Wut gegen eine unantastbare Autorität. Bei aller Verschiedenheit: Er sieht die Unerbittlichkeit seines Vaters. Es verwirrt ihn, daß er sich einen Irren und einen Sklaven als Ersatz für seine Familie sucht. Quer durch die Jahre in Elmina hindurch tastet er nach Bildern von zu Hause. Er bekommt es mit der Angst zu tun, als er sich nicht mehr an den Klang der Stimme seiner Mutter erinnert. Jacob masturbiert. Onanie ist ein Mittel gegen alle Leiden. Seine Rute ist sein Halt in einer unfesten, aus den Fugen geratenen Welt.

Die Überfahrt ist beschwerlich. Auf Flauten folgen schwere Stürme. So wie ein wildes Pferd mit wüsten Sprüngen und plötzlichem Kopfschütteln seinen Reiter abwirft, nachdem es sekundenlang regungslos verharrt hat, trachtet die See sich der *Middelburghs Welvaren* und der auf ihr Fahrenden zu entledigen. Während die Hälfte der Mannschaft und drei Viertel der Ladung mit Krankheiten zu kämpfen haben, fühlt Jacob sich pudelwohl. Er hat Limonen mitgenommen. Und auch wenn die Früchte am Ende der Reise eingetrocknet oder schimmlig sind, gelingt es ihm damit, dem Skorbut vorzubeugen. Jeden Morgen ißt er mit sich zusammenziehendem Mund eine halbe Limone. Der Sklave, auf den sein Auge gefallen ist, bleibt ebenfalls auf den Beinen, die Augen immer blutunterlaufener und tiefer in den Höhlen versunken wegen des Flüssigkeitsmangels, der Körper immer sehniger, die Haut immer fahler.

Die Sklaven schlafen im Sitzen. Sie schlafen mit geöffneten Augen. Träumen furchtbare Träume. Schreien. Stöhnen. Kotzen. Lehnen sich aneinander. Sie singen. Monoton und düster. Hin und wieder entsteht eine heftige Bewegung in einer Ecke, wenn einer der Sklaven irre wird und mit den Armen um sich schlägt und seine Kumpane oder sich selbst verletzt. Sie haben eine Rattenplage an Bord. Eine kranke Sklavin wird angenagt. Die vier Katzen, die sie mitgenommen haben, sind vollgefressene Faulpelze, die kaum noch die Pfoten rühren. Fünf Sklaven können sich befreien und springen über Bord, in den Tod. Ihre Seele wird in ihre Heimat zurückfliegen.

Das Wetter meint es nicht gut mit ihnen, die Reise dauert und dauert. So muß sich die Ewigkeit anfühlen, denkt Jacob, die Ewigkeit der Verworfenheit, in die er zweifellos nach seinem Tod eingehen wird: quälend langsame, gleichförmige Tage unter widerwärtigen Fremden. Jacob nimmt das alles mit äußerlichem Gleichmut hin. Innerlich kämpft er mit Panikanfällen. Wegen seiner sündigen Geschlechtsteile. Wegen der Lieblosigkeit. Er wagt sich nachts nicht an Deck, weil er den Sog der Sterne fürchtet. Er träumt oft, daß er, auf eine Rahe gebunden, in stürmischer See treibt. Wenn er erwacht, erkennt er keinen Unterschied zwischen der Rahe und dem Schiff.

Nach drei Monaten kommt Curaçao in Sicht. Sogar die Sklaven jubeln. Die Schrecken der Reise haben ein Ende. Binnen weniger Wochen nach Ankunft der *Middelburghs Welvaren* ist die Ladung umgesetzt und auf Schlupen und Schnauen verteilt, die Berbice und Essequibo und Surinam ansteuern oder Kurs auf die Inseln über dem Wind nehmen.

Jacob hat seinen Sklaven Plato genannt und sagt, auf sich

zeigend: »Jacob«. Er weiß, daß er »Master« oder »Herr« hätte sagen müssen – van de Wetering kam ohnehin nicht in Frage –, doch das bringt er nicht über die Lippen. Er zeigt auf Dirk und sagt »Dirk«. Damit ist etwas abgesprochen, nur weiß Jacob nicht genau, was. Er muß einen Auftrag erteilen. Er muß ihm die Füße fesseln. Er muß ihn vielleicht sogar brandmalen, doch der Geruch von versengendem Fleisch ist ihm zuwider. Sein Blick fällt auf seine Seemannskiste, die in einer Ecke des Raums steht. Die Kleider müssen entlaust werden. Der Schmutz und das Salz kleben in den Nähten. Es ist eine Perücke darin, der die Spinnen einen Hut gewebt haben. Die Hemden sind grau. Afrika war ein Sammelbecken für den letzten Dreck, da spielte es keine Rolle, wie man aussah, aber hier gibt es eine Elite, weiße Frauen, hier muß er Herr sein. Er zeigt auf die Kiste. »Saubermachen.«

Plato versteht ihn erst nach einigen Sekunden, als müßte die Bedeutung eine größere Entfernung zurücklegen als der Ton. Er tritt an die Kiste und hebt sie mit geschmeidiger Bewegung auf seinen Kopf. Jacob sieht die Muskeln in Schultern und Nacken und wie sich die Waden dehnen und die Sehnen in den Kniekehlen spannen, als Plato hinausgeht und, von der Tür eingerahmt, im hellen Sonnenlicht des Innenhofs ein Bild der Kraft abgibt. Dirk folgt ihm auf dem Fuße.

Jacob ist ein Inselbewohner. Das Meer schlägt anders an eine Insel als ans Festland. Walcheren oder Curaçao, das ist einerlei, sie entsprechen beide seinen Bedürfnissen. Er wünscht sich eine klare Definition seines Platzes auf der Welt. Der immense Kontinent, der sich jenseits von Elmina erstreckte, mit unzähligen Geheimnissen und Bedrohungen, hatte sich einen Weg durch seine Eingeweide gefressen, hatte ihn, seinen Namen, sein Wesen vereinnahmt und seine Launen dirigiert. Auf einer Insel bekommt er sich selbst in den Griff, denkt er. Afrika, der alte Kontinent, war eine

Durchgangsstation, die neue Welt ist seine Bestimmung. Mit Plato und Dirk nimmt er Quartier in Punda.

Der Gouvernementsdirektor hat sich ein Haus in Otrabanda bauen lassen und gibt ein Fest. In diesem neuen Viertel stechen sich die »Holländer« gegenseitig aus. Man schöpft aus dem vollen. Solange es dauert, läßt man es sich gutgehen. Früher oder später wird sich das Blatt wieder wenden. Jetzt benutzen die um Unabhängigkeit vom Mutterland kämpfenden nordamerikanischen Kolonien Curaçao als Depot für Waren und Kriegsgerät, und den Spaniern dient das Schottegat als Haupthandelsplatz für ihre Produkte. Die Insel ist im Aufwind. Es geht nichts über einen Krieg bei den Nachbarn.

Jacob hat noch nie solche Grandeur gesehen. Bei ihm zu Hause wurden keine Feste gegeben. Selbst eine Hochzeit war ein ernster und förmlicher Anlaß, bei dem der Alkohol so langsam floß wie das Wasser der Westerschelde. Doch hier beginnt es bereits vor dem Haus. Um die Tür hängen Blumengirlanden. Zwei mit tadelloser Livree ausstaffierte Haussklaven besprühen sie in einem fort, damit sie nicht welken. Die Fassade ist in ausgelassenem Pistaziengrün getüncht, mit weißen Blenden um die Fenster und am Dachrand. Fuhrwerke mit Gästen fahren vor und wieder ab. Manche Gäste kommen zu Fuß. Die Herren tragen schwarze Röcke, bunte Westen und mit Spitze abgesetzte Krawatten. Es ist früher Abend, das Ende eines heißen Tages. Unter den Hüten rinnt der Schweiß in Strömen über die Wangen, und man sehnt sich nach dem Schatten und dem linden Lüftchen in der Empfangshalle. Die Damen schielen sich gegenseitig auf die Kleider: nicht so weit ausgestellt wie in Paris und eine oder zwei Moden hinterher, aber mit Schleifen oder kunstvoll gefalteten Seidenrosen wird nicht gegeizt. Die Fächer haben vollauf zu tun. Gleich beim Eintreten reichen zwei pechschwarze Jungen in schneeweißen

»Baadjes« und mit orientalischem Turban auf dem Kopf ein Glas Wein.

Jacob fühlt sich in seinem schlichten schwarzen Rock, dem einfachen Hemd und den farblosen Strümpfen nicht sonderlich wohl und versucht das durch eine aufgesetzte Haltung zu überspielen. Er wird neugierig gemustert und eingeschätzt. Er trägt keine Perücke, sondern hat das lange, sonnengebleichte Haar wie ein Seemann im Nacken zusammengebunden. Seine hochgewachsene Gestalt macht Eindruck. Blicke gleiten über seine breiten Schultern und zu seinen großen Händen, die fast schamlos bloß aus seinem Rock hervorschauen. Seine leicht amüsierte Distanziertheit suggeriert Verachtung, und darauf reagiert eine Gemeinschaft, die sich erfolglos an mondänen Vorbildern mißt, besonders sensibel. Sie werden seinen Beifall suchen, sich in seiner Gegenwart aufspielen, ihn seiner Arroganz wegen hassen. Er ist ein Leckerbissen für den Klatsch und Tratsch, von dem sich die kleine weiße, protestantische Gemeinde nährt.

Die Eingangshalle kann die hundert Gäste mit Leichtigkeit fassen. Die Wände und der Fußboden riechen nach frischem Holz und dem Wachs, mit dem sie eingerieben wurden. Es dringt nicht viel Sonne durch die Fensterläden, die jedoch reichlich Luft hindurchlassen. Im Messingkronleuchter brennen die Kerzen, obwohl sie im Durchzug ziemlich flackern und räuchern. Dann und wann fällt ein Tropfen Kerzenwachs herab und erstarrt auf dem Boden, auf einer Schulter oder einer Perücke. Das Pianoforte ist etwas verstimmt und die Dame im fliederblauen Taffet, die die Tasten betätigt, allem Anschein nach auch. Mit grimmigen Furchen in der Stirn und von der Nase zu den Mundwinkeln hämmert sie eine Sarabande aus dem Instrument, ohne daß es ihr freilich gelingt, das Stimmengewirr zu übertönen, das anschwillt, je mehr Gäste eintreffen und je mehr Erfrischungen den Flüssigkeitsverlust ausgleichen.

»So, van de Wetering, ich höre, Ihr kommt aus Zeeland.« Der Pfarrer, in der Einfachheit der Kleidung am ehesten mit ihm vergleichbar, nimmt Jacob beiseite.

»Vlissingen«, sagt Jacob.

»Vlissingen! Dann kennt Ihr meinen Kollegen, Pfarrer Maathuis.«

Jacob erinnert sich, daß er Maathuis nach dem Sinn der Erlösung durch das Leiden Jesu Christi gefragt hatte, wenn doch dessen Vater die Bestimmung einer jeden lebenden Seele in Gegenwart, Vergangenheit und Zukunft schon festgelegt habe. Die Adern in Maathuis' Hals waren angeschwollen, und er hatte ihm wegen seiner Dreistigkeit sämtliche ägyptischen Plagen gewünscht und ihm versichert, daß ihm das ewige Heil gewiß nicht beschieden sein würde. »War ja nur eine Frage«, hatte Jacob erwidert. Derselbe Maathuis hatte ihn vor seiner Abreise nach Afrika triumphierend darauf angesprochen, daß er seine Seele vor dem Untergang bewahren müsse, wenn er freilich auch nicht sehr zuversichtlich sei, daß ihm dies gelingen werde. »Du trägst das Mal des Teufels«, und er hatte zwei Finger auf Jacob gerichtet, als wollte er ihm die Augen ausstechen. Im entscheidenden Moment hatte Maathuis bei Vater van de Wetering schwerer gewogen als Jacobs Reue.

»Ja, Pfarrer Maathuis kenne ich. Als ich ihn zum letztenmal sah, stand ihm Schaum auf den Lippen. Ein cholerisches Temperament. Aber das hatte sein Erlöser ja auch.« Jacob spürt, wie unter seinem Sarkasmus seine fast vergessene Wut aufblüht.

Der Pfarrer sieht ihn erschrocken an. »Wenn Ihr Euch in dieser Gemeinschaft heimisch fühlen wollt, rate ich Euch, den Gottesdienst zu besuchen. Man achtet hier sehr aufeinander.«

Der Ton des Pfarrers ist förmlich geworden. Er vermutet in Jacob einen Freidenker. Und das bedauert er, da die jungen Leute im Glauben ohnehin zur Bequemlichkeit neigen.

Das sagt der Pfarrer auch, und er fügt hinzu, daß als Folge davon eine gewisse Laxheit bei der Bekämpfung von Mißständen wie der Prostitution und der öffentlichen Trunkenheit zu konstatieren sei. Er flüstert das Wort »Prostitution« mit unterdrückter Genüßlichkeit. Wenn die anständigen Mädchen über die Straße gehen, sehen sie zuviel Liederlichkeit unter den freien Farbigen und Schwarzen. Zuviel Leidenschaft. Zu rauhe Sitten. Nun ja, die Tropen. Es sei eine rechte Aufgabe, hier das Wort Gottes zu verkündigen und für die Achtung seiner Gebote Sorge zu tragen.

»Predigt Ihr leidlich?« fragt Jacob ernst.

Der Pfarrer schnappt nach Luft, droht Jacob mit dem Finger und beschließt dann zu lachen. Er geht rasch weiter.

Jacob sieht bei manchen die straffe, pergamentene Haut über den Jochbeinen und die allzu glänzenden Augen, bei anderen wassersüchtige Aufgedunsenheit oder schuppigen Ausschlag, an dem verstohlen gekratzt wird. Die meisten leiden an irgendwelchen Zipperlein, weil ihnen Klima und Ernährung nicht bekommen. Man achtet aufeinander, hat der Pfarrer gesagt. Und ja, er sieht es an den scheuen Seitenblicken, dem Aufflackern von Mißgunst, dem zu lauten Lachen ohne Fröhlichkeit. Oder ist er an kultivierte Gesellschaft einfach nicht mehr gewöhnt? Kultiviertheit ist das Vermögen des Menschen, seine wahre Natur zu verbergen. Hinter der Maske der Wohlanständigkeit ist auch der Gouvernementsdirektor ein Schürzenjäger mit einer Vorliebe für zehnjährige Jungfrauen, die er auf seinen Inspektionsrunden im Kunuku konsumiert, so wie er jetzt eine Auster aus der Schale schlürft. Keiner kommt ungeschoren davon. Jacob sieht die schmuddligen Ränder an der Brüsseler Spitze, wittert den Ehebruch. Gibt es in dieser christlichen Gemeinde auch nur einen guten und dennoch gescheiten Menschen? Gut zu sein ist eine Willensentscheidung. Gescheitheit erwirbt man, indem man häufig die falsche Entscheidung trifft. Lieber erst gescheit werden, denkt Jacob.

Gut werden kann ich immer noch. Er läßt sich von dem falschen Licht verführen, das über der Gesellschaft liegt. Ja, hier wird er seine Spuren ziehen!

Es wird getanzt. Die Mädchen stehen aufrecht und mit gereckten Hälsen da wie junger Mais. Sie können es kaum erwarten, in nach Kampfer riechenden Wäschekammern wie ihre Mütter das Leinen zu zählen, während ihre Ehemänner bei ihrer schwarzen oder braunen Compaña einen Bastard nach dem anderen zeugen. Jacob führt eine der Jungfern zum Tanz. Sie zittert von Kopf bis Fuß. Kein vernünftiges Wort bringt sie heraus, außer einem leisen I-ah wie ein junger, ungeübter Esel. An ihrem Hals bilden sich Flecken. Sie wagt Jacob nicht anzusehen. Er absolviert die Mouvements, neigt und verbeugt sich artig, Hand in der Seite, Hüpfer hier, Hüpfer da, und sieht sich unterdessen nach beifällig nickenden Eltern und Brüdern um. Die Transaktion ist sozusagen schon besiegelt, der Kauf getätigt, die frische Blutlinie (Zeeländisch! Gesund! Garantiert hundertprozentig weiß!) hereingeholt. Die bebende Eselin ärgert ihn nun plötzlich wie die Krätze. Er würde sie am liebsten in großen, weißen Flocken von sich abkratzen. Zuerst einmal verläßt er abrupt den Tanzboden.

Er sucht sich im Garten ein weit von der feiernden Menge entferntes Fleckchen, um zu sich zu kommen. Auf einer steinernen Gartenbank unter einer Tamarinde sitzend, durchschneidet sein Geist mit kräftigen Zügen Raum und Zeit bis an den Deich bei Vlissingen, wo er mit seinen Freunden liegt, die Füße zum Meer, den Kopf zu den Sternen gerichtet. Sie sind in einer eigentümlichen Stimmung, weil Jacob als erster ihr Bündnis brechen und in die Welt hinausgehen wird, sie haben getrunken und geraucht und geredet, und dann erlegt ihnen die Weite von Land und Westerschelde, die ihnen mit einemmal so schmerzlich lieb ist, das Schweigen auf, und sie fühlen sich in diesem Moment mit der Ewigkeit verbunden. Es ist, als erklänge von weitem ein zarter

Flötenton und ein Windstoß höbe sie mit großem, starkem Arm empor. Trost tropft ihnen ins Herz wie Honig, um so süßer, da sie nicht wirklich betrübt sind. Im voraus wird gegeben, worauf später zurückgegriffen werden kann. Aus diesem Vorrat an Trost will Jacob nun schöpfen. In Erwartung von Ruhe preßt er den Leib gegen den kühlen, harten Stein. Er sieht Emilys gemächliche, elegante Bewegungen, den Schatten ihrer biegsamen Gestalt, den schwarzen Vollmond ihres Gesäßes; er streckt die Hand nach ihr aus, doch sie weicht zwischen Cassiopeia und Aldebaran oder zwischen Sirius und Procyon zurück – er kennt die Namen, aber nicht den Ort dieser Sterne –, und die Erlösung bleibt aus.

Als er sich von Otrabanda nach Punda übersetzen läßt, möchte er den Fährmann über Bord werfen und allein in See stechen, dem nächtlichen Horizont entgegen, dem Tod entgegen, der Tiefe entgegen. Es zieht an ihm. Es tut weh, auch wenn sich nicht sagen läßt, an welcher Stelle es schmerzt. Er kann nicht warten, bis sich seine Seele wie Morgennebel in der Tropensonne auflösen und für immer vergessen wird und vergessen sein wird. Cupio dissolvi, denkt er.

Zu Hause warten Plato und Dirk. Dirk liegt auf seinem notdürftigen Lager neben Jacobs Bett und hat sich Hals über Kopf in den Schlaf gestürzt, eilig, nach den Träumen lechzend, in denen er noch sprechen kann. In der Küche wartet Plato ab, ob er seinem Herrn noch etwas Warmes oder Kaltes bringen muß oder eine Waschschüssel oder eine Kompresse. Danach streckt er sich auf einer Strohmatte neben der Kochstelle aus und wartet, bis es hell wird.

Jacob hat Plato noch nie schlafen sehen; er bezweifelt, daß Plato mit dem normalen menschlichen Bedürfnis nach Schlaf, Nahrung, Entleerung geboren wurde, denn er sieht ihn auch nie essen oder vom Abort kommen. Manchmal würde Jacob ihm am liebsten nachgehen, unterdrückt diese Neigung jedoch mit Gewalt und wird immer neugieriger, je weniger er sie zuläßt. Plato besitzt die absolute Diskretion des vollendeten Dieners, dem nichts Menschliches fremd ist und der von Natur aus weiß, daß den Herrn allein schon beim Gedanken an die Ausscheidungen eines Sklaven ekelt. Platos Herr ekelt sich und sucht den Ekel noch zu steigern. Manchmal denkt Jacob, daß es genau andersherum ist: Plato ekelt sich so sehr vor den körperlichen Geheimnissen seines Herrn, daß er geradezu demonstrativ leugnet, darin genauso menschlich zu sein.

Die Gedanken an Plato verzweigen und verflechten sich, wickeln sich um Jacobs Magen. Sie sind einander nicht gleich, der Herr und der Sklave, und nicht nur der Herr macht das deutlich, indem er im Beisein des Sklaven ohne Scham seine Nacktheit oder seine Krankheit zeigt, sondern auch der Sklave, der an Zurückhaltung der Meister seines Herrn ist. Darin findet er seine einzige Freiheit. Daß Plato sich ihm auf diese Weise entzieht, ärgert Jacob. Er muß diesen Ärger abstreifen.

Jacob läßt Plato in dem Raum, den er als Salon und Schreibzimmer benutzt, Licht machen. Er bittet um kaltes Fleisch. Und danach spricht er dem Rum zu, Plato in Rufweite. An Bord der *Middelburghs Welvaren* hat er gelernt zu trinken, um die Langeweile zu vertreiben, doch er hütet sich noch stets, das in der Öffentlichkeit zu tun. Er verliert nicht gern im Beisein anderer die Beherrschung über seine Impulse und seine Zunge. In seinen eigenen vier Wänden gibt er dem Verlangen nach der scharfen Wärme des Rums nach, die als einzige jenes andere brennende Verlangen mildern kann, wenn er dazu freilich auch gehörig trinken muß. Es gibt zwei Methoden: Entweder er trinkt vier oder fünf Gläser hintereinander, als wäre es eine Medizin, und wartet dann mit klarem Kopf und klopfendem Herzen, bis sich plötzlich eine bleierne Müdigkeit über seine Glieder senkt, oder er trinkt langsam und stetig eine halbe Flasche leer und spürt, wie sich die Krampen, die ihn von innen zusammenhalten, Stück für Stück lösen, bis er kriechend sein Bett erreicht, falls ihm das überhaupt noch gelingt. Es kommt vor, daß Plato ihn über seiner Schulter ins Bett trägt. Die erste Methode ist wie Masturbation: sachlich, effektiv. Die zweite Methode führt an den gefährlicheren Abgründen von Aggression und Sentimentalität entlang, bietet jedoch eine reichere Palette an Träumen und Erinnerungen.

Jetzt hat das Fest beim Direktor ihn in eine niedergeschlagene und unruhige Stimmung versetzt, die der Rum nicht so eins, zwei, drei beseitigt. Er ruft Plato. Es dauert einen Moment, bis der Sklave lautlos naht und neue Befehle erwartet.

»Zu spät«, sagt Jacob. »Du bist zu spät.«

Plato schweigt. Entweder weil er ihn nicht versteht, oder weil eine Widerrede unmöglich ist. Und eine Bestätigung wäre eine Frechheit.

»Darauf steht Strafe.«

Plato wartet. Jacob erhebt sich und greift zu der Elefantenpeitsche, die er aus Afrika mitgebracht hat und die auf Lederstiefeln so herrlich klatscht. Er bedeutet Plato, daß er sich hinknien soll. Das tut dieser. Jacob holt aus. Die Bewegung und die Geschwindigkeit der Peitsche erfüllen ihn mit heftiger Freude. Zack. Quer über Platos gebeugten Rücken. Der Schlag, mit dem die Peitsche auftrifft, beendet abrupt die köstliche, atemberaubende Empfindung des Peitschens. Ein unsichtbarer Pinsel malt einen schmalen roten Strich auf den groben Baumwollstoff des Hemdes. Jacob läßt sich auf seinen Stuhl zurückfallen. Er sieht Platos Blick. Wo er auf Schmerz gehofft hatte, auf ein Zeichen von Leben, auf Erschrecken und Reue und Demut, auf wer weiß nicht was alles, sieht er Abwesenheit. Plato schaut, aber er befindet sich anderswo. Jacob spürt die Gefahr. Sein Arm zittert. Er will sich erheben und erneut schlagen, weiterschlagen, die Peitsche so lange knallen lassen, bis Plato um Gnade fleht, bis Plato ihn sieht. Seinen Namen ausspricht. Doch es ist, als hielte ein Engel Gottes seine Hand zurück. Und er gehorcht und legt die Peitsche beiseite. Er steht auf und torkelt zu seinem Bett.

Ada

Ich kannte mich. Meine lethargische Verlegenheit mußte ein Ende haben, sonst würde ich in drei Wochen noch auf diesem kleinen Balkon sitzen und von Selbsthaß gequält aufs Meer hinausstarren, allerhöchstens noch dazu imstande, ein Taxi zu rufen, das mich zum Flughafen bringen würde. Und wenn die Selbstsicherheit nicht von allein und von innen heraus kam, dann mußte ich sie eben spielen. Ich schaute, wie spät es war. Ein Auto mieten. Und zwar sofort. Das duldete keinen Aufschub. Fünf Minuten leidige Diskussion mit mir selbst, und ich würde auf Schusters Rappen bleiben. Action!

In Pelican Bay gebe es nur eine Möglichkeit, ein Auto zu mieten, sagte Ma Edith. Kein Hertz oder Avis, die seien im Hauptort. Sondern Abner Cuckoo. Sie beschrieb mir den Weg. Der erste Schuß Gin des Tages hatte ihrem Atem einen Hauch von Eau de Cologne gegeben. Einen vagen Alte-Dame-Duft, der mir für einen Moment das Taschentuch meiner Urgroßmutter vergegenwärtigte. Kurz nach ihrem Tod wurde mir dieses Batisttüchlein als Andenken in die Hand gedrückt. (Oder wurde es dazu benutzt, mir energisch die Schmutzstreifen vom Gesicht zu wischen?) Ich war sechs und assoziiere den Tod seither mit 4711.

Ich setzte meine ersten behutsamen Schritte auf das fremde Terrain, das vor der Tür von Pension Penn begann, und kam mir vor wie eine Schildkröte ohne Schild. Sie sahen mich, die Menschen. Der einzelne, der auf der Straße mit etwas oder auch nichts beschäftigt war, der, der auf einem Stuhl saß und guckte, was so vorbeikam, die, die gemächlich daherspazierte, in der Hand eine weiße Plastiktasche schwingend. Die Nähe von Meer und weißem Strand machte das Sonnenlicht furchtbar gleißend. Was schwarz war, sog das Licht auf, wurde schwärzer als schwarz. Nichts als grelle Kontraste zu dieser Tageszeit. Grauer Asphalt war wie eine lange Zunge warmen, flüssigen Steins zwischen den Häusern über die Erde ausgegossen worden und zu einer kuriosen Straße erstarrt. Ich wollte jedem freundlich zunicken, um zu zeigen, daß ich keinerlei böse Absichten hatte. Und wenn sie mir doch nun ihrerseits ein Fleckchen unter ihrer Sonne gönnten. Bitte. Ja, es ist schön hier, mit dem Meer und den imposanten Bergen; ich finde es hier außerordentlich angenehm, obwohl es warm und windig ist, nickte ich, ich sehe im üppigen Pflanzenwuchs und der kunterbunten Unordnung der Grundstücke die intensive Lebensfreude, um die ich Sie beneide. Muß mich ein bißchen an Verwahrlosung und Armut gewöhnen, aber das wird schon noch. Haben Sie Nachsicht mit mir. Ich bin eine Städterin aus kühlen, reichen Regionen, durch unsinnigen Luxus verwöhnt. Ich bewege mich wie ein dürrer Zweig. Meine saftlosen Gelenke knacken. Sie kennen das Geheimnis des Lachens und der Faulheit und des Sich-gehen-Lassens. Bringen Sie es mir bei. Flüstern Sie es mir zu.

Seite an Seite standen die glatten, mit breiten Flachdächern versehenen Fertigbungalows der Bessergestellten und die Häuschen Ärmerer, die Campingplatzlatrinen ähnelten: verputzter Lehm, Spinnweben in den Fensterecken, unter den Wellblechdächern sich stauende Gluthitze. Überall großblättrige Bäume und hoch aufgeschossene Sträucher. Durch manche der kaputten Scheiben mit schlecht passenden Gardinen drang laute Musik. Da drinnen saßen Menschen, schwitzende schwarze Leiber, mit einer Flasche Bier in der Hand, ins Leere starrend und dem Dröhnen der Trommeln lauschend. Was hofften sie? Was ersehnten sie sich? Welche Wünsche hegten sie? Hier gab es keine vollen Terminkalender, keine Zukunft, keine Berechnungen, nicht diesen steinigen, lieblosen Weg zum einsamen Tod. Hier triefte es von Leben, es sickerte aus den Ritzen und Poren jedes Hauses. Ich hörte Babys im Wechsel weinen, so wie Elstern einander antworten. Mir hüpfte das Herz. Zaghaft begann ich zu glauben, daß ich mich hier zu sein getraute. Keiner sah mich komisch an. Alle, an denen ich vorüberkam, hoben grüßend die Hand. Mir ging auf, daß es Menschen gibt, die, mögen sie auch mit einer gewissen gutmütigen Neugierde bewaffnet sein, dennoch alles freudig nehmen, wie es kommt. Good morning, Miss. Yes, good morning to you, too.

Abner Cuckoo wohnte in einem relativ neuen, allem Anschein nach eilig zusammengeschusterten Häuschen mit Veranda. Auf der hatte er sich ausgebreitet. Zu einem Shirt von den New York Yankees, das über glänzendem Speck spannte, trug er eine Baseballkappe mit dem Schirm nach hinten auf dem Kopf. Um seinen Hals baumelte ein großes goldenes Kreuz. Er tat nichts. Er guckte. Er verscheuchte eine Fliege. Auf dem kahlen Stück Grund und Boden neben seinem Haus waren im Schatten eines matten Baums zwei Autos geparkt, ein Mitsubishi und ein Toyota. Ein kleiner Junge wienerte mit einem Lappen den Chrom und trat nach einem Huhn zwischen den Rädern. Es waren weiß Gott nicht die neuesten Modelle, dem Toyota fehlte eine Radkappe, und der Mitsu hatte vorn eine Beule wie eine senkrechte Stirnfalte, aber sie blitzten. Die seien in der Tat zu vermieten, sagte Abner. Ich verstand seinen Dialekt nicht so richtig und ließ es ihn wiederholen. Er bemühte sich gutwillig um Touristenenglisch. Die Worte kamen ihm wie zittrige, bunte, runde Seifenblasen über die fleischigen Lippen. Der Preis war passabel. Aber ich mußte einen örtlichen Führerschein dazukaufen.

»Ich habe einen internationalen Führerschein«, sagte ich. »Der ist überall gültig.«

Ich mußte mich noch daran gewöhnen, daß an bestimmten Orten bestimmte Regeln nicht gelten. Abner erklärte gemächlich, daß ich schon recht hätte, ohne internationalen Führerschein käme ein Mietwagen überhaupt nicht in Frage, doch die Inselgesetze schrieben vor, daß man einen örtlichen Führerschein zu erwerben habe. Eine Art Gebührenordnung also. Prekaria. Wie immer man es nennen wolle. Straßensteuer. Zoll. You know.

»Na gut«, sagte ich. »Was habe ich zu zahlen?«

»Dafür müssen Sie zur Polizei«, sagte Abner. Er habe damit nichts am Hut. Das sei Sache der Behörde. Nein, in Pelican Bay gebe es keine Polizeiwache, aber im Hauptort. Wie ich dahin käme? Ich könne einen der überfüllten, lebensgefährlichen Kleinbusse nehmen – Paradebeispiele für den halböffentlichen Verkehr –, die sich mit lautem Hupen Vorfahrt verschafften und mit Vollgas in die Kurven führen. Oder ein Taxi. Oder ein Auto mieten. Er grinste über seinen eigenen Scherz. Wie ich an ein Taxi käme? Ganz einfach. Er habe auch ein Taxiunternehmen. Das Gold in Abners Zähnen funkelte, als er auf den Toyota und den Mitsubishi zeigte. Das hieß also, wenn mich nicht alles täuschte, daß ich mich zum Taxitarif zur Polizeiwache und von dort zurückfahren lassen und danach das Taxi als Mietwagen haben konnte. Huib hätte auf dem Absatz kehrtgemacht und nach einer anderen Lösung gesucht oder hätte durch sein Weggehen den Preis für die Fahrt nach unten korrigiert. Ich nahm das Taxi, ohne zu feilschen. Ich schätzte, daß Abner mit der Summe wieder eine Woche über die Runden kommen würde. Auf zur Polizeiwache!

Abner steuerte den Toyota, in dem es stank wie in einem Amsterdamer Coffeeshop, routiniert mit einer Hand den Berg hinauf. Sein anderer Arm ruhte im offenen Seitenfenster. Über den Lärm von Radio und Motor hinweg stellte er die obligatorischen Fragen, woher ich käme, wo ich hier wohnte und was mich herführe. »Holland, Penn, Holidays!« rief ich zurück. Danach mußte ich erzählen, ob ich verheiratet sei und Kinder hätte. Auf mein maulfaules »ja« hin sah er mich einen kurzen Moment forschend an. In diesem Blick lag ein moralisches Urteil. Das hatte man vom Feminismus, daß so 'n blondes Gift Mann und Kinder im Stich ließ, um ein bißchen Urlaub zu machen. Mein hastiger Zusatz, ich sei teils zum Urlaubmachen, teils aber auch zum Arbeiten hier, konnte die Sache wohl auch nicht mehr so richtig geradebiegen.

»Sind Sie verheiratet? Haben Sie Kinder?« fragte ich denn also zurück, damit er über seine treue Frau und seine tüchtigen Sprößlinge auspacken konnte.

»Fünf Kinder habe ich«, sagte er und fügte schalkhaft hinzu: »Glaube ich.« Er brach in Gelächter aus, trommelte zum Takt der Musik aufs Dach des Toyota und bremste scharf vor einem Hund, der verhuscht, mit dem Schwanz zwischen den Beinen, auf gut Glück über die Straße lief. Ich hing im Sicherheitsgurt wie an einem Fallschirm und prallte gegen die Nackenstütze zurück.

»Die Insel ist wunderschön«, sagte ich. Am Abend vorher war es zu dunkel gewesen. Jetzt sah ich, was für eine phantastische Aussicht man hier über die Bucht und die saftgrünen Falten im Land geboten bekam. Ich dachte an Derek Walcotts unvergleichliche Beschreibung seiner Heimatinsel St. Lucia und der Menschen, die dort wohnen, von dort weggehen und dorthin zurückkehren. *Omeros* hatte mich umgehauen. Jeder Satz, jede Strophe hatte sich tief in meine Seele eingegraben. Poesie erschafft und erneuert eine Welt. Große Poesie verändert das, was ist, verändert den, der sie liest. Was ich hier sah, war dadurch um so vieles reicher und komplexer und tragischer. Daß ich diese Region dank Walcott – auch wenn es nicht Walcotts Insel war, sie war ihr doch ähnlich – in ihrem innersten Wesen kannte! Ein warmes Gefühl durchrieselte mich, stieg von meinem Magen zu meiner Kehle und von dort in meinen Kopf auf. Ich wurde von Freude überwältigt.

Abner hatte das schon öfter gehört. Natürlich sei die Insel schön. Allerdings habe er mal eine amerikanische Touristin im Taxi gehabt, die alles, was sie sah, immer nur mit zu Hause verglich, wo es sauberer und sicherer sei, genauso warm, genauso schön, nein, schöner, weil gepflegter, weniger korrupt und weniger schwarz, weniger arm, weniger faul, woraufhin er sie wortlos, gratis und umsonst zum Flughafen gefahren habe mit dem Bescheid, sie habe auf seiner Insel nichts verloren. Er liebe sein Land. Er würde seine Heimat niemals verlassen. Sein ältester Sohn schon. Der jage in Miami dem großen Geld nach. Und dann, wenn er das große Geld einmal habe? Ein großes Auto, ein schönes Haus, eine schöne Frau? Sei er dann glücklich? Na, darauf können Sie Gift nehmen! Wieder lachte Abner laut über seinen eigenen Scherz. Ihm fehle es an nichts, sagte er, außer an Geld. Was ich denn arbeitete, vielleicht könne er mir helfen, als Taxifahrer habe er so seine Beziehungen.

»Ich betreibe Geschichtsforschung.«

Jetzt war er sich sicher, daß er mir helfen konnte. Seine Nichte arbeite im Museum an der Kasse. Sie hätten dort schöne Steine mit Inschriften. Und Gefäße. Und Pfeilspitzen. Und Textilfetzen. Aus der Zeit der Kariben und der Arawaks. Er wollte mich gleich hinbringen. Ich dämpfte seine Begeisterung, als ich sagte, es gehe mir um die Zuckerrohrplantage von Jacob Rivers. Ich erwartete schon fast, einen ähnlichen Aufschrei des Erkennens zu hören wie von Ma Edith, als wüchse hier jedes Kind mit dem Namen meines Vorfahren auf. So wie bei uns mit Churchill oder Willem de Zwijger. Aber Abner hatte noch nie von Rivers gehört. Und die »days of slavery« seien vorbei. Darüber sollten wir lieber nicht mehr sprechen. Dieses Herumgestochere in der Vergangenheit, das bringe einen doch auch nicht weiter. Habe Jesus Christus nicht seinen Peinigern vergeben und einen Mörder mit ins Himmelreich genommen? Na also. Was der könne, könnten wir Menschen doch auch, oder?

Mir schien, daß nun gerade das nicht der Fall war. In der Imitatio Christi versagte die Menschheit doch permanent. Ich gab ihm aber recht. Wir schwiegen eine Weile. Im Radio kamen Nachrichten. Er suchte einen anderen Sender. Am Armaturenbrett klebte eine Medaille mit einer Abbildung des heiligen Christophorus. So eine hatten wir früher auch in unserem 2CV gehabt, obwohl meine Eltern keine praktizierenden Katholiken mehr waren.

Wir fuhren auf der anderen Seite des Bergrückens zum Hauptort hinunter. Dort standen die Häuser dichter zusammen. Am Strand hier und dort ein Klumpen Hotels und Apartmentkomplexe mit Ladengalerien. Wir fuhren an einem Yachthafen, einer Tankstelle, einer Brennerei, zu undefinierbaren Industrien gehörigen Lagerhäusern, rostigen Kesseln, Autofriedhöfen vorüber. Schrott. Häuser. Immer mehr Menschen. Pflaster voller Schlaglöcher. Lastwagen beim Entladen. Sonne, die sich wie verrückt in den Fenstern eines modernen Bankgebäudes spiegelte und auf die Dächer von Gemüseständen prallte. Der Lärm nahm zu. Rumpelnde Karren, hupende Autos, rufende Händler. Ein angenehmes, buntes Chaos, nach dem ich mir fröhlich die Augen ausschaute. Abner lenkte, bremste, gab Gas, hupte, grüßte einen Bekannten, und all das mit einer unerschütterlichen Geschmeidigkeit und Leichtigkeit, als fungiere sein Speck als Puffer und Filter, die seinen Handlungen jede Abruptheit nahmen.

Die Polizeiwache datierte aus der Kolonialzeit und könnte ein Schulgebäude gewesen sein, das nach europäischem Geschmack und für ein nördliches Klima gebaut worden war: große, hohe Fenster, eine Freitreppe mit riesigen Flügeltüren, farblos an den Stellen, die ständig von Händen gedrückt oder von Füßen getreten wurden. Abner bedeutete mir, daß er im Auto warten werde, während ich meinen Führerschein holen ging. In dem hohen Flur des Gebäudes war es ziemlich kühl. Auf einer Bank saßen Wartende. Am

Empfangsschalter saß ein Mann in makelloser Uniform und las die Zeitung, während er gedankenlos mit gezücktem Stilett Vertiefungen ins Holz der Theke kerbte. Er sah mich nicht an, als ich nach dem für örtliche Führerscheine zuständigen Beamten fragte, sondern zeigte mit der Spitze seines Messers ins Dunkel des tiefen Flurs und erklärte, Zimmer 3, Permits. Ich überlegte kurz, ob ich Marcus Garvey Penn erwähnen sollte. Bei dem Gedanken, daß ich ihm womöglich begegnen könnte, verspürte ich ein Kribbeln im Magen. Ob aus Furcht oder aus Verlangen, konnte ich nicht so recht feststellen. Ich tippte mal auf Furcht und hoffte, daß ich ihn nicht sehen würde.

In Zimmer 3 zog sich erneut eine Schaltertheke über die gesamte Breite des schmalen Raums. Dahinter hauste ein bebrillter Maschinenschreiber in Zivil, der auf eine alte Remington einhämmerte. An einem Schreibtisch, der am Fenster mit Blick auf einen Innenhof stand, lehnte sein telefonierender Vorgesetzter, aus dessen Haltung und Stimme großes Selbstvertrauen sprachen. Er war schick gekleidet, in heller Hose mit scharfer Bügelfalte und einem Hemd voller grüner und blauer Palmen. Der Maschinenschreiber sah mich mit leicht eingezogenem Kopf an, als wolle er mir vermitteln, daß ich nicht gelegen kam, nun, da sein Chef im Gespräch war. Trotzdem beugte er sich zu mir herüber und fragte flüsternd, was ich wünschte. Als ich sagte, daß ich wegen eines Führerscheins da sei, nickte er und bat mich um einen Moment Geduld. Er tippte weiter. Ich wartete. Nach einigen Minuten legte der, der hier das Sagen hatte, den Hörer auf. Der Maschinenschreiber hüstelte, um seine Aufmerksamkeit auf sich zu lenken, und zeigte auf mich. Führerschein. Mit einer knappen Handbewegung gab die Palme zu verstehen, daß ich erst mal meinen vorlegen solle, bevor überhaupt von einem örtlichen Führerschein die Rede sein könne. Ich legte meinen Führerschein auf die Theke, damit sie wußten, wer ich war und daß ich mich wirklich ans

Steuer eines Wagens setzen durfte. Der mächtige Mann nickte von fern. Nannte eine Summe. Sein Helfer wiederholte sie verlegen. Der Betrag war höher, als Abner mir gesagt hatte. Doppelt so hoch.

»Ich dachte, das kostet fünfzehn Dollar«, sagte ich eigensinnig.

»Dreißig«, sagte der Chef sonor, aber gleichgültig. Take it or leave it. Er griff wieder zum Telefon.

»Dreißig«, echote der schüchterne Maschinenschreiber.

Ich zückte dreißig Ostkaribische Dollar und blätterte sie auf die Theke. Der Maschinenschreiber stempelte einen Papierfetzen ab, den Permit, nahm im Tausch dafür die Dollar und brachte das Geld seinem Chef. Der faltete die Scheine mit einer Hand zusammen, steckte sie sich in die Brusttasche, wählte eine Nummer und verlor das Interesse an mir. So lief das hier. Nix Kassenbon. Nix Rechnung mit Durchschlag. Geradewegs und schamlos an Palme für seine heimlichen Hobbys.

»Er hat dreißig Dollar gekostet«, sagte ich zu Abner.

»Harte Zeiten«, sagte er. »Everybody has to make a living.«

Wenn ich Marcus Garvey Penn zufällig wiedersah, würde ich ihn trotzdem auf die Korruption in seiner Einheit ansprechen und wie sie zu einem anerkannten Mitglied der internationalen Gemeinschaft zu werden gedachten, wenn sich gleich bei der Ankunft im Paradies jedes Vorurteil bestätigte.

Abner Cuckoo setzte sich vor seinem Haus ab und wünschte mir eine schöne Zeit. Ich könne jederzeit zu ihm kommen. Wenn etwas sei. Und ich solle gut auf mich aufpassen. »Drive carefully.«

Ich fuhr gleich weiter, das heißt: wieder über den Berg auf die andere Seite der Insel zurück. Ein bißchen leicht im Kopf vom Jetlag, aber mit scharfer Wahrnehmung, schärfer als sonst. Es müsse in der Nähe von Fort Friendship sein, hatte

Ma Edith erzählt, die den Namen schon mal gehört hatte, aber nicht sagen konnte, wo genau die Familie Henriquez da Silva wohnte. Das Telefonbuch auch nicht. Ich beschloß, auf gut Glück dort in der Gegend nachzufragen. Und ein bißchen Widerstand bei der Enträtselung von Jacob Rivers' Leben mußte ja schließlich sein.

Fort Friendship lag etwas westlich des Hauptortes halb auf dem Strand und sah so brüchig aus wie eine ausgetrocknete Sandburg im Großformat, gemacht mit einem überdimensionalen Spielzeugeimer. Es war ein alter Martello-Turm aus den Tagen, da die Besitzverhältnisse in der Karibik noch nicht festgelegt waren und eine kleine Garnison schlecht ausgebildeter Soldaten – mal Holländer, dann wieder Engländer, Dänen oder Spanier, die von solchen Forts aus einfach auf alles schossen, was nah vor der Küste segelte – die Hegemonie über die Insel verteidigte. Ich parkte meinen Mietwagen bei einem Luxushotel in der Nähe des Forts. Hätte ich mich am vorigen Abend hier niedergelassen, säße ich jetzt da unten am Strand unter wogenden Kokospalmen und tränke einen großen Früchtecocktail. Die Gäste lagen da wie träge Schlangen, die darauf warteten, daß sich die alte Haut ablöste. Sie blätterten in Zeitschriften, schauten aufs Meer, schnippten mit den Fingern nach Personal, cremten sich ein, schlenderten zum Wasser, schauten auf ihre Armbanduhr, legten ihr Fleisch auf den Liegen zurecht. Ob sie nun hier lagen oder in Mombasa, Palm Beach, Marbella, Acapulco, es war überall das gleiche, überall Drinks, angeglichene Musik, angeglichenes Essen, überall die gleiche oberflächliche Phantasie des Dolcefarniente. Reichtum war erheblich langweiliger als Armut. Abhängiger. Bring mir dies, tu jenes für mich, gib mir, mach mir, besorg mir.

Touristen kommen irgendwohin, ohne wirklich dort zu sein, sie halten sich in Bildern und Fotos und selbstgemachten Videos auf. Es scheint, als gingen sie über weiße Sandstrände unter wogenden Palmen, aber ihre Schritte hinterlassen keine Spur, die Erde nimmt sie nicht an, und sie nehmen die Erde nicht an, sie sind schon mit den Erzählungen von der Reise beschäftigt, bevor die Reise überhaupt zu Ende ist, und deshalb reisen sie nicht. Ihre Erzählungen sind nie Geschichte. Nie wirklich passiert. Das Paradox der überfüllten Touristenorte ist, daß niemand dort ist.

Der Rezeptionist, dessen Spitzmauskopf beflissen auf einem Hals wackelte, der wie der Stiel einer Amaryllis aus dem weit aufgeschlagenen Kragen herauswuchs, kannte übertrieben awfully sorry keine Familie Henriquez da Silva, er komme von der anderen Seite der Insel. Der Kollege, den er darauf ansprach, zog ebenfalls die Schultern hoch, aber der wußte wiederum, daß Charlie, der Barmann draußen, aus dieser Gegend kam. Ich stelzte durch den heißen Sand zu der runden Bar unter einem Strohdach, an der etwas zu braune, etwas zu wohlgenährte Männer und Frauen mit etwas zuviel Gold um den Hals auf hohen Barhockern im Schatten saßen. Der Barmann, so ein Typ, dessen Gefühl für Humor sich wie ein zu enges Oberhemd über der Verachtung für seine Kunden spannt, jonglierte routiniert mit Flaschen und schenkte Piña Coladas ein. Er warf mir einen fragenden Blick zu. Ich durfte bestellen. Henriquez da Silva. Sorry, den Cocktail kenne ich nicht. Hier in der Gegend. Wahrscheinlich ältere Leute. Er mimte mit komischer Grimasse, daß er schwer nachdächte. Nein. Die kenne er nicht. Die gebräunten Reptilien musterten mich kühl und blickten danach wieder aufs Meer, auf ihre Getränke, sogen an den Trinkhalmen und wurden zusehends fetter, glänzender, monströser. Die Melanome blühten auf ihrer aufplatzenden Haut wie blumenkohlförmige Warzen, die Brüste der Frauen waren in dunkelbraune Kuhzitzen mündende Lederbeutel, die Männer bekamen haarige Spinnenleiber und streckten ihre spitz zulaufenden rosa Schwänze heraus wie fickrige Hunde. Der schwarze Barmann zwinkerte mir zu, als wisse er genau, was ich sah, und finde das sehr witzig. Ich schüttelte den Kopf, um die bizarre Phantasie loszuwerden.

»Aber meine Tante weiß es bestimmt«, sagte er. »Tante Lettie kennt jeden.«

»Wo kann ich Ihre Tante finden?«

»Das ist einem Ortsunkundigen schwer zu erklären.« Er versuchte es trotzdem und zeichnete mir auf einem Blatt aus seinem Terminkalender einen Plan auf.

»By the way«, fragte ich, »kennen Sie einen Antonio?«

»Antonio who?«

Ich war mir nicht sicher, welchen Nachnamen er benutzte. Van de Wetering würde es wohl nicht sein. »Wahrscheinlich nennt er sich Alleyne. Antonio Alleyne.«

Bildete ich es mir ein, oder beugte sich Charlie eine Idee tiefer über die Skizze, während er sagte: »Nie gehört.«

Bevor ich der Spur nachging, beschloß ich, der Familie da Silva einen kleinen Brief zu schreiben. Während ich zur Lobby zurückging, fühlte ich die ungerührten Blicke des Reptilienvolks in den Kniekehlen. Vom Rezeptionisten bekam ich Hotelbriefpapier und ein Kuvert. »There you are, Miss.« Zackige Gebärden, scharfes S, rollendes R. Ich dankte ihm, und er fand, daß ihm das gebührte.

»Sehr geehrte Frau, sehr geehrter Herr Henriquez da Silva, mein Name ist Ada van de Wetering. Ich bin Historikerin [kleine Notlüge] und komme aus Amstelveen in den Niederlanden. Einer meiner Vorfahren hat einen wichtigen Teil seines Lebens auf dieser Insel zugebracht und hier eine große Tragödie erlebt. Durch Zufall gelangte ein Brief von ihm in meine Hände. Dieser Brief hat mich so fasziniert, daß ich beschloß, sein Leben – soweit möglich – zu rekonstruieren. Aber nicht nur das Interesse an seinem Schicksal hat mich auf die Insel geführt, es geht mir auch darum, eine Mentalität und eine Zeit zu ergründen, in der die von uns im freien Westen heute hochgehaltenen Werte formuliert und erstmals angewandt wurden, obwohl doch viele der Ausgangspunkte des neuen Denkens mit der damaligen gesellschaftlichen Situation unvereinbar waren.

Inzwischen erfreuen sich aufgeklärte Ideen zwar breiter Akzeptanz, aber es scheint, als träten derzeit alte Gegensätze wieder deutlicher zutage und als klafften Theorie und Praxis stärker auseinander als je zuvor. Tolerance? Zero tolerance. Diese Gegensätze und Konflikte, die in den Kellern unserer schönen Bauten weiterwuchern, hoffe ich über meinen Ururgroßonkel Jacob van de Wetering, der sich auch Jacob Rivers nannte, in ihrer ursprünglichen Form und somit in einer gewissen Reinheit kennenzulernen und dadurch etwas über den Werdegang unserer Gesellschaft zu erfahren.

Es mag sich für Sie vielleicht hochtrabend und prätentiös anhören, aber ich wüßte nicht, wie ich diesen brennenden Wunsch nach der Ergründung und Kenntnis bestimmter menschlicher Beziehungen sowie der Entstehung sozialer Strukturen und der Art und Weise, in der sich diese in Leben manifestieren, anders formulieren sollte. [blablabla] Soweit ich verstanden habe, sind Sie im Besitz von Dokumenten, die sich auf Leben und Leiden von Jacob Rivers beziehen. Ich würde sehr gerne einmal einen Blick hineinwerfen, um eventuell ein differenzierteres Bild von ihm zu gewinnen als das, das ich mir bisher von ihm gemacht habe. Mich interessiert insbesondere die Tragödie, die er hier erlitten hat, als seine Frau und sein ungeborenes Kind ermordet wurden. Seine mich beschäftigende eigentümliche Reaktion darauf ist Bestandteil des Briefes, den ich im Besitz habe. Falls Sie mich empfangen möchten: Ich warte noch eine Stunde nach Aushändigung dieses Briefes vor Ihrem Haus, in der Hoffnung, daß sie mich einlassen. Danach können Sie mich in der Pension Penn, Pelican Bay, erreichen. Dort werde ich während meines Aufenthalts wohnen. Mit freundlichen Grüßen, Ada van de Wetering.«

Charlies Tante saß im Dunkel ihres kleinen Ladens breit hinter dem Verkaufstisch, auf dem neben ein paar Broten Kondensmilch, Sardinenbüchsen und Chipstüten aufgestapelt waren. Man konnte meinen, ihr Oberkörper sei Teil der Ware. In den so gut wie leeren Regalen stand ein bescheidener Vorrat an Waschpulver, Desinfektionsmittel und Tomatenpüree. Eine Gefriertruhe summte laut. Sie spähte wie eine neugierige, aber faule alte Katze nach draußen und reagierte kaum auf mein Eintreten. Da war irgend etwas hinter mir, das sie mehr interessierte, irgend etwas von größerer Tiefe als die rein oberflächliche Erscheinung.

»Yes?« sagte Lettie, den Blick in die Ferne gerichtet, das Ohr der Sphärenmusik zugewandt. Charlie hatte versäumt, mir zu erzählen, daß seine Tante blind war. Über ihren Augen hatte sich ein hellgraues Häutchen gebildet wie bei nicht mehr ganz frischem Fisch.

Ich nannte den Namen ihres Neffen und der Familie, die ich suchte. Lettie starrte auf meine rechte Schulter und nickte ab und zu. Ja, sie wisse, wen ich meinte. Deren Haushälterin sei eine angeheiratete Nichte von ihr, und die schaue hin und wieder mal bei ihr rein. Aber wer das wissen wolle, war ihre Gegenfrage und: »Wo kommen Sie her, dear?« Meine Antwort stellte sie zufrieden. Holland. Okay. Don't you have a queen, too? Natürlich kannte sie Ma Edith.

»Die Leute, die Sie suchen, wohnen in einem Haus, das wie ein Schwalbennest an die Klippen gebaut ist. Daß das Haus nicht runterfällt, ist ein Wunder, sagt meine Nichte. Bei einem Orkan scheint jeder Windstoß es aus seinen Verankerungen zu reißen. Sonderliche Leute. Weltfremd. Sie sind viel zu sanftmütig, sagt meine Nichte. Sie bekommen viel Post, und meine Nichte muß auf dem Nachhauseweg auch immer Briefe mitnehmen, die sie an Orte schicken, von denen meine Nichte noch nie gehört hat.«

»Ist es weit?«

»Nicht weit von hier. Meine Nichte braucht zu Fuß eine halbe Stunde, sagt sie.«

»Ich muß also auf alle Fälle die Straße nehmen, die am dichtesten an der Küste entlangführt.«

»Das denke ich doch«, sagte Lettie. »Mehr kann ich nicht sagen. Ich wüßte nicht, wie ich Ihnen den Weg beschreiben sollte. Ich finde gerade noch von hier in mein Schlafzimmer, ohne mich zu verirren. Kann ich Ihnen sonst mit irgend etwas dienen?«

Sie war in ihrer kleinen Welt aus Petroleum, Waschpulver und Kreosot verankert. Ein Schritt zu weit, und sie war im Ausland. Ich kaufte ein Brot und setzte mich damit auf die Stufen vor ihrem Laden, pflückte das Weiße aus der Kruste und steckte es in den Mund. Wie Kraut und Rüben standen ein paar Häuschen um die Kreuzung aus unbefestigten Straßen, mit etwas Land drum herum, wo sich eine magere Kuh an einem Eisenzaun scheuerte. Hühner und Ziegen drückten sich zwischen Autowracks und rostigen Badewannen herum, die als Viehtränken dienten. Dahinter begann das endlose Gewirr aus Pflanzen, Gräsern, Sträuchern und Bäumen, das sich wie ein grünes Kleid über die Brüste und ausladenden Hüften der Insel breitete.

Von weitem näherte sich mit größtmöglicher Gemächlichkeit eine korpulente Matrone, deren Fleisch bei jedem ihrer bleischweren Schritte mitzitterte. Auf der »Hauptstraße« kam ein Moped mit einem etwa zwölfjährigen Jungen herangeknattert. Behende schleuderte er im Staub der Kreuzung eine halbe Drehung und kam vor Letties Laden zum Stehen. Lettie rief: »Percy! Du alter Lauselümmel!«

Er drehte noch einmal röhrend das Gas auf, ein Hund schlug an, eine Frau kam aus einem Haus gelaufen, schallerte Percy eine, schimpfte ihn aus, ließ ihn das Moped abstellen und zerrte ihn am Ohr ins Haus. Die Matrone war unterdessen näher gekommen. Wenn das mal nicht die angeheiratete Nichte war. Ich wartete und aß mich weiter durchs Innere meines Brots. Die Frau erreichte Letties Laden. Ächzend und pustend zog sie sich am Holzgeländer die Eingangsstufen hinauf.

»Lettie!« keuchte sie und pfiff dabei wie ein Blasebalg. »Lettie! It's me.«

»Ich hab dich schon auf hundert Meter Entfernung gehört, Celia. What's new?«

Celia quetschte sich durch die Türöffnung und ließ sich im heißen Schatten des Ladens auf einen alten Küchenstuhl fallen. Mit einem großen weißen Taschentuch trocknete sie sich das Gesicht ab. Ich folgte ihr hinein und kaufte noch eine Tüte Chips.

»Still here, Miss?« fragte Lettie.

Ich bezahlte, während die Frauen ungeduldig darauf warteten, daß sie ihr Gespräch aufnehmen konnten. Ich setzte mich wieder auf die Stufen und betrachtete die Welt aus bekannter Perspektive. Wenn ich mich ganz still verhielt, würde ich unsichtbar werden. Das war mir früher manchmal ganz gut gelungen. Das Gespräch hinter mir plätscherte dahin und wiegte mich ein wenig in den Schlaf, bis sie verstummten. Sie sahen mich an – Celia zumindest, Lettie warf ihren Blick daneben –, als sei ich ein großes, unwillkommenes Ohr. Ich erhob mich, klopfte mir die Krümel vom Schoß und sagte den Frauen auf Wiedersehen.

»Bye, honey, come again soon«, sang Auntie Lettie.

Hin und wieder dachte ich, ich würde im Niemandsland stranden, in einer Sandpfanne, auf einem Felsplateau, in einem Zuckerrohrspalier, doch die Spur führte weiter, bis ich eine Umzäunung sah, dahinter eine Hecke, und kurz darauf ein schwer gesichertes schmiedeeisernes Eingangstor mit Briefkasten und Klingel. Dort endete der Weg. Es war glutheiß. Hierher drang nicht der leiseste Windhauch. Insekten summten herum. Eine Heuschrecke sprang mir gegens Bein. Da stand ich nun, die sich als menschliches Geschoß auf die Brustwehr eines Eremitenpaars gerichtet hatte, mit dem Vorhaben, in die Schränke und auf die Dachböden vorzudringen, wo sie ihre Geheimnisse aufbewahrten, ihnen Dokumente abzuluchsen, die sie aus wer weiß welchen Gründen lieber für sich behielten, in ihren Sachen zu stöbern, zu schnüffeln; dann würde ich sie ihnen enteignen, sie konfiszieren und öffentlich machen. Bevor mich die Feigheit übermannte, die schon ihr bängliches Stimmchen erhob, mußte ich klingeln. Nach einiger Zeit hörte ich durch den Lautsprecher eine Stimme fragen, wer da sei. Das mußte die Haushälterin sein, und ich bedachte, daß die Erwähnung von Tante Lettie die beste Einleitung wäre.

»Mein Name ist Ada. Tante Lettie hat mich geschickt. Kann ich Sie kurz sprechen?«

»In welcher Angelegenheit?«

Tja, in welcher Angelegenheit. »Das läßt sich durch dieses Ding hier schwer erklären.«

»Try me.«

»Ich habe einen Brief, den ich persönlich abgeben muß.«

Der Hörer im Haus wurde aufgelegt. Hoffentlich kam sie jetzt ans Tor. Ich zählte die Sekunden. Minuten. Zum Haus war es weit. Oder sie kam nicht. Ich war schon drauf und dran, den Brief in den Briefkasten zu stecken, als plötzlich eine hochgewachsene Schwarze von unbestimmtem Alter hinter dem Zaun auftauchte. Sie trug das Haar in gut dreißig Zöpfchen mit bunten Perlen an den Enden. Erstaunt rief sie aus: »Auntie Lettie sent you?«

»Ja, wieso?«

»You're white!«

»So what?«

»Ihr Brief ist also nicht für mich. Für wen dann?«

»Für die Familie Henriquez da Silva.«

Sie streckte die Hand aus, aber ich hielt das Kuvert noch einen Moment fest. »Sie müssen ihn gleich lesen. Ich warte hier draußen auf Antwort.«

Letties Nichte sah mich lange und forschend an. »Worum geht es?«

»Das ist persönlich.«

»Ich kann Ihnen nichts versprechen.«

»Sagen Sie ihnen doch bitte, sie möchten den Brief gleich lesen.«

»Okay.« Sie nahm den Brief durch die Gitterstäbe an, schaute auf den Aufdruck vom Hotel, schaute wieder mich an und ging dann davon.

So, das wäre das. Jetzt warten. Ich stellte mir vor, wie die Diskussion im Schwalbennest verlaufen würde. Der eine für Einlaß, der andere dagegen. Die Frau, obwohl neugierig, beharrte auf Prinzipien, der Mann, abenteuerlustiger und höflicher, plädierte für eine Ausnahme. Der Mann gewann.

Ich schlenderte umher, setzte mich ins Auto, bei geöffneter Tür. Eine Zigarette. Hätte ich doch eine Zigarette. Ich ließ das Verlangen nach einer Zigarette (und was nicht sonst noch allem) erst zu, wenn ich es nicht befriedigen konnte. Das Karussell im Kopf begann sich zu drehen: traumähnliche Gedanken, Bilder aus der Erinnerung, Gesichter, Stimmen, Wiederholungen, zwanghafte Sätze. Böses, du sollst für mich das Gute sein. Böses, du sollst für mich das Gute sein. Ma Edith in den Pfingstrosen und als alte Aphrodite, die sich aus dem Schaum der Brandung erhebt. Antonio, der ein Messer auf Papa richtete. Huib, Huib, Huib. Plötzlich wußte ich wieder, was ich noch geträumt hatte. Huib in Frauenkleidern, in einem Kleid mit tiefem Dekolleté und langem, weitem Rock, mit einem Schuß im Kopf, und ein Hund, der sein Blut leckte. Mir tat noch die Schulter weh vom Rückstoß des Jagdgewehrs. Was für ein ekelhaft eindeutiger Traum.

Eine Wespe verirrte sich ins Auto und stieß mal hier, mal

da gegen die Scheiben. Ich beförderte sie nach draußen. Dabei fiel mein Blick auf meinen Fuß, rotlackierte Zehennägel in weißen Sandalen. Was für ein komischer Fuß, was für merkwürdige knochige Zehen, was für ein hoher Spann, und diese gesprungene Haut an der Ferse. Mit aufrichtiger Mißbilligung starrte ich eine Weile auf meine Füße. Und so, wie einen der Klang und die Buchstaben eines Wortes verwundern können, verwunderten mich meine Füße.

Nach einer Dreiviertelstunde begann ich die Hoffnung aufzugeben und blieb nur noch sitzen, weil ich nun mal gesagt hatte, daß ich eine Stunde warten würde. Eigentlich war die Zeit nur so dahingeflogen. Für jemanden mit meinem Talent, sich auf unangenehme Weise zu beschäftigen, war eine Stunde rein gar nichts. Eine Träne verließ mein Auge. Ich wußte nicht, warum. Allgemeine Vergeblichkeit. Allgemeine Vergeblichkeit, Ada.

Henriquez da Silva und seine Frau zeichneten sich im Rahmen des Fensters als Silhouetten gegen das funkelnde Türkis des Meeres und das Kobaltblau des Himmels ab, als gehörten sie zu dieser ephemeren Welt und wären nur für einen Moment auf die Fensterbank herabgeschwebt. Engel. Es hätte nicht gewundert, wenn hinter ihren Köpfen ein magritteartiger Felsblock geschwebt hätte. Die Aussicht war atemberaubend. Bei meinem Eintreten stand ich voll im Licht. Das war so arrangiert. Aufmerksame Augen tasteten mich ab, nicht feindselig, sondern vorsorglich. Ich blieb in der Lichtschleuse stehen und ließ die Musterung geschehen. Später hörte ich, daß Letties Nichte mit geladener Pistole in der Küche bereitgestanden hatte, für den Fall, daß der Besuch außer Kontrolle geriete.

»Ihr Brief«, begann der Mann mit für einen doch recht kleinen Resonanzkörper auffallend tiefer Stimme, »hat uns bewegt. Aus Gründen, die wir nicht im einzelnen erläutern wollen. Aber wir können Ihrer Bitte um Einsicht in die Dokumente, die Ihren Urgroßonkel betreffen, nicht ohne weiteres stattgeben.«

»Sie müssen eine Zulassungsprüfung ablegen«, fuhr sie dazwischen. Es dauerte den Bruchteil einer Sekunde, bis mir zu Bewußtsein kam, daß Frau Henriquez da Silva ein gepflegtes Vorkriegs-Niederländisch sprach.

»Scht, Milou.« Er fuhr mit einem leicht verschmitzten Seufzer fort: »Einen der Gründe haben Sie soeben gehört. Meine Frau ist wie Sie niederländischer Abstammung und konnte der Versuchung nicht widerstehen, mit jemandem in der Sprache ihrer Kindheit zu sprechen. Wenn man älter wird, siegt die Sehnsucht über alle Einwände. Aber sie hat recht. Sie müssen eine Prüfung ablegen.«

»Ich werde tun, was ich kann.«

Die Silhouetten lösten sich vom Fenster und gingen zu einer hellgelben skandinavischen Sitzgruppe, wo sie mich mit synchronen Bewegungen einluden, mit ihnen Platz zu nehmen. Ich konnte ihr Alter schwer schätzen. Sie trugen beide dichte, dunkelhaarige Perücken aus minderwertigem Lycra, die aussahen, als hätten sie sie in einem Laden im Hurenviertel von San Juan gekauft, wo es auch billige Negligés, künstliche Fingernägel und Entkrausungsmittel gab. Ob er kahl war und sie orthodox oder ob sie in puncto Haartracht einer Folie à deux frönten, ließ sich nicht feststellen, obwohl auch ihre Kleidung gewisse Übereinstimmungen verriet. Er wie sie trugen Trainingsanzüge aus leicht glänzendem Fallschirmnylon, er in Blau, sie in Kanariengelb. Darunter die kapitalen Sportschuhe, in denen ältere amerikanische Touristen die Welt unter dem Absatz zertraten. Sie sahen aus, als wollten sie gleich eine Runde joggen. Diese auffälligen Attribute lenkten die Aufmerksamkeit von ihren außerordentlich wachsamen, aber auch sanftmütigen braunen Augen ab, die durch jahrelange Abstimmung aufeinander ein und denselben Ausdruck angenommen hatten. Statt Ehepartner hätten sie genausogut Bruder und Schwester sein können. Angesichts der Unsicherheit und Bedachtsamkeit ihrer Bewegungen schloß ich, daß sie an die Achtzig sein mußten.

»Wir möchten gerne wissen, mit wem wir es zu tun haben«, sagte Herr Henriquez da Silva. »Man kann ja nicht vorsichtig genug sein.«

Dem konnte ich beipflichten. Führerschein oder Reisepaß dürften uns da aus der Bredouille helfen. Die könnten meine Identität belegen.

»Aber nicht Ihre Gesinnung.«

»Die können Sie bei einer oberflächlichen Bekanntschaft genausowenig herausfinden. Ich könnte Ihnen nach dem Mund reden.«

»Sie verkennen unser Urteilsvermögen.«

»Sie sollte doch mal kurz einen Ausweis zeigen«, sagte sie.

Ausweis bitte! Es lag mir auf der Zunge, es auf deutsch zu sagen, aber ich hielt mich gerade noch zurück. Mit Argusaugen verfolgten die beiden meinen Griff in die Handtasche. Ich legte den roten und den rosa Lappen auf den Tisch. Sie schnappte sie sich und hielt sie sich nah vors Gesicht, um das Kleingeschriebene zu studieren und die Fotos mit dem leibhaftigen Exemplar zu vergleichen.

»Sie ist es«, sagte sie.

»In Ihrem Brief schreiben Sie, Sie seien Historikerin. Haben Sie sich mit einer bestimmten Zeit befaßt?«

»Meine Examensarbeit handelte von der Staatsbildung im Zeitalter der Batavischen Republik.«

Herr Henriquez da Silva sah hilfesuchend zu seiner Frau. Die blätterte sichtlich im Buch ihrer Erinnerung. »Claudius Civilis?« fragte sie. »Von dem Rembrandt noch dieses Gemälde gemacht hat?«

»Nein. 1798.«

»Wie denken Sie über die Todesstrafe?« Er wieder.

»Ich bin dagegen.«

»Erläutern Sie das mal näher.«

»Das Risiko, daß ein Unschuldiger umgebracht wird, würde unser Rechtssystem schwerer beschädigen als das Risiko, daß ein zu Recht Verurteilter nach einiger Zeit wieder auf freien Fuß kommt und rückfällig wird.«

»Entnehme ich daraus, daß Sie nicht prinzipiell gegen das Recht sind, Leben zu nehmen? Sie haben vor allem Bedenken wegen des Verfahrens und der Möglichkeit menschlichen Versagens?«

»So können Sie es sehen.«

»Selbst wenn unumstößlich feststeht, daß jeder Irrtum ausgeschlossen ist?«

»Selbst dann. Unumstößlichkeit muß nicht frei von Manipulation und Willkür sein.«

»Könnten Sie selbst töten?«

»Ich schließe es nicht aus.«

»Würde Ihnen das Wissen, daß Sie niemals die Todesstrafe erwartet, das Töten leichter machen?«

»Es würde mir vielleicht schwerer fallen, sosehr ich auch in der Überzeugung handeln würde, der Welt einen Dienst zu erweisen.« Und ich fügte freiwillig hinzu: »Wenn ich jemanden töten müßte, und das nicht aus Notwehr, würde ich wahrscheinlich gleich anschließend Hand an mich legen.« Es war einen Moment still. »Falls ich nicht zu feige dazu wäre.«

»Eine romantische Seele«, konstatierte sie mit sichtlicher Zufriedenheit.

»Denken Sie, daß es ein wichtigeres Problem für uns Lebende gibt als dies: Mord, Selbstmord, Euthanasie, oder wie man es auch nennen will?«

»Ich kann mir vorstellen, daß es Menschen gibt, die das meinen, ja.«

»Aber was meinen Sie?«

»Anderes Thema, Tintin«, sagte sie und legte die Hand auf seinen Arm. Sie nickte mir zu wie eine Prüfungskommissarin, die die nervöse Examenskandidatin ermutigt.

»Freiheit!« kündigte er an.

»Nein, nein«, sagte sie, »das ist zu schwierig. Nimm jetzt erst mal die Demokratie.«

»Als wenn das nicht schwierig wäre«, sagte Tintin beleidigt.

»Wie denken Sie über Antisemitismus?« fragte sie in einem Ton, als dürfe ich ruhig sagen, daß Antisemiten zu meinen besten Freunden zählten.

»Rassismus. Ich bekämpfe ihn, wo ich nur kann.«

»Finden Sie nicht ganz gelegentlich, im Grunde Ihres Herzens, daß sie recht haben? Daß die Juden selbst schuld sind?«

»Nein, das denke ich nicht.«

»Sind Sie jetzt vollkommen ehrlich?«

»Ich glaube schon.«

»Sie glauben schon«, sagte sie und ließ sich mit einer Gebärde wie »I rest my case« auf dem Sofa zurückfallen.

»Ich bin mir sicher«, sagte ich. Ich fühlte mich, als müßte ich eine mit Schmierseife überzogene Steigung hinaufklettern.

»Jetzt sind Sie sich auf einmal sicher. Ist das nicht merkwürdig? Sie lassen sich beeinflussen von dem, was Sie glauben, zu uns sagen zu müssen.«

»Aber Ihr beispielloses Urteilsvermögen, dessen Sie sich vorhin gerühmt haben, wird Sie, was meine tieferen Beweggründe betrifft, bestimmt nicht im Stich lassen.«

Die beiden Alten strahlten.

»Touché«, sagte sie.

»Bravo«, sagte er. »Wo war ich stehengeblieben? Ach ja, da steht noch etwas in Ihrem Brief, worüber ich sprechen möchte.« Er zog den Brief aus seiner Brusttasche und faltete ihn auseinander. Er murmelte die Zeilen ab. »Hier: ›Inzwischen erfreuen sich aufgeklärte Ideen zwar breiter Akzeptanz, aber es scheint, als träten derzeit alte Gegensätze wieder deutlicher zutage und als klafften Theorie und Praxis stärker auseinander als je zuvor. Tolerance? Zero tolerance.‹ Hier spüre ich Ironie. Erläutern Sie das mal.« Er verschränkte die Arme und nahm eine abwartende Haltung ein. Nimm dir Zeit, schien er damit zu sagen.

Was hatte ich mir noch gleich bei diesen Sätzen gedacht? »Abweichendes und unbequemes Verhalten wird sofort bestraft. Andere Sitten, andere Hautfarbe werden sofort registriert und mit einem Etikett versehen: Oh, ein Muslim, ein Zigeuner, ein Nigerianer, und wie man ihm begegnet, richtet sich nach dem Vorurteil. Das steht im krassen Widerspruch zur Toleranz, die doch ein Eckpfeiler unserer Gesellschaft ist. Toleranz läßt alles zu, was sich nicht direkt gegen Toleranz richtet. Aber jeder ist auf dem Quivive, wittert immer gleich mögliche Einschränkungen seiner Freiheit. Meine Ironie ist eine Reaktion auf dieses Paradox.«

»Ironie ist selbst ein Paradox.«

»Eben darum.«

»Das ist ein *Non sequitur*.«

Tintin genoß das Wortgefecht. Seine Frau nicht weniger. Ich gewann den Eindruck, daß die Prüfung gut lief.

»Wie denken Sie über Israel?«

»Ich möchte Sie nicht vor den Kopf stoßen.«

»Ha, Sie sind dagegen!«

»Nein, ich bin nicht gegen Israel.«

»Aber Sie finden, daß sie den Palästinensern nicht antun dürfen, was ihnen selbst angetan wurde.«

»So in etwa.«

Sie sahen einander an.

»Nun ja, sie kann nicht zu allem die richtige Meinung haben. Hier fehlt es an Sachkenntnis«, sagte sie.

»Ich finde, das ist aber doch ein Punkt zu ihren Ungunsten, Milou«, sagte er. Sie hatten offenbar mit der Bewertung begonnen.

»Ich möchte noch kurz etwas über Ihren persönlichen Hintergrund wissen«, sagte Milou. »Sind Sie verheiratet?«

»Ja.«

»Haben Sie Kinder?«

»Nein.«

»Leben Ihre Eltern noch?«

»Nicht beide.«

»Haben Sie Geschwister?«

»Äh ... ja.«

»Was spielt denn das für eine Rolle, Milou«, sagte Tintin ungeduldig.

»Wir sollten ein möglichst umfassendes Bild haben. Ein Mensch mit Familie ist ein anderer Mensch als ein Mensch ohne Familie. Muß ich dir das noch erklären, Tintin? Sind Sie gläubig?« fragte Milou weiter.

»Nein.«

»Sie zögern.«

»Ich finde, das ist eine schwierige Frage.«

»Wenn Sie wählen dürften, wofür würden Sie sich entscheiden: das Meer oder die Berge?«

»Das Meer.«

»Wenn Sie wählen dürften, wofür würden Sie sich entscheiden: die Stadt oder das Land?«

»Die Stadt.«

»Kurze Liebe oder lange Freundschaft?«

»Kurze Liebe.«

»Blind oder taub?«

»Taub.«

»Taub oder lahm?«

»Taub.«

»Lieben Sie Musik?«

»Ja.«

»Sie lügen.« Milou kicherte. »Wenn Sie Musik liebten, würden Sie lieber nicht taub sein.«

»Ich bin auch lieber nicht taub.« Ich seufzte. Dieses Spielchen war nicht zu gewinnen.

»Das genügt«, sagte Henriquez da Silva, »jetzt bin ich

wieder dran. Mal sehen.« Er warf erneut einen Blick auf meinen Brief. »Ich zitiere: ›Mich interessiert insbesondere die Tragödie, die er hier erlitten hat, als seine Frau und sein ungeborenes Kind ermordet wurden. Seine mich beschäftigende eigentümliche Reaktion darauf ist Bestandteil des Briefes, den ich im Besitz habe.‹ Können Sie uns sagen, worin diese Reaktion Ihres Vorfahren bestand, die Sie so beschäftigt?«

»Er schreibt in dem Brief: ›Es ist, als ob ich es getan hätte.‹ Als ob.«

»Und was macht das?«

»Das ›als ob‹ deutet zumindest eine Art Mitschuld an. Oder Schuldbewußtsein. Es scheint ein anderer dafür gehängt worden zu sein.«

»Sie hoffen, in unseren Dokumenten Aufschluß zu finden.«

»Aufschluß ist vielleicht zuviel gesagt, aber schon etwas mehr Einblick.«

Tintin und Milou schwiegen. Sie gelangten unabhängig voneinander zu einem Schluß, denn nach etwa zwei Minuten, in denen ich nicht zu sprechen wagte, so sehr glich ihre Meditation einer Trance, seufzten sie gleichzeitig und sagten: »Nun …«

Tintin sprach: »Gibt es noch irgend etwas, was Sie selbst gern zur Sprache gebracht hätten, bevor wir Ihnen unsere Entscheidung mitteilen?«

Ich beschloß, va banque zu spielen. Das Kreuzverhör, dem man mich unterzogen hatte, hatte mich ein bißchen geärgert. Das Ehepaar hatte sich womöglich die Zeit mit mir vertrieben, ohne auch nur einen Moment ernsthaft vorzuhaben, mir Zugang zu den Dokumenten zu gewähren. Und wenn ich – sollte die Befragung tatsächlich ein Test gewesen sein –, durchgefallen war, kam es sowieso nicht mehr darauf an, was ich jetzt noch zur Verschlimmerung beitrug. Hatte ich bestanden, würde ich nie erfahren, welchen Schaden meine Frechheit im nachhinein noch anrichtete.

»Sie haben mir ja jetzt auf den Zahn gefühlt, aber ich habe meinerseits auch ein paar Fragen. Wenn die Dokumente aus dem Besitz von Jacob van de Wetering stammen, wüßte ich gern, kraft welcher Verfügung sie den rechtmäßigen Erben, nämlich den nächsten Angehörigen, vorenthalten wurden. Ich möchte bezweifeln, daß Sie das Recht haben, mir, als Nachfahrin, die Einsicht zu verwehren. Und drittens möchte ich – nun, da Sie sich so ausführlich über meine persönliche ›Gesinnung‹, wie Sie es nennen, und meine privaten Verhältnisse haben informieren lassen – auch mehr über die wissen, die sich Besitzer und Verwalter eines Teils meines Erbes nennen.«

Wie geprügelte Hunde saßen die beiden alten Leute auf dem Sofa. Mir tat meine Tirade sofort leid. »I'm sorry«, sagte ich lahm. Ich hatte alles verdorben.

Sie sah ihn an. Er nickte. Milou ergriff das Wort in ihrem tadellosen Vorkriegs-Niederländisch, das von Timbre und Tonlage her an Königin Wilhelmina erinnerte, die ihren Landsleuten über Radio Oranje Mut zusprach.

»Sie sollten mal Ihre juristischen Kenntnisse auffrischen«, sagte sie honigsüß, »aber davon abgesehen gibt es ja neben den Buchstaben des Gesetzes auch noch so etwas wie den Geist des Gesetzes. Ihren moralischen Anspruch darauf, etwas über Ihre Herkunft zu erfahren, bestreiten wir nicht. Daher verzeihen wir Ihnen diesen Ausbruch.« Ihre Lippen bewegten sich einen Moment ohne Laut, als koste sie die Worte vor. »Die Dokumente, die Ihnen plötzlich so sehr am Herzen liegen, sind selbstverständlich rechtmäßig in unserem Besitz. Die Familie Henriquez da Silva ist ursprünglich ... nun ja, was heißt ursprünglich, sie haben lange Curaçao als ihr Zuhause betrachtet. Vor der Inquisition und den Pogromen geflohen, die Spanien und Portugal heimsuchten, erhielten sie Asyl in den Niederlanden und sind dann mit Johan Maurits van Nassau nach Brasilien gegangen, um dort eine Plantagenkolonie zu gründen. Als die Portugiesen das Land in Besitz nahmen, wurden sie erneut verjagt. Manche gingen in das heutige Surinam, andere ließen sich auf Curaçao nieder. Dort sind sie zu Wohlstand gelangt. In einer Zeit des wirtschaftlichen Niedergangs übersiedelte der Ururgroßvater meines Mannes nach Amerika. Auf der Insel blieb eine Familie Henriquez da Silva zurück, die – wir schämen uns nicht, das zu sagen – von einem Bastard abstammte. Einem Farbigen. Dem Produkt einer Beziehung zwischen einem Henriquez da Silva und einer Schwarzen. Er war ein vollwertiges Mitglied der Familie. Die Juden haben von jeher besser für ihre Bastarde gesorgt als die weißen Protestanten. Es scheint nun, als sei dieser Bastard – dem sein Vater ins Geschäftsleben hineingeholfen hatte – mit Ihrem Jacob van de Wetering befreundet gewesen und in dessen Testament mit der Verwaltung einiger geschäftlicher und persönlicher Dokumente betraut worden. Über die üblichen Umwege ist das eine und andere in unseren Besitz gelangt. So, nun wissen Sie es. Unsere persönliche Geschichte ersparen wir Ihnen. Wenn Ihnen die Geschehnisse, die das zwanzigste Jahrhundert zu einem menschlichen Tiefpunkt gemacht haben, auch nur einigermaßen geläufig sind, und Sie sind ja Historikerin, nicht wahr, dann werden Sie verstehen, warum wir uns aus der Welt zurückgezogen haben und allem, was sich uns aufdrängt, mit großem Mißtrauen begegnen. Sie werden unser Urteil abwarten müssen. Wir werden Kontakt mit Ihnen aufnehmen.«

Damit konnte ich leben. Ein bißchen meschugge waren Tintin und Milou schon und sicher auch ungemein sanftmütig, aber beschränkt oder schwach waren sie weiß Gott nicht. Mit einemmal kamen mir die Perücken und die Trainingsanzüge wie eine Vermummung vor. Sie hatten sich verkleidet, unkenntlich gemacht! Wie weit Menschen doch in ihrem Verfolgungswahn gehen konnten! Dennoch verspürte ich trotz der Zurechtweisung in Form von Milous Erklärung ein gewisses gegenseitiges Verständnis. Das lag an der Sprache. Hier, an diesem äußersten Fluchtpunkt, wo das Haus gleichsam den Versuch machte, nicht sich an der Insel festzuklammern, sondern im Gegenteil: wegzufliegen vom Felsen, der das Haus mit aller Macht zurückhielt, hier schuf die Sprache ein Band, und über die Drähte zu den Niederlanden und Curaçao wurden eine Reihe von Verbindungen geknüpft, die im Nu einen gemeinsamen Hintergrund entstehen ließen. Ich begriff, daß dieser Hintergrund für Frau Henriquez da Silva verlockender war als für ihn und daß sie deswegen in ihrer niederländischen Antwort sowohl das Verbindende ansprach, als auch das Trennende zwischen uns spürbar machte.

»Dann werde ich jetzt gehen«, sagte ich, erhob mich und wandte mich zum Fenster, um den Raum verlassen zu können. Die Aussicht sprang mich mit ihrer ganzen müßigen Weite an. Ich hielt die Arme vorgestreckt, um den Vorhang aus Himmel und Wasser, der mich einwickelte, von mir wegzuschieben. An der Tür drehte ich mich um und verbeugte mich leicht: »Vielen Dank für diese Unterhaltung.«

Letties Nichte, deren Perlenzöpfchen wie ein Fliegenvorhang fröhlich um den Kopf tanzten, begleitete mich schweigend zum schmiedeeisernen Tor. Mißbilligend? Hatte ich das fragile Gleichgewicht gestört? Mußte die Haushälterin nun wieder mit der unerschöpflichen Geduld der Krankenschwester die geschockten Gemüter ihrer Patienten beschwichtigen? Beim Wagen realisierte ich, daß das Haus die Kühle einer Gruft gehabt und ich in meiner Nervosität überhaupt nicht auf die Einrichtung, auf aufschlußreiche Details, auf Geschmack, auf den verräterischen persönlichen Anstrich geachtet hatte. Hatte es den überhaupt gegeben? Es war das Haus, in dem sie schon Jahre wohnten, aber es wirkte so vorläufig wie ein Nomadenlager. Eine Bushaltestelle. Ein Warteraum.

»Hush baby hush, baby, 'till mama come, Mama going in town and to buy sugar cake, to buy sugar cake and to give baby half. Rock baby, rock baby, 'till mama come, mama going in town and to buy sugar cake and to give baby piece, I say hush baby, hush …«

Ma Ediths Stimme hatte in Jahren von Rum und Tabak etliche Scharten abbekommen. Leise vor sich hin singend saß sie – immer noch gekleidet wie für einen Nachmittag auf dem Court – an einem alten Zylinderbüro in ihrem Wohnzimmer. Vor ihr standen zwei graue Schuhkartons, aus denen sie murmelnd und summend Zettelchen und Papierchen und beschriebene Bierdeckel herausnahm und vor sich ausbreitete. Auch den Text des alten Wiegenliedes hatten die Kartons ihrem Gedächtnis entlockt, als öffnete sich mit jedem papierenen Schlüssel auch ein kleines Fach in ihrem Hirn. Die tiefstehende Sonne schob längliche Lichtkuverts durch die Läden herein. Eine Zigarette glimmte im Aschenbecher und webte einen vertikalen Faden durch die horizontalen Bündel. Ich saß auf einem Manau-Sofa mit dicken, braunen Polstern (häßlich, aber bequem) und versuchte den Luftstrom des Ventilators einzufangen, der, langsam den Kopf schüttelnd, in einer Ecke vor sich hin schnurrte. Während Ma Edith mich zu vergessen schien, schaute ich mich um.

Auf einem Tischchen neben dem Sofa war ein kleiner Altar errichtet, mit Teelichtern, Blumen und Schnickschnack aus Muscheln und Holz und Sisal und Perlen, dessen Unscheinbarkeit kein Zufall war. Das Nichtige hatte Bedeutung. Jeder einzelne kleine Gegenstand war so hingelegt, als wären Landvermesser und Mathematiker hinzugezogen worden, die genauestens die Koordinaten bestimmt hatten. Dort und nirgendwo sonst. Der Gott, für den dieser kleine japanische Garten bestimmt war, sah ihn sich vergnügt von seinem Foto herunter an. Ein schöner, starker Schwarzer in blütenweißem Oberhemd mit weit geöffnetem Kragen.

Brust aus glänzendem Ebenholz. Gute Ware. Hinter ihm vage das Meer mit unscharfer Kontur eines Segelboots. Der Ansatz zu einem Lachen um seine Lippen. Obwohl mir klar war, daß dies der seit dreihundertvierzig Tagen tote Ehemann sein mußte, machte er auf dem Foto den Eindruck, so fest an die eigene Unsterblichkeit zu glauben, daß er mich überzeugte. Dieser Mann konnte nicht tot, nicht alt, nicht krank sein. Dieser Mann würde gleich hereinkommen und das Lachen vollenden, zu dem er auf dem Foto angesetzt hatte. Der Pfeil der Zeit durchschoß drei völlig beliebige Kalenderblätter und nagelte sie zusammen an der weinroten Wand des Salons fest: Den jetzigen Tag, an dem ich meine Anwesenheit wie einen Keil in das Leben der Insel getrieben hatte, den Tag des Fotos von Pa Penn und den Tag des Mordes an Fanny Rivers. Was geschehen ist, ist immer gegenwärtig. Was geschehen ist, geschieht immer weiter. Das stellte ich dem Gedanken gegenüber, daß die Vergangenheit im ewigen Jetzt aufgehoben wird. Daß nichts Bestand hat. Ma Edith sang.

»Hausa wele, hausa wele, O Yo Ambala, hausa wele, hausa Dahomey, hausa wele, hausa kachimba, hausa wele.«

Sie trommelte zur Begleitung auf die Schreibtischplatte. Ihr Gesang klang nasal, monoton, aufpeitschend, als tanzte sie um Kochtöpfe mit darin garenden weißen Missionaren. Abrupt hörte sie damit auf und tauchte nach dem nächsten Stück im Karton. Wenn doch die Firma Henriquez da Silva auch mal so im Nachlaß graben würde, dann hätte man die Geschichte von Jacob Rivers schnell rund und könnte sie erzählen. Eine kleine Portion vorauseilende Zufriedenheit stahl sich in mein Herz. Im Land des Calypso gewährte mir diese Pension, umgeben von »Pappelweiden und Erlen und düftereichen Zypressen«, die »Unsterblichkeit und ewige Jugend« und fünf Jahre Vergessen der Nymphe Kalypso. Mir wurde etwas von meiner Last genommen. Es wird werden, dachte ich, alles wird gut.

Ma Edith hatte die Kartons durchgearbeitet und wandte sich mir zu. Sie kam von fern, und die Reise war schmerzlich, aber auch voller Freude gewesen. So hatte ihr Mund das Spöttisch-Herablassende verloren, und die Lippen waren weich wie ein frisches Milchbrötchen, während ihre Augen staunend und verwundet blickten wie über scharfe Worte von einem geliebten Menschen.

»›Black man Plato work the fields / Black man Plato strong / Black man Plato work the house / Black man Plato young / Black man Plato love the wife / Black man Plato strong / Black man Plato loose his life / No justice done.‹ Viel ist es nicht«, sagte sie, »weniger, als ich dachte. Es ist immer weniger, als man denkt. Ein Abzählreim, einige Fotokopien und ein paar Notizen. Aber die muß ich zurückhaben.«

Ich sagte, daß ich ihre Mithilfe sehr zu schätzen wisse und die Papiere natürlich das Haus nicht verlassen würden und ich die Arbeit ihres Mannes als Akt der Gerechtigkeit gegenüber der analphabetischen früheren Inselbevölkerung würdigte. Ja, ja, nickte sie und schob meine Worte mit ihrer knochigen Hand beiseite. Für Höflichkeitsfloskeln hatte sie nicht viel übrig.

»Lieben Sie Ihren Mann?« fragte sie.

Ich hätte »ja« sagen können. Hätte ich doch »ja« sagen können. Hätte es doch gestimmt. Aber es stimmte nicht mehr, und Ma Edith konnte man nicht so leicht anlügen. Ich hatte bei Huib Zuflucht gesucht und meine Dankbarkeit für Liebe gehalten. Später hatte ich meine Zuneigung aufgeschäumt wie Milch, unter der man bitteren Kaffee versteckt. Es hatte funktioniert. Es hatte zur beiderseitigen Zufriedenheit funktioniert. Bis vor kurzem.

»Ja«, sagte ich also, der Bequemlichkeit halber.

»Warum glaube ich Ihnen nicht?«

»Fragen Sie nicht mich.«

Ma Edith erhob sich, lockerte die Hose, die ihr an den

Beinen klebte, und suchte in ihren Taschen. Sie zog ein Papiertaschentuch heraus und schneuzte sich kräftig die Nase. »Was ist Liebe?« fragte sie, während sie das zerknüllte Taschentuch in den Papierkorb schmiß.

Mir fielen Trivialitäten ein, die in albernen Cartoons und auf Kaffeebechern die Spießerseele rühren. Aber das war eine billige Verteidigung. Ich wußte es nicht. Mir war nur allzu klar, daß ich Liebe in reiner Form, wie Ma Edith sie meinte, nie erlebt hatte, und ich wurde mir eines großen Mangels bewußt, als hätte man mir plötzlich das Haus ausgeräumt. Steven war mit meiner Liebe zu ihm umgesprungen wie mit einem vollgerotzten Taschentuch. Und ich hatte mir das jahrelang gefallen lassen. Ich weiß bis heute nicht, woher ich den Mut nahm, ihn zu verlassen. Na ja. Also doch Widerstandskraft.

Ich sagte, ich wisse nicht mal, was ich *nicht* darunter verstünde, woraufhin Ma Edith bemerkte, daß das für mich spreche. Ob sie wisse, was Liebe sei, fragte ich und erwartete eine Erläuterung vor dem Hausaltar, einen Kuß auf das Glas, hinter dem Pa Penn sein ewiges Versprechen auf ein Lachen abgab. Der seit dreihundertvierzig Tagen tote Mann schien mir der Inbegriff eines liebenswerten Menschen zu sein.

»Ich hatte gehofft, daß Sie es mir sagen könnten«, sagte Ma Edith. »Ich stelle jedem diese Frage. Es ist was Verrücktes passiert. Solange King lebte, habe ich ihn enorm geliebt. Schon fast aberwitzig. Das war aber damals auch Voraussetzung, sonst hätten wir es nie geschafft. Weiße Frau mit schwarzem Mann, das ging doch nicht. Jetzt, wo er nicht mehr ist, kann ich diese Liebe nirgendwo mehr finden. Es ist, als hätte er am Ast meiner Liebe über dem Abgrund des Todes gehangen und als wäre der Ast abgebrochen und mit ihm hinuntergestürzt. Als wäre ich schuld an seinem Tod. Als ob ich es getan hätte. Als ob ich ihn fallengelassen hätte, weil ich den Ast nicht mehr hielt. Jetzt weiß ich nicht mal mehr, ob der Ast je da war. Weg. Weg ist weg.«

»Aber Sie sind doch traurig?«

»Ich denke schon«, sagte sie bedächtig, als erwäge sie die Möglichkeit erst jetzt, »ich denke schon.«

»Traurigkeit spürt man doch aber ganz genau.«

»Ich glaube, ich empfinde etwas anderes als Traurigkeit. Ich war schon früher hin und wieder traurig, aber das fühlte sich anders an als jetzt. Ich bin auch jetzt manchmal traurig. Über meine Jungen zum Beispiel. Daß sie ihre weiße Seite hassen. Mich. Da weiß ich dann genau, was in mir vorgeht und warum und daß es vorübergeht. Manchmal denke ich, daß ich den Tod selbst spüre, der sich schon mal einiger Teile von mir bemächtigt hat.«

»Das muß ein schreckliches Gefühl sein.«

»Nein, das ist ja gerade das Verrückte. Es ist nicht schrecklich.«

Sie machte ihre Zigarette aus, während sie einen letzten Zug gegen die Sonnenstreifen ausblies.

»Diese Lieder habe ich früher den Kindern vorgesungen«, sagte sie.

»Ich habe überlegt«, sagte ich, »daß er vielleicht nicht tot ist.«

»Der Gedanke beschleicht mich auch manchmal, aber ich habe ihm eigenhändig die Augen zugedrückt und ihn begraben.«

»Ich denke, daß nichts je vorbei ist, sondern daß alles immer weiter geschieht, allein schon weil es geschehen ist. Die Vergangenheit ist immer da, weil sie dagewesen ist.«

»Mir scheint zwar, daß sich darin etwas ganz und gar Unhaltbares verbirgt, aber ich gebe Ihnen recht«, sagte Ma Edith, »ich mag unlogische Ideen. Lassen Sie uns darauf trinken. Draußen.«

Auf der Veranda mit Blick in den abschüssigen Garten, auf die Iris und den Soursop und die zähen Fettpflanzen und die zerpflückten Pfingstrosen, die mit Scherben bestreute Mauer und dahinter das weinfarbene Meer stand eine graue englische Teakholzparkbank mit einem fragilen französischen Tischchen davor. Darauf stellte ich meine Flasche Whisky, den Ma Edith mit sichtlichem Vergnügen in zwei eislose Gläser gluckern ließ.

»Ich hänge auch über dem Abgrund«, sagte Ma Edith. »An meinem Ast.«

»Aber Sie sterben doch noch nicht!«

»Ich hänge über dem Abgrund der Verbannung. Was dasselbe ist.«

»Wie meinen Sie das?«

»Die Jungen. Sie drängen mich nach England zurück. Aber da hab ich nichts verloren.«

»Wieso?«

»Ich bin schon so lange weg von dort. Es ist nicht mehr mein Land.«

»Ich meine: Wieso wollen sie Sie dorthin drängen?«

»Ich bringe sie in Verlegenheit.«

»Wieso denn das, um Himmels willen?«

»Ich hätte als erste sterben müssen.«

»Wieso?« Meine Replik wurde eintönig.

»Ist nur so ein Gedanke.« Ma Edith nahm einen großen Schluck. Ließ das Glas kurz in ihren Schoß sinken, als hielte sie den Kelch mit dem heiligen Blut in der Hand, und hob es wieder an die Lippen. Sie trank wie ein Metronom. Kurz darauf kam der Kubaner die Treppe heruntergepoltert und entfernte sich über den Gartenweg und durch das Tor in den hereinbrechenden Abend.

»Der geht seinen letzten Lohn verspielen. Gewinnt er, dann verhurt er seinen Gewinn, verliert er, dann kommt er bei mir an und bittet um Stundung der Miete. Meistens verliert er. Und mit dem bißchen, das er gewinnt – wenn er gewinnt –, läßt sich auch nicht groß huren. Auf alle Fälle geht er einen trinken. Schließen Sie Ihre Tür ab, denn er vertut sich gern. Das haben Sie ja schon mitgekriegt. Er sieht auch schlecht.« Pause. Eine unbestimmte Gebärde mit dem leeren Glas. »Haben Sie Mitgefühl mit ihm.« Das war keine Phrase. »Pity«, ach, nichts lieber als das, mit dem Kubaner, mit Ma Edith und bitte auch mit mir. Mich überkam eine allesumfassende Liebe zu diesem gesegneten Ort süßer Düfte und salziger Aromen, funkelnder Milchstraßensterne und raschelnder Palmen. Zu sein. Hier zu sein.

»Fanny Rivers war für die Abschaffung der Sklaverei«, sagte Ma Edith.

»Logisch, wenn sie ein Verhältnis mit einem Sklaven hatte.«

»So logisch ist das nicht. Nachdem sie ermordet und er gehängt worden war, kam es unter einer Gruppe von Sklaven zum Aufstand. Der wurde ziemlich grausam niedergeschlagen. Darauf beziehen sich Kings Fotokopien. Aber das Ganze ließ sich nicht mehr aufhalten. Ich fand's immer verrückt, daß Schwarze so gern weiß sein wollten. Sie haßten die Weißen. Wer will denn schon die Hautfarbe seines Unterdrückers haben? Jetzt ist es umgekehrt. Je schwärzer, desto besser. Das ist auch nicht gut. Sie hassen die Weißen noch immer. O, well ... von Ausnahmen abgesehen.«

Sie schenkte sich wieder ein und setzte mit großer Beharrlichkeit ihren Trinkrhythmus fort. Dieser schwelende Haß erschien mir logisch. Das Gros der Weißen fühlte sich ja auch unterschwellig den Schwarzen überlegen. Es hatte sich nicht viel verändert seit dem achtzehnten Jahrhundert. Paternalismus war genauso vererbbar wie Ranküne.

Wenn Jacob Rivers für die Sklaverei war, dachte ich, hatte er einen Konflikt mit seiner Frau und ein Mordmotiv, auch wenn er nichts von dem Verhältnis seiner Frau mit dem Sklaven wußte. Damals konnte die Schuld nur beim Sklaven liegen. Heute wird die Schuld automatisch dem Pflanzer zugeschrieben. Wenn es keinen stichhaltigen Beweis gibt, wird der Zeitgeist zum Belastungszeugen. Dagegen wollte ich angehen. Jacob war unschuldig. »Als ob ich es getan hätte.« Daran hielt ich mich. Das würde ich beweisen. Ich hörte die

Stimme, die zu der kräftigen Handschrift gehörte, mit einem Hauch Zeeländisch in den Vokalen. Für einen Moment roch ich seine Jacke, seinen Schnupftabak, die Erde, die er zwischen den Fingern zerkrümelte, als geistere sein Geruch wie der Fliegende Holländer für alle Zeit auf der Insel umher.

Der Himmel war noch hell, fluoreszierend blau wie billige Viskose, das Meer leuchtete im Widerschein dieses Plastikhimmels auf, aber das Land war schon dunkel, als kröche die Nacht aus der Erde hervor und winde sich verstohlen um die Stämme der Palmen und die Beine der Menschen. Hier und da waren Lampen angemacht worden. Die Insel duftete wie die warme Achselhöhle einer jungen Frau. Am Strand spielten noch ein paar späte Kinder in dem jetzt kühlen Sand, spazierte ein verliebtes Paar, zog ein Fischer sein Boot aus dem Wasser neben fünf, sechs andere, ihre Farben von der Dämmerung gedämpft. Vierzehn Yachten lagen vor Anker, mit genügend Zwischenraum, so daß sie Spiel hatten, wenn der Wind drehte. Der Mond sammelte immer mehr Licht von der verschwundenen Sonne und stieg höher und höher. In einem der weiter entfernten Strandrestaurants wurde die Lautsprecheranlage getestet. Jemand sagte: »Test, test, one two three«, es folgte das heftige Pfeifen einer Rückkopplung, und es war wieder still.

»Vielleicht sollte ich gehen, in so 'ne nach Blumenkohl stinkende Hundehütte in Swindon. Hier bin ich ja doch mit allem fertig.«

»Haben Sie noch Verwandte in England?«

»Meine Schwester. Stützstrümpfe und Diabetes. Geschwätzig.«

»Bleiben Sie lieber hier.«

Sie lachte mit einem kurzen Schnarchlaut. Entspannte sich ein wenig. Streifte ihre Slipper ab. Rieb sich mit der Hand übers Gesicht, um das Spinngewebe der Erinnerungen wegzuwischen.

»Tell me«, sagte sie.

Das tat ich. Ich erinnere mich nicht mehr genau, was ich ihr erzählt habe, und ich frage mich, ob sie es noch weiß, denn wir haben uns mit dem Whisky nicht zurückgehalten. Ich weiß auch nicht mehr genau, was sie erwidert hat, falls sie überhaupt etwas erwidert hat außer zustimmendem Gemurmel. Es gibt solche gesegneten Abende, an denen man einem völlig fremden Menschen pathetisch und ungehemmt das Wesentliche seiner Existenz anvertraut, in der Hoffnung und vielleicht auch in dem Wissen, daß sich kein Wort in seinem Gedächtnis einnisten wird. So verhält sich das mit den ungreifbaren Wahrheiten. Man behauptet sie. Und sie zeigen sich einem ausschließlich unter der Voraussetzung des anschließenden Vergessens. Was bleibt, ist ein Gefühl von Scham. Über die Mythen, die man schuf.

Jacob

Im belebten und geschäftigen Punda, dem Stadtteil auf der Ostseite der Bucht, in dem Jacob arbeitet und wohnt, gibt es noch viele alte, angesehene Unternehmen sowohl von holländischen Protestanten als auch von Sephardim. Die Holländer haben allerdings die Neigung wegzuziehen, weil hier inzwischen allzu viele einfache Handwerksleute ihr Gewerbe ausüben und sich – was schlimmer ist – viele freie Farbige und Schwarze auf der Suche nach Arbeit, Essen und Zerstreuung dazwischengezwängt haben. Wegen einer Partie spanischen Messinggeschirrs nimmt Jacob Kontakt auf mit dem Handelshaus Henriquez da Silva, das demnächst eine Ladung hereinbekommt.

Er wird vom Sohn empfangen, einem Bastard, der unter einer schmalen, krummen semitischen Nase die vollen Lippen eines Afrikaners hat. Eine schlechtsitzende Perücke schwebt gleichsam auf einem Busch von krausem Haar, vergleichbar dem Plüsch eines Stuhlpolsters, der von seiner Roßhaarfüllung emporgedrückt wird. Anfangs fühlt sich Jacob düpiert. Ein Bastard, ein Farbiger, ein Jude maßt sich an, mit ihm auf gleicher Ebene zu verhandeln? Doch im Laufe des Gesprächs lassen die Gutmütigkeit und der Humor des Bastards Jacobs Widerwillen schwinden. Da Silva behandelt ihn mit allem standesgemäßen Respekt, ohne dabei jedoch das Kriecherische eines Tiefergestellten an den Tag zu legen. Sie werden sich schnell einig, und am Ende des Gesprächs fragt Jacob den anderen zu seiner eigenen Verwunderung, ob er ihn nicht am kommenden Sonntag zu einem Spaziergang begleiten wolle. Noch mehr verwundert es ihn, daß da Silva zusagt.

Abgesehen von seiner oberflächlichen Freundschaft mit Huydecoper in Elmina hat sich Jacob seit seiner Abreise aus Vlissingen keinem Menschen anvertraut, was seine Pläne, Erwartungen, Bedürfnisse, seine Auffassungen, Ängste und Hoffnungen und die Verdammtheit seiner blasphemischen Seele betrifft. Er hat sich allein mit seinen Gedanken herumgeschlagen, hat sich an den Wänden seiner Zelle gestoßen wie eine eingesperrte Fliege, die aufs Geratewohl gegen Wände und Fenster prallt, ohne den Weg hinaus zu finden. Es besteht nicht der geringste Grund, da Silva als Verwandten im Geist zu betrachten, im Gegenteil: Seine muntere Freimütigkeit verspricht Kompensation. Daß da Silva seine Gesellschaft aus einer gewissen Berechnung sucht, nimmt er als logische und harmlose Konsequenz seiner eigenen sozialen Stellung hin.

Dirk hockt an der Hauswand und schlägt rhythmisch mit dem Kopf gegen den Putz, nachdem Jacob ihm deutlich gemacht hat, daß er diesmal nicht mit spazierengehen darf. Plato erscheint in der Türöffnung und holt den Jungen herein. Jacob ruft ihm nach, daß er ihm eine Muschel mitbringen werde, eine große Muschel mit hellrosa Innenseite, wie ein Ohr, das die schönsten Geschichten gehört hat und sie in seinem geheimen Innenraum bewahrt. Die brauche er sich nur ans eigene Ohr zu halten, und die Geschichten würden ihm erzählt. Ich verspreche es dir, Dirk.

»Woher kommt Euer Sklave?« fragt da Silva, während sie die Straße hinuntergehen.

»Er ist aus Elmina mitgekommen. Er stammt dort aus der Gegend.«

»Minasche Sklaven sind reinlich, aber auch unruhig und aufsässig. Traut ihm nicht.«

»Er weiß, wer der Herr ist.« Jacob will mit diesem jüdischen Mischling nicht über seinen Sklaven sprechen. Das ist unpassend.

Sie gehen schweigend, auf ein sie verbindendes Thema

sinnend, durch die schmalen Gassen der Altstadt zu einem Pfad, der zwischen den kleinen Landgütern und Plantagen hindurchläuft, welche den ersten Ring Grün bilden. Sie begegnen Eselskarren mit Säcken Sorghumhirse oder mit Maisstroh zum Decken von Dächern. Frauen tragen Körbe mit Obst und Gemüse auf dem Kopf zum Markt. Ein kleiner Junge treibt ein Grüpplein Cabritos vorwärts, das eine Schwarze von ihrem Grundstück verscheucht hat, weil die Tiere alles kahlfressen. Ein gutgekleideter Shon trabt auf einem kleinen Pferd an ihnen vorüber, unterwegs zu einem Schäferstündchen mit seiner Compaña.

Je länger sie schweigen, desto leichter fällt es Jacob, damit umzugehen. Die körperliche Bewegung tut ihm gut. Der Wind macht die Wärme erträglich. Der Himmel zieht sich langsam zu und verspricht Regen. Weil es Sonntag ist, arbeiten die Sklaven – es sind auf diesen kleinen Plantagen nicht so viele – auf den für ihren eigenen Bedarf bestimmten Parzellen bei ihren Hütten oder haben sich unter einem schattenspendenden Baum versammelt, um zu singen und zu tanzen. Die beiden Spaziergänger bleiben in einiger Entfernung stehen und schauen und hören zu. Jacob wird an die räuchernden Feuer bei Elmina erinnert und die Rituale mit ihren aufpeitschenden Trommelrhythmen, die dort bisweilen die gesamte Bevölkerung auf die Beine brachten.

Sie beginnen gleichzeitig zu sprechen, lachen und lassen sich gegenseitig den Vortritt. Zuerst Ihr, nein Ihr. Natürlich Jacob. Der ist neugierig auf da Silvas Platz in der Gemeinschaft. Was haltet Ihr denn davon, von diesem primitiven Gebaren der Schwarzen? Er zeigt auf die Tänzer. Jacob geht davon aus, daß da Silva als Bastard die Unsicherheit jedes Mischlings besitzt und dagegen ankämpft, sich nach dem Höheren in der Hierarchie streckt. Es müsse ja das Selbstvertrauen untergraben, wenn man im Spiegel mit der Unentschiedenheit der eigenen Züge konfrontiert werde. Zwischen Weiß und Schwarz, wo da Silva sich befinde, seien die

Schattierungen so zahllos, daß Gruppen von Gleichfarbigen nicht entstünden. Da finde sich keine Geborgenheit. Jeder kämpfe für sich.

Da Silva weiß, was Jacob meint, auch wenn er es nicht gerne zugibt. Er sei stolz auf sein gemischtes Blut, sagt er. Habe das Gefühl, ein neuer Mensch zu sein, ein Mensch der Versöhnung. Er gehöre nirgendwo dazu, in der Tat, und das sei schwierig. Manchmal wünsche er sich zutiefst die Sicherheit seines Vaters, manchmal genausosehr die Wärme seiner Mutter, mal sei er arrogant, mal zu bescheiden. Er hasse sich für diesen Wankelmut. Um diesen Grübeleien zu entfliehen, suche er die Orte auf, wo Musik gemacht werde. »Und dann tanze ich«, sagt er, »ich tanze. Genau wie sie.«

Tanzen. Tanzen, um sie zu versöhnen, die beiden da Silvas, um mehr zu sein als die Summe der Teile. Er bewegt sich zur Musik von Saiteninstrument und Trommel, die unter dem Baum gemacht wird. Er schließt die Augen und lacht. Seht her, so. Er breitet die Arme aus und tanzt. Der tadellos gekleidete Bastard tanzt. Wie ein Affe, denkt Jacob, eine Schlange. Eine Frau. Ein Zigeuner. Da Silva klatscht in die Hände. Seine Perücke fällt herunter. Er zeigt sein wahres Gesicht. Die Sklaven feuern ihn an. Nur zu, tanz! Da Silva tanzt. Der Schweiß steht ihm auf der Stirn. Er wirbelt herum wie ein Derwisch, schwingt die Hüften wie eine Hure.

Es krempelt Jacob völlig um. So wie da Silva tanzt, so möchte er sein. Mehr noch: Er spürt das in sich. Das Andere, das Fremde in ihm öffnet sich ihm wie Emilys Vulva. Er möchte sich ihm hingeben, er möchte darin aufgehen, doch die Leidenschaft in ihm wird umgebogen zu Onanie und dem Peitschenhieb über Platos Rücken. Ihm wird ganz weich in der Brust vor Verlangen. Als das Lied aus ist, setzen die beiden Männer ihren Weg fort. Da Silva lacht laut. Er keucht noch. Ah! Tanzen befreit! Jacob riecht den Körpergeruch des Bastards. Den Schweinestall.

Jacob weiß nicht, was er hier eigentlich tut. Da erzählt er

denn, daß er ursprünglich von Walcheren kommt, wie dort die Rapsfelder aussehen, wie das Licht ist und wie die Wolken sind und wie weit hinter dem Horizont seine Insel liegt und daß er vielleicht nie mehr dorthin heimkehren wird. Da Silva hört zu. Er sagt, daß er Jacobs Heimweh verstehe. Und er legt Jacob, der darüber erschrickt, die Hand auf den Ärmel. Du darfst mich nicht anfassen, denkt Jacob. Er vergrößert den Abstand zwischen ihnen.

»Ich habe kein Heimweh«, sagt Jacob.

»Natürlich nicht«, sagt da Silva. Er weiß nicht, was der Mann von ihm will. Van de Wetering pfeift auf die Hierarchie. Aber wovor fürchtet er sich? Da Silva hat beim Tanzen den Ausdruck in Jacobs Gesicht aufgefangen: blanke Sehnsucht. Was für eine Freundschaft bietet Jacob an? Es ist Jacob, der anbietet, da Silva, der demütig akzeptieren darf. Zu Jacobs Bedingungen. Da Silva darf keinen Tanz einbringen, kein Mitgefühl zeigen. Er denkt: Ich kann die Hand, die er mir reicht, zurückweisen. Ich kann das Angebot ablehnen. Er weiß, daß er es nicht tun wird.

»Am Hafen lungern Bettler herum«, sagt er. »Sie waren Sklaven, doch in Zeiten wirtschaftlicher Not haben ihre Herren ihnen die Freiheit gegeben. Sie sind frei, aber sie sind schlechter dran als zu ihrer Sklavenzeit.« Er sieht Jacob nicht an, während er das sagt. Sie kommen gerade an einer Hecke mit spitzen Dornen und kleinen roten Blüten vorüber, graue, baumähnliche Stämme bis zum Boden hin. Er tippt sich einen Dorn in den Finger, um echten Schmerz zu spüren. Sein Finger blutet. Er leckt ihn ab und lacht.

Jacob ist erstaunt über die verwirrenden Herzensergüsse da Silvas.

Nach einigen Stunden – der Himmel hat sich inzwischen ganz zugezogen und große Tropfen fallen – sind sie wieder zurück an ihrem Ausgangspunkt.

»Gerade rechtzeitig«, sagt Jacob.

Er bittet da Silva nicht hinein. Sein Haus ist nicht für

Freunde. Sein Haus ist nicht für Vertraulichkeit. Die Freundschaft würde schrumpfen wie eine Schnecke unter Salz. Er hebt die Hand zum Gruß. Vielleicht können sie ja einmal zusammen ausreiten. Regen prasselt herab und schlägt kleine Krater in den Staub der Straße. Der Schlamm spritzt da Silva an die Strümpfe. Die Schultern seines grauen Rocks sind im Nu dunkel durchweicht. Die Tropfen rinnen ihm wie Freudentränen über die dunklen Wangen und das breite Lächeln. »Ja«, sagt er, »ja, gern!« und entfernt sich die Straße hinunter. Jacob sieht, wie da Silva vom Regen ausgewischt wird. Er hat keine Muschel für Dirk mitgebracht.

Jacob geht häufiger in die Kirche. Nicht aus plötzlicher Frömmigkeit. Rastlosigkeit treibt ihn und der Wunsch, zur Gemeinschaft zu gehören. Was darf er als Sünder von Gott erwarten? Hiob sagt: Gott reißt dich hinweg. Gott nimmt dein Leben. Oder glaubst du, Gott hört das Hilfegeschrei der Sünder, wenn die Not über sie kommt? Können sie sich je sicher bei ihm fühlen, den Allmächtigen anrufen, zu jeder Zeit? In der Stille seines eigenen Kopfes bittet Jacob Gott in der typischen Art zaudernder Gottesleugner um ein Zeichen, daß Er ihn hinwegreißen und ihm das Leben nehmen möge. Komm doch mit deinem Blitzstrahl, der mir eine sengende Spur durch das Herz zieht, komm doch mit deinem Orkan, der mir einen Deckenbalken auf den Kopf fallen läßt, komm mit dem Erdbeben, das den Boden aufreißt, genau dort, wo ich stehe, so daß ich durch ein rotglühendes Loch ins Innere der Erde hinabtauche. Brandmarke mich, schlage mich mit Stummheit und stinkenden Geschwüren, umneble mir das Hirn, reiß mir ein Auge aus. Jacob spürt einen kurzen Schmerz in der Seite und lacht Gott aus. Versuch's noch einmal, Herr. Das war nichts.

Während der Pfarrer das Unheil auf Hurenläufer und Ehebrecher herabruft, sieht Jacob Satyrn und Faune mit

Bocksbeinen in die Kirche eindringen, ein etwa zwölfjähriges Mädchen seiner Mutter entreißen und es entkleiden. Es ist ein liebes, blondes Kind, das schon ein wenig Frau zu werden beginnt. Jacobs Rute erhebt sich. Die Satyrn tragen das Mädchen im Triumphzug in den Chor und sperren ihre bartumkränzten Münder auf und lassen es in ihre Kehlen pinkeln, als wäre sein Urin süßer Weißwein. Dann schieben sie einen Schwarzen nach vorn und lassen ihn sich mit dem Mädchen paaren, daß eine Woge von Abscheu und verzücktem Schrecken durch die Menge geht. Und da steht Jacob auf, zieht seine Elefantenpeitsche aus dem Stiefel und schlägt und schlägt und schlägt den Sklaven, bis dessen Rücken und Gesäß so gut wie gehäutet sind. Zum Glück setzt in dem Moment die Orgel ein, und Jacobs Notschrei wird vom kräftig angestimmten »Von allen Seiten umgibst Du mich« erstickt.

Nach der Kirche wird er zu reichen protestantischen Kaufleuten, hohen Militärs und Pflanzern eingeladen. Er trinkt Tee, spielt Karten, raucht eine Pfeife, tanzt ein Menuett oder eine Gavotte, trinkt Tee, spielt Karten, raucht eine Pfeife, ißt Gebäck, küßt die Hand von Müttern und Tanten, unterhält sich über Handel und Schiffahrt, Frauen und Sklaven, die alle gleichermaßen unberechenbar und träge sind, spricht von Zeeland.

Van der Palm, ein Pflanzer, der von Baumwolle zu Tabak als Hauptanbauprodukt übergewechselt ist, nimmt Jacob beiseite. Er spricht mit viel Speichelgeräusch und durch die Nase, denn er hat eine Hasenscharte, die von einem steifen rötlichen Schnurrbart teilweise verborgen wird. An seinem kleinen Finger funkelt ein schwerer Diamant, die Krawatte ziert eine goldene Rosette mit Rubinen. Die buschigen Augenbrauen springen über den Augen vor wie die eines Schnauzers. Die Haut ist rosa und von Pockennarben durchfurcht. Seine häßliche Tochter, die neben ihm steht und wie eine Modepuppe angezogen ist, hat es auf Jacob abgesehen, obwohl es bessere Partien gibt. Sie fixiert ihn mit ihren Glupschaugen, die von einer Stoffwechselkrankheit herrühren. Jacob erkennt das Muster ihrer Häßlichkeit. Zu solchen Augen immer so eine lange, schlecht modellierte Nase, immer solch ein Mund wie ein zugeschnürter Geldbeutel, immer Kaninchenzähne. Nur die Kinnlade, so imposant wie der Eselskiefer, mit dem Samson die Philister schlug, ist eine persönliche Ergänzung. Jacob zuckt zurück, als er sie ins Visier bekommt.

»Sagt mal, van de Wetering«, pfeift van der Palm durch seinen gespaltenen Gaumen, »ich sah Euch unlängst mit diesem Henriquez da Silva reiten. Ich nehme an, in geschäftlicher Sache, wenn es auch Sonntag war. Aber als väterlicher Freund möchte ich Euch warnen, denn als relativer Neuling versteht Ihr vielleicht noch nicht, daß wir mit Juden keine Freundschaft schließen und schon gar nicht mit Schwarzen, geschweige denn mit einem schwarzen Israeliten. Mag es auf dieser Insel auch recht ungezwungen zugehen, so gibt es doch strikte Regeln. Jeder hier kennt seinen Platz. Letztlich.«

Während ihr Vater spricht, kommt die Tochter näher und schaut, das Kinn auf der Brust, von unten her zu ihnen auf, in der Annahme, das sehe neckisch aus. Das reichliche Weiß ihrer Augen ist rot durchädert. Sie gleichen marmorierten Murmeln, die jeden Moment wie immense steinerne Tränen aus ihren Mulden die Wangen hinabkullern könnten, um laut klackernd in die untere Ecke des Raumes zu dotzen. Der Pflanzer lädt Jacob zu einem kurzen Logierbesuch ein.

Jacob würde am liebsten zu Hause bleiben, bei Dirk, der Flasche Rum, den Erinnerungen an Emily, den verbotenen Phantasien über zwölfjährige Mädchen, den französischen Büchern, die er liest, und dem Spiel, das er mit Plato spielt, dem Spiel vom brechenden Willen. Er lehrt den Sklaven lesen und schreiben und eignet sich als Dank dafür das Privileg der Züchtigung zu. Eine Hand wäscht die andere. Sag es, Plato, schreib es mir in deinen schönen, großen, lesbaren Lettern wie von einem staunenden Kind auf, schreib es auf und lies es vor. Schreib: Ich bin ein fauler Sklave, ich verdiene Schläge. Bück dich, Plato, damit die Haut schön gestrafft ist und leichter aufplatzt. Das möchte Jacob. Statt dessen ködert man ihn mit der zuckrigen Stille der Plantage van der Palm, wo der Wind in den Ritzen des Holzes singt und die Langeweile durch das verdorrte Jacarandalaub raschelt, Frau van der Palm im knarrenden Korsett, van der Palm, nach Alkohol stinkend, wirres Zeug redend, die Uhr, die langsam tickt, Louise, die Hände im Schoß, der gespannte Leib ranzig vor Begierde nach ihm, und er, der dort zu den Sternen emporblickt und sich wünscht, weg zu sein, weit weg von diesem Netz, das über ihm ausgeworfen und zugezogen wird, so daß er mit den Kiemen in den Maschen feststeckt.

»Gern«, sagt Jacob.

Mag Louise van der Palm auch häßlich sein, sie kompensiert das nicht mit Sanftmut. Ihr Charakter weist eine ihrem Kinn entsprechende Schroffheit auf. So schafsköpfig sie in der Öffentlichkeit ist, so herrschsüchtig und brüsk ist sie auf eigenem Terrain. Sie terrorisiert ihre Mutter und die Bediensteten. Van der Palm gesteht seinem einzigen Kind alles zu, weil auch ihm das hysterische Kränkeln seiner Frau unerträglich ist.

Die Sklavenquartiere heben sich kraß gegen den Reichtum des Pflanzerhauses ab. Jacob hört den Lärm von einer betrunkenen Rauferei auf dem Hof und die Karbatsche des Bomba, die durch die Luft peitscht und klatschend auftrifft. Die Schreie. Die Stille danach. Louise zwängt sich ans Pianoforte und spielt mit stahlhartem Anschlag ein italienisches Liebeslied. Sie singt auch dazu. Laut und rein. Es hätte ein Marsch sein können. Keine Spur von Samt in dieser Stimme und diesen Händen. Van der Palm trommelt ungeduldig mit den Fingern auf den Tisch. Jacob hat zuviel gegessen und langweilt sich. Er hat juckende Beulen an den Waden und möchte sich dauernd kratzen. Louises Häßlichkeit, denkt Jacob, könnte sich vorteilhaft auf die Leidenschaft auswirken. Schöne Frauen sind kühl und arrogant. Die lassen einen Mann für jede Gunst schwer bezahlen. Eine häßliche Frau muß wenigstens feurig sein. Es ist gesellschaftlich und finanziell von Vorteil, diese Frau zu heiraten. Liebe ist kein Kriterium. Er ist sechsundzwanzig und hat genug vom Bordell. Am nächsten Abend ist Jacob mit der häßlichsten Frau der Insel verlobt. Der reichsten Alleinerbin.

Er wird seine Geldkiste füllen, Goldstück um Goldstück, und sich schließlich nach Zeeland einschiffen und im Triumph zu seiner Familie zurückkehren; Louise wird dann schon unbeweint im Kindbett gestorben sein. Es steht alles in seiner Macht. Kaum verlobt, und es beginnt ihn schon zu kribbeln. Fort will er. Fort, mit dem Wind in den Haaren und der Sonne im Nacken. Fort, aber reich. Also zuerst reich, dann fort.

Zu Hause findet er Dirk im Fieberwahn in einem Bett in der Küche, neben ihm auf dem Boden kniend Plato, einen nassen Lappen in der Hand, den er in ein Wasserbecken taucht. Der Geruch der Kräuter, die Plato verbrennt, um die bösen Geister zu vertreiben, schlägt Jacob auf die Kehle. Dirk bringt ihn in die Wirklichkeit des normalen, alltäglichen Lebens mit Krankheit und Wahnsinn zurück. Es trifft ihn wie ein Schlag zwischen die Augen. Er erstarrt. Es ist ihm physisch unmöglich, zu dem Jungen hinzugehen und Platos barmherzige Arbeit zu übernehmen. Dirk wirft den Kopf auf dem Kissen hin und her und stöhnt. Jacob denkt an all die Male, da er den Jungen gepflegt hat. Er denkt an das eine Mal, als Dirk sich um ihn gekümmert hat. In letzter Zeit hat er ihn vernachlässigt. Nur allzu bereitwillig hat er sich auf Plato verlassen. Das menschliche Zeichen, das ihm als ewiges Memento für die Fragilität des klaren Denkens aus dem Mast vor die Füße fiel, hat er wie einen Brief mit schlechten Nachrichten, eine Rechnung, die er nicht begleichen will, beiseite geschoben.

Er spürt die Nähe des Todes. Der wartet ruhig auf einem Stuhl am Kamin, die Arme verschränkt. Hat alle Zeit. Muß nirgendwo anders hin. Sosehr sich Jacob auch manchmal nach der erdrückenden Umarmung des harten Mannes sehnt, jetzt schreckt er vor dessen stiller Gegenwart zurück. Dirk ist schon so viele Male von den Pforten der Hölle zurückgekehrt. Man hat mit ihm gespielt, stets wurde er gelockt und wieder weggeschickt, geködert und dann vertrieben, und ach, der arme, verwirrte Kopf des Jungen, in dem Gedanken aufflackern und verlöschen wie die Flammen billiger Kerzen, er weiß nicht mehr, wo er ist, noch auf Erden oder schon in der Hölle, oder ist dieser Ort von Schmerz und Schweiß der Himmel. Das Mitleid schnellt herbei. Er möchte den Jungen in seine Arme nehmen und ihm zuflüstern, daß sie reich sind, daß sie schönen Zeiten entgegengehen. Doch Plato lähmt ihn.

Plato schaut kurz auf, als Jacob hereinkommt, wendet sich dann wieder Dirk zu. Sein Rücken sagt mehr als sein Blick, in dem neben der vornehmen Ruhe auch immer ein Funke von Verachtung zu sehen ist. Jacob nennt es Verachtung. Diese Verachtung will er aus ihm herausprügeln, Angst will er daraus machen. Lieber Angst. Der Rücken verachtet nicht. Der Rücken ignoriert ihn. Der Rücken Platos leugnet Jacobs Existenz. Er könnte genausogut nicht dasein. Jacob nimmt die Peitsche und läßt sie hart auf den Rücken des Sklaven niederfahren. Ohne Vorwarnung.

Jacob geht hinaus hinter das Haus. Die Sonne ist fast untergegangen. Der Himmel über den Häusern ist orangerosa. Wie dunkelblauer Nebel steigt schon sachte die Nacht aus der festgestampften Erde des Wegs empor. Er hört einen Hahn und Ziegen. Er hört gedämpfte Stimmen von Männern. Er hört ein Lied, gesungen von einer Frau, in einem

Lachen erstickt. Er ist mit der häßlichsten Frau der Insel verlobt. Bravo. Er flucht. Er geht zur Wassertonne und gießt sich eine Kelle Wasser über den Kopf. Und noch eine und noch eine. Er taucht den ganzen Kopf unter. Wie mag es wohl sein, wenn er das Wasser einatmet, seine Lungen mit Wasser füllt, den Mund öffnet und sämtliche Höhlungen in seinem Kopf vollaufen läßt. Der Tod sitzt drinnen am Kamin. Vielleicht wartet er nicht auf Dirk. Vielleicht wartet er auf ihn.

Van der Palm betätigt sich recht freimütig im Handel mit verbotenen Gütern. Er hat die Schlüsselfiguren bei Magistratur und Gouvernement in der Zange. Man frage nicht, warum und wie. Macht ist ein Vogel, der sich auf einer beliebigen Schulter niederläßt. Van der Palm steht mit der Geistlichkeit auf gutem Fuß. Er ist großzügig. Er ist gottesfürchtig. Aber er taugt nichts. Jacob sieht das. Das Böse erkennt das Böse, denkt er.

Für die Firma Hurgronje & Louyssen – immer auf Gewinn aus, und die Prinzipale wollen lieber nicht wissen, wie der gemacht wird – schließt Jacob einen Kontrakt mit seinem angehenden Schwiegervater. Sie stecken beide Geld in eine Ladung Waffen für Nordamerika. Jacob nimmt den gleichen Anteil, weil er van der Palm nicht nachstehen will, doch er kann das nur zur Hälfte selbst finanzieren. Für die andere Hälfte belegt er seine Firma mit einer hohen Hypothek. Van der Palm leiht ihm, was er braucht, zu den gängigen Zinsen. Es sei eine sichere Investition, versichert er.

Das Unternehmen schlägt fehl. Vor Kuba wird das Schiff von den Engländern gekapert. Die Besatzung scheint nicht nur wenig Widerstand geleistet, sondern sich geradezu bereitwillig ergeben zu haben. Das bekommt Jacob einige Monate später zu hören. Doch da hat sein Schwiegervater als größter Gläubiger bereits die Agentur von Hurgronje & Louyssen übernommen und Jacob seinem Personal hinzugefügt. Als Gunstbezeigung. Erweist Jacob sich als befähigt, könnte er van der Palms Nachfolger werden. Eventuell. Van der Palms Lachen faucht wie ein Blasebalg.

Die Hochzeitsvorbereitungen überläßt Jacob ganz seiner zukünftigen Frau. Der Umgang mit ihr ist von seiner Seite her höflich und gierig von der ihren. Die Hand, die sie ihm hin und wieder auf den Arm legt, ist eine Klaue. Während der Küsse, die sie von ihm fordert, schließt er die Augen. Sie atmet schwer; ein Stöhnen wird tief in ihrer Kehle laut, eine rollige Katze. Ihre Erregung bleibt nicht ohne Wirkung auf ihn. Das beruhigt ihn. Er wird die ehelichen Pflichten erfüllen können.

Gegen den Willen seines Schwiegervaters sucht Jacob regelmäßig die Gesellschaft von Henriquez da Silva. Sie gehen ihre feste Route, Jacob seinem Freund immer einen halben Schritt voraus, als wollte er damit unbewußt den Rangunterschied anzeigen. Da Silva ist auch nicht so rastlos und getrieben wie Jacob. Er registriert unterwegs die Veränderungen in der Landschaft, bleibt stehen und weist seinen Freund auf einen eigentümlich geformten Baum hin, ein Fohlen, das Seite an Seite mit der Stute trabend deren Rhythmus imitiert (Prachtvoll! Nun schau doch mal!), ein von Feuer schwarz versengtes Stück Erde.

Bei einer Hütte, die den Flammen nicht entgangen ist, stochert eine alte Frau in den Trümmern und der Asche, auf der Suche nach heilen Töpfen und Pfannen. Als da Silva sie anspricht – kennt er sie? –, wartet Jacob in einiger Entfernung. Ihm ist plötzlich, als hätte er dies genauso schon einmal erlebt. Die Zeit stockt. Eine vage Gefahr liegt über der Szenerie wie falsches Licht. Er tastet über den Rand seiner Erinnerung hinweg nach dem vorigen Mal, da er so dastand und auf verbranntes Land und seinen Freund blickte, der mit einer Schwarzen spricht. War das in Afrika? Oder ist es keine Erinnerung an etwas schon Geschehenes, sondern ein Blick in die Zukunft, sagt irgendwas oder irgendwer ihm voraus, daß er irgendwann wieder so dastehen wird wie jetzt, und ist diese jetzige Scheinerinnerung die Erinnerung, die er später an diesen Moment haben wird? Wird später unter diesen Umständen ein Appell an ihn gerichtet werden, ein Appell, dem er sich nicht verschließen darf? Er versucht das Doppelbild, das er sieht, zu deuten. Das Bild entzieht sich der gängigen Einbettung in die Zeit. Er macht sich eine Gedankennotiz. Dies. Hier. Jetzt. Das Leben ist ein Rätsel.

Da Silva winkt ihn herbei. Mit einigem Zögern kommt Jacob näher. Ob er vielleicht etwas Münzgeld entbehren könne. Die Frau hat ihren ganzen Besitz verloren. Im Gegenzug dafür will sie ihnen aus der Hand lesen. Jacob will durchaus etwas geben, aber auf das Handlesen kann er verzichten. Hokuspokus. Dafür ist er zu nüchtern. Zu ängstlich. Da Silva dagegen streckt begierig die Hand aus, mit einer Münze darin. Er zwinkert Jacob zu. Mal sehen, ob es zutrifft. Die Frau nimmt die Münze und sieht eine Weile auf die lange, schlanke Hand da Silvas. Sie streichelt sie. Jacob graust es beim Anblick der zärtelnden Berührung, aber da Silva lacht und spornt sie an, ihm zu sagen, was ihn erwartet. Viel Liebe, hoffe er. Viel Geld. Die Frau lacht, daß ihre zahnlosen Kiefer entblößt werden. Zwei rosa Kämme, in denen einst Zähne wuchsen. Jacob sieht im dunklen Schlund den Tropfen des Zäpfchens. So nah. Er macht einen Schritt zurück. Die Frau verspricht da Silva alles, was er sich wünscht. Ja, eine Frau. Ja, Kinder. Ja, Gesundheit. Und Geld? Wenn er noch einen Heller in seine Hand lege, werde sie ihm auch Reichtum versprechen. Ich habe nicht mehr, aber mein Freund hier kann mir gewiß mit einer Münze aushelfen. Mit einer Kopfbewegung bedeutet er Jacob: Na, komm.

Jacob zieht ein Geldstück aus seiner Westentasche. Die Frau schnellt zu ihm hin und faßt seine Hand. Überrascht läßt Jacob zu, daß sie seine wehrlose Handfläche vor ihrem glimmenden Blick ausbreitet. Jetzt kann er nicht mehr zurück. War dies die unbestimmbare Gefahr, die er eben zuvor gespürt hat? In ihrem ihm unverständlichen Patois brabbelt sie, flüstert, ruft laut. Hin und wieder sieht sie ihn erschrocken an, als traute sie ihren Augen nicht. »Ist es so schlimm?« fragt Jacob da Silva. Er lacht noch, doch der Schweiß bricht ihm aus.

Da Silva runzelt die Stirn. Jacob befeuchtet sich die Lippen, wischt sich die Hände an der Hose trocken und schaut den Weg hinunter, den sie vor sich haben. »Komm«, sagt er. »Wir müssen gehen.« Aber die Frau klammert sich an Jacobs Hand fest. Sie ist noch nicht mit ihm fertig. Und in dem Moment, da Jacob seine Hand gewaltsam aus ihrem Griff befreien will, wirft sie sie von sich. Voller Abscheu. Dann verändert sich ihr Gesichtsausdruck wie durch Zauberhand, und sie bricht in Gelächter aus. Das Loch ihres Mundes steht weit offen. Das Gelächter klingt in einem hexenhaften Kichern aus. Jacob und da Silva sehen zu, daß sie davonkommen, blicken sich nicht mehr um.

»Was hat sie gesagt?« fragt Jacob.

»Sie ist eine Närrin«, sagt da Silva.

»Was hat sie gesagt?«

»Ach, das war Kauderwelsch. Unsinn. Sie wollte Eindruck schinden.«

»Aber was hat sie denn gesagt?«

»Sie sah Tod und Verrat.«

»Und was noch?«

»Mehr nicht.«

Jacob merkt, daß da Silva lügt. Er fragt nicht weiter, wartet seinem Freund aber mit einer Vorlesung über Aberglauben auf. Über Glauben. Über die Macht durch Manipulation der Angst vor dem Unbekannten. Er hält ein glutvolles Plädoyer für die Autonomie der Vernunft, für den Menschen als Schöpfer seines eigenen Schicksals. Henriquez da Silva hört ihm zu. Er hört ein Kind im Dunkeln singen.

Jacob geht nach Hause. Schwindelig. Plato setzt ihm einen Teller kaltes Fleisch und Bohnen vor. Er dankt ihm. Nach dem Essen ruft er Plato und Dirk zu sich und liest aus dem Journal des Kapitän Bontekoe vor. »Jetzt du, Plato«, sagt er. Plato übernimmt das Buch und beginnt mit leiser, heiserer Stimme zögernd zu lesen. »Ich fiel deshalb auf die Knie und bat den Herrn und flehte ihn an, es möge Seiner Väterlichen Güte doch belieben, mich weiterhin zu bewahren und mir die Augen der Vernunft zu öffnen, um mich den rechten Weg finden zu lassen, damit wir wiederum bei unserem Volk und unseren Freunden anlangten ...« Nach jedem Fehler wartet er mit verkrampften Schultern auf die Peitsche. Doch die kommt diesmal nicht.

Seit Jacob bei van der Palm angestellt ist, behandelt Louise ihn mit einem Hauch von Herablassung, die sie zuvor nicht zeigte. Jacob muß ihr recht geben, auch wenn ihre Enttäuschung über ihn mit einem gewissen Triumph gepaart ist, den er unnötig grausam findet. Es ist ihr Charakter. Die Freiheiten, die sie sich erlaubt, wenn sie mit ihm spricht, unterstreichen seinen Status. Im säuselnden Ton eines verliebten Mädchens erteilt sie ihm Aufträge, ja sogar Befehle. Und wehe, er protestiert. Schreiber. Tintenkleckser. Liebster. Er muß ihre Launenhaftigkeit ertragen. Es kommt daher, daß sie so häßlich ist, denkt er, und so verwöhnt.

Mal beschließt sie die Anschaffung bordeauxroter Vorhänge mit goldfarbenen Embrasses, dann wieder sollen sie nachtblau-silbern sein, und danach fällt die halbwegs endgültige Wahl auf Mausgrau mit grünem Rand. Sagt er, daß ihm alles recht sei, wenn sie nur eine Entscheidung treffe, wirft sie ihm einen vernichtenden Blick zu. Er hat sie nicht zu einer Entscheidung zu drängen. Von da an stimmt er sofort zu, was sie auch sagt. Und wenn sie das Haus mit Jutesäcken vollhängt. Sie fragt ihn nichts mehr, teilt lediglich ihre Beschlüsse mit.

Den Sonntagmorgen und den frühen Sonntagmittag verbringen die Verlobten gemeinsam. Kirchgang und Kaffee. Manchmal ein Dorffest, ein Hochzeitsempfang oder ein Geburtstag. Der gesellschaftliche Kreislauf. Geduldig läßt Jacob das Pflichtprogramm über sich ergehen. Wie ein Automat tut er, was von ihm erwartet wird. Sein geschäftliches Debakel hat ihm viel Goodwill gebracht. Froh, daß sie nicht selbst die Dummen sind, können sich die Mitglieder der weißen Gemeinschaft großmütig freundschaftlich geben. Er sagt nichts. Vergeht innerlich.

Auf einem Spaziergang von der Kirche zum Kaffee beim Garnisonskommandanten hat das Paar die Gelegenheit zu einem Tête-à-tête. Louises Mutter und ihre Yaya, das sie chaperonierende Doppelgestirn, gehen absichtlich ein Stück voraus. Als Louise sich über ihre Verrichtungen und die Art und Weise, in der sie das Haus zu führen gedenkt, ausgesprochen hat, erkundigt sie sich nach Jacobs Vergangenheit. Nach seiner Kindheit in Zeeland, den Gründen für seine »Verbannung«, seine Erfahrungen in Westafrika.

»Hattest du eine Sklavin, die alles tat, was du verlangtest?« Ihre Hand schließt sich fester um seinen Unterarm. Ihre Stimme ist plötzlich wie Satin, der über Satin gleitet.

»Ich hatte eine Sklavin.«

»Schwarz? Mischling?« Jetzt ist sie ein Huhn, das eifrig pickt. Schwarz. Mischling. Pick. Pick.

»Schwarz.«

»Tat sie alles, was du wolltest?«

Jacob gibt keine Antwort.

»Das ist ekelerregend.« Es entfährt ihr als schriller Schrei. Zugleich spürt er, wie sie, noch schaudernd, den Busen an seinen Arm drückt. Dann schlägt sie einen vertraulichen Ton an. »Papa sagt, die schwarzen Frauen sind dreckige Krankheitsherde. Wie stinkende Brackwassertümpel, in denen alles mögliche herumkreucht.«

Jacob zeigt auf die Yaya in ihrem sonntäglichen Perpoe

saya. »Du glaubst doch nicht wirklich, daß Sarah Krankheiten verbreitet?«

»Sarah gehört zu uns, sie ist gut erzogen. Unter anderen Umständen würde ich nicht für sie einstehen.«

Einige Schritte später greift sie das Thema in anderer Weise wieder auf. »Papa sagt, schwarze Frauen kennen Geheimnisse, wie sie Männer locken können. Sie sondern Geruchsstoffe ab, die unwiderstehlich sind. Sie sind immerzu läufig, sagt Papa. Ich glaube, daß schwarze Frauen darin anders sind als weiße Frauen. Ich glaube, daß schwarze Frauen der Natur, dem Tier näher sind. Sie sind Tiere.«

»Was sollen wir dann von den weißen Männern halten, die mit schwarzen Frauen gehen? Könnten sie sich dann genausogut eine Ziege nehmen oder ein Huhn?«

»In der Tat, es ist Sodomie«, sagt Louise selbstzufrieden.

Sie wird sich nicht wie die namenlose Frau von Lot nach der Stadt umsehen, die sie verließ. Sie wird sich nicht umsehen, denkt Jacob. Sie ist rechtschaffen. Sie kennt weder Erbarmen noch die Sehnsucht nach dem Ungreifbaren.

»Wir leben auf einer sündigen Insel«, sagt er.

Die rotweißblaue Flagge flattert stolz auf dem Fort, eine leichte Brise kräuselt das Wasser, die Farben der Häuser erinnern in der Sonne an Zuckerzeug, Kinder purzeln spielend übereinanderher. Die Bilderbuchseite des klaren Tages rollt sich nicht brüchig über stinkenden Schwefeldämpfen aus der Hölle. Nichts weist auf finstere Praktiken hin.

»Hast du je ... Natürlich.« Ihre Stimme klingt einen halben Ton höher. Sie schiebt ihn auf die Schattenseite der Straße.

»Was?« fragt Jacob unschuldig. Soll sie es nur aussprechen.

»Hast du je ... du weißt schon.«

»Ich weiß nicht, was du meinst.«

»Hast du Erfahrung mit schwarzen Frauen?«

»Ich bin kein Sodomit.«

Er sieht Emily vor sich. Und ihn durchzuckt ein Gefühl von zu später Zuneigung. Wenn Emily ein Tier war, dann war sie ein sanftes Tier mit glattem Fell, ein zahmes und anhängliches Tier, ein Tier, das die Unschuld des Paradieses bewahrt hatte, ein Tier, das weit besser war als Menschen wie er. Frauen wie Louise. In puncto Verwerflichkeit ist er bei dieser Palmtochter gut aufgehoben.

»Wenn wir verheiratet sind, wünsche ich keine Konkurrenz«, sagt Louise dezidiert.

»Aber Liebste«, sagt Jacob, »wer könnte mit dir konkurrieren?«

»Keine Nebenfrauen, kein Bordellbesuch, keine Bezahlung in Naturalien.«

»Wie kommst du darauf, daß ich ...«

»Wenn ich dich auch nur mit der leisesten Begierde nach den Dienstmädchen schielen sehe, wenn ich auch nur eine vage Vermutung habe, daß du eine Liaison mit solch einem dreckigen Krankheitsherd aus dem Kunuku angefangen hast, werde ich dir das Leben zur Hölle machen. Ich habe die Macht. Ich habe das Geld. Vergiß das nicht.«

Er habe die Botschaft verstanden, sagt Jacob.

»Erzähl mir, wie es war«, sagt sie, plötzlich intim flüsternd. »Du mußt mir erzählen, wie es war.« Ihre blaßblauen Murmelaugen sind weit aufgesperrt wie bei einem gerade gefangenen Schellfisch.

Er beugt sich zu ihr hinüber. »Wenn du mir auch erzählst, wie es war.«

Sie wird bleich. Preßt die Lippen zusammen wie einen Schließmuskel.

»Dein Papa ...«, fährt Jacob fort, doch sie unterbricht ihn scharf: »Was hat er gesagt?«

Ihrer heftigen Reaktion entnimmt Jacob, daß da gewisse Empfindlichkeiten liegen. Er hat einen wunden Punkt getroffen.

»Nichts. Dein Papa möchte nur das Beste für seine Tochter. Ich darf ihn nicht enttäuschen. Erzähl mir also ehrlich, wie es war, als wir unsere Verbindung mit unseren Körpern besiegelt haben.«

Jacob windet sich mechanisch heraus. Sie kichert und preßt sich wieder an ihn. Spürst du meine Brüste? Spürst du durch die Kleidung hindurch, wie weich sie sind? Mit einer Hand lockert sie am Hals ein wenig das Fichu, damit er den Ansatz der Rundung ihres Busens über dem Rand ihres Kleides besser sehen kann. Er sieht es. Er spürt sie.

»Ich habe genug von Ziegen und Hühnern«, sagt er. »Deine Brüste sind wie weiße Tauben ...«

»Du Böser!« ruft sie unter schallendem Gelächter. »Du Böser!« Ihre unschuldige Mädchenhand springt munter über seine Weste. Gibt ihm kleine Klapse. Streicht wie beiläufig über seinen Schritt. Als sie fast beim Haus des Garnisonskommandanten sind, zieht sie ihn hinter eine Gartenmauer. Sie küßt ihn mit nassem Mund. Als er die Zunge zwischen ihre Lippen schiebt, stößt sie einen erstickten Schrei aus. Sie macht einen Schritt zurück und wieder vor. Sie schlingt die Arme um seinen Hals und öffnet den Mund für einen neuerlichen tiefen Kuß. Nach einiger Zeit sagt Jacob, daß sie erwartet würden. Sie müßten weiter. Louise sieht ihn mit einer bangen Gier an, wie er sie noch nie in den Zügen einer Frau wahrgenommen hat. Sie faßt sich ins Dekolleté, fördert mit einfachem Handgriff beide Brüste zutage und bietet sie ihm an, wie eine Gemüsefrau auf dem Markt, die zwei kleine Honigmelonen anpreist.

»Ocho dia«, sagt Henriquez da Silva. Er nimmt Jacob zum achten Tag des Trauerns mit. Seine alte Großmutter mütterlicherseits ist gestorben und wird acht Tage lang beweint, wie es sich gebührt. Er hat die Klageweiber bezahlt. Er hat für jeden, der kam, um seine Pflicht zu tun, das Essen und Trinken bezahlt. Acht Tage und Nächte hat man ihr Lob gesungen, über sie gesprochen, ihrer Seele das Geleit gegeben.

Fenster und Türen sind weit geöffnet. Der Abschied fällt schwer. Die Seele will den Körper nicht so ohne weiteres verlassen, zumal jetzt nicht, da so viele Menschen versammelt sind. Zumal jetzt nicht, da es so viel zu essen und zu trinken gibt. Da man so viel Spaß hat. Doch am achten Tag ist die Seele losgeweint und losgelacht, und mit einem großen letzten Gottesdienst wird ein Schlußpunkt hinter die Rituale gesetzt.

Da Silva und Jacob halten sich im Hintergrund. Der Prediger ist in dezentem Schwarz. Er singt seine Predigt und predigt seinen Gesang, die Gäste stimmen mit Hallelujas und anderen bestätigenden Rufen und inbrünstigen Liedern ein. Welche Stimmen, denkt Jacob. Welcher Glanz. Oft fällt der Name der verstorbenen Grandma Pietie. Jacob läßt sich von den Klängen einer Sprache davontragen, die er noch immer nicht versteht. Die Farben der Sonntagsröcke, die Farben der Kopfbedeckungen, die Farben der Blumengirlanden, die Farben der Insel, des Himmels, es schwirrt ihm vor Augen. Er gerät in eine Trance, die seinem Eindruck nach auch die anderen erfaßt hat. Oder sind sie immer so? In träger Glückseligkeit blickt er sich um. Riecht das von Honig triefende Gebäck, die Giambosuppe, die Repa und das festliche Leguanfleisch. Geht in Düften des Lebens auf.

Es bildet sich ein Kreis um eine Frau. Sie ist klein und dick. Ihre Hüften setzen direkt unter dem üppigen Busen an. Ihre Arme liegen wie saftige Hähnchenschlegel auf ihrem karierten Baumwollkleid. Sie steht ganz still, den Kopf erhoben, die Augen geschlossen gen Himmel gewandt. Ihr Gesicht nimmt einen verzückten Zug intensiver Ruhe an. Die Verstorbene scheint durch sie zu sagen, daß alles gut ist. Die Musik verstummt. Die Gäste verstummen. Der Pfarrer mahnt einige Kinder zum Stillsein. Dann beginnt sich die Frau ganz langsam und graziös zu bewegen. Als wäre sie schwerelos. Sie hört eine Musik, die niemand hört. Sie wiegt sich wie ein Getreidehalm im Wind, den niemand fühlt. Sie gehorcht einem Geist, der allein ihr befiehlt. Nach einiger Zeit – alle sehen sie gespannt an – wird ihr Tanz mühsam, als schwimme sie gegen einen Widerstand an, als schmerze sie jede Bewegung, sie verlangsamt ihre fließenden Bewegungen noch weiter. Wie sie das Gleichgewicht hält, weiß niemand. Dann geht es wieder leichter, bis der Strom auf eine neuerliche Enge stößt und ihr die Tränen über die Wangen kullern. Die Sonne beginnt schon unterzugehen, und noch immer ist der Tanz nicht beendet. Kinder stibitzen sich heimlich die Essensreste von einem Tisch auf Böcken. Ein schlafender Hund seufzt in seinen Träumen tief auf. Der Geruch von verlöschenden Feuern erinnert Jacob an den Herbst in Vlissingen. Der Tanz ist eine Reise. Alma sola. Die Seele der Verstorbenen begegnet auf ihrer Reise durch das Fegefeuer den Sünden, die sie zu ihren Lebzeiten verführt und bedroht haben, dem Bösen, das sich sogar in ihrer unschuldigen Seele einzunisten trachtete wie Klebkraut, und sie muß sich ihrer Schuld stellen. Aber weil Grandma Pietie ein guter Mensch war, dauert die Reise nicht so lange – bei anderen dauert der Tanz manchmal Stunden –, und sie kann zum Schluß ins Himmelslicht aufsteigen, vereint mit allen geliebten Seelen, die ihr vorangegangen sind. Die Gäste jubeln. Jacob weint, als wäre es seine eigene Mutter.

Ada

Der Kater war hartnäckig. Zwischen den Whiskys hatte ich zuwenig Wasser getrunken, dabei aber mit Ma Ediths Metronomentempo Schritt gehalten. Jetzt begann ich mich für die homöopathische Theorie zu erwärmen, daß man Gleiches mit Gleichem bekämpfen sollte. Mein zweiter ganzer Tag auf der Insel war fast vorbei. Mir schwirrte der Kopf von der Hitze, an die ich mich noch nicht gewöhnt hatte. Nach einem mühsamen Marsch durch die Inselinstitutionen (Archiv in Sachen Jacob, Einwohnermeldeamt und Post in Sachen Antonio), bei dem ein Griff ins Portemonnaie hier und da half, den Informationsfluß in Gang zu setzen, konnte ich am Ende beim lokalen Äquivalent zu unserer Handelskammer wirklich einen Erfolg verbuchen. Mein Bruder existierte und war noch auf der Insel. Das war zumindest etwas. Er hatte zwar vor fünfzehn Jahren eine Karte geschickt, daß er sich auf die Suche nach seinen »roots« mache, doch das war das einzige Lebenszeichen gewesen. Er hätte danach auch nach Timbuktu gegangen sein können.

Ich beschloß, mich in einer der Bars und Ausgehlokale zu erkundigen, die Antonio den Angaben zufolge besaß. Ein Coffeeshop wurde sogar unter dem Namen A. van de Wetering geführt. *The Bulldog*. Was für eine verdammte Chuzpe! Wenn sie auf dieser Insel mit den Amsterdamer Gebräuchen vertraut waren, stand der Laden garantiert unter Dauerbeobachtung von Marcus Garvey Penn und den Seinen. Das mußte Antonios unnachahmlicher Sinn für Humor sein.

Ich entschied mich als erstes für die Bodega-Bar *The Sugar Mill*, die, wie sich zeigte, zwischen einem Fitneßcenter und einem Tattooshop lag. In dem schäbigen Gäßchen mit

Häusern aus Wellblech und Pappe befanden sich ein paar schmuddlige Rumshops, deren nicht sonderlich zahlreiche, vorwiegend männliche Kundschaft indolent auf ein paar Holzstühlen an der Fassade lehnte und schlief oder quatschte. Musik. Immer überall Musik. Zur Abholung bereitstehende Kisten mit leeren Flaschen. Die Strahlen der späten Sonne strichen über die Dächer, als zöge ein Schwarm Flamingos darüber hinweg. Im Rinnstein lag Dreck. Es war nicht so ganz die Gegend, in der ich spätabends bummeln gehen wollte, aber es war ja erst gegen fünf und Zeit für die Happy hour. Von meinen Jahren der systematischen Grenzerkundungen her war mir ein feiner, wenn auch leicht lädierter Riecher für echte Gefahr geblieben. Die roch ich hier nicht. Außerdem hatte ich meinen Pfefferspray in der Tasche.

The Sugar Mill hatte als Entree einen Holzperlenvorhang an zwei schweren Eisenrollen, zwischen denen früher in einer Zuckermühle das Zuckerrohr zerquetscht worden war. Geriet einem Sklaven versehentlich ein Finger oder die Hand dazwischen, dann mußte er die Geistesgegenwart besitzen, sie mit der Machete abzutrennen, weil sonst sein gesamter Körper durch die Quetsche gezogen wurde, bis auf den Kopf, der sprang wohl ab wie ein Champagnerkorken. Das Innere der Sugar Mill war einem Siedehaus nachempfunden. Die Decke bestand aus Strohgeflecht. Vier dicke Holzpfosten stützten das Dach. Eine Wand hatte wohl die blinde Enkelin von Grandma Moses mit Kochtöpfen und Feuern und rührenden und löffelnden Negersklaven bemalt. Auch der weiße Aufseher war nicht vergessen worden. Sadistisch grinsend ließ er seine Peitsche knallen. Unter seinen Hosenbeinen schauten Bocksbeine hervor, und kleine Hörner entsprossen seinem gelben Haar.

Über dieses einladende Etablissement regierte ein muskulöser Barmann, dessen weißes T-Shirt direkt auf seinen göttlichen Körper gepinselt zu sein schien. Die Theke bestand aus mit Resopal abgedeckten Holzscheiten und bot im Prinzip Platz für etwa acht Mann, doch im Moment war nur ein einziger Hocker besetzt, und zwar von einer Frau. Sie hätte die Schwester der Zollbeamtin sein können, die mich gefilzt hatte. Ihre Leibesfülle wurde schlecht und recht von einem leuchtendroten, engsitzenden Kleid zusammengehalten und in eine Form gebracht. Es war dem Großen Wurstmacher allerdings beim besten Willen nicht gelungen, alles in die Stoffpelle zu bekommen, so daß die unermeßlich tiefe Schlucht ihres Busens schon unter dem Kinn ansetzte. Ihre langen Ohrgehänge lagen auf dem Halsspeck wie auf einem braunen Samtkissen. Sie hatte wohlgeformte Fesseln und kleine Füßchen in roten Pumps, und sie musterte mich genauso verwundert von Kopf bis Fuß, wie es der Barmann tat. Nie vir blankes nie, dachte ich. Weiße nicht erwünscht. Und Konkurrenz genausowenig.

Unbefangene Munterkeit ist in solchen Fällen die beste Haltung. Ich grüßte sie so amerikanisch wie möglich, das heißt mit dieser widerlich aufdringlichen Frage nach ihrem heutigen Befinden. Und als sie mit ziemlicher Verzögerung die obligatorische Antwort gaben, ihnen gehe es ausgezeichnet und wie's denn bei mir aussehe, konnte ich antworten, ich sei Touristin und wolle statt der ausgetretenen Pfade polierter Unterhaltung gern die authentischen Seiten der Insel kennenlernen. Und daß ich aus Amsterdam, Holland, käme. Und ob ich eine Piña Colada haben könne. Dann bemerkte ich noch, daß das hier ein »nice place« sei, und fragte den Barmann, ob er auch der Inhaber sei. War er nicht. Aber das wußte ich ja bereits. Damit hatte sich's, er gab keinen weiteren Mucks von sich.

Ich saß am einen Ende der Bar und nippte an meinem kalorienreichen Cocktail. Die beiden befanden sich zusammen am anderen Ende der Bar und linsten zu mir herüber, als wäre ich ein Stinktier, das gerade seinen Schwanz gehoben hatte. Ich versuchte den Barmann aus der Reserve zu locken, indem ich bemerkte, es sei ja noch ruhig, aber abends werde es hier bestimmt proppenvoll sein. Das konnte er bejahen, während er mit einem Lappen langsam und ohne hinzusehen das Zink des Spülbeckens wischte. Die Frau im roten Kleid zwackte mit furchterregenden Nagelprothesen, die an ihren dicken, beringten Fingern den Greifern in einer Jahrmarktsattraktion ähnelten, eine Zigarette aus einer Pakkung und bekam vom Barmann Feuer. Sie fragte ihn etwas, was ich nicht verstehen konnte, und er gab eine Antwort, die ich nicht verstehen konnte. Sie würdigten mich keines Blikkes mehr. Ich hörte, wie die Zeit knarrend zum Stillstand kam.

Je näher ich Antonio kam, desto weiter schien er entfernt. Desto fremder war alles. Ich rückte selbst ein bißchen neben mich, als sähe ich mich doppelt und als steckte in keinem der beiden Körper die wahre Ada. Derart dem Lauf der Ereignisse enthoben, saß ich als Kind immer auf den Stufen vor der Eingangstür und wartete darauf, daß mein Vater nach Hause kam. Ich wollte nicht drinnen bei meiner Mutter und meinem kleinen Bruder sein, weil ich dann Stellung beziehen, Ada sein mußte. Drinnen wurde ich in eine merkwürdige Identität gepreßt. Das konnte ich damals zwar nicht benennen, aber sehr wohl spüren. Ich wollte auch nicht mit den Nachbarskindern spielen, weil ich mich dann mit ihren Augen sah, und ich mochte mein Spiegelbild nicht. Wenn mein Vater nach Hause kam, hatte ich ihn den kurzen Moment zwischen dem Wegstellen des Fahrrads in den Schuppen und dem Öffnen der Haustür für mich. Er legte immer den Arm um mich. Meine Kleine. Auf den Moment wartete ich, namenlos auf den Stufen vor der Haustür sitzend. Auf dem Barhocker.

Zwei Männer und eine Frau kamen herein. Sie setzten sich zwischen der roten Wurst und mir an die Bar. Der Barmann trat in Aktion und schenkte mit gemessener Theatralität die Gläser voll, stellte ein Schälchen Chips dazu, einen Aschenbecher und Streichhölzer und wählte swingend eine neue CD aus. Reggae natürlich. Immer der gleiche dahinplätschernde Sound. Das turnte nicht an, das betäubte.

Die Piña Colada wirkte Wunder und legte eine cremige Kompresse auf das brennende Loch in meinem Magen. Ein mageres und nervöses Mädchen, ein Kind noch, in hochhackigen weißen Plastikstiefeln und kurzem Cowgirlröckchen mit Fransen, teilte wütend den Perlenvorhang. Black Lolita. Sie wankte auf den hohen Absätzen, nicht, weil sie ungewohnt waren, sondern weil sie einen leichten Schwips hatte, und rief einem Mann, der draußen stehenblieb, »Arschloch« und, während sie neben mir an der Bar Halt suchte, »Sklaventreiber« zu. Sie war um einiges älter, als es auf den ersten Blick aussah. Mit zitternden Händen öffnete sie ihr Schultertäschchen in Form eines Mickey-Mouse-Kopfes, dessen Verschluß zwischen den großen schwarzen Ohren saß, und nahm einen Lippenstift und einen kleinen Spiegel heraus. So eine Tasche hatte ich als Kind auch bekommen, nach langem Quengeln, denn mein Spielzeug hatte aus Naturholz und am besten *Made in the People's Republic of China* zu sein.

Behutsam, als müsse sie eine kerzengerade Linie zeichnen, zog Lolita die Kontur ihrer Lippen nach, was ihr aber nicht ganz gelang, da ihre Oberlippe auf einer Seite dick und zerdetscht war. Und als ihr Nachbar sie aus Versehen mit dem Ellenbogen anstieß, flog der Lippenstift aus der Kurve und zog einen roten Blitz über ihre Wange.

»Shit, paß doch auf, du Arsch.« Sie warf seinem Rücken einen vernichtenden Blick zu, wischte sich den Lippenstift von der Wange, besah sich ihre Zähne, zog eine schmerzverzerrte Grimasse und brach in Tränen aus. »Damn it«, sagte sie. »Damn, damn, damn.«

Sie kletterte auf einen Hocker und zog die Nase hoch. Der Tränenstrom brach genauso abrupt ab, wie er eingesetzt hatte. Sie bestellte einen Wodka-Orange und begann sich umzugucken. Jeder Blick sagte: Kommt doch her, ihr

Assholes, doch die Tiefe ihrer braunen, mit Amber durchwirkten Augen ließ mich an die Tristesse eines verlassenen Rangierbahnhofs denken. Und dann dieses Mädchen-Image. Als sie mich ins Visier faßte, glitt ein argwöhnischer, verschlagener Ausdruck über ihr Gesicht.

»Was machst denn du hier, Barbie?«

»Was trinken.«

»Bist du neu?«

»Könnte man so sagen.«

»Blondierst du deine Haare?«

»Nein.«

»Sind deine Titten echt?«

»Ja.«

»Für wen arbeitest du?«

»Für Antonio Alleyne«, sagte ich.

»Lügnerin.«

»Okay. Ich arbeite nicht für Antonio, aber ich suche ihn.«

»Warum?«

»Ich kenne ihn von früher.«

»Ach ja?«

»Ich bin seine Schwester.«

Sie sah mich an und brach in unbändiges Gelächter aus. Das schmerzte an ihrer Lippe. »Ja, und ich bin Mutter Teresa.«

»Kommt er manchmal hierher?«

Sie zog die Schultern hoch.

»Kennst du Antonio?« fragte ich.

»Jeder kennt Antonio. Niemand kennt Antonio«, sagte sie.

»Weißt du, wo er wohnt? In welchem Viertel?«

»Wenn du seine Schwester bist, müßtest du das doch selber wissen.«

Sie nahm einen großen Schluck von ihrem Drink, rutschte mit dem Ellenbogen ab, verschüttete etwas und fluchte unterdrückt.

»Ja, aber er scheint umgezogen zu sein. Er wohnt nicht mehr dort, wo ich dachte.«

Sie beugte sich vor und leckte die Pfütze Wodka-Orange auf. Keine Reaktion.

»Ich dachte, er wohnt Richtung Fort Recovery, in einer der Villen am Hang, aber da wohnt er nicht mehr, und die neuen Bewohner wissen auch nicht, wohin er gezogen ist«, log ich weiter.

»Mann, hör doch mal von diesem Arsch auf. Ich weiß nicht, wo er rumhängt.«

Sie zog eine Packung Zigaretten aus Mickey Mouse, fingerte sich eine heraus und tippte ihrem Stuhlnachbarn auf die Schulter. »He, Schätzchen, hast du Feuer für mich?«

Das hatte er, und Lolita brachte ihre geballte Fachkompetenz auf, um ihn nur ja zu einer Unterhaltung zu verführen. Sie kehrte mir den Rücken zu und klammerte sich wie ein ratloses Äffchen an den anderen Gästen fest.

Ich hielt es nicht für klug, den Barmann weiter auszuhorchen, auch weil ich Antonio überraschen wollte, wenn »überfallen« nicht das bessere Wort dafür war. Sein Blick, wenn er mich unverhofft sah, würde mir viel erzählen. Ich wagte nicht zu spekulieren. Wenn alles anders gewesen war, als ich dachte, so, wie mein Vater behauptete, dann wäre auch meine Beziehung zu Antonio eine andere gewesen. Mit aller Macht unterdrückte ich die Bilder, die in mir aufkamen, Bilder, die mich mit ihren widersprüchlichen Botschaften in den zurückliegenden zwölf Monaten todmüde gemacht hatten. Ich hatte sie kurz und klein gedacht, aber *eine* unversehrte Erinnerung gestand ich mir zu.

Lieu de mémoire: Museumplein Amsterdam 1981. Er war dreizehn, ich neunzehn. Ich wohnte irgendwo im Pijp, in einer zugigen Bude unter dem Dach, überglücklich, daß ich dem Guerillakrieg, der zwischen meinen Eltern wütete, entkommen war, dankbar, daß ich nicht mehr tagtäglich ihrer Launenhaftigkeit ausgesetzt war. Meine Eltern waren zu der großen Demo gegen nukleare Marschflugkörper nach Amsterdam gekommen, um wieder mal gemeinsam – ein seltener Fall von Übereinstimmung – gegen Amerika aufzumarschieren. Antonio mußte mit, denn das sei gut für seine Erziehung, aber er sträubte sich so energisch, daß sie ihn auf seine Bitte hin zu mir brachten. Sie gingen davon aus, daß sein Widerstand ein gutes Zeichen sei, wenn er sich dafür auch symptomatischerweise das falsche Ereignis aussuchte. Ich war nicht sonderlich scharf auf Massenveranstaltungen, wollte so ein Stück Geschichte aber auch nicht unbemerkt an mir vorüberziehen lassen. Dafür genügte die Peripherie.

Es war ein naßkalter, grauer Herbsttag. Mich wollte Antonio schon begleiten. Ohne viel zu sagen, liefen wir zur Hobbemakade, um von dort aus einen Blick auf den Platz und die entschlossene Menschenmenge zu werfen. Gegenüber vom Zuiderbad, auf der Rijksmuseumseite, stand ein Bauwagen der Stadtwerke, gegen den einige Fahrräder gelehnt waren. Antonio kletterte über die Räder auf das Dach des Bauwagens und zog mich auch nach oben. Wir hatten eine prima Aussicht auf das wogende Häuptermeer. Vom Podium wehten unverständliche Laute zu uns herüber. Dann und wann brüllte die Menge Beifall. Mächtig wie ein anschwellender tropischer Regenschauer auf Wellblechdächern. Ich hatte Lakritz und zwei Dosen Bier dabei. Bier durfte mein Bruder trinken, aber haschen durfte er nicht. Ich schon. Ich weiß nicht, worüber wir geredet haben. Über die Welt und die Schlechtigkeit des Menschen wahrscheinlich. Wir haben da eine ganze Weile gesessen, bis uns die Nasen liefen. Die hunderttausend Leute auf dem Platz interessierten mich nicht so sehr, aber mit diesem schwarzen Schlaks da neben mir verband mich was. Da war was Echtes gewesen. Und das mußte ich Antonio jetzt fragen. Nur das. Daß ich mich nicht getäuscht hatte.

Mit einemmal drückte mir der Kummer auf die Schultern

wie eine zu schwere Hantel. Königin des Selbstbetrugs. Na gut, es ging mir nicht um diese Bestätigung. Alles, was ich wollte, war Vergebung. Ich schlürfte den letzten Rest aus meinem Glas und bezahlte. Es hatte keinen Sinn, hier den ganzen Abend hängenzubleiben. Ich setzte besser meinen Erkundungsgang durch Antonios Kneipen fort. Wenn ich heil nach Hause kommen wollte, mußte ich mit dem Alkohol aufhören. Von jetzt an Wasser, Tomatensaft, Cola.

Die Sonne war untergegangen, der Himmel neonblau. Der Wind war müde geworden. Meinem groben Stadtplan zufolge mußte *The Bulldog* nicht allzuweit von hier entfernt an einem kleinen Platz liegen. Wenn ich im Zickzack durchs alte Hafenviertel ging, würde ich es schon finden. Ich peilte die Richtung und bog nach rechts in eine kleine Gasse ab, dann nach links, wieder nach rechts und wieder nach links, begegnete vielen Kindern, hoch aufgeschossenen jungen Typen, Männern, Frauen in allen Schattierungen von Braun und Schwarz, keinem einzigen weißen Touristen. Ich fiel auf. Stimmen hallten wie Schüsse von Mauern wider, Fernseher plärrten hinter halb geöffneten Fensterläden. Die Hitze blieb in den engen Gassen lange hängen. Vor kleinen Läden türmten sich Holzkisten mit Obst- und Gemüseabfällen. Ich wurde von oben bis unten gemustert. Aber Angst hatte ich nicht. So hatte ich mich früher in der Schulzeit jeden Tag begafft gefühlt, wenn ich in die Klasse kam, in der Pause, wenn ich mittags dablieb, auf der Straße, wenn ich mich einer Gruppe von Klassenkameraden oder Nachbarskindern näherte, jedesmal wenn meine Eltern mich zwangen, in einen neuen Sportverein oder eine neue Bastelgruppe zu gehen. An das Bewußtsein, unwillkommen zu sein, habe ich mich gewöhnt.

Daß sie mir folgten, ging mir etwas zu weit. Wenn mich nicht alles täuschte, schlenderte der Mann hinter mir her, von dem Lolita Feuer gefordert hatte. Allerdings hatte ich sein Gesicht nicht richtig gesehen, und so wie für Chinesen alle Weißen ein und dasselbe Gesicht haben, war ich in den Varianten der Inselbevölkerung noch nicht so ganz bewandert. Wenn ich stehenblieb, um mich zu orientieren, blieb er auch stehen. Ging ich weiter, dann ging er auch weiter. Zufall, dachte ich. Oder zog er vielleicht mich Lolita vor und folgte mir fiebernd zu meinem Bordellzimmer oder an meine Straßenecke?

Ich verfranste mich in dem Labyrinth. Keine Gasse trug mehr einen Namen, und meinen Berechnungen nach hätte ich längst an *The Bulldog* vorüberkommen müssen. Überall Werkstätten und dunkle Lädchen, gähnende Eingänge zu dämmrigen Kellern mit buckligen Mißgeburten. Ich schaute zum Himmel hinauf. Wo er heller war, würde Westen sein, das Meer, der Hafen, der verwahrloste, große geteerte Platz, auf dem mein Auto stand. Doch der Streifen Himmel war zu schmal, als daß ich Schlüsse daraus ziehen könnte. Ich hastete mehr oder weniger willkürlich in eine Richtung und wußte nicht, ob ich schneller gehen sollte, um meinen Verfolger abzuhängen, oder ob ich eher auf ihn warten sollte. Der kürzeste Weg zum Hafen? Die Frau, die in ihrer Haustür lehnte, verstand meine Frage vermutlich, jedenfalls antwortete sie, doch ich verstand ihre Antwort nicht und lief daher einfach dankend in Richtung ihrer wedelnden Hand weiter. Da entlang.

Ich kam auf einen kleinen Platz und hatte das typische Empfinden, schon einmal hiergewesen zu sein. Ich überquerte ihn, und als ich mich umschaute, bevor ich in ein weiteres stinkendes Elendsviertel hineintauchte, sah ich meinen Verfolger den Platz betreten. Das begann aber reichlich unangenehm zu werden, Pfefferspray hin oder her. Das Zeug ist dazu da, das Selbstvertrauen zu stärken, und nicht, um benutzt zu werden.

Die Gassen wurden schmaler, und ich hatte Mühe, mich zu orientieren. Überall hörte ich Schritte und Echos. Ich rannte jetzt immer mal wieder ein kleines Stück. Das Echo rannte mit und trieb mich an. Ich selbst war das, es waren meine Schritte, die da widerhallten, aber ich fühlte mich verfolgt. Überall Schritte, immer mehr, sie kamen von allen Seiten. Bald würde ich eingekreist sein, man würde mir die Kleider vom Leib zerren, mir mit Gummihandschuhen die Eingeweide rausreißen und mich wie den Kadaver einer Kuh mit dem Kopf nach unten blutend an einem Haken in einen dunklen Eingang hängen. Ich würde allein sterben, und das war mein verdienter Lohn. Ich bekam Atembeklemmungen, hatte Seitenstiche und ein Pfeifen in den Ohren. Ich wechselte vom Laufen ins Schrittempo zurück. Zu meiner großen Erleichterung schimmerte am Ende der Gasse eine Neonreklame. Da war ein Platz. Vielleicht *der* Platz.

Der Platz war nicht der große Platz und auch nicht der Platz von *The Bulldog*, aber es gab dort ein paar Kneipen und Restaurants und ein Straßencafé, wo verirrte Bleichgesichter das peppige Lokalkolorit aus wiegenden Hüften, blitzenden Zähne, lautem Reden und Singen, Musik und herzhaftem Lachen genossen. Ich setzte mich keuchend an einen freien Tisch neben ein leicht verstört aussehendes älteres Ehepaar, dessen männliche Hälfte einen grauen Kinnbart trug und quer über der Brust den Gurt der wertvollen Kamera, während sie unübersehbar das gemeinsame Portemonnaie in einem Gürtel unter ihrer weißen Baumwolljacke verborgen hielt. Auf der gegenüberliegenden Seite verhieß eine Leuchtschrift jedem, der über die Schwelle trat, eine tolle, schwüle, exotische karibische Nacht. »Cocktails« stand schräg über einem Glas mit Olive, »Dinner« über einem dampfenden Teller, »Disco« über einem gutgebauten und spärlich bekleideten Mädchen an einer Palme. Alles unter einem Dach. Und der Name lautete: *Piggelmee*. Das stand zwar nicht auf der Liste, gehörte aber unverkennbar Antonio. Ich mußte lachen, aber gleichzeitig lief mir ein kalter Schauer über den Rücken.

Und wo war mein Verfolger? Ich sah ihn nicht mehr.

Hatte er irgendwo verdeckt Stellung bezogen, oder war es mir gelungen, ihn abzuschütteln? Letzteres. Immer optimistisch bleiben, hatte meine Mutter mir beizubringen versucht, immer das Positive betonen, und dann folgte ein Zitat von Bhagwan, Madame Blavatski oder Korst Gruuthuus, ihrem persönlichen Guru, der eine wahre Schreckensherrschaft der Liebe und Zärtlichkeit über seine Jünger ausübte.

So, fürs erste saß ich gut. Von dieser sicheren Terrasse aus konnte ich den Eingang des *Piggelmee* im Visier behalten. Ich konnte hineinsehen, weil das Ganze als eine Art offene Höhle, eine Laube im Urwald konzipiert war, mit Lianen und tropischen Kletterpflanzen an Wänden und Decke – also keinerlei Übereinstimmung mit dem heimeligen Interieur des umgedrehten Steintopfs von unserem guten alten Zwerg Piggelmee. In den Tiefen der Höhle waren geheimnisvolle grüne und gelbliche Lichter in einem Innenhof zu sehen. Ein Türsteher machte Anstalten, Passanten hereinzulocken. Ansonsten war es dort ziemlich dunkel, mit funzligen Teelichtern auf den noch verlassenen Tischen. Man konnte dort zwar essen, sollte aber lieber nicht sehen, was.

Ich hatte schon zwei Cola getrunken, die Touristen von nebenan waren weg, und noch immer war niemand ins *Piggelmee* reingegangen. Ich hatte auch nicht vor, allein den Anfang zu machen, beschloß aber, den Reinschmeißer rundheraus nach Antonio zu fragen. Er setzte sein professionelles Lächeln auf, machte mir ein Kompliment über meinen Charme und war sich sicher, daß mein »date« und mich im *Piggelmee* ein gelungener Abend erwarte, romantisch und exotisch und im Anschluß umwerfender Sex. Aber als ich fragte, wann Antonio Alleyne denn meistens komme, glitt das Lächeln so geschwind von seinem Gesicht, wie eine Eidechse unter einen Stein huscht.

»Das wissen wir im voraus nie«, sagte er.

»Wo ist denn sein Büro?«

»Büro?«

»Wo wohnt er?«

Das wußte der Mann nicht.

»Können Sie ihn irgendwo erreichen, wenn etwas ist?«

»Wir haben eine Nummer, aber die darf ich nicht an Dritte weitergeben. Who's asking?«

»His sister.«

Das glaubte keiner, es klang wie ein Scherz, eine Provokation: His sister, zufrieden?! Der Mann lachte matt. Jaja, seine Schwester, natürlich, sorry, can't help you. Ich gab ihm einen Zettel mit meinem Namen und meiner Telefonnummer. Er nahm ihn. Ich ging weiter, spürte aber, daß er mir nachblickte. Die Buschtrommel war angeschlagen und würde Antonio gleich unterrichten, daß eine weiße Frau ihn suchte, die – haha! – behauptete, seine Schwester zu sein. Ich hatte mich noch einmal vergewissert, wo *The Bulldog* lag, und ging diesen Coffeshop als nächste Station auf meinem Kreuzweg an, munter, voll guten Mutes, laut in mich hineinsingend, um die Angst auf Distanz zu halten. Es war jetzt vollends dunkel geworden. Die Sträßchen und Gassen waren schlecht beleuchtet. Ich hatte das Gefühl, daß ich mich einer Lösung näherte. Antonio würde sich nicht suchen lassen, ohne selbst ein Zeichen zu geben. Mit einemmal zögerte ich. Laß es. Laß doch alles, wie es war.

Antonio war mit den besten, aber verkehrten Absichten zu uns geholt worden. Gerettet. Exiliert. Abgeladen. Ohne daß irgendwer was dafür konnte, hatte er sich als ein Fremdkörper erwiesen, der einfach nicht einzukapseln war. Auf kleinster Ebene clashten bei uns civilizations, kollidierten Anschauungen, widerstritten Charaktere. Wie chaotisch und verzweifelt hatten wir vier, in sogenannter trauter Harmonie in diesem Reihenhaus in De Bilt vereint, durcheinander- und aneinander vorbeigeredet. Hinter dem schönen Schein hatte unser Gewebe Löcher bekommen. Wir waren eine Familie, aber wir waren nicht füreinander bestimmt gewesen. Doch das war einmal, das war Vergangenheit, und jeder hatte das Recht auf seine eigene Sicht der Dinge.

Warum ließ ich meinem Vater nicht einfach *seine* Version von der Wirklichkeit? Warum störte ich die Totenruhe mit meiner über das Grab hinausgeschrienen Rechthaberei? Konnte ich es nicht einfach hinnehmen? Nein, in der Tat, das konnte ich nicht. Mein Vater würde im Jenseits einen gepfefferten Brief von mir erhalten. Ich hätte es ihm noch sagen können, vor seinem Tod. Aber ich hatte ihn im Stich gelassen. Ich hatte ihn allein sterben lassen.

Gerade als ich beschlossen hatte, nach Hause zurückzukehren, hörte ich hinter mir hohe Absätze ticktacken und hin und wieder über das unebene Pflaster schrappen.

»*He*, Barbie. Wait!« rief jemand. Es war die Lolita-Imitation. Ihre weißen Plastikstiefel leuchteten. »Nicht so schnell. Warte mal auf mich.«

Sie faßte gerade noch rechtzeitig nach meinem Arm, sonst wäre sie umgeknickt. »Ich weiß, wo Antonio ist.«

»Warum hast du mir das vorhin nicht gesagt?«

»Die Wände haben Ohren«, flüsterte sie mit großen Augen. Ich hätte nie gedacht, daß je einer diese Worte allen Ernstes zu mir sagen würde, und konnte kaum mein Lachen unterdrücken. »Komm mal mit«, sagte sie und zog mich am Handgelenk weiter in die Gasse hinein. »Ich bring dich hin. Ich zeig dir, wo er steckt, aber dann mußt du allein weitersehen.«

In meiner grenzenlosen Naivität folgte ich ihrem mageren Rücken. Ihr Top schlabberte ein bißchen. Ich konnte ihre Wirbel zählen. Zwischen ihren Schenkeln war eine Handbreit Raum. Mein Herz flog ihr zu.

»Wie heißt du?« fragte ich.

»Virginia«, sagte sie. »But first, you buy me a drink.«

Das erschien mir angemessen. Erst das Geld, dann der Gewinn. Sie führte, lockte, sog mich mit zu den Orten, an denen sich ihr Leben abspielte. Solange sie mir half, brauchte sie nicht an die Arbeit zu gehen. Mein Auftrag war ihr Meal-ticket. Es war eine Form von Revolte gegen das »Asshole«, das ihr mit seinem Ring am kleinen Finger die Lippe perforiert hatte. Zitternd und zerbrechlich versuchte sie sich auf ihren dünnen Fohlenbeinen aufrecht zu halten, ein letztes Fünkchen Selbstachtung zu wahren oder zurückzuerobern. Das ältliche Kinderköpfchen mit dem kurzgeschnittenen Kraushaar und den goldenen Ohrringen nickte mir zu und zeigte auf eine Tür. Komm. Komm doch. Komm! Und sie ließ mich vorangehen in Ganja-Dünste und laute Musik, in feuchte Hitze und Blacklights und folgte mir, Herrin der Lage, herausfordernd auf ihren weißen Stöckeln wankend. Allmählich immer betrunkener, immer häufiger umknikkend, aber schöner und rührender. Ich hing an ihrer Hand wie ein ängstliches, aber neugieriges Kind an Mutters Rockzipfel, trat schaudernd über Schwellen, über die ich mich allein niemals gewagt hätte, und erfuhr die Magie des Bedrohlichen. Hier war Virginia zu Hause. Sie sprach mit mir. Sie gehörte zu der Sorte Trinker, die desto besser artikulieren und formulieren, je mehr sie getrunken haben.

»I was the happiest child«, begann sie mit einigem Gefühl für Dramatik. »I was beautiful. So beautiful. Lovable. Ach, ist das eine kleine Prinzessin, eure Ginny, sagten die Leute zu meinen Eltern. Alte Leute weinten, wenn sie mich sahen. Schwangere Frauen wollten mich anfassen. Wir wohnten in einem knallrosa Haus, gleich draußen vor der Stadt, mit einem Garten voller Blumen und Gemüse. Meine Mutter sang den ganzen Tag. Und wenn mein Vater da war, sangen sie zusammen. Und sie küßten sich und mich. Weißt du, wie schlimm das ist, solche Erinnerungen zu haben? Das ist ganz, ganz schlimm. Lieber wäre ich als Kind verhauen worden, noch lieber wäre ich ein Straßenkind gewesen, das sich allein durchschlagen mußte und das nicht einfach so Spaß haben konnte, wenn überhaupt. Aber wenn, dann war das nicht irgendein Spaß, sondern totale Freude. Hast du mal Kinder gesehen, die Klebstoff sniffen? So ’n kleines Köpfchen über ’nem frischen Glas Velpon. Diesen ersten tiefen Zug? Das meine ich. Die wissen, was Glück ist. Ich eigentlich nicht. Als ich klein war, war ich glücklich, aber ich wußte es nicht. Ich wußte es erst, als ich es nicht mehr war, und da wollte ich lieber nicht mehr wissen, daß ich es gewesen war. Verstehst du, was ich meine?«

Ich nickte. Ich verstand genau, was sie meinte. Ganz genau.

»Mein Vater war Kapitän auf einem Frachtschiff«, fuhr Virginia fort. »Caracas und zurück. Er war weißer als ich. In dem steckte viel Latino-Blut. Eines Tages ging sein Schiff in einem Orkan unter, der Louella hieß. Er hat diesen Namen gehaßt. Er wäre bestimmt lieber in einem Sturm untergegangen, der Mercedes hieß oder Dolores. Sie haben seine Leiche nie gefunden. Vielleicht ist er in Yucatan an eine unbewohnte Küste gespült worden oder auf den Klippen zerschlagen worden wie ein Stück schmutzige Wäsche, vielleicht ist er mit dem Golfstrom Richtung Europa getrieben und unterwegs nach und nach von den Fischen gefressen worden, vielleicht hat er sich an einer Schiffsluke festgeklammert und ist, auf dem Wasser treibend, verdurstet und im Meer untergegangen, vielleicht ist er als ausgewaschenes und gebleichtes Skelett irgendwo zwischen den Wurzeln der Mangroven hängengeblieben, und kleine Krebse nisten in seinen Augenhöhlen. Vielleicht lebt er noch und hat einfach die Gelegenheit genutzt, uns zu verlassen. Anyway.«

Sie starrte eine Weile ins Leere, um eine Erinnerung loszuwerden, verstrickte sich in ihren Gedanken, schlug einen Knoten durch und fuhr fort: »Meine Mutter und ich blieben allein. Hatten kein Geld mehr. Haus verkauft. Geld verspielt. Ihren Körper verkauft. Meinen Körper verkauft. Das Haus konnte sie nur einmal verkaufen, aber unsere Körper, so oft sie wollte. Und all of a sudden liebte sie mich auch nicht mehr. Kein Singen mehr. Kein Küssen mehr. Ich glaube, wegen der Konkurrenz. Für das, was ich bei einem Mal kriegte, mußte sie zweimal ran. Als es auf drei gegen eins zuging, kriegte sie einen solchen Haß auf mich, daß sie mir ins Handwerk pfuschte. Sie kratzte mich, schlug mich, biß mich, trat mich, schnitt mich. Da hab ich die Fliege gemacht. Dreizehn war ich. Und das bin ich immer noch. Weißt du, wenn sie dich kaputtmachen, bleibst du einfach da stehen, wo du gerade bist, dann wächst du innendrin nicht mehr weiter, dann bleibst du so jung, bis du sicher weiterkannst. Verstehst du, was ich meine?«

Aber natürlich verstand ich das. Warum ihre Mutter keinen normalen Job angenommen habe, als Kellnerin oder Verkäuferin oder Telefonistin, wußte sie nicht. Und was sei denn so abnormal an der Prostitution? Sie befriedige ein Grundbedürfnis, das erfordere keine großen Investitionen, man brauche keine Ausbildung dafür, das Gewerbe lasse sich überall ausüben, es sei abwechslungsreich, und man habe relativ viel frei.

»Chlamydia, Syphilis, Gonorrhö, Aids«, sagte ich.

»I protect myself«, entgegnete sie großspurig, aber das glaubte ich ganz und gar nicht. Wenn sie's ohne Gummi machte, konnte sie mehr verlangen. Mehr trinken. Mehr sniffen oder spritzen. Mehr vergessen.

»Ich hasse Armut«, sagte sie. »Wenn ich genug verdient habe, mache ich einen Laden auf. Das kostet 'ne Menge Geld. Ich spare.«

»Was für einen Laden?«

»Modeboutique. Oder Make-up.«

Auch das nahm ich ihr nicht ab. Sie konnte nicht mal lesen, fürchtete ich.

»Für wen arbeitest du?«

»Ich hasse ihn.«

»Schlägt er dich?«

»Natürlich schlägt er mich. Das ist sein gutes Recht. Er ist mein Mann.«

»Wenn du ihn nicht deshalb haßt, weil er dich schlägt, warum dann?«

»Er ist ’n Knicker. Und er bescheißt mich. Motherfucker.«

Aber sie werde sich an ihm rächen. Sie werde ihn schon kriegen. Sie brauche ihn nicht. Einer ihrer Kunden sei ein steinreicher amerikanischer Tourist, der sie ganz für sich allein wolle, der sie vielleicht sogar heiraten wolle. Als ich wieder mal nach Antonio fragte, wollte sie erst noch einen Schnaps.

Eine andere Bar. Männer übertönten die Musik mit Gerede in höchster Lautstärke. Lachten. Starrten dabei schamlos alles an, was ihre Aufmerksamkeit auf sich zog. Frauen in Satin mit hochgekämmtem, entkraustem Haar. Unter den lauten Worten wurde ein ganz anderes Gespräch geführt. Ein Fleischgespräch in Körpersprache. Blicke, Hände, Lippen, Zähne, Begierde, Zurückweisung, Musterung, Urteil und Entscheid. Zungenschnalzen, Zischen, Schmatzen. Sie senkten sich in meine Haut, schändeten mich, fraßen mich auf und warfen mich weg, und ich erschauerte vor Genuß und Angst. Die Erregung kroch mir durchs Blut. Virginia parierte die obszönen Angebote und die Drohungen, die zum gängigen Austausch von Höflichkeiten gehörten, mit Schimpfwörtern und Gebärden und bahnte uns einen Weg zur Bar. Wir tranken. Weg mit der Cola, ich kriegte das schon hin. Mit einer Leichtigkeit, die mich etwas erstaunte, fand ich zu einer alten Form des Aufgeschobenseins zurück, an ein Ruheplätzchen in einem sich verlangsamenden Dasein, wo die Zeit zum Moment schrumpfte und sich im Sande verlief. Es gab kein Nachher, kein Morgen, kein Später. Es gab auch kein Früher. Ich war ein Körper auf einem Barhocker, und vielleicht würde ich zu einem Körper in einem fremden Bett werden mit einem fremden Körper auf und in mir, aber darüber hinaus sah ich nichts; mehr als das in meinen Ohren hallende Jetzt war da nicht. Ich war ein großes schwarzes Loch in Gestalt eines Menschen, und das schwarze Loch hatte mit Liebe gefüllt zu werden, egal welcher Art. So war es, bevor Huib kam, so war es während meines zehnjährigen Machtdeliriums mit Steven, so war es jetzt wieder. So war es immer gewesen. Das war ich. Alle meine trostlosen Abende kamen wie Blätter herangeweht und verschmolzen mit dem Blatt dieses Abends, dieser eigentümlichen, ungewohnten Nacht in diesem Vorhof der Hölle, wohin mich ein fremdes schwarzes Hurenmädchen gebracht hatte. Verraten und verkauft. »Auf einem andern Weg solltest du wandern, wenn du entfliehn willst diesem grausen Ort.«

Nach drei ergebnislosen Kneipen kannte sie noch eine kleine Bar in der Gegend, in der es eine Chance gab, auf Antonio zu treffen (aber wollte ich ihn wirklich heute abend noch sprechen?), eine, in der handfest getrunken werde, wo die Wirtin nicht mit den Spirituosen knapse und sie auch nicht verlängere, wie das ja leider allzuoft vorkomme. Das Lokal war ein langer Schlauch mit bröckelnden ockergelben Wänden, einer alten Holztheke und einigen Küchenstühlen. *Chez Flora*. Es saßen so zehn, fünfzehn Männer dort (und eine Frau, glaube ich, ich erinnere mich an eine alte Hexe), in der Dunkelheit konnte ich sie nicht zählen. Die Luft war zum Ersticken. Aus den Komponenten Körpergeruch, Pisse, vergammelter Fisch, Rum und Ganja hatte sich ein schweres Gas gebildet, das den Aufenthalt unterhalb der Standhöhe zum tödlichen Risiko werden ließ. Ein straffes Band legte sich um meinen Kopf. Ich watete hinter Virginia her in die Tiefe. Hier nicht schon beim Vorübergehen die gespitzte Virilität fickriger Männer. Die dumpfen Blicke, die uns die Anwesenden lustlos zuwarfen, deuteten darauf hin, daß sie bereits stockbetrunken waren und hofften, bald von der barmherzigen Dunkelheit und ihren unzusammenhängenden Träumen verschluckt zu werden.

Hinter der Theke stand Flora, ein großes, goldenes Kreuz um den Hals. Nonne vom Orden der Frommen Vorsätze. Sie war kaum größer als ein Meter vierzig und breiter als hoch. Als wäre sie im Querformat entworfen worden. Schweigend stellte sie zwei Gläser vor uns hin und schenkte das selbstgebraute Zeug ein, nach dem ihre Gäste süchtig waren. Virginia kippte es sofort runter und bat nickend um ein weiteres Glas. »Intravenös wirkt es noch besser«, sagte sie.

»Wie bitte?«

»Manchmal spritz ich's mir.«

»Scheint mir nicht sehr gesund zu sein.«

»What is?« Sie zuckte die Achseln.

Für das zweite Glas ließ sie sich mehr Zeit. Ich auch. Es war ein bitteres Gebräu, das die Zunge betäubte und dann mit chemischer Keule das Gehirn attackierte. Virginia war meine beste Freundin. Und ich die ihre. Wir tauschten Freundschaftsbekundungen aus. Und erneut kam eine kurze Tränensturzflut, als sie über ihre »poor mother« sprach, an die ich sie erinnerte. Ich? Mutter einer erwachsenen Tochter? Ich war achtunddreißig. Wäre möglich, stellte ich erschrocken fest. Es wäre möglich gewesen. Und eine dreizehnjährige Tochter allemal. Ihre Mutter sei nämlich ziemlich weiß gewesen und habe blonde Haare gehabt, na ja, dunkelblond bis bräunlich. Aber gefärbt. Sie habe sich immer sehr gut mit ihrer Mutter verstanden, poor mother. Poor dead mother. Sie sei mit einem Stromkabel um den Hals und den Fingern in einer nicht geerdeten Steckdose gefunden worden, und da habe sich gezeigt, daß sie keine Glühbirne war. Sie sei nicht an-, sondern ausgegangen. Virginia kicherte. Die Mutter, die sie in die Prostitution getrieben habe? In die Prostitution getrieben? Wie käme ich denn darauf? Ihre Mutter? Ich beleidigte ihre Mutter, das lasse sie sich nicht gefallen.

Ihre erhobene Stimme rüttelte die Zombies an der Bar ein bißchen wach, die träge in unsere Richtung sahen, aufgestört aus ihren schrecklichen Träumen. Ein Mann, dessen Gesicht komplett hinter Behaarung versteckt war, als unterziehe er sich einer Metamorphose, bei der laut Gebrauchsanweisung ein Pudel herauskommen mußte, kam zu uns herüber und fragte Ginny, was los sei, ob er helfen solle, der weißen Hündin ein rotes Halsband zu verpassen. Oder mir seinen Namen in die bleichen Titten zu kerben. Das sei nicht nötig, sagte Ginny, sie werde schon allein mit mir fertig. Ich bot ihm etwas zu trinken an, und da wollte gleich die ganze Bar Virginia von mir befreien. Ein hohler, heiserer Schrei stieg aus unbenutzten Kehlen auf. Lokalrunde! Die breite Nonne entkorkte eine neue Flasche und füllte die Gläser.

Nach der Lethargie war nun die unterschwellige Aggression dran. Die äußerte sich in einem Blick, dem Heben eines gesenkten Kopfes, in mehr Bewegung, Füßescharren, einem leisen, tiefen Summen oder Brummen, einem Vibrieren in dem benebelnden, schweren Gas, als werde Sauerstoff beigemengt; Wut wallte auf, stieg zu Kopfe. Muskeln wurden angespannt. Rücken gestreckt. Irgendwie drohte etwas zu kippen, umzuschlagen. Ich wurde bemerkt, filetiert, zerrissen. Ich war ein blitzendes Silbermesser, das bis ins Herz ihres ratlosen Leibs vorgedrungen war, und ich bekam die Schuld für ihre Schmerzen, ihren Tod. Sie! Sie! Sie! Die Finger zeigten auf mich, die Augen durchbohrten mich, kreuzigten mich in ihrem Blick, geifernd gierten die Münder nach meinem Hals. Meine Kehle war zugeschnürt. Mein Körper wurde ausgeschüttet, mein Gehirn fiel auseinander und regnete in die Pfütze aus Schweiß und Blut und stinkender Scheiße zu meinen Füßen hinab.

Ich stand auf. Where you going? Na, du wolltest mir doch zeigen, wo Antonio ist. Wo ist Antonio? Ich hatte Atembeklemmungen und war kurz davor, in Ohnmacht zu fallen. In dem Band um meinen Kopf stach und prickelte es, und es kam mir so vor, als sei das ohnehin schon spärliche Licht noch weiter gedimmt worden. Schemen sah ich. Finsternis.

Sie drängten vor, scharten sich dichter um mich, verseuchten mich mit ihrem Atem, ihrem strengen Geruch, ihrer Verzweiflung, ihrem dumpfen Haß, der wie ein stumpfer Herzschlag gegen meine Schläfen hämmerte. Sie waren nicht allein. Sie waren alle anderen. Sie waren der Alptraum meiner Kinderjahre. Sie waren die Eindringlinge, die Besitz von mir ergriffen, die in meine Ohren und Augen und Nase krochen, sich in meinen Gängen einnisteten. Würmer. Schlangen. Ich wollte treten und schlagen und schimpfen. Daß es verdammt noch mal ihre eigene Schuld sei, daß sie hier faul und abgeschlafft den lüsternen, grausamen Tod erwarteten. Mein Ekel stieß mit ihrem Haß zusammen. Was hatte ich dort auch zu suchen, ich weiße, blonde Prinzessin, Inbegriff all dessen, was sie verdammt hatte, hatte ich denn wirklich gedacht, daß ich in der Gruppe würde aufgehen können, hatte ich wirklich gehofft, daß Mimikry funktionieren würde, daß der Haß in ihren Zellen in Dankbarkeit und Zuneigung verzaubert werden könnte, wenn ich einen ausgab – modernes Äquivalent zu den Spiegeln und Glasperlen?

»Okay, okay, I will, I will«, sagte Virginia. »Let's go.«

Ich war gerade noch rechtzeitig draußen. Hinter mir klappte das Maul des Haifischs zu. Klauen griffen aus der Hölle nach mir. Ich kam über Wasser. Aber die Wirkung von Flora's Special war noch nicht verflogen. Im Gegenteil, er schien jetzt erst seine volle Wirkung zu entfalten. Das Grauen überrollte mich ungebremst wie ein Zehntonner. Ich versuchte verzweifelt, ein Inventar der Mäuler und Augen und Klauen aufzustellen, die aus den Mauerspalten hervorkamen. Sämtliche Alpträume, die ich je gehabt hatte, wurden aus meinem Gedächtnis auf mich losgelassen. Halt! Stop! Bleibt stehen! Geht weg! Geht zurück! Das ist nicht echt. Das ist echt. Das ist ein Traum. Das ist eine Halluzination. Dies hier sind Virginias Absätze, das da ihre Ohrringe, dies ihre Hände, und das die Fänge eines Greifs, dort die Spuren eines Werwolfs, hier höre ich ihre Stimme, und das ist das Echo eines peitschenden Schreis aus dem Maul des Tieres, das ich bin, das ich war. Hilfe, wer hilft mir? Es spann und drehte sich in meinem Kopf, immer schneller und schneller, unaufhaltsam.

Virginia hatte es jetzt eilig. Ungeduldig drängte sie mich. Ob ich jetzt zufrieden sei. Mit meinem lächerlichen Verhalten. Hier habe sie das Sagen. Dieses Viertel sei ihr Revier. Jeder Reiz brauchte zehnmal länger als gewöhnlich, um mein Gehirn zu erreichen oder zu verlassen. Ich begriff sie nicht so schnell. Sie schubste mich an, und bis ich soweit war, ihr zu sagen, sie solle das lassen, hatte ich schon den nächsten Stoß bekommen. Sie peitschte mich an wie einen Kreisel. That way! Ich stolperte vorwärts, hatte den vagen Gedanken, daß ich Brotkrümel streuen müßte, um zurückzufinden. Antonio. Er würde mir heraushelfen. Mein kleiner Bruder. Ach, mein Brüderlein. Ich kam zu ihm. Warte auf mich, Antonio. Geh nicht weg! Bleib! Unsere Schritte hallten von den Häuserwänden wider und tausendfach verstärkt in meinen Ohren. Da nahte eine ganze Armee. Und das waren wir. Wir raubten kranken und alten Menschen den Schlaf. Pscht, leise. Wieder ein Schubs. Ich stolperte und fiel. Ich spürte nicht mal, daß ich mir das Knie aufschrammte. Virginia scheuchte mich hoch. Ich sei zu nichts zu gebrauchen, eine Mißgeburt, ein blondes Monster, das sein Recht zu leben verwirkt habe, und sie sei verrückt, daß sie mir helfe, verrückt sei sie, aber versprochen sei versprochen, obwohl ich es ihr verdammt schwermache. Häuserwände rauschten an mir vorüber, während meine Feder immer langsamer ablief. Flora's Special.

Virginia zeigte auf eine Tür mit einer nackten Glühbirne drüber. Wir standen in einer Sackgasse mit ausgeschlagenen, schimmligen Mauern zu drei Seiten. Schwindlig schaute ich zu den rettenden Sternen hinauf und sah nicht einen einzigen in dem schmalen Streifen dunkelblauem Kanvas, der über die Gasse gespannt war. »Er ist da drinnen«, sagte sie, »und kommt gleich raus.« Woher sie das wisse. »Ich weiß alles.« Sie zog ihren Stiefel aus. »Steinchen im Schuh«, sagte sie. Dann bekam ich einen Schlag auf den Kopf. Während ich zusammensackte, meinte ich noch gerade so am Rande des Bewußtseins die Tür aufgehen und einen Mann herauskommen zu sehen. Oder kam erst dieser Mann, danach der Schlag, und dann brach ich zusammen?

Es war mein Vater. Ich lag bäuchlings auf der Straße. Er hockte neben mir und sagte: »Willst du denn jetzt endlich reden?« Er legte mir schwer die Hand in den Nacken. Hielt mich am Boden festgenagelt. Besiegt. Um Gnade bitten. Bitte um Gnade. Ich bitte um Gnade. Lauter. Ich bitte um Gnade. Ich höre dich nicht. Ich bitte um Gnade. Was sagst du? Gnade. Seine Hand entfernte sich von meinem Nacken, aber ich konnte immer noch nicht aufstehen. Dann legte er sich auf mich. Bedeckte meinen Leib mit dem seinen, wie eine Decke über einen Toten gebreitet wird. Ich erstickte beinahe. Seine Stimme in meinem Ohr. Es war keine Stimme, es war heißer Atem, in dem Worte wehten. »Du hast mich im Stich gelassen.« – »Du liebst mich nicht«, flüsterte ich zurück. »Warum liebst du mich nicht?« – »Das hast du dir selbst zuzuschreiben. Liebe muß man sich verdienen.« – »Ich kriege keine Luft.« Mit enormem Kraftaufwand befreite ich mich von seiner Last. Ich blickte mich um, und er war nirgendwo mehr zu entdecken. Aber ich konnte nicht richtig sehen. Alles war verschwommen. Ich hörte Schritte auf der Treppe. Und ich hatte Angst. Die Schritte gingen weiter, aber sie kamen nicht näher. Die Angst ging nicht weg. Jeder Schritt ein Schuß Angst. Und dann fing ich an zu reden, zu plappern, ein Wortstrom ergoß sich aus mir und floß um mich herum, so daß mein Kopf in einer Wortpfütze zu liegen kam. Es waren alles fremdartige Worte, es war eine sonderbare Sprache, die ich sprach. Wenn ich sie selbst nicht verstand, wie sollte mein Vater sie verstehen? Keiner würde je verstehen, was ich da sagte, und dabei war es so furchtbar wichtig. Mir war schlecht von den Worten, mir drehte sich der Magen um. »Ich habe es doch nicht falsch gemacht? Ich habe doch nichts falsch gemacht? Ich schäme mich so. Habe ich etwas falsch gemacht? Was denn? Ich dachte, ich mach es richtig. Wie schrecklich, daß ich es falsch gemacht habe, wo ich doch dachte, daß ich es richtig mache. Ich schäme mich so. Ich schäme mich so. Ich schäme mich so. Wie wäre es denn richtig gewesen? Wie denn?«

Schritte, andauernd Schritte. Im Kreis um mich herum. Stampfende Schritte. Sie liefen über mich hinweg. Die Schritte klangen laut auf der Straße, aber dumpf, wenn sie auf mich traten. Dumm, dumm, dumm, dumm. Mein Vater schlug den Takt. Tadumm, tadumm, tadumm.

Ich lag auf dem Boden wie ein vom Bügel gerutschtes Kleid. Mein Kopf lag ein paar Meter weiter und pochte und hämmerte ganz fürchterlich. Ich fühlte, ob ich blutete. Das tat ich, irgendwo zwischen den zusammengeklebten Haaren. Natürlich war meine Tasche weg. Das war ärgerlich, aber einzige Ausbeute waren mein Führerschein und fünfzig Dollar. Und meine Autoschlüssel. Ich erhob mich auf die Knie. Mir drehte sich der Kopf. Ich sah Blutflecken auf meiner Bluse.

Neben mir hockte der Kubaner.

»Was ist passiert?«

»Virginia«, sagte ich. »Papa.«

»Sie bluten.« Er zog ein großes, nicht besonders weißes Taschentuch aus der Hosentasche und wischte mir das Blut von der Wange. »Wer hat das getan?«

Ich konnte nicht viel sagen. Wußte nicht mal, ob der Kubaner echt war. Fand es aber seltsam, daß Halluzinationen von alten, kurzsichtigen Männern mit Brillengläsern der Stärke minus fünfzehn bevölkert sein sollten.

»Ich weiß es nicht«, sagte ich. War es Virginia mit ihrem Stilettoabsatz gewesen oder der Mann, der aus dem Haus gekommen war? War Virginia dem Totschläger entkommen?

Da drinnen sei Antonio, hatte sie gesagt. Warum sollte sie lügen? Weil sie mich in dieser Sackgasse haben wollte?

»Kommen Sie«, sagte der Kubaner und half mir mit galanter Geste auf. Ich wankte kurz auf den Beinen, es stach in meinem Kopf, und mir war übel. »Sie müssen ins Krankenhaus«, sagte er, »und zur Polizei.«

»Es geht schon«, sagte ich.

»Hat man Sie bestohlen?«

»Ja.«

»Jetzt bekommen Sie erst mal 'ne Tasse Kaffee. Das wird Ihnen guttun.«

Er sah mich aus der Tiefe der konzentrischen Glaskreise forschend an und geleitete mich behutsam die Gasse hinaus und zu einer Tür um die Ecke, wo er läutete.

»Ich bin nicht allein«, sagte er zu einer Frau mit Lockenwicklern im Haar, die aufmachte. Sie trug einen schneeweißen BH vom Kaliber Hängematte und weiße Shorts, die die Blutzufuhr zu ihren Beinen abschnürten. In dem Zimmer, das hinter ihrer breiten Gestalt sichtbar wurde, tollten einige Kinder wie junge Katzen über ein Sofa mit einem grellgeblümten Grand Foulard. Der Fernseher lief ohne Ton. Das Bild war verschwommen. Ich konnte nicht sehen, was es war. Ma Edith hatte recht. Der Kubaner steckte die Reste seines Wochenlohns in den mächtigen, mütterlichen Körper dieser Frau. Als sie sah, was los war, ließ sie uns herein, gab mir einen Becher Kaffee und machte ein Geschirrtuch naß. »Hier, halten Sie sich das mal drauf.«

Das kalte Wasser war wie Balsam. Ich weinte zähneknirschend, weil man mir half und weil ich nicht weinen wollte. Verdammt. Verdammt. Ich rieb mir die Augen, aber der Schleier ging nicht weg. Ich sah schlecht.

»You been doing drugs?« fragte sie argwöhnisch.

»Ich weiß es nicht«, sagte ich. Die Kinder krabbelten dem Kubaner auf den Schoß. Schwarze Cherubinchen. Er sah aus wie ein zeitgenössischer Gottvater. »Ich war bei Flora.«

Die Frau warf einige lose Kleidungsstücke von einem Sessel und sagte, ich solle mich einen Moment setzen. Sie selbst setzte sich aufs Sofa, neben den Kubaner, der aufgrund ihres Schwergewichts ein wenig zu ihr hinkippte. Ein Strahlenkranz erschien um ihre Köpfe. Um diesen grauen, kurzsichtigen Kopf und diesen mächtigen schwarzen Kopf mit Mamalippen und Kußwangen. Eine unendliche Güte strömte von ihnen zu mir. Sie hüllten mich mit ihrer Liebe ein. Compassion. Pity. Man kann in einem Hauseingang sterben, dachte ich, und die meisten steigen über dich hinweg wie über nasse Pappe. Jede Stadt besteht aus vielen Städten, die ineinandergeschoben sind wie Zauberschachteln, alle gleichzeitig vorhanden: die schmutzige Stadt, die helle Stadt, die dealende Stadt, die trinkende, tanzende Stadt, die mordende Stadt, die liebende Stadt, die gute Stadt. Hier war die liebende Stadt, in der Menschen sich umeinander kümmerten. Ich saß für eine kleine Weile in der sicheren Schachtel. Jeder Mensch ist viele Schachteln, dachte ich. Aber ich konnte nicht bleiben.

Die Polizeiwache war, wie sich herausstellte, nicht weit entfernt. Hundert Meter Luftlinie. In Rufweite. Näher als das Krankenhaus. Ich saß auf einer Holzbank an einer giftgrünen Wand mit Postern von gesuchten Kriminellen und unidentifizierten Toten, den Blick auf das Fleckenmuster des Granitbodens gerichtet, den Kopf in die Hände gestützt, weil er sonst wie eine Art Fußball zu meinen Füßen gelegen hätte. Das Geschirrtuch der Geliebten des Kubaners lag befleckt auf meinem Schoß. Ab und zu tupfte ich das noch immer quellende Blut damit ab. Ich hatte Durst. Furchtbaren Durst. Inspektor Penn habe Dienst, hatte der Schalterbeamte gesagt, sei aber beschäftigt. Das verstand ich. Es ging auf der Wache zwar nicht so hektisch zu wie in amerikanischen Fernsehserien, aber ein gewisses Aufkommen an Betrunkenen und hohläugigen diebischen Junkies in Handschellen war zu dieser Tageszeit schon zu verzeichnen. Ich hatte auf der Bank Gesellschaft von drei anderen Wartenden, die ein Verbrechen anzeigen wollten. Es herrschte relative Ergebenheit. Die Polizisten hatten keine Eile, die Nacht war noch jung.

Marcus Penn ließ einen nervös kakelnden alten Mann hinaus, der gebißlos lispelnd eine unzusammenhängende Geschichte über gestohlene Baseballkappen und Voodoo von sich gab. Marcus Penn sah mich dasitzen und nahm mich gleich mit in sein Zimmer, obwohl ich noch gar nicht dran war. Er war wirklich erschrocken. Er sah sich meine Wunde an und sog hörbar die Luft durch die Zähne ein. Zeichen von Erschrecken und Mitleid.

Ich saß in seiner Wärme. Ich sah die Knöpfe seines Oberhemds, den Gürtel seiner Hose. Mir schoß ein Bild durch den Kopf, wie er im Laden stand, die Hose anpaßte und den Gürtel, meine Vorstellungskraft ließ mich ihn auf die Schnelle die normalen Dinge seines normalen Lebens tun. Ich fühlte, wie seine Hände vorsichtig meinen Schädel abtasteten. Eine Woge der Übelkeit wallte in mir auf, und am liebsten hätte ich den Kopf an seinen Bauch gelegt, die Arme um seine Mitte geschlungen und mich an ihn gehängt, so wie Tänzer nach einem vierundzwanzigstündigen Marathon den Leib des Partners benutzen, um sich auf den Beinen zu halten. Ich mußte pinkeln. Ich hatte Durst.

»Das muß genäht werden. Ist Ihnen schlecht? Schwindlig?«

»Ein bißchen.«

»Sind Sie bewußtlos gewesen?«

»Ja, kurz.«

»Welcher Tag ist heute?«

»Freitag.«

»Haben Sie den Täter gesehen?«

»Ich hab was mit ihm getrunken.«

»Wer war das?«

»Eine kleine Hure, die sich Virginia nennt. Sie hat mir mit dem hohen Absatz ihres Stiefels auf den Kopf geschlagen. Glaube ich.«

»Was hatten Sie in dieser Gegend zu suchen?«

»Nichts.«

Ich hörte ihn verächtlich denken: Dumme Touristen.

»Was hat sie gestohlen?«

»Meine Tasche. Fünfzig Dollar. Einen Lippenstift. Drei Tampons. Das Pfefferspray. Kuli und Notizbuch. Mein Handy, das hier sowieso unbrauchbar ist, weil man keinen Empfang hat. Die Schlüssel von meinem Mietwagen.« Ich hörte mich an wie die Gewinnerin bei *Am laufenden Band*, der Fernsehshow meiner Kindheit, die die Gewinne auf dem Laufband aufzählt. Und ein Fragezeichen.

»Ich bringe Sie erst mal ins Krankenhaus. Dann nach Hause. Ich komme dann morgen vorbei, um ein Protokoll aufzunehmen. Wie sah sie aus?«

»Hautfarbe: Baby-Durchfall. Klein, schwarzes Kraushaar. Mager. Sehr mager. Vielleicht hat sie Aids. Lolita-Image, aber bestimmt fünfundzwanzig. Kurzes weißes Cowgirlröckchen, weiße Plastikstiefel mit hohen Absätzen. An einem davon jetzt Blutspuren und blonde Haare. Dicke Lippe von ihrem Zuhälter. Ich bin mit ihr im *Chez Flora* gewesen. Wo ich mich mit der Stammkundschaft angelegt habe. Anscheinend.«

»Haben Sie getrunken?«

»Ja. Von innen ist die Wunde desinfiziert.«

Er streifte sich sein Jackett über, zog seine Hose hoch, nahm Schlüssel von seinem Schreibtisch, machte seinen Computer aus. Ich saß auf dem Besucherstuhl wie ein Packen alte Zeitungen. Unbewegbar. Hatte ich vorgestern abend schon nicht gerade vorteilhaft ausgesehen, zeigte ich nun, daß es noch schlimmer ging. Wenn es physisch irgendwie möglich war, würde ich ihm morgen in voller Kriegsbemalung und in meinem sexysten Sommerkleid entgegentreten.

Er legte einen Arm um mich und hob mich fast vom Stuhl. »Die werden wir schon kriegen.«

»Ich hab ein bißchen Mitleid mit ihr.«

»Geht es?«

»I'm okay.«

»Warum Mitleid?«

Ich hatte keine Lust, das alles zu erklären. Auf einmal war ich todmüde und schläfrig.

In der Notaufnahme des Krankenhauses mußten wir warten. Ich lag-saß-hing halb auf einem Behandlungstisch. Er saß mir gegenüber auf einem weißen Plastikgartenstuhl, vornübergebeugt, die Hände zwischen den Knien, und ich fragte mich, ob er mich als Verdächtige oder als bedrohtes Opfer bewachte. Was wollte er von mir? Ich sagte ihm, daß er ruhig wieder an seine Arbeit zurückkehren dürfe, daß ich mir schon ein Taxi rufen würde, aber er bestand darauf zu bleiben. Ich konnte seinen Blick nicht einordnen.

»Ihre Mutter ist ein netter Mensch, finde ich.«

Keine Antwort. Zur Kenntnis genommen. Er erhob sich und ging zu den Behandlungszimmern, das heißt: Der Raum war mit Trennwänden in Kabinen unterteilt, die mit Vorhängen versehen waren. Niemand hatte sich jedoch die Mühe gemacht, diese zur Wahrung der Intimsphäre der Patienten zu schließen. Eine Krankenschwester war damit befaßt, mit einer Pinzette Glassplitter aus dem Arm eines jungen, starken Kerls zu ziehen; sie fielen mit leisem Ticken in eine Emailleschale, in die auch geräuschlos das Blut tropfte. Ein Arzt prüfte die Reflexe eines bewußtlosen Mannes, dessen dreckige, verkrustete Füße auf ein Obdachlosendasein hindeuteten. Neben dem Bett stand sein Kumpel und kratzte sich am Hintern und am Kopf. Er hatte eine Pudelmütze auf. In einer dritten Kabine saß ein etwa neunjähriges, großäugiges Mädchen mit naßgeweinten Wangen und hielt sich vorsichtig das Handgelenk, als sei das etwas Zerbrechliches, und das war es auch. Ihre daneben sitzende besorgte

Mutter zerdrückte gleichfalls eine Träne. Der Ventilator an der Decke rührte unermüdlich die warme Luft um. Ein Abfalleimer quoll über von blutigem Verbandmull und Gummihandschuhen. Dettol oder Lysol schwängerten die Luft. Es würde wohl noch eine Weile dauern. Es ging hier genauso gelassen zu wie auf der Polizeiwache. Aber vielleicht war es noch die Wirkung des Mescal oder was auch immer in Floras Cocktail gewesen sein mochte, daß mir das Leben gemächlicher vorkam, als es hier ohnehin schon war. Mein Herz überschlug sich hin und wieder kurz, so sehr raste es.

Marcus Penn beugte sich zu dem Arzt hinunter und flüsterte ihm etwas zu. Der Arzt nickte. Marcus setzte sich wieder zu mir. Ich versank in einen unzusammenhängenden Angsttraum. Kurz darauf stand der Arzt – er hatte die Untersuchung des Obdachlosen offenbar abgeschlossen – an meinem Fußende und stellte mir Fragen, die Marcus mir auch gestellt hatte. Er sah sich die Wunde an, schnitt etwas Haar weg, desinfizierte die Stelle, klebte das Loch zu, als flickte er einen Fahrradschlauch, und gab mir eine Tetanusspritze, die ich in einigen Wochen wiederholen solle. Und ob ich jemanden in meiner Umgebung hätte, der heute nacht ein wenig nach mir sehen könne, wegen der Hämatomgefahr. Der was? Eine nukleare Katastrophe in meinem Kopf? Nein, ein Bluterguß im Gehirn, der lebensgefährlich sein könne und sich erst nach einigen Stunden manifestiere.

»Ich bin allein«, sagte ich, »aber ich bleibe nicht im Krankenhaus. Ich will weg.«

»Vielleicht wäre es aber doch vernünftig«, sagte Marcus.

»Ich will weg«, sagte ich dickköpfig.

»Wenn Sie das Risiko auf sich nehmen wollen ...«

»Ja«, sagte ich. Ich stand auf, mußte mich aber kurz an Marcus festhalten. Er sah mich fragend und besorgt an. »Nach Hause«, sagte ich.

Die Mutter und das kleine Mädchen hatten nicht gegen meine Vorzugsbehandlung protestiert.

»Ach Gott«, entfuhr es mir, »ich habe kein Geld dabei, um zu bezahlen. Gestohlen. Ginge das auch morgen?«

Der Arzt sah Marcus Penn an. Der bürgte offenbar für mich.

Während der Fahrt nach Pelican Bay rüttelte er mich ein paarmal wach.

»Ich bin nicht tot. Ich bin müde. Aber ich will nicht schlafen.«

Der Schlaf war kein Vergnügen, der Schlaf brachte keine Ruhe. Diesem Schlaf entfloh man besser, aber ich konnte nicht, blutige Jagdszenen hielten mich gefangen, ich wurde zerkratzt, zerrissen, gelyncht, und obwohl ich in meinem Traum die Geistesgegenwart besaß, mir zu sagen, daß es nur ein Traum war oder endlich der lange erwartete, befreiende Wahnsinn, half mir das nicht dabei, den Horror gelassen hinzunehmen. Papa! Warum hetzt du mir Truppen aus der Hölle auf den Hals? Mußt du mich strafen, da du mir nicht verzeihen kannst? Ich kämpfte und trat und verlor mehr und mehr die Kraft in meinen Muskeln, das Vermögen, mich aufrecht zu halten. Ich verging. Ich verging. Das Meer stieg, die Flut erfaßte mich. Keuchend, schluckend, strampelnd schlug ich um mich. Ich fühlte eine feste Hand um die meine. Marcus Penn rüttelte mich wieder einmal wach. Er hatte den Wagen am Straßenrand abgestellt.

»Ist es so schlimm?«

Ich sah seinen Kopf durch einen Schleier. »Help me.« Leg den Arm um mich, wollte ich rufen, tröste mich, rette mich, weine mit mir, hol mich da raus.

»Bleiben Sie wach«, sagte er. »Reden Sie mit mir. Haben Sie Schmerzen?«

»Keine Schmerzen.« Ja, von innen, wie Juckreiz, der sich verlagert, sobald man kratzt.

»Wieviel haben Sie getrunken?«

»Zwei, drei.«

»Von was?«

»Ich weiß nicht, was es war. Heavy.«

»Ich denke, ich weiß schon. Datura. Haben Sie was gegessen?«

»Nein. Ich habe Durst.«

»Versuchen Sie wach zu bleiben. Singen Sie ein Lied. Erzählen Sie mir was. Wozu Sie Lust haben.«

Er schmiß seinen klapprigen Plymouth wieder an, und ich sperrte die Augen auf, sah entgegenkommende Fahrzeuge auftauchen und vorüberrasen und machte mir fast in die Hosen vor Angst, daß uns diese schrecklichen Scheinwerfer erfassen würden und all der Stahl dahinter, der bereit war, uns anzuspringen. Alles drehte sich und kippte. War das verzögerte Trunkenheit oder diese nukleare Katastrophe in meinem Kopf? Ich klammerte mich am Armaturenbrett fest und sang *Suseliebesuse*, bis wir einen McDrive ansteuerten und Marcus mir einen Big Mac und einen Becher Kaffee und eine Dose Cola kaufte. Ich trank die Cola in einem Zug aus und rülpste laut. Ich kam halbwegs zur Ruhe.

Ma Edith war nicht zu Hause. Marcus holte eine Flasche Mineralwasser aus der Küche seiner Mutter und befahl mir, gleich zwei Gläser zu trinken. Und ich sollte auch unter die kalte Dusche. Er stellte sich solange diskret auf den Balkon. Einen Moment lang stand ich verwaist in der Mitte des Zimmers und wußte nicht, was als nächstes zu tun war, suchte nach dem Schlüssel dieser Szene, rätselte über das Geheimnis dieses Abends. Als ich erst einmal unter dem kalten Wasserstrahl stand und durch die Milchglastüren das weiche Licht des Zimmers sah und ganz vage Marcus' Gestalt, kehrte allmählich mein Verstand zurück. Vorsichtig, um die Wunde nicht unnötig naß zu machen, hielt ich das Gesicht ins Wasser, gerade so lange, bis die Angst, die Wut, das Schuldgefühl, die Scham gurgelnd im Abfluß verschwunden waren. Ada was back.

Ich schlang ein Handtuch um mich, kämmte mir mehr

schlecht als recht die Haare und setzte mich still und ruhig aufs Bett. Leer wie ein undichter Ballon. Dumm wie ein Roboter. In Erwartung von Fürsorge. Oder von gar nichts. Marcus kam wieder herein. Wir sahen einander eine Weile an, aber ich bemühte mich um nichts. Nicht, attraktiv auszusehen, nicht, eine distanzierte Haltung einzunehmen, nicht, heimliche Signale auszusenden. Ich sah ihn völlig neutral an. Dann passierte etwas, was ich nur schwer deuten konnte. Es läßt sich mit einem Knacken in den Knien vergleichen. Irgend etwas im Gelenk sitzt unangenehm schief, und plötzlich knackt es wieder an seinen Platz. Daß alles wieder paßt. Welche Erleichterung. Es lag eher an ihm als an mir. Er schaffte in seinem Innern irgend etwas beiseite oder schob irgend etwas hinaus oder ergab sich in irgend etwas.

»Legen Sie sich ruhig schlafen«, sagte er. »Ich bleibe bei Ihnen sitzen, bis meine Mutter nach Hause kommt. Keine Bange. Das wird nicht lange dauern.«

Gehorsam stand ich auf, schlug das Laken zurück, legte ungeniert mein Handtuch ab und kroch ins Bett. Ich zog mir das Laken bis zum Kinn hoch und schaute zu, wie er sich den Stuhl heranzog und sich neben mich setzte. Er würde die Situation bestimmt nicht ausnutzen. Und das bedauerte ich.

Mein Schlaf wurde dreimal von Ma Edith unterbrochen, die mir ins Ohr rief: »Aufwachen.« Sagte ich etwas, dann hörte ich: »Okay, schlafen Sie ruhig weiter.« Und Gepolter auf der Treppe. Ich war in einer Leichenhalle: grellweißes Licht, nackte Wände ohne Fenster oder Türen, gedämpfte Geräusche von Preßlufthämmern; drei steinharte weiße Skippybälle lagen da, die ich mit einem gläsernen Queue über drei Banden stoßen mußte. Eine Stimme ohne Körper erteilte mir unverständliche Anweisungen. Und ich karambolierte mich selbst öfter über drei Wände, als daß ich einen der Bälle vom Fleck bekam, woraufhin die Bälle in ein gähnendes Loch im Boden sanken. Aber ganz so ging der Traum nicht. Er war anders.

Ich blieb zwei Tage im Bett liegen. Eher lethargisch als krank.

So wie das Rühren in stehendem Wasser Gegenstände an die Oberfläche bringt, die im Schlick festgesteckt haben, kamen in diesen Tagen des Lahmgelegtseins einige blinkende Bilder herauf, die ich aus dem Wasser zog und trocknete. Ich legte sie auf ein Regalbrett und besah sie mir ruhig und verwundert, in der Hoffnung, daß ich entdecken würde, zu welchem Ganzen die Bruchstücke gehörten.

Ich bin sechs Jahre alt und habe meinem Vater zum Geburtstag ein Geschenk gekauft. Es ist etwas, das mir selbst gefällt und das ich gerne hätte. Er soll wissen, daß ich ihm damit mich selbst gebe. Daß ich ein großes Geheimnis mit ihm teile. Es ist ein kleiner Steinhund mit nickendem Kopf. Mein Vater muß furchtbar lachen. Ich glaube, er freut sich, aber ich bin mir nicht sicher.

Ich bin zehn. Ich sitze auf der Polizeiwache am Paardenveld in Utrecht. Es ist mitten in der Nacht. Ich habe mich geweigert, meinen Namen und meine Adresse anzugeben. Ich fühle mich erwachsen. Ich bin im Krieg und auf feindlichem Gebiet. Sie werden mir Geheimnisse entlocken. Aber so leicht werden sie das nicht schaffen. Ich sinne auf Flucht. Wenn dieser Polizist kurz zum Kaffeeautomaten geht und nicht auf mich achtet, haue ich ab. Oder ich sage, daß ich aufs Klo muß, und klettere dann durchs Fenster, und wenn das nicht geht, schließe ich mich ein. Sie haben mich bei den Kellerkneipen an der Oude Gracht aufgegriffen, wo ich gehockt habe, um mir die aus und ein gehenden Leute anzusehen und aufs Wasser zu schauen. Da kommt plötzlich mein Vater herein. Aufgelöst. Mit zerzausten Haaren. Ich erschrecke. Da ist er. Er sieht mich dasitzen, kommt mit einem Schrei auf mich zu, preßt mich in seine Arme und weint. Ich glaube, er freut sich, aber ich bin mir nicht sicher.

Ich bin dreizehn. Es ist ein schöner Sommer. Sonntag nachmittag. Ich habe zum erstenmal meine Tage, und meine Mutter hat zu diesem feierlichen Anlaß eine Torte gebacken. Ich schäme mich. Wir sitzen im Garten. Freunde sind zu Besuch da. Sie stoßen auf mein Wohl an. Ich sehe Augen. Ganz viele Augen sind auf mich gerichtet. Jedes Auge eine Heftzwecke, mit der ich wie ein Blatt Papier an die Wand gepinnt werde. Sie sehen mich. Sie gucken mich an. Es ist nicht, *daß* sie gucken, es ist, *wie* sie gucken. Aber ich weiß nicht mehr, wie. Nur daran, daß ich mich geschämt habe, erinnere ich mich. Mein Vater legt den Arm um mich und sieht mich an. Beinahe, als hätte er Angst. Er tut so, als freue er sich. Aber ich bin mir nicht sicher.

Jacob

Die Ehe mit Louise van der Palm ist genau, was er befürchtet hat. Das Haus, das sie zusammen beziehen, ist reich ausgestattet, doch ihm fehlt die Seele. Louise durchschneidet alle Räume mit dem frostigen Atem ihrer Herrschsucht und ihrer stählernen Stimme. Sie hat einige gut abgerichtete Bedienstete mitgebracht, die wie eine Rotte falscher Bouviers ganz allein ihr gehorchen. Wenn Jacob das moniert, tut sie erschrocken und sagt, sie würde ihnen die Flausen schon austreiben. Ihr selbstzufriedenes Lächeln dabei entgeht ihm nicht. Plato und Dirk kommen ganz unten in der Hierarchie zu stehen. Sie dürfen nicht mehr in der Küche wohnen und bekommen einen Verschlag auf dem Hof zugewiesen. Jacob ergreift Partei für Plato und Dirk und begegnet zur Strafe in seinem Bett einer unwilligen Frau. Nicht, daß ihm das viel ausmachte, denn den Weg zu den Compañas hat er längst gefunden. Überdies leidet Louise an Vaginitis, so daß der Beischlaf etwas von dem wütenden Versuch hat, einen zu großen Korken in einen zu engen Flaschenhals zu drücken. Sie läßt durchblicken, daß die Verhaltenheit ihrem Vater zuzuschreiben sei, der sie habe einreiten wollen, wie man ein Pferd an Sattel und Zaumzeug gewöhne. Viel sei dabei nicht herausgekommen. Er habe sie aber schon gelehrt, einen Mann oral zu befriedigen. Diesen Dienst bietet sie Jacob an. Daß sein Schwiegervater es mit seiner Frau getrieben hat, daß ihr Mund sich über das Geschlecht ihres Vaters gestülpt hat, erfüllt Jacob mit Ekel, aber auch mit Mitleid. Unter der harten Schale ihrer Herrschsucht steckt ein wehrloses Kind.

Jacob hat versucht, ihren Körper zur Hingabe zu verleiten, indem er sie an den richtigen Stellen streichelte und leckte, doch auf die Dauer kann er den eigenen Widerwillen gegen die drei Warzen in ihrer Leistenbeuge nicht mehr überwinden. Als sie merkt, daß ihr Körper keine verläßliche Waffe mehr ist, ist sie eine Weile aus dem Konzept. Sie bemüht sich, ihn mit ihrer Version von weiblicher Zärtlichkeit zurückzugewinnen. Es gelingt ihm einige Male, sie zu besitzen. In dieser Zeit muß sie schwanger geworden sein.

Jacob sucht Dirk und Plato regelmäßig auf, um bei ihnen etwas von der alten Harmonie, die er sich weismacht, wiederzufinden und diesen eigenartigen, ihn irgendwie reizenden Respekt vor Platos Unerschütterlichkeit, vor dessen Weigerung, ein Opfer zu sein, zu verspüren. Er erschauert manchmal vor Verlangen nach der Peitsche, weiß sich aber zu beherrschen.

»Er muß weg«, sagt Louise. »Du mußt ihn verkaufen. Du wirst einen guten Preis für ihn erzielen.«

»Wieso muß er weg?«

»Er hat den bösen Blick, sagt Jack Pawpaw.«

»Jack Pawpaw ist nur neidisch.«

»Ich spüre es. Die Art, wie er mich manchmal ansieht. Da stockt mir das Blut. Es ist nicht gut für das Kind.«

»Das ist Unsinn. Glaub das doch nicht.«

»Ich glaube es nicht. Es ist so.«

»Plato hat seine Würde. Die versteht ihr als Obeah-Zauber.«

»Ein Sklave hat kein Recht auf Würde. Ich will, daß er fortkommt.«

»Plato bleibt.«

Das trägt nicht zur Verbesserung der häuslichen Atmosphäre bei.

Dirk bringt eines Nachmittags eine große Spinne in einer Spanschachtel mit ins Haus, um sie Jacob zu zeigen. Es ist Anansi, der schlaue Spinnengott aus den Erzählungen. Dirk trifft Louise allein an und öffnet für sie die Schachtel. Die Spinne entwischt auf den Fußboden. Louise betrachtet das als Angriff auf ihr Leben, schreit, tritt die Spinne in einem Reflex tot und ruft einen ihrer Bluthunde, der Dirk verprügeln soll. Jacob kommt herbei, weil er den Jungen brüllen hört, sieht seine Frau ihren Bediensteten anfeuern, er solle noch härter zuschlagen. Der Bedienstete ist aschfahl vor Angst vor der Rache Anansis. Dennoch muß er tun, was seine Herrin sagt. Jacob blafft ihm einen Befehl zu, und diesmal gehorcht er prompt. Dirk rappelt sich hoch und humpelt hinaus. Jacob packt seine Frau beim Arm und schiebt sie ins Schlafzimmer. Dort schlägt er sie lange und fest, und er fühlt Freude in sich aufspringen.

Die Schwangerschaft zehrt sie anfangs aus. Sie wird mager. Ihre Glupschaugen sind größer denn je, als sei sie permanent in Schrecken und Entsetzen befangen. Sie hat eine unnatürlich braungelbe Hautfarbe. Ihr Bauch ist hart und rund wie eine hölzerne Hutform. Darunter Heuschreckenbeine. Dann schlägt es um: Ihre Fesseln und Füße schwellen an. Sie geht auf Schweinspfoten. Ihr Gesicht wird aufgedunsen. Anfangs denken sie, das sei ein gutes Zeichen. Sie bekommt Kopfschmerzen und sieht manchmal doppelt. Eines Morgens – sie ist im achten Monat – ist ihr unwohl. Herzklopfen. Atemnot. Sie fällt in Ohnmacht. In ihrer Bewußtlosigkeit bekommt sie heftige Krampfanfälle und Zuckungen. Es ist, als sei sie vom Teufel besessen. Jacob ruft Plato. Der hat auch keine Lösung. Er schüttelt den Kopf. Jacob befiehlt ihm, den Arzt zu holen. Doch als der kommt, ist Louise tot, ebenso wie das Kind in ihrem Schoß.

Jacob trauert um sein ungeborenes Kind, nicht um seine Frau. Die Gerüchte bleiben nicht aus. Manche sind überzeugt, daß Magie im Spiel war. Der böse Blick hat seine Wirkung getan. Plato steigt im Ansehen der Sklaven. Andere haben gehört, daß Jacob seine Frau schon früher mißhandelt hat, und vermuten, daß er bei der Ausübung seiner ehelichen Rechte einen Schritt zu weit gegangen ist. Der Zeeländer, sein Sklave und sein Haustrottel werden von der weißen Gemeinde unter Quarantäne gestellt. Ein wütender van der Palm macht Ersatzansprüche geltend. Jacob beschuldigt ihn im Gegenzug des Inzests und der Anstiftung zu unsittlichen Handlungen.

»Wer sind deine Zeugen, Junge?« brüllt der Schwiegervater mit viel Luftgeräusch.

»Die Kronzeugin ist tot, aber es gibt Sklaven, die davon wissen.«

»Seit wann zählt das Zeugnis eines Niggers?«

Jacob blufft, er habe Louises Tagebuch. Van der Palm reagiert darauf mit Jacobs Entlassung. Jacob verlangt Schweigegeld. Das bekommt er.

Henriquez da Silva trifft Jacob auf dem Hof seines Hauses im Schatten eines Brotbaums an. Neben ihm steht der Krug, und es ist offensichtlich, daß Jacob zuviel getrunken hat. Plato fegt den Sand von den Eingangsstufen. Es geht ein trockener, dürrer Wind. Dirk baut mit endloser Geduld Türmchen aus Steinen. Wenn einer umfällt, fängt er wieder von vorne an.

»Du mußt dich wehren, Jacob. Du mußt dich verteidigen.«

»Ich stehe allein. Keiner ist auf meiner Seite. Vergebliche Liebesmüh.«

Van der Palm hat Jacob über einen Strohmann wegen Schmuggels, Diebstahls am Gouvernement und Handels mit verbotenen Waren verklagen lassen. Mit gespielter Empörung und großer Bereitwilligkeit unterstützt die Inselgemeinde das Scherbengericht.

»Aber du bist unschuldig. Du bist des Betrugs weniger schuldig als van der Palm oder der Fiskal oder gar der Sekretär. Alle schmuggeln.«

»Ich nicht.«

»Das ist dann doch leicht zu beweisen.«

»Nichts ist schwerer zu beweisen als Unschuld. Wenn sie

mich schuldig haben wollen. Wenn alle anderen schuldig sind.«

»Es wird doch wohl einen geben, der ein Gewissen hat?«

Jacob sieht da Silva vernichtend an. Diese Naivität! Er steht auf, wankt kurz, hält sich an dem Baum aufrecht, geht dann mit unsicheren Schritten zu Dirk und tritt die Türmchen um. Der Junge, der eigentlich schon mehr Mann als Junge ist, legt schützend die Arme um die zu Boden gefallenen Steine. Plato tritt einen Schritt näher, streckt die Hand aus, um zu helfen.

»Gottverdammt!« schreit Jacob. »Gottverdammt!«

Alle erstarren. Dirk piepst wie eine bange Maus. Jacob sucht den Krug.

»Trinken hilft nicht«, sagt da Silva und nimmt den Krug auf.

»Gib her.«

Es kommt zu einem kurzen Gerangel um den Besitz des Kruges. Da Silva gewinnt. Gegen dessen Ruhe ist Jacobs betrunkene Wut machtlos. Jacob geifert, schluchzt dann auf und schlägt plötzlich, heftig wie die erste Bö in der Jahreszeit der Orkane, mit einem Schrei seine Faust auf den Stamm des Baumes. Das Blut strömt ihm über die Handknöchel. Vögel rascheln erschrocken aus den Blättern auf. Da Silva und Plato wechseln einen Blick. Da Silva gibt den Krug dem Sklaven, der damit ins Haus geht.

Der Schmerz bringt Jacob zur Besinnung. Er macht einen Schritt auf da Silva zu, will etwas sagen, schweigt aber, läßt seine abgeschürfte Hand sehen, die rasch dick wird. Dann dreht er sich wieder zu Dirk um. »Dirk«, murmelt er. »Dirk.« Er kniet nieder, um dabei zu helfen, die umgefallenen Türmchen instand zu setzen. Dirk zuckt erst zurück, nimmt dann aber begierig das Spiel wieder auf, sieht Jacob freudig an, als könne das gemeinsame Bauen alles wieder ungeschehen machen. Das Blut tropft auf den Boden.

Plato kommt mit einer Schüssel Wasser und einem Tuch

und wartet, bis Jacob ihm Beachtung schenkt. Sie sehen einander eine Weile schweigend an, Jacob kniend neben Dirk, Plato stehend, mit der Schüssel in den Händen. Da Silva wird unbehaglich zumute. Er möchte eine ungezwungene Bemerkung machen, doch die Worte bleiben ihm im Halse stecken. Plato blickt, als würde er am liebsten Salz in die Wunde streuen, und Jacob, als hätte er nicht den Baum, sondern den imaginären Körper des Sklaven getroffen. Dann springt Dirk auf. Er tränkt das Tuch mit Wasser, kniet nieder und tupft Jacobs Faust ab.

»Kann ich etwas für dich tun?« fragt Henriquez da Silva.

»Wenn man mich schuldig haben will, werde ich eben schuldig«, sagt Jacob.

Da Silva versteht nicht, was Jacob damit meint. Er versucht ihn zu einem Spaziergang zu überreden, doch Jacob weigert sich, das Haus zu verlassen.

Er weiß selbst nicht, was in ihn gefahren ist. Es ist still und zugleich voller Geräusch in ihm. Es bebt in seinen Luftschichten, am Boden entlang rutschen Blätter unruhig von einer Ecke in die andere. So wenig wie der Fischer weiß, auf welcher Welle der Sturm entsteht, so wenig kann Jacob den Ursprung der Unruhe in seiner Seele festmachen.

In der St. Annabaai liegt ein Schoner, *De Zeeuwse Nagtegaal*, der Ladung übernimmt. Van der Palm hat Geld hineingesteckt. Die anderen Geldgeber sind eine reiche Witwe und ein jüdischer Kaufmann. Die Ladung besteht aus Umschlaggütern für die aufständischen Staaten in Nordamerika. Campecheholz, Salzfleisch und Salzfisch, Melasse, Schießpulver. Der Schoner ist mit einigen leichten Waffen bestückt. Zwei Zweipfündern und drei Drehbassen. Darüber hinaus Donnerbüchsen und Schnappschloßgewehren. Piraten und Engländer lauern auf ihre Chance, Schiffe mit Konterbande zu erbeuten oder aufzubringen. Man muß sich verteidigen können.

Jacob kennt den Kapitän gut. Sie kommen ins Gespräch. Und plötzlich erwacht in Jacob die Sehnsucht nach der Abgeschiedenheit auf See. Fort von Curaçao. Weiterziehen. Ein neuer Name, eine neue Haut, ein neues Land, ein neues Leben. Irgendwoher. Irgendwohin. Dazwischen das gesegnete Reisen, eine Bewegung, die keine Bewegung ist, Aufschub, Unerreichbarsein. Er denkt an die Reisen, die er gemacht hat, und erinnert sich nicht der Entbehrungen, sondern vor allem dessen, was seine Sehnsucht bestärkt: die Tage mit günstigem Wind, die rauschende Bugwelle längs der Schiffshaut, glückbringende Delphine, Sonnenaufgang über einer ruhigen See, die Weite des leeren Horizonts und des leeren Himmels, die ihn mit großer, feierlicher Gebärde aufbricht, seine Seele naß und weiß wie frisch geschöpftes Papier, weich und zart wie eine Jakobsmuschel. Er wird ganz lyrisch.

Jacob bittet Henriquez da Silva, ein Auge auf sein Haus zu haben und bis auf weiteres sein Geld zu verwalten. Er wisse nicht, ob er jemals zurückkehren werde. Er werde von sich hören lassen. Plato und Dirk kommen mit. Dirk fürchtet sich. Wie ein Hund, der vor einer unsichtbaren Gefahr zurückschreckt, versucht er mit aller Macht, an Land zu bleiben. Plato muß ihn beinahe an Bord tragen.

Schon bald begegnen sie einem englischen Geschwader. Sie unternehmen keinerlei Versuch, dem Engländer zu entkommen, da sie sich anfangs in der Flagge irren. Die Engländer sind verwundert, auf eine so willige Beute zu stoßen, die sozusagen mit vollen Segeln *ins* Netz fährt, statt daraus heraus. Der englische Kommandant fürchtet, die *Zeeuwse Nagtegaal* könnte ein schwimmendes Geschoß sein, bis an die Gangborde mit Pulver beladen, und läßt Vorbereitungen treffen, daß seine Schiffe gegebenenfalls schleunig davonfahren können. Das erweist sich jedoch als unnötig. Sobald der Schoner den Engländer erkennt und man erfaßt, daß man ihm nicht gewachsen ist, hißt man die weiße Fahne. Der englische Kommandant, froh über den wohlfeilen Gewinn, gibt dem Schiff eine Eskorte zur nächstgelegenen britischen Insel und einen Brief für den Gouverneur mit.

Daß van der Palm seiner Investition beraubt ist, ist Jacob eine große Genugtuung. Auge um Auge, Zahn um Zahn. Der Kapitän der *Zeeuwse Nagtegaal* sucht sich ein anderes Schiff, auf dem er anheuern kann. Er findet eine alte Pinaß, die mit Zucker gen Holland geht. Jacob verspürt einen kurzen Stich der Sehnsucht nach Vlissingen und seiner Mutter, aber er möchte nicht als Gescheiterter nach Zeeland zurückkehren. Mit Gold behängt wünscht er die Westerschelde hinaufzusegeln und nicht anders. Als er mit einigen englischen Seeleuten und Soldaten ins Gespräch kommt, erwärmen sie ihn für die Kaperfahrt. Schließlich sei Krieg. Immer sei Krieg. In diesem Inselreich voller Buchten, Kliffs und Klippen können die feindlichen Parteien einander nach Herzenslust ärgern. Sie hindern sich gegenseitig am Handel, sie erbeuten gegenseitig ihre Schiffe, sie stibitzen sich gegenseitig die kleineren Inseln, sie benutzen die Karibik als ein großes Seeschlachtfeld.

Jacob van de Wetering zögert. Es kommt ihm wie Verrat vor. Verrat an wem? An was? Zeeland? Der Republik? Der Familie? Das sind leere Begriffe. Er trägt hinsichtlich seiner seemännischen Kenntnisse etwas dicker auf, behauptet, über Erfahrungen als Steuermann und Reeder zu verfügen, und wird Kaper im Dienst der Engländer. Er rüstet den erbeuteten Schoner mit schwereren Waffen aus und tauft ihn um: *Sweet Revenge*. Süße Rache. Er tauft sich selbst um. Jacob Rivers.

Nach mehreren erfolgreichen Scharmützeln im Dienst der Engländer beschließt Jacob, auf eigene Rechnung weiterzumachen. Dann sind auch die Engländer Beute. Er begibt sich außerhalb des Gesetzes. Außerhalb seiner Geschichte. Er hat nur noch Plato und Dirk als Zeugen seiner Vergangenheit. Seine Gegenwart und seine Zukunft sind die geschlossene Welt von Schiff und Besatzung.

Es herrscht keine Anarchie an Bord der *Sweet Revenge*. Die Raids werden wie militärische Operationen geführt. Jacob Rivers ist auf Erfolg und Sicherheit aus. Vorzugsweise ohne Gewalt und Blutvergießen. Die Abschreckungswirkung soll deshalb möglichst groß sein. Er läßt Geschützpforten aufmalen, damit es so aussieht, als wäre das Schiff schwerer bewaffnet. Das nimmt sich furchterregend aus, ist preiswert, und wenn die Beute daraufhin jeden Widerstand als zwecklos erachtet und sich ergibt, spart er obendrein die Munition für das echte Geschütz. Er verspricht seiner Besatzung einen großzügigen Anteil an der Beute und hat daher keinen Mangel an guten Seeleuten. Bei der Kauffahrtei und der Marine ist das Leben hart und oft unmenschlich. Zu den Entbehrungen der großen Fahrt (Ungeziefer, Feuchtigkeit, Kälte, unerträglicher Gestank, schlechtes Essen, modriges Wasser, ansteckende Krankheiten) kommen die Grausamkeit manch eines Kapitäns und die Rivalität unter den Seeleuten. Um sein Leben kämpfen. Tagtäglich. Piraterie ist in mancherlei Hinsicht eine recht gute Alternative.

Die Regeln an Bord sind streng, aber sie gelten für alle. Sie beziehen sich auf die Verteilung der Güter, das Anlegen und Verwalten einer gemeinsamen Kasse, die Instandhaltung von Schiff und Waffen, die auf Verrat, Diebstahl und Vergewaltigung stehenden Strafen. Gibt es doch mal einen rebellischen Stänkerer, der, wenn er was getrunken hat, Jacobs Autorität anzweifelt, wird er bei der nächstbesten Gelegenheit an Land gesetzt, auch wenn es sich um eine unbewohnte Insel handelt. Die Männer bilden eher eine Allianz denn eine Diebesbande. Wer sich außerhalb des Gesetzes stellt, erfindet seine eigenen Gesetze. Sie laufen durchaus Gefahr, von einer Patrouille übermannt und danach abgeurteilt und geköpft zu werden. Dennoch kreuzen sie lieber plündernd vor den buchtenreichen, zerklüfteten Inselküsten, als auf der Mittelpassage umzukommen oder von Kauffahrtei oder Marine ausgebeutet zu werden. Jacob Rivers fährt von Barbados nach Tortuga, von Tobago nach Jamaica, von Santo Domingo nach Anegada und, wieder an dem Halbmond kleiner Inseln entlang, nach Süden, nach Aruba. Viele Schiffe erbeutet er nicht, aber der Gewinn ist groß.

Zur Entspannung machen sie in abgelegenen Hafenstädten und Fischerorten fest und schöpfen die Vorräte aller örtlichen Schenken aus. Dann brechen sie schon einmal eine Schlägerei vom Zaun, dann bekommt schon einmal jemand eine Schmarre ab, dann hallt die Luft von ihrem betrunkenen Geprahle wider. Und vom Lachen der Mädchen, denn läuft ihr Schiff irgendwo ein, dann suchen die Nonnen das Weite, und die Freudenmädchen strömen herbei.

Knapp achtzig Mann hat er an Bord. Franzosen, Holländer, Spanier, Dänen, einige Farbige und ein paar freie Schwarze. Und einen Chinesen, der mit seinen schrägen Augen und seinem langen Zopf sehr fremdartig wirkt. Männer, die häufig nicht wissen, woher sie eigentlich stammen. Die als Kind verlassen wurden, fortgelaufen sind, von Hand zu Hand gegangen, die einen Fehltritt begangen haben, die das Abenteuer suchten, die eine Tragödie erlebt haben und vor ihren Erinnerungen geflüchtet sind. Er kennt sie allesamt beim Vor- und Nachnamen, er kennt ihre Geschichten. Sie kennen ihn nicht. Der große, einsilbige Zeeländer bleibt rätselhaft. Jacob Rivers zeigt kaum Emotionen, hat keine auffälligen Eigenschaften, es sei denn, man zählte seine Gabe dazu, viel zu trinken, ohne lallend betrunken zu werden. Lediglich seine blutunterlaufenen Augen verraten ihn. Er trinkt sie alle unter den Tisch. Dann fürchten sie seine Launenhaftigkeit und die Elefantenpeitsche, mit der er verflucht gut zielen kann.

Die Zusammengehörigkeit in der Männergemeinschaft außerhalb des Gesetzes, mit Regeln, so streng wie in einem Klosterorden, hat ihn eine Zeitlang über das Fehlen einer Bestimmung in seinem Leben hinweggetröstet. Doch allmählich hat er genug davon, Kurs auf eine unschuldige Brigg oder eine heruntergekommene Fregatte mit Baumwolle oder Kupfer, mit Tabak, Farbholz und französischen Möbeln zu nehmen. Er hat genug davon, Menschen im beengten Zwischendeck einzusperren und einen Hafen aufzusuchen, wo er das Ganze losschlagen kann, er hat genug von den endlosen Palavern über den Wert und die Verteilung der Beute, von der Rechtsprechung an Bord, mit den schwelenden Gegensätzen zwischen den Völkern und Hautfarben, von der Proviantbeschaffung, den Exzessen in Trinken und Essen und Liederlichkeit. Es hat ihn zeitweise abgelenkt, aber es füllte seine Leere nicht.

Unter der Ladung der erbeuteten Brigantine *La Guadeloupe* findet er außer einigen schön verzierten Silberbechern auch eine kleine Sammlung französischer Bücher. *Thérèse Philosophe* heißt eines davon. Es sind Abbildungen darin. Nur gut, daß die Männer das Buch nicht einmal aufschlagen wollten – allein das Wort Philosoph genügt für eine höhnische Bemerkung –, sonst hätte es gewiß Streit darum gegeben. Es ist eine Aneinanderreihung von Ausschweifungen. Alles zielt auf den Genuß. Fortpflanzung ist der Tod. Die detaillierten und deftigen Schilderungen des Geschlechtsverkehrs sind mit philosophischen Diskursen und Reflexionen über die Natur der Religion, über Heuchelei und Eigennutz, über die Vernunft als Mittel zum Erkennen und zur Befriedigung der Leidenschaften durchsetzt. Kein Wort über die Liebe. Jacob hat hier die äußerste Konsequenz seiner Gedanken und Phantasien vor Augen. Jedoch ist er kein fröhlicher Libertin, und das bedauert er. In ihm ist eine Tiefe, ein gähnendes Loch, immens wie der Sternenhimmel, und in dieser Tiefe verbirgt sich nicht Genuß, sondern eine Wüste der Verlassenheit.

Jacob wartet zu lange mit der Vorbereitung einer neuen Reise. Die *Sweet Revenge* ist von oben bis unten kalfatert, geputzt, gescheuert und geölt, alle Waffen sind gereinigt und gefechtsklar, die Vorräte aufgefüllt und die Hosen und Hemden gewaschen und geflickt. Die Männer beginnen sich zu langweilen und wollen zur Zerstreuung ein Dorf überfallen und plündern. Ohne den geringsten Anlaß brechen Schlägereien aus. Die Zeit der Orkane naht. Ein Däne von St. Thomas beginnt das Feuerchen der Unzufriedenheit sachte anzufachen. Der Däne ist Quartiermeister des Schiffes und hat in dieser Eigenschaft viel Macht.

»Rivers ist ein Buchhalter«, flüstert er. »Er hat es nicht mehr im Griff. Er liest. Er ist feige. Er hat Manschetten gekriegt.«

Die Männer sind jetzt auf der Hut, sehen Jacob schief an. Gehen ihm aus dem Weg, soweit das auf dem Schiff möglich ist. Schlimmer als die offene Unruhe ist der stille Widerstand. Nach dem Grund für das lange Warten wird nicht gefragt. Und er würde es ihnen auch nicht sagen. Was sollen diese rauhen Männer mit Rivers' Spleen anfangen, mit seiner brennenden Sehnsucht, mit der Leere seines Himmels.

Plato ist der einzige Sklave an Bord. Und steht Jacob dennoch am nächsten. Der Rangniederste an Bord – denn unter einem Sklaven sind nur die Kakerlaken noch verachtungswürdiger – scheint zugleich der Vertraute des Ranghöchsten zu sein. Den Seeleuten will das nicht in den Kopf. Plato wird getriezt, gequält, gepiesackt. Am schlimmsten sind die freien Schwarzen. Jacob sieht es nicht. Plato sagt es nicht. Dirk, der stumme Zeuge manch einer Demütigung, kann es nicht sagen. Alles trägt zu einem Umschlagen der Stimmung bei.

Der große Däne von St. Thomas behauptet, daß eine Fregatte auf dem Weg nach Nordamerika, beladen mit Silber und Zinn und Gold vom spanischen Festland und Edelsteinen aus Brasilien, wegen einer Havarie in einem nahen Hafen anlegen müsse. Das habe er von Fischern gehört. Mit seiner lauten Stimme ruft er Jacob zu, daß die Beute zu schön sei, um sie sich entgehen zu lassen. Jacob wartet kurz mit seiner Antwort, sagt dann in einem Ton, aus dem müde Arroganz spricht: »Die Kostbarkeit der Ladung wird übertrieben. Und das Schiff wird zu gut geschützt.«

»Just ein Beweis für den Wert der Ladung«, entgegnet der Däne wütend.

»Das Risiko ist inakzeptabel«, sagt Jacob. Die Stadt ist zu nah, die Wahrscheinlichkeit, von der örtlichen Gewalt übermannt zu werden, riesengroß. Die Garnison ist recht gut bestückt. Keine Chance, in geschützte Buchten oder einen Archipel aus nackten Felsen zu flüchten, wohin ihnen keiner zu folgen wagte. Es gibt solche, die dem Dänen recht geben. Es gibt solche, die Jacob recht geben.

Sie liegen an einem Ort, der Pelikanbucht genannt wird. Es ist warm. Der Wind kommt über Land, und so schmal die Insel auch ist, er nimmt Wärme auf und bringt keine Abkühlung. Die Vögel suchen während der heißesten Zeit des Tages Schutz zwischen den Mangroven. Ein nasses Segel ist über das Deck gespannt worden. Ein Spießgeselle des großen Dänen, ein Mischling mit dem beziehungsreichen Beinamen Starker Jacques, hat Balthasar, einem gemeinen kleinen Messerwerfer, seinen Offiziersdreispitz entwendet. Aus Spaß. Doch aus Spaß gibt er ihn nicht rasch genug zurück. Balthasar braust auf und nagelt den Starken Jacques mit einem treffsicheren Wurf quer durch den Fuß am Deck fest. Als hätten sie nur darauf gewartet, rollen die Männer kämpfend durch- und übereinander. Eine freundschaftliche Rauferei ist es von Anfang an nicht. Dies sind die Momente, die jeder Kapitän fürchtet. Die Leidenschaften sind nicht mehr zu zügeln. Der eigentliche Auslöser ist schon bald vergessen. Keiner weiß mehr, warum sie kämpfen. Es heißt kämpfen um des Kämpfens willen, um Unzufriedenheit und überschüssige Energie abzureagieren. Sie kämpfen, weil sie rot sehen.

Jacob kommt mit geladener Pistole an Deck. Er ist der einzige, der eine Feuerwaffe trägt. Die übrigen Donnerbüchsen, Musketen, Schnappschloßgewehre und Pistolen liegen in der Waffenkammer, zu welcher der Quartiermeister den Schlüssel hat. Sie werden nur vor einem Angriff ausgegeben, oder wenn sie an Land gehen und mit Gegnerschaft rechnen müssen. Jetzt fürchtet Jacob, daß der Däne sein Privileg mißbrauchen könnte. Eine Meuterei droht. Jacob schießt in die Luft. Als daraufhin die laute Stimme des Dänen ertönt, glaubt Jacob einen Moment, dieser würde ihm doch noch helfen, die Wolfsmeute zu zähmen. Doch der Däne ruft seine Männer auf, sich wieder zu formieren, wie sich nur allzuschnell zeigt. Ein Teil des Schiffsvolks läßt sich murrend von Jacobs Schuß zur Ordnung rufen, ein anderer Teil schart sich auf dem Vordeck hinter dem Dänen. Und plötzlich sieht Jacob zwei einander gegenüberstehende Parteien. Entlang welcher Linien sich die Loyalität aufgespalten hat, ist ihm ein Rätsel. Er sieht hinter dem Dänen Männer stehen, deren Treue er sich sicher glaubte.

Es hat keinen Sinn zu fragen, wer den Streit angefangen hat, um die Leute dann nach Schiffssitte zu bestrafen. So liegt die Sache nicht. Jacob stellt sich zwischen die beiden Parteien, um nicht den Eindruck zu erwecken, er akzeptierte die Meuterei als Fait accompli. Er ergreift nicht Partei. Er steht über den Parteien. Er ruft den Zimmermann. Der steht unter den Anhängern des Dänen. Er ruft den Wundarzt, der bei den anderen steht. Und er fragt sie, was sie gegeneinander hätten, warum sie einander gegenüberstünden, der eine hier, der andere da. Sie haben keine Antwort. Jacob fragt, ob sie nichts Besseres zu tun hätten, als sich gegenseitig zu verprügeln. Daraufhin tritt der Däne vor und sagt, sie hätten durchaus Besseres zu tun.

»Hißt die Segel, lichtet den Anker, nehmt Kurs auf die *Dolphin.*«

»Nur auf meinen Befehl«, sagt Jacob.

»Das wird sich zeigen«, entgegnet der Däne.

Schnell schätzt Jacob die Zahl derer, die offenbar auf seiner Seite stehen, und die Zahl jener, die zum Dänen gehören. Er hat zwar mehr, doch zum Dänen gehören einige Gefährliche und Starke. Der ans Deck genagelte Jacques hat sich unter Qualen losgerissen und in seiner Wut einige Seeleute derart verwundet, daß sie benommen am Mast lehnen. Überall sieht Jacob den Blutabdruck seines Fußes.

»Ich halte dich nicht, wenn es dir nicht genehm ist. Du kannst gehen. Alle, die gehen wollen, können gehen. Geht.«

»Wir gehen nicht«, sagt der Däne. »Nur Feiglinge gehen.«

Die Männer hinter ihm beginnen zu rufen. Nach Beute. Nach Raub. Nach Spannung. Nach Arbeit. Nach Frauen. Nach Alkohol. Auch unter den Getreuen Jacobs wird ein Murren laut. Jacob bittet um Ruhe. Der Schweiß rinnt ihm plötzlich aus den Achselhöhlen die Seiten hinunter.

»Hab ich euch je auf ein leeres Schiff angesetzt? Hab ich euch je auf ein Schiff mit Brennholz oder nassem Getreide angesetzt? Wie viele Männer haben wir verloren? Wie viele von euch wurden verwundet? Wieviel Beute haben wir verteilt? Wie viele Frauen habt ihr gehabt? Wie war es früher, bevor ihr auf die *Sweet Revenge* gekommen seid? Hattet ihr Geld? Hattet ihr ein Bett? Hattet ihr zu essen?«

Beifälliges Gemurmel. In der Tat, nein, nie enttäuscht. Bis jetzt.

»Die *Dolphin* kann uns reich machen«, ruft der Däne. »Ein für allemal.«

»Was bringt dir Reichtum im Grab?«

»Wir wagen es. Wir sind keine alten Weiber.«

Jacob sieht die rot angelaufenen Köpfe. Die Leiber glänzen. Das Haar der blonden Männer ist weiß ausgeblichen, und die Haut ist rotbraun wie Mahagoni. Einige flinke, drahtige, magere Kerle fliegen schon in die Wanten, um beim ersten Befehl die Segel zu hissen.

»Was nun? Fahren oder Schmoren?«

»Es ist bereits entschieden«, sagt Jacob ruhig, »die *Dolphin* ist nichts für uns. Nicht jetzt. Nicht hier. Aber das kann sich ändern. Es könnte sein, daß sie zwischen den Grenadinen ihre Begleiter verliert. Es kann alles mögliche geschehen. Ich schlage vor, in Sichtweite, aber außerhalb des Schußfeldes zu folgen.«

Er glaubt damit eine gute Alternative anzubieten, doch der Däne ist offenbar fest entschlossen, seinen Willen durchzusetzen. Würde sich das Blatt zu seinen oder zu Jacobs Gunsten wenden? Widerstand regt sich, so wie sich immer Widerstand zu regen beginnt, wenn der Status quo zu lange anhält, wenn sich nichts Neues mehr zu tun scheint. Wenn die Wache es nachts nicht mehr so genau nimmt. Wenn die Fische vor Langeweile nicht mehr anbeißen wollen.

»Ein Feigling, der das vorschlägt«, sagt der Däne ruhig, aber herausfordernd.

»Nenn mich noch ein Mal Feigling, und ich werde dich spüren lassen, wie feige ich bin.«

Da geschieht etwas, was Jacob nicht vorhergesehen hat und was ihn für den Rest seines Lebens verfolgen soll. Der Däne reißt plötzlich Dirk, der an die Reling gedrückt furchtsam mit dem Oberkörper vor- und zurückwippt, zu sich heran. Er zieht auch ein Messer aus dem Stiefel und setzt es Dirk an die sonnenverbrannte Kehle. Dem Jungen treten vor Schreck die Augen aus den Höhlen. Es geht eine Bewegung durch alle Männer, ein Zurückzucken und Vorschießen in einem. Ein Schrei.

»Du bist ein Feigling, Jacob Rivers«, sagt der Däne. »Du bist so feige, daß du die Segel hissen und Kurs auf die *Dolphin* nehmen lassen wirst, solange ich Dirk in der Gewalt habe.«

Es ist eine dreifache Aufgabe. Er muß Dirk befreien, er muß die Meuterei niederschlagen, und er muß die Beleidigung rächen. Es gibt nur einen Weg. Jacob denkt nicht lange nach. Oder doch. Er denkt den Bruchteil einer Sekunde nach. Im Bruchteil einer Sekunde sieht er die Fruchtlosigkeit des Lebens, die Befreiung durch den Tod, die Notwendigkeit der Selbsterhaltung. Dieses Paradox macht eine Abwägung zwischen Gut und Böse nichtig. Es gibt kein Gut, es gibt kein Böse. Es gibt nur die Tat. Jacob Rivers legt an und schießt. Dirks Hirn, sein armes, kaputtes Hirn spritzt wie Vogelkot auf die Brust des Dänen.

Ada

Milou kniete auf ihren kanariengelben Knien und schrubbte mit einer harten Bürste Erde, Laubreste, grünen Belag und andere namenlose Ungerechtigkeiten von einem Grabstein. Neben ihr stand ein knallrosa Eimerchen. Tintin, nicht in seinem blauen Outfit, sondern in einem zerknitterten beigen Leinenanzug, einen Strohhut auf dem Kopf, saß auf einem Spazierstock mit Sattel, wie ihn auch ältere Gäste auf Stehempfängen benutzen, und machte Notizen. Ein gewaltiger Mahagonibaum warf seinen Schatten über die beiden Alten. Ein Vogel zwitscherte. Die Luft war dick vor Hitze.

Der jüdische Friedhof mitten in der Altstadt bot den vergänglichen und verwahrlosten Anblick aller jüdischen Friedhöfe: gesprungene und zerborstene Steine, dicht an dicht. Eine hohe Mauer hielt das Leben draußen.

»... Chosen as the cedars the law and commandments ... Hast du das?« rief Milou.

»Muß da ein Komma hin?«

»Kein Komma.«

»Aber was bedeutet es denn?«

»Das weiß ich nicht. Woher soll ich das wissen? Ein ganzes Stück ist unlesbar. Warte mal, ich kratz hier noch ein bißchen Moos weg. Nein, da ist was abgebrochen ... May his soul be bound upon the bond of life. Und ein umgehackter Baum.«

Tintin schrieb. Ich beobachtete die tragikomische Szene von zwei hochbetagten, mit noch viel älteren Gräbern beschäftigten Menschen eine Weile unbemerkt.

»Ah, da sind Sie ja«, sagte Tintin, als er mich entdeckte.

»Was sagst du? Nuschel doch nicht so«, sagte Milou mit Nachdruck. Wir sahen nur ihr Hinterteil, den Kopf hielt sie, gelenkig, wie sie noch war, fast an den Stein, als rede sie mit einem tauben Toten.

»Frau Rivers ist da«, rief Tintin. Milou rappelte sich auf und wischte sich mit erdiger Hand den Schweiß von der Stirn. Sie setzte sich auf die Grabstele, ein häuslicher Todesengel mit Eimerchen und Bürste.

»Sie werden sich wohl fragen, warum habt ihr mich hierherkommen lassen, aber das hier schien uns verhältnismäßig neutrales Terrain zu sein, auf halbem Wege zwischen unserem Haus und Ihrer Pension, und wir kommen jede Woche her, wenn unsere Gelenke es uns erlauben. Alles in allem dachten wir …«

»Komm zur Sache, Tintin.«

»Das ist zur Sache. Wir haben das eine und andere gefunden, das Sie interessieren wird. Aber wir geben das nicht so ohne weiteres aus der Hand.«

»Eine Kopie reicht auch«, sagte ich hastig.

»Wir geben das nicht so ohne weiteres aus der Hand«, wiederholte Milou Tintins Worte drohend. »Nicht nur die Originale nicht, sondern auch keine Kopien. Es hat nichts mit der Authentizität des Papiers zu tun, auf dem etwas geschrieben steht, es geht uns um das, was dort geschrieben steht und was im weiteren damit geschieht. Die Vergangenheit ist keine Grabbelkiste.«

»Deshalb haben wir Sie auch hierherkommen lassen«, fügte Tintin freundlich hinzu.

»Das verstehe ich nicht«, sagte ich.

»A«, sagte Milou dezidiert, »um Ihnen nahezubringen, wie notwendig es ist, den Toten mit Respekt und Zärtlichkeit zu begegnen, und b, um Ihnen zu zeigen, welche Gegenleistung wir von Ihnen verlangen. Jetzt du, Tintin.«

Tintin machte von seinem Sitzstock aus eine große Schauspielergebärde. Eine tropische Taube umkreiste den alten Mann in einer immer engeren Spirale, sah dann von einer Landung auf seiner Schulter ab und entschied sich für einen Ast des Mahagonis, wo sie sich nach einigem Geraschel niederließ und zuhörte.

»Hier liegen die Mitglieder der Kongregation Nidhe Israel, was, wie Sie wissen werden, ›Die aus Israel Zerstreuten‹ bedeutet. Der erste Rabbi kam übrigens um das Jahr 1650 aus der Amsterdamer Kille und ist von hier aus nach Curaçao weitergegangen, wo die jüdische Gemeinde größer war. Hier sind wir ausgestorben. Nun gut. Aber dieser Friedhof ist noch da. Und wir tun alles dafür, ihn zu erhalten. Eine Menge Erinnerungen sind schon verschwunden. Totenacker werden verkauft und verhökert und bebaut. Erde auf Erde gekippt. Gräber werden begraben. Bevor auch dieser Ort des Wissens verschwindet, wollen wir beschrieben haben, wer hier lag, liegt. Welche Leben, welche Namen, welche Welten. Wenn wir nicht mehr da sind, und so Gott will, nimmt er mein Leben hier und jetzt« – Milou schlug ungeduldig die Augen zum Himmel auf und schob ihre Perücke zurecht – »soll jemand unser Werk fortsetzen. Das müssen Sie tun. Sie müssen uns schriftlich versprechen, daß Sie sich für die Erhaltung dieses Friedhofs einsetzen werden. Das ist das eine.«

»Laß mich mal Nummer zwei machen«, sagte Milou, »denn du bist viel zu weitschweifig.«

»Ich bin noch lange nicht fertig, Milou. Ich möchte noch jede Menge dazu sagen.«

»Laß sie doch selbst drauf kommen. Nummer zwei, meine Liebe, ist, daß wir wissen möchten, was Sie mit dem Andenken an unseren Angehörigen Henriquez da Silva machen wollen, der ganz gegen seinen Willen in eine Affäre hineingezogen wurde, die möglicherweise seinem Ruf schaden könnte. Wir möchten, daß Sie dem Namen Henriquez da Silva Ehre antun.«

»Wenn ihm Ehre angetan werden kann, werde ich das

sicher nicht unterlassen«, sagte ich. Meine Kopfschmerzen waren noch nicht ganz vorüber, und ich fürchtete, daß dies eine langwierige Sitzung werden könnte, zwischen den Grabsteinen, wo Tintin und Milou sich ganz wohl zu fühlen schienen, die mir aber ziemlich auf die Nerven gingen.

»Da hast du's schon. Was hab ich dir gesagt? Reserve. Zurückhaltung. Wenn, dann. Sie suchen sicher die Wahrheit, wie? Was sagte dieser abscheuliche deutsche Philosoph noch gleich, Tintin, dieser geisteskranke Schnauzbärterich? ›Was in uns will eigentlich *zur Wahrheit*?‹«

»Daß die Wahrheit relativ ist, weiß ich.« Ich versuchte hilfsbereit, die Unterhaltung über diesen Berg hinwegzuhieven.

»Relativ? Relativ? Die Wahrheit ist ganz und gar nicht relativ.« Sie fiel mir aufgebracht ins Wort. Ihre Bürste zeigte beschuldigend auf mich. Ich hatte es mir ernstlich mit Milou verdorben. »Wer von der Relativität der Wahrheit spricht, sucht nicht die Wahrheit, sondern eine angenehme Illusion, die er wegwerfen und gegen eine andere eintauschen kann. Diese Frage von – jetzt kommt mir sein Name – Nietzsche ist gar nicht mal so verkehrt. Er fragt nicht nach einer Motivation oder einem Grund, sondern nach einer Eigenschaft. Nicht ›warum‹ wollen wir Wahrheit? Das ist eine dumme Frage. Sondern ›was‹ in uns will? Das Was kommt vor dem Warum. Das Was ist unveränderlich. Das Was ist physisch. Das Warum variiert je nach der Wahrheit, die gefunden wird. Meistens klammern sich die Menschen an die erstbeste Wahrheit wie ein Ertrinkender an ein Stück Holz. Der Wert dieser ›Wahrheit‹ unterscheidet sich nicht von der ›Lüge‹. Jede Lüge kann Wahrheit genannt werden und umgekehrt, wenn wir uns nur um das Warum kümmern. Die Frage, warum etwas so ist, wie es ist, kann mit einer ganzen Palette nichts zur Sache tuender Wahrheiten beantwortet werden. Die Frage, warum wir wissen wollen, warum etwas so ist, wie es ist, kann mit einer ebensolchen Palette psychologischer Scheingründe, von den meisten für die absolute Wahrheit gehalten, beantwortet werden. Das nun, meine Liebe, ist nicht die Wahrheit, die ich meine. Die Wahrheit, die ich meine, ist nicht so komfortabel relativ und trostreich. Die paßt uns nicht wie ein Mäntelchen. Die läßt sich nicht unserer Eitelkeit entsprechend zurechtbiegen. Diese Wahrheit ist das Gesicht Gottes.« Natürlich sagte sie Jahwe, ich bin, der ich bin, der Unaussprechliche. »Wir können ihr nicht in die Augen sehen. Ihr Anblick ist unerträglich. Sie ist schrecklich. Sprechen Sie mir also nicht von der Wahrheit, meine Dame. Sprechen Sie mir von Mitgefühl im Angesicht der Wahrheit.«

Tintin hatte sich erhoben und ging mit seinem Stock ein Stück von uns weg. Ich stand wie ein begossener Pudel da und ließ mich von einer geharnischten Milou runterputzen. Selbst ihr Mann konnte ihren Anblick einen Moment lang nicht ertragen. Die Sanftmut, die ich beim ersten Kennenlernen in ihren braunen Augen konstatiert hatte, machte sich erst, nachdem das Wort »Mitgefühl« verklungen war, allmählich wieder breit.

»Schauen Sie«, sagte Tintin. »Kommen Sie mal her. Und lesen Sie mal, was hier steht.«

Ich schlängelte mich zwischen den Trümmern hindurch und besah den Grabstein, den er mir mit seinem Stock zeigte. Es war ein sauberer. Milous Eimer und Bürste hatten bereits ihr segensreiches Werk verrichtet. Hier war kein umgehackter, sondern ein Früchte tragender Baum als Symbol in den Stein gehauen. Ich las die Aufschrift laut.

»Zur Erinnerung an Sarah, Frau des Mozley Elkin, die dieses Leben am 15. Tebet 5599 (1. Januar 1839) im Alter von 42 Jahren verließ. Ihre Tugenden bedürfen keiner Grabinschrift, ihr Name wird den Armen, den Unglücklichen, den Betrübten Tränen entlocken immerdar, ihre beispielhafte Frömmigkeit wird die Menschheit überleben und ihren sanftmütigen Geist in den Himmel geleiten; möge sie dort in Frieden ruhen.«

Ich schwieg. Tintin und Milou auch. Die Stille hüllte uns ein, und nebenher, wie in einer anderen Dimension, existierte das Getriebe der Stadt. Ein amselähnlicher Vogel pendelte zwischen beiden, sang sein Lied für uns und für die anderen.

»Es gibt keinen Armen mehr, der um Sarah weint, ihre Tugenden sind vergessen, und wenn bald die Bulldozer über diesen Friedhof rasen, wird sogar ihr Name ausgelöscht werden. Jetzt steht er hier noch in Stein, und Sarah existiert, solange die Sonne auf die Buchstaben fällt, auch wenn niemand da ist, um es zu sehen. In unserem Buch wird ihr Name bewahrt bleiben. Und mit ihrem Namen ihre Tugenden und ihr Geist.« Tintin schlug eine Fliege von seinem Ärmel. »Wir machen unser eigenes Buch Numeri.«

»Und wenn wir mit dem Friedhof fertig sind, transkribieren wir Testamente«, fügte Milou hinzu.

»Sie denkt, sie hat das ewige Leben«, sagte Tintin mit müdem Lächeln.

»Wer die Hoffnung fahren läßt, läßt alles fahren«, sagte seine bessere Hälfte, »ich glaube erst an meinen Tod, wenn ich tot bin.«

Ich lief zwischen den gesäuberten Steinen umher und sah mir die Grabinschriften an. Hebräisch, Spanisch und Portugiesisch, Englisch. Tintin rief mir hinterher: »In der Ecke da haben wir angefangen.«

Ich sah es. Die Zeit begann das Gestein zurückzuerobern. Es war vergebliche Liebesmüh. Aber na ja, Sisyphus war ein glücklicher Mensch. Ich stieß auf ein Mäuerchen. Dahinter wucherte eine Wildnis. Milou war mir gefolgt. Sie wischte ein wenig ziellos über die rauhen Steinbrocken.

»Behind the boards«, sagte sie. »So heißt das da. Da liegen die Namenlosen, die Gottesleugner, die Ehebrecher. Nur Negersklaven durften die sündigen Toten waschen und begraben. Nicht in Beth Haim, im Haus des Lebens, sondern da in einer Ecke.«

»Doppelt verbannt«, sagte ich. »Dreifach verbannt. Aus Israel, aus der Gemeinde, aus dem Leben. Wer behält *ihre* Namen?«

Milou machte eine Gebärde ohnmächtiger Zustimmung. »Ach«, sagte sie.

Ich stand an einem Rand und wankte. Würde ich meinen Vater aus Tomi zurückrufen und um Vergebung bitten können, daß ich nicht dagewesen war, um zum letztenmal seinen Namen zu sagen? Ich hatte seinen Namen auch nicht auf ein Grab gesetzt. Er hatte nicht mal ein Grab. Er war zu Asche geworden und fortgeweht.

»Was haben Sie über Jacob van de Wetering gefunden?« fragte ich.

»Machen Sie's?«

Milou sah mich voller Erwartung an. Nicht mehr lange, und auch sie würde Asche und vergessen sein. Dem Verfall mußte Einhalt geboten werden. Ich entschied mich, als Sühneopfer für meine Pflichtversäumnis die Namen von Milous Toten hochzuhalten.

»Ich mach's, wenn Sie mir sagen, was ich zu tun habe.«

»Mitglied unseres Stiftungsvorstands werden.«

»Wer ist sonst noch Mitglied?«

»Tintin und ich. Und ein Neffe in New York. Wenn wir nicht mehr sind, müßt ihr die Interessen dieses Ortes wahren.«

»Aber Sie haben das ewige Leben.«

»Man muß auf alles vorbereitet sein.«

Milou drehte sich um. Eine Wolke zog vor die Sonne. Es war, als sänken die Gräber tiefer ein. »Sie macht es, Tintin!«

Tintin kramte in seinen Papieren und zog ein Schreiben hervor, das ich unterzeichnen sollte. Das gehe dann an den Notar.

»Hat die Stiftung überhaupt Mittel?« fragte ich, während ich von Tintin einen Kugelschreiber entgegennahm.

»Ja, die Stiftung hat Mittel«, sagte er und fragte mit betrübtem Lächeln: »Angst vor einem alten Juden?«

Ich unterzeichnete. Ich war Erbin von Gräbern geworden. Die Gegenleistung konnte ich nach telefonischer Vereinbarung einsehen kommen. Ich erhielt die Nummer. »Wenn Sie uns jetzt bitte entschuldigen. Wir haben heute noch drei Grabsteine zu machen.«

Ich ging durch die Pforte des Todes ins Leben zurück und schaute mich noch einmal um. Tintin schritt den Abstand zwischen einem nächsten Grab und der Mauer ab und notierte ihn. Milou schrubbte das Symbol sauber. Das Licht fiel darauf. Ich sah von weitem, was es war: eine aus den Wolken hervorgestreckte Hand, die einen Baum fällte.

»Wie geht es Ihnen?« fragte Marcus G. Penn. Es klang, als wolle er es wirklich wissen.

Daß es mir nicht gutging, hatte weniger mit meinen Erfahrungen in Virginias Unterwelt zu tun als vielmehr mit meinem Besuch in Beth Haim. Tintin und Milou hatten zweifellos das schreckliche Gesicht der Wahrheit gesehen. Ich bediente mich angenehmer Illusionen. Der nervöse Tic, den meine Eltern mir mit harter Hand abgewöhnt hatten, sprang in die Muskulatur um mein rechtes Auge zurück. Ich zerbiß mir die Innenseite der Wange, um die Beherrschung über mein Gesicht wiederzugewinnen. Er sollte es nicht sehen. Er brauchte das nicht zu wissen.

»I'm okay«, sagte ich. »Dank Ma Edith.«

Marcus saß an seinem Schreibtisch. Weißes Oberhemd mit kurzen Ärmeln. Schwarzer Schlips. Picobello. Er hatte mir nicht die Hand gegeben, als ich hereinkam. Er war seine Funktion, er war nicht Marcus.

»Wir haben sie gefunden.«

»Wen? Virginia?«

»Ja. Sie sagt, sie habe sich im *Sugar Mill* mit Ihnen unterhalten. Und daß Sie weggegangen seien und sie Sie danach nicht mehr gesehen habe.«

»Und worüber hat sie sich denn mit mir unterhalten?«

»Daran erinnert sie sich nicht mehr, sagt sie.«

Sie hatte also nichts über Antonio gesagt. Zum Glück. Dabei beließ ich es auch lieber. Aber warum wollte sie mich nach dem *Sugar Mill* nicht mehr gesehen haben?

»Ich brauche eine Identifizierung.« Er erhob sich und ließ mich vorangehen, aus seinem Zimmer hinaus, ging dann mir voran zu einem Raum, wo ich auf Virginia inmitten anderer Frauen zeigen sollte. Seine Gesten und seine Haltung waren vollendet den formellen Ritualen der Polizeiarbeit angepaßt. Matter-of-fact, auf Abstand. So war er auch beim ersten Verhör auf dem Flughafen gewesen. Ein Habitus, der verriet, daß er a priori von der mangelnden Vertrauenswürdigkeit aller Zeugen, aller Opfer, aller Täter ausging. Ich wußte nicht, wie ich sein sollte.

In dem Raum waren einige Ermittlungsbeamte am Werk. Manche nahmen Aussagen von Leuten auf, die ihnen auf einem Stuhl gegenübersaßen, Protokolle wurden ausgedruckt und unterschrieben, andere telefonierten. Auf einer Bank an der Schmalseite, gegenüber der Tür, saßen drei Frauen, unverkennbar für den Straßenstrich aufgetakelt.

»Schauen Sie sie sich gut an«, sagte Marcus. Wir standen im Flur und blickten durch einen Einwegspiegel auf das geschäftige Treiben. »Ist sie dabei? An einem der Schreibtische? Auf der Bank? Sagen Sie nur ja, wenn Sie sich Ihrer Sache hundertprozentig sicher sind.«

Das klang, als sagte er mir, daß ich das Recht hätte, die Aussage zu verweigern, und daß alles, was ich sagte, gegen mich verwendet werden könne. Virginia würde ich wiedererkennen, dessen war ich mir sicher. Sie war fest in mein Gedächtnis eingegraben. Aber ich sah niemanden, der meiner Erinnerung entsprach.

»Sie ist nicht dabei«, sagte ich. Er hatte mich natürlich auf die Probe gestellt. Gleich würde er mich zu einer klassischen Gegenüberstellung bringen und dort würde sie umknickend auf ihren hochhackigen weißen Stiefeln erscheinen, wütend und herausfordernd, aber auch ängstlich. Und ich würde auf sie zeigen. Das ist sie. Und vielleicht würde ich danach die Anzeige zurückziehen. Aus Mitleid.

»Sind Sie sich sicher?«

»Ich bin mir sicher.«

»Erkennen Sie jemand anders wieder?«

»Nein. Wieso?«

»Jemanden, der vielleicht auch im *Sugar Mill* war?«

»Nein. Niemanden.« Weder die dicke rote Wurst noch die Frau aus der Gesellschaft des Mannes, der mir vermeintlich gefolgt war, saßen in dem Aquarium.

»Sie sagten, sie habe eine dicke Lippe gehabt, weil ihr Zuhälter sie geschlagen hatte.«

»Ja, sie hatte eine dicke Lippe.«

»Okay. Kommen Sie wieder mit«, sagte er.

Schweigend ging er mir voran zu seinem Zimmer. Mein Herz klopfte. Mein rechtes Auge blinzelte, als wäre irgendwas hineingeflogen. Ich hielt die Hand darüber, rieb und drückte es, damit es sich beruhigte. Schsch. Hör auf. Krieg dich wieder ein. Er setzte sich an seinen Schreibtisch und wies mir wieder den Stuhl davor zu. Er seufzte, verschränkte die Arme und nahm die Haltung eines Rektors ein, der einen ungebärdigen Schüler zur Vernunft bringen muß.

»Manchmal kommt es zu einer leichten Amnesie in bezug auf den Zeitabschnitt um das Trauma herum«, sagte er. »Möglicherweise haben Sie sie deswegen nicht wiedererkannt.«

»Ich sehe sie genau vor mir«, sagte ich defensiv. »Ich könnte sie zeichnen.«

Er nickte und wartete.

»Es war doch wohl nicht eine von den drei Frauen auf der Bank?« fragte ich erschrocken.

»Eine davon hatte eine Wunde an der Lippe. Sie heißt Virginia, und sie behauptet, sie habe Sie im *Sugar Mill* gesehen.«

»Sie war es nicht«, sagte ich trotzig. »Virginia war viel magerer.«

»Warum sollte sie lügen?«

»Was weiß ich.«

»Warum sollten Sie lügen?«

Er glaubte mir nicht. Er glaubte meine ganze Geschichte nicht. Warum nicht? Wer war diese Frau, mit der ich mich angeblich unterhalten hatte? Marcus spielte ein Spiel, dessen Regeln ich nicht kannte.

»Lügen? Ich?« Ich senkte den Kopf, schob die Haare auseinander, zeigte ihm die Wunde und sagte: »Was das hier betrifft?«

»Wenn Sie sie nicht wiedererkennen, muß ich sie gehen lassen.«

»Tun Sie das«, sagte ich.

»Worüber haben Sie im *Sugar Mill* mit ihr gesprochen?«

»Nichts Besonderes. Erst in einer anderen Kneipe hat sie mir ihre Lebensgeschichte erzählt. Zumindest eine Version davon. Die Version, in der ihr Vater Kapitän auf Venezuela-Fahrt war und in dem Orkan Louella umkam. Daß er lieber an Mercedes oder Dolores gestorben wäre. Ich bitte Sie, das erfinde ich doch nicht so einfach!«

»Warum sind Sie zusammen zu Flora gegangen?«

»Sie wollte mich Flora's Special kosten lassen. Das haben Sie ja gemerkt.«

»Kein anderer Grund?«

»Was wollen Sie mir unterstellen?«

»Ich versuche herauszufinden, was passiert ist. Und warum. Da Sie sie jetzt nicht wiedererkennen.«

»Wer ist diese Frau?«

Er antwortete nicht. Sah mich eine Weile schweigend an und faßte dann offenbar einen Entschluß. Ich kam mir vor wie eine Gans kurz vor Weihnachten. Noch eine kleine Gnadenfrist, aber wenn ich fett und reif war, würde er unwiderruflich zuschlagen. Mein Auge tränte. Oder weinte ich?

»Ist mit Ihrem Wagen wieder alles in Ordnung?« Der Ton war plötzlich umgeschlagen. Geradezu liebenswürdig. Jemand hatte das Abhörmikrophon ausgeschaltet. Er konnte sich wieder normal verhalten.

»Ja.«

Ich wollte ihm noch sagen, daß ich wirklich nicht verrückt war. Daß ich an dem Abend zwar vielleicht viel getrunken hatte, aber nicht sternhagelvoll gewesen war. Daß er im *Chez Flora* nachfragen sollte. Das hatte er bestimmt schon getan. Ich fürchtete, ich war nicht dort gewesen.

»Kann ich gehen?« fragte ich.

Er nickte. »Passen Sie auf sich auf«, sagte er.

Ich reichte ihm die Hand. Normale Geste für einen normalen Menschen, der sich ein bißchen vertan hat, der aufgrund von etwas zuviel üblem Schnaps ein nicht mehr so gutes Gedächtnis hat. Konnte doch passieren. Ich sah ihn an, genauso forschend und fragend, wie er mich ansah. Wie eine Katze, die vor einem Spiegel steht und sich selbst nicht erkennt. Wenn darauf doch ein befreiendes Lächeln folgen würde. Aber nichts dergleichen. Er zog eine Augenbraue hoch, kniff dann die Augen ein wenig zusammen und zog seine Hand zurück. Ich gab einem Impuls nach, eine Brücke zu bauen – kindlich und unbeholfen.

»Ich darf die Papiere der Familie Henriquez da Silva einsehen.«

Mein nervöser Tic hatte was von einem Zwinkern. Nudge, nudge, wink, wink, say no more. Ich versank im Boden.

Es ließ mich nicht los. Es ging mir unaufhörlich im Kopf herum. Die Wahrheit, angenehme Illusionen, Scham, Lügen. Ich streunte ein wenig im Städtchen umher, machte einen Schaufensterbummel, trank einen Cappuccino und dachte an *The Sugar Mill*, *Piggelmee* und *Chez Flora* dort irgendwo in diesem Gewirr kleiner Gassen. Dort war es passiert. Aber ich zweifelte an allem. Ginge ich dort entlang, würde ich, fürchtete ich, nichts mehr wiedererkennen. Der Versuch, den Weg, den ich gegangen war, wiederzufinden, kam dem Betreten eines Labyrinths gleich. Und dieses Labyrinth war außerhalb von mir – oder in mir drin, da war ich mir nicht so ganz sicher. Das war das Beängstigende. Im Herzen des inneren und äußeren Labyrinths befand sich Antonio. Mein geliebter Minotaurus.

Fünfzehn Jahre war Antonio bei uns gewesen. Fünfzehn Jahre war er jetzt wieder hier auf seiner Heimatinsel. Er war jetzt dreiunddreißig Jahre alt, im Alter von Jesus Christus, als er starb. Ich war fünf Jahre älter als er. Fünf mal drei ist fünfzehn. Plus drei ist achtzehn. Das Alter, in dem er wegging. Nach meiner höchstpersönlichen Kabbalistik mußte ich meinen verschwundenen Adoptivbruder, mein schwarzes Gegenstück, zwangsläufig wiederfinden. Daß Antonio am Tag seines achtzehnten Geburtstags den Fängen unseres westeuropäischen Familienglücks ein für allemal entwischte, ließ sich als eine Rückkehr aus der Verbannung auslegen. »Herzlich willkommen und von allen verachtet« war er gewesen. Fünfzehn Jahre lang hatte ich mit allen Mitteln gegen ihn gekämpft, hatte ihm den Platz an unserem Herd streitig gemacht. Zurück in den Taka-Tuka-Urwald im Tschucke-Tschucke-Dampfschiff. Ein paranoider Zyniker wie mein Vater konnte einen teuflischen Plan darin erkennen, den ich von meinem achten Lebensjahr an mit Geduld und Einfallsreichtum umgesetzt hatte, mit dem erwünschten Nebeneffekt, daß die Ehe meiner Eltern in die Brüche ging. Aber so war es natürlich nicht. Was war es dann? Was in uns will zur Wahrheit? Was zwang mich, dem Monster ins Angesicht zu sehen, das im Herzen meines Labyrinths hauste?

Antonio sitzt an einem niedrigen Tischchen und zeichnet und malt auf Bitte (besser gesagt Befehl) der Psychologin, die unsere stümperhafte Familie betreut, mit scheinheiliger Hingabe. Er ist acht und hat Angst, allein zu schlafen. Jeden Tag die gleiche Szene. Wenn meine Mutter energisch die Tür seines Zimmers hinter ihm schließt, brüllt er los. Es geht einem durch Mark und Bein. Er hört nicht auf zu schreien. Aus Angst, daß die Nachbarn sie der Kindesmißhandlung verdächtigen, läßt meine Mutter ihn wieder frei, und er darf bei ihr schlafen, denn das ist es, was er will. Papa wird aus dem Ehebett verbannt. Er schreitet ein, anfangs mit verhalten wütender Vernunft, dann gibt er dem Verdacht der Mißhandlung Grund. Es nützt nichts; das Schreien wird schlimmer. Meiner Meinung nach hat Antonio gar keine Angst, sondern lacht uns insgeheim aus, weil er eine solche Macht hat.

Die Kräche zwischen meinen Eltern über das richtige Vorgehen im Antonio-Problem haben es in sich. Es wird sehr viel getrunken. Die Hand meines Vaters sitzt ziemlich lose. Wir bekommen sie alle zu spüren: meine Mutter und ich und Antonio. Nach außen hin sind wir eine Bilderbuchfamilie, bei der viele Freunde ein und aus gehen. Sie reden über neue Methoden im Umgang mit psychiatrischen Patienten, über antiautoritäre Erziehung, über die Absurdität der Welt der normalen Leute, über die, die aus Holz sind. Sie knöpfen sich die Gesellschaft gründlich vor, diese Baumeister der linken Gemeinde, diese sanften Kräfte, die das Holz spalten und den Stein aushöhlen, bis die Kirche einstürzt.

Als wir nicht mehr weiterwissen, gehen wir zu einer Erziehungsberatungsstelle und verschleißen mehrere Psychologen, weil mal mein Vater, mal meine Mutter den Therapeuten der Parteilichkeit bezichtigt. Ich muß immer mit.

Denn die gesamte Familie ist in Therapie. Ich hasse das. Ich bin dreizehn und hab sie alle durchschaut. Mit mir ist alles in Ordnung.

Während Antonio, der ja der Stein des Anstoßes war, die ganze Stunde zeichnen und malen darf, müssen Papa und Mama und ich Fragen beantworten. Ich finde, daß mir reichlich viele Fragen gestellt werden. Die Psychologin trägt eine große Brille mit weißem Gestell. Sie zieht eine spitze Schnute, um älter und weiser zu wirken, als sie es ist. Wenn sie mit mir spricht, bemüht sie sich, einen Ton anzuschlagen, der ausdrückt, daß sie mich »absolut« ernst nimmt. Dieser Ton ist theoretisch untermauert. Es ist, als quietschte Kreide über eine Schultafel. Die Fragen, die sie mir stellt, sind erschreckend dämlich. Sie schreibt alle meine Antworten auf.

Dann fragt sie, ob ich vielleicht auch zeichnen und malen möchte. Ich dürfe mich ruhig zu meinem kleinen Bruder setzen. Ich faß es nicht (dreizehn Jahre!), tue aber, was sie sagt. Ich nehme ein Blatt Papier. Höre unterdessen zu, was die Erwachsenen sagen. Da ist die Rede von am gleichen Strang ziehen und von Rivalität. Antonio schiebt mir scheinheilig die Buntstifte zu. Ich nehme einen und zeichne eine Baumreihe im Sturm. Antonio bittet mich, ein Bild für ihn zu malen. Das lehne ich ab. Ich sehe aus den Augenwinkeln, daß die Psychologin meine Ablehnung registriert. Darum also geht es. Sie hat mir eine Falle gestellt. Sie will sehen, wie ich mit meinem Bruder umgehe. Kann sie haben, wie sie es haben will. Ich grapsche mir sein Bild und ziehe ein dickes schwarzes Kreuz durch sein sorgfältig gemaltes VOC-Schiff unter vollen Segeln, so daß das Papier zerreißt. Antonio kreischt. Meine Eltern kreischen. Mein Vater haut mir eine runter. Meine Mutter tröstet Antonio. Die Psychologin schreibt. So läuft das immer. Ich stehe allein da.

Ich liebte Antonio viel mehr als meine Eltern. Davon war ich überzeugt. Ich behandelte ihn wie einen normalen Bruder. Aber ich mußte streng sein. Ich mußte ihn verteidigen. Ich mußte mich selbst verteidigen. Sie sahen ihn als besonderen Fall. Als Demonstrationsobjekt, als Experiment. Er war ihr »white man's burden«, und das sollte er auch wissen. Natürlich haßte Antonio mich. Damals. Heute. Ich nahm die Schuld auf mich.

Ich sah mir die Menschen an, die in Antonios Stadt an mir vorüberkamen, die zuckergußfarbenen Häuser, das strahlende Licht, die Obststände mit den dicken Ananas und den überreifen Bananen. Mit einemmal erinnerte ich mich, wie er roch, wie seine Jungenhaut roch, eine trockene, bittere Note. Ich erinnerte mich, wie er sich anfühlte, die Wärme seiner Achselhöhle, seine Haut wie feiner, warmer Sand. Mein Gesicht an seinem Hals. Wie wir weinten.

Ma Edith kam hinter dem Haus hervor. Von dort ertönte ein gewaltiger Radau. Geschrei auf spanisch, zersplitterndes Glas und Geschirr.

»Ich schmeiß sie raus«, sagte sie. »Jetzt schmeiß ich sie endlich raus.«

Die Exilanten hatten Streit. Sie warfen gegenseitig ihre LPs aus dem Fenster.

»Carlos Gardel steckt wie ein Diskus in meinem Hof, verflucht noch mal«, sagte Ma Edith. »Und nachher sind sie wieder die besten Freunde, trocknen sich gegenseitig die Tränen und tupfen sich die blutigen Nasen ab, und ich sitze mit dem ganzen Mist da. Mir reicht's.« Wir hörten einen dumpfen Schlag. »Das ist die Marienstatue. Jetzt noch das Porträt von Allende und die Bücher von Cortázar. Dann hätten wir's wieder mal.« Sie zündete sich eine Zigarette an. »Und wie war Ihr Tag?«

Ich blickte auf das blaue Meer und die wogenden Palmen und die störrischen Seagrapes. Great. Es war nicht gerade der Moment, mit meinen Problemen zu kommen, auch wenn ich sie dringend an jemanden loswerden mußte. Ich konnte Ma Ediths Direktheit brauchen. Ich hatte weiche Knie vor Nervosität. All diese Erinnerungen. All diese rätselhaften Ereignisse.

»Sie war es nicht«, sagte ich. »Marcus hat sie gefunden, aber sie war es nicht.«

»Schade.«

»Er sagte aber, daß sie es sei. Sie heiße Virginia und sie habe sich im *Sugar Mill* mit mir unterhalten, aber danach nicht mehr. Und ich habe sie nicht wiedererkannt.«

»Komisch.«

»Ich habe Angst, daß ich verrückt werde.«

»Es gibt für alles eine Erklärung.«

»Mir fällt nichts anderes ein, als daß ich verrückt werde.«

»Dumme Sache, aber was ist mit Ihrer Kopfwunde?«

»Ich war betrunken oder psychotisch von diesem Zeug bei Flora und bin gefallen und hab mir irgendeine Geschichte zurechtgesponnen.«

»Eine ziemliche Leistung, oben auf den Kopf zu fallen.«

»Irgendwer hat mich k.o. geschlagen. Und wenn es nicht meine Virginia war, dann war es jemand anders. Daß Marcus diese Virginia gefunden hat, mag ja noch angehen, aber warum sollte sie sagen, daß sie sich mit mir unterhalten hat? Sie hätte doch besser sagen können, daß sie mich nie im *Sugar Mill* gesehen hat? Ist diese Virginia von irgendwem geschickt worden, oder hat Marcus sie instruiert? Und warum sollte er das tun? Ich verstehe gar nichts mehr.«

»Was sagt Marcus?«

»Der denkt, daß ich durch den Schlag und den Zaubertrank mein Gedächtnis verloren habe. Ich habe die Bilder ein bißchen durcheinandergeworfen, denkt er.«

»Möglich. Sie waren ziemlich durcheinander.«

»Aber ich weiß sogar noch, was ich geträumt habe und daß ich geträumt habe. Wenn ich zeichnen könnte, hätten Sie meine Virginia im Handumdrehen auf dem Papier!«

In meinen Ohren begann es zu rauschen. Ich stieß, bildlich gesprochen, mit dem Kopf gegen verschlossene Türen. »Der Kubaner!« rief ich. »Der Kubaner hat mich aufgelesen. Er hat sie vielleicht auch gesehen. Er muß für mich zeugen.«

»Okay«, sagte Ma Edith, »nur mit der Ruhe, ich glaube Ihnen auch so.«

»Aber dann glauben Sie Marcus nicht.«

Sie nahm einen tiefen Zug aus ihrer Zigarette, blies den Rauch in Richtung Meer und sagte, ohne mich anzusehen: »Nein, dann glaube ich Marcus offenbar nicht.«

Das beruhigte mich nicht. Das beruhigte mich ganz und gar nicht.

»Es hat jemand für Sie angerufen«, sagte sie.

Ich dachte an Huib und sehnte mich plötzlich sehr nach seiner Stimme. Kindchen.

»Ein Mann.«

»Mein Mann wahrscheinlich.«

»Das glaube ich nicht.«

»Wieso?«

»Er sagte, er sei Ihr Bruder.«

Das Blut wich aus meinem Gesicht. Ma Edith schob mir gerade noch rechtzeitig einen Stuhl unter.

»Hat er eine Nachricht hinterlassen?« flüsterte ich.

»Nein. Er wollte wieder anrufen.«

»Wie spät war das, und was genau hat er gesagt?«

»Vor einer Stunde etwa.«

Vor einer Stunde. Als die falsche Virginia schon freigelassen worden war.

»Und was sagte er?«

»Moment, Moment, ich versuche mich ja zu erinnern. Er sagte: ›Guten Tag, ist Ada van de Wetering da?‹ Ich sagte: ›Nein, sie ist nicht da. Kann ich ihr etwas ausrichten?‹ – ›Nein‹, sagte er, ›ich rufe wieder an.‹ – ›Kann ich ihr sagen, wer angerufen hat?‹ fragte ich. ›Ihr Bruder.‹ Sagte er. Er sagte das auf eine merkwürdige Art. ›Auf Wiederhören.‹ Und er legte auf. Klang, als wenn er von hier sei. Aber nicht ganz. Er spricht Ihren Namen so aus wie Sie selbst. Auf holländisch.«

»Das stimmt.«

»Sie sind nicht übermäßig erfreut über seinen Anruf, wie mir scheint. Mögen Sie ihn nicht?«

Die Exilanten kamen nacheinander die Treppe heruntergedonnert und liefen wortlos zur Rückseite des Hauses. Dort hörten wir sie in Gelächter ausbrechen.

»He's okay«, sagte ich. Ich erhob mich und ging auf mein Zimmer. Der Kubaner hatte Zeit bis später.

Ich saß auf dem Balkon meines Zimmers in der Pension Penn. Herzklopfen. Die Exilanten sangen einträchtig und zweistimmig *Cielito Lindo*. Canta, no llores! Sing! Weine nicht! Ich nahm meine Aufzeichnungen auf den Schoß und blätterte einigermaßen ziellos in den Karteikärtchen, auf denen meine Vermutungen über Jacob und die Fakten, die ich über Zuckerindustrie und Kaperfahrt zusammengetragen hatte, festgehalten waren. Über jede Notiz, die ich las, legte sich ein anderer Text. Milous Wahrheit drängte sich auf, und ich sah vor meinem geistigen Auge die Virginias auf der Polizeiwache und wünschte, mich geirrt zu haben. Daß es doch sie war. Daß ich sie doch wiedererkannte. Jacob Rivers' leerer Himmel und sein leidenschaftlicher, herausfordernder Protest stimmten mit dem systematischen Beleidigtsein meines Vaters überein. Es schien fast, als seien Jacobs *erhabene Gefühle* als pervertierter Pastiche in einem seiner Nachkommen wiederaufgetaucht. Nein, Papa, ich tue dir unrecht. Ich sehe, wie du unvorbereitet von Antonio ins tiefe Wasser des Schwimmbads geschubst wurdest, wie du zu schwimmen vergaßt und nach Luft schnappend wieder hochkamst. Der Schrecken stand dir wie Todesangst in die Augen geschrieben. Dein Griff nach dem Beckenrand.

Ich wandte mich ab. Du warst kein Held mehr. Kein Gott mehr. Ich schämte mich für dich und in deinem Namen. Du warst ein fehlbarer kleiner Mensch. Daran habe ich mich nie gewöhnen können.

Was hatte ich heute gegessen? So gut wie nichts. Hunger also. »Hunger« sagt man nicht, Hunger haben die Kinder in Biafra, du hast Appetit. Ich kämmte mir die Haare, war mir unschlüssig, ob ich sie hochstecken oder offenlassen sollte, ließ sie offen, zog ein sauberes T-Shirt an, eng und weiß, zog Jeans an, betrachtete mich von vorn und von der Seite, so lange, bis ich mir fremd genug geworden war, und ging die Treppe hinunter. Es war schon dunkel draußen. Die Milchstraße war ein blaßgrauer Streifen im tiefen Schwarz. Ma Edith saß auf der kleinen Bank. Sie hatte ein Plaid über den Knien, wo doch der Abend warm war, und zupfte daran, als hätte es Federn. Sie redete mit sich selbst, sah mich nicht.

Die Straße war gut beleuchtet. Da standen kleine Häuser auf unordentlichen Grundstückchen. Die meisten Türen standen offen, so daß man einen Blick ins Innere werfen konnte. Neonröhren in Wohnküchen, Leute auf der Veranda, die einander etwas zuriefen oder schwiegen, vor sich hin summten, mit Kindern auf dem Schoß, sich anschauten, wer vorüberkam. Luft wie laues Wasser. Diese gewisse Friedlichkeit und Ruhe, die zum Inselleben gehören. Wäre ich doch hier zu Hause.

In der Methodistenkirche, einem kleinen Steingebäude, oder eher einer Fertiggarage mit Kreuz drauf, war der Gottesdienst zu Ende. Die Türen sprangen auf, und mehrstimmiger Gesang, Jesus ist unser Retter, flutete nach draußen, und danach kamen die Menschen herausgekullert wie Blumen und Früchte aus dem Füllhorn, die Frauen in prächtigen Kleidern und mit Hütchen auf dem Kopf, die Männer in bunten Hemden. Ich geriet mitten ins Getümmel und bekam Segenswünsche mit auf den Weg. May the Lord bless you, sister. Same to you. Ich sehnte mich nach dem Glauben wie nach einer Zigarette. Diese süße und unbezähmbare Sehnsucht nach etwas, das tröstet und schlecht für einen ist.

Es folgte ein Straßenabschnitt ohne Häuser, wo die Laternen kaputt waren. Hoch aufgeschossene Bäume und Sträucher am Straßenrand. Tiere raschelten in ihrer Wirrwarrwelt. Ich ging in der plötzlichen Dunkelheit, als käme ich nicht voran, als träte ich auf der Stelle. Ich hätte eine Taschenlampe mitnehmen sollen. Eine Leuchtreklame aus blauviolettem Neon wies den Weg zum *Cane Shed*, hundert Meter weiter. Ich schaute nach oben, mir wurde kurz schwindlig, und ich sah die Sterne herumschwenken, herabstürzen. Ich hielt mich am Horizont fest, am schwarzen Meer mit dem noch schwärzeren Buckel der gegenüberliegenden Insel.

Das *Cane Shed* war einem primitiven Stall nachempfunden, mit vielen rohen Holzbalken und Stroh, halb auf Sand, halb mit Fußboden versehen. Das Meer lag in Spuckweite. Ein schmaler Brandungssaum nestelte am Strand. Das Riff hielt die großen Wellen ab. Die Yachten, die vor Anker lagen, hatten ihre blinkenden Toplichter an, nahe Sterne. Das Publikum saß auf langen Holzbänken an langen Holztischen. Es gab einen großen runden Grill und eine große runde Bar mit Weihnachtsbeleuchtung. Auf einem Podium mit immensen Lautsprechern und einem respekteinflößenden Mischpult standen Barkey und seine Bonzos, wie es in weißen Glitzerbuchstaben vom Schlagzeug knallte. Barkey sang, verschlang fast das Mikrophon. Er trug Lederwestchen und Lederhose im Farbton seiner Haut und ebenso glänzend. Seine Kleidung schien aus gegerbtem schwarzen Mitmenschen gemacht zu sein. Unter einer enormen Sonnenbrille mit blauen Gläsern bewegte sich ein vorstehender Mund, in dem der Klang beinahe greifbar war, sichtbar wie Gel, flirrend wie Sommerhitze über dem Horizont, darüber türmte sich viel geflochtenes Haar. Hinter Barkey steckte

Überlegung. Jede Rotation seiner Hüften, jedes Drehen der Schultern war Ausdruck von Virilität. Seine Stimme hatte das sonore Vibrato eines Megadildos. Hier stand der Inbegriff des männlichen Prinzips, der Jäger, der Sänger, der Herausforderer. Und es ging um Jesus. The Lord is sexy.

Es wurde heftig getanzt. Weiße Touristen suchten schwitzend und rot angelaufen Anschluß an den elektrischen Strom, der hier das Herz der Erde in tropisch bewachsenen Vulkanen klopfen und pochen ließ. Tadumm, tadumm, tadumm. Ihre Körper kamen nicht so recht aus ihrer Verlegenheit heraus. Diese Körper schämten sich für sich, sie waren eigentlich nicht Körper, sondern wandelnde Entschuldigungen, sie wollten schon, aber es war ein ohnmächtiges Wollen, eine lächerliche Imitation, genauso komisch anzusehen wie Neger auf Schlittschuhen.

Ich schob mich zur Bar durch, um ein Ticket für das Barbecue zu kaufen, eine Piña Colada zu bestellen, zur Not auch ein Bier, ein Schälchen Nüsse, eine Tüte Chips. Egal, was. Ich hatte Hunger. Tickets fürs Barbecue gab es nicht mehr, Piña Coladas schon. Dann mußten mich eben die Sahne und der Rum ernähren. Und Chips? Ja. Chips. Ich suchte mir mit dem Bestellten in der Hand einen Platz an einem der langen Tische, aber der war nicht vorhanden. Unter dem riesigen Lautsprecher auf der Bühne war noch ein kleiner Streifen Holz, wohin ich mich verdrücken konnte. Barkey sang mir ins Ohr, saß mit seiner Stimme auf meinem Steigbügel, Hammer und Amboß, durchbohrte mein Trommelfell und richtete sich auf meinen Gehörnerven ein, daß es bis in meine Beine vibrierte. Ich hörte nicht mal die Chips in meinem eigenen Mund krachen, Barkey hallte in meiner Stirnhöhle, meiner Brusthöhle, meinem Bauch, Barkey sang in allen leeren Kammern meines Herzens. The Lord würde mich retten.

Ganz feste stampfen, wenn es weh tut. Ganz laut schreien, wenn du ängstlich und durcheinander bist. Mir blieb wohl nichts anderes übrig. Die Musik tat ihre Wirkung; so, wie man sich duckt, wenn ein Schnellzug durch einen Bahnhof donnert, in dem er nicht hält, so duckte ich mich bei Barkeys Reggae innerlich vor Sehnsucht und Angst und Scham und Schuld. Meine Füße stampften zu den endlos wiederholten Refrains, zum immer wieder aufgegriffenen Chorus, da capo, da capo, da capo, crescendo. Ich bewegte mich, ich konnte nicht anders, als mich zu bewegen, zu tanzen, immer heftiger, wilder, bis alle Knoten in mir entwirrt und abgeschüttelt waren und nur noch eine Schraube in meiner Kehle saß, die sich schließlich auch noch löste, so daß ich – flatternde Haare, nackter Bauch – schrie und sang, mein Gott, wo das alles herkam, und allmählich Raum um mich herum entstand, ein Rund, ein Kreis klatschender Leute, die mich anfeuerten. Es dauerte Stunden. Es dauerte überhaupt nicht. Es war der Zeit enthoben. In der unermeßlichen Vorstellungskraft eines höchsten Wesens war ich so fotografiert, in diesem Moment verewigt, mit Spucke am Kinn und ratloser Ekstase in den Augen. Ich knickte um, fiel aufs Knie, aber weil es gerade die letzten Takte waren, sah es nicht wie ein unglücklicher Sturz aus, sondern wie eine überlegene Ehrenerweisung an die Musik, an Barkey und seine Bonzos. Es wurde applaudiert. Auch gelacht. Betrunkene Frauen sind immer amüsant, wenn es nur nicht die eigene Freundin ist.

Keuchend und schluckend, weil mir speiübel war und mein Knöchel weh tat, lief ich nach draußen, weg von den Tänzern, weg von den Menschen, weg von mir selbst. Ich hatte ein Sausen in den Ohren, und es wogte in meinem Magen. Kühl trocknete der Schweiß auf meiner Haut. Ich suchte die Dunkelheit der Straße, die Einsamkeit des Wegs unter den Sternen, die reglosen Bäume und Sträucher, in denen Papierfetzen hängengeblieben waren und in die man Bierdosen gekickt hatte, das lausige Ökosystem einer Straßenböschung. Da sank ich auf die Knie und blickte sehr lange auf ein vergessenes Stück Erde, auf dem nichts wuchs. In dieses unscheinbare Fleckchen Erde, bei Sonnenlicht vielleicht rotbraun, jetzt sepiafarben und vom Neon des Reklameschilds violett angestrahlt, in dieses beliebige, bepißte, abgetane, verwehte, zertretene Fleckchen Erde vergrub ich mein glühendes Gesicht. Ich roch den bitteren Geruch von dürrem Tod, den Fäulnisgeruch von Leben, das sich vom Tod ernährte, die Nacht lag schwer in meinem Nacken. Ich wagte nicht, die Augen zu schließen, denn dann spürte ich, mit welcher Geschwindigkeit sich die Erde um die eigene Achse drehte und das Sonnensystem durch die Milchstraße schoß und wie die Milchstraße durchs Weltall raste und rotierte. Ganz nah dran war ich jetzt. Ich wußte nicht genau, woran, aber ich wußte, daß ich ganz nah dran war. Ich war beinah angekommen.

Ich sah mich selbst tanzen, und ein Krampf der Scham ging in Stöhnen über. Weg damit. Wegstecken. Schnell weg damit in den Kellerschrank zu all den anderen verdrängten Momenten der Scham, ein Haufen stinkende Wäsche. Ich stampfte darauf herum, um es hineinzustopfen, aus den Augen, aus dem Gefühl, doch je fester ich drückte, desto mehr kam herausgefallen. Bis ich von der vollen Ladung Selbstverwerfung umgeben war.

»Ada? Ada?!«

»Laß mich.«

»Stehen Sie auf. Ich bringe Sie nach Hause.«

»Laß mich.« Jemand faßte mich unter den Armen und zerrte mich hoch. »Ich will nicht.«

»Sie müssen.«

»Ich muß gar nichts.«

Ich stand, wankte. Er stützte mich mit einer Hand. Wischte mir mit der anderen das Haar aus dem Gesicht und die Erde von der Wange. Marcus.

»Kommen Sie.« Er legte einen Arm um mich und führte mich auf die Straße.

»Ich hatte Hunger«, sagte ich.

»Das habe ich gesehen.«

Ich stolperte neben ihm her, zu beschämt, um etwas zu sagen. In meinem sich krampfenden, schmerzenden Zwerchfell bildete sich ein gewaltiger, unaufhaltsamer Schluckauf. Ein Schluckauf wie ein Schluchzen. Und noch einer. »I'm sorry«, sagte ich, von zwei mächtigen Hicksern unterbrochen. Ich lachte, hickste, weinte. Das machte jetzt auch nichts mehr. Wenn ich nur nicht kotzen mußte. Bei dem Gedanken schlugen prompt die Magenschmerzen zu, die einen Brechreiz ankündigen. Ich blieb stehen, holte tief Luft. Tief. Tiefer. Hicks. Rülps. Schluck. Hicks. Rülps. Ich machte mir ein bißchen in die Hose. O Gott, nicht auch das noch. Die Piña Colada, in meiner Magensäure geronnen, kehrte in Brocken und Flocken zurück in die Natur. Die Pisse lief mir die Beine runter, während ich mich über einen dornigen Busch krümmte, in dem sich meine Haare verhedderten.

Marcus legte mir die Hand auf den Rücken, und als ich fertig war, befreite er meine Haare aus dem Busch. »Bleiben Sie stehen«, sagte er. »Bleiben Sie ganz ruhig stehen.«

Ich fühlte mich besser, innerlich ruhiger. Der Boden war erreicht. Ich brauchte mich bei ihm für nichts mehr zu entschuldigen. Keine Chance auf Nachsicht oder Verständnis. Jetzt war mir sein Ekel gewiß.

Er ging neben mir her, die Hand um meinen Ellenbogen, als führe er mich ab. Wir passierten die Methodistenkirche, deren Tür noch offenstand und Sicht auf beleuchtete Leere mit Holzbänken und in fröhlichen Farben gestrichene Wände gab. Wir passierten die offenen Häuser, wo Leute danach guckten, wer vorbeikam, und wir waren es, die vorbeikamen, Marcus Penn, den sie alle kannten, und die blonde Ausländerin, die bei seiner Mutter wohnte. Zusammen ausgegangen? Romance? Sie starrten uns nach. Grüßten uns. Am Gartentor versuchte ich mich von ihm zu verabschieden. Ma Edith saß nicht mehr auf der Bank. Sie schlief oder wachte im Dunkel ihres Zimmers. Die Fliegengittertür quietschte. Er stieg mit mir die Treppe hinauf, ging mit mir ins Zimmer, setzte mich einmal mehr aufs Bett, ging weg, kam mit einem Glas Wasser und einem nassen Handtuch zurück, wischte mir das Gesicht ab, gab mir zu trinken, ohne etwas zu sagen, ohne daß ich etwas sagte. Es war eine Wiederholung von vor einigen Tagen. Das wurde zur Gewohnheit.

»Ich hole Ihnen was zu essen«, sagte er. »Meine Mutter wird schon etwas dahaben.«

Während er unten war, zog ich mich aus und wischte mir mit dem nassen Handtuch die Schenkel sauber. Ich schlug das Laken um mich und wartete geduldig, beinahe schon ergeben, auf der Bettkante. Marcus brachte Brot mit und Ziegenkäse und Trauben und setzte sich mir gegenüber auf den mit Skai bezogenen Stuhl, der am Schreibtisch stand. Er brach ein Stück Brot ab, belegte es mit Ziegenkäse und gab es mir. Er selbst nahm ein paar Trauben. Ich aß, verlegen und gierig wie ein Flüchtling. Scham war eins. Demut was anderes. Demut war das, was nach der Scham kam, war tiefer, hoffnungsloser, aber nicht unglücklicher. Die Ergebung ins Schicksal. Ich wagte nicht, ihn anzusehen.

»Thank you«, flüsterte ich.

Wie es weitergehen sollte, wußte ich nicht. Er würde aufstehen und weggehen und die Tür hinter sich schließen, und ich würde mich wie ein Fötus zusammenrollen und mit dem Gesicht zur Wand drehen und warten, bis der Schlaf kam.

»I'm okay now.«

»Why?«

»Why what?«

»What's your problem?«

»Nothing«, sagte ich und klopfte mir einen Krümel vom Schoß. Er sagte nichts. Wartete, bis ich mein »nichts« erläutern würde. Aber da gab es nichts zu erläutern. Ich sah ihn an, um mit aufrichtigem Blick noch einmal »nichts« zu sagen. Ach, seine Augen. Ich kam nicht weiter, als meinen Mund zu öffnen. Ach, diese Augen. Es war, als würde jeder Zentimeter meiner Haut berührt. Er erhob sich und zog mir sanft das Laken weg.

»Lie down«, sagte er. Das tat ich. Er wollte mich bestimmt zudecken und schlafen lassen. Zugedeckt werden! Zugedeckt werden! Das war mein Mantra als kleines Mädchen. Dann kam Papa mich zudecken. Und jetzt schlafen, Aadje. Ja, Papa. Äuglein zu. Er sah mich an, das spürte ich, er betrachtete meinen Körper, aber ich wagte nicht, ihn anzusehen, denn ich wollte nicht wissen, wie er mich ansah. Ich hörte, daß er sich das Hemd auszog und die Hose. Er sagte etwas. Es klang wie »Ada, o god, Ada«. Wenn dein Name so ausgesprochen wird, wirst du geliebt.

Ich dachte an den Greifvogel, der auf seiner Beute landet. Das dachte ich einen kurzen Moment, und es gefiel mir. Und während er es tat, sah er mich an, und ich ihn. Es stand nichts zwischen uns. Kein Verdacht. Keine Scham. Ich kreuzte die Beine über seinem Rücken und ließ ihn tief in mich ein.

Noch bevor Ma Edith im Meer ihr tägliches Bittgebet an den Tod verrichtete, schwamm ich schon mit kräftigen Zügen dem Horizont entgegen. Wie es dem Tag doch jedesmal wieder gelang, so ungeheuer frisch und zart und zerbrechlich zu sein, so verwundert über das eigene zaghafte Licht. Wie kurz dieser Moment dauerte. Sicherheitshalber behielt ich den Kopf mit der heilenden Wunde gut über den Wellen. Wie es sich für eine echte Holländerin gehörte, sah ich mich von Zeit zu Zeit um, ob mich die Strömung nicht schneller von der Küste wegtrieb, als mir lieb war. Ich überdachte die seltsamen Ereignisse, die mir diese verräterische Bilderbuchinsel beschert hatte. Was wußte das Meer schon, was es da tat. Es spülte etwas von seiner majestätischen Gleichmut an mich heran. Mit jeder Armbewegung gewann ich an Abstand. Immer so weiter vor der Küste zu kreuzen, autonom und unerreichbar, schien mir gar keine so schlechte Idee zu sein.

Schwimmend faßte ich einige Beschlüsse. Erstens, daß ich nicht verrückt sei, zweitens, daß ich verliebt sei, drittens, daß ich nicht warten würde, bis Antonio mich anrief, sondern daß ich mich an seine Fersen heften würde. Eine innere Stimme sagte mir, daß gerade die letzten beiden Beschlüsse zeigten, daß ich wohl verrückt sein mußte. Außerdem bezogen sich diese Beschlüsse auch auf andere, die sich ziemlich querstellen konnten. Verliebt sein konnte ich natürlich sehr gut allein. Dafür brauchte das Objekt meiner Liebe keine Gegenleistung zu erbringen. Aber es würde die Verliebtheit während der paar Wochen auf dieser Insel um so vieles angenehmer machen, wenn er mich auch ein bißchen liebte. Seine zärtliche Überrumpelung der letzten Nacht konnte sehr gut bedeuten, daß er Macht über mich auszuüben wünschte. Schwarzer Mann will blondes Biest unter Kontrolle haben. Oder er lieferte eine Gratisdemonstration von Virilität, Allmacht, was weiß ich. Ius primae noctis. Lässiges Gockelverhalten an der Grenze zur Vergewaltigung. Rache vielleicht. Ich machte mir keine Illusionen. Auch nicht über die Haltbarkeit meiner Gefühle. Bei der Erinnerung an seine Penetration durchrieselte mich ein Schauder von Geilheit mit einem Hauch von Scham drum herum. Verliebtheit oder Gier oder sklavische Untertänigkeit, Wiedergutmachung, es spielte keine Rolle, wie ich meine Gefühle nannte, sie waren da und wollten genossen werden. Sex und Strafe, ein goldenes Duo. Für die drei Wochen, die ich noch hiersein würde, halste ich mir besser keine Skrupel auf. Unmittelbare Begierde, in vollen Zügen. Ich würde ihn zu finden wissen. Und er mich. Ich wußte, daß er wiederkommen würde. Ich wußte, daß es gerade erst angefangen hatte.

Antonio würde ich auch zu finden wissen. Über *Bulldog*,

Piggelmee, *Sugar Mill* oder einen der anderen Läden, die er führte. Wenn ich unterwegs einer Virginia begegnete, der echten oder der Imitatorin, würde ich nicht lange fackeln und es ersterer mit gleicher Münze heimzahlen und letzterer die Daumenschrauben anlegen, damit sie mir ihren Auftraggeber nannte. Und wenn ich Antonio sah, würde ich ihn zur Verantwortung ziehen. Ich nahm mir vor, ihm großherzig und unverblümt zu sagen, was ich meiner Meinung nach damals falsch gemacht hatte, aber dabei würde ich es nicht bewenden lassen. Was war sein Beitrag zu unserem Gesellschaftsspiel gewesen?

Aus dem Meer wiedergeboren und von der rosenfingrigen Morgenröte gestreichelt, ging ich durch den noch kühlen Sand zu Pension Penn zurück, wo der Frangipani am Haus geradezu unverschämt duftete.

»Sie sind früh auf«, sagte Ma Edith, die, in ihren flattrigen Kimono gehüllt, auf der Veranda saß und sich ihr erstes Zigarettchen des Tages angezündet hatte. Ich fragte mich, ob sie von mir und Marcus wußte, ob sie etwas gehört hatte oder etwas vermutete. Jetzt, da ich mit ihrem Sohn geschlafen hatte, fühlte ich mich mit ihr verwandt. Thatcher lag auf ihrem Schoß. Das mit mexikanischen Motiven verzierte Plaid, an dem sie gezupft hatte, lag neben ihr auf der Bank. Wenn sie an der Katze genauso zupfen würde wie an der Decke, hätte sie bald nicht mehr viel Fell. Aber sie schien weniger nervös zu sein als am Abend zuvor.

»Was für ein hübsches Plaid das ist«, sagte ich munter.

Sie sah mich vernichtend an.

»Ich hab Hunger«, sagte ich, um über ihren Blick hinwegzureden. »Dürfte ich mir gleich ein paar Spiegeleier braten?«

»Nur zu.«

»Möchten Sie auch?«

»Scrambled«, sagte Ma Edith.

Während ich nach oben lief, um zu duschen, hörte ich sie

wieder mit ihrer tiefen, rauhen Stimme »Hausa wele« singen. Wie weiß war Ma Edith eigentlich noch?

In meinem Zimmer roch ich Marcus, obwohl er mitten in der Nacht weggegangen war. Seinen Schweiß, den faden Geruch seines Spermas, meinen eigenen Schlafgeruch. Ob er fand, daß ich nach saurer Milch roch? Das sagen sie doch von Weißen. Wir stinken nach Beklommenheit. Wieder ein leichtes Herzkrampfen vor Verlangen und Angst. Wir hatten nicht so viel zueinander gesagt. Von meiner Seite her war es Verlegenheit. Er wußte wohl einfach nicht, was er zu mir sagen sollte, vermutete ich. Worüber konnten wir reden, außer über zu meidende Themen wie Virginia und Jacob Rivers. Warum nicht eine rein physische Beziehung? Warum mußte immer dieses sentimentale Schmiermittel eines guten Gesprächs von Mensch zu Mensch hinzukommen? Das waren nicht gerade damenhafte Gedanken. Ich hatte auf Romantik und gegenseitige Sympathie Wert zu legen, bevor ich mit ihm in die Kiste stieg. Bullshit. Ich wußte überhaupt nicht, ob ich mich in die Seelenregungen von Marcus Garvey Penn vertiefen wollte. Ich schreckte davor zurück, wieder jemanden mit allen seinen Fehlern und Macken kennenlernen zu müssen. Seinen Hang-ups, seinen Vorurteilen. Und ich hatte schon gar kein Bedürfnis, ihn mit den meinen zu behelligen. Ach, laß uns nichts anderes tun als einander intensiv und heftig zu begehren und dementsprechend zu vögeln. Reden macht den Graben nur noch größer. Jedes Wort ist der Beginn eines Mißverständnisses.

Ich versuchte nicht an Huib zu denken, aber je fester ich ihn wegschob, desto unaufhaltsamer kam er mir in den Sinn. Während ich mich anzog, konnte ich seine gepflegte Gestalt praktisch auf dem Balkon sitzen und auf mich warten sehen. Selbst schuld, rief ich ihm zu. Aber der Mann konnte natürlich nichts dafür. Der Mann. Daß ich so über ihn dachte. Nach acht Jahren.

Der Einfachheit halber machte ich für mich auch Rühreier und achtete darauf, daß sie nicht zu trocken und gummiartig wurden. Ich stellte sie auf ein Tablett mit einer Schale Brot, Pfeffer und Salz, einer Packung Fruchtsaft, Gläsern, Tellern, Messern und Gabeln. Ma Edith saß auf ihrem Bänkchen und schlotterte wie ein vergripptes Huhn, sagte aber, sie fühle sich gut.

»An manchen Tagen geht es besser als an anderen.«

Ich tat ihr auf, legte Brot dazu, schenkte ein Glas Fruchtsaft ein.

»Warum tun Sie das?« fragte sie.

»Sie haben doch auch für mich gesorgt, in den vergangenen Tagen.«

»Dafür bezahlen Sie mich.«

»Sie sagten doch, daß Sie mir nichts hinterhertragen würden.«

Sie beugte sich zum Tisch hinüber. Eher weil sie in der Ferne, auf dem Meer etwas ausgemacht zu haben schien, als um ihre Eier zu essen. Thatcher fühlte sich eingezwängt und sprang lautlos runter. Mit erhobenem Schwanz. Streckte sich im kurzen, harten Gras. Lief mit steifen Beinen davon.

»Essen Sie, es wird kalt«, sagte ich.

Sie begann mit kleinen Bissen. »Lecker«, sagte sie. Sie schob den Teller von sich. »Das ist das erste Mal, daß ich wieder mit jemandem zusammen frühstücke. Es kommt mir vor wie Verrat.«

Sie zündete sich eine Zigarette an. Ihr Vogelkopf spitzte sich zur Flamme hin. Sie wechselte zwischen ein paar Bissen und Zügen aus ihrer Zigarette ab. Ich fühlte Marcus in mir, seine Arme um mich, seinen Mund auf meinem Hals, sein störrisches Haar unter meinen Händen. Marcus. Wie komisch würde es von jetzt an sein, hier seinen Namen auszusprechen; ich würde mich mit den von meinen Lippen geformten Vokalen und Konsonanten seines Namens verraten.

»Kommen Sie voran mit Ihren Forschungen über Jacob Rivers?«

Der Wind spielte plötzlich mit etwas dürrem Laub, das auf der Veranda lag, und wirbelte es in kleinen Kreisen herum. Der Geist von van de Wetering antwortete.

»Die machen mir im Moment ein bißchen zu schaffen«, sagte ich.

»Wieso?« Sie fragte es mechanisch. Schnippte die Asche ab und blies ein Wölkchen Rauch aus.

»Was ist die Wahrheit, wenn sie von Mythen und dem Staub von Gerüchten befreit ist?« Ich hörte Milou geradezu entrüstet schnauben. Wahrheit! Hör sie dir an! Es ist nichts Postmodernes an meinem Zweifel, Milou, rief ich ihr in Gedanken zu. »Jemand hat Fanny Rivers umgebracht. Das ist die Wahrheit. Aber es gibt auch eine Geschichte. Eine wahre Geschichte. Der Fakt ist ein Kern. Die Geschichte ist die Frucht. Die Historie ist der Baum. Ich habe den Baum. Ich habe den Kern. Mit der Geschichte, die ich zu rekonstruieren versuche, hänge ich den Kern an den Baum.« Ich war sehr eingenommen von meinem Instantvergleich.

»Hmm«, sagte Ma Edith, nicht sonderlich beeindruckt. »Plato war ein Märtyrer. Was Sie auch tun oder finden, daran dürfen Sie nicht rütteln.«

Ich spürte eine leichte Verärgerung in mir aufkommen. Warum sollte ich auf alle diese Empfindlichkeiten Rücksicht nehmen? »Warum nicht? Wenn er es getan hat, ist er zu Recht gehängt worden.«

»Manchmal sind Mörder Helden des Widerstands.«

»Eine Frau und ihr ungeborenes Kind! Was für eine Heldentat!«

»Sie setzen voraus, daß er es getan hat.«

»Überhaupt nicht. Aber auch Jacob hat es nicht getan.«

»Sie verstehen nicht, wie das hier funktioniert.« Meine Verärgerung war auf sie übergesprungen. »Geschichte ist die Geschichte der Sklaverei und der Emanzipation. Es gibt hier keine andere Geschichte. Keinen anderen Maßstab. Es gibt eine einzige simple Wahrheit. Es gab Herren und Sklaven. Diesem großen Unrecht ist alles andere untergeordnet. Handgreiflichkeiten, Vergewaltigung und Mißhandlung sind nichts im Vergleich zum Übel der Sklaverei. Die Narben werden weitergegeben. Und damit ein gewisser Freibrief, ein Vorwand für Gewalt.«

»Aber es ist vorbei. So erhält man die Sklaverei künstlich am Leben. Die Rankünе. Die Rachegelüste. Auf der schwarzen Seite. Die Vertuschung auf der weißen Seite.«

Ma Edith fuhr fort, als hörte sie mich nicht: »Also selbst wenn Plato es getan hätte, ist seine Tat weniger verwerflich als der Umstand, daß Rivers ihn als Sklaven hielt.«

»Da sagen Sie aber was.« Daß Befreiungsbewegungen die Anwendung von Gewalt billigten, war schon schwer genug zu rechtfertigen. Daß in einem befreiten Land Gewalt in manchen Fällen als legitime Fortführung des alten Kampfes betrachtet werde, war ein fürchterliches Bekenntnis. Ich glaubte das nicht.

»Plato ist ein Held und ein Vorbild. Opfer der Machtverhältnisse. Symbol des Unrechts. Der niemals auszulöschenden Schande.«

Manchmal waren Bekehrte schlimmer als Gläubige.

»Und warum muß es dabei bleiben? Ertragt ihr die Wahrheit nicht? Stürzt dann das ganze Gebäude des Opferseins ein? Fürchtet ihr, daß Sklaverei entschuldbarer erscheinen könnte, wenn sich auch Sklaven als primitive Mörder erweisen? Ist die Gewalt in den Straßen von Kingston meine Schuld, weil es unter meinen Vorfahren Sklavenhalter gab? Das können Sie doch nicht meinen, oder?«

»Diese Weißen sind so verdammt arrogant und überheblich.«

Von wem redete sie? Sie nahm das Plaid auf den Schoß und begann es zu streicheln, als wäre es Thatcher.

»Wissen Sie, was ich widerlich finde? Diese sogenannte Rechtschaffenheit der armen Schwarzen, diesen dauernden gekränkten Stolz, dieses Schwelgen im alten Leid. Als bedauerten sie, daß es vorbei ist. Das hieße nämlich, daß sie selbst für die verfluchte Schlamperei und die Korruption in ihren postkolonialen Autonomien verantwortlich sind.«

»Es ist nicht vorbei. Sie sind der Beweis. Und lieber Korruption in Freiheit als Law and Order in Sklaverei.«

Ma Edith drückte ihre Kippe in einem Rest Ei aus. Sie begann das Geschirr aufs Tablett zu stellen. Ich sah ihre Hände zittern. Hatte ich sie verletzt? War sie wütend, oder war sie traurig? War es einfach vom Alkohol? Im Flamboyant begann ein Bananaquit zu singen, in einem Schwall strahlender Laute, überschwenglich wie die orangerote Blütenpracht.

»Hören Sie mal«, sagte sie. Wir redeten einen Moment nicht durch das Lied hindurch. Es war eine Form von Versöhnung. Sie seufzte.

»Ich sag Ihnen was«, fuhr sie fort. »Ich kenne Sie ja nicht. Sicher haben Sie die besten Absichten. Und auch, wenn dem nicht so sein sollte, ist mir das egal. Aber glauben Sie mir: Sie verstehen nichts davon. Nichts ist, wie es scheint. Sie haben recht, und zugleich liegen Sie völlig daneben. Nach vierzig Jahren auf dieser Insel glaube ich schon, daß ich mir ein Urteil erlauben darf. Ich kenne beide Seiten. Ich wollte, es wäre nicht so, denn es bringt mich überhaupt nicht weiter. Ich gehöre nirgendwo dazu. Jetzt, wo ich allein bin. King und ich ...« Sie verstummte, bekam feuchte Augen, seufzte und beschloß, daß es keinen Sinn hatte, ihren Satz zu beenden.

Ein Schiff zog rasselnd die Ankerkette hoch und stach in See. Wir schauten ihm nach. Es mußte die vollkommene »interracial marriage« gewesen sein, The King and I, über Konflikte und Vorurteile hinausgestiegen, eine Paradiesgeschichte von vor dem Sündenfall, schwer erkämpft gegen die widerborstige Wirklichkeit. Sie hatte es gut gehabt. Viele Frauen hier waren allein, zogen ihre Kinder von verschiedenen Vätern allein groß. Diese Kerle mit ihren geschmeidigen Hüften und ihren enormen Egos jagten allesamt ihren vagen Träumen von großen Autos und viel Geld nach, nur ihr King nicht, dieser lachende Schatz.

Verflixt, warum ärgerte ich mich so und fühlte mich zugleich ertappt? Es erinnerte mich an meine Mutter, die mir mit dem Lächeln der wahren Gläubigen begütigend zu verstehen gab, daß ich schon noch erleuchtet würde, wenn ich offen dafür sei. Konnten wir nicht normal miteinander umgehen? Wir waren mit Fesseln von Ursache und Folge aneinandergekettet. Wir schleiften ein gemeinsames Erbe an den Füßen hinter uns her und verbüßten eine ererbte Strafe. Wir warfen einander verschlissene Vorwürfe an den Kopf. Sahen ineinander, was wir längst nicht mehr waren. Sklave. Herr. Oder waren wir es doch noch? Hör auf damit! rief ich Ma Edith zu, rief ich mir selbst zu, rief ich allen zu.

Die weißen Machthaber hatten diese Inseln verlassen, als sie nichts mehr einbrachten. Die Sklaven durften das ausgeschöpfte Land, die verlassenen Plantagen, die kahlen Buchten, die Vulkane, den alles ausdörrenden Passat behalten. Und ausgerechnet die Erben der Herren kehrten als Touristen zurück, süchtig nach der Fiktion vom Paradies. Sie waren wichtig für die Wirtschaft, für die nackte Existenz, und so gaben sie dem Ressentiment weiterhin Nahrung. In den lokalen Zeitungen, die ich las, herrschte die übertriebene Selbstverherrlichung einstiger Erniedrigter vor. Wie trefflich sie doch waren, wie brav, wie gottesfürchtig, wie lerneifrig. Sie definierten sich bezogen auf den anderen, in Begriffen des anderen, des Weißen. Defensiv. Wie Frauen sich in Begriffen des Mannes definieren. Ich sah Huib vor mir, den Wind in den Haaren, auf dem Vordeck eines Schiffes. Master of the Universe. Prototyp des Eroberers.

Ma Edith bat mich um Nachsicht. Nachsicht? Warum bat sie mich darum? Und Nachsicht womit?

Das Telefon klingelte. Ma Edith hatte noch einen antiquierten Apparat mit Wählscheibe und altmodischem Klingelton. Drrring. Drrring. Mir rutschte das Herz in die Hose. Marcus. Antonio. Caesar. Huib. Sie blieb eine Weile weg, woraus ich schloß, daß es nicht für mich gewesen war. Als sie in ihrem schwarzen Badeanzug herauskam, ging sie gewohnheitsgetreu schnurstracks zum Meer. Ich wollte noch sagen, daß sie nicht mit vollem Magen schwimmen gehen sollte, aber was hatte das Vögelchen denn schon gegessen. Ich trug die Frühstückssachen ins Haus und spülte ab. Ich verstand nichts von Menschen. Am wenigsten von mir selbst.

Jacob

Jacob ist ein Schiffbrüchiger. Nicht, weil er wirklich an eine unbewohnte Insel angespült worden wäre, sondern weil er sich so fühlt. Auch wenn er sein mit der Piraterie verdientes Geld in die Verwaltung einer örtlichen Firma gegeben und sein Haus auf Curaçao in den sicheren Händen von Henriquez da Silva zurückgelassen hat, er besitzt nichts mehr. Strotzend vor Gesundheit, ist er mit seinem schwarzen Bediensteten in ein Chattelhouse gezogen, doch es ist, als sei er mit gebrochenen Knochen und inneren Prellungen auf einen harten, unwirtlichen Felsen geworfen worden. Was sucht ein gutsituierter Mann in diesem Teil der Stadt, fragt sich die kleine Gemeinschaft aus mehr oder weniger Ausgestoßenen, die Blicke habgierig auf seine mit Elfenbein verzierte Waffe, die silbernen Schuhschnallen und den an seinem Gürtel hängenden vergoldeten Trinkbecher gerichtet. Warum entscheidet sich ein so großer, starker Mann für die Gosse, die Seite, wo die Hinkebeine und Halbidioten wohnen, die Messerstecher und Saufbrüder, die Schuldner und die Diebe, die Faulpelze und die freien Schwarzen, die Seite, wo Widerstand gegen das Schicksal gärt, das sie auf diesen stinkenden Haufen fegte, die Seite, wo alle Farben des Regenbogens durcheinanderleben und nichts miteinander gemein haben als Armut, Mißgunst und Musik. An diesen Ort hat ein großer Besen den Abfall zusammengekehrt. Dorthin gehört Jacob.

Den größten Teil des Tages liest er, im Schatten eines großen Mangobaums sitzend, in einer Bibel. Weder kümmern ihn der Schmutz, der überall liegt, noch die Ratten und das andere Ungetier, die streunenden Hunde, die ihm auf die

Schuhe pissen, und ebensowenig die Menschen, die ihn begaffen und bestehlen. Es ist keine Frömmigkeit, die ihn zur Bibel treibt, auch keine Langeweile, sondern es ist der Versuch, aufs neue bei den Geschichten zu beginnen, die er in seiner Kindheit auf Walcheren hörte. Die Verbindung wiederherzustellen. Doch was er auch liest, er erkennt nichts wieder. Dies sind nicht die Worte, die Pfarrer Maathuis in der Kirche widerhallen ließ. Dies sind nicht die Worte, die sein Vater bei Tisch las. Dies sind nicht die Worte, die er, die Zungenspitze zwischen den Lippen vor eifrigem Bemühen, in der Schule abschrieb. Trotzdem hält er hartnäckig daran fest, wie ein Goldsucher, der tagaus, tagein sein Sieb mit Schlamm und grauem Gestein füllt.

Immer wieder kehrt er zum Prediger zurück. Doch der Prediger tröstet nicht. »Und ich wandte mich und sah all die Unterdrückungen, die unter der Sonne geschehen. Und siehe, da waren Tränen der Unterdrückten, und sie hatten keinen Tröster. Und von der Hand ihrer Unterdrücker ging Gewalttat aus, und sie hatten keinen Tröster. Da pries ich die Toten, die längst gestorben sind, mehr als die Lebenden, die jetzt noch leben. Und glücklicher als sie beide pries ich den, der noch nicht gewesen ist, der das böse Tun nicht gesehen hat, das unter der Sonne geschieht.« Diese Worte schwingen tief in seinem Innern. Irgend etwas nagt an ihm. Reue. Nicht nur über Dirks Tod. Und Sehnsucht. »Dem einzelnen aber, wie soll ihm warm werden?«

Wenn ihn jemand anspricht, gibt er kaum Antwort. Sein Mann Plato geht seine eigenen Wege, hält das Häuschen sauber, kocht das Essen und bewirtschaftet das kleine Stück Land, das sie für den Eigenbedarf gepachtet haben. Dort hat er auch Kräuter und Gewächse angepflanzt, die niemand kennt und deren Samen noch aus Afrika stammen sollen. Wie er an die Saat gekommen ist? Im Saum seiner Hose mitgebracht. Unter seinen Nägeln aufbewahrt. In einem kleinen Nashornlederbeutel an einer Schnur um den Hals getragen. Sonntags kommen alte Frauen von den Plantagen in die Stadt, um dort ihre Waren zu tauschen oder zu verkaufen – Yamswurzeln und die getrockneten Blütenhüllen vom Sauerampfer, Ingwerwurzeln und Okra, Kürbisse, Mahagoniarbeiten – und um mit Plato ihre Geheimnisse auszutauschen. Plato spricht ihre Sprache. Es gehen Gerüchte, daß Plato ein berühmter Giftmischer sei, der in Afrika eine ganze königliche Akwamu-Familie ins Jenseits befördert habe. Es gehen Gerüchte, daß Jacob ein Pirat sei, der sein Kommando aufgrund einer Meuterei habe niederlegen müssen. In einem Feuergefecht soll er einen der Meuterer, seinen eigenen Sohn wohlgemerkt, tödlich verletzt haben. Die beiden werden mit Ehrfurcht behandelt.

Weil die Sklaven sonntags frei haben, wird samstags abends Musik gemacht. Sie kommen, gegen den Wunsch ihres Herrn – denn alles, was sie in ihrer freien Zeit tun, ist gegen den Wunsch des Herrn, dem der freie Wille von Vieh nicht recht ist und schon gar nicht der Wille zur Freiheit –, ins Hafenviertel, wo in den hohlen Bäuchen der Fregatten und Briggs das Echo von Afrika anklingt, wo der Geruch des alten Landes in den nicht kalfaterten Fugen des Holzes hängt, wo sie die Trommeln hören und die Flöten. Nach Sonnenuntergang machen sie miteinander Musik und tanzen, die alten Tänze und die neuen Tänze, die sie von den Europäern kennen, rhythmische Quadrillen, ahmen sie affektiert nach, bis sie sich vor Lachen biegen. Es strömt viel Volk herbei. Die in der Inselhierarchie niedrigsten Weißen, vereinzelt auch ein der Sünde und dem Verbotenen verfallener Pflanzerssohn – und Schwarze. Auch Jacob hört das Rufen der Trommel, und ihm ist zumute, als wäre er in Elmina und Emily scheuerte ihre Töpfe mit Sand und summte. »Hausa wele.« Dann befängt ihn ein Gefühl, so schmerzlich und süß, daß er es von sich abklopfen möchte.

Er geht es sich ansehen. Die Sonne ist gerade untergegangen. Der Himmel glüht kupferrot, erlischt zusehends. Der

Hafen ist eine natürliche Einbuchtung in der weiten Bay. Davor, weit draußen auf dem Meer, wo das Riff die Wellen zurückhält, sieht man einen Streifen Brandung. Große Schiffe ankern an der Reede. Am Kai ist Platz für kleinere. Leichter, Brander, Schlupen. Der Kai mündet zur Bai hin in ein langes Stück Schiffshelling, wo unter der Wasserlinie havarierte Schiffe zur Reparatur auf die Seite gelegt und hochgezogen werden. Es riecht dort nach Teer, Tau und Fisch. Nach moderndem Holz und Tang. Nach den Palmfettklumpen, die im Ganzen von der Bucht von Benin hierhergetrieben sind, hinter den Sklaven her, Memento von zu Hause. Über Holzkohlenfeuerchen wird Fleisch gegrillt. Am Ende des Kielkais, wo obskure Bauten stehen wie an die Stadt angespülte Wrackstücke und wo sich ebenso obskures Volk herumtreibt, das vom Abfall lebt wie die Ratten, da wird Musik gemacht. Als Jacob die Musikanten spielen und die Tänzer tanzen sieht, wundert er sich, woher all diese Fröhlichkeit kommt.

Er bleibt am Rande stehen. Schaut und hört zu. In seiner Nähe unterhalten sich zwei Frauen. »Die tied mi a neem em, em no a doeki na si lief. Da mi a maak em voor Man. Mi a koop voor em, mi nij em broek, en kamisool, en hemmede, karpoes ookal. Van sens mi ha em, em no a gi mie een goed. Mi a soo moeschi Kinders van em: em no gie mi jeet voor me en mi Kinders.« Sie klagt. Ihr Mann tauge nichts. Sie habe alles für ihn getan, und er mache ihr ein Kind nach dem andern, ohne dafür zu sorgen, daß sie auch was zu beißen hätten. Ein schöner Mann sei das! Sie schufte sich die Finger wund. Und er tue keinen Handschlag. Ja, er trinke »Soopi«, viel zuviel »Soopi«. Und dann schlage er sie und die Kinder. Und sein Master schlage ihn, wenn er faul sei. Schlagen, schlagen, schlagen. Alle Köpfe seien schief vom Schlagen. Und alle Hirne, was die Männer denn so an Hirn im Kopf hätten, seien so lose geschlagen, daß sie wie Bohnen in einer Kalebasse klapperten. Alle Bäuche seien so leer, daß sie klängen wie die große Trommel. Nur dieser nicht. Sie trommelt auf ihren schwangeren Bauch. Sie lachen laut.

Die Jüngere beginnt zu singen. Die Ältere klatscht in die Hände. Ein Mann mit einer Trommel zwischen den Knien, nicht einen einzigen Zahn im Mund, dafür jedoch eine große, bewegliche rosa Zunge, beginnt den Rhythmus zu schlagen. Es kommt einer hinzu, der mitsingt. Er ist jung und stark und hat den gleichen durchdringenden, dunkelroten Blick, wie Plato ihn an Bord der *Middelburghs Welvaren* hatte. Und einen ebensolchen Schädel, auf den das Licht in großen Flächen fällt, als wäre er grob aus einem Stück schwarzglänzendem Granit gehauen. In all den Jahren, die er mit Plato zusammen verbracht hat, ist ihm der Mann keinen Inch nähergekommen. Eher rätselhafter ist er geworden, sein Blick vorsichtiger, verschlossener, nicht mehr dunkelrot, sondern bleigrau. Als wäre das Feuer unter einer Ascheschicht verborgen.

Und hier, wo Weiße und Schwarze und Mischlinge zusammenkommen, um miteinander zu handeln und zu tanzen, um einander zu bestehlen und miteinander zu lachen, wird Jacob plötzlich gewahr, daß die Zeichen auf Veränderung stehen. Nicht, weil aus ihm selbst das Mobiliar seines vorherigen Lebens fortgetragen und verbrannt wurde, sondern weil er sieht, daß alles in Bewegung ist, daß alles vorandrängt wie glühende Lava aus einem Krater, ein dicker Strom heißen Lebens. Daß sich die Welt unwiderruflich verändert. Daß alle noch so nichtigen Begebenheiten in den Leben noch so unscheinbarer Menschen das Gesamtgebilde Schlag für Schlag aus dem Lot bewegen. So wie Dirks Tod ihn verändert hat und dadurch die Welt um ihn her. Alles greift ineinander. Es ist ein unendlich kompliziertes, unentwirrbares, plumpes Knäuel, das langsam dahinrollt. Und es bewegt sich nicht immer in die Richtung, die Jacob erwartet oder erhofft oder sich erwünscht. Die Menschen, die hier tanzen und singen, wurden aus Afrika geholt, weil die Indianer nicht als Sklaven taugten und in den Silberminen und auf den Feldern starben, die Neger aber zäh waren und stark, und weil jemand auf die Idee kam, mit dem Handel mit Schwarzen Geld zu verdienen, und nun leben sie hier, arbeiten hier, atmen diese Luft, begraben ihre Toten in dieser Erde, und ihre Anwesenheit hier ist nicht mehr zu tilgen, nicht mehr ungeschehen zu machen, so wie die seine nicht mehr auszulöschen ist, und sie werden singen und arbeiten und sie werden sich schlagen lassen, bis sie zurückschlagen. Bis sie zurückschlagen. Es beginnt schon. Hier. Jacob schaut in die glühende Holzkohle und die zunehmende Dunkelheit voller sich bewegender Menschen, und schlagartig fügen sich Dinge in einen Zusammenhang, denen er noch keinen Namen geben kann.

Jeden Samstagabend geht er zum Kielkai, und danach stiehlt er sich in ärmliche Hütten und bezahlt für die Benutzung von Frauenkörpern. All diese verschiedenen Frauen verschmelzen zu einem einzigen großen Urgeschlechtsteil, einer tiefen Höhle, dunkel und leer wie sein eigenes Herz.

»Plato«, sagt Jacob eines Tages während eines heftigen Unwetters – es gießt wie aus Kübeln, die Kokospalmen stehen krumm wie gespannte Bogen, und die Holzschindeln auf dem Dach klappern, als wären hundert Teufel zugleich aus der Hölle losgebrochen –, »Plato!« Er muß es in dem Getöse beinahe rufen. Als Plato ihn ansieht, erschrickt er. Aber er kann nicht mehr zurück: »Haßt du mich?«

Er will eigentlich fragen, ob Plato ihn trotz allem möge, ihn gern habe, da sei doch ein Band zwischen ihnen, sie seien doch aufeinander angewiesen, aber das ist ihm zu devot. Weibisch. Das ist eine Frage, die nicht er sich zu stellen hat. Trotzdem geht sie ihm schon seit Wochen durch den Kopf. Er muß es wissen, und er will eine aufrichtige Antwort, auch wenn es für einen Sklaven sehr schwer ist, aufrichtig zu sein.

Plato tut, als hätte er ihn nicht gehört. Als der Wind kurz

den Atem anhält, wiederholt Jacob seine Frage. »Plato, haßt du mich?«

Plato sieht ihn an, seine Lippen bewegen sich, in seiner Wange zuckt ein Muskel. Dann beginnt er zu lachen. Zuerst kichernd, dann immer lauter, bis sich die anschwellenden und überschlagenden Salven mit dem wiederauflebenden, durch die Schindeln fahrenden Wind vermischen, und da legt sich das Lachen, und nur der Wind bleibt übrig. Ist das eine Antwort? Jacob spürt, wie ihm die Wut in die Kehle kriecht. Dieses Lachen ist eine Unverschämtheit. Muß bestraft werden. So ein schlechter Herr ist er doch nicht? Er benutzt die Peitsche nur, wenn es wirklich nötig ist.

Das Lachen hallt in Jacobs Kopf nach, er hört es sogar noch in seinen Träumen. Er erinnert sich sowohl der Freude des Züchtigens wie der Ratlosigkeit der Macht. Er weiß nicht, was er tun soll. Wer lacht, ist frei, denkt er. Wütend.

So stehen die Dinge in Jacobs aufgeschobenem Leben, als ihm eines Tages eine Ankündigung ins Auge springt. Im Theater – ein Holzbau mit angefressenen roten Samtvorhängen, wo auf der kleinen Bühne eine wacklige Kulisse steht, gerade gut genug, den weißen Inselbewohnern mit ihrem wenig verfeinerten und verwöhnten Vorstellungsvermögen etwas vorzugaukeln – gibt die weltberühmte Gesellschaft von John Fraser (ein Begriff in London!) Vorstellungen von Shakespeare, Sheridan, Farquhar und Marlowe. Die Namen sagen Jacob nichts. Er ist noch nie im Theater gewesen, obwohl er Neuankömmlinge auf Curaçao oft über die italienische Oper, die französische Komödie und willige kleine Schauspielerinnen hat prahlen hören. Er weiß nicht, was er sich darunter vorstellen soll, und seine Neugierde ist geweckt.

Es ist höllisch heiß in dem kleinen Theater. Und räuchernde Kerzen und Fackeln rauben einem den Atem. Der Schweiß rinnt den formell gekleideten Zuschauern von der

Stirn. Die Inselelite weiß, wie es sich gehört: Sie reden und flirten und geben lauthals Kommentare zu den Schauspielern ab, die manchmal aus der Rolle fallen und sich direkt ans Publikum richten: »Schau dich doch selbst an, Pickelgesicht!« Jacob wird rasch klar, daß Theater die Demonstration heftiger Gefühle ist, auf der Bühne wie unter den Zuschauern. Unbeschreiblich tiefes Leid und hysterischer Spaß entströmen den Menschen, dampfen, stinken und qualmen zur Decke hinauf.

Jacob versteht wenig. Sein Englisch genügt für den alltäglichen Gebrauch, aber Shakespeare kann er nicht folgen. Hin und wieder begreift er einen Satz, ein Wort, eine Wendung. Bei manchen Teilen wird heftig applaudiert, bei anderen gebuht, und wenn ein Schauspieler mit rollenden Augen und heftig gestikulierend und seufzend qualvoll stirbt, darf er das Kunststück zweimal wiederholen, und sowohl den Damen als auch den Herren laufen die Tränen über die Wangen. Der Zeeländer findet das zwar stark übertrieben, ist aber wider Willen von dem Geschehen ergriffen.

Zumal als eine junge Frau auftritt, die ihre Texte mit heller Stimme spricht und schöne, kontrastreiche Gebärden macht. Ihr Kostüm ist eine transparente orientalische Phantasie mit vielen Schleiern und Ketten. Der männliche Teil des Publikums begrüßt ihre bezaubernde Erscheinung mit Applaus und Pfiffen und schlüpfrigen Bemerkungen. Einer der angetrunkenen Herren springt auf die Bühne. Er tanzt mit lasziven Bewegungen ganz nah um die Schauspielerin herum, macht zur größten Erheiterung masturbierende Gebärden, während sie sich vor Wut verhaspelt. Es wird alles mögliche geworfen. Pralinen. Rosen. Bänder. Taschentücher. Schmuddlige Handschuhe. Die Schauspielerin weicht dem Bombardement und dem Zudringling aus und schnurrt so rasch wie möglich ihren Monolog herunter. Sie will hinter den Kulissen verschwinden. Das Publikum schreit nach einer Zugabe. Sie wird auf die Bühne geschoben, sträubt sich, muß dennoch auftreten. Der betrunkene Mann liegt mit heraushängender Zunge zu ihren Füßen, stört sie aber nicht mehr. Das Publikum lauscht jetzt atemlos ihrer hellen Stimme und spendet ihr zur Belohnung donnernden Applaus.

Weil Jacob nicht viel versteht, ist er um so sensibler für den Ton. Da ist eine Reibe, da ist zerbrochenes Glas, da ist eine Peitsche in ihrer Stimme. Als er kurz die Augen schließt und nur lauscht, sieht er einen Steinhang mit einer dunklen Regenwolke darüber, sieht kaltes, sich kräuselndes Wasser und fühlt den Wind aus dem Norden. Sie macht eine Verbeugung und geht ab. Jacob steht relativ weit vorn und hat den Eindruck, daß sie ihn bemerkt. Ihr Blick fährt durch ihn hindurch wie ein glühendes Messer. Am Ende der Vorstellung, als sich ihre Blicke mehrmals gekreuzt haben, bebt er so sehr, daß man meinen könnte, er habe einen Malaria-Anfall.

So etwas hat er noch nie erlebt. Fanny Fenwick ist nicht irgendein hin und wieder aufkommender Gedanke, sie ist ständige Gegenwart. Sie ergreift Besitz von ihm, wie sich Nebel über das Land breitet. Ihr Blick, ihre Haltung, ihre Stimme beschäftigen ihn derart, daß er sich manchmal dabei ertappt, so wie sie die Hand um seine Kehle zu legen, auf genau die gleiche Weise den Kopf in den Nacken zu werfen. Sie liegt wie eine stramme Seidenschnur um seinen Hals und nimmt ihm nachts den Atem. Er schläft mit dem Kopf unter dem Laken und riecht in der eigenen Achselhöhle den nie wahrgenommenen Geruch von Fanny Fenwick. Er flüstert ihren Namen und dann seinen eigenen, wie sie ihn aussprechen würde mit ihrer regenschauergleichen Stimme. Er lernt jeden Zentimeter ihres Körpers auswendig, als müßte er die Karte ihrer Gliedmaßen und ihrer Haut aus dem Kopf nachzeichnen, und dabei hat er sie nur ein einziges Mal aus einer gewissen Entfernung gesehen.

Er möchte in keine Vorstellung mehr, weil er fürchtet,

daß sich das peinliche Schauspiel mit einem Trunkenbold wiederholen und er dann nicht an sich halten könnte. Er wagt nicht, am Theater zu warten, bis die Schauspieler herauskommen. Aber er muß Fanny Fenwick wiedersehen. Seine Ruhelosigkeit läßt er an Plato aus, der ihm nichts recht machen kann. Jacob scheucht mit bellender Stimme einige alte Sklavinnen, die Kräuter tauschen kommen, von seinem Grundstück fort. Eine von ihnen, ein mit loser, dunkelgrauer Haut behangenes Knochengerüst, keinen Zahn mehr im Mund, wohl aber eine Pfeife zwischen den harten Kiefern, macht mit der linken Hand ein Zeichen in seine Richtung. Es wird wohl ein Fluch sein. Alles ist ein Fluch. Wenn sich alle Flüche erfüllten, lebte kein Hund mehr. Schon gar kein weißer. Jacob zuckt die Achseln darüber. Er befiehlt Plato, seine Huren anderswo zu empfangen.

Auf Nachfrage erfährt er, daß Frasers Truppe ein Haus in der Nähe der Garnison angemietet hat. Dort bezieht er Posten. Sieht Fanny Fenwick herauskommen oder hineingehen, meistens in Begleitung von Kollegen oder einer anderen Frau, die sehr gut ihre Mutter sein könnte. Sieht sie reden und lachen. Sieht sie. Sieht sie. Sieht sie. Geht von ihr erfüllt nach Hause. Besucht seine Lieblingsfarbige, doch ihre Liebe schmeckt ihm ranzig wie alte Butter. Er nimmt Zuflucht zur Masturbation, wobei Fanny Fenwicks Duft nach Geißblatt und ausgeblasenen Kerzen (so, denkt er, riecht sie, würzig, nach Kirche, oder ist es blühender Liguster und mit Regenwasser gefüllter Teich?) seine Phantasie anregt und er sie sieht, nackt und bis zu den Schenkeln in einem Fluß, und er selbst ist das Wasser, das ihr Geschlecht leckt, und wie sie sich ihm öffnet und sich ihm hingibt und in ihm ertrinkt und er sich in allen ihren Organen einnistet und ausbreitet, bis sich ihr Fleisch in Flocken von ihrem Gebein löst und sie in ihm aufgegangen ist.

Er macht sich an einen der Schauspieler heran, dem er eines Samstag abends am Hafen begegnet; das Hemd des jungen Mannes hängt lose, man hat ihm seine Jacke und seinen letzten Cent geraubt, er ist verwirrt und fiebrig. Jacob bringt ihn nach Hause. Es ist schon spät. Alle schlafen. Jacob spürt ihre schlafende Gegenwart, nur wenige Schritte entfernt, wie ein Beben. Wie Wärme. Er muß sich beherrschen, um nicht zu ihr zu gehen, ihre Wangen zu streicheln, ihren Atem einzuatmen.

Am nächsten Tag wird er im Schauspielerhaus vorstellig. Wartet auf dem Hof wie ein hungriger Hund. Die ältere Frau kommt heraus. Jacobs neuer Freund ist krank, ein anderer müsse seine Rolle übernehmen, nein, er sei nicht zu sprechen, er schlafe, phantasiere, ein Arzt kümmere sich um ihn, vielen Dank für die Nachfrage, sie selbst wolle gerade mit ihrer Tochter in die Kirche gehen. Er fragt, ob er sie begleiten dürfe. Er darf.

Jacob betritt Neuland. Er setzt frische Fußspuren in glatten Sand. Mit einem Schlag ist die Kiste mit seinen Erinnerungen versiegelt und versunken. Das Licht ist erst an diesem Morgen erfunden worden. Als er sich vorstellen soll, hat er seinen Namen beinahe vergessen. Eine sanfte Hand massiert sein Herz, das beständig und heftig klopft. Er geht neben ihr. Seine Sünden sind ihm vergeben.

»Ich habe Euch im Theater gesehen. Ich war ergriffen von Eurer Darbietung«, sagt Jacob. Es ist der Satz, den er schon seit Tagen probt.

»Vielen Dank«, sagt sie. Sie ist Komplimente natürlich gewöhnt, und besonders blumig ist das seine nicht. Aber aufrichtig. Doch nimmt sie den Unterschied noch wahr?

»Meine Tochter ist keine Schauspielerin«, sagt die Mutter. »Es war eine Möglichkeit, London zu entfliehen. Sobald ihr Vertrag ausgelaufen ist, machen wir eine Schule auf.«

»Wann wird das sein?«

Die Mutter schaut zu ihrer Tochter. »Am Ende dieser Tournee«, sagt Fanny stur. Kurz. Der Staub der Straße färbt die Säume der Kleider graugelb. Als ein Fuhrwerk vorüberrumpelt, müssen sie sich die Hände vors Gesicht halten, so sehr staubt es.

»Wir fahren noch nach St. Kitts, Tortola und Jamaica«, ergänzt ihre Mutter.

»Und dort bleibt Ihr dann?«

»Das ist unsere Absicht.«

»Oder wir gehen nach Amerika«, sagt Fanny.

»Amerika?« Die Mutter ist überrascht. »Wir sind im Krieg.«

»Wer sind ›wir‹?«

»Wir Engländer.«

»Ich nicht«, sagt Fanny.

»Was reizt Euch an Amerika?« fragt Jacob steif. Er traut sich kaum, sie von der Seite anzusehen, den Blick auf ihren Hals, ihre Hände, ihre Füße zu richten. So nah. Sie trägt ein einfaches Baumwollkleid, das ihr um und zwischen die Beine weht wie eine Haremshose. Er wagt nicht, auf die Falten ihres Rocks zu schauen, auf den untadeligen Baumwollbusen. Aus den Augenwinkeln sieht er kurz eine wehende Haarlocke unter ihrem Hutrand. Dunkelblond mit Kupferreflexen. Stickseide.

»Nichts reizt mich an Amerika. Nichts reizt mich hier. Nichts reizt mich irgendwo.«

Die Mutter seufzt, wirft Jacob einen vielsagenden Blick zu und zieht es vor zu schweigen. Fanny Fenwick hat einen Willen wie Granit und weigert sich, das Spiel der eleganten Konversation zu spielen. Das hat Jacob ihrer Stimme angehört und ihrem Blick angesehen: Sie ist wie er. Sie hat sich selbst wie einen Ast vom Baum gebrochen und zum Spazierstock gemacht, jederzeit bereit zu gehen, nirgendwo zu Hause. Diese Schule scheint ihm ein Vorwand zu sein, ein Mittel, die Mutter zu vertrösten. Wovor flieht sie, wohin ist sie unterwegs?

Schweigend passieren sie den jüdischen Friedhof und die Synagoge, erreichen die anglikanische Kirche. Jacob geht mit hinein. Wie ein Hund seinem Herrn folgt. Fanny schaut sich kurz verwundert um, sagt aber nichts.

»Seid Ihr auch …?« fragt die Mutter.

»Nein«, sagt Jacob. »Ich bin nichts. Also alles. Ich darf überall hinein. Jede Kirche hofft auf meine Seele.«

Die Mutter kraust die Stirn.

Jacob weiß nicht, worum es im Gottesdienst geht. Kein Wort dringt zu ihm durch. Er spinnt Fanny ein. Einen Kokon aus Gedanken und Liebkosungen spinnt er um sie herum. Vage hört er die Mutter leise und falsch die Psalmen und Gesänge mitsingen. »Gelobt sei der Herr, mein Fels, der meine Hände kämpfen lehrt und meine Fäuste, Krieg zu führen.« Sein Streit mit Gott ist mit dem Tode Dirks ausgefochten. Schmerz ist jetzt die Essenz, Schmerz ist das Salz der Erde, das quellende Wasser. Aber sie dort neben ihrer Mutter, mit dieser rücksichtslosen Lauterkeit, dieser Seele aus Bergkristall, sie muß vor Schmerz behütet werden. Er wird um sie sein wie ein Käfig, eine schützende Glasglocke, und kein Leid wird ihr geschehen.

Am Ende des Gottesdienstes ist ihm, als hätte er ein langes Gespräch mit ihr geführt. Er hofft, daß er ihr nachher zum Abschied die Hand drücken darf. Es kommt besser: Ihre Mutter bittet ihn zu einer Erfrischung herein.

Wie ein Türke. So liegt John Fraser auf einem Ruhebett im Schatten der breiten Veranda auf der Rückseite des Hauses. Einen geblümten, langen Schlafrock über weißem, offenem Oberhemd und weißer, weiter Hose. Eine breite Schärpe um den Bauch. Pantoffeln an den Füßen. Er liest ein Buch und ißt Nüsse und Rosinen aus einer ockergelben Schale. Musselintücher hängen als Sonnenschutz vom ersten Stock herab. Sie wehen im Wind wie Unterröcke an einer Wäscheleine. Immer wieder wird kurz der Garten sichtbar: Ein Schwarzer liegt unter einem Baum im Gras, neben ihm sitzt ein junger Weißer, der mit einem Stapel Papier in der Hand vor sich hin spricht. Die Hand des Schwarzen ruht auf dem Schenkel des Weißen. Dann weht der Wind die Vorhänge wieder zu, und die Vision ist fort.

Sobald Fraser Jacob im Kielwasser von Fannys Mutter wahrnimmt, erhebt er sich. Er ist kleiner als der Durchschnitt, obwohl er auf der Bühne wie ein Hüne wirkt. Sein Brustkasten ist breit wie der eines Ringers, seine Beine sind kurz und die Arme lang. Mit dem schütteren, ziemlich fußligen, langen roten Haar dazu, eine Überraschung für den, der ihn mit dichter Perücke auf der Bühne gesehen hat, gleicht er ganz und gar einem Menschenaffen. Sein Gesicht scheint aus noch nassem Ton oder Brotteig modelliert zu sein, so knetbar und knochenlos wirkt es. Der volle, breite Mund suggeriert Wollust, doch die scharfe Wachsamkeit seiner grauen Augen relativiert diesen Eindruck. Eine Braue ist stets leicht hochgezogen, ein Tic verzieht hin und wieder seine rechte Gesichtshälfte, macht ihn zu einem zwinkernden Satyr. Auf der Bühne verliert sich dieser Tic, wie bei einem Stotterer, der singen kann, ohne zu stocken. Jeder seiner Gesichtszüge steht für sich, als sei eine Reihe von Vorlagen zu einem möglichst schlecht zusammenpassenden Ensemble kombiniert worden. Fraser ist ein Monstrum. Doch seine Stimme schmiedet alle die willkürlichen Teile zu einer beeindruckenden menschlichen Kirche zusammen. In der es hallt und schallt und tönt und singt.

»Der Pfarrer, nehme ich an?« Er nickt in Jacobs Richtung und lächelt Mrs. Fenwick zu. »Der Sonntag ist mir genauso heilig wie dir, Grace. Aber ich erweise Gott die Ehre, indem ich ausschlafe, ruhe, eine gute Mahlzeit, Musik, die Gesellschaft von Freunden genieße. Ein Pfarrer vergällt mir mit seiner Hölle und Verdammnis die Freude und damit die Freude des Herrn. No offense meant, Herr Pfarrer.«

Grace Fenwick lacht, als hätte man ihr einen anstößigen Witz erzählt. Ihr Mund bleibt dabei klein und keusch. Sie errötet. Sie ist in Fraser verliebt. Das verraten ihr Augenaufschlag, das kokette Drehen der Schulter, der kleine »böser Junge«-Klaps, den sie ihm auf den Arm gibt. Sie kann nicht anders. Das geht automatisch. In seiner Nähe ist sie wie eine läufige Hündin, die mit dem Hinterteil übers Gras rutscht.

»Er ist kein Pfarrer, John. Er ist vielleicht genauso gottlos und verdammt wie du, aber er hat uns wenigstens in die Kirche und wieder nach Hause begleitet. Rivers ist sein Name. Ich habe ihm zur Belohnung eine Erfrischung versprochen.«

»Wo ist Fanny?«

»Auf ihrem Zimmer.«

»Ruf sie. Wir haben einen Gast.«

»Das weiß sie.«

»Ruf sie.«

»Ich garantiere für nichts.«

Der kurze Wortwechsel enthüllt einen Machtkampf um Fanny und eine Irritation. Jacob nimmt unterdessen begierig die Gesellschaft in sich auf. Ihre Gesellschaft. Diese Umgebung ist von ihr durchzogen. Das hier sieht sie tagtäglich. Mit diesen Menschen geht sie um, diese Menschen berührt sie. Die finden sie ganz normal. Ihre Göttlichkeit ist an sie verschwendet. Er verachtet und beneidet sie. Es stehen einige Bänke und Tische da. Jedermann ist zwanglos gekleidet. Ohne Rock. Das Hemd offen. Die Frauen mit nackten Armen und aufgeschnürten Korsagen. Jacob erkennt einige Gesichter wieder. Zwei der Schauspieler spielen konzentriert Schach. Ein Junge vermengt Fett und ein scharlachrotes Pulver in einem Mörser und gibt das Gemisch mit einem Holzspatel in kleine weiße Tontiegel. Eine alte Frau kämmt und lockt Perücken auf Holzköpfen und redet mit ihnen. Eine jüngere Frau mit grobem, aber anziehendem Äußeren rupft singend ein Huhn. In einer Ecke spielt ein Buckliger leise auf einer Flöte. Außer den Schachspielern haben sie bei Jacobs Eintreten allesamt aufgeschaut und ihn gegrüßt. Warum ist Fanny nicht hier? Warum ist sie auf ihrem Zimmer? Hat sie Launen? Oder ist es seinetwegen?

Während Grace hineingeht, bittet John Fraser ihn, am Fußende seines Diwans Platz zu nehmen. Ein wenig schüchtern leistet Jacob der Einladung Folge. Setzt sich steif, so hölzern, wie er plötzlich ist. Seit seiner kurzen Ehe mit Louise van der Palm ist er nicht mehr in solcher kultivierten Gesellschaft verkehrt. Er wollte sich nicht den Verlockungen des guten Lebens hingeben, der Schwüle, der klebrigen Süße des Obstes, der Üppigkeit. Das war doch alles Augenwischerei. Sich samtenen menschlichen Schwächen hinzugeben entspricht nicht seiner Einstellung. Das paßt nicht zu seiner Lehre vom Schmerz. Von der Leere. Ihm ist nach Kälte, Schärfe, Verschlossenheit, Distanz, Askese, auch im warmen Schlamm seines Armeleuteviertels mit den Schwärmen summender Moskitos. Aber Fanny, wie paßt sie ... Ja, gerade Fanny mit ihrer nordischen Stimme, ihrer Polstimme, ihrer Schnee-und-Eis-Stimme. Gerade sie. Kein Trost.

»Ihr habt Fanny im Theater gesehen, und nun seid Ihr hoffnungslos in sie verliebt«, sagt Fraser. Sein Gesicht bewegt sich zu einer neuen Form. Er könnte jeden Moment in Gelächter ausbrechen, in höhnisches Gelächter über den gelungenen Betrug: Schon wieder einen Fisch gefangen, einen Dummen, der geradewegs in die duftende Reuse mit dem weichfleischigen Aas geschwommen ist.

»Ich bin wohl nicht der erste oder der einzige«, sagt Jacob zahm. Mein Gott, wie alt ist er inzwischen? Muß er wirklich noch wie ein ertappter Schuljunge reagieren?

»Das ist keine Schande«, sagt Fraser beruhigend. »Was hattet Ihr Euch denn vorgestellt?« Er hört sich an wie der Vater der Braut, der die Verhandlungen über den Ehevertrag eröffnet.

Erschrocken sieht Jacob den Schauspieler an. Was er sich vorgestellt hat, geht diesen Engländer nichts an; er hat sich kaum etwas vorgestellt. Er hat nur in Gedanken wiederholt die Beugung ihres Ellenbogens, die dünne Haut an der Innenseite ihrer Schenkel, den Nagel ihres kleinen Zehs bestaunt, und er hat versucht, sich ihre Intonation und ihre Kopfhaltung zu eigen zu machen. *Das* hat er sich vorgestellt, in dem beschämenden Versuch, in ihre Haut zu schlüpfen.

»Ich habe mir gar nichts vorgestellt. Außer vielleicht einmal die Gelegenheit zu haben, Miss Fenwick zu sagen, wie sehr ich sie als Schauspielerin bewundere. Das ist nun geschehen.«

»Sonst nichts?« sagt der Satyr schmunzelnd.

»Ich schwöre es Euch.« Jacob findet zu seiner arroganten Distanziertheit zurück, zumindest dem Anschein nach. Er erhebt sich von dem Diwan.

Fraser beugt sich lachend zu ihm hin und zieht ihn an seinem Rockschoß wieder herunter. »Bleibt doch sitzen. Ich werde Euch nicht mehr necken. Hoffen wir, daß sich Ihre Königliche Hoheit blicken läßt.«

»Wie steht es um Euren kranken Schauspieler?« Steif. Im Rücken die Kirchenbank.

Die Unterhaltung bleibt oberflächlich, doch Jacob merkt, daß Fraser ungeduldig wird. »Wo bleibt sie denn?« hört er ihn murmeln. Jacob fängt zwischen den wehenden Tüchern erneut das Bild von den beiden Schauspielern unter dem Baum auf, in dem sich jetzt Dutzende von Vögeln niedergelassen haben. Ein tschilpender Hut über den beiden. Der Schwarze ist aufgewacht und spricht mit dem jungen Weißen. Mal sagt der eine einige Worte, mal der andere. Fraser bemerkt Jacobs Interesse und erklärt, die beiden probten. Der Weiße habe von dem kranken Schauspieler den Jago übernommen und mache jetzt mit Othello den Schnelldurchlauf. Wie bitte? Den Text so schnell wie möglich sprechen, um ihn sich einzuprägen. Schauspielermethode. Ein schwarzer Schauspieler? Sei das nicht befremdlich? Neu? Wie werde das hier aufgenommen? Sei er ein Sklave?

»Ein Sklave?! Gott bewahre, nein! Ich halte keine Sklaven. In diesem Haus werdet Ihr keinen Sklaven antreffen.

Anthony ist so frei wie Ihr und ich. Falls Ihr frei seid und nicht der Sklave Eurer Gefühle. Er ist ein Mensch.«

»Aber ...«

»Ich fand es pikant, ihn in die Zuckerkolonien mitzunehmen. Für ihn ist es ein Wiedersehen mit seinem Zuhause, auch wenn er sagt, er erinnere sich an nichts mehr. Er ist als Vierjähriger von einem englischen Admiral als Geschenk für dessen Frau von hier mitgenommen worden. Als Spielzeug. Schoßhündchen. Doch das Schoßhündchen war bissig und verbreitete animalische Geruchsspuren um sich, als es geschlechtsreif war, und da wollte Madame ihn los sein und setzte ihn in Belgrave auf die Straße hinaus, wo man mit dem Finger auf ihn zeigte und ihn beschimpfte, denn der zivilisierte Mensch ist ja allzeit bereit, die Barbaren von den Toren zu verjagen, nicht wahr? Ich fand ihn auf einem Kehrichthaufen bei Covent Garden und gewann sein Vertrauen, was mich ein blaues Auge und andere kleine Blessuren kostete, die ein starker, ängstlicher Junge einem älteren Mann beibringen kann. Aber ich will Euch nicht mit den Einzelheiten seiner Geschichte langweilen. Kurz und gut, ich lehrte ihn das Fach und andere Fertigkeiten. Er spielt den Othello und einige kleinere Schurkenrollen. Othello von einem echten Mohren, ich sage Euch: Es war eine Sensation in der Drury Lane. Eine Sensation! Eine noch größere Sensation erwarte ich hier.« Fraser rieb sich die Hände.

»Ist es nicht grausam, ihn der Verachtung des Publikums auszusetzen?«

»Verachtung? Ja, damit beginnt es. Wütende Pfiffe, Gezisch, laute Ausrufe, ein echter Mohr! Findet Ihr das nicht befremdlich? Das Publikum will auf der Bühne den Fall Großer sehen, weil in der Realität niemand vor Kummer und Schmerz bewahrt bleibt, auch die Herrscher nicht. Auch sie müssen sich dem Regime des blinden Schicksals beugen. Und sie fallen tiefer. Doch es geschieht zu selten, und wer ist Zeuge? Das Publikum möchte Blut sehen. Kein echtes Blut. Rote Farbe. Es zieht eine Kaprice, eine überdeutliche Unechtheit, dem höchsten Schein von Authentizität vor. Othello darf kein Mohr, sondern soll ein Weißer sein, der sein Gesicht schwärzt. Um der Wirklichkeit ins Auge sehen zu können, macht es sie erträglich, indem es sie sich so unecht wie möglich vorstellt.«

Das Huhn ist gerupft. Die junge Frau knotet die Federn ins Tuch und steht auf. Das Huhn hängt schlapp und kahl an den Beinen im Griff ihrer zupackenden Hände. Federn kleben auf ihrem Busen und im Haar. Auf ihrer Wange ein Streifen Hühnerblut.

»Eine französische Schauspielerin spielte eine Bauerntochter in einer Pastorale. Sie kleidete sich, wie sich echte Bauerntöchter kleiden, etwa so wie unsere Mary. Sie trat barfuß auf die Bühne und in einem Kostüm wie für einen Lumpenball. Das Publikum war aufgebracht. Die Heldin, mag sie auch Bauerntochter sein, soll aussehen wie eine Prinzessin. Ist das nicht komisch? Helden sind immer weiß und Engel. Und am Ende fallen sie tief. Das Publikum besteht aus Königsmördern.«

»Wißt Ihr, ich war zum erstenmal in meinem Leben im Theater ...« Frasers freundschaftlicher Plauderton verleitet Jacob zur Vertraulichkeit. Ah! Dieser Schauspieler ist gut! Der Zeeländer beginnt sich wohl zu fühlen! »... und sah, daß nicht nur auf der Bühne geschauspielert wird. Das Publikum ist selbst auch Akteur. Alle Zuschauer zusammen *ein* Akteur. Allesamt Teil eines Spiels, eines Spiels um ein Spiel. Das Spiel hat Regeln, die nicht gebrochen werden dürfen. Othello ist ein weißer Mann, der sein Gesicht schwärzt. Über einen echten Mohren erschrickt das Publikum. Das bricht den Bann.«

»Wie außerordentlich gut beobachtet von Euch! Es ist wahr. Wir ertragen es nicht, daß eine angenehme Illusion zerstört wird. Wir ertragen es nicht, in den uns vorgehaltenen Spiegel zu sehen, ohne eine mildernde Antwort parat zu haben. Aber Ihr? Eine so scharfsinnige Beobachtung deutet zumindest darauf hin, daß Ihr die Wirklichkeit nicht in schöne Gewänder hüllt.«

»Ich war erstaunt.«

»Und Ihr seid der Meinung, daß wir Schauspieler dem Publikum zu sehr zu Willen sind?«

»Ich habe keine Meinung über Euer Fach.«

»Ich hatte vor Jahren ein interessantes Gespräch mit einem französischen Philosophen über das Paradox des Komödianten. Netter Mann, etwas alteriert, typisch französisch. Ich habe ihm noch geraten, seine Gedanken aufzuschreiben, doch der Mann ist tot, und ich habe nichts mehr von ihm vernommen. Aha, da ist sie.«

Fanny und Grace Fenwick betreten die Veranda. Elektra und ihre Amme. Fraser steht auf und macht eine tiefe Verbeugung. Grace trägt ein Tablett mit einem Krug und Bechern, stellt es auf den Tisch und schenkt ein. Fanny setzt sich auf eine Bank, ordnet ihre Röcke und betrachtet die Welt mit wohlgefälligem, aber abwesendem Blick. Sie ist da. Auf Befehl. Sie gehorcht dem Befehl. Mehr nicht. Fraser strahlt.

»Dieses Paradox des Schauspielers lautet wie folgt: Um sich der Wirklichkeit des tiefen Gefühls weitmöglichst anzunähern, muß der Schauspieler das Gefühl spielen, nicht aber empfinden. Je echter die Regung, desto schlechter der Schauspieler. Ein guter Schauspieler hat kein Gefühl. Der geniale Schauspieler ist kühl, berechnend, er zerlegt die Leidenschaft in zahllose kleine Gebärden, webt einen Teppich aus scharf wahrgenommenen Details, den er nach Belieben vor seinem Publikum ausbreitet, genau im richtigen Umfang, nicht zu groß, nicht zu klein. Täglich. Es ist die Präzisionsarbeit des Instrumentenmachers. Einen Viertelton zu hoch, eine Nuance zu laut oder zu leise, und der Effekt ist dahin. Echte Erregung schlägt über die Stränge, schreit es heraus. Im Theater muß sich ein Kummer, um beim Zuschauer Kummer zu wecken, in das vereinbarte und für alle Künste geltende System der Glaubwürdigkeit einfügen. Die Ergriffenheit des Publikums ist eine hochgeschaukelte Ergriffenheit. Daß diese unecht sei, möchte ich teilweise bestreiten. Die Präzisionsarbeit des Schauspielers zielt auf die Erinnerung an Gefühle in wirklichen Situationen ab. Sie werden nachgeahmt, in Bahnen gelenkt und verstärkt, sie werden einer Regie unterworfen und sind dadurch wiederholbar. Mithin führen sie überschüssige und unverarbeitete Gefühle ab, so wie unsere Nieren Abfallstoffe ausscheiden. Theater ist Katharsis. Säuberung. Wir müßten vom Arzt verordnet werden!«

John Fraser lacht aus vollem Halse. Es wirkt ansteckend. Jacob lacht mit. Alle anderen fallen ein und verstummen wieder, als der Schauspieler erneut das Wort ergreift.

»Der Schauspieler handelt in Gefühlen, aber fühlt nicht. Das Publikum fühlt ohne Grund in Wirklichkeit. Ich kann Euch gar nicht sagen, wie mich dieses Paradox tagtäglich verblüfft und wie sehr ich geneigt bin, die Grenze zwischen Schein und Wirklichkeit zu erkunden. Zu überschreiten. In der Wirklichkeit zu spielen und im Theater echt zu sein. Denn warum sollte, was im Theater wirksam ist, es in Wirklichkeit nicht sein? Und umgekehrt. Wenn wir im Theater Anforderungen an die Darstellung des Gefühls stellen, müssen wir eine Vorstellung von der Art und der Erscheinungsform dieses Gefühls haben. Theater spiegelt die Auffassung von der Wirklichkeit wider. Nicht der Wirklichkeit an sich. Aber was ist die Wirklichkeit anderes als unsere Auffassung von der Wirklichkeit? Und so decken sich Theater und Wirklichkeit. Verändert sich meine Auffassung von der Wirklichkeit, dann verändert sich mein Theater. Verändere ich das Theater, dann verändere ich die Wirklichkeit. Ich habe Macht. Und sagt nun selbst: Kein Machthaber kommt ohne schauspielerisches Talent aus. Das öffentliche Leben ist Theater. Muß Theater sein. Warum dann nicht auch das private?«

»Ihr seht keinen Unterschied zwischen dem einen und dem anderen?«

Jacob teilt seine Aufmerksamkeit zwischen Fraser und Fanny auf. Er verspürt ein Prickeln bis in die Zehen und die Fingerspitzen. Er lebt. Sein Blick ist klar, sein Verstand schärfer denn je, alle seine Sinne sind erwacht. Farben und Gerüche und Formen werden tief in das Wachs seiner Seele gedrückt. Die spielerischen Theorien über gespielte und wahre Leidenschaft sind abgegriffene Worte gegen den reinen Schmerz, den Fannys Anwesenheit ihm bereitet. Er ist zugleich Betrachter und Objekt. Natürlich ist es möglich, Leidenschaft zu empfinden und sie zu beherrschen. Schauspieler zu sein und … Was ist eigentlich das Gegenteil eines Schauspielers?

»Ein Schauspieler ist immer Schauspieler. Sonst ist er kein guter Schauspieler. Und wer Macht hat, ist ein guter Schauspieler«, beschließt Fraser.

»Ein Schauspieler wird als Schauspieler geboren?«

»Ha, da rührt Ihr ein interessantes Problem an. Nehmen wir einmal unsere Fanny.« John Fraser bewegt sich auf seine äffische Weise, die er noch etwas stärker betont, als es ihm von seiner Gestalt her ohnehin schon vorgegeben ist, auf Fanny zu. Er setzt sich neben sie. Jacobs Blut beginnt zu kochen. »Fanny ist ein Naturtalent. Weil sie keine Schauspielerin sein möchte. Wer will schon Schauspieler sein? Unser Beruf hat einen schlechten Ruf. Es ist ein gefährlicher Beruf, das leitet sich aus dem ab, was ich Euch schon sagte. Um als ehrsame junge Frau zum Theater zu gehen, muß einem also schon das Wasser bis zum Halse stehen. Fanny stand das Wasser bis zum Halse. Sie mußte sich meiner traurigen Truppe anschließen oder wäre genötigt gewesen, noch einen Schritt tiefer zu sinken, um die Schulden ihres Vaters zu tilgen und ihren Lebensunterhalt zu sichern. Natürlich entschied sie sich für mich. Und für die Flucht. Aber oh, wie sehr erweist es sich, daß ihr Widerwille gegen unseren Beruf ihrem Erfolg dienlich ist. Sie fühlt nicht. Sie haßt die Texte, die sie sprechen muß, aber sie kann es einfach nicht schlecht machen. In ihr steckt eine ehrgeizige Perfektionistin. Sie will gegen mich gewinnen. Ja, sie will gegen mich gewinnen.«

Er nimmt ihre Hand in die seine und drückt mit seinen dicken Lippen einen Kuß darauf. Jacob bildet sich ein, daß er sie schaudern sieht. Aber dann lacht sie. Sie lacht herzhaft. Sie lacht so herzhaft, wie Plato lacht. Jacob hört es. Er hört es.

»Du kannst mich nicht dazu verleiten, Schauspielerin zu bleiben, John«, sagt sie.

»Ich brauche dich nicht zu verleiten. Du bist es. Du bleibst es. Was du auch tust. Wo du auch bist. Du bist dir viel zu sehr deiner Wirkung bewußt geworden, als daß du jemals wieder unschuldig sein könntest. Ich habe dich für das gewöhnliche, unzweideutige Leben verdorben.«

»Ich lasse dir diese Illusion, John. Das ist das einzige, was ich dir am Ende der Tournee lasse.«

»Du wirst uns vermissen. Die Freiheit. Wir sind frei, denn wir sind nur Schauspieler.«

»Knechte! So frei, euch von betrunkenen Blagen, bäurischen Provinzlern, abgerissenen Adligen beleidigen zu lassen.« Sie lächelt lieb, aber ihre Stimme ist so harsch wie Zugluft aus einer Gletscherspalte. »Deine Theorie klingt hübsch, John Fraser, doch sie ist ein zu kleiner Lendenschurz für die nackte Wahrheit deiner untertänigen Dienstbarkeit gegenüber einem Haus voller zahlender Zuschauer.«

»Ist sie nicht phantastisch!« ruft Fraser aus. Er bezieht Jacob mit ein. »Ha! Das brauche ich Euch nicht zu fragen. Ihr findet sie phantastisch. Ist das nicht der beste Beweis für meine These? Ihre Sticheleien sind reine Effekthascherei. Und es gelingt. Es gelingt! Ihr liegt ihr zu Füßen. Und ich auch. Ich liebe dich, Fanny Fen-wicked.«

Er nimmt ihr Gesicht in seine große Hand, als wolle er

ihre ganze Aufmerksamkeit erzwingen, und küßt sie auf ihren durch seinen Griff gespitzten Mund. Zu Jacobs Verwunderung widersetzt sie sich nicht, tut aber auch nichts dazu. Jacob steht erschrocken auf. So gingen die Piraten mit Huren um. Seine Fanny ist keine Hure.

»Matt«, sagt einer der Schachspieler. Der andere wirft wütend das Spielbrett mit den Steinen um. Eine Schachfigur landet genau auf dem Kopf des Flöte spielenden Buckligen, der jaulend wie ein Hund einen anderen Winkel aufsucht: So spielt er auch den Narren. Die Perückenkämmerin lacht. Die anderen beiden Schauspieler kommen aus dem Garten auf die Veranda und bitten John Fraser, einen Streit über die Interpretation einer Textstelle zu schlichten. Die Aufmerksamkeit ist von Fanny abgelenkt. Jacob starrt sie an. Wo John Fraser sie gepackt hatte, sind zwei feuerrote Flecken. Jacob weiß nicht, wie er ihren Gesichtsausdruck deuten soll. Sie scheint amüsiert zu sein, geschmeichelt, und zugleich auf der Suche nach einem Mittel, wie sie es Fraser heimzahlen kann, auf der Suche nach einem guten Spielzug. Ist sie böse oder zugeknöpft wie vorhin? Nein. Fraser hat recht. Sie genießt das Spiel. Jacob muß Abschied nehmen, um aus der Verwirrung dieses Vormittags schlau zu werden.

»Miss Fenwick«, sagt er, »es war mir ein Vergnügen.«

»Bleibt Ihr nicht?«

Sie reicht ihm die Hand und sieht ihn an. Zum erstenmal sieht sie ihm aus solcher Nähe direkt in die Augen. Mein Gott, wie blau sind ihre Augen, und wie nackt kommt er sich vor, wie sehr verrät er seine Unsicherheit, und nicht nur das. Triumphierend fördert sie seine Phantasien vom Grunde seiner Seele zutage. Wie Trophäen.

»Ich muß gehen.«

»Kommt Ihr noch einmal zu einer Vorstellung, bevor wir weiterziehen?« Kokett. Schlägt langbewimperte Lider nieder. Oh, das ist falsch.

»Ich glaube nicht«, sagt Jacob. »Viel Erfolg mit Eurer Schule.«

»Ihr verspottet mich.«

»Das würde ich nicht wagen.«

»Vielleicht begleitet Ihr uns nächsten Sonntag wieder in die Kirche?« fragt Grace. Sie legt ihm die Hand auf den Arm. Jacob erschrickt. Wenn er nicht aufpaßt, schlägt Fannys Mutter kleine Widerhaken klebriger Zuneigung in ihn.

»Wenn auch Miss Fenwick Wert darauf legt.«

Wieder sehen sie einander an. Er hat sein Gleichgewicht wiedergefunden. Er pariert ihren Blick und sieht, daß er ihm standhalten kann.

»Mister Rivers! She's mine!« donnert die bronzene Stimme John Frasers aus dem Hintergrund. »She's mine!«

Ada

Es ist die Ironie, dachte ich. Ich schob die Karteikarten in die Box zurück und schaltete meinen Laptop aus. Sie ist eine rostige Rüstung. Ich mußte diesen Panzer ablegen, wenn ich mich in Mutmaßungen über das Leben von Jacob Rivers verstrickte und über das Theater meiner Wirklichkeit nachdachte. Er paßte nicht durch das enge Tor zur Vergangenheit und entsprach nur bedingt den Anforderungen der Gegenwart. Gott weiß, daß ich mein Leben lang Ironie praktiziert habe: Ausflucht, Leugnung, Verhehlung. Spiel. Theater. Aber der Ernst ließ sich nicht länger weglachen. Hier saß ich nun, unscheinbares und flüchtiges Stäubchen im Universum, nichtswürdig, weniger als nichts. Ich hing am Leben – dem Licht, einer Geste der Liebe, einem Lied –, und um weiterzukönnen, mußte ich die Geschichte freilegen. Jacobs Geschichte und die meinige. Den Eindruck hatte ich zumindest. Ob es helfen würde, blieb abzuwarten.

Was mich, vom Balkon auf das gleißende Meer hinausstarrend, während die Mittagssonne den Duft der Blumen dämpfte, erstaunte und unverhofft erleichterte, war, daß das Ablegen der Ironie nicht automatisch unerträgliche Trübseligkeit nach sich zog. Ich dachte an Milou und ihre knallharte Wahrheit. »Ich glaube erst an meinen Tod, wenn ich tot bin.« Ich lächelte bei dem Gedanken. Ich fühlte mich genauso wehrlos und kämpferisch. Also zu Hause anrufen.

»Huib Visser.«

»Ich bin's.«

»Hallo. Schön, daß du anrufst. Wie geht's?«

»Gut. Du hast doch auf dem Anrufbeantworter gehört, daß ich gut gelandet bin?«

»Klar. Bist du schon weitergekommen?«

»O ja, es läuft ganz gut. Wie geht es dir?«

»Viel zu tun.«

»Wie spät ist es jetzt bei euch?«

»Sieben Uhr.«

»Hast du schon gegessen?«

»Nein, ich habe eine Verabredung. Ich muß gleich weg.«

»Oh. Okay.«

»Geht es dir auch wirklich gut?«

»Wieso nicht?«

»Du klingst ein bißchen, wie soll ich sagen: kleinlaut.«

»Das ist die Verbindung. Ich bin überhaupt nicht kleinlaut.«

»Dann erzähl mal was.«

»Du mußt weg.«

»Es geht schon noch eben.«

»Nein, geh ruhig. Ich bin nicht gut am Telefon, das weißt du ja. Ich wollte nur kurz deine Stimme hören.«

»Paßt du auf dich auf?«

»Ja, natürlich. Mit wem gehst du essen?«

»Mit Joost und Wies und noch ein paar anderen.«

»Grüß sie von mir.«

»Mach ich. Halt die Ohren steif.«

»Bist du diese Woche viel weg?«

»Ja, ziemlich. Aber der Anrufbeantworter ist geduldig.«

»Okay. Tschüs dann. Viel Spaß.«

»Tschüs, Liebling.«

Ich war ein Kalenderblatt, das vom Block abgerissen wurde. Auf einmal hatte ich die schlimme Vorahnung, daß ich ihn nie mehr wiedersehen würde. Daß entweder er oder ich in den Abgrund des unerbittlichen Todes stürzen würden. Dies war unser letztes Gespräch, derjenige, der zurückblieb, würde sich ewig diese läppischen letzten Worte wiederholen, wie um eine geheimnisvolle Botschaft herauszulesen. Mein Gesichtsfeld wurde in eine Zange genommen. Einen

Moment lang wußte ich nicht, was unten und was oben war, und hielt mich am Geländer fest. Würde der Tod jetzt gleich eintreten? Würde er langsam das Bewußtsein aus mir herauspressen? Tropfen für Tropfen? Jetzt bloß nicht still sitzen bleiben und in die erstickende Watte der Melancholie versinken, sondern handeln. Auf zum *Sugar Mill*, räuchere das Brüderlein aus seinem Bau. Durchatmen. Durchatmen.

Das *Sugar Mill* war geschlossen, aber die Türen des angrenzenden Fitneßcenters standen sperrangelweit offen. Daraus dunstete eine derart hormongesättigte, flirrende Schweißwolke hervor, daß eine Nymphomanin schon allein davon gekommen wäre. Ich konnte auf Chromgeräte mit Skailederbezug und Stahlgewichten sehen, vielfach reflektiert in Spiegeln, die den ziemlich schmalen, aber tiefen Raum breiter wirken ließen. Weiter hinten waren undefinierbare Folterwerkzeuge aufgestellt. Die meisten davon wurden von Freiwilligen besetzt. Dazu Heavy Metal oder House-Musik mit vielen dröhnenden Bässen und aufpeitschendem Rhythmus.

Der muskelbepackte junge Mann am Empfangstresen mußte mir mit fragend hochgezogenen Brauen sein linkes Ohr darbieten, damit ich dahinein mein Verslein wiederholte. Er war völlig kahl und hatte seinen Schädel blank gerieben wie eine Roßkastanie. Das *Sugar Mill* öffne um fünf, sagte er. Ob er vielleicht den Inhaber kenne. Antonio. Ja, den kenne er. Was ich von ihm wolle. Ich erzählte ihm, daß er bei mir angerufen, aber meiner Pensionswirtin keine Nummer hinterlassen habe und daß ich ihn dringend sprechen müsse.

»Sie haben Glück«, schrie er. »Er kommt in einer halben Stunde zu einem Workout und einer Massage her. Feste Gewohnheit. Dreimal die Woche.«

»I'll wait.«

»Suit yourself.«

Ich setzte mich auf einen Holzstuhl mit Blick auf die Bizepspopulation. Ich war in die Intimität einer Bärenhöhle eingedrungen und fühlte mich – da kein Bär – ziemlich unbehaglich. In einem Anfall von Strenge hab ich mich früher mal einem Fitneßprogramm unterworfen. Aber ich fand das Hecheln nach Ausdauer und Fettverbrennung so stinklangweilig, daß ich praktisch schlafend an den Gewichten hing. Ist ja gut und schön, wenn der Körper angesprochen wird, aber der Geist möchte schließlich auch was. Und der Geist bekam nicht mehr zu tun, als bis zehn zu zählen. Das war für manches Hirn schon ein harter Brocken, sah ich.

Meine Anwesenheit sorgte für einige Aufregung unter den Tieren. Erstaunen. Unverhohlenes Mißtrauen. Was wollte die blonde Schlampe? Ich erwog, mich draußen hinzustellen. Aber das hielt ich für noch schlimmer. Schon bald regte sich der natürliche Reflex des Männchens mit einem Weibchen in Sicht. Hier und da wurde das Tempo erhöht. T-Shirts wurden ausgezogen. Eine Trainingshose wurde plötzlich für zu warm befunden, so daß mir die Aussicht auf eine gutgefüllte Badehose gegönnt wurde. Ich fragte mich, ob anabole Steroide auch diesen Schwellungen zugute kamen. Der eine und andere ging auch dazu über, den Pectoralis und den Femur, oder wie diese Bündel auch heißen mögen, zu zeigen und zu rollen. So wie ein Pfau ein Rad schlägt. Ein sehr großer, glänzender Basketballspieler rief, ob ich die Richtigkeit dessen überprüfen käme, was über Schwarze behauptet werde. »Well, it's true!« rief er und griff sich mit voller Hand in den Schritt. »Come and get it.« Ehe ich mich versah, präsentierten sie allesamt auf die gleiche Weise das Gewehr. In dem Moment setzte kurz die Musik aus. Sie würden sich auf mich stürzen, mir die Beine spreizen, mich bis zum Hals hinauf aufreißen. Mir brach der Schweiß aus. Ich bekam eine trockene Kehle, schluckte. Spürte im Nacken das Genießen der Gefahr prickeln.

»At ease, soldiers!« rief ich mit klopfendem Herzen. Das

war offenbar der richtige Ton. Sie wandten sich lachend wieder ihren stumpfsinnigen Übungen zu.

Gleich würde es wirklich soweit sein, dann würde ich nach fünfzehn Jahren meinen Bruder wiedersehen. Und die ganzen fünfzehn Jahre hatte ich auf diesem Stuhl gesessen, und ich würde noch einmal fünfzehn Jahre dort sitzen. Die Zeit wurde wie ein Gummiband gedehnt. Was würde passieren, wenn man zu fest zog? Konnte die Zeit reißen, und hielt man dann zwei lose Enden Zeit in den Händen? Das war der Tod. Den konnte man als zerreißendes Gummiband hören. Hätte ich den Tod hören können, wenn ich bei meinem sterbenden Vater geblieben wäre? Mir wurde ein bißchen übel. Papa hatte geweint, als sich herausstellte, daß Antonio an seinem achtzehnten Geburtstag sein Sparkonto geplündert hatte und auf und davon war, zwei Monate vor seinem Abitur. Er hatte geweint, wie ich ihn noch nie hatte weinen hören. So, als lachte er, als könne er sich vor Lachen gar nicht mehr halten. Der Rotz triefte ihm aus dem Schnurrbart. Meine Mutter hatte sich in eine interessante Versteinerung verschlossen, hinter der bittere Gekränktheit durchschien. Daß man ihr das angetan hatte. Ich erinnere mich, daß ich Antonio völlig recht gegeben hatte. Und das hatte ich auch gesagt.

Ich wurde immer nervöser und schwankte, ob ich nicht doch lieber Reißaus nehmen sollte. Verkrampfter Magen. Hämmernder Schädel. Summen in den Ohren. Zuckendes Augenlid. Alle Muskeln angespannt. Laß ihn doch. Wie oft hatte ich das früher nicht vorgebracht: Laß ihn doch. Und jetzt ließ *ich* ihn nicht. Weil es mir so paßte. Ich zitterte, als müßte ich gleich ohne Narkose unters Messer.

Als ich fünf Minuten lang ununterbrochen zur Tür gestarrt hatte, wandte ich den Blick bewußt ab und untersagte mir, Ausschau nach ihm zu halten. Er würde heute nicht kommen. Er würde viel zu spät dran sein. Er würde ein anderer sein. Ich zwang mich zu warten, bis er vor mir stehen würde. So hätte ich ihn beinahe noch verpaßt. Ich guck so vor mich auf den Boden, seh ein Paar teure Turnschuhe vorbeigehen. Hör den Typ vom Empfangstresen »He!« rufen. Gucke hoch. Da guckt er mich an. Wir prallten beide zurück, als schlüge man uns mit einem Brett vor den Kopf. Ada. Tony. Ich sprang auf, holte aus und gab ihm eine schallende Ohrfeige.

»Du verdammter Mistkerl! Warum hast du mich im Stich gelassen?« überschrie ich die Musik.

Er faßte mein Handgelenk. »Du hast immerhin fünfzehn Jahre gebraucht, um mich zu suchen.«

Ich starrte ihn an, wie ein Kaninchen in einem Lichtbündel gefangen. Schöner Knabe. Schöner als damals. Schöner, weil die fünfzehn Jahre Blutschande und Gewöhnung ausgelöscht hatten. Mein kleiner Bruder, aber kein kleiner Bruder mehr. Nicht mehr viel jünger, sondern ungefähr gleich alt. Fremder, Vertrauter. Ich forschte in seinen Zügen nach der Geschichte der verlorenen Jahre, um schnellschnell beim jetzigen Antonio anzugelangen und nichts verpaßt zu haben. Seine Sonnenbrille mit spiegelnden Gläsern, breit wie eine Lärmschutzwand, setzte er nicht ab. Ich drang nicht durch sie hindurch. Ich lachte nervös auf. Er legte mir kameradschaftlich den Arm um den Hals, als wollte er mir den Kopf abdrücken. Plopp. Wie einen Champagnerkorken.

»He, sister! Was führt dich her, hm?«

»Unter anderem du. Geht es dir gut?«

Er ließ mich los. »Yeah. I'm okay.«

»Kann ich dich sprechen?«

»You're talking to me.« Er steckte die Hände in die Hosentaschen. Stand mir breitbeinig gegenüber. Erhobenes Kinn, Haltung eines Boxers, der seinen Herausforderer mit dem kleinen Finger zermalmen wird.

»Etwas ausführlicher. Und irgendwo anders.«

Er dachte nach. Worüber mußte er nachdenken? Er kaute

sein Kaugummi. Ich sah seine Zähne, seine Zungenspitze. Dieser Mund war eine sehenswürdige Maschine, die vollkommen selbständig arbeitete: Lippen, Zähne, Zunge, kauend, schnalzend, sprechend. Ich starrte darauf und prallte danach an der Mauer seiner Sonnenbrille ab, in der ich mich verzerrt widergespiegelt sah. Verflixt, ich redete mit mir selbst.

»Kennst du den Souvenirladen am Hafen?« sagte er schließlich. »Kauf da mal so gegen fünf 'ne Mahagonimaske.«

Seine Stimme war voller, kehliger und rauchiger geworden. Er wuschelte mir durchs Haar und lief mit federndem Schritt zu einer Umkleidekabine. Selbstsicher, aber auch auf der Hut. Er hatte eine dicke Goldkette um den Hals, eine Rolex am Handgelenk und ein teures, glänzendes, schwarzseidenes Oberhemd an. Damit repräsentierte er rein äußerlich all das, was mich abstieß. Hatte dieser erwachsene Mann von jeher in dem Kind von damals gesteckt? Wer war er?

Die Muskelpakete hatten unsere Begrüßung mit Interesse beobachtet und wandten sich wieder ihren Geräten zu. Ich hob grüßend die Hand. Die Roßkastanie lachte und zwinkerte mir zu, fragte scherzhaft, was Blondie denn heute abend vorhabe. Auf einmal verstand ich Ma Edith. Wer in einer schwarzen Gesellschaft weiß ist, sieht sein eigenes Weißsein nicht. Denn alles, was man um sich herum sieht, ist schwarz. Man ist selbst eine Schattierung von Schwarz. Das Bewußtsein für die Hautfarbe wird einem von denen aufgedrängt, die den Unterschied sehen. Von den anderen, die einen sehen.

Ich hatte ihn gesehen. Die Spannung war genommen. Aber jetzt kam eine andere Art von Spannung zurück, die ich am liebsten im Meer von mir abgespült oder durch einen Kilometer Dauerlauf von mir abgeschüttelt hätte. Ein Beben unter der Haut. Und er hatte etwas an sich, was ich nicht wiedererkannte. Ein hartes, kühles Mißtrauen. Als Kind hatte er alles in sich hineingefressen. Das hatten die Therapeuten von den Erziehungsberatungsstellen konstatiert – ungefähr das einzige, worin sie sich einig waren, wobei diese Verschlossenheit auch nicht schwer zu diagnostizieren war, darauf wären wir auch allein gekommen. Schreien, ja. Reden, nein. Eine Enttäuschung für meine Eltern, die sich viel von der sprichwörtlichen karibischen Unbeschwertheit erwartet hatten. Der Sonnenschein im Haus, das hätte er werden sollen. Unser schwarzer Sonnenschein.

Die ersten drei Jahre seines Lebens seien ein Mysterium, das seine Schatten vorauswerfe, so müßten wir das sehen, sagten die Therapeuten; er könne nicht erzählen, was geschehen sei, aber in seinem Blick könne man etwas davon lesen, wir müßten vom Schlimmsten ausgehen und ihn dazu ermuntern, viel zu weinen und zu malen, und ihm ganz, ganz viel Wärme geben. Na, das konnte man bei Antonio vergessen, Granitblock, der er war, wenn er sich ein Loch in den Kopf fiel oder als Bimbo beschimpft wurde. Kein Mucks, geschweige denn, daß er sich trösten ließ. Kein Zugang zu diesen »early childhood memories«. Und ich ärgerte mich zu Tode. Meiner Meinung nach hatte er nämlich nur gute Erinnerungen an seine Heimat. Das war es ja gerade.

»Verdrängung«, sagte meine Mutter, wenn über Antonios Erziehungsprobleme gesprochen wurde. Verdrängung! Verdrängung existiert nicht. Das ist ein Mythos. Antonio verdrängte nichts. Antonio dachte immer nur an ein und dasselbe. An seine warme Insel, von der sie ihn weggerissen hatten. Kinder finden ganz andere Dinge wichtig, als Erwachsene meinen. Kinder erinnern sich an ganz andere Dinge, als Erwachsene meinen. Ein Erwachsener erinnert von seiner Kindheit das, was er seiner Meinung nach erinnern sollte, und nicht das, was das Kind in ihm erinnert. Ersteres ist eine sentimentale, moralistische Konstruktion, letzteres die amoralische Wahrheit. Alles ist anders. Ich weiß, wovon ich spreche. Erwachsene verstehen das Kind, das sie waren, nicht mehr. Zwischen der Kinderzeit und dem Erwachsensein klafft ein sehr tiefer Graben. In einer dunklen, verlorenen Nacht wird in einem bösen Traum der Sprung gemacht, und auf einmal steht man auf der anderen Seite, in einem fremden Land mit fremden Sitten und einer fremden Sprache und wird mit unglaublichem Mumpitz bombardiert. Mein Gott, diese Sitzungen beim Therapeuten!

Ich hatte noch fast eine Stunde Zeit und setzte mich auf eine überdachte Terrasse; der Wind rauschte durch die Palmen, als würde eine Schiffsladung Kaffeebohnen gelöscht. Kein Alkohol, obwohl ich nach einem Cuba Libre lechzte, sondern Kaffee, und zwar so stark, daß der Löffel aufrecht darin stehenblieb und einem das Herz aus dem Leib klopfte. Dann hatte ich zumindest etwas, worauf ich dieses Herzrasen schieben konnte. Merkwürdiger Treffpunkt: ein Souvenirladen. Ich konzentrierte mich besser auf die Fragen, die ich ihm stellen wollte. Ich war ja noch nicht mal dazu gekommen, ihm zu erzählen, daß Papa tot war!

Da saßen wir an meinem Tisch. Unsere kleine Familie und neue Freunde aus irgendeinem gerade gegründeten Wachsamkeitskomitee, mit denen sich mein Vater noch nicht verkracht hatte.

»Ada ist während der Kubakrise auf die Welt gekommen«, sagte meine Mutter mit einigem Stolz, als wäre es ihr Verdienst, daß sie ihr Junges zur Zeit eines historischen Ereignisses geworfen hatte. »Ich hab immer gedacht, daß sie deswegen ein Brüderchen aus der Karibik wollte. Mund zu beim Essen, Antonio. Du siehst ja aus wie ein Pelikan, wenn du die Unterlippe so hängen läßt und das Essen hineinschaufelst.«

Antonio pausierte kurz und ließ dann die Unterlippe wieder sinken. Rülpste. Es folgte keine Bestrafung. Nicht gleich.

»Ich hatte ein kleines Transistorradio mit im Krankenhaus, und während Riet preßte, verfolgte ich die Nachrichten«, sagte Papa. Wir hörten es nicht zum erstenmal. Wie die amerikanische Kriegsflotte einen Kordon um Kuba legte, damit kein russisches Schiff mit Raketen rein- oder rauskonnte. Was Kennedy sagte. Was Chruschtschow sagte. Was Fidel sagte. Sie waren auf Fidel Castros Seite gewesen. Natürlich. Aber sie waren auch auf Kennedys Seite gewesen. Wie das wohl gehen sollte.

»Ich hatte Todesangst, daß der Krieg ausbrechen würde, während ich ein Kind kriegte«, sagte meine Mutter, »ich sah schon die Bomben fallen, ich sah uns schon alle in einem großen apokalyptischen Pilz untergehen.« Sie lachte auf ihre hysterisch fröhliche Art.

»Let's drop the big one and pulverize them! Boom goes London and boom Paris, more room for you and more room for me.« Mit Inbrunst sangen die Erwachsenen das populäre Lied von Randy Newman und stimmten dann Bob Dylan an. »It's a hard rain that's gonna fall. The times they are a'changing.« Für die Generation meiner Eltern war alles, was sie taten, sofort Nostalgie. Sie fanden sich selbst großartig.

Antonio und ich waren ihr Publikum, dem man ihre revolutionäre Vortrefflichkeit mal so richtig bewußt machen mußte. Ich sah Antonio an. Er mich. Ich war sechzehn. Er etwa elf. Ich erinnerte mich an den Blick, den wir wechselten. Die einschneidendsten Ereignisse im Leben passieren gleichsam einem andern, während ein einziger Blick des Einvernehmens das ganze Leben in sich vereint, so wie eine Legion Engel auf einen Stecknadelkopf paßt. Ob er es noch wußte? Papa und Mama bekamen am selben Abend Streit über die Aufgaben im Haushalt, die mein Vater übernommen, aber nicht erledigt hatte. Er beschimpfte sie als faules Kräuterweiblein. Er konnte durchaus geistreich sein. Antonio bekam eine Ohrfeige für eine unbekannte Verletzung des Image meines Vaters. Als ich für meinen Bruder Partei ergriff, wurden mir, groß, wie ich war, ebenfalls Schläge angedroht. Mein Vater war tief enttäuscht von seinen Kindern. Wir liebten ihn nicht. Ich hatte viel gutzumachen.

Ich verlor mich eine Weile in die Karikatur, zu der man meine Eltern so leicht machen konnte, doch das bibbernde Prüfungsgefühl in meinen Adern, das mich schon den ganzen Tag plagte, sagte mir, daß mit den einfachen Lösungen Schluß sein mußte. Ich sah Milou die Grabsteine schrubben und hörte Tintin sagen: »Ihr Name wird den Armen, den Unglücklichen Tränen entlocken immerdar.« Schluß mit der Ironie.

Der Souvenirladen war mit Rum und Reggae vollgestopft. Vage an Huibs Kinder denkend, denen ich immer das Falsche schenkte, nahm ich mögliche Mitbringsel in die Hand und legte sie wieder hin. Das junge Mädchen an der Kasse feilte sich die Nägel und schaute hin und wieder schmachtend nach draußen, wo sich das Leben abspielte. Ein Ehepaar betrat den Laden. Er trug den Gurt, an dem eine Videokamera hing, schräg über dem Bauch, und seine Frau hatte einen Beutel mit dem gemeinsamen Geld unter der Strickjacke. Ich erkannte sie wieder. Sie hatten auf der Terrasse gegenüber vom *Piggelmee*, wo ich vielleicht gar nicht gewesen war, neben mir gesessen. Sollte ich es wagen, sie anzusprechen und zu fragen, ob sie sich an mich erinnerten? Sie suchten sich eine Schürze mit dem Konterfei eines Kaperkapitäns aus. Die war für ihn. Er hielt sie sich mit ernstem Gesicht vor und sah seine Frau an. Sie nickte. Gekauft. Sie besah verschiedene Püppchen und legte sie wieder zurück, zögerte lange bei einem abscheulichen Becher mit der Karte der Insel darauf, sagte dann, daß der bestimmt auf der Heimreise kaputtgehen werde, und nahm ein Geschirrtuch mit dem gleichen Aufdruck, das bestimmt seinen Platz auf dem Küchentablett bekommen würde. Sie grüßten mich. Mir hüpfte das Herz, aber dieser Gruß besagte natürlich gar nichts. Ich sah sie vor mir, wie sie Freunden und Bekannten das Video von ihrer Fernreise zeigten, einem Geschenk der Kinder zu ihrem vierzigsten Hochzeitstag. May their souls be bound upon the bond of life.

Ich drückte mich schon über eine Viertelstunde in dem Souvenirshop herum und zog damit die Aufmerksamkeit des sehnsüchtigen jungen Mädchens auf mich. Sie kam langsam zu mir herüber, gegen einen Widerstand an, als wäre sie an einem langen Gummiband befestigt, und fragte, ob sie mir vielleicht irgendwie behilflich sein könne. Als ich fragte, wie spät es bei ihr sei, sagte sie, das wisse sie nicht. Sie sah so aus, als würde sie es nie wissen. Ich schaute auf meine Armbanduhr. Viertel nach fünf. Der Mistkerl. War ich doch tatsächlich auf seine leeren Versprechungen reingefallen. Aber jetzt wußte ich ja, wo ich ihn finden konnte. Im Fitneßcenter. Oder sollte das ein Hinweis sein: Misch dich nicht ein. Das wollten wir erst mal sehen. Er konnte mir einmal entwischen, vielleicht auch zweimal, aber nicht öfter.

Ich kaufte den Becher, den die Frau zurückgestellt hatte, und rannte fast zu meinem Auto. Die Plastiktüte mit dem Becher knallte mir dabei dauernd gegens Bein. Tränen vermischten sich mit Wimperntusche und brannten mir in den Augen. Ich murmelte Verwünschungen auf alles und jeden. Während ich nach meinen Autoschlüsseln kramte, spürte ich, daß sich mir jemand näherte.

»Give me the keys«, sagte Antonio. »Ich fahre.«

Verdattert ließ ich die Schlüssel in seine Hand fallen und wartete, bis er mir von innen die Beifahrertür geöffnet hatte. Ich stieg ein, und noch ehe ich die Tür richtig zuhatte, raste er los.

»Was soll das?«

»Werde verfolgt. Gefällt uns nicht. Werden wir mal eben abstellen.« Jerommeke aus meinem Lieblings-Comic Suske & Wiske. Ein Spielchen von früher, als ich die beste Tante-Sidonia-Imitation von De Bilt abgab.

Lässig und elegant steuerte Antonio das kleine Mietauto

straßaus, straßein. Ich schaute mich um, sah keinen verdunkelten Chevy, aus dem die Läufe von Maschinenpistolen ragten. Nichts dergleichen. Kinder. Frauen. Herumschlendernde Männer. Ich wußte schon bald nicht mehr, wo wir waren, bis wir auf die Straße nach Norden gelangten und an Villen vorbeifuhren, die über und über mit Bougainvilleen bewachsen waren. Hohe Zäune und Wachhunde hielten die armen Schlucker fern, die auf der anderen Seite in Wellblechhütten und Pappschachteln biwakierten. Antonio trat aufs Gaspedal und schaltete das Radio an. Fenster auf. Entspannt den Ellenbogen auf den Rahmen. Mitsingen. Er überholte einen vollen Bus, ein entgegenkommender Wagen blendete verzweifelt auf, drückte anhaltend auf die Hupe, dopplerte schließlich vorbei.

»Du hättest meinen Anruf abwarten sollen«, sagte er.

Die Verhältnisse hatten sich verkehrt, jetzt war ich die Unterlegene. Ich hielt den Mund. Die Landschaft glitt vorüber. Der warme Wind fächelte mir durchs Haar. Der Schweiß klebte. Mein Gesicht fühlte sich wie ein schmutziges Fensterleder an. Da saß ich nun endlich neben meinem Bruder und hoffte auf ein Gefühl von Zusammengehörigkeit. Wir beide gegen den Rest der Welt. Falls diese Zusammengehörigkeit überhaupt je bestanden hatte, gab es kein Gesetz, wonach sie unbedingt fortzudauern hatte. Ich sah ihn von der Seite an. Sonnenbrille. Leises Lächeln um den Mund. Kleiner Scherz. Gotcha.

»Papa ist tot«, sagte ich zu seinem Profil. Diese Mitteilung knüpfte an die Intimität einer gemeinsamen Vergangenheit an, erfüllte mich mit einem Gefühl der Vergeblichkeit, und hopp, da rannen sie, die Tränen, die ich noch nie um Papa vergossen hatte. Da strömten sie, und ich sah immer nur seine langen, knochigen Hände vor mir, wie er sie damals, wenige Wochen vor seinem Tod, zusammengepreßt hatte, als er mir mitteilte, daß er mir vergebe. Um wen weinte ich? Um mich natürlich.

Antonio sagte nichts. Fuhr weiter. Fuhr immer nur weiter und sagte einfach nichts. Und ich weinte nur hilflos und lautlos vor mich hin, bis die Tränen langsamer flossen und schließlich aufhörten. Ich wischte mir mit den Händen die nassen Wangen ab, zog die Nase hoch und blickte resigniert nach draußen. So, es war gesagt. Jetzt er wieder. Wir kamen in die Gegend von Tante Lettie, sah ich. Antonio bog auf eine Dirt road ab, hielt unvermittelt an, als könne er, von Gefühlen übermannt, nicht mehr weiterfahren, und drehte den Zündschlüssel um. Stille plötzlich, das Rauschen des Windes.

»Der Arsch ist also tot. I hope he suffered.«

Nicht, daß er das sagte, schockte mich, sondern daß ich fand, er dürfe das nicht sagen.

»Ja. Er hat gelitten. Glaube ich.«

Ich stieg aus, irritiert, und blieb ein wenig linkisch auf einer verwahrlosten Zuckerrohrparzelle stehen, um die Aussicht zu betrachten. Die Arme um mich gelegt, als wäre mir kalt. Antonio stieg auch aus und stellte sich neben mich. Wir sagten eine ganze Weile nichts. Warum fragte er nicht weiter? Warum erzählte ich nicht von meiner Fahnenflucht?

»Hast du noch manchmal an uns gedacht?« fragte ich und sah ihn an. Sah nichts. Seine Miene war unbewegt. Ich hatte es nicht fragen wollen. Und fragte es doch.

»Yeah«, sagte er. »Laß uns zurückfahren.«

»Wie hast du über uns gedacht?« beharrte ich kindisch. Faßte ihn am Ärmel, Bittstellerin. Bitte, bitte, liebe uns, liebe mich. Sag, daß wir es gut gemacht haben. Erlöse uns. Vergib uns.

»Das kann dir doch egal sein.«

»Erinnerst du dich an das eine Mal, als wir Ferien in Frankreich gemacht haben?« Halt ihn fest, Ada, halt ihn fest. Laß ihn nicht entwischen.

»I don't remember.« Er drehte sich um und ging davon.

Stand ungeduldig am Auto, hinter seiner Sonnenbrille versteckt.

»Help me, Tony«, sagte ich, »help me. Help me.«

Er setzte die Sonnenbrille ab, rieb sich mit der Hand über die Augen. Zum erstenmal sah ich seinen Blick wieder. Endlich ein Mensch. Ich seufzte und mich überlief ein Schauder. Da war er, der kleine Dreijährige in der Türöffnung, an der Hand meiner Eltern. Sie hatten ihm eine bunte Inka-Strickmütze mit Ohrenklappen aufgesetzt. Blitzartig schossen mir all die Male durch den Kopf, die er mich seither angesehen hatte, als stünde ich an der Schwelle zum Tod. Ich wollte ihn anfassen, seine Wange streicheln. O Gott, ich erkannte den fast achtzehnjährigen hektischen Knaben wieder, der sich in meine Bude unter dem Dach flüchtete, zu mir flüchtete, der zu mir ins Bett schlüpfte, stoned, betrunken, wir beide. Ich wußte nicht mehr, welche Verzweiflung uns einander in die Arme getrieben hatte. Ich wußte es schon, aber ich wollte es nicht mehr wissen. Eine Schranke ging runter. Die Vergangenheit existierte nicht. Wir waren jeder für sich. Es gab keinerlei Verpflichtung. Keinerlei Band. Ich begegnete ihm zum erstenmal.

Ich stieg ein und wartete, bis auch er saß, hielt aber seine Hand zurück, als er den Schlüssel ins Zündschloß stecken wollte. »Vergiß, was ich gesagt habe, Tony. Du brauchst mir nicht zu helfen. Ich freue mich, daß ich dich wiedergesehen habe.« Ich zog meine Hand zurück, legte sie in meinen Schoß, demütig der Dinge harrend, die kommen würden, und versuchte mich mit aller Macht zu erinnern, was Papa noch gesagt hatte, was ich überprüfen mußte. Es hatte doch einen Grund gegeben, weshalb ich Antonio sehen wollte. Ich war leergelaufen wie ein undichter Ballon, mein Geist flatterte ziellos durch den Raum und landete auf meinem Bett im Pijp, ich sah meinen eigenen Arm um den dunklen Jungenrücken von Antonio. Verrückt. Eigenartig. Unwirklich, diese Gleichzeitigkeit. Das Geschehene geschieht unaufhörlich.

Er startete den Wagen und fuhr los. Bei dem Weiler von Tante Lettie – die ich im Vorbeifahren breit und blind auf ihrer Veranda sitzen sah, wobei mich plötzlich Mitleid durchschoß, weil sie niemals wissen würde, wie es war, wenn einem jemand zuwinkte – fuhr er landeinwärts, wo Celia hergewatschelt gekommen war, und bog auf einen schlecht gepflasterten Weg, der zum Fuß der Hügel führte. Wir passierten kleine Maisfelder und Abschnitte, wo der Fels unter der dünnen Erdschicht hervorkam wie die kahle Haut eines räudigen Hundes. Vor drei mit Wellblech gedeckten Hütten hielt er. An einer hing eine alte Coca-Cola-Werbung. Sie wirkten verlassen und waren dem Einsturz nahe, aber das mußte nichts heißen. Da konnte noch eine ganze Familie wohnen. Das Motorengeräusch lockte eine neugierige Ziege herbei. Ein alter Mann streckte den Kopf zur Tür einer der Hütten heraus und zog ihn schnell wieder ein wie eine Schildkröte, die sich unter ihrem Panzer verschanzt.

»It's me, Reggie!«

Der Kopf kam wieder heraus, grinsend. Eine magere Hand wurde grüßend erhoben.

»Hier bin ich geboren«, sagte Antonio.

Paukenschlag von meinem Herz. Mit einem Satz löschte er seine Jahre in De Bilt aus. Es wäre nicht nötig gewesen. Ich war schon soweit.

»Meine Mutter hab ich hier weggeholt. Sie wohnt jetzt in der Stadt.«

War das nicht schön von ihm? Der verlorene Sohn kehrt zurück zu seinen Roots und tut, was verlorene Söhne zu tun haben, lüpft die mit Füßen getretene Mutter aus dem Dreck der Armut und fällt in die alte Identität zurück, als hätte es nie ein europäisches Interim gegeben. Und er sieht nicht, wie sehr er Opfer einer romantischen Konstruktion ist. Identität! Fuck you. Er war so holländisch wie ich. Ich bückte mich und hob mit etwas Erde einen Kronkorken von Heineken auf.

»Schön für dich, daß du deine Mutter gefunden hast.«

»Es war Zufall.«

»Hast du einen guten Draht zu ihr?«

»Wir haben uns nichts zu sagen.«

»Warum zeigst du mir das hier?«

Er schlug mit der Hand nach den Blüten eines Hibiskus.

»Nur so.«

»Hattest du das Gefühl hierherzugehören?«

»Als ich aus Holland wegging, schon, als ich hier ankam, nicht mehr.«

Wir hatten ihn für seine Heimat verdorben. Asche auf unser Haupt. Schuldig! Schuldig! Schuldig! Herrgott, war das einfach!

»Es bedeutet nichts, irgendwo geboren zu sein«, antwortete er auf meinen unausgesprochenen Kommentar.

»Hattest du eine Erinnerung an diesen Ort?«

»Nackte Füße. Graue, harte, nackte Füße. Als ich Reggies nackte Füße auf dem Weg sah, wußte ich, daß es kein Traum gewesen war.«

»Ist Reggie ein Verwandter von dir?«

»Nein. Es ist nicht wichtig«, sagte er nach einer kurzen Pause, in der er zu überlegen schien, ob er mir noch mehr erzählen wollte. »Sie haben es zu wichtig gemacht.«

Antonio ging auf einen Schwatz zu Reggie hinüber. Ich verstand nichts von ihrem Dialekt, obwohl es Englisch war. Er stand mit erhobenem Arm am Türrahmen, groß und stark, lachte. Die goldene Halskette blinkte und blitzte in den Strahlen der untergehenden Sonne. Er schaute sich nicht zu mir um, stellte mich nicht vor, bezog mich nicht in die Unterhaltung ein. Lachte vielleicht mit dem alten Reggie über mich.

Ich wollte nach Hause, zur Pension Penn. Zu Hause war der Ort, wo ich ins Bett kriechen, mir die Decke über den Kopf ziehen und nicht dasein konnte. Der Kronkorken schnitt mir in die Hand, so fest preßte ich sie zusammen.

Ein Hahn krähte. Über uns ein Flugzeug im Sinkflug. »Sie müssen auf ihrem Platz bleiben.« Ich war auf vielen Plätzen gleichzeitig. Ich ging zum Auto und setzte mich schon mal ans Steuer. Kurz darauf kam auch Antonio, und ich schlug schweigend den Weg ein, der uns zur Stadt zurückführte.

»Kennst du eine Virginia?« fragte ich.

»Ich kenne sogar zwei.«

»Eine kleine Hure.«

»Huren lieben diesen Namen.«

»Meine Virginia sieht aus wie Lolita, ist aber doppelt so alt.«

»Sagt mir nichts.«

Ich glaubte ihm. Er hatte nichts damit zu tun. Mir dämmerte etwas. Es war so simpel: Die Virginia, die Marcus aufgegriffen hatte, hatte alles getan, um so schnell wie möglich wieder auf der Straße zu stehen. Wo sie, an dem und dem Tag um die und die Zeit gewesen sei? Wisse sie nicht mehr. Nicht im *Sugar Mill*? O ja, kann gut sein. Denk nach. Ja, jetzt, wo Sie's sagen, im *Sugar Mill*. Mit jemandem gesprochen? Nicht, daß sie wisse. Ach ja, dem Barmann, Gästen. Was für Gäste? Gäste. Ausländer? Ja, bestimmt. Mann? Frau? Was spielt das für eine Rolle? Sag schon. Mann? Frau. Was für eine Frau? Und so war der falschen Virginia langsam, aber sicher meine Personenbeschreibung eingeimpft worden. Der Zufall hatte auch ihr eine dicke Lippe besorgt. Aber über das *Sugar Mill* war die falsche Virginia natürlich nicht hinausgekommen. Das war plausibel. So war es gelaufen.

»Setz mich einfach irgendwo in der Stadt ab«, sagte Antonio. »Egal, wo.«

»Willst du mir nicht sagen, wo du wohnst? Willst du nicht, daß ich es weiß?«

»Hör zu, Ada. Du brauchst nichts wiedergutzumachen. Es gibt nichts wiedergutzumachen. Ich kann dir nicht helfen. Ich erinnere mich an jede Minute der fünfzehn Jahre, die ich bei euch war. Aber von meinen Erinnerungen hast du nichts. Die gehören mir.«

»Es gibt auch welche, die wir gemeinsam haben. Ich möchte wissen, ob die stimmen.«

»Sie stimmen. Wenn ich etwas für dich tun kann, dann dies: Du hast recht. Alles, was du erinnerst, ist wahr.«

Es war ein fragwürdiges Geschenk, aber es schnürte mir schon mal die Kehle zu. Es war eine Widmung und ein Segen. Komisches Wort, das letztere, hätte nie gedacht, daß ich das je denken würde. Dankbarkeit hellte meine Seele auf. Bis mir klar wurde, daß der Kloß in meinem Hals nicht Rührung war, sondern Wut. Das großmütige Geschenk, daß ich recht hätte, war nichts als eine bequeme Ausflucht. Verdammt. Verdammt. Und dafür so weit gereist. Die Nerven. Daß *ich* bereit war, ihn in Ruhe zu lassen und seine karibische Autonomie anzuerkennen, mochte ja noch hingehen, aber das hieß noch lange nicht, daß er mich einfach fallenlassen durfte. *Mein* Segen hatte einen Preis. Es war doch wohl nicht zuviel verlangt, wenn er ein paar Fragen beantwortete. Ich hatte große Lust, ihm noch mal eine runterzuhauen. Ihm eins draufzugeben. Auf den breiten Brustkasten. Jerommeke konnte mir viel erzählen. Ich ging rasanter in die Kurven, trat fester aufs Gaspedal, klemmte mich mühelos in den Windschatten eines entfesselten Taxibusses. Antonio klammerte sich am Beifahrer-Haltegriff fest. Bei einem unordentlichen Lagergelände in Hafennähe hielt ich an.

»Steig aus«, sagte ich. Er schaute in den Rückspiegel, machte dann die Beifahrertür auf. Niemand zu sehen. Nirgends. Kein Haus, keine Hütte, kein Rumshop. Nur altes Gerümpel. Good luck, Brüderlein. Geh mal schön zu Fuß.

»Okay«, sagte er. »Bye, sister.«

Ich erwiderte nichts. Ich wußte nicht, was ich sagen sollte. Blickte stur geradeaus. Er schlug die Tür hinter sich zu und verschwand in der Abenddämmerung. Er durfte gehen.

Vorläufig. Dreimal die Woche konnte ich ihn im Fitneßcenter abfangen. Du bist mich noch nicht los, Antonio.

Ich drehte das Radio auf volle Lautstärke, während ich die kurvenreiche Straße über den Bergrücken etwas schneller nahm als vertretbar. Oldies but Goldies. Ich sang lauthals mit. Alles, was gespielt wurde, war mir recht, und wenn sie *Blue Suede Shoes* von Elvis gespielt hätten. Die Wunde auf meinem Kopf juckte. Anzeichen der Heilung. Als ich die Lichter von Pelican Bay näher kommen sah, hatte ich das Gefühl, eine schwere Prüfung hinter mir zu haben. Nicht erleichtert oder froh, sondern erschöpft kehrte ich nach Hause zurück.

Dies war in den vergangenen fünfzehn Jahren die Mission meines Lebens gewesen. Den kleinen Bruder wiederzusehen. Projekt Antonio. Objekt Antonio. Ich stand meinen Eltern in nichts nach. Er war eine Aufgabe, kein Individuum. Ein Klischee, kein Mensch. Ich hatte mir insgeheim immer ein glückliches Wiedersehen ausgemalt, daß ich von einer netten Frau und goldigen schwarzen Kindern mit Köpfen voller Rastazöpfchen in seiner kleinen Familie empfangen werden würde, einer Familie, für die ich die reiche weiße Tante aus Übersee war, eine mit Spiegelchen und Glasperlen behängte gute Fee. Antonio stand seit fünfzehn Jahren auf meinem Programm, auch wenn er im Laufe der Zeit der Rubrik »sonstige Projekte« zugeordnet worden war. Durch Papas Tod war er wieder dringlich geworden. Aber gut, wenn er so weitermachte, konnte er gestrichen werden, und ich mußte zum Selbstexorzismus übergehen. Das hatte keine Eile. Mein Selbst lief mir nicht davon. Meine Teufel waren jederzeit greifbar.

Nach diesem Dämpfer konnte ich mich nun voll und ganz Jacob van de Wetering und meinem Versuch der Rekonstruktion seiner Lebensgeschichte zuwenden. Ich würde sämtliche Möglichkeiten aufhäufen, die Rätsel vervielfachen, jedem sein Pfund Fleisch zuteilen und am Ende mit dem Skalpell meines analytischen Geistes absolut sicher den Schuldigen am Mord an Fanny Fenwick herauspräparieren, dann würde ich die Tiefen von Jacobs Kummer, seine Trauer, sein Bedauern und was nicht noch alles ausloten, um mich schließlich mit Ma Ediths Sklavenaufstand im Gefolge der tragischen Ereignisse zu befassen. Wie ein kleiner Anlaß etwas Großes bewirken kann. Wie sich das Persönliche mit dem Allgemeinen verflechten kann. Wie die kleine Geschichte nahtlos in der großen Geschichte aufgeht und in sie übergeht, ja, wie letztere in unzulässiger Weise von all diesen kleinen Geschichten abstrahiert wird und wie das letztlich dafür verantwortlich war, daß ich mir einen kleinen karibischen Strahlemann als Brüderchen und westliches Sühneopfer ausgesucht hatte. Wie wir einander anziehen und abstoßen. Streicheln und beißen. Wir. Sie. Wir. Sie. Ich. Andere. Ich. Andere. Liebe. Tod. Messer. Wie das Universelle dann wieder das Zufällige wird. Eine große Mutlosigkeit wurde mir über den Rücken geworfen wie ein nasser Scheuerlappen.

Ich nahm den Fuß vom Gaspedal, schaltete in den zweiten Gang runter und ließ mich sachte den Berg hinunterrollen. Ich brauchte nicht hierzubleiben. Ich konnte weg, wann immer ich wollte. Wenn nur ein Platz in einem der fliegenden Trabanten frei war, die die Verbindung zwischen den Inseln und mit dem Kontinent unterhielten. Was würde Huib sagen, wenn ich zu Kreuze gekrochen kam? Ritterlich und väterlich, wie er war, würde er nichts sagen. Mich willkommen heißen. Mit mir in unser Lieblingsrestaurant gehen. Warten, bis ich zum großen Eingeständnis bereit war. Daß das Ganze ein Fehlschlag gewesen war. Keine Anknüpfungspunkte in bezug auf Jacob. Und Antonio völlig fremd geworden. Daß ich mich wieder ganz normal meinen Artikeln für *Echo*, *Midlife*, *Der Haushaltsbote* und wie meine Auftraggeber sonst noch heißen mochten zuwenden würde, denn Amstelveen und Genie, das paßte doch einfach nicht zusammen. Meine Phantasie hüpfte herum wie ein flatterndes Huhn. Dann würde ich ihm über dem Amuse oder beim kunstvoll drapierten Rotbarsch an wildem Spinat von der Episode Marcus erzählen. Er würde voller Verständnis für die Urlaubsleidenschaft sein, die einen Menschen unter außergewöhnlichen Umständen und vor allem in einer Phase großer existentieller Verunsicherung überkommen konnte – es gab Männer, die das bei Frauen riechen konnten, als handelte es sich um faden Menstruationsgeruch, und es ausnutzten –, eine Leidenschaft, die im nüchternen Licht der Alltagswirklichkeit schon bald zu einem leicht peinlichen Zwischenfall verblaßt. Ja, das war gut möglich. Ich hörte schon seine bedächtigen Worte und sah sein tapferes Bemühen, die Verletztheit in seinem Blick in der vortrefflichen *Magret de Canard dans son jus avec des pruneaux d'Agen* zu verbergen.

Marcus. Auch er war ein Projekt, das gestrichen werden konnte. Werden mußte. Die einzige harte Realität waren die Grabinschriften auf dem alten jüdischen Friedhof.

Der kleine Parkplatz vor der Pension Penn wurde von Marcus' altem Plymouth (mir sprang das Herz in Hals und Möse) und einem rostigen hellblauen Amischlitten, einem Convertible mit viel Chrom, cremefarbenen, durchgehenden Lederbänken und Lenkradschaltung, in Beschlag genommen. Ich parkte meinen Toyota so am Straßenrand, daß der blaue Straßenkreuzer schon, der Plymouth aber nicht so ohne weiteres rauskommen konnte. Für den Fall, daß Marcus mich nicht sehen wollte, machte mein Toyota das zu einer kniffligen Aufgabe. Kindisch. Mädchenhaft. Was erreichte man damit, dem Geliebten die Luft aus den Reifen zu lassen, wenn man eine Luftpumpe hatte, mit der man ihm aus der Verlegenheit helfen konnte. Please move your Toyota, Ada. Okay, Marcus, I will.

Sie standen zu dritt auf der Veranda. Marcus, Ma Edith und ein Mann, der Marcus so ähnlich sah, daß er wohl sein Bruder sein mußte. Er war heller als Marcus. Auch nicht so kräftig gebaut. Ma Edith hatte sich einen Pareo umgeknotet, als hätte sie ihre lose Haut zwischen den Brüsten zusammengerafft. Sie hielt sich an der Rückenlehne des Stuhls fest. Ich sah sie leicht schwanken. Dr. Smirnoff oder Daniels oder Bacardi hatte ihr eine reichliche Dosis von der gewohnten Medizin verordnet, die sie pflichttreu eingenommen hatte. Marcus' Versiertheit im Umgang mit betrunkenen Frauen rührte von diesem biegsamen alten Vögelchen her. Wir schauten zueinander hin, die Runde auf der Veranda, ich, die aus der Dunkelheit auftauchte, wir musterten einander. Ich wagte keinen Schritt weiterzugehen. Es war, als müßte ich mitten durch eine Glaswand hindurch. Stehenbleiben oder auf dem Absatz kehrtmachen war auch keine Option, ich war ertappt. Ich mußte weiter. Sie grüßten mich. Kurz und abwesend. Ich machte mich klein und dünn und durchschnitt die Gelatine dieses erstarrten Bildes vorsichtig und mit Messerschärfe. Den Blick fest geradeaus gerichtet. Ich roch Ma Ediths Karamelaroma und ein schweres tropisches Duftgemisch mit Kokosnote, das aus den mit Henna gefärbten Rastazöpfen des Bruders dünstete. Toussaint hieß er. Eigentlich François Dominique, hatte Ma Edith mir erzählt. Nach François Dominique, genannt Toussaint Louverture, Aufständischer, Befreier von Haiti. Diese Jungen waren mit verdammt verpflichtenden Namen gesegnet. Ich schoß die Treppe hinauf.

Auf dem oberen Flur hörte ich hinter der Tür der Exilanten die hohe, schleimige Stimme von Carlos Gardel die schwarzen Augen seiner Geliebten besingen. Tus ojos negros. In meinem Zimmer war es stickig. Ich machte die Balkontür und die Tür zum Flur auf, um für Durchzug zu sorgen, und stellte mich mit klopfendem Herzen nach draußen, die Hände um das pockennarbige Gußeisen geklammert. Ich sah sie nicht. Hörte sie aber schon. Sie standen genau unter mir. Ich wollte hineingehen, Tür und Ohren zu, weil ich mich schämte. Aber ich konnte nicht. So, wie ich mir geniert, aber fasziniert die wunderliche Welt eines Pornofilms ansah, wenn Huib schon zu Bett war. Über das leise Rauschen der Brandung hinweg hörte ich ihre Stimmen.

»... schneller, als ihr denkt«, sagte Ma Edith. »Warum bringt ihr nicht den Anstand auf, ruhig abzuwarten?«

»Ma, darum geht es doch gar nicht. Warum verstehst du uns bewußt immer falsch?« Die Stimme Toussaints. Der Klang von rostigem Eisen. Mit Schnörkeln. Inselakzenten. Marcus war englischer in seinem Gehabe.

»Ich verstehe euch nur zu gut.«

Stille. Setzte sie sich? Sahen die Männer einander mit einem Blick des Einvernehmens an? War dies das Ende eines langen und entscheidenden Gesprächs, oder spielte sich das so ungefähr einmal die Woche ab? Schoben sie Ma Edith mit sanftem, aber regelmäßigem Zwang immer ein Stückchen weiter nach Swindon und zu ihrer geschwätzigen Schwester? Ich wollte rufen, daß sie sich nicht unterkriegen lassen sollte, ich wollte ihr helfen.

»King hätte das nicht gewollt«, sagte Ma Edith. Auch das klang wie ein Mantra.

»Damit kommst du jedesmal, Ma. Niemand weiß, was Pa unter diesen Umständen gewollt hätte.« Marcus. In mir vibrierte etwas mit. Diese Stimme hatte direkten Anschluß an meine Drüsen, meine Brustwarzen.

»Welche Umstände? Welche Umstände?« Ma Ediths Stimme wurde eine Spur schriller.

»You know, Ma«, sagte Toussaint.

»I don't know«, sagte Ma Edith pampig.

»You're not well.«

»Nonsense. I'm perfectly healthy. Thank you.« Preziös. Queen Mum an ihrem hundertsten Geburtstag. Stille. »Ihr benötigt meine Einwilligung. Für alles. I'll fight you.«

That's the spirit, old girl. Das Schrappen von einem Stuhl war zu hören. Ich stellte mir vor, wie sie sich zu schwer auf den Stuhl stützte, einknickte, beinahe hinschlug und mit Würde ihr Gleichgewicht wiederzugewinnen suchte. Wie die Söhne ihr zu Hilfe schnellten, mehr denn je davon überzeugt, daß sie recht hatten.

»Ma, this is a dump! Look at it!«

»It may be a dump, but it's my dump!« Da befand sie sich erbrechtlich gesehen im Irrtum.

»It's ours, too, Ma.« Marcus, sanft.

»Wir sind hier immer glücklich gewesen.«

Falsch! wollte ich ihr zurufen, niemals die sentimentale Karte spielen!

»Wenn du in der Vergangenheit leben bleibst, hast du bald nur noch Trümmer um dich herum. Und was dann?«

Ich hörte eine Bewegung. »Don't!« blaffte Ma Edith.

Ich erschrak. Sie taten ihr etwas an. Sollte ich nach unten gehen?

»Schau's dir doch an! Ich kann problemlos ein Messer ins Holz bohren. Morsch.«

»I'll have it repaired.«

»Laß uns nicht wieder den ganzen Teufelskreis durchnehmen«, sagte Marcus. »Ich muß weg. Ich habe Dienst.«

»Ich muß auch weg, Ma.«

»Bleib noch eben, Toussaint. Please.«

Mein Herz zog sich zusammen. Ich sah Marcus weggehen. Weißer Fleck von seinem Oberhemd in der Dunkelheit. Schaute er sich um? Sah er mich hier stehen? Ich wich zurück. Sein Bruder folgte ihm, beinahe tänzelnd. Einen Moment noch, und Marcus würde wegen des Toyota zurückkommen. Ada? Move your Toyota? Ich wartete. Hörte Toussaints Wagen anspringen, danach Manövrieren des Plymouth, krachende Gangschaltung, Rückwärtsgang, Vorwärtsgang, sich entfernendes Motorengeräusch. Es war gut so. Ich war müde. Das Projekt Marcus würde sich wohl von selbst erledigen. Aus den braven Winkeln meines Wesens begann schon die Scham hervorzukriechen. Und ich eilte schon mit den Wassern des Vergessens herbei.

Aber Ma Edith konnte ich nicht so einfach im Stich lassen. Ich nahm eine neue Flasche Whisky und ging nach unten. Mitgefühl mit ihr würde mir selbst helfen, etwas zu fühlen. Ich war ganz dumpf und taub von innen. So sorgt Mutter Natur für ihre Kinder, wenn sie einen großen Verlust erlitten haben: Sie steht wie ein Wachhund vor dem Tor und läßt den Schmerz nur in kleinen Dosen durch, so daß man kaum merkt, wie voll der Eimer des Elends schon ist. Aber welchen großen Verlust hatte ich erlitten, daß ich so gefühllos war wie ein tauber Finger?

»Tell me«, sagte ich, während ich mir auf der Veranda einen Stuhl heranzog, uns beiden ein Glas einschenkte und meine erste Zigarette seit acht Jahren aus Ma Ediths Pakkung stibitzte. Erzähl mir von deinem Leben, Ma Edith. Erzähl mir von deiner Hoffnung, deinen Illusionen, deiner Enttäuschung. Erzähl mir von den Widerständen, auf die du gestoßen bist, und wie du sie überwunden hast. Erzähl mir von früher. Erzähl mir von der Liebe. Ich brauche dringend Trost. Ma Edith sah mich an, ob es mir wirklich ernst war. Sie wußte nicht, wo sie anfangen sollte. Einfach irgendwo, Ma Edith, bei der ersten Erinnerung, die dir kommt.

Sie erzählte in abgerundeten kleinen Kapiteln. Die Gedanken ballten sich in ihrem Kopf zusammen und kamen dann in einem bissigen Päckchen durch ihren Mund heraus, wonach sie wieder über einer neuen Blase brütete. Die Päckchen kamen immer schneller. Schließlich wurde sie ein kleines Maschinengewehr, aus dem die Kugeln ratterten und in den Sand plumpsten, ohne Schaden anzurichten. Sie erzählte mir die Geschichte ihrer Jugend in London, während des Kriegs. Armut. Arbeiterviertel. Sie erzählte von ihrem Kampf für eine bessere Welt. Und wie der ausgegangen war. Und was dann. Und was jetzt.

»Als ich hier von Bord ging, als einundzwanzigjähriges Hühnchen, war einer der ersten, denen ich begegnete, ein Mann, der weinend ein Schild an sein kleines Haus hängte. For sale. Er ging nach England, um Arbeit zu finden. Gerade als ein Auszug ins Mutterland einsetzte, mußte ich den umgekehrten Weg beschreiten. Aber hier oder dort: Es war ein und dasselbe. Hier eine Gemeinschaft ohne Mittel, vom Gouvernement vergessen, benachteiligt, chancenlos. Dort: die zerfurchten, rußgeschwärzten Gesichter meines Vaters und seiner Freunde, Quashees der Schwermetallindustrie. Aber hier war es wärmer. Sonnig. Das macht was aus.« Sie nahm einen tiefen Zug aus ihrer Zigarette. Einen Schluck vom Whisky. Kurzes Auflachen, das sich wie ein Schnarcher anhörte. »Ich wurde wie eine ›imperial personality‹ behandelt. Kolonial. Als wenn ich verdammt noch mal nichts Besseres zu tun gehabt hätte, als sommersprossig unter meinem Sonnenschirm Tee zu trinken, mit abgespreiztem kleinen Finger, und mir von Onkel Tom schlappe Gurkensandwiches bringen zu lassen. Das wollte ich ja gar nicht. Ich war zufällig die Weißeste von allen in einer Gemeinschaft, in der die Farbskala der Farbenfabrik zum Maßstab für ihre Hierarchie genommen wurde, aber ich weigerte mich, einen Unterschied zu sehen. Ich war farbenblind. So demonstrativ, daß es auch wieder beleidigend wurde.« Der Rauch verließ ihre Nase, während sie redete. »Meine Schwester hat mir Fotos von ihrer Seniorenwohnung geschickt und ein Foto von der Straße, in der wir früher wohnten, bis zur Unkenntlichkeit verändert, alles abgerissen. Was wollte sie damit bezwecken?«

Sie machte ihre Zigarette aus, und auf einmal begann sie in einem ganz anderen Ton von den Schrecken des Älterwerdens zu erzählen, während sie zum Beleg ihre leicht zitternde, leberfleckige Hand ausstreckte. Vom Verfall der Begierde. Vom Verschrumpeln. Vom Bedauern, dem bitteren Bedauern über den körperlichen Niedergang. Ich sah sie vor mir: Das dürre Würstchen, die kleine Mumie, wie sie unter mitleidlosem bläulichen Neonlicht ihr nacktes Spiegelbild betrachtete, und obwohl ich manchmal in komischer, gespielter Verzweiflung die Hautlappen an meinen Oberarmen hin- und herschwingen ließ, wußte ich, daß ich jetzt (Jetzt! Jetzt! Flüchtigster aller flüchtigen Momente!) meinen achtunddreißigjährigen Körper genießen mußte, der vorerst kaum mehr als eine ganz leichte Andeutung von einer alten Ada erkennen ließ, bis dann die unabwendbare Zeit jede Koketterie zu tragischem Selbstbetrug machen würde. Obwohl Ma Edith darauf vorbereitet gewesen war, daß King ihr untreu werden könnte, denn so lief das auf der Insel oft, hatte er sie mit unverminderter Hingabe geliebt. Und sie ihn. Versteht sich. Desto mehr stemmten sie sich gegen den Zahn der Zeit. O diese letzten Nächte der Zärtlichkeit.

»Wußten wir, daß es zum letztenmal war? Nein, das weiß man nicht. Man denkt immer, daß schon noch ein weiteres Mal kommen wird, so alt oder krank man auch ist. Wenn die Säfte langsamer strömen, hofft man, daß es sich um eine vorübergehende Unpäßlichkeit handelt, daß er einem beim nächstenmal wieder altmodisch ins Ohr keuchen wird, daß man beim nächstenmal nicht mehr nur das Echo eines Orgasmus verspürt, sondern ›the real thing‹. Man hat, wenn man sich in den Armen liegt, immer die Hoffnung, daß die Hände kein Gedächtnis haben. Deshalb verabschiedet man sich nie vom Körper des andern. King und ich haben es jedenfalls nicht getan. Das letzte Mal war für uns nicht das letzte Mal, obwohl wir wußten, daß King nicht mehr viel Zeit blieb. Wir haben es in dem Jahr seiner Krankheit jedesmal – die wenigen Male – so gemacht, als ob es zum letztenmal wäre. Das war unser stillschweigendes Übereinkommen. ›Als ob‹ bedeutet, daß es nicht wirklich zum letztenmal ist, aber wenn sich später herausstellen sollte, daß es das letzte Mal war, dann hat es an Liebe, Hingabe und absoluter gegenseitiger Zuwendung all das in sich gehabt, was uns beinahe fünfzig Jahre verbunden hat, und keiner, aber auch keiner kann ermessen, wie stark das war. Wir haben einander mit der Hoffnung auf ein nächstes Mal geschont. Ich sehe noch seine magere Schulter vor mir. Ich sehe seine graubraune Haut, über das knochige Gelenk gespannt, schlaff, wo die Muskelfüllung schon geschwunden war, ich sehe den Glanz von Schweiß, ich rieche ihn, rieche die Krankheit, die seinen Geruch verseucht hat, spüre seine Wärme, sein Fieber, seinen Widerstand gegen den Tod; das hier ist nicht das letzte Mal, denke ich. Er hält mich, ich halte ihn, wir liegen auf der Seite, mit dem Gesicht zueinander, und ich erinnere uns daran, wie wir mitten auf dem Meer, in seinem Boot, in nach Fisch und Tau riechenden Netzen verheddert ... wie wir nachts unten am Strand, vom Schaum umspült ... wie wir in einem tosenden Sturm den Sturm übertrumpften ... wie wir mit Marcus als Baby im Bettchen neben uns sein Brüderchen machten ... wie wir, wie wir, wie wir.«

Die große Liebe. Ja. Die reine Leidenschaft. Die uneingeschränkte Kameradschaft. Für immer. Unberührt von Opferstatus und Hegemonie. Außerhalb der Gesetze der Zeit und des Zeitgeists. Mit dem hatten sie nie was am Hut gehabt. Sie nicht. Nicht sie beide. Nicht King und Edith. Die waren einfach King und Edith gewesen. Ohne Hautfarbe. Ohne Land. Ohne Volk. Stimmte das, oder war es eine schöne Illusion? Wen versuchte sie hier zu überzeugen? Zu wem oder was sprach sie? Zur Vergangenheit, die sie vor dem Verfall bewahren mußte, vor dem Zerbröckeln, zum Messer, das ins Holz gebohrt worden war?

Ma Edith schwieg lange Zeit, und ich wußte nicht, was ich sagen sollte.

»Wir wollten Angehörige eines namenlosen, heimatlosen Volkes sein.« Aber sie hatten nichts zu wollen gehabt. Und letztlich hatte sie akzeptieren müssen, wer sie war, mußte sie das Erbe ihrer europäischen Herkunft akzeptieren, mit dem Privileg der Inventarisierung, das schon. Sie war, wer sie war, auch wenn sie sich nicht selbst dafür entschieden hatte, die zu sein, die sie war. Am Zufall der Geburt rannte man sich den Kopf ein.

»Wissen Sie, was es ist?« fragte sie und nahm einen Schluck, woraufhin sie fröstelte. »Jeder ist eine Ausnahme«, sagte sie. »Keiner ist die Regel. Diese Insel hier, die Menschen, es ist ein seltsames Gewebe. Ein Streifen Afrika, ein Streifen Europa, weiß, schwarz, farbig, Latino. Blutrache, Regentänze, die Virgin Mary und Teatime. Das läuft ineinander über, verträgt sich, vermischt sich, sondert sich ab, bricht auseinander. Das einzige, was uns retten kann, ist Mitgefühl.« Da war es wieder. Pity. Compassion.

Sie war eine Weile still. Ich dachte, sie wäre eingenickt. Ich hätte sie so gern über Marcus ausgehorcht. Sie las offenbar meine Gedanken, denn mit einem Seitenblick auf mich, der verriet, daß sie verdammt gut wußte, was los war, sagte sie: »Marcus' Frau war eine Latina.«

Der Satz blieb in der Luft hängen, als hätte sie noch mehr sagen wollen, es aber lieber gelassen. War? Ja, sie sei mit einem Gürtelmacher aus Monserrat durchgebrannt. Kinder? Eine zwölfjährige Tochter. Jetzt auch auf diesen Vulkan. Kummer? Männer weinten nicht. Marcus sei verschlossen wie ein schottischer Bauer. Stecke irgendwo im Stammbaum. Darauf sollte ich ihn lieber nicht ansprechen. Vor vierzig Jahren wären sie stolz gewesen auf weißes Blut, jetzt verabscheuten sie jeden Tropfen Milch, der in den Espresso fiel. Warum? Identität, Ada, I-den-ti-tät. Die schlappste Ausrede für Charakterlosigkeit, die sie in den letzten Jahren nur allzuoft gehört habe.

»Darf ich mir noch eine Zigarette nehmen, Ma Edith?«

Dazu lägen sie da. Die erste war widerlich gewesen; mir war schwummrig geworden wie als Teenie, aber wo ich nun schon kapituliert hatte, mußte ich so lange weitermachen, bis es wieder schmeckte. Dafür brauchte man einen genauso starken Willen wie fürs Aufhören. Ich faßte, wo ich schon mal dabei war, auch gleich noch den Entschluß, mich den ganzen nächsten Tag gedankenlos an den Strand zu legen und am Ende dieser Übung Tintin und Milou aufzusuchen, falls sie mich empfingen. Der Schweiß brach mir aus. Ich erzählte Ma Edith von Antonio. Der Mond ging über dem Bergrücken auf, klein, hart und rund, ein marmorner Diskus, der in einem vollkommenen Bogen über den Himmel geworfen wurde.

Milou kam mit dem Teezeug herein. Ihr kanariengelber Trainingsanzug war in der Wäsche; sie trug eine altmodische geblümte Kittelschürze, wie sie wahrscheinlich nur noch in Oberschlesien zu bekommen waren. Die Perücke war so authentisch zerzaust, daß ich an ihrer Echtheit zu zweifeln begann. Also daran, daß es überhaupt eine Perücke war. Womöglich hatte die Natur Milou mit einem Busch unvergänglicher, glänzend schwarzer Haare gesegnet. Auf dem Tablett stand außer der Teekanne und den Tassen auch eine Keksdose, die, wie ich mit einiger Rührung wiedererkannte, anläßlich der Verlobung von Königin Juliana und Prinz Bernhard herausgegeben worden war. Da war bestimmt Spritzgebäck drin oder was anderes typisch Holländisches.

Tintin sah müde aus – nach einem erneuten langen Tag auf Beth Haim, wie ich vermutete. Aber das schien nicht der Fall zu sein. Er hatte die Papiere gesichtet und kopiert, was für mich von Interesse sein konnte. »Meine« Papiere könne er nicht lesen, das habe Milou getan (Milou nickte heftig), aber es seien so viele andere, nie gesehene Dokumente zum Vorschein gekommen, daß er den ganzen Tag damit beschäftigt gewesen sei, weniger im buchstäblichen als vielmehr im emotionalen Sinne. Ich als Historikerin würde ja wissen – oder gerade nicht –, wie sehr einen die Präsenz der Vergangenheit überwältigen könne. Behielte ich dabei einen kühlen Kopf? Könne ich klinisch und unbeteiligt die zittrige

Handschrift eines Pater familias studieren, der sein mageres Erbe unter seinen Lieben verteilte und dabei auflistete, was sie ihm bedeutet hätten und welche Botschaft er ihnen für den Rest ihres Lebens mitgebe. Milou und er hätten zwar keine Kinder, aber trotzdem …

»Jetzt hör doch mal auf damit, du bist wirklich unverbesserlich. Den ganzen Tag hast du schon über diesen Papieren rumgeschnieft, jetzt ist es genug. Tee!« befahl Milou.

Ich saß in demselben auf die Ewigkeit hinausblickenden Zimmer wie beim erstenmal. Jetzt fiel mit ganzer Kraft die späte Nachmittagssonne herein. Die beiden rotierenden Ventilatoren an der Wand taten so, als brächten sie Kühlung, doch sie rührten nur die Wärme um. Milou schenkte Tee ein. Auf dem niedrigen Tisch lag eine Mappe, die offenbar für mich bestimmt war; es juckte mich in den Fingern, aber ich wußte, daß ich mich an ihre Regeln zu halten hatte. Wir machten also Konversation. Wie mir die Insel gefalle. Gesprächsstoff für zehn Minuten. Ob ich zu Hause Beziehungen zur jüdischen Gemeinde hätte, damit ich als Vorstandsmitglied auch dort für die Sache Nidhe Israels eintreten könne. Ich nannte zögernd den Namen von Rabbiner Soetendorp, den ich überhaupt nicht kannte und auch nicht kennenlernen wollte, aber er bot sich als vertrauenerweckender Beitrag an. Sagte, daß ich oft an Anne Franks Hinterhaus vorüberkäme. Daß ich schon mal mit dem Bürgermeister von Amsterdam, der Cohen hieß, gesprochen hätte. Daß ich viele Freunde jüdischer oder halbjüdischer Abstammung hätte, die ihrem Glauben aber nicht mehr aktiv nachgingen. (Milou: »Das Judentum *ist* kein Glaube!«) Daß ich mir darüber eigentlich nie Gedanken machte. Manche würden die Angehörigen des alten Volkes auf hundert Meter Entfernung erkennen (Huib zum Beispiel), aber ich hätte zum Beispiel nie gewußt, daß Polak ein jüdischer Name sei.

»Ich habe mir diese Papiere zwar angesehen«, sagte Milou nach der zweiten Tasse Tee, »aber ich konnte die Handschrift nicht so richtig lesen. Ich hoffe, Sie können das. Wir haben beschlossen, daß Sie die Kopien mitnehmen dürfen, aber für alles, was Sie damit machen wollen, benötigen Sie unsere Zustimmung.«

Das erschien mir vertretbar. Sollte es zu einer Herausgabe kommen, fügte ich hinzu, würde ich in der Danksagung selbstverständlich ihre Namen und den Nidhe Israels nennen.

»Angenommen«, sagte Tintin und legte die Fingerspitzen der gespreizten Hände aneinander, »angenommen, daß der Inhalt dieser Papiere, es sind vor allem Briefe, nicht wahr, Milou …?«

»Und eine Manumissio«, sagte sie.

»… daß diese Briefe Ihre bisherigen Befunde Lügen strafen. Angenommen, die Vorstellung, die Sie sich von Ihrem Vorfahren gemacht haben, muß aufgrund dieser Dokumente ins Reich der Fabel verwiesen werden. Angenommen, Ihr ganzes Gebäude, Ihre ganze Hypothese fällt in sich zusammen. Was machen Sie dann?«

»Das weiß ich nicht«, antwortete ich wahrheitsgemäß. Tintin wollte offenbar auf etwas hinaus. »Im äußersten Fall kann ich das ganze Projekt aufgeben.«

»Sie geben es auf, wenn Sie die Wahrheit nicht ertragen können?«

»Das habe ich nicht gesagt.«

»So leichtfertig würden Sie also mit der Vergangenheit und der Wahrheit umgehen? Sie lassen die Geschichte liegen, wenn sie Ihnen unangenehm ist, und kein Hahn kräht danach, weil sie ja ohnehin in einer Falte der Zeit begraben lag, und Sie verwenden sie, wenn sie Ihnen in den Kram paßt? Was für eine Historikerin sind Sie eigentlich?«

Tintin begann wieder Spaß zu haben an dem Wortgefecht, wie ich seinen wachen Augen ansah. Ich konnte jetzt natürlich nicht mehr sagen, daß ich keine Historikerin und das Schreiben eines Romans ein völlig anderer Prozeß sei, bei dem die Fakten der Geschichte dienten und nicht umgekehrt. Daß wir Geschichten erzählen, wie wir angenehme Illusionen sammeln. Ich konnte nicht sagen, daß die historische Wirklichkeit vielleicht mein Talent überstieg, eine zusammenhängende Geschichte daraus zu machen. Daß ich daher im äußersten Fall alles auf sich beruhen lassen müßte. Das alles natürlich als Ausflucht, denn wie immer die Wirklichkeit von Jacob Rivers auch ausgesehen haben mochte: Es war Material. Nichts war zu gut oder nicht gut genug für einen Roman. Nur ein Schriftsteller kann nicht gut genug sein. Und kein Schriftsteller ist je gut genug, dachte ich. Er würde nicht weiterschreiben, wenn er gut genug wäre. Es ist immer ein Versuch. Ein Anlauf, der unmittelbar unter der Hügelspitze im Sand steckenbleibt. Aber ich hatte nun mal gesagt, daß ich Historikerin sei.

»Ich glaube nicht, daß ich das Projekt aufgeben würde, wenn die Unterlagen nicht meine Hypothese stützen. Ehrlich gesagt habe ich gar keine so genau umrissene Hypothese. Und es ist sehr gut möglich, daß ich das Projekt aufgebe, wenn die Unterlagen keine neuen Aufschlüsse geben oder nicht genügend Anknüpfungspunkte für einen ... Artikel liefern.«

Milou rutschte unruhig auf dem Sofa hin und her und griff zur Dose mit der lachenden Jula und ihrem Benno. Die hatte 1940 wahrscheinlich ihre Papiere und Wertsachen enthalten. War sie beizeiten geflüchtet? Oder nicht? Deportiert und mit heiler Haut durchs Lager gekommen, in die Niederlande zurückgekehrt und nach dem kühlen Empfang dort mit der Verlobungsdose im Köfferchen auf und davon?

»Noch einen Keks?«

Ich lehnte höflich ab. Riesengroß sah ich die Möglichkeit vor mir, daß auch das Projekt Rivers scheitern würde. Nicht wegen eines Zuwenigs an Informationen, sondern vielleicht wegen eines Zuviels an widersprüchlichen Informationen. Vielleicht ließ ich seine gequälte Seele besser über die Hänge seiner alten Plantage wandern. Vielleicht war das die höchste Form von Mitgefühl: Die Wahrheit kennen, sie aber verschweigen. Alles in mir wehrte sich dagegen. Dazu mußte ich diesen Meistern der Wahrheit mal auf den Zahn fühlen. Die absolute Wahrheit sei das schreckliche Gesicht Gottes, hatte Milou gesagt. Irgendwie klang das nach Jacob Rivers. Beziehungsweise: Mein Jacob Rivers klang nach Milou.

»Tintin meint es nicht böse«, fuhr Milou fort, beschwichtigend, was gar nicht ihr Stil war. »Wir sind nur interessiert. Wir befassen uns mit der Vergangenheit wie ... wie Registratoren, ist das das richtige Wort? Wir notieren und sammeln und machen Listen und zählen. Wir bewahren die Fakten, auf die andere dann wieder ihre Geschichten gründen können. Es ist eine niedere Arbeit und längst nicht so verantwortungsvoll. Aber wir sind trotzdem stolz darauf, denn wir sind sehr gewissenhaft, und es liegt uns am Herzen, was Menschen mit einem weiteren Blick und mit größerem Wissen mit unserer Arbeit anfangen. Deswegen.«

Ich fühlte mich zurechtgewiesen und war drauf und dran, alles zu beichten, als Milou die Mappe nahm und sie mir mit den Worten überreichte: »Aber wo kämen wir hin ohne Vertrauen.«

Dem Umfang der Mappe nach zu urteilen, handelte es sich um eine respektable Anzahl von Blättern.

»Die Kopien bezahle ich Ihnen«, sagte ich.

»Lassen Sie das mal dem Stiftungskonto zukommen«, erwiderte Tintin mit leisem Lächeln. »Das erweitert die Mittel.«

»Über die Stiftung wollte ich noch mit Ihnen sprechen. Wie oft finden denn Sitzungen statt und wo?«

»Im Prinzip einmal im Jahr in New York.«

»Angesichts der Herkunft des ersten Rabbis wäre es vielleicht eine nette Idee, das nächste Mal in Amsterdam zusammenzukommen«, sagte ich in der Hoffnung, sie freundlich zu stimmen. Aber Milou erblaßte sofort. Sie zupfte an ihrem zerzausten Haar und machte den obersten Knopf ihrer geblümten Kittelschürze auf und wieder zu, als habe sie Atembeklemmungen. Tintins Schweigen wurde noch eine Nuance tiefer.

»Ich bin nie mehr dort gewesen«, sagte Milou erstickt. Ich hörte sie noch stolz sagen: »Ich glaube erst an meinen Tod, wenn ich tot bin.« Mir wurde deutlich, welche Kraft es sie gekostet haben mußte, den Tod sechzig Jahre lang von sich fernzuhalten, und jetzt drohte diese Kraft zu versagen. So zerbrechlich, diese beiden Menschen, und doch so stark.

»Es tut mir leid«, sagte ich.

»Nein, nein«, sagte Milou, »ist schon gut. Vielleicht ist das mal angezeigt. Vielleicht sollten wir diesen Zufluchtsort mal verlassen.«

»Wir sind so gut wie nie nach New York gefahren«, sagte Tintin, »wir haben alles telefonisch erledigt. Und das Internet erleichtert eine internationale Verständigung jetzt ja erst recht.«

Ich sagte, daß wir darüber schon noch sprechen würden. Es habe ja alles keine Eile. Daß ich gewissenhaft mit dem Material umgehen würde und noch anderes höfliches Gefasel. Wenn ich die Dokumente studiert hätte, würde ich wiederkommen und Bericht erstatten. Mit der Mappe unter dem Arm verabschiedete ich mich. Eine Diebin war ich. Eine Diebin von Seelen.

Jacob

Fanny Fenwick ist mit der Truppe von John Fraser abgereist, zu anderen Inseln, aber in ein paar Monaten werden sie wiederkehren, um von hier aus die Rückreise nach England anzutreten. Oder sie bleibt, dieser Schule zuliebe. Oder geht nach Amerika. Jacob weiß etwas Besseres. Er malt Fanny in den Wochen vor ihrer Abreise eine andere Zukunft aus. Wenn sie seine Frau wird. Er ist so kühn, ihr das zu sagen. Das muß er auch tun, denn wenn er ihr nicht schon diesen Köder hinhält, verdrückt sie sich womöglich nach der Hälfte der Tournee oder wirft sich einem trunksüchtigen Magistrat oder einem beharrlich werbenden Schauspieler an den Hals. Sie brauche sich noch nicht gleich zu entscheiden, aber ob sie bitte darüber nachdenken wolle? Wenn sie zurückkomme, werde er Coxville für sie gekauft haben. Coxville?! Daß ich nicht lache. Nun ja, vielleicht nicht Coxville, aber eine Plantage, die dem gleichkomme. Habe er denn das Geld? Und wenn er so viel Geld habe, warum lebe er dann nicht längst wie ein Grandseigneur? Ich habe auf dich gewartet, Fanny Fenwick. Sie sieht ihn lange an. Sie werde es sich überlegen. Wenn sie zurückkomme und er ihr die Plantage zeigen könne, werde sie eine Entscheidung treffen. Aber John Fraser dürfe nichts davon wissen. Ihre Mutter auch nicht. Jacob sieht, daß sie ihm nicht glaubt. Er fragt sich, ob er verlobt ist, als er die *Admiral* in See stechen sieht.

Die Möglichkeit, daß sie bei ihrer Rückkehr in der Tat seine Frau werden könnte, erfüllt ihn mit einem Verlangen, das ihn bei allem, was er tut, mit mächtigen Flügelschlägen vorantreibt. Die zwei Jahre, die er im Viertel der Ausgestoßenen zugebracht hat, sind ein Fegefeuer zur Verbüßung seiner Sünden gewesen. Fegefeuer! Davon sprechen Katholiken. Trotzdem sieht er alle Ereignisse in seinem Leben wie unweigerlich auf diesen Moment hin ausgerichtet, sie stehen in Pfeilform hintereinander und zeigen auf Jacob Rivers und Fanny Fenwick. Er muß ihr Brautbett bereiten.

An Henriquez da Silva auf Curaçao geht Nachricht, daß er Jacobs Besitzungen verkaufen soll. An die zwielichtige Anwaltskanzlei in der Stadt geht Nachricht, daß sie sein mit der Piraterie verdientes Kapital frei machen soll. Er staubt seinen Rock ab, klopft seine Weste aus und begibt sich an die Orte, wo geklatscht und getratscht wird. Er begibt sich in die Salons und Eßzimmer von Pflanzern und Magistratur. Denn er hat Geld, und das zeigt er. Manche kennen sein Gesicht von den Samstagabenden am Hafen, hüten sich aber, das zu sagen, würden sie sich doch selbst verraten. Für andere ist er eine neue Erscheinung mit Potential. Wo kommt er her, was hat er bisher in seinem Leben gemacht, welche Pläne hat er? Die heiratsfähigen Mädchen werden wieder nach vorn geschoben, denn seine Manieren sind kultiviert und sein trotz seiner gerade einmal dreißig Jahre gezeichnetes Gesicht verspricht ein bedächtiges Gemüt, das sich ausgetobt hat, gut für ein paar Kinder, aber nicht mehr auf Abenteuer aus.

Er hört von einer Plantage, die der Besitzer so schwer beliehen hat, daß die Bank keinen Kredit mehr geben will. Die Ernte erbringt nicht das, was sie erbringen könnte, denn sowohl der Boden als auch die Sklaven sind erschöpft. Der Verwalter, ein Ire, der etliche rothaarige Mischlinge gezeugt hat, ist an einem tödlichen Leberleiden erkrankt. Er ist safrangelb und sein Bauch aufgedunsen. Da er die Sklaven nicht mehr antreiben könne, machten die keinen Finger krumm. Faulheit und ein diebisches Wesen, Mister Rivers. Sobald man die zivilisierende Peitsche niederlege, komme die wahre Natur des Negers zutage. Aber ansonsten guter Boden, ausgezeichnete Lage, und sagt selbst: Ein Haus wie ein Palast. Doppelte Demerara-Läden, Böden aus brasilianischem Hartholz, die mit etwas gutem Willen so glatt und glänzend gebohnert werden könnten, daß Damen nicht darübergehen möchten, wenn Jacob verstehe, was er meine. Das Leberleiden hindert den Iren nicht daran, noch ein Glas Rum einzuschenken. Separate Küche, wie es sich gehöre, er könne sich an keinen Brand erinnern, das feinste Mobiliar. Im Augenblick sei es etwas verwahrlost. Die Außenseite könne einen Anstrich brauchen, das Holz sei trocken und rissig, durstig wie eine Witwe, aber rascher gesättigt. Wenn er ihm einen Rat geben dürfe, dann solle er es zunächst mit den neuen Zuckerrohrsorten versuchen, er habe viel Gutes darüber gehört, bringe aber selbst den Mut dazu nicht mehr auf. Und Geld dafür sei auch nicht vorhanden. Der Besitzer, das heißt dessen Gläubiger, hätten ihn bevollmächtigt, das Ganze zu verkaufen. Jacob sieht, daß etwas in der Plantage steckt. Man muß nur etwas Weitblick haben. Einsatz, Erneuerung und ein bißchen Kapital. Sie werden sich über den Preis einig. Die Plantage heißt nach der Aussicht: Pelican Bay.

Er denkt an nichts anderes als an die Plantage. Und an Fanny. Sie ist der Gott, dem er jede Handlung weiht, in dessen Namen er Pläne macht und Anweisungen erteilt. Sie weiß es nicht, aber er legt ihr jede Entscheidung vor. Er redet mit ihr, erklärt ihr, wie in der Karibik der Hase läuft. Wie in der Wirtschaft die Dinge liegen, welche Aussichten er hat. Er tritt bei ihr für seine Sache ein. Die Pflanzer von den Zuckerinseln haben ein Monopol auf dem heimischen Markt. Sie bestimmen den Zuckerpreis. Und der Preis ist hoch. Das klingt gut, nicht wahr, Fanny? Doch die Kosten sind auch hoch und der Gewinn abhängig von etwas so Unsicherem wie der Ernte. Wenn man die Natur doch genausogut beherrschte wie den Handel. In jedem Teilbereich kann es fehlschlagen. Daß etwa das Rohr auf dem Feld verfault, flachgeweht wird, austrocknet, vergilbt und zerbröselt, von

Ungeziefer aufgefressen wird. Daß Sklaven an Diphtherie oder Cholera sterben. Bei knappem Markt muß man Sklaven von Anna Quinlans Arbeitsvermittlung ausleihen, und Anna zieht einem das Fell über die Ohren. Man braucht nur einen schlechten Töpfer zu haben, und schon kann man den Muscovado nicht richtig lagern. Hat man keinen Böttcher, muß man die Fässer anderswoher beziehen, und das kostet Geld. Die Viehpest kann einen der Ochsen und somit des Mists berauben, der den jungen Trieben Wuchskraft geben muß. Und angenommen, diese bleichgesichtigen Weltreformer, die gegenwärtig von sich reden machen, lassen den Sklavenhandel abschaffen, so daß keine frischen Koromanter mehr angeliefert werden, dann kommt es zu einem Arbeitskräftemangel. Und die Arbeitskräfte sind der Schlüssel zur Produktion. So verhält sich das, Fanny. Ein Pflanzer ist in seinem Werdegang nicht auf Rosen gebettet.

Jacob möchte ein guter Pflanzer sein. Die meisten Pflanzer haben noch nie eine Zuckermühle gesehen. Sie haben nicht die geringste Ahnung, wie warm es schon morgens um sechs ist, wenn der Bomba seine Conch bläst. Sie haben noch nie ein Buschmesser oder eine Spitzhacke selbst in der Hand gehabt. Nie hat man sie in der gleißenden Mittagshitze inmitten von mannshohem Zuckerrohr gesehen. Wenn man ihnen in London oder Bath eine Karte der Inseln vorhielte, könnten sie nicht einmal sagen, welches die ihrige ist, geschweige denn, daß sie wüßten, wo ihre Plantage liegt, wie weit vom Meer, von der Stadt, von Süßwasser entfernt, wie hoch, wie tief oder wie morastig. Sie haben nicht die rote Erde zwischen ihren Fingern zerrieben. Sie wissen, wie man Geld ausgibt, nicht, wie man es verdient.

Jacob glaubt, daß er noch zur rechten Zeit kommt. Er kann noch auf der Hausse mitschwimmen, die der Zucker nach einigen Jahren des Stillstands erlebt. Die Geschichte ist fast an dem paradoxen Punkt angelangt, da sich die Pflanzer genötigt sehen, sich mit der Abschaffung des Handels mit Sklaven und einer allmählichen Verbesserung von deren Lebensumständen einverstanden zu erklären, damit sie auch weiterhin Sklaven halten können. Der Thron von König Zucker wackelt, aber keiner will es sehen. Hinzu kommt, daß sich Afrikaner lange unter der Peitsche krümmen, aber nicht bersten. Ihr ungebrochener Geist äußert sich in ihrer Kultur, auf die die weißen Herren keinen Einfluß haben. Trommeln, Obeah. Damit bedrohen sie die Herren auf lange Sicht mehr als mit Waffen oder Auflehnung. Die Herren wissen nicht, was sie tun sollen. Jedes Verbot bezüglich ihrer Kultur schmeichelt insgeheim dem Stolz der Sklaven. Stolz können die Pflanzer nicht brauchen. Paternalistische Toleranz gegenüber den afrikanischen Eigenarten erniedrigt die Sklaven, macht sie womöglich noch mehr zu Sklaven, fördert aber auch ihr Zusammengehörigkeitsgefühl. Letztlich wird ihre Kultur die Insel durchdringen, geduldig, langsam. Die weiße Macht ist wie die oberste Schicht eines guten Bodens: sichtbar, aber rasch weggespült. Bäume wurzeln tiefer als Unkraut, sagt ein Sprichwort. Time longer than rope.

Als die Eigentumsakte an Jacob van de Wetering gegangen und er offiziell Zuckerrohrpflanzer geworden ist, ruft er alle zusammen, die zu Pelican Bay gehören. Nur, wer so krank ist, daß er nicht laufen kann, darf in seiner Hütte bleiben. Jacob möchte die Truppe einmal inspizieren. Sein erster oberflächlicher Eindruck wird bestätigt. Von den einhundertzehn Sklaven, die er besitzt, sind die meisten mager und unterernährt. Er sieht gesenkte Köpfe, hängende Schultern. In keinem Blick blitzt Leben. Auch kein Widerstand. Es gibt Kinder, aber nicht so viele, wie er hoffte. Dem Anschein nach ist auch keine einzige Frau schwanger. Sie kennen das Geheimnis der Fruchtabtreibung und nutzen es, um Ungeborenen das Los der Sklaverei zu ersparen. Es sind ungefähr so viele Männer wie Frauen. Wenige Alte. Alles Zeichen des Niedergangs. Mit dieser aschgrauen Armee Hoffnungsloser soll er Fanny imponieren? Mit diesen zerschundenen Leibern soll er Gewinn erwirtschaften? Was bekommen sie zu essen? Vier Pinten Mais und eine Pinte Salzfisch die Woche pro Person. Und was sie darüber hinaus dem von ihnen bewirtschafteten bißchen Boden für Tauschhandel oder eigenen Bedarf abzuringen wissen. Viel ist das nicht. Nicht genug, um die Mägen zu füllen und die Muskeln zu kräftigen. Um den Hunger zu vergessen, wird getrunken. Eigenes Gebräu. Eine üble Brühe.

Er spricht einige Sklaven an, die in der Gruppe einen gewissen Status zu haben scheinen, und erkundigt sich nach ihren Aufgaben. Scipio ist der Töpfer, Sam der Sieder, Jubbah die Führerin der Kinderbrigade, der kleinen »Ährenleser« und Grasschneider, und Quaco Adjoe ist der junge, starke Antreiber der Pflanzmannschaft. Die Haussklaven stehen für sich, sind etwas besser gekleidet, aber Jacob hat noch keinen von ihnen einen Finger rühren sehen. Auf die wird er selbst ein Auge haben. Die vier Vertreter der Feldsklaven überträgt er Plato. Frag sie, was nötig ist, um die Produktion zu erhöhen. Mach einen Plan. Besprich den mit mir. Er schickt die Feldsklaven in ihre Quartiere zurück und läßt die Haussklaven in der großen Eingangshalle zusammenkommen, wo die Spinnweben von der Decke hängen und die Kakerlaken die Fugen und Löcher im Holz bevölkern. Ein Regenschauer bricht los. Es schüttet nur so vom Himmel herab. Mit voller Wucht und ohne ein paar einleitende Tröpfchen als Vorwarnung. Das Dach ist undicht.

Die Wortführerin der Haussklaven ist eine dicke alte Negerin.

»Nennt mich ruhig Old Doll«, sagt sie mit hoher, leiernder Stimme. »Das hier sind alles meine Kinder und Enkelkinder.« Sie zeigt mit einer gewissen selbstbewußten Grandezza um sich herum.

»Warum geschieht hier im Haus nichts? Warum tut ihr nichts?«

»Wir brauchen nichts zu tun. Unsere Herrin, the Lord save her precious soul, hat gesagt, daß wir von niemand anderem Befehle zu befolgen hätten als von ihr. She was my friend. She took care of me. I took care of her. But she gone home. We earn the right to be idle. You cannot make us do nothing, Mister.« Sie blickt ihn schlau von unten herauf an. Sitzt breit wie eine brütende Henne auf einer Bank in der Halle. Mögen die Tage ihres Müßiggangs auch gezählt sein, sie wird sie so lange wie möglich ausdehnen.

Jacob spürt, daß er es mit einer formidablen Gegnerin zu tun hat, und sieht in den Zügen ihrer Kinder und Enkelkinder die Spuren Europas. Ein etwa fünfzehnjähriges Mädchen ist praktisch weiß. Privilegien und erworbene Rechte kann man in dieser starren Gesellschaft nicht so einfach zurückschrauben.

»My daughter run away to England. She free now. She know master. She speak for us.«

»Ich bin jetzt der Herr«, sagt er.

Er sieht ihr an, daß sie ihm nicht glaubt. Er läßt sich dazu herab, ihr, die nicht lesen kann, die Eigentumsakte zu zeigen. Sie rümpft verächtlich die Nase. Ha! Papier! Was besagt schon Papier! Er wird die Tochter in England über die Veränderungen in Kenntnis setzen lassen. Von ihr aus wird die Nachricht über komplizierte familiäre Drähte schon auf die eine oder andere Weise zu Old Doll zurücksickern. Vorläufig hat er sie und ihre Familie am Hals. Er fragt sich, ob die Bevorzugung dieser kleinen Truppe bei den übrigen Sklaven nicht für böses Blut gesorgt hat und ob ihre Situation nicht zugleich eine Form von Gefangenschaft und Heimatlosigkeit ist, so, wie sie sich durch die Verbesserung ihres eigenen Loses von ihren Schicksalsgenossen abgeschnitten haben.

Jacob geht energisch ans Werk. Alles soll fertig sein, wenn Fanny zurückkommt. Er will für sie einen Traum Wirklichkeit werden lassen. Sie wird staunend das Haus betreten, ihn bewundern. Es wird ihr den Atem benehmen. Sie wird die Hände zusammenschlagen. Ihre Stimme wird ihn streicheln wie eine sachte Morgenbrise, wie das laue Wasser der See, wie das kühle Licht des Mondes. O Jacob! Hast du das für mich getan? Wie sehr mußt du mich lieben. Ja, ich liebe dich, Fanny Fenwick. Du bist meine Göttin und meine Gebieterin. Und hiermit huldige ich dir. Keine Göttin, keine Gebieterin, sagt sie, sondern Geliebte. Er kostet, was das beinhaltet, und zerbeißt sich die Lippen. O Fanny.

Das Haus macht er eigenhändig. Es ist niemand anderer da. Die Sklaven werden anderswo gebraucht, findet er. Das hat es noch nie gegeben: Ein Weißer, der arbeitet, bis er schwitzt, der mauert und zimmert und verputzt und schleift und ölt und wachst. Die Kollegen kommen, um sich das anzusehen, zu Pferd und in Wagonetten, unter allerlei Vorwänden. Sie erklären ihn für verrückt, finden, daß er ein schlechtes Beispiel abgibt, denn wenn der Weiße arbeitet, warum sollte es dann der Schwarze tun. Nur der Schwarze kann doch in diesem mörderischen Klima arbeiten? Alle Experimente mit weißen Sträflingen und Kontraktarbeitern sind fehlgeschlagen. Die Zähigkeit der schwarzen Rasse ist so sprichwörtlich wie ihre Faulheit. Was mußte *er* da wie eine Art weißer Neger die Wände hinauf? Nicht nur die Weißen starren mit Abscheu auf Jacobs aufgekrempelte Hemdsärmel, seine Muskelpakete, die Schweißtropfen und die Nußbaumtönung seines Gesichts. Die Sklaven können sich seinen Eifer genausowenig erklären und bleiben auf Distanz. Er ist verrückt, denken sie. Besessen. Sie haben recht. Besessen ist er.

Plato ist der einzige, der weiß, warum Jacob Pelican Bay gekauft hat und warum er darauf brennt, das Haus so schnell wie möglich vorzeigbar zu machen. Jacob hat es ihm erzählt, an dem Nachmittag, als die *Admiral* in See gestochen war und er sich plötzlich amputiert fühlte und den Schmerz mit Rum zu betäuben versuchte. Er saß draußen hinter ihrem Häuschen unter dem Brotbaum und hielt Plato, der mit seiner Schaufel unterwegs war zum Gemüsegarten, an. Setz dich, Plato. Er ließ ihn an seiner Liebe zu Fanny Fenwick teilnehmen, an ihren eisblauen Augen, ihrer reinem Wasser gleichen Stimme, ihrem unbeugsamen Willen, der sich ihm nichtsdestoweniger fügen würde. Er verhaspelte sich schier dabei, das Lob ihrer Gestalt und ihres Charakters zu singen, und er nannte sie dem Sklaven gegenüber seine Befreierin. Erlöserin. Seine Gesandte. Plato nickte. Das Beste ist nicht gut genug. Meine Göttin bekommt einen Tempel. Nicht nur in meinem Herzen. Einen richtigen Tempel. Mit der Sentimentalität des Betrunkenen hob er ihre Verdienste hervor und was er alles tun würde, um ihrer würdig zu sein. Sie wird mich heiraten. Plato nickte. Lach mich nicht aus! In einer plötzlich aufkommenden Wut holte er aus, schlug dem Sklaven mit dem Handrücken ins Gesicht und verlor das Gleichgewicht. Plato ließ ihn liegen. Jacob fluchte und hämmerte mit dem Kopf gegen den Boden.

Über diese unseligen Auseinandersetzungen spricht Jacob nachher nie mit dem Sklaven. Plato scheint alles, die Sünde wie die Bestrafung, die Vertraulichkeit wie die Peitsche, ohne Groll oder Freude hinzunehmen. Er hat kein Gedächtnis, denkt Jacob manchmal. Er ist ein schwarzes Faß, durch das das Leben und die Geschichte hindurchfließen, ohne es zu berühren, ohne eine Spur zu hinterlassen. Der beste Beweis dafür, daß Jacob Plato schätzt, ist dessen Anstellung als Aufseher. Betriebsführer. Es ist ein Auftrag, den der Sklave Plato nicht verweigern kann. Es steht einem Sklaven nicht zu, irgend etwas zu verweigern, nicht einmal die Macht über andere Sklaven.

Als Jacob eines Freitags schwermütig vom Hafen zurückkommt – die *Admiral* ist eingelaufen, hatte aber keine Schauspieler an Bord –, wird er beim unteren Feld Zeuge eines Vorfalls, der ihn beunruhigt. Er bringt sein Pferd, das ruhig im Schritt geht, hinter einigen hohen Büschen mit roten Schneeballblüten zum Stehen. Vor einer der appetitlichen Dolden schwirrt ein Kolibri auf der Stelle. Jacob hat Sicht auf die Gruppe, die gerade den Boden umgräbt und bepflanzt. Es ist harte Arbeit. Das Pflügen mit Pflugschar und Ochsen ist auf diesem Gelände unmöglich. Jacob hat angeordnet, daß es bis zum Ende der Woche gemacht sein muß. Ein Viertel liegt noch brach. Quaco Adjoe und Plato stehen sich gegenüber. Sie führen eine erhitzte Diskussion. Jacob kann nichts verstehen; er ist noch nicht bewandert in dem Sprachengemisch, das die Sklaven untereinander sprechen. Neger-Englisch, Neger-Holländisch, Reste von afrikanischen Sprachen. Er hat Plato noch nie so aufgebracht gesehen. Er sieht, wie sich sein Nacken versteift. Dann kehrt Quaco Adjoe Plato, während dieser noch mit ihm redet, den Rücken zu und geht davon. Jacob hört es eher, als daß er es sieht: Die Peitsche knallt und geht auf dem Rücken des Jungen nieder, der sich krümmt, dann wieder aufrichtet und nach kurzem Zögern seine Spitzhacke aufnimmt und damit den übrigen das Zeichen gibt, die Arbeit wiederaufzunehmen. Plato steht regungslos da. Jacob sieht, wie er langsam die Schultern krümmt, als wäre er selbst von dem Schlag getroffen worden. Verwirrt gibt Jacob seinem Pferd die Sporen. Er verspürt aber auch einen Hauch von Triumph: Der Sklave ist Mensch geworden. Der königliche Tänzer auf der *Middelburghs Welvaren*, der schweigsame Pfleger während Dirks Fieberträumen, der abwesend Jacobs Züchtigungen eingesteckt hat, ist selbst zum Täter geworden. Jetzt weiß er, wie sich das anfühlt, denkt Jacob.

Sieben Monate nach Fanny Fenwicks Abreise beginnt das Haus Jacobs Traum ein wenig zu ähneln. Ein Zimmer wird für die Kinder bestimmt, die Fanny und er bekommen werden. Wenn er daran denkt, besorgt die Begierde nach ihrem Körper ihm eine Erektion. Er stellt sich vor, wie sie sich langsam vor ihm entkleidet, wie gut sich ihre weiße Haut im

Mondlicht ausnehmen wird. Er stellt sich ihre Brüste vor, Taille und Hüften und das dunkle Geheimnis ihres Geschlechts, das ihn in sich hineinsaugt. Tempel, denkt er. Mein Tempel. Aber er ist nicht so bigott und fromm wie ein Pfarrer. Er wird dieses Fleisch zum Leben und zur Blüte bringen. Er wird es pflügen, wird säen, jäten und ernten. Er wird es sich unterwerfen und zähmen.

Drei Enkelinnen von Old Doll stellt er als Dienstmädchen an, unter der Leitung von Kate Black, der Köchin. Es kostet einige Mühe, denn die kaffeefarbigen, verwöhnten Bälger wollen sich von Kate, die ihrem Nachnamen alle Ehre erweist, anfänglich nichts befehlen lassen. Doch dann sieht Jacob sie zu dritt mit großen Filzpantoffeln an den Füßen wie mit Schlittschuhen über den Fußboden aus brasilianischem Sucupira schlittern, um ihn auf diese Weise zu wienern. Plötzlich hat er ein Bild vom Winter in Vlissingen vor Augen. Seine Schwestern auf dem zugefrorenen Kanal. Rote Wangen. Atemwölkchen vor dem Mund. Hand in Hand über das Eis gleitend. Er mit seinen Freunden. Er schiebt die Erinnerung von sich.

Eines Sonntags erhält er Besuch von John Thornton, dem ungekrönten König der Insel, der sich einmal bei ihm umsehen will. Jacob sitzt gerade auf der Veranda, um zu verschnaufen. Nicht auf einem Stuhl oder einer Bank, sondern einfach auf den Dielen. Sein Hemd steht halb offen. Er hat sich einen Turban um den Kopf gewunden, damit er keinen Sonnenstich bekommt. Thornton schaut sich um und kann sein Mißfallen kaum verhehlen, nicht nur darüber, daß Jacob am Sonntag arbeitet. Vor Empörung schwillt ihm die auf dem steifen Kragen aufliegende Wamme wie bei einer Kröte.

»Das ist höchst ungewöhnlich«, entgegnet er kühl, als Jacob ihn mit einer Gebärde einlädt, neben ihm Platz zu nehmen. Er bleibt stehen.

»Suit yourself.«

»Was habt Ihr vor, Rivers?«

»Wie meint Ihr das?«

Thornton schlägt ungeduldig mit seiner Reitpeitsche gegen seinen Stiefel. »Was habt Ihr mit Pelican Bay im Sinn? Ich höre, daß Ihr Eure Sklaven *bezahlt*!«

»Ich habe ihre Ration erhöht. Ihnen mehr Land für den Eigenbedarf zur Verfügung gestellt. Und sie dürfen mehr Handel treiben. Ein toter Sklave schneidet verdammt wenig Zuckerrohr. Und damit sie brav und folgsam sind, erhalten sie Katechese.«

»Diese Affen lesen die Bibel?!«

Sonntags läßt Jacob, der Ungläubige, den Sklaven von Plato aus der Bibel vorlesen, ob sie das Bibelholländisch nun verstehen oder nicht. Nützt es nicht, so kann es jedenfalls nicht schaden. Als Zugabe interpretiert Plato das Gelesene in einfachen Worten in ihrer eigenen Sprache. Das Versprechen des ewigen Lebens nach dem Tod hält sie in der Gegenwart zufrieden und geduldig. Doch es ist nicht üblich, Sklaven zu bekehren. Wie könnten sie auch die Gnade Gottes verstehen, unmündige Kinder, die sie sind. Tiere gar, nach Thorntons Ansicht.

»Schwarze sind Menschen. Sie sind imstande, zu bereuen und sich zu verändern.« Thornton ist Besitzer der größten Brennerei der Insel. Sein Einfluß reicht bis nach London. Jacob muß ihn sich warmhalten. Doch alles in ihm sträubt sich dagegen.

Old Doll trägt schnaufend und beinahe über die eigenen Füße stolpernd einen schweren Sessel nach draußen. Für Master Thornton! Sie klopft eifrig den Staub davon ab, bevor sie Thornton mit einer Verbeugung Platz zu nehmen bittet. Sie knarrt in ihren Fugen. O Master Thornton, welche Ehre! Mißbilligend blickt sie auf Jacobs Kleidung und Haltung. Thornton setzt sich, schlägt ein Bein über das andere und verscheucht eine Fliege. Dies wird eine entscheidende Unterhaltung werden. Jacob wird sich fügen müssen oder ein Outcast sein. Jacob ärgert sich, daß Thornton sich wie ein Besitzer benimmt, selbst auf einer Plantage, die ihm gar nicht gehört. Er muß den Mann wegschicken. Er muß der Engel mit dem flammenden Schwert sein. Das hier ist sein Paradies.

»Es gibt ungeschriebene Gesetze«, sagt Thornton. »An die halten wir uns.«

»Es gibt ein ungeschriebenes Gesetz, an das ich mich halte«, entgegnet Jacob. »Ich wünsche keine Einmischung in meine Angelegenheiten. Wenn es sein muß, kann ich Euch dieses Gesetz auch schwarz auf weiß geben.«

»Seid nicht hochmütig, Rivers. Ihr habt keine Erfahrung. Ihr könnt von uns lernen.«

»Gebt acht, Thornton. Ihr könnt von mir lernen.«

Thornton lacht laut und freudlos. John Fraser macht das auf der Bühne erheblich besser. »Und was könnten wir denn so alles von einem Holländer lernen?«

Jacob steht auf und überragt den sitzenden Thornton um etliches. »Wartet's nur ab. In fünf Jahren ist Pelican Bay die prosperierendste Plantage der Insel.«

Old Doll kommt mit Brunnenwasser aus dem Haus. Sie reicht Thornton ein Glas. Ignoriert Jacob. Das entgeht dem ungekrönten Rumkönig nicht. »Respekt!« sagt er. »Sie müssen Respekt vor Euch haben. Die Peitsche drüber.« Old Doll postiert sich neben dem Sessel, bereit, dem Besucher jeden Wunsch von den Lippen abzulesen.

»An deine Arbeit, Doll«, sagt Jacob, der die Front, die die beiden gegen ihn bilden, nicht dulden kann. Thornton macht eine kleine, aber herausfordernde Gebärde, um die Sklavin zum Bleiben zu veranlassen. Sie bleibt. Ein Lächeln umspielt Thorntons Mund. Jacob greift zu seiner Peitsche, seiner treuen Elefantenpeitsche, und ehe Thornton recht erfaßt, was geschieht, zieht ihm deren Spitze einen Striemen genau über die Hand, mit der er Old Doll zurückgehalten hat.

Jacob führt sorgfältig Buch über alles, was auf der Plantage geschieht, über alles, woran es fehlt, alles, was vorhanden ist, alle Materialien, alle Ausgaben und Einnahmen. Stellt Aufgaben und setzt Ziele. Er legt ein Verzeichnis der Sklaven an, mit Namen, Alter, Gebrechen, Befähigungen. (Joeh Minzah, 34 Jahre, Klärer, schwache Knie, Achtung: neigt zur Trunksucht; Mary, 28 Jahre, zweite Feldkolonne, epileptisch, leichtere Arbeit; Charlie Butterworth, 40 Jahre, erste Kolonne, stark und gesund, spricht nicht, tumber Klotz; Sarah, 16 Jahre, dritte Kolonne, helle und behende, eventuell zum Hausdienst befördern.) Mit Plato zusammen macht er eine neue Einteilung und führt ein System kleiner Einheiten mit verantwortlichen Vorarbeitern oder -arbeiterinnen ein. Er stellt Jungen ins Siedehaus ab, die das Fach erlernen sollen. Alle Spezialisten sollen einen Ersatzmann haben. Eine Krankenstation wird eingerichtet. Da kommt Platos Wissen zupaß. Er soll eine der Frauen zur »Krankentrösterin« ausbilden. Jacob ist auch selbst oft auf dem Land anzutreffen. Es gefällt ihm. Es gefällt ihm besser, als er für möglich gehalten hätte. Jede Woche fährt er in die Stadt, um zu hören, ob das Schiff mit den Schauspielern angekommen ist. Die Monate vergehen. Er gestattet sich keine Verzweiflung.

Er fürchtet, daß Fanny ihr Versprechen vergessen hat, daß sie ihn nie ernst genommen und einfach etwas dahingesagt hat, um ihn los zu sein, und daß sie vielleicht von Jamaica aus gleich nach Amerika gefahren ist. Wieder und wieder vergegenwärtigt er sich ihren Blick, als sie ihm sagte, daß niemand davon wissen dürfe und daß sie bei ihrer Rückkehr eine Entscheidung treffen werde. Er entsinnt sich jeder einzelnen Minute, die er in ihrer Nähe zugebracht hat und glaubt nicht, daß sie ihn betrogen hat. Er macht es sich zur Gewohnheit, die Besatzung jedes Schiffes, das anlegt oder vor Anker geht, nach den Orten zu fragen, die sie angelaufen haben und ob sie dort vielleicht der weltberühmten Truppe des Schauspielers John Fraser begegnet sind. Nun sind Seeleute nicht eben leidenschaftliche Theaterbesucher, und die meisten zucken denn auch die Achseln, bis er auf einen Bootsmann mit kulturellem Einschlag trifft, der in der Tat eine Vorstellung miterlebt hat. Auf Tortola, meint er sich zu erinnern, oder war es Barbados? Ob auch eine junge Frau dabeigewesen sei mit einer Stimme wie ... Da seien mehrere gewesen, aber ja, nun, da er es sage, er erinnere sich an ein dürres Klappergestell mit blauen Augen, sie habe bei ihrem Text fortwährend gehustet. Tot, denkt Jacob, sie ist bestimmt tot. Galoppierende Schwindsucht. Wie findet er das heraus? Er muß warten und weiterfragen. Sie kennen ihn, die Verlader, Reeder und Kapitäne. Sie beginnen schon von fern den Kopf zu schütteln, wenn sie ihn kommen sehen.

Derweil nutzt er jeden Besuch in der Stadt zur weiteren Ausschmückung der Hauseinrichtung. Kristallgläser. Silberne Pièces de milieu. Ein blaues Service, Chine de commande. Zwei Gemälde. Ein Stilleben mit einem toten Hasen und ein paar fetten Wachteln inmitten einer Fülle von Obst und bröckligen alten Käsen, Zinnkrügen. Und eine Winterlandschaft. Fröhliches Treiben auf dem Eis. Die sieht er sich täglich an und studiert dabei mit einer gewissen Neugierde seine Gemütsregungen. Sehnt er sich nach Zeeland zurück? Hört er dort in der Ferne die Stimme seiner Mutter? Die Glocken von Vlissingen? Er empfindet Rührung, eine vage Nostalgie, doch sehnt er sich nach Fanny Fenwick und der Landschaft, die sie in ihrer Stimme und ihren Augen trägt.

Sie ist schon fast ein Jahr fort, als ein Reeder ihm sagt, es bestehe guter Grund zu der Annahme, daß die Truppe von John Fraser auf der *Liverpool* sei, die binnen weniger Tage erwartet werde. Ein schneller Segler habe die Nachricht gebracht. Jacob hüpft das Herz in der Brust. Er kauft einen prächtigen bestickten Bettüberwurf. Nahezu jeden Tag fährt er jetzt in die Stadt. Zwei Stunden hin. Zwei Stunden zurück. Er sieht die *Liverpool*, eine alte holländische Fleute, vor Anker gehen. Er sieht die Leichter und Kanus um das Schiff schwärmen, um Menschen und Güter auszuladen. Er späht und späht, ob sie dabei ist. Sieht er John Fraser, Grace, den Buckligen, Anthony/Othello? Die Spannung ist fast unerträglich. Er hat ein Sausen in den Ohren. Immerfort legt sich ihm ein Schleier vor die Augen, den er wegblinzelt. Drei Bekannte sprechen ihn an, doch er antwortet nicht. Und dann, als die Boote näher kommen, sinkt ihm plötzlich der Mut. Sie wird eine Entscheidung treffen. Aber das kann genausogut ein »Nein« sein. Wie hatte er so fest mit ihrer Einwilligung rechnen können? Er sehnt sich jetzt schon nach der Sehnsucht zurück.

Er verschanzt sich in einem Rumshop, an dem jeder vorüberkommt, der in die Stadt geht. So wird er sie alle sehen und selbst ungesehen bleiben. Dann wird er wissen, ob er umsonst gewartet hat. Er wird es nicht nur ihr ansehen, er wird auch wissen, ob seine eigene Leidenschaft für Fanny Fenwick das Jahr unbeschadet überstanden hat. Fanny Fenwick, ihr Name hört sich plötzlich fremd an. Daß sie womöglich in wenigen Tagen leibhaftig ihren Atem über die venezianischen Spiegel hauchen wird, ist unerträglich. O nein, sie darf nicht greifbar werden und ihn unangenehm überraschen mit säuerlichem Körpergeruch oder einem Wind, der ihr entfährt.

Sie sitzt im letzten Wagen und hält sich einen Sonnenschirm über den Kopf. Mit ihr der Bucklige, die Perückenmacherin und einige Kabinenkoffer. In den Wagen davor hat er schon John Fraser und die anderen gesehen. Grace ist nicht dabei. Fanny sitzt aufrecht in einem grünen Taffetkleid mit Spitzenbesatz am Dekolleté, in dem ihre Brüste wie Äpfel auf einer Schale liegen und mit dem hoppelnden Karren mitbeben. Sie hat ein allerliebstes Häubchen auf und hält den Kopf kerzengerade. Die Stirn gefurcht, blickt sie starr vor sich hin. Jacob kann ihre Augen nicht sehen. Sie ist es, und sie ist es nicht. Nicht, weil sie verändert wäre, sondern gerade weil sie nicht verändert ist. In ihm hat sie sich verändert. Er hat mehr als ein Jahr mit ihr gelebt, und er hat sie schrittweise seinen Wünschen angepaßt, er hat sie geformt, geknetet und gekleidet. Entkleidet. Es ist der echten, lebenden Fanny gegenüber nicht fair, aber es war nicht aufzuhalten. Er wird seine Phantasie der Wirklichkeit anpassen müssen, oder er paßt die echte Fanny seiner Phantasie an. Er weiß nicht, welche der beiden Möglichkeiten auf größeren Widerstand stoßen wird. Ihm bleibt nichts anderes übrig: Er muß zu ihr. Morgen.

Er fährt mit dem offenen Wagen und dem wendigen, gut zu lenkenden kleinen Pferd vor, das er eigens für sie gekauft hat. Die Schauspieler haben in demselben Haus Quartier bezogen wie beim vorigen Mal, werden aber keine Vorstellungen geben, hat Jacob in der Stadt gehört. Warum, weiß niemand. Das erste Postschiff nach England geht erst in einem Monat. Er klopft laut an die Tür. Keinerlei Grund zur Bescheidenheit jetzt.

Die Perückenmacherin öffnet, hält gegen das grelle Sonnenlicht die Hand über die Augen und erkennt ihn. »Wartet … ich weiß … nicht gleich sagen … Mr. Rivers!« Sie tritt einen Schritt vor und hält die Tür hinter ihrem Rücken zu, als stünde die Eingangshalle voller Lauscher. »Ihr wollt zu Miss Fenwick.«

»Ja«, sagt er und bleibt auf der Hut, »ich möchte zu Miss Fenwick, aber auch zu John Fraser. Ich komme, um die Bekanntschaft aufzufrischen. Wie war die Tournee?«

»Teils Himmel, teils Hölle.«

»Darf ich hereinkommen, in den Schatten?«

Sie zögert, tritt dann zur Seite und läßt ihn durch. »Ihr kennt ja den Weg.«

Es ist eine Wiederauflage seines ersten Besuchs. Wieder hängen die langen Musselintücher herab, um die Sonne von der Veranda fernzuhalten. Hier und da sind Schauspieler damit beschäftigt, Kostüme zu lüften und auszubürsten, Koffer auszupacken. Er riecht Kampfer. Auf dem Ruhebett liegt John Fraser, nun mit ganz entblößtem Oberkörper, was man wohl kaum als geziemend bezeichnen kann, wenn Damen in der Nähe sind. Damen! denkt Jacob, unter Schauspielern wird wohl ein ganz anderer Verhaltenskodex gelten. Freier, lockerer. Das Affenartige an Fraser wird jetzt auch noch durch die dichte rötliche Behaarung und seine kleinen Brüste mit nach unten zeigenden, an Zitzen erinnernden Brustwarzen unterstrichen. Er sieht müde und unzufrieden aus, und seine bronzene Stimme weist bei der Begrüßung einen Sprung auf. Fraser richtet sich nicht auf, sondern hebt nur den langen rechten Arm, während der linke auf seinem Geschlecht ruht.

»Sieh an, sieh an, kaum eingetroffen, da macht uns Mr. Rivers schon seine Aufwartung. Madame ist auf ihrem Zimmer. Und kommt nicht herunter. Seit dem Tod ihrer Mutter schaut sie mich nicht mehr an. Macht mich verantwortlich. Was ich nicht bin. Es war ein Gehirntumor. Aber erklärt das mal einer Frau, die fest entschlossen ist, Euch zu hassen. Es verdirbt einem schon die Stimmung, muß ich sagen.«

Er lädt Jacob ein, sich zu ihm aufs Ruhebett zu setzen, als wollte er die Unterhaltung fortsetzen, die vor einem Jahr abgebrochen wurde. Jacob ist nicht darauf erpicht, sich den Monolog des Schauspielers anzuhören, der sich selbst so gerne reden hört, aber er wird wohl müssen. Das gebietet die Höflichkeit.

»Aber wißt Ihr, Mr. Rivers, ich vermute, daß Fannys aufsässiges Verhalten auf Eifersucht beruht.« Mit der rechten Hand krault Fraser sich im Brusthaar, kneift kurz in die Brustwarze. Listig und forschend sieht er Jacob an, als berechne er, wo er den Dolchstoß plazieren soll. »Ich bin ein Mann mit starken Bedürfnissen«, fährt er fort. »Ich schätze, Ihr versteht, was ich meine. Ich erkenne in Euch einen Schicksalsgenossen. Laßt mich ganz offen sein. Fanny war mir nicht abhold. Ihre kapriziöse Art sollte mich herausfordern und erregen. Das gelang ihr. Ich spielte das Spiel lange mit, in der Gewißheit, daß sie eines Tages nachgeben würde, denn so geht das in der Liebe. Doch als wir von hier abgereist waren, bemerkte ich in ihrem ganzen Wesen eine wachsende Abwehr. Das ärgerte mich, erzürnte mich, erregte mich. Ich war nicht selten drauf und dran, sie mit Gewalt zu nehmen, doch das kann man nur einmal; und ich wollte sie haben und behalten. Sie brachte mich zur Raserei. Ich beschloß, es auf einem Umweg zu versuchen, wobei ich das Nützliche mit dem Angenehmen verbinden konnte. Ihre Mutter, Grace, war in mich verliebt, und mochte auch, um es gelinde auszudrücken, der frische Tau von ihren Wangen verschwunden sein, so haben doch auch Reife und blinde Zugewandtheit etwas für sich. Grace verweigerte sich mir nie. Grace verweigerte mir nichts. Eine Fut, so weit und naß wie die Themsemündung, aber ein ganz netter, straffer Anus. Ich bin für Brüste nicht so zu haben – fände durchaus auch Geschmack an einem Mann« – Fraser legt Jacob versuchsweise die Hand auf den Schenkel – »aber ihre Melönchen konnten sich sehen lassen. Ich hoffte unterdessen auf die Eifersucht der Tochter. Und hatte Erfolg. Es kam zum Krieg. Zum stillen Krieg. So heiß wie diese tropischen Inseln sind, so kühl und unnahbar tat sie. Eine Hure, die die Prinzessin spielt. Bis ich sie eines Nachts ertappte. Ich mußte pinkeln und ließ Grace in gespannter Erwartung der Fortsetzung unseres Liebesspiels im Bett zurück. Ich kam an dem Zimmer neben meinem vorbei, das Grace offiziell mit Fanny teilte. Die Tür war angelehnt. Ich stieß sie ein wenig weiter auf, und da lag sie mit der Hand zwischen den Beinen, schon zu weit fortgeschritten, um die Tür zu hören, zu weit, um noch etwas anderes als ihre eigene Geilheit wahrzunehmen.«

Der Schauspieler sieht den verliebten Besucher amüsiert an, um die Wirkung seiner Worte von dessen Gesicht abzulesen. Er reibt sich über die Brust, wirft theatralisch den Kopf in den Nacken, schließt die Augen und stößt ein tiefes Stöhnen aus, noch mal und noch mal. Jacob erstarrt, als er merkt, daß nicht nur der Schauspieler sichtlich in Erregung gerät, sondern auch er selbst eine Erektion bekommt. Fraser öffnet ein Auge: schalkhaft und triumphierend. Er bricht in Gelächter aus. Stützt sich auf einen Ellenbogen und erzählt in eindringlichem Ton weiter, wobei er Jacobs Blick fixiert: »Ich sehe sie, nur noch wenige Bewegungen, und sie kommt zum Höhepunkt. Ihre linke Hand ist mit ihrem Geschlecht befaßt, mit der rechten streichelt sie ihre herrlichen Brüste, wie die Mutter, so die Tochter. Meine Leidenschaft, von Mutter Grace schon gehörig angefacht, läßt sich dort in der Tür nicht länger zügeln. Ich brauche mich kaum anzufassen, da kommt es mir schon. Wir kommen gleichzeitig. Mein Samen spritzt an die Wand. Ihr Naß ergießt sich ins Laken. Dann sieht sie mich. She is mine, Mr. Rivers. She is mine.« Fraser grinst, aber seine Augen lachen nicht.

Jacob kann sich mit Mühe beherrschen, tut, als berührte ihn die frivole Erzählung nicht, und erkundigt sich nach der Mutter. Was geschah mit ihr? Mary, die Hühnchenrupferin, kommt mit einer großen Waschschüssel aus dem Haus. Stellt sie neben dem Ruhebett auf den Boden. Sie macht ein Tuch naß und beginnt Frasers schwitzenden Leib abzureiben. Der Schauspieler genießt die Behandlung sichtlich, greift Mary beiläufig unter die Röcke. Hab dich! Mary lacht, fährt ungerührt fort. Das alles ist eine Demonstration, denkt Jacob, eine widerliche Demonstration von Macht und Perversität, einzig und allein in Szene gesetzt, um mich zu entmutigen. Das wird ihm nicht so leicht gelingen.

»Die Unglückliche«, sagt Fraser. Er ist aufgestanden, um sich den Rücken abreiben zu lassen. »Es dürfte jetzt vier Monate her sein. Sie bekam Kopfschmerzen und mußte häufig erbrechen. Sie war verwirrt, verlor jedes Gefühl für das Dekorum, schimpfte, schlug um sich, stellte öffentlich ihre Liebe zu mir zur Schau, sah Dinge, die nicht da waren, tobte und zeterte, riß sich die Kleider vom Leib, lag schließlich in ihrem eigenen Schmutz. Der Kampf hat drei

Wochen gedauert. Fanny sagte, ich hätte Grace verrückt gemacht. Mißbraucht. Aber der Arzt konstatierte einen Tumor. Schrecklich. Schrecklich. Wir sind alle wie vor den Kopf geschlagen.«

Fraser wie vor den Kopf geschlagen? Pah!

»Ich möchte sie sehen.«

»Grace?«

»Fanny.«

»Keine Chance. Sie schickt Euch fort.«

Jacob erhebt sich, voller Ekel vor dem rothaarigen Satyr. Der Mann muß impotent sein oder zu klein ausgestattet. Jacob ist sich sicher, daß er Fanny für sich gewinnen kann, wenn er mit diesem affenartigen Freigeist abrechnet.

»Wißt Ihr«, sagt Jacob, »ich gehe vielleicht auf Eure Einladung ein.«

»Welche?« fragt Fraser, der auf der Hut ist.

Jacob tritt einen Schritt näher. Er riecht außer Schweiß ein schweres und süßes Parfüm, als hinge das Fleisch des Schauspielers schon tot und verwest an seinen Knochen. Es kümmert ihn nicht, daß die Hühnchenrupferin dabei ist. Wenn es um Theater geht, steht er seinen Mann. Es ist die Präzisionsarbeit eines berechnenden Charakters. Aus Jacobs Wut wird teuflisches Vergnügen an dem, was er vorhat. Der Schauspieler spannt die Muskeln an, in einer Abwehr, die er, um seine Machtposition zu wahren, nicht eingestehen will. Jacob, anderthalb Kopf größer als Fraser, streckt die Hand aus, streichelt lächelnd und andächtig die rotbehaarte Brust und läßt die Hand zum Geschlecht hinabwandern. Zwickt hart hinein. Sein Mund nähert sich Frasers Ohr.

»I'll fuck you. I will fuck you blind.«

Jacob klopft an drei Türen, bevor er an der richtigen ist. Sie sitzt in demselben grünen Taffetkleid, das sie am Vortag trug, in einem Lehnstuhl vor dem offenen Fenster, aus dem sie jeden Windhauch auffängt. Sie fächelt sich auch mit einem Fächer Luft zu. Unter ihren Achseln sind dunkle Flecken.

»Mr. Rivers«, sagt sie, als komme das noch zu allem Übel hinzu.

»Ich hörte von Eurer Mutter. Das tut mir leid. Ich meine, ich fühle mit Euch.«

»Danke.«

»Ich habe eine Plantage gekauft.«

Sie sieht ihn an, als erinnere sie sich nicht mehr, was sie damit zu tun hat.

»Sie heißt Pelican Bay.«

»Ach.«

»Ich komme dich holen, damit du sie dir ansehen kannst. Danach kannst du eine Entscheidung treffen.«

»Entscheidung?«

»Weißt du noch?«

»Ich weiß es noch. Aber es ist viel geschehen.« Sie schlägt die Augen nieder. Verzieht den Mund. Vielleicht muß sie Tränen hinunterschlucken.

»Komm, schau es dir erst einmal an. Ich liebe dich, Fanny Fenwick. Wie immer deine Antwort auch lauten mag.«

Seine Liebeserklärung klingt unbeholfen, und er weiß – nachdem er die liederliche Erzählung von Fraser gehört hat – nicht mehr, ob er es wirklich meint. Fraser hat auf die Ware gespuckt. Er hat sie besudelt.

Sie steht auf. Gerötete Wangen. Strahlende Augen, plötzlich. Ob sie Fieber hat? »Worauf warten wir«, sagt sie dezidiert.

Ja, da ist ihre Stimme wieder, so, wie er sie in Erinnerung hat! Auf Widerstand eingestellt, ist er einen Moment aus dem Konzept. Fängt sich. Streckt die Hand aus, um sie zur Tür zu geleiten. Der Schauspieler hat gelogen, redet er sich ein. Es ist von A bis Z gelogen. Seine Fanny hat keine Vergangenheit. Seine Fanny hat keine Existenz außerhalb der Wände seines Herzens und seines Kopfes. Sie eilt mit ihm die Treppe hinab; sie verlassen das Haus wie Diebe in der Nacht.

Unterwegs sagen sie nichts zueinander. Fanny blickt auf die Felder, an denen sie vorüberkommen, bepflanzt mit Baumwolle, Tabak, Zuckerrohr, Zuckerrohr, Zuckerrohr. Sie sieht die Sklaven. In derselben ausdruckslosen Weise blickt sie auf die Stücke unerschlossenen Geländes zwischen den Plantagen, die hoch aufgeschossenen Palmen, die feuchte, üppige tropische Vegetation. Die Hitze legt eine glänzende Schweißschicht auf ihr Gesicht. Tropfen stehen auf ihrer Stirn und Oberlippe. Das Haar ist im Nacken naß. Er sieht sie hin und wieder von der Seite an, vermutet, daß sie es umgekehrt ebenso macht. Einmal treffen sich ihre Blicke, stoßen zusammen, prallen wieder zurück auf die Straße, das Pferd, die Felder. Neben ihm sitzt eine Frau. Das ist alles, was Jacob sieht und fühlt. Es besteht kein Zusammenhang mehr zwischen den Dingen.

»Hier fängt sie an«, sagt er, als sie oben auf dem Hügelrücken angelangt sind und einen Panoramablick über die Insel und das Meer und die weiter entfernten Inseln haben. Er sieht die Plantage plötzlich durch ihre Augen, ausgehend von den Erwartungen einer wählerischen Lady – was sie nicht ist, aber so kann sie blicken –, und fürchtet, daß sie sie für einen armseligen Betrieb hält. Die Sklaven heben die Hand, als sie den Wagen vorüberkommen sehen. Grüßen den Herrn. So geht es von Feld zu Feld. Sie fahren in ein kleines Tal hinab und haben am Ende einer Tamarindenallee Sicht auf das Haus. Jacob ist stolz. Selbst durch die Augen einer kritischen Fremden gesehen, ist es ein beeindruckendes Gebäude. Weiß. Keine Spur von Verfall. Das Grundstück darum herum ist aufgeräumt und frei von Unkraut. Es gibt einen Rasen, mit großer Anstrengung und viel Wassergeschleppe in der Trockenzeit grün gehalten. Es gibt blühende Büsche und Bäume als Sichtblenden gegen die Zuckermühle und das Siedehaus. Die untere Hälfte der doppelten Demerara-Läden steht rundherum offen. Die Zimmer werden dunkel, aber luftig sein.

Die große Eingangstür aus Mahagoni wird auf das Geräusch des sich nähernden Wagens hin geöffnet, und die drei Enkeltöchter von Old Doll stehen nebeneinander bereit, mit weißen Häubchen auf, die Hände vor der makellosen Schürze gekreuzt. Sie kichern ein bißchen, als er Fanny vom Bock hilft. Fanny streicht ihren Rock glatt. Sie hat keinen Hut auf, keinen Sonnenschirm bei sich, ist einfach fortgelaufen, hat zwei Stunden auf einem warmen, holpernden Wagen zugebracht, irgendwie muß sie den nötigen Stil aufzubringen versuchen. Doch sie ist Schauspielerin. Sie weiß eine Prinzessin zu geben. Sie lüpft ihre Röcke, schreitet würdevoll die Freitreppe hinauf, nickt den Mädchen zu und betritt die Eingangshalle, als wäre sie hier schon zu Hause.

Jacob schwillt die Brust. Dieser Perfektion wird sie nicht widerstehen können. Er zeigt ihr das Haus, weist nebenbei auf die Kostbarkeiten hin, die er angeschafft hat, und macht sie auf eine Neuigkeit aufmerksam, die er in Anlehnung an Erzählungen aus dem Osten hat anbringen lassen: einen kleinen Ausbau, in den ein großes viereckiges Behältnis gemauert ist, eine Art Trog wie zum Tränken des Viehs. Das Behältnis ist mit Wasser gefüllt. Auf dem Rand steht eine Schüssel. Der Fußboden aus glatten Dielen mit breiten Fugen dazwischen ruht auf einem abschüssigen Unterboden aus steinhartem Lehm. Es ist ein Badezimmer. Auf der hölzernen Plattform stehend, schöpft man, nackt, Wasser aus dem Behältnis und gießt es sich über den Körper. Das Wasser fließt von selbst ab. Es ist erfrischend. Auf die Idee gebracht habe ihn auch die Gewohnheit der Sklaven, abends nach der Arbeit im Meer zu baden. Weiße blickten im allgemeinen darauf herab, doch er habe die Erfahrung gemacht, daß es außerordentlich stärkend sei. Sie nickt. Sie nickt bei allem, gibt aber kein Zeichen der Zustimmung oder gar

Bewunderung von sich. Sie registriert. Jacob überschlägt sich in Anpreisungen. Das größte, beste, schönste, teuerste Haus, kein anderes auf der Insel sei so geschmackvoll, kurz, nicht nur sein Geld, sondern seine Seele und seine Seligkeit steckten darin. Dennoch: Wenn sie etwas zu verändern wünsche, es gehöre alles ihr, wenn sie das möchte. Er lege ihr ergeben seinen Besitz zu Füßen. So blumig hat er noch nie gesprochen. Er fühlt sich wie im Fieber.

»Wo wohnen die Sklaven?« sagt sie am Ende der Führung.

»Möchtest du das sehen? Wirklich?«

»Ich muß alles sehen.«

»Wie du willst.«

Jacob wird unsicher, weil sie so ungerührt bleibt. Sie ist Schauspielerin, sagt er sich. Sie ist und bleibt Schauspielerin, darin geübt, die eigenen Gefühle zu unterdrücken. Sie wird sich so rasch keine Blöße geben. Natürlich ist sie auf der Hut. Er geht zuerst mit ihr zur Fabrik. Sie lauscht seinen Erläuterungen. Schaut sich um wie ein Schätzer. Die Sklaven lassen verwundert ihr Werkzeug sinken, als sie vorbeigeht und ihnen zunickt. Sie inspiziert das Kesselhaus und hält sich bei der Destillieranlage, wo die Alkoholdämpfe die dort arbeitenden Sklaven in einem leichten Rauschzustand halten, die Nase zu. Sie laufen schweigend zum Sklavendorf. Die Hütten aus Lehm und Bambus, mit Palmblättern gedeckt, stehen dicht gedrängt. Auf einer Art Dorfplatz wacht eine ältere Frau über ein Feuer. Hühner scharren umher. Drei Kleinkinder hängen der Frau am Rockzipfel.

»Sobald sie sechs Jahre alt sind, werden sie der Kinderbrigade zugeteilt«, sagt Jacob. »Wir haben zuwenig Kinder. Wenn der Handel abgeschafft wird, müssen wir aus eigener Aufzucht schöpfen. Wir müssen Kohabitation und Schwangerschaft stimulieren.«

Sie sieht ihn schief an. Nickt dann wieder. Läßt sich nicht in die Karten schauen.

Vom abgelegenen Feld kommt Plato geritten, barhäuptig, barfuß. Seit dem unglücklichen Vorfall mit Quaco Adjoe hat Jacob ihn nicht mehr mit einer Peitsche gesehen, wohl aber trägt er eine Machete in einer Lederscheide am Gürtel. Er muß ihren Pfad kreuzen, zügelt jedoch sein Pferd, um sie vorzulassen.

»Wer ist das?«

»Plato. Er ist Betriebsführer. Er ist schon Jahre bei mir.«

»Du mußt mir mehr von dir erzählen«, sagt sie. Es ist der längste Satz, den sie gesprochen hat, seit sie das Haus der Schauspieler verlassen haben.

Jacob erzählt von sich. Aber was besagen Tatsachen? Er läßt viel aus. Es gibt so vieles, was nicht von Belang ist. Er läßt die Wirtstochter aus, er läßt Emily aus, er läßt Dirk aus. Louise van der Palm läßt er nicht aus, spricht von seinem Kummer über ihren Tod und den Tod des ungeborenen Kindes, nicht zuviel und nicht zusehr, aber gerade genug, um sie eine Spur eifersüchtig zu machen. Er konstruiert seine Lebensgeschichte. Erkennt sie selbst fast nicht wieder. Wenn es darauf ankommt, ist auch er ein Schauspieler. Die Kaperfahrt erwähnt er nicht, obwohl er schwankt. Fanny ist abenteuerlustig veranlagt, sie ist kein prüdes junges Fräulein, er würde vielleicht in ihrer Achtung steigen, wenn sie wüßte, daß er Kaperkapitän war. Aber das läßt sich jederzeit nachholen, beschließt er. Nicht alles auf einmal. Er ist kein reuiger Sünder, der sein Herz ausschüttet. Fanny unterbricht ihn nur dann und wann mit der Bitte um genauere Angaben. Wo wohnte er auf Curaçao? Hat er noch Kontakte nach Zeeland? Was aßen sie in Afrika? Trinkt er? Spielt er? Es ist die letzte Prüfung. Vielleicht wird sie ihm gleich ihre Entscheidung mitteilen.

»Sagst du die Wahrheit?« fragt sie.

»Es besteht kein Grund, das nicht zu tun«, antwortet er. Weglassen ist nicht gleich lügen. Und das Dunkel in ihm ist ohnehin nicht in Worte zu fassen.

»Wenn ich bleibe, tausche ich die eine Sklaverei gegen die andere ein«, sagt sie, als denke sie laut nach und wolle ihn an den Erwägungen, die zu einer Entscheidung führen sollen, teilhaben lassen.

»Sklaverei?«

»Ich habe kein Geld. Keinerlei Mittel. John Fraser verfügt jetzt über mich, so wie du über mich verfügen wirst, wenn ich bei dir bleibe.«

»Du wirst frei sein, zu tun und zu lassen, was du willst.«

»Aber du hast das Geld.«

»Wenn du mich heiratest, werde ich dir einen Brautschatz geben, über den du jederzeit frei verfügen kannst.«

Sie sieht ihn forschend an. Ist es ihm ernst? Natürlich ist es ihm ernst. Er hat geschworen, daß er sie heiraten wird, was es auch kosten möge. Fanny Fenwick muß die Seine werden, selbst wenn er sie nur mit dem Versprechen der Freiheit kaufen kann.

»Ich bin gegen Sklaverei. Jede Form von Sklaverei.«

Er weiß nicht, worauf sie hinauswill. »Ohne sie geht es hier nicht.«

»Ich werde mich durch die Gefangenschaft anderer gefangen fühlen.«

»Wir alle sind gebunden. Niemand ist frei.«

»Ein Afrikaner ist ein Mensch, kein Ochse.«

Ist sie Abolitionistin? Holt er sich mit ihr eine Feindin des Systems ins Haus? »Ich behandle meine Ochsen mit der größten Achtung.« Er versucht das Gespräch mit einem leichteren Ton aus der Gefahrenzone zu lenken.

»Kohabitation stimulieren«, wiederholt sie mit kaum verhohlener Abneigung. »Das ist ein Zuchtprogramm. Fortpflanzung ist eine freie Entscheidung«, sagt sie mit eisiger Gouvernantenstimme. »Zwischen zwei Menschen. Das geht niemanden etwas an. Außer Gott.« Es fehlte nur noch, daß sie sagt, das sei heilig.

Er senkt gespielt demütig den Kopf, doch ihm sinkt der

Mut. Er würde ihren Acker pflügen, ihr Fleisch zähmen. Ein Leichtes wird es nicht werden.

»Ich lasse dir die freie Entscheidung.«

»Würdest du«, sagt sie und legt nachdenklich den Finger an die Nase (das ist lieb!), »würdest du mich aus Frasers Theatergesellschaft befreien und es mir mit deinem Kapital ermöglichen, eine Schule zu errichten, ohne daß ich dir verpflichtet bin?« Sie kommt einen Schritt näher. Ihre Stimme hat einen verspielten, mädchenhaft verführerischen Ton angenommen.

»Ob ich dich freikaufen würde? Aber du bist frei! Fraser kann dich nicht zwingen, bei ihm zu bleiben. Du hast dir doch deinen Unterhalt verdient? Du hast doch etwas sparen können?«

»Wer, glaubst du wohl, ist meine Bank?« Fort mit der Leichtigkeit. Zurück zur Schärfe des Unterhändlers. Sie treibt ihn zum Äußersten. Sie weiß, was er will. Sie weiß, was sie wert ist. Sie weiß, daß er nicht zurückkann. Jede Konsequenz führt zum Teufel. Dort gehört er hin.

»Auf dem Rückweg kommen wir bei meinem Anwalt und Sachwalter vorbei. Ich werde einen Vertrag aufsetzen lassen, der dich unabhängig macht. Keine Bedingungen.«

Sie schweigt kurz. Fragt dann überrascht: »Warum tust du das?«

»Weil ich dich liebe, Fanny.«

»Das ist der schlechteste Grund für eine gute Tat, den ich je gehört habe.« Er hört zum erstenmal ihr schallendes Lachen. Er hofft, daß schon seine Bereitschaft genügt, doch Fanny ist schlauer, vorsichtiger, sie hat aus ihren Erfahrungen gelernt. »Gut«, sagt sie. »Laß uns fahren.«

Auf dem Rückweg in die Stadt schweigen sie wieder. Jacob nun düster, weil er gepokert und verloren hat. Der Sachwalter sieht ihn wie vom Donner gerührt an, als er seinen Wunsch unterbreitet, tut aber, worum man ihn gebeten hat. Ein Schreiber wird angewiesen, Zeuge der Transaktion zu sein. Jacob leistet seine Unterschrift, als unterzeichnete er sein eigenes Todesurteil.

Wieder draußen im Wagen fragt er: »Wohin?«

»Nach Hause«, sagt sie.

Er schnalzt mit der Zunge und steuert den Wagen in Richtung Garnison, wo sie Fraser ihren Triumph ins Gesicht schleudern darf.

»Nach Hause«, sagt sie noch einmal mit Nachdruck.

»Dorthin fahren wir doch.«

»Nach Pelican Bay.«

Ada

Ich träumte, ich hätte vergessen, meine Tür abzuschließen, und alle drei Exilanten brächten mir an meinem verschwitzten Bett ein Ständchen. Der alte Kubaner trug Kontaktlinsen. Was mich im Traum verwunderte. »Steht Ihnen gut«, sagte ich, öffnete die Augen, weil meine Haut fühlte, daß mal kurz nicht geträumt werden sollte, und sah Marcus neben mir sitzen. Tatsächlich vergessen, meine Tür abzuschließen. Er sagte: »Wach auf« – ich war doch schon wach, dachte ich, oder träumte ich ihn und war er aus dem Stoff, aus dem Träume sind? – und daß er mit mir frühstücken wolle, sein Dienst sei beendet. Er habe zwei freie Tage. Für mich. Ganz und gar für mich. Für ihn und mich. Sein Timing war wirklich das Letzte. Jedesmal traf er mich völlig derangiert an. Ich sah mich selbst zwischen den zerwühlten Laken, die Haare zerzaust, die Augen verschmiert, weil ich abends zu müde gewesen war, um mich abzuschminken, nach Schweiß und Schlaf und leerem Magen stinkend, denn viel gegessen hatte ich wieder mal nicht. Das Wort »Frühstück« war denn auch Musik in meinen Ohren. Ich wischte mir die Haare aus den Augen und das Schwarz darunter weg und lächelte ihn an.

»Setz dich mal auf den Balkon, ich bin gleich fertig.«

Während ich duschte, staunte ich über die verräterische Spannkraft des Menschen. Der Maschine. Sobald die von einem geistesgestörten Chemiker – Gläubige nennen ihn gerne Gott – willkürlich eingestellten Pheromone und Hormone ihren befleckenden Gang durch das System der Adern, Ganglien und endokrinen Höhlen aufnahmen, dazu angeregt durch eine zufällige Begegnung mit einem anderen

System, das parallel dazu einen vergleichbaren Prozeß einleitete, hatte der Wille nichts mehr zu melden. Der wurde einfach seiner Aufgabe enthoben, und alle Präferenzen wurden auf Eis gelegt, so wichtig sie auch sein mochten. Kummer, Frustration oder Verwirrung wurden vorübergehend ausgeblendet, taten für den Moment nichts zur Sache. Gewissen? Was ist das? Der Geist, die Ratio oder wie man dieses Bündel jämmerlicher Theorien, Vorsätze und Erinnerungen auch nennen mochte, wurde beiseite geschoben, als wäre das Denken ein Hobby des Körpers, für verlorene Stunden, wenn man nichts Besseres zu tun hatte. Geilheit hatte immer Vorrang.

Ich hatte das Projekt Marcus gestrichen. Ich hatte mich sogar schon geschämt und in Gedanken Huib um Vergebung angefleht, und jetzt löste sich das alles bei einem einzigen Blick in das Gesicht, das mir vor einer Woche noch völlig fremd gewesen war, in Rauch auf. Es zählte nicht. Der Geist vermag nichts. Verstand ist unbedeutend. Jede Askese, jede Form von Kasteiung, wie sie so manche Religion empfiehlt, war eine sinnlose und nicht einmal heldenhafte Auflehnung gegen den Körper, der immer gewann. Immer. Auch wenn er starb. Gerade wenn er starb. Mir schoß kurz die kartesianische Trennung von Körper und Denken durch den Kopf. Ich hielt mich doch nicht mit überholten Philosophien auf! Diese chemischen Substanzen, die meinen Körper für die Paarung präparierten, *waren* verdammt noch mal auch mein Geist und mein Wille! Was war das doch für ein phantastisches Spektakel: diese rasende Jagd der Begierde auf die Beherrschung, der Beherrschung auf die Begierde, dieses irre Scheingefecht zwischen dem Bewußtsein und dem vegetativen System. Gefangen im Kreis, dachte ich. Gefangen. Und mit gefesselten Händen und gesenktem Kopf lieferte ich mich selbst bei meinem Bewacher ab, der auf dem Balkon saß, in ein Panorama aus fragilem Licht versunken.

Es war die perlmutterne Stunde, zu der die Natur – für menschliche Blicke unverletzbar, aber dennoch zerbrechlich – einen Seinszustand demonstriert, dem kein Philosoph beikommt. Nicht einmal Dichter kommen dem nahe. Da stehen die Dinge einfach nur da und speichern Licht und Zeit, bis zum Gehtnichtmehr. Das Essentielle entzieht sich der Sprache. Konnte ich ihm das sagen? Ich ging das Risiko ein. Verlegen zupfte ich an einem Blütenbüschel der Petrea und sagte, was ich dachte. Ohne Ironie. Das gelang. Er schien zu verstehen, was ich meinte, denn er sagte zumindest nichts, lächelte nur. Mein Gott, ja, ein heilendes Lächeln. Das machte Mut.

»Laß uns *eines* verabreden«, sagte ich.

»Was denn?«

»Daß wir nicht über unsere Vergangenheiten sprechen.«

Er erhob sich von dem wackligen Balkonstuhl und legte mir die Hände auf die Schultern. Daß er genauso groß war wie ich, bemerkte ich zum erstenmal, und ich bin groß. »Warum nicht?« Er taxierte mich mit seinem Polizeiblick, als hätte ich etwas zu verbergen, daß ich besser gleich gestand, weil er es ohnehin herausbekommen würde. Große, warme, trockene Hände hatte er.

»Laß uns doch versuchen, unsere eigene kurze Geschichte zu erzählen. Marcus und Ada. Bei null anfangen. Beim Jetzt.«

Damit löschte ich schon gleich einige gemeinsame Abenteuer. Und das sagte er auch.

»Na gut«, sagte ich. Ich befand mich noch immer in seinem Blick. Versuchte mich dessen Sog zu entziehen. »Dann beginnen wir bei meiner Ankunft auf der Insel.«

»Worüber dürfen wir denn wohl reden?« Er gab einem Kind seinen Willen.

»Müssen wir denn reden?«

»Ein bißchen vielleicht, um die Zeit zwischen dem Vögeln zu überbrücken.« Er küßte mich mit offenen Augen.

Das sah ich, weil ich meine auch geöffnet hielt. Es war eine Art Wassertreten. Gucken, um nicht zu ertrinken. Ha! Nicht nur ich. Er also auch! »Wie geht es deinem Kopf?« fragte er.

»Gut.«

Er zog meinen Kopf zu sich heran und inspizierte die Wunde. »Warum möchtest du so gern ohne Vergangenheit sein?« fragte er unterdessen. Die Wunde fand seinen Beifall. Hm, machte er.

»Ich möchte nicht ohne Vergangenheit sein. Ich möchte, daß *unsere* Vergangenheit nicht vor die Ankunftshalle des Flughafens zurückreicht. Und ich möchte, daß die Abflughalle nachher den Weg in eine Zukunft verschließt. Ich möchte, daß das, was uns verbindet, hübsch gebündelt in die Zeit meines Aufenthalts paßt. Im Garten Eden gab es keine Zeit und also keine Erinnerung, und so war jedes Mal das erste Mal, jede Begegnung die erste, Liebe immer neu und frisch.«

Nur gut, daß ich meine Ansprache an seine Füße gerichtet hielt, denn ich schämte mich, während ich das sagte. Er schnalzte mit der Zunge und lachte im Flüsterton, wie Blätterrascheln, Schmirgelpapier. Herrlich. Mich überlief eine Gänsehaut.

»Welcher Teil der Schöpfungsgeschichte ist dir der liebste?«

»Genesis eins. Als Mann und Frau schuf er sie. Ich will nicht aus deiner Rippe sein.« Ich stieß ihn sanft von mir, streichelte seine Wange. Unabhängig, hörst du. Europäisch. Ich treffe meine eigenen Entscheidungen. Aber ich war schon verloren.

»Ich habe Hunger, Eva.«

»Dann laß uns einen Apfel vom Baum der Erkenntnis von Gut und Böse essen, Adam.«

Wir fanden den Ton, der zum Licht paßte.

»Nein, gerade das laß uns jetzt nicht tun. Was hältst du

von Eiern mit Speck, Orangensaft, Kaffee, Obst, Croissants?«

»Worauf warten wir noch.«

Es war der Beginn von zwei Tagen und Nächten Marcus und Ada. Aber ich war nicht Ada. Ich war eine ganz andere, die ich nicht kannte, die ich aber kennenlernen wollte. Wo kam es her, dieses überschäumende blonde Mädchen mit dem federleichten Gang, das kindlich den Finger in eine Gürtelschlaufe von Marcus' Hose hakte und ihm folgte, wohin er es führte. Es hatte hundert Jahre geschlafen und war plötzlich aufgewacht und aufgestanden und hatte einfach frank und frei »ja« gesagt und »ja« getan. Es lachte und sagte, daß es so froh sei.

»So froh?« Marcus hielt ihr die Wagentür auf.

Ja, so froh. Einfach so. Das mit der Vergangenheit sei doch gar nicht so schwer, finde er nicht auch? Oder? Sie sah ihn strahlend an. Sechsjährig. Ja, das finde er auch, sagte er. Und sie sah – schon wieder –, wie etwas in ihm nachgab. Nach und nach begann er aufzutauen. Sie glaubte, daß er auch nicht mehr genau wußte, wer sein Vater und seine Mutter waren, geschweige denn, daß ihm noch ein Gran vom treulosen Latino wie ein Stachel in der Seele steckte. Wie es mit dem Gedanken an sein Kind stand, war ihr egal. An seine Kinder zu denken war schön und warm und liebevoll. Das durfte er ruhig. Das machte ihn nur noch sanfter. Sie dachte an seine Cremefüllung in Schokoladenhülle, seine weiche Cremefüllung, Negerkuß, seine Zunge und das warme Blut, und sie verspürte ein leises Vibrieren in ihren Drähten, und wenn sie genau hinhörte, hörte sie auch die seinen summen. Nein, nein, kein Raum für harte, kalte Gedanken und aus Granit gehauene Sätze, zwei Tage lang keine Gelegenheit dazu, in dem mit Nägeln beschlagenen Labyrinth hohler Erinnerungen umherzuirren, ausradiert waren diese Carceri.

Marcus fuhr die frisch modellierte Ada, so schön geformt aus prachtvollem, perlmuttglänzendem Sediment, rosa wie die Innenseite einer Muschelschale, über den mit überreichlich üppigem Grün bewachsenen hohen Bergrücken. Die Insel war fruchtbar und feucht wie die Gebärmutterwand einer jungen Frau. Sie atmete dampfige Wolken aus, die den erloschenen Vulkan empor zum Gipfel krochen und sich dort auflösten. Marcus und Ada fuhren zu einer Bucht hinunter, in die ein kleiner Fluß mündete und mit dieser Mündung ein schmales, grasiges Tal zwischen steilen Felsen mit grünem Schopf gebildet hatte. Das Licht war grün, hellgrün. Es spritzte ihr von allen Seiten entgegen.

Nahe der Abzweigung zur Bucht passierten sie einen kleinen Friedhof, eine Handvoll Gräber im wilden Grün, alle Gräber mit farbenprächtigen Kreuzen wie Totempfähle, in weißem und blauem Porzellan, mit Blumenkränzen und emporrankendem Porzellanwein. Ein fröhlicher Totenacker, eine hinreißende Gedenkstätte, ein herrlicher Zelebrationsort. Was für ein Fleckchen, um hier zwischen Farnen und Bananenpalmen, Gräsern und Immergrün liegen zu dürfen, was für eine Aussicht, zu wissen, daß sich das wilde Leben von Blumen an einem nähren würde! Die hübsche kleine Ada fühlte sich versucht, sich unter dem fröhlichen Blick des Porzellan-Totempfahls auf einem Grab auszustrecken und den Boden auf dieser Seite zu küssen, während der Tote ihn auf der anderen Seite küßte. Marcus erzählte von einem Bildhauer aus der Gegend, der diese Denkmäler für die paar rundum wohnenden Menschen machte, die es gar nicht erwarten konnten, zu sterben und solch ein festgebranntes und glasiertes Monument über ihrem toten, verwesenden Herzen zu haben.

Am Ende des kleinen Pfads lag am Strand ihr Ziel, das versteckte Haus Gabriels, der auf seiner Terrasse Speisen und Getränke an zufällige Passanten verkaufte – Segler, die bei günstigem Wind die Nacht in der kleinen Bucht verbrachten – und einen kleinen Bungalow an Freunde vermietete. Still jetzt. Niemand da, außer Gabriel, ein großer, einsamer Neger mit weittragender Stimme, der mit zwanzig nach Kanada gezogen (»Kalt! So kalt!«) und siebenundzwanzig Jahre später fröstelnd in sein Heimatdorf zurückgekehrt war, um hier zu leben und über das Meer und das Grün und die Blumen zu blicken und Passanten zu essen und zu trinken zu geben und Musik zu machen. Well, er kannte die Welt, er war nicht mehr neugierig darauf, sah sich nur noch im Fernsehen Kricket und Basketball an. Sein Ziel: Hier alt zu werden, auf diese Weise alt zu werden. Zu sterben, in die Todeshälfte des Kreises von Leben und Tod aufgenommen zu werden. Und dann wieder zurück. Molekül Gabriel in Ameise oder Käfer, dann Vogel. Ja, als Lied würde er wieder leben.

Bei der Begrüßung umarmte Gabriel Marcus. Marcus umarmte Gabriel. Sie sah zwei sich umarmende Männer vor dem Hintergrund des Meeres, und sie kannte sie. Sie wußte, wer sie waren. Sie waren gute, stramme, starke Männer voller Musik. Auch wenn sie alle drei eine Vergangenheit irgendwohin weggeschoben hatten, die war jetzt nicht hier, war null und nichtig und zählte nicht. Einzig was sie sah, das war da. Und dabei konnte man es ruhig eine Weile belassen. Alle Uhren wurden weggelegt. Zweifellos würde insgeheim ein Wecker weiterlaufen, der sie zur richtigen Zeit in die verdammte Welt zurückrufen würde, aber man sollte nicht an den Wecker denken, solange man träumt. Sie war jung und frisch und frei von Scham. Sie schlang die Arme um Marcus und küßte ihn. So froh. Es machte nichts, ob Gabriel das sah. Er durfte alles sehen. Da gab es nichts Schlimmes, nichts, dessen man sich hätte schämen müssen, kein Schleimklacks von einem Selbst hinter Stacheldraht, das bewacht zu werden hatte. Es gab nur das Zerfließen in der Landschaft und im Meer und diesen unheimlich sympathischen Gabriel mit seiner großen Stimme und seinen großen Händen und seinen kalten Carib-Bierchen. Es gab nur Marcus.

Der kleine Strand war aus Lavasand, schwarz und genauso weich und fein wie weißer Sand. Merkwürdig. Das Negativ eines Kinderfotos, auf dem sie braungebrannt im weißen Sand von Ostvoorne stand, Antonio an der Hand. Mama als Schutzengel hinter ihnen, die Flügel ihres Indienkleids ausgebreitet, das Haar im Afrolook, eine große Aureole bauschiger brauner Locken. Da konnte jeder sehen, daß sie wirklich ein bißchen Antonios Mama war. Papa hatte das Foto gemacht.

Hier war das Meer vorn in der Brandung graublau und wurde dahinter immer blauer. So anziehend, das Meer. Genauso anziehend wie die geschmückten Gräber. Und lau war es. Sie lief hinein, als watete sie in sich selbst hinein, bis ihr das Wasser bis zu den Lippen stand und weiter. Sie verschwand unter Wasser, sechsjährige Ada tauchte unter den Korken hindurch, hörte es in ihren Ohren dröhnen, stieß sich ab und kam wie ein Stück geschältes Holz an die Oberfläche getrieben, Haare wie Seetang um sich herum, Brüste auf einer Schale aus Wasser. Marcus schwamm zuerst ein Stück ins Meer hinaus, kam dann zurück, schob sie an den Füßen in einen seichteren Teil und kroch dann zwischen ihren Beinen nach oben, schob sie beide hinauf bis zum Rand zwischen Wasser und Land und Luft. Sie wollte ihn sehen. Sie wollte seinen ganzen prachtvollen Körper sehen. Stell dich hin, laß mich dich ansehen. Laß sehen. Laß mich dich in Ruhe ansehen. Wer bist du. Wie bist du. Vor ihren Augen entstand er aus gemahlenem Basalt. Er war wunderschön. Nicht übertrieben muskulös, auch nicht mager, mit der dichten Substanz eines Mannes, der die Vierzig überschritten hat, ein glatter Schwimmerleib, ein Schwanz wie aus der Auslage eines Sexshops. Man erwartete beinahe eine kleine Batterie und ein leise summendes Vibrieren, aber das hier war »the real thing«. Jetzt guckte sie, jetzt war sie diejenige, die gucken durfte, frei und ungehindert. Sie zog mit den Fingern eine Spur über seine Schultern, seine Brust, seinen Bauch und nahm seine Eier in beide Hände. Sie folgte mit der Zunge der Spur, die ihre Finger gezogen hatten, und suchte seine glänzende Eichel, die sich kühl und glatt und salzig zwischen ihre Lippen drängte. Beide mal kühl an der Luft, dann wieder warm im Schaum funkensprühender Wellen, so spülte er in sie hinein und aus ihr heraus. Sie blieben auf dem Rücken im nassen, schwarzen Sand liegen, während das Meer an ihren Waden leckte. Sie fühlten sich an wie sehr feines Schmirgelpapier. Und dann standen sie auf.

So vergingen der erste Tag und die erste Nacht, wachend, schlafend, einander berührend. Ein bewußteres und intensiveres Leben gab es nicht, und doch war es dazu bestimmt, vergessen zu werden, dachte die überschäumende Ada, die alle ihre Lebensalter um sich scharte: das kleine Mädchen, die Heranwachsende, die junge Frau, die reife Ada und die alte Ada, die sie noch nicht war. Sie war ihre eigene Familie. Das andere, jetzt ferne Leben ließ sich so sehr mit allem möglichen Plunder vollstopfen, mit allen möglichen Betätigungen und flüchtigen Lieben, man verstopfte sein ganzes System damit, ein großer Pfropfen Müll beklemmte das Herz, nahm einem den Atem. Die frische, unbekannte, gerade erst erwachte Ada atmete jetzt tief und frei. Sie hatte nicht geträumt, dachte eigentlich, sie sei die ganze Nacht wach gewesen, so sehr glichen sich Tag und Nacht, beide Traum.

Marcus lag neben ihr. Sie hörte das Rauschen des Meeres und sah, daß sein Atem im selben Rhythmus ging. Sie blickte auf die Falten in seinem Nacken, das kurze schwarze Kraushaar darüber, sie folgte mit den Augen der Linie von Wange und Kinn. So vertraut, wie er dalag, entspannt und ganz der Brandung in ihm hingegeben. So ruhig und so ohne Angst oder Kommentar hatte sie den, der neben ihr lag, nie betrachtet. Wie hieß er noch gleich, der immer neben ihr lag? Der Gedanke verflog, ehe er ganz gedacht war.

Dann durchfuhr sie mit scharfer Lanzette das Wissen, daß dies der unvergleichliche Moment des Seins war, erneut der frühe Morgen vor dem Fenster, das stille, helle Licht, das die Erde hochhebt und enthüllt, eine keusche Braut. Sie auch. Eine keusche Braut. Das hier ist Glück, sagte Ada. (Sechs Jahre, nicht älter.) Das hier ist Glück. Nicht über diesen Mann, diesen Marcus, diese Liebe. Sondern weil ich nicht mehr von dem Morgen und der Luft und dem Geräusch des Meeres und dem Rhythmus seines Atems zu unterscheiden bin. Zu diesem intensiven Moment, diesem Stecknadelkopf, auf dem alle Engel des Himmels versammelt sind, muß ich zurückzukehren lernen, später. Das hier muß sorgfältig in Seidenpapier eingewickelt und ganz vorsichtig in meine tiefste, weichste Tasche gepackt werden. Das tat sie. Zerbrechliche Ware. Auch sie selbst zerbrechlich. So froh. Dem Weinen nahe.

Marcus wachte auf. Reckte sich, noch bevor er den Schlaf verlassen hatte. Das Sichrecken ging dem Aufwachen voraus. Sie sah, wie er aufwärts schwamm und ab und zu in einem schon leichteren Schlaf ausruhte, bis er die Augen aufschlug und sie sah und lächelte und die Hand nach ihr ausstreckte.

»Ich geh Kaffee kochen«, sagte Ada, Heranwachsende, die plötzlich verlegen wurde. Während sie Kaffee in die Kanne tat und herausfand, wie die elektrische Kochplatte funktionierte, sah sie Marcus ruhig ins Meer laufen, wie einen Schweinswal tauchen, mit einem Fächer aus Tropfen und Schaum auftauchen und nach einigen kräftigen Zügen zum Strand und zu ihr zurückkehren, bis er triefnaß auf der Schwelle zwischen Haus und Terrasse stand, umgeben von Meeresgeruch. Sie ließ das Wasser im Kessel singen und ging zu ihm, legte die warmen Arme um seinen kühlen Leib und küßte seine Schulter und seinen Hals und seinen Mund.

Er sagte: »Heute werde ich dir ein Logboat bauen.«

»Das ist gut«, sagte Ada. »Ich mache auch etwas für dich.« Aber sie wußte noch nicht, was. Sie dachte an ein Gedicht, aber das war ihr zu naheliegend. Es mußte etwas sein, was sie eigentlich nicht gut konnte, wofür sie sich selbst übertreffen mußte, und außer Sprache war wenig anderes Material vorhanden, woraus sie mit ihren zwei linken Händen etwas machen konnte. Einen Blumenkranz winden, eine Flöte aus Schilf oder Bambus schnitzen, eine Matte aus Blätterstreifen und Gras flechten, ein Kunstwerk aus gefundenen Steinen und Holz fertigen, das ließ sich alles machen, aber sie wußte nicht, wo sie anfangen sollte, und auch nicht, wie. Ich werde mir schon etwas einfallen lassen, dachte sie, während sie den Kaffee einschenkte. Und wenn mir nichts einfällt, ist es auch gut.

Marcus ging zwischen den Bäumen an dem kleinen Fluß auf die Suche nach einem Stück Stamm oder dicken Ast, aus dem er das Modellboot schneiden und stemmen und hacken und schmirgeln und polieren und bemalen konnte. Ada saß ruhig da und wartete ab, blickte auf seine kommende und gehende Gestalt zwischen den Bäumen, hörte entfernt die Stimme Gabriels, der sang. Ein Schiff fuhr vorüber. Ein Fischerboot steuerte den Strand an. Der Fischer zog den Kiel ein kleines Stück auf den Sand. Er grüßte sie mit der Hand und einem breiten Grinsen. Gabriel kam zu dem Fischer hin und rief Ada, damit sie sich ansah, was sie von dem Fang haben wollte. Sie berieten sich. Gabriel wählte einige Dorades zum Einfrieren aus, und für die heutige Mahlzeit kauften sie eine Portion Red Snapper. Er nahm ihre Einladung an, mit ihnen zu essen, vorausgesetzt, er durfte kochen.

Marcus zeigte das Stück Holz, das er ausgewählt hatte. Gabriel und er besprachen dessen Vorzüge: die Härte, die Weichheit, die Maserung, die Form, die Nachgiebigkeit, die Farbe. Schön würde es werden. Ihre Hände fuhren über die Rinde, klopften darauf, drehten und wendeten das Stückchen Stamm. Marcus werde das Werkzeug, das er brauchte, im Schuppen finden, sagte Gabriel.

Während Ada Marcus zusah, der mit Hammer und Stemmeisen und Feile zu Werke ging, hin und wieder zu ihr und zum Meer aufblickend, unterhielten sie sich. Nicht aufgeregt oder hastig. Manchmal waren sie eine Weile still. Er sagte, daß er so gut denken könne, wenn er etwas mit den Händen mache, oder besser gesagt: Es sei kein Denken, es sei das Zulassen von Gedanken, die sonst unauffällig im Hintergrund blieben und abwarteten, bis sie dran seien, gedacht zu werden, was oft nicht geschehe, obwohl sie es wert seien, gedacht zu werden.

»Was denkst du jetzt, was sonst nicht gedacht würde?«

»Ich denke daran, wie mutig es war, in See zu stechen und die Küste seines Landes hinter sich verschwinden zu sehen, keinen Kompaß zu haben, keine Möglichkeit zu bestimmen, wo auf dem Meer man war und ob jemals Land kommen würde, und trotzdem zu fahren, im festen Vertrauen darauf, daß der Wind und das Schiff und Gott einen dorthin bringen würden, wo man hinwollte. Dafür brauchte es Mut.«

»Hast du dich mal auf dem Meer verirrt?«

»Ich fahre nie aufs Meer hinaus. Ich bin kein Seemann.«

Etwas später: »Ich sollte eigentlich nichts anderes tun als das hier. Boote machen. Sie aufs Meer hinausschicken.«

Ada nickte.

»Oder ich sollte tun, was Gabriel tut. Aber das kann ich nicht. Wir alle sollten tun, was Gabriel tut, aber das geht nicht.«

Ada nickte.

»Warum tun Menschen meistens nicht das, was sie tun sollten?«

»Das weiß ich nicht«, sagte Ada, die sonst viele Gründe aufzählen konnte, aber jetzt nicht.

»Weißt du, was Liebe ist?« fragte sie.

»Ja, das weiß ich«, sagte er. »Und du?«

»Ich glaube, ich weiß es auch. Jetzt.«

Es wurde ein schönes Boot, und er erzählte ihr Dinge von der Insel, die sie noch nicht wußte. Auch von seiner Mutter und seinem Vater und seinem Bruder, denn das Verbot, von der Vergangenheit zu sprechen, durfte ruhig übertreten werden. Sie brauchten nicht krampfhaft bestimmte Themen zu vermeiden. Alles, was schwierig war, wurde in Gabriels Bucht leicht, war aber nicht der Rede wert. Es gab so vieles, das keine Rolle mehr spielte. Sie vergaß sogar, was denn nun eigentlich so schwierig gewesen war.

»Wir müssen uns aber schon einen Namen für das Schiff ausdenken«, sagte Marcus. »Es ist dein Schiff. Du darfst entscheiden.«

»Ich werde darüber nachdenken.«

Namen glitten vorüber wie Schiffe, aber sie fand nicht so schnell einen guten. Sie ging ein wenig umher, sammelte Steinchen und legte am Wasserrand alle paar Schritte einen hin, eine Kette um den Hals des Meeres. Sie schrieb auch an einer Stelle, wo eine Welle die Worte wegspülen würde, rasch: Ada loves Marcus. Malte ein Herz dazu mit einem Pfeil hindurch.

Gabriel entfernte unterdessen die Farbe vom Holz seines Schuppens, um ihn neu zu streichen. Es lief Musik. Nicht leiernder Reggae, sondern Jazz. Ada hörte Billie Holiday singen, sie sah die beiden Männer, mit denen sie war, der Musik lauschen, während der eine seinen Schuppen abschliff und der andere ihr Logboat hobelte. Das ist eine besondere Eigenschaft von Männern, dachte sie, daß sie sich mit solcher Ernsthaftigkeit ihrem Spiel widmen, immerzu spielen, gemeinsam spielen, Vereine gründen, Wettkämpfe austragen, sich für alles nur Erdenkliche begeistern, was dazu dient, dem Leben Gestalt zu verleihen. Sich nicht schämen. Ganz in ihrem Spiel aufgehen. Wer spielt, hat keine Angst, dachte sie. Sie schwamm, ließ sich von der Sonne trocknen, saß bei Marcus im Schatten. Er streichelte ihre Haut und lächelte, ohne sagen zu wollen, warum. Daß sie lieb sei. Und der Tag verstrich.

Als es Abend wurde und Gabriel das Feuer anmachte, um den Fisch zu grillen, und Marcus sie fragte, wie das Boot, das beinahe fertig war, denn nun heißen solle, begann sich auf dem Grund ihres Magens eine leichte Unruhe zu regen, als drohte ein Sturm. Aber der Himmel war klar, und der Wind wehte locker und ohne Spannung. Sie deckte den Tisch draußen, zündete die Kerze in einem Windlicht an, machte den Salat, schnitt das Brot und konnte sich bei allen diesen Verrichtungen nicht von einem kleinen gemeinen Haken in ihrem Innern befreien, lästig wie ein eingerissener Fingernagel oder ein Bläschen im Mund. Sie schenkte dem eine Zeitlang keine Beachtung, aber das Gefühl ging nicht weg. Auch nicht, als sie am Tisch saßen, Bier tranken und den köstlichen Fisch aßen. Die Männer unterhielten sich über Leute, die sie kannten, über Kricket und Basketball, über Musik. Über die Treulosigkeit von Frauen. Über die Laxheit der Regierung. Über die Korruption im Paradies. Darüber, wie eigentlich alles zu sein hätte. Sie hörte mit einem Ohr zu, hörte mehr auf den Klang und den Rhythmus als auf die Bedeutung. Sie löste sich von ihnen. Trieb ab. Die Unruhe auf dem Grund ihres Magens nahm zu, ein kleiner Strudel. Eine Fremde war sie. Eine Fremde blieb sie. Überall.

»*Compassion*, so soll das Schiff heißen«, sagte sie.

In dieser Nach hielt Marcus sie lange im Arm. Er wartete, bis sie schlief, bevor er sie vorsichtig losließ. In ihrem Traum fiel sie. Die überschäumende, sechsjährige kleine Ada machte den Sprung von der Kinderzeit zum Erwachsensein.

Am nächsten Tag, auf dem Rückweg nach Pelican Bay, kam auf der Höhe von Jacob Rivers' Plantage ein großer Trost über mich. Jacobs Geist war mit mir, er fuhr mit uns. Er war besser dran als ich. Er war tot.

Die alte Plantage von Jacob Rivers war zu einem großen Teil wieder an die Natur zurückgefallen, die sich mit einem abwechslungsreichen und abenteuerlichen Bewuchs ausgetobt hatte wie ein moderner Landschaftsarchitekt, dabei jedoch versäumt hatte, Wege anzulegen. Ich wollte erforschen, ob noch Überreste von menschlicher Bewohnung zu finden waren, obwohl ich wußte, daß das Haus dem Erdboden gleichgemacht und alle wertvollen Gegenstände und Materialien über die Insel verteilt worden und seither verschwunden waren, verkauft, verschachert, verflüchtigt und zu Staub geworden wie ihr Besitzer. Im Inselarchiv fand sich keine Spur von Jacobs Tod, und die Kirchenregister gaben ebensowenig Aufschluß über ein Grab mit seinem Namen. In keiner einzigen Erzählung über den Aufstand, der Platos Hinrichtung gefolgt war, war von Jacob die Rede. Und doch stammte ein Brief an Henriquez da Silva aus dieser Zeit. Da mußte er also noch gelebt haben. Vielleicht hatte er die Verwüstung seiner Plantage nicht mit ansehen können und war bei Nacht und Nebel davongegangen, hatte sich in eine neue Identität, auf eine neue Insel geflüchtet, vielleicht hatte er sich das Leben genommen, vielleicht war er ermordet und wie der letzte Dreck im Gebüsch liegengelassen worden. Vielleicht würde ich sein nacktes Gerippe finden, dort, wo ein Orkan ein Stück Wald entwurzelt und der Regen den Boden, der ihn bedeckte, weggespült hatte. Alles war möglich, als ich auf der Anhöhe mit Blick auf Pelican Bay aus meinem Wagen stieg und einer Karrenspur oder so ähnlich bis zu einem Punkt hinunterfolgte, von wo das Tal wieder langsam anstieg und eine Reihe schattenspendender Giganten den Ort angaben, an dem ein Haus gestanden haben konnte.

Trotz des ständigen Windes schlauchte die feuchte Hitze, und ich verlangsamte meinen ansonsten immer ziemlich forschen Schritt. Hier hatten sie gearbeitet. Die Sonne war seither nur siebzig- oder achtzigtausendmal über dem Feld auf- und im Meer untergegangen. Schon ein Menschenleben umfaßt so etwa dreißigtausend Sonnenaufgänge. Die Vergangenheit schien so nahe. Marcus hätte in der Feldkolonne gestanden. Ich hätte bei Onkel Jacob gewohnt und den schwitzenden schwarzen Männern ängstlich zugesehen. Nein, Marcus wäre natürlich ein freier Farbiger gewesen, und er hätte einen Handel in der Stadt gehabt, während ich Kontraktarbeiterin oder deportierte Prostituierte gewesen wäre, die ihre Zeit in den Pflanzerküchen oder den Bordellen ableistete und sich von jedem betrunkenen Passanten vergewaltigen ließ, der ihr einen Moment der Ekstase schenken konnte.

Ich bahnte mir meinen Weg zwischen verwildertem Zuckerrohr, harten Gräsern und allen möglichen kriechenden und stechenden Pflanzen. Ein verirrtes, kurzhaariges braunes Schaf erschrak über mein Kommen und rannte blökend und mit schlenkerndem Euter auf spitzen Hufen davon. Kleingetier krabbelte über den Boden, Fliegen rammten mein T-Shirt, Eidechsen schossen unter den Felsen, auf dem sie bis zu meinem dröhnenden Nahen gesessen hatten, um ihr kaltes Blut zu wärmen. Es war gegen elf Uhr. Das Licht hätte nicht heller und greller sein können. Durch die Tage mit Marcus hatte ich die Insel liebgewonnen. Ich hatte meine Angst und mein Mißtrauen verloren, und es war etwas an deren Stelle getreten, dem ich keinen Namen geben konnte. Das tat ich auch lieber nicht, sondern ließ es wie van Eedens weiße Seerose still in mir treiben. Nicht denken, Ada. Sein. Ich sah anders, merkte ich. Meine Augen waren empfänglicher.

Das Gigantenwäldchen bestand aus Tamarinden und gewaltigen Gummibäumen. Palmen. Bambus. Omas Zimmerpflanzensortiment, täglich mit einer doppelten Portion Miracle Gro verwöhnt. Wie alt wurden die Bäume hier? Wie lange standen diese hier schon? Ich schaute zurück, ob der Toyota noch zu sehen war, und tauchte in den Dschungel hinein. Da war tatsächlich so etwas wie eine Allee, zwar überwuchert, aber doch eine Lichtung zwischen den Riesen. Vorsichtig ging ich weiter. Nachher würde aus Schutt und Asche das weiße Haus mit der Mahagonitür wiedererstehen, und die doppelten Demerara-Läden, die er in seinen Briefen an Henriquez da Silva so gerühmt hatte, wären geöffnet. Er würde mir aus dem Haus entgegenkommen. Mit blutigen Händen? Einen stummen Schrei auf den Lippen? Flehend? Um was? Er würde mich empfangen, seine Großnichte aus Übersee. Mich seiner Frau vorstellen: Fanny. Fanny, schwanger, auf der Veranda. Gebärde der Zuneigung.

Es standen noch Fundamente. Es war wirklich wahr gewesen. Hier hatte ein Haus gestanden. Es traf mich wie ein Schock. Eine historische Sensation. Da waren Stellen, wo kein Gras mehr wuchs, wo die Erde versengt und weggespült war, der Stein von Wind und Salz glattgeschliffen. Wenn man genau hinsah, erkannte man den gesamten Umriß des Hauses. Die Küche separat. Ich setzte mich, wo man die Freitreppe ahnen konnte, und rief Jacob und Fanny zu mir. Tell me, sagte ich zu ihnen. Tell me. Er erzählte mir, was er Henriquez da Silva geschrieben hatte:

»Stell Dir meine Freude und Dankbarkeit vor, daß sie meine Frau geworden ist, obwohl ich nicht so recht weiß, wem ich dafür danken soll. Mir selbst wahrscheinlich. Ich fühle mich als der Architekt unseres Glücks. Das Haus, die Plantage, die Insel, das Meer darum herum sind die vollkommene Fassung für mein Juwel. Sie paßt hierher, als wäre sie hier geboren. In gewissem Sinne sind wir beide gemeinsam hier geboren worden. Für sie wie für mich ist hier das Ende eines langen Wegs der Entbehrung und Einsamkeit erreicht. Wir haben in einander den perfekten Lebensgefährten gefunden. Wir haben unseren vorherigen Leben abgeschworen und einen neuen Anfang gemacht. Es kostet mich schon einige Mühe, das Spukbild dieses grinsenden rothaarigen Satyrs ein für allemal auszulöschen, und auch schaudert's mich beim Gedanken an die betrunkenen und übermütigen Zuschauer, die sie während einer Vorstellung belästigten. Aber die Abende sind so süß. Wir sitzen lange in der linden Luft auf der Veranda. Wir lauschen den Vögeln, die singen, daß sie schlafen gehen, dem Wind in den Bäumen. Im Dunkeln kann ich keine Buchführung machen und Fanny keine Näharbeit. Die Gegenwart des andern ist uns dann genug. Wir brauchen kaum zu sprechen. Verstehen einander ohne Worte. Unsere Herzen sprechen stumm zueinander. Sie hat meiner Seele Ruhe gebracht. Sie hat meinem Körper ein Ziel und einen Sinn gegeben. Sie hat mein Leben erhellt. Ihre Stimme sprudelt wie ein Brunnen und bewässert meine Äcker. Du kennst mich nicht so lyrisch. Ich kenne mich selbst nicht. Ich bin ein anderer. Ich bin wie ein nach außen gekehrter Rock, bei dem jeder das nun sichtbare Futter mehr bewundert als die alte Außenseite. Es ist so. Ich trage jetzt das Herz zum Licht.«

Und in dem Ton fuhr er mit der exaltierten Analyse seines Gemütszustands fort. Fanny war in den Briefen aus der Zeit ein funkelnder Diamant, der alles Licht einfing, aber sie blieb ohne Leben. Wie mochte sie sich gefühlt haben? Reich, versorgt, von Jacobs Liebe umgeben, aber schon zwei Wegstunden von der Stadt entfernt. Und was heißt Stadt! Ein rückständiges Dorf, das auf London machte mit seinen drei nachgeäfften und völlig deplazierten, in allen Fugen knarrenden Tudorhäusern, die der nagenden Kraft von Salz und Wind kaum etwas entgegenzusetzen hatten. Den ganzen Tag allein, abgesehen von den kichernden Enkeltöchtern Old Dolls, mit denen sie sich nicht unterhalten konnte, beschäftigt mit dem, was Jacob ihr als Aufgabe zugeteilt hatte: dem Befehligen der Haussklaven, der Zusammenstellung des Menüs und der Schaffung von Gemütlichkeit in ihren Räumen. Gemütlich. Bei Jacob trat ein holländischer Hang zur Häuslichkeit zutage, den die ehemalige Schauspielerin Fanny Fenwick vielleicht beklemmend fand. Er verschloß die

Augen davor, daß Fanny womöglich unruhig und unzufrieden werden könnte. Er mußte sie hier praktisch gefangengehalten haben. Weil sie das selbst gewollt hatte. Sie hatte sich entschieden. Na also. Ob Jacob so gefühllos gewesen war? Ob er so erfüllt gewesen war von dem mehr als willigen Körper in ihrem Bett, so erfüllt von seinem eigenen Erfolg, daß er nicht sah, wo und wann das Chine de commande einen Sprung bekam? Wie banal, dachte ich, auf den Überresten ihrer Freitreppe sitzend. So simpel kann die Tragödie nicht angefangen haben. Nicht mit einem täppischen zeeländischen Elefanten im Porzellanladen eines unzufriedenen Frauchens. Ich mußte Fanny zum Sprechen bekommen.

Ich lief einige Male um die schon eingestürzten Mauern von Jacobs Haus herum, und so wie Jacob sich mir anfangs widersetzt hatte, spürte ich jetzt Fannys Zögern, aus dem Nebel der Zeit zum Vorschein zu kommen. Denn was würde ich aus ihr machen, wie konnte sie sich meines Wohlwollens gewiß sein? Ich nahm einen blaßgelben Stein mit, ein Stück vom Fundament, und ging zu meinem Auto zurück, schwitzend, mich an den Beinen kratzend und ziemlich unruhig, wenn ich so an Fannys Schicksal und die unerzählte Geschichte dachte, das Leben einer Frau, die keine Spur hinterlassen hatte, außer daß sie in juristischen Archiven als Opfer aufgeführt war.

Der Tischventilator ließ meine Papiere rascheln, auf die ich einen Aschenbecher gestellt hatte. Ich hielt das Gesicht in den Luftstrom, und während sich mein Körper mit jeder Faser an Marcus' Körper erinnerte, dachte mein Geist über Jacob nach. Ich verfügte über einige Briefe und Dokumente. Eine Manumissio, auf Platos Namen, verwunderte mich. Warum war das Dokument aufgesetzt, ihm aber nicht ausgehändigt worden? Kam der Mord dazwischen, oder hatte sie nur als Anreiz gedient? Viel konkrete Information, außer über Jacobs Gemütszustand, lieferten die Briefe nicht.

Meine Phantasie hatte – Zungenspitze zwischen den Lippen – die Unbestimmtheitsstellen ausgemalt. Es waren viele. Wäre das Leben von Jacob Rivers eine Landkarte gewesen, hätte die Terra incognita darauf den größten Teil eingenommen. Es gab mehr Weiß als Linie. Einige Namen, Orte und Daten waren eingetragen, man sah hier einen Berg eingezeichnet, dort ein Tal. Eine einzige Straße: von Vlissingen über Afrika und Curaçao zu dieser Insel. Hätte man die Landkarte von Fanny Fenwick daneben gelegt, wäre die noch leerer gewesen. Es war entmutigend, wie wenig ich wußte. Ich lief Gefahr, meine eigene, so hübsch ausgemalte Zeichnung mit dem eigentlichen Gebiet zu verwechseln. Meine Verbindungen zwischen den Punkten, eine Aufgabe wie in einem Winterspielebuch für Kinder, ergaben vielleicht ein Nashorn, während es eine Giraffe sein sollte. Und ob es eigentlich so gewesen sei: Who cares? Mit der nahezu jungfräulichen Karte zweier längst toter, unbedeutender Menschen konnte ich tun, was ich wollte. Ich konnte nichts beweisen. Auch nicht das Gegenteil. Ich konnte also alles behaupten. Alle, denen ich meine Befunde zur Echtheitsprüfung vorlegte, würden auf die gleichen Leerstellen stoßen. Die Leben von Jacob und Fanny waren Wirklichkeit gewesen. Eine wahre Geschichte. Wurden sie erzählt, waren sie nicht mehr als Fiktion.

Ich dachte an Tintin und Milou, stille Arbeiter im Weinberg des Herrn, Sammler von Worten, die wie Inseln der Bedeutung aus einem Meer der Vergessenheit aufragten. Wie konnte ich den verborgenen Leben von Jacob und Fanny Bedeutung verleihen? Wie konnte ich meinen flüchtigen Mutmaßungen das nötige Gewicht geben, damit sie als Äquivalent für die Wirklichkeit dienen konnten? Ich schämte mich plötzlich zutiefst, daß ich in ihren Geist, ihr Leben, ihre Geheimnisse eindrang. War eine Angabe auf einem Grabstein nicht genug? Name. Datum. May their souls be bound upon the bond of life.

Draußen wurden Stimmen laut. Ich stand auf und ging zum Balkon. Toussaint und ein unbekannter Mann in weißem Anzug schauten nach oben und zeigten auf etwas. Ma Edith in weitem T-Shirt und Shorts, in denen sie mit ihren stakigen Beinchen wie eine alte Zehnjährige aussah, stand neben ihnen und schaute ebenfalls. Der Mann schrieb etwas auf. Sie schritten die Breite des Hauses ab. Ma Edith im Trab hinter ihnen her. Thatcher wurde durch das Nahen der Männer von seinem Lieblingsplatz vertrieben und schoß ins Haus. Die Fliegengittertür knarrte und quietschte. Ma Edith sagte etwas, ich konnte nicht hören, was. Toussaint drehte sich um. Das Gold an seinen Handgelenken und um seinen Hals blitzte. Gold war bei den Männern hier sehr populär.

»Nein, Ma. Es *passiert* nichts. Das ist nur, damit wir eine Vorstellung davon bekommen, was wir mit dem Haus und dem Gelände machen *können.*«

Das Telefon läutete. Ma Edith lief, während sie noch redete und protestierte, ins Haus. Kurz darauf hörte ich sie unten an der Treppe: »Ada! Es ist für Sie!«

Der Hörer lag neben dem Telefon auf dem Dielentischchen. Ma Edith war eilig wieder nach draußen gewutscht, um mit ihrem eisernen Willen die Auslieferung der Pension Penn an König Tourismus zu verhindern.

»Ada.«

»He, Sister! Tut mir leid wegen neulich.«

Ich hatte ihn schon fast wieder vergessen, so radikal hatte mich die Liebe gepackt, so bereitwillig ließ ich die Vergangenheit in ihrem Zustand der Unlösbarkeit.

»Das war eine Hundsgemeinheit.«

»Ich hatte nicht erwartet, dich je wiederzusehen. Es war ein Schock.«

Das konnte ich nachvollziehen. »Für mich auch.«

»Es gibt ein Fest. Eine Sunset Party. Vielleicht hast du Lust zu kommen.«

Eine kleine Wiedergutmachung. Stachel rausziehen, hübsch einpacken und mit einer Flasche Champagner zurücksenden. Ich zögerte. »Wann? Wo?«

»Ich schicke jemanden, der dich abholt. In einer halben Stunde.« Er klang ungeduldig.

»Ich weiß nicht recht, Tony.«

»Natürlich kommst du. Bis später.« Er unterbrach die Verbindung.

Paßte das zu dem, was ich von Antonio wußte? Ja, er hatte immer so verzögert reagiert, seine Entschuldigungen waren immer so beiläufig gewesen. Er hatte eine Chance verdient. Auf Feste war meine Garderobe nicht eingestellt, aber eine weite, locker fallende weiße Hose und eine weiße Bluse gingen immer. Ich hatte ihn vorschnell beurteilt und abgeschrieben. Ich war zu sehr mit meinem eigenen Schlamassel beschäftigt gewesen, um die nötige Sensibilität für seine Verwirrung zu haben. Vielleicht wurde doch noch alles ein bißchen gut.

Das »Taxi« war ein knallroter Sportwagen. Am Steuer saß eine hübsche junge Frau. Sie stellte sich vor: »Hi, I am Virginia.«

»No kidding?« sagte ich lachend, aber sie verstand nicht, was an ihrem Namen so komisch sein sollte.

»Wie gehörst du zu Antonio?« fragte ich, während sie routiniert lospreschte.

»Bin eine Freundin.«

»Ist Antonio verheiratet oder sonstwie gebunden, weißt du das?«

Sie zuckte die Achseln. Das konnte alles heißen. Ich tippte auf »Nein, wie kommst du denn darauf«.

»Ist die Party bei ihm zu Hause?«

»Nein. Bei einem Freund.«

Ansonsten schwieg sie sich aus, als ob es ihr stank, daß sie mich hatte abholen müssen. Wir fuhren durch das Villenviertel längs der Küste nach Norden. Links Reichtum, rechts Armut. Überall Blumen. Das hatte etwas Selbstverständliches. Virginia fuhr direkt auf ein Tor zu, drückte aber rechtzeitig auf die Fernbedienung, die das Tor in zwei Hälften spaltete. Das Haus hieß Manderley, nach dem Haus in Daphne du Mauriers *Rebecca*. Ich war schon auf mehrere solcher Namen gestoßen, die die englische romantische Fiktion fest im Leben der Altkolonialisten und Neureichen verankerten. Es konnte nicht Antonio gehören. Dem traute ich eher so was wie Roter Libanese oder Haus Nederwiet zu. Jagdlust wäre auch denkbar. So hieß das Rathaus in De Bilt.

Die Villa lag unter Palmen, wenige Meter oberhalb vom Privatstrand. Im Nachmittagswind toste das türkise Meer mit begeistertem Wellenschlag gegen den weißen Sand. An einer Boje lag eine furchtbar häßliche Motoryacht, ein Bügeleisen mit fetter Radarantenne drauf. Das Haus war groß, quadratisch und aus Holz. Rund ums Erdgeschoß eine weitläufige Galerie. Tiptop in Schuß war es nicht gerade. Ein Fensterladen hing schief, und hier und da war die Farbe abgeblättert, aber das machte nichts, das vermittelte den Eindruck von reicher Nonchalance, von einer Form der Verwahrlosung, die Äußerlichkeiten für weniger wichtig hält als ein gutes Gespräch. Der Eigentümer des Hauses konnte nicht der Besitzer des schwimmenden Bügeleisens sein, schloß ich, während ich aus dem Zweisitzer stieg und Virginia folgte, gegen deren kurzberockte, hautflügelige Eleganz ich mir wie ein Bauerntrampel vorkam. Wart's nur ab, Mädchen, dachte ich, der Spiegeltest kommt auch für dich.

Die Gäste, die die große Terrasse auf der Meerseite bevölkerten, hatten sich mit Fummeln wie aus einer amerikanischen Soap aufgemotzt. Stoffe, Farben, Schnitt, Geld, alles faul. Viel Gold, auch in den Mündern. Für eine Sunset Party hatte ich mir eine gelockertere Kleiderordnung vorgestellt, aber hier sollte wohl Beverly Hills übertrumpft werden und Miami verblassen. Dieses Völkchen präsentierte sich sichtbar als die Geldelite der Insel, aus welcher unsauberen Quelle dieses Geld auch fließen mochte. Es gab bestimmt auch eine kulturelle Elite, aber wo die steckte? Unter den Gästen hier vermutete ich einige Kandidaten, die die Finger in der Politik hatten, einige, die sich wichtige Pfründe gekauft hatten, und ein paar korrupte Beamte. Die altkoloniale Crème de la crème, der Ma Edith angehört hätte, wenn sie einen anderen Charakter gehabt hätte, gluckte natürlich in dem verfallenen Countryclub auf der anderen Seite der Stadt zusammen. Antonios Freunde ließen das Eis in ihren Gläsern klimpern und unterhielten sich selbstbewußt über Geschäfte. Das Fest war noch nicht so recht in Schwung gekommen, wie mir schien. Die Frauen, die zu den Männern gehörten, waren in erster Linie Zierde und mischten sich nicht ins Gespräch ein. Einige Virginias saßen auf einer großen Bank beieinander und befaßten sich schmachtend mit ihren Fingernägeln. Ich glaubte nicht, daß ich mit irgendeinem der Anwesenden ein vernünftiges Wort würde wechseln können.

Ein Rastafari mit hoher grün-gelb-roter Mütze, in der sein Haar aufgetürmt war, lehnte an einem Pfosten, der die Überdachung stützte, und träumte von der Rückkehr des lebenden Messias Ras Tafari Haile Selassie, mochten dessen Gebeine auch unter den Latrinen seines Palastes ausgegraben und erneut bestattet worden sein. Er war wohl der Lieferant für ganz bestimmte Partywaren. Der Besitzer des Bügeleisens ließ sich zweifelsfrei erkennen: die gedrungene Erscheinung eines griechischen Reeders, schwarzgefärbtes Kraushaar im Wetlook, straff gespanntes Oberhemd mit offenem Kragen, um die Schultern geknoteter Baumwollpullover, weiße Hose. Spuckte die größten Töne. Wenn's mir zuviel würde, konnte ich ja jederzeit ein Taxi rufen.

Ich ging durch die Terrassentüren ins Haus und traf dort auf Antonio, der einen weißen Anzug mit weißem Oberhemd und glänzender bläulich-violetter Krawatte trug. Die

Lärmschutzmauer, die er normalerweise vor den Augen trug, hatte er sich auf die Stirn geschoben. Sein Haar war entkraust und glatt zurückgekämmt. Er küßte mich mit einer Routine, als käme ich einmal die Woche zu Besuch.

»Das ist der Konsul«, sagte er. »Er ist der Gastgeber.«

Ich sah einen alten Mann mit den aristokratischen und leicht ironischen Zügen eines John Gielgud in seinen besten Butlerrollen. Er gab die Party, aber sie schien an ihm vorbeizugehen. Er saß in einem tiefen Sessel, die Beine nebeneinander, die Füße in zweifarbigen Brogues kindlich eine Idee nach innen gedreht, und schaute, ein Glas in der Hand, auf den Horizont hinaus.

»Konsul?«

»Das ist sein Spitzname, ich glaube nicht, daß er Konsul ist. Warum er so genannt wird, weiß ich auch nicht.«

Ich wußte es schon, als ich den leichten Tremor der Hand sah, die matte, gelbliche Haut, die ziemlich blutunterlaufenen Augen, die sich mit dem gemeinen Blick eines Kettenhundes auf mich fokussierten. Er war ein Protagonist aus Romanen von Malcolm Lowry oder Graham Greene. Bekannt. Allzu bekannt. Ich fühlte mich nicht berufen, mich unter die Gäste zu mischen und einen auf gesellig zu machen. Antonio brachte mir einen Whisky mit Eis und sagte: »Von mir aus kannst du jetzt Erinnerungen auffrischen, wenn du möchtest.«

Ich schaute mich um und sagte: »Später. Sind das hier deine Freunde?«

»Geschäftsbeziehungen. Die meisten. Auch aus Miami und Puerto Rico.«

»Na, dann an die Arbeit«, sagte ich und signalisierte ihm mit einem Nicken, daß er sich nicht dauernd um mich zu kümmern brauchte. Ich fühlte mich deplaziert und verloren, wie eine Mutter auf einer Junggesellenparty. Antonio gab sich alle Mühe, in meinen Augen etwas darzustellen. Er führte seine Wichtigkeit, seinen Erfolg vor. Er ging von einem Männergrüppchen zum nächsten und versuchte für Stimmung zu sorgen. Hin und wieder gelang das, und ich hörte lautes Gelächter aufprasseln. Wozu diente diese Einladung? Von-mir-aus-Erinnerungen-auffrischen?! In mir regte sich wieder die Wut. Ich hatte nicht um Nachsicht für meine Nostalgie gebeten. Das wußte er verdammt gut! Ich fühlte mich furchtbar verarscht. Vielleicht so beschissen, wie er sich damals im properen Reihenhaus meiner Eltern gefühlt hatte. Die Sonne hing über dem Horizont und wartete darauf, daß wir mal kurz nicht hinsahen, damit sie ins Meer plumpsen konnte.

»How I hate this«, sagte der verdrießliche Gastgeber aus der Tiefe seines Sessels.

Ich hatte mich in den Sessel neben ihm gesetzt, ohne die Absicht zu haben, die Glasglocke um ihn herum mit einem Gespräch zu zertrümmern. So hatten wir eine halbe Stunde vor uns hin geschwiegen. Eine der Virginias hatte immer wieder unsere Gläser gefüllt.

»Don't you, my dear?«

Er klang auch wie Gielgud. Er sah mich kurz von der Seite an. Der Konsul trug einen beigen Leinenanzug mit blau-weiß gestreiftem Hemd und selbstgeknoteter Fliege mit Noppen. Wie er das mit diesem Tremor hingekriegt hatte, war mir ein Rätsel. Er hatte rote Flecken und Schuppen auf dem kahl werdenden Kopf. An seinem knochigen kleinen Finger (ist doch seltsam, wie groß die Hände und Ohren alter Menschen werden, als wüchsen sie weiter, während der Rest schrumpft) schlackerte ein schwerer Goldring mit einem Rubin. Ich sagte, daß ich die Zeit der Partys hinter mir hätte. Irgendwann sei alles nur noch Wiederholung.

»Das Ganze ist eine der widerwärtigen Erscheinungsformen des modernen Lebens«, sagte er. »Ich sitze hier in der müßigen Hoffnung, daß aus der Nichtssagendheit und plumpen Langeweile plötzlich ein bösartiger Funke sprüht, der Verrat erzeugt, das Böse entfacht, der diese ganze Echsenbande über die Klinge springen läßt. Verrückt macht. Zerstört. Alkohol hatte das in sich. Alkohol machte verrückt. Aber damit braucht man ja heute nicht mehr zu kommen. Peace, man. Geselligkeitstrinker, -raucher, -schnupfer und Drogenkonsumenten sind sie geworden. Lasche Nachtclubbesitzer, die mit illegalem Zeug handeln und Angst um ihre Lizenz haben. Kein dreitägiges Delirium mehr. Keine Schwefeldämpfe, kein Blut, keine Galle. Keine Verzweiflung. Sie schonen ihr Herz, ihre Leber, ihren Magen. Sie fürchten sich vor dem Tod und schlucken Viagra. Zu meiner Zeit war es noch eine Leistung, wenn einen der Alkohol impotent gemacht hatte.« Er nahm einen kräftigen Schluck. Kleckerte.

»Kein Niveau«, sagte der Konsul. »Das hier ist so hoffnungslos bürgerlich. Grass is middle class. Ordinär. Die richtige Sorte und die richtige Menge Alkohol sind das nie.«

Er schlürfte beim Trinken. Das Glas schlug klappernd gegen seine Zähne. Es war nicht nur der Alkohol, es war auch Parkinson. Dem Konsul würde ein bißchen XTC guttun.

»Warum geben Sie eine solche Party?«

»Ich gebe keine Party!« brummte er. »Ich stifte Verbindungen.«

»Warum?«

»Ich bin ein alter Mann. Ich mag Antonio. Er ist erbarmungslos.« Der Konsul kicherte und wiederholte »erbarmungslos«. Seine Stimme überschlug sich.

Wie fühlte sich für einen alten Mann Verliebtheit an, fragte ich mich. Eine verdünnte, säuerliche Version dessen, was einst Leidenschaft war? Wie strömte das Blut durch die verkalkten Adern, wenn der Konsul Antonio ansah? Was sah er? Wurde die Phantasie flach, wäßrig wie alte Augen, ohnmächtig wie das schlaffe Geschlecht im Bruchband? Oder vielmehr aktiver? Wenn in Ma Edith noch glühendes Verlangen schwelte, mußte auch der Konsul – etwa so alt wie sie – zumindest einen Rest Wärme besitzen. Treue. Heftigkeit.

»›But this large dark eye showed deep Passion's force, though sleeping like a lion near a source‹«, sagte der Konsul mit einem hallenden Tremolo, für das Gielgud sich geschämt hätte. »Byron ...«

Seine Leidenschaft war in die Worte umgezogen, sie war eine Erinnerung, die ausschließlich in Text reanimiert werden konnte. Sie war aus Papier, genauso dünn und zerreißbar wie die Haut auf der Hand des Konsuls, wie der wachsbleiche Streifen Bein über dem Sockenrand. Er wußte es. Und er wußte, wie es früher gewesen war.

»Woher kennen Sie ihn, my dear?«

Ich zögerte kurz, erwog, etwas Vages zu sagen. »Ich bin seine Schwester.«

Der alte Mann richtete sich auf. »Das ist ja interessant. Erzählen Sie mir mehr.«

»Er ist als dreijähriges Kind von meinen Eltern adoptiert worden. Als er achtzehn war, ist er wieder zurückgegangen.«

Er sah mich weiter erwartungsvoll an. Die blutunterlaufenen blauen Augen blinzelten fortwährend. Trotz der Wäßrigkeit nicht genug Tränenflüssigkeit. Er war schlecht rasiert. In seinen Halsfalten prangten noch Inselchen langer grauer Barthaare.

»Und?« sagte er auffordernd.

»Mehr gibt es da nicht zu erzählen.«

»Wer das sagt, hat gerade viel zu erzählen.«

»Es erstaunt mich, daß Sie nichts von seiner Adoption wußten.«

»Warum sollte ich das gewußt haben?«

»Als Freund.«

»Welch typisch weiblicher Standpunkt. Als wenn sich Freundschaft darin erschöpfte, daß man Geheimnisse teilt.« Sein Ton war maliziös.

»Wie war er als Junge?« fragte er weiter.

»Schwierig.«

»Warum ist er nicht bei Ihnen in – Deutschland? Dänemark? – geblieben?«

»Niederlande. Das müssen Sie ihn selbst fragen«, sagte ich. Ich hatte keine Lust mehr auf sein morbides Interesse. Er sabberte schon richtig. In seinen Mundwinkeln sammelte sich schäumender Speichel.

Er hielt mich mit bebender Hand zurück. »Bist du mit ihm im Bett gewesen?«

Ich befreite mich mit Leichtigkeit aus seiner schwachen Klaue und erhob mich aus dem tiefen Sessel. Mir wurde einen Moment schwarz vor Augen.

»Ja!« krähte der Alte voll Triumph. »Ich seh's dir an. Ja!« Er gackerte laut und ließ sich zufrieden ins Polster zurückfallen, setzte zitternd und wackelnd das Glas an den Mund, nahm einen langen Schluck, seufzte und schloß die Augen. »How I hate this«, sagte er.

Ich machte mich auf die Suche nach Antonio, bevor der scharfsinnige Gielgud noch weitere schonungslose Wahrheiten von meinem Gesicht ablesen würde. Antonio kreuzte gerade von einem Grüppchen zu einem anderen, so daß ich ihn abfangen konnte. Die schockierende Bemerkung des Konsuls hatte mich aufgestachelt. Jetzt oder nie. Ich baute mich vor Antonio auf.

»Warum bist du weggegangen?«

Er sah mir an, daß ich fest entschlossen war und er sich diesmal nicht mit ausweichenden Antworten aus der Affäre ziehen konnte. Er faßte mich am Ellenbogen und zog mich zum Rand der Terrasse, von wo eine Treppe hinunterführte und ein Pfad zwischen Flamboyants und Seagrapes hindurch zum Strand lief. Der Sand im Schatten sah verlockend aus. Kühlen, lockeren Sand zwischen den Zehen spüren.

»Sehnsucht«, sagte er.

»Wonach?« Er machte eine Geste, als wollte er weg. Ich hielt ihn zurück. »Wonach?«

Antonio schob sich die Brille vor die Augen und klappte

sie wieder hoch. Ich sah, daß sich seine Lippen bewegten. »Bitte, Ada ...« sagte er. Murmelte er.

»Sehnsucht wonach?« Ich konnte die Antwort erraten, aber ich wollte sie von ihm hören.

»Undankbarkeit.«

Nein, das hatte ich nicht im Kopf. Aber ich glaubte zu verstehen, was er meinte, und nickte. Sehnsucht nach Undankbarkeit. Das war es.

»Also nicht meinetwegen?«

Antonio sah mich erstaunt an. Irritiert sogar. »Wieso deinetwegen?« Zuviel der Ehre, nicht wahr?

Ich mußte weitermachen, wußte nicht genau, wie ich es anfangen sollte, starrte zur roten Sonne. Zwanzig Kilometer weiter waren Gabriels Bucht und die überschäumende kleine Ada.

»An was erinnerst du dich von mir?«

Es war einen Moment still neben mir. Dann hörte ich ein Kichern. »Ich erinnere mich an die Nacht, bevor ich achtzehn wurde.«

Mir schoß ein Pfeil vom Herz in die Möse.

»Warum hast du mir damals nicht gesagt, daß du vorhattest wegzugehen?«

»Du hättest mich zurückgehalten.«

»Ich hätte dich gehen lassen.«

Nein, ich hätte ihn nicht gehen lassen. Für eine Sekunde traf mich quer durch den Schirm der Wirklichkeit hindurch die volle Ladung der Erinnerung und legte sich mir wie ein strammer Kragen um den Hals. Wer hatte angefangen? Ich natürlich. Alle Anstandsbremsen gelöst. Mit einemmal geil auf den süßen achtzehnjährigen Bruder, der so gern zu mir nach Amsterdam kam. Mit dem ich ins Kino ging, in die Kneipe, der manchmal auf Feten mitdurfte. Und an dem Abend hatte sich bei mir plötzlich alles Schwesterliche in Wohlgefallen aufgelöst. Aus Einsamkeit, weil ich betrunken war, oder Gott weiß aus was für einem verzweifelten Lebensgefühl. Hatte wohl wieder mit irgendeiner Gemeinheit von Steven zu tun gehabt. Verdammt, da war mit Donnergetöse die Mauer der fiktiven Verwandtschaft zwischen uns eingestürzt. Ich hörte noch den Schrei, der mir entfuhr, als ich mich an ihn preßte, und ich erinnerte mich nur allzu deutlich an seine Reaktion. Er hatte die Führung übernommen, mit der Erfahrung eines erwachsenen Mannes und mit der gleichen zwingenden Notwendigkeit, wie ich sie verspürte. Speichel, Haut, Haar, Körper, er war von einer überwältigenden Vertrautheit gewesen, herrlich erregend, wie er gerochen und geschmeckt hatte. Mein Gott, hatten wir gevögelt. Wie nie mehr.

»Was erinnerst du von dieser Nacht?« fragte ich, und ich glaube, daß ich rot wurde. Der Schweiß brach mir aus. Ich wagte nicht, ihn anzusehen.

»Wir brachen alle Rekorde.«

»Ja, wir brachen alle Rekorde.«

Wir standen einen Moment in bewunderndem Andenken Seite an Seite. Aber jetzt. Jetzt das andere. »Papa sagte, ich hätte dich rausgeekelt.«

»Und das hast du ihm geglaubt?«

»Hätte ja sein können. Ich war eifersüchtig.«

Er sagte nichts. Schaute zur Sonne, von der noch ein Orangenschnitz übrig war, und kniff die Augen noch weiter zusammen.

»Erinnerst du dich an diese Ferien in Frankreich?« fragte ich mit klopfendem Herzen weiter. Die Apotheose bereitete sich vor.

»Wir sind doch immer nach Frankreich gefahren.«

»Die Ferien, als ich dich umbringen wollte.«

Er sah mich verdutzt an.

»Wir standen in der Küche. Ich hatte dich an der Spüle eingekeilt und hielt dir das Schlachtermesser an die Kehle. Papa ist gerade noch rechtzeitig dazwischengekommen, hat er gesagt.«

Antonio starrte mich unverwandt an. »Erinnerst du dich denn auch daran?«

»Nein, ehrlich gesagt nicht. Ich hab das vielleicht verdrängt.«

»An was erinnerst du dich?«

»Der einzige Vorfall mit einem Messer, an den ich mich erinnere, ist, daß du mal mit dem Fleischmesser auf Papa gezeigt hast.«

»Sag ruhig, daß ich ihn bedroht habe.«

»Ja. Papa war zu Tode erschrocken. Du bist ziemlich schlimm dafür bestraft worden.«

»Aber du erinnerst dich nicht, daß du mich mit einem Messer bedroht hast. In Frankreich«, fragte er vorsichtig.

»Nein, nicht wirklich.«

Antonio drehte sich zu mir hin. Wir standen einander direkt gegenüber. Er nahm mein Gesicht in seine Hände, als wollte er meinen Kopf vom Rumpf lupfen, als wollte er meinen Kopf wie einen Kelch an seinen Mund führen. Ich stellte mich auf die Zehenspitzen, um nachzugeben. »So ein Arsch«, sagte er, »so ein gottverdammter Arsch.« Der Schmerz darüber, daß er recht hatte, die Kraft seiner Überzeugung. »Es war auch nicht so. Und es war auch nicht umgekehrt. Wir haben einander nie verraten.«

Antonio wurde gerufen. Er ließ mein Gesicht los, rief: »Ich komme!« Während er einen Schritt zurück machte und ich auf den Beinen wankte, sagte er: »Das war sein letzter Trick. Daß du darauf reingefallen bist. Ich komme!«

Antonio lief zu seinen Gästen.

Ich wollte nach Hause. Eine tödliche Verlegenheit überkam mich. Ich konnte niemandes Gegenwart mehr ertragen, schon gar nicht die dieses Imitatvölkchens, das seinen gleichgültigen Blick über meine blonde und weiße Gestalt wandern ließ. Auf der Veranda an der Seite war niemand. Da gab es auch nichts zu sehen. Ein paar Kisten und Kartons standen dort herum. Gerümpel. Ich stützte mich aufs Geländer und schaute in das Dickicht aus tropischer Vegetation. Ein großes, braunes Blatt von einer Kokospalme hing abgeknickt am Stamm herunter. Ein Goldregenbaum war bis auf ein paar gelbe Blütenbüschel völlig kahl. Ein dicker, weißer Hund, von Flöhen geplagt, saß da und kratzte sich heftig. Einer der taubenartigen braunen Vögel, die hier so zahlreich waren wie bei uns Spatzen, versuchte sich mit heftigem Schwanz- und Flügelrudern auf einem dünnen Telefondraht im Gleichgewicht zu halten. Dohlen in Starengröße drehten zu zehnt eine Runde. In meinem Ohr piepste mit eiserner Regelmäßigkeit ein unsichtbares Tier. Da drehte wieder eine unbekannte Instanz an meinen inneren Linsen: Alles wurde erst verschwommen, dann scharf, zu scharf fast; ich schaute durch das falsche Ende eines Fernglases. An das Ende des Tunnels war das scharfe Bild meiner nichtssagenden Aussicht gepinnt.

Warum war ich darauf hereingefallen?

Ich bekam es mit der Angst zu tun. Die Panik stob von allen Seiten auf mich zu, rutschte mir vom Dach auf den Kopf, sprang mit wilder Mähne aus dem Gebüsch hervor, quoll schreiend aus dem Boden. Sie klammerte sich an mich, als würde sie von einer greulichen Geistererscheinung gehetzt und suchte Hilfe bei mir. Mit ihrem ganzen zitternden, kreischenden Leib warf sie sich an mich, ihre Arme schraubten sich um meinen Hals und erstickten mich. Ich schnappte nach Luft und versuchte ihre Hände von meinem Fleisch zu lösen, sie von mir wegzutreten, aber sie war schwer, zu schwer; sie überwältigte mich, ich konnte mich nicht bewegen. Sie drang durch meinen Mund, meine Augen und Ohren in mich ein und verzweigte sich über meine Adern. Es gab so gut wie keine Stelle, wo sie nicht hingelangte. Sie schauderte durch meine Haargefäße, lastete mit totem Gewicht auf meinem Brustbein. Sie kratzte mich, biß mich, ihre langen Lederhaare waren Riemen und Peitschen, die sie mir über den Rücken knallte. Mein stockendes Denken zog sich mehr und mehr zurück, verschanzte sich hinter einem brüchigen Wall aus geflüsterten Worten und Beschwörungen, bis es in einer kleinen Ecke saß, die Beine angezogen, die Hände über den Ohren, die Augen zu, um ihr Toben nicht zu hören. Geh vorüber, geh vorüber, geh vorüber. Sie schlug die Zähne in mich und begann mich in Fetzen zu reißen. Ich hastete nackt und blutend zu dem kleinen Käfig, in dem leise mein zartes, blindes Selbst, das ich gut bewahren mußte, klopfte und pochte wie ein schleimförmiges Herz und ganz anderen, entfernteren, tieferen Dingen lauschte. Ach, das Leben, das hoffnungsvolle, leidvolle Leben, das blind und verletzlich klopfte bis an den Tod, den Tod in dem hängenden Kokosblatt und in dem bösartig sterbenden Konsul. Gottverdammt!

»Was machst du denn hier?«

»Marcus«, sagte ich.

»Was sagst du?« Antonio hob mich hoch. »Bist du jetzt schon betrunken oder stoned? Früher konntest du mehr vertragen.«

Ich sagte nichts. Holte tief Luft. Noch einmal. Es verging. Ich wußte nichts mehr.

»Ich wollte dir etwas für Mama mitgeben«, sagte Antonio.

»Für Mama?« Ich lehnte mich gegen einen Fensterladen. Mein Herzklopfen war beinahe hörbar. Ich kehrte in die Wirklichkeit, oder was dafür gehalten wurde, zurück.

Antonio sah mich forschend an. »Are you okay?«

»Ja, ja«, sagte ich, »alles bestens. Es geht schon wieder. Nur ein kleines Tief. Wird wohl die Hitze sein.«

Er hielt zwei große wattierte Umschläge in der Hand. »Der hier ist für Mama«, sagte er, »guck, mit einem M markiert.« In der rechten oberen Ecke stand ein M, sah ich. »Da sind Fotos drin und ein Brief. Ich möchte, daß sie weiß, wie es mir geht, und daß ich ihr dankbar bin.«

»Und der andere?«

»Da ist das gleiche drin. Anderer Brief natürlich. Der ist für Steven. Markiert mit einem S.«

»Steven?!«

»Er war immer nett zu mir.«

»Den sehe ich überhaupt nicht mehr«, sagte ich. »Und ich will ihn auch nicht mehr sehen.«

Zehn Jahre lang hatte ich mich von Steven seelisch aushöhlen lassen. Darüber hatte ich in meinem ersten Roman geschrieben. Das hätte ich nicht tun sollen. Ein aus Rache oder Schmerz geschriebenes Buch ist immer pathetisch. Ich schämte mich immer noch dafür. Man sollte nie über sich selbst schreiben.

»Steck ihn in den Briefkasten, wenn du Steven nicht mehr sehen willst. Du weißt doch wohl noch, wo er wohnt?«

Und ob ich das wußte. Und wenn er zehnmal umgezogen wäre, hätte ich gewußt, wo er wohnt. Einmal hooked, immer hooked. Huib war sozusagen mein Methadonprogramm. Ich nahm Antonio die großen, kissenartigen Umschläge ab.

»Hast du eine Tragetasche?« fragte ich. »Ich möchte jetzt nach Hause.«

Er brachte mich in dem roten Auto weg und sagte, daß er noch ausführlich mit mir sprechen werde, bevor ich zurückreiste. Bei der Pension Penn hielt er hinter dem Plymouth, umarmte mich und gab mir einen Kuß. Seine Hände um mein Gesicht. Seine Lippen auf den meinen. Sein Geruch. Seine Wärme.

»Ach, mein Brüderlein«, sagte ich.

Marcus und Ma Edith saßen friedlich mit einer Moskitokerze auf der Veranda. (Marcus, ach, Marcus. In Gedanken stammelte ich nur noch Namen. Ach, Brüderlein. Ach, Papa.) Auf dem Tisch standen Becher, keine Gläser. Tee also. Es hatte nicht den Anschein, daß sie sich gestritten hatten. Ma Ediths Blick war für ihre Verhältnisse sogar regelrecht klar, soweit ich das in dem schwachen Lichtschein sehen konnte. Ich war noch ganz zittrig auf den Beinen von dem Panikanfall und von Antonios Kuß, der mir eine scharfe Erinnerung auf die Lippen gepflanzt hatte. Und von etwas, das in mir juckte, eine Art Schmerz, oder nein, noch kein Schmerz, sondern die Angst vor einem Schmerz, der sich mit Sicherheit einstellen würde. Es war kein günstiger Moment für die Liebe. Oder gerade doch. Ein Teil von mir sehnte sich danach, diese ganze Angst in Energie umzusetzen, diese ganze Erschütterung wegzuvögeln, über den Rand des Abgrunds zu fallen und frei zu schweben. Könnte ich doch den Sprung in Gabriels Bucht zurück machen. Oder in meine Kinderzeit. Ich wünschte ihnen einen guten Abend und hatte schon die Hand an der Fliegengittertür, als Ma Edith sagte: »Ada, Ihr Mann hat angerufen. Um sechs Uhr etwa.« Mitternacht zu Hause. Es war doch nichts passiert?

»Ich werde ihn morgen zurückrufen«, sagte ich.

»Möchten Sie einen Tee?« Ma Edith sprach das Wort aus, als könnte sie selbst kaum glauben, daß sie um diese Zeit Tee trank.

»Nein, vielen Dank, Ma Edith. Ich bin müde. Ich gehe früh zu Bett.«

Ich hatte kaum geduscht und mir die Zähne geputzt, als es leise an der Tür klopfte. Marcus. Ob er hereinkommen dürfe.

»Was ist los?« fragte er.

Er nahm die Tragetasche mit den großen Umschlägen vom Stuhl und setzte sich.

»Nichts«, sagte ich.

»Wo bist du gewesen?« Er fragte es ganz freundlich, sogar ein wenig beunruhigt.

»Geht dich nichts an«, sagte ich. Noch immer war mein Bruder ein verbotenes Thema. Und jetzt konnte ich schon gar nicht damit anfangen, Marcus zu erklären, was Sache war.

»Ich weiß, daß es mich nichts angeht«, sagte er mit professioneller Geduld. »Aber ich habe mir Sorgen gemacht, angesichts deiner vorherigen Erfahrungen im dunkleren Teil der Stadt.«

»I'm okay.«

»No, you're not.«

Wir fuhren noch eine Weile mit Behauptung und Gegenbehauptung fort. Dann stand er auf, küßte mich auf die Wange. »Ich geh dann mal.«

Ich wollte ihn zurückhalten, nicht zurückhalten, doch zurückhalten, doch nicht zurückhalten. Im Geiste rief ich seinen Namen und klammerte mich an ihn, aber ich stand wie festgefroren da. Gelähmt. Und dann war er schon weg. Mit dem Handtuch, das auf meinem Bett lag, begann ich den Tisch abzustauben und den Aschenbecher zu putzen. Danach machte ich das Bett, das ich gleich wieder aufschlagen mußte, stieß mir den Zeh an meinem Koffer unter dem Bett, zog den Koffer hervor, klappte ihn auf und tat den Aschenbecher vom *Magnolia Gardens* hinein. Dann setzte ich mich aufs Bett und überschlug, wie viele Tage ich wohl noch im Archiv brauchen würde, um nach Schnipseln über Rivers, über den Prozeß gegen Plato, über den Aufstand zu suchen. Nicht mehr als drei. Ich beschloß, gleich am nächsten Tag ins Reisebüro zu gehen und zu sehen, ob ich nicht eine Woche früher als ursprünglich geplant nach Hause konnte. Was ich tun mußte, hatte ich getan. Es bestand keinerlei Grund, den Aufenthalt auszudehnen. Je länger ich blieb, desto tiefer würde ich in den Strudel hineingeraten, den Weg des Konsuls gehen. Alkohol, Rausch, Tremor, Vergessen.

Ich wußte, was Papa gemeint hatte. Ich wußte, was er getan hatte und warum. Und ich erkannte ihn in mir wieder oder mich in ihm. Ich verachtete ihn, aber liebte ihn. Das war es ja gerade. Das war es ja gerade. Darüber hatte er sich – sterbend – vielleicht am meisten gewundert: daß es möglich war, jemanden zu lieben, den man verabscheute. Jemanden zu lieben, den man haßte. Daß er mich liebte und daß er mich haßte. Daß das eigene Ich dieser Ambivalenz nicht entging. Daß ich mich selbst ablehnte, aber um Liebe bettelte. Genau wie er. Und daß sich dieses Muster stets wiederholte, endlos wiederholte, so lange, bis man es sah, und auch dann noch ging es weiter. Morgen würde ich meine Abreise regeln. Ich schlüpfte unter das gestärkte Laken und schlief ein.

Jacob und Fanny

Dreiunddreißig Tage nach ihrer eiligen Hochzeit mit Jacob Rivers steht Fanny Fenwick im ersten Morgengrauen auf und geht hinaus. Niemand ist zu sehen. Dürr das kurze Gras. Kein Windhauch. Jeder Baum, jeder Strauch steht in sich gekehrt, verwundert über die Pause im ununterbrochenen Wehen. Fanny nimmt alles in sich auf, als müßte sie sich dieses Bild gut einprägen. Das Gras zu ihren Füßen. Dann die Bäume. Den weißen Himmel. Das Meer in der Ferne. Das Komma der Bucht. Die dichtbewaldeten Hügel, aus denen Dunstschwaden aufsteigen, als würden dort Feuer gemacht. Die stille, noch erträgliche Wärme. Sie denkt nichts. Da sind keine Worte, keine Satzfetzen, die ihr wie Sternschnuppen durch den Kopf schießen. Sie empfindet weder Kummer noch Freude, noch das Prickeln einer Hoffnung. Andacht. Sie schaut. Sie ist. Erinnerungen und Sehnsüchte sind im Haus zurückgeblieben, die hat sie durch ihren plötzlichen Gang in den Garten irregeleitet. Angst und Fragen schlafen auf dem Kopfkissen im Löwengeruch von Jacobs Atem. Sie ist frei. Sie hat keinen Namen. Sie ist nur ein lebendes Wesen zu einem willkürlichen Moment in der Zeit, und sie ist hier. Sie ist jetzt. Unverrückbar und zugleich fließend. Sie bückt sich und hebt einen Stein auf. Genauso nichtig wie der Stein ist sie und genauso anwesend. Ich werde immer dasein, sagt sie. Ich bin nichts, sagt sie. Sie geht wieder hinein und legt sich ins Bett, wo Jacob erwacht und sie streichelt. Sie riecht nach Buttermilch und Heu.

Das Leben auf der Plantage ist eintönig, aber Fanny langweilt sich nicht. Der Rhythmus der Tage, die gleichbleibende Wärme, der gleichbleibende Wind, die gleichbleibende Länge von Nacht und Tag versetzen sie in einen Zustand der Betäubung, in dem ihre Aufgaben zwar träge, aber unwiderruflich ausgeführt werden, in dem die Mußestunden weder lang noch kurz zu sein scheinen, weil es nichts gibt, wonach man ausschaut. Es gibt auch nichts, was man fürchtet. Alles, was sie tut, atmet einen Hauch von Entsagung und zugleich Entschiedenheit. Sie bespricht mit Jacob die Errichtung einer kleinen Schule. Er zögert, kann ihr jedoch nichts abschlagen. Sie bestellt Bücher, nicht nur, um daraus zu unterrichten, sondern auch, um selbst zu lesen. Jacob weiß nicht, wie sie an die Titel kommt, und fürchtet, daß ihr Wissen von John Fraser stammt. Er fürchtet, daß sie hinter ihrer friedfertigen Dezidiertheit einen libertären Staatsstreich vorbereitet und von einem Tag auf den anderen Unruhe säen wird, ihm ans Leder gehen und wie eine Mänade durchs Zuckerrohr jagen wird, alle seine Sklaven befreien wird. Er fürchtet, daß sein Glück zerbrechlich ist. Jeder Tag des Glücks ist von Angst eingefaßt.

Fanny vertieft sich nicht in ihre Gefühle für Jacob. Sie nimmt an, daß sie ihn liebt, weil er sie anbetet. Sie vertieft sich auch nicht in seinen Charakter, nimmt ihn, wie es kommt. Seinen periodischen Trübsinn, aus dem heraus er hin und wieder aufbraust, wütend über ein Nichts, nimmt sie wie ein Naturereignis hin. Dann massiert sie ihm die Schultern, küßt die Innenflächen seiner verkrampften Hände und liest ihm vor. Ihre Stimme beruhigt ihn mehr als irgend etwas anderes. Wenn sie, in ihre trägen Gedanken und Pläne verstrickt, lange schweigt, wird er unruhig, will ein Zeichen von Leben. Es macht nichts, wenn sie nichts zu sagen hat, wenn er nur ihre Stimme hört. Sie rezitiert auf seine Bitte hin alles, was sie auswendig kennt. Ist sie damit fertig, beginnt sie wieder von vorn. So hört die tropische Nacht Fragmente aus etlichen Tragödien und Komödien. Gedichte. Oh, es ist Magie, es ist Rhythmus, es ist Musik.

Aus den Sklavenhütten erklingt die kleine Trommel, der Herzschlag des Abends, die linke Hand zur Melodie ihrer Stimme. Wenn Fanny sich früher das Glück vorstellte, dann hatte es nichts von diesem schweren Aroma aus Trägheit und Spannung.

Jacob fährt nur noch alle vierzehn Tage in die Stadt, um die Vorräte aufzufüllen und andere Geschäfte zu erledigen. Dann bleibt er eine Nacht fort. Wenn er nicht da ist, wird es Fanny leichter im Kopf, und sie wird auch bedachtsamer. Jacobs großer Körper gibt Ruhe, drückt sie aber ebenso nieder. Sie vermißt ihn, ist sich aber nicht sicher, ob die Schwerelosigkeit, die sie in seiner Abwesenheit verspürt, Entwurzelung ist oder eher eine Form von Erleichterung. Sie sitzt auf der Veranda an der Seite des Hauses. Die Sonne ist gerade untergegangen. Perlhühner kreischen. Auf dem Tisch stehen eine Kanne Wasser, ein Teller mit Obst und einem Stück Brot, eine brennende Kerze. Fanny denkt über die Schule nach. Nicht nur die Kinder sollen lernen, findet sie, sondern auch die Erwachsenen. Jacob muß ihnen die Gelegenheit geben, nein, mehr noch, muß ihnen auftragen, einen Nachmittag in der Woche zum Unterricht zu gehen. *Einen* Nachmittag in der Woche wird er sie von der Arbeit auf dem Land freistellen und sie dazu verpflichten müssen, lesen und rechnen zu lernen. Gruppen von zwanzig, denkt sie, fünf Tage in der Woche jeden Nachmittag eine Gruppe. Zuerst die Sprache. Zuerst einander verstehen und begreifen lernen. Sie starrt auf ihre Hände. Weiß nicht, wie sie es angehen soll. Schaut in das dunkel werdende Gebüsch, sieht die Mangos wie dicke, grüngelbe Tränen an den Zweigen hängen.

Plato läuft über den Rasen. Meist verschwindet er mit einem Nicken in seinen Schuppen, der auf dem Hof hinter dem Haus steht. Er wohnt nicht bei den anderen Sklaven, denn Jacob will ihn in seiner Nähe haben. Plato nimmt eine Sonderstellung ein, das ist Fanny von Anfang an klar. Sie hat wenig mit ihm zu tun. Sie hat sich keine Gedanken über ihn gemacht, denn sosehr sie auch prinzipiell gegen die Sklaverei eingestellt ist, es ist eine abstrakte Überzeugung geblieben, die bis auf den Plan mit der Schule keine Übersetzung in eine konkrete Hilfeleistung gefunden hat. Und selbst die Schule ist noch nicht mehr als eine Idee. Fanny ist nicht an Bedienstete gewöhnt, weder von zu Hause in England noch von ihren Reisen mit John Frasers Theatergesellschaft, und hat daher nicht mit ihnen umzugehen gelernt. Als Frau ist sie es gewöhnt, eine untergeordnete Stellung einzunehmen, und als mittellose Schauspielerin hatte sie nie das Sagen über andere. Sie weiß nicht, wie sie einen Wunsch in einen Befehl kleiden soll. Lieber holt sie selbst das Wasser, um sich zu waschen, als darum zu bitten. Die Haussklaven bleiben mehr oder weniger dem eigenen Antrieb überlassen.

Plato gehört sowieso nicht in ihren Verfügungsbereich. Seine Rolle im Haus, auf der Plantage und in bezug auf Jacob erfüllt sie mit einem gewissen Mißtrauen. Da ist etwas, was sie nicht so recht festmachen kann: eine Arroganz, ein animalisches Lauern, manchmal sieht sie in Platos Gehorsam gegenüber Jacob sogar einen Anflug von Verachtung und bei Jacob eine kaum merkliche Form von Schuldbewußtsein. Wer ist der Herr, wer ist der Sklave, denkt sie, wenn sie Plato mit erhobenem Kopf, geradem Rücken und dem Gang eines verträumten Windhundes nahen sieht. Jetzt ruft sie ihn zu sich. Zum erstenmal, seit sie nach Pelican Bay gekommen ist, spricht sie ihn an. Er wird ihr bei dem Problem mit der Sprache helfen können.

Zunächst scheint er ihre Stimme nicht zu hören; sie muß ihn ein zweites Mal rufen. Da kommt er zu ihr herüber, ohne Eile. Das ärgert sie. Wer gerufen wird, ob Sklave oder nicht, beweist seinen guten Willen, indem er den Schritt beschleunigt. Dies ist eine leichte Provokation. Ihr Ärger verwirrt sie. Aber jetzt, da er vor ihr steht, muß sie fortfahren. Sie lädt ihn mit einer Gebärde ein, sich auf einen Stuhl ihr gegenüber zu setzen, und fragt sich, kaum daß sie es getan hat, ob es denn wohl schicklich ist, daß ein Sklave in Gegenwart seines Herrn auf gleicher Höhe Platz nimmt. Hätte sie ihm den Fußboden als Sitzplatz zuweisen können? Soll sie ihn etwa stehen lassen? Plato setzt sich und verrät keine Überraschung. Er sieht sie abwartend an. Er ist der erste Sklave, der sie ansieht, ohne die Augen niederzuschlagen, der erste Sklave, der sie nicht mit dem Argwohn eines Hundes, der Schläge erwartet, schräg von unten herauf ansieht, der erste Sklave, dessen Blick sie begegnet. Sie errötet und ist froh, daß es dämmert.

Sie erklärt ihm, daß sie für die Schule seinen Rat benötige. Er hört zu. Sie redet und redet und hört sich selbst reden, sie sieht sich eindringlich mit den Händen flattern, was ihre Verlegenheit verbergen und ihren Worten Nachdruck verleihen soll. Wie verstehen wir einander? ist ihre Frage. Sie sieht ihn nicht an. Begreift er sie? Wie verstehen wir einander? Er scheint keine Antwort darauf zu haben, denn er schweigt.

»Was nützt es uns, lesen und rechnen zu können?« fragt er schließlich. Seine Stimme klingt, als würde ein kupferner Kochtopf mit Sand gescheuert. »Was ändert das an unserem Los?«

»Kannst du lesen?« Sie weiß die Antwort. Sie hat ihn dabei gesehen.

Er sagt: »Gebt ihnen diesen Nachmittag, damit sie ihr Land bewirtschaften und ihre Erzeugnisse verkaufen können.«

»Um so Geld für ihre Freiheit zu sparen?« Das befürchtet Jacob, wie sie weiß. Er wird die Sklaven verlieren. Wenn er einem von ihnen die Erlaubnis gibt, sich freizukaufen, kann er niemandem, der seinen Preis bezahlen will, die Manumissio verwehren.

»Richtig, Freiheit.«

»Um frei zu sein, mußt du lesen und rechnen können«, sagt Fanny. Das klingt, als wollte sie sich mit ihm gegen Jacob verschwören. So wird Plato es empfinden. Ob er ihr das übelnimmt? Wie groß ist seine Loyalität gegenüber Jacob? »Wie hat sich dein Los dadurch verändert, daß du lesen kannst, Plato?« fragt sie, um die Spannung zu brechen.

»Ich bin ein gebildeter Sklave.«

»Genau wie ich«, sagt sie.

Sie glaubt, er lächelt. »Euer Los ist nicht beneidenswert«, sagt er.

»Worte trösten.«

»Sie verwunden auch.«

»Sie bringen Wissen.«

»Ebendarum.«

»Was würdest du tun, wenn du frei wärst?«

»Ihr dürft diese Frage nicht stellen.«

»Wie lange bist du schon bei Jacob?«

»Ich habe die Jahre nicht gezählt. Das hat keinen Sinn.«

»Woher kommst du?«

Er schweigt.

»Wo ist deine Familie?«

Er schweigt. Es sind verbotene Fragen.

»Willst du mir mit der Schule helfen?«

»Wenn Ihr es mir auftragt.«

»*Willst* du mir helfen?«

Sie weiß, daß sie ihn mit dieser eindringlichen Bitte in Verlegenheit bringt. Wenn sie nach seinem Willen fragt, impliziert sie, daß es seine freie Entscheidung sei, doch über die verfügt er nicht, zumal dann nicht, wenn sie ihn wie ihresgleichen behandelt. Daß sie ihn, der nicht ihresgleichen ist, zu ihresgleichen erhebt, zwingt ihn, freundlich und freudig auf ihre Bitte einzugehen. Undenkbar, daß er sagte: »Nein, ich will Euch nicht helfen, aber ich habe nicht die Freiheit, nein zu sagen. Ihr werdet mich zwingen.«

Plato nickt nur. Sie kann es in der zunehmenden Dunkelheit kaum sehen.

»Gut«, sagt sie, »das ist dann abgemacht.«

Das ist für ihn das Zeichen zum Gehen, denkt sie, doch er bleibt noch sitzen, als warte er auf etwas. Sie hat zu sagen: »Du kannst gehen« oder mit der Hand zu wedeln: Fort, fort. Sie sitzt wie erstarrt da, gefangen in seinem Blick. Wo ist seine Seele, fragt sie sich, wo in dieser schwarzen Mauer seiner Augen ist die Öffnung zu seiner Seele.

Seit diesem Gespräch ist sie sich seiner stärker bewußt. Sie sucht ihn. Als die Überdachung für die Schule gemacht wird und er die Aufsicht führt, ist sie oft bei den Arbeiten anzutreffen, um Anweisungen zu geben. Sie legt etwas Vertraulichkeit in ihre Stimme, wenn sie mit ihm redet, nicht viel, aber genug, um eine Beinahe-Ebenbürtigkeit zu suggerieren, die ihm als Betriebsführer und Vertrautem Jacobs ihrer Ansicht nach zukommt. Auch, weil sie auf Gegenseitigkeit hofft. Es ist ein Experiment, redet sie sich ein, ein Experiment in der Anwendung moderner Ideen. Plato ist der Inbegriff des »edlen Wilden«. Sie kann etwas von ihm lernen. Er etwas von ihr. Wenn sie beide offen dafür sind. Sehr viel Reaktion kommt von seiner Seite nicht. Er ist eher noch unzugänglicher als sonst. Das veranlaßt sie, noch größere Vertraulichkeit zu zeigen, ein Lächeln, ein kleines Nicken, und einmal legt sie beinahe die Hand auf seinen Arm.

Am Ende eines Arbeitstages – es ist der Beginn der Regenzeit, und die ersten Schauer haben die fast ausgetrockneten Zisternen gefüllt – kommen Jacob und Plato vom Feld. Plato führt die Pferde in ihren Stall, während Jacob zuerst zu den Latrinen geht. Fanny steht auf der Freitreppe und sieht von links Jacob kommen, das Hemd offen, die Hose noch offen, verschwitzt, das blonde Haar naß auf der Stirn, ein breites Lachen zu ihr herüber, ein Schwenken des Arms; rechts sieht sie Plato beim Stall stehen, sie denkt, daß er zu ihr herübersieht, kann das im Licht der untergehenden Sonne aber nicht so recht erkennen. Sie nimmt an, daß er sieht, wie Jacob sich ihr nähert, die Arme ausbreitet und sagt, er gehe sich erst waschen, bevor er sie umarme. Ob sie ihm frische Wäsche hole? Er läuft zur Badekammer, die so unter die Dachrinne gebaut wurde, daß das Regenwasser gleich ins Badewasserbecken geleitet wird. Fanny holt saubere Wäsche. Als sie zur Badekammer geht, wo Jacob sich mit Wasser überschüttet, wagt sie nicht, wieder nach Plato zu sehen. Sie weiß nicht, ob er noch dort steht, spürt aber an einem Prickeln zwischen den Schulterblättern, daß er noch da ist.

Jacob öffnet die Tür und steht nackt und grinsend da, Unterarme und Hals braun, der Rest des Körpers weiß, hellbehaart, das Geschlecht ansehnlich inmitten von rötlichem Schamhaar. Jacob ist der Mann, der sie die Liebe gelehrt hat. Er war nicht der erste, der sie besessen hat, doch das machte ihm nichts aus, solange es nicht John Fraser war, der ihr Blümchen geknickt hatte. Nein, nicht John Fraser. Ihr betrunkener Vater. Aber das hat sie Jacob nicht erzählt. Sein vom Türrahmen eingefaßter starker Körper, seine demonstrative Nacktheit mit Liebe im Sinn – immer sichtbarer – erregen sie, und noch mehr erregt sie die vermutete Gegenwart Platos. Es ist ein Spiel zwischen ihnen dreien, denkt Fanny. Wir tun so, als sähe uns niemand, aber wir wissen, ohne es uns anmerken zu lassen, daß er dort bei den Ställen jede unserer Bewegungen verfolgt, jede uns durchströmende Begierde studiert und deren Echo in seinem eigenen Körper spürt und daß er dort bei den Ställen weiß, daß wir – jeder für sich – es wissen. Fanny streckt die Hand aus und berührt Jacob, liebkost ihn, reicht ihm die Wäsche, dreht sich um und geht eilig, die Röcke hochgerafft, ins Haus, kurz darauf von Jacob gefolgt, der sich ein Leintuch um die Mitte geschlungen hat.

Sie geht ins Schlafzimmer und öffnet die Läden, um Licht und Luft hereinzulassen. In ihrer Einbildung hockt Plato in dem Gebüsch unterm Fenster, und von dort aus wird er sie bespähen. Sie wagt nicht, ihren Gedanken freien Lauf zu lassen, so sündig erscheint ihr die beinahe lähmende Spannung, die sie beschleicht. Noch bevor Jacob das Schlafzimmer erreicht, hat sie ihr Mieder aufgeknöpft und dem Sklaven im Gebüsch für einen Augenblick ihre Brüste gezeigt. Jacob hakt ihr die Röcke auf und legt sie aufs Bett. Sie soll mit weitgespreizten Armen und Beinen liegenbleiben. Ganz still, sagt er, ganz still. Nicht bewegen. Der Schweiß zwischen den Brüsten und im Nabel, er rinnt ihr über die Seiten. Jacobs Körper ist kühl vom Bad. Seine Bartstoppeln schaben über ihre Haut, machen rote Flecken. Er küßt sie überall, bei ihren Händen angefangen bis hinauf zur Achselhöhle, dann von den Füßen bis hinauf zu den Schenkeln. Vom Hals bis zum Nabel. Kleine Stoßwellen werden zu ihrem Bauch hin ausgesandt, hinein in die Tiefe ihres Körpers, zu einem Ort in ihren Eingeweiden, der mehr noch als ihr Herz das Geheimnis ihres Lebens bewahrt. Es ist, als beginne dort eine Sonne zu flimmern, flirrende Hitze. Käme er doch dorthin, berührte er sie dort in der Tiefe mit seinen Händen. Sie möchte ihn dorthin leiten, doch er piesackt sie, läßt sie warten. Wartet selbst mit aufgerichtetem Geschlecht, mit dem er hin und wieder ihre Scham berührt. Er sagt, er werde sie auf sein Horn spießen. Er werde ihr seinen Speer bis ans Heft in die Scheide stecken. Er werde seinen Spaten tief in ihren Boden pflanzen. Sie denkt an Plato, wie er ihr durchs offene Fenster zusehen kann, sehen, wie sie und Jacob sich lieben. Sie wird von einer Welle mitgerissen, hoch und stark wie die Meereswellen, die an die Ostküste der Insel branden, sie drückt die Hüften hoch und schiebt ihren Schoß Jacobs Mund entgegen.

Die kleine Schule beginnt bescheiden. Sechs Jungen und fünf Mädchen zwischen zehn und vierzehn Jahren kommen einen Nachmittag pro Woche zu der Überdachung bei den Bananenbäumen. Fanny lehrt sie lesen, schreiben und rechnen. Sie hat lange über das Ziel ihres Unterrichts nachgedacht. Erziehung zu sittsamen Christen? Jacob zieht spöttisch den Mundwinkel hoch. »Sittsam, ja«, sagt er, »aber müssen sie dafür Christen werden?«

Obwohl Fanny nie sehr fromm war, steht sie der Religion nicht ablehnend oder gleichgültig gegenüber. Im Gebet ist Geborgenheit. Und wenn sie die Kinder nicht zu Christen erzieht, zu was dann? Wissen steht im Dienst von etwas anderem.

»Im Dienst wovon?« fragt Jacob.

»Von Gott«, sagt sie. »Wissen hilft, Gott besser zu dienen. Wenn Ihm ohne Bildung gedient werden könnte, hätte Er uns nicht die Schrift erfinden lassen.«

Jacob sagt, er finde sie süß. »Erzieh sie ruhig zu Christen, Kindchen.«

»Ich habe gehört«, sagt sie, »daß nach Puerto Rico geflüchtete Sklaven frei sind, falls sie katholisch werden. Die Pater erwarten sie mit offenen Armen und Eimern voll Weihwasser.«

Jacob bricht in Lachen aus. »Erzähl das bitte nicht weiter. Mach aus meinen Sklaven lieber gehorsame Methodisten oder Mennoniten.«

»Sie sollen die Bibel lesen können. Sie sollen selbst Briefe schreiben können, Gesuche, Einreden. Ihre eigenen Erzählungen und Gedichte.«

»Nimm Shakespeare mit ihnen durch. Donne. Milton.«

»Warum nicht? Warum sollten sie das nicht zu schätzen wissen?«

»Siehst du Kate Black schon über der Suppe rezitieren: *Shall I compare thee to a summer's day*? All diese Weisheiten halten sie von ihrer Arbeit ab. Machen Träumer aus ihnen.«

»Na und?«

Die harmlosen kleinen Wortgeplänkel wachsen sich zu größeren Uneinigkeiten aus, je ernster Fanny ihre Arbeit in der Schule nimmt. Jacobs spöttischer Ton wird manchmal drohend, und er erlaubt den älteren Jungen nicht mehr, den Unterricht zu besuchen. Es kracht zwischen Fanny und Jacob. Doch sie bleibt beharrlich und sucht nach einem Kompromiß. Wenn sie mit sechsjährigen Kindern anfangen dürfe, könne Jacob sie mit elf bestens ausgebildet wieder auf dem Feld haben. Er werde davon profitieren, denn außer Lesen und Schreiben bringe sie ihnen auch Umgangsformen bei. Kultiviertheit. Mustersklaven würden aus ihnen, die höflich die Mütze abnähmen, wenn er vorbeikomme, die ihm in gutem Englisch antworteten, die die Instruktionen, die er aufschreibe, verstünden und den anderen weitergäben. Und wenn sie erst zwei Mädchen ausgebildet habe, die ihre Arbeit übernehmen könnten, werde sie sich ganz ihren eigenen Kindern widmen können. Eine Anspielung auf Nachkommenschaft läßt Jacob immer freudig aufschauen. Ist sie schwanger? Nein, sie sei noch nicht schwanger, doch sie wünsche sich ein Kind. Er sich auch, sagt er.

Fanny wünscht sich ein Kind. Wenn die Hitze und der Wind sie verrückt machen – es höhlt sie aus, ihre Hülle wird noch gerade eben von ihrer Kleidung zusammengehalten, und jeder aufspringende Knopf läßt einen Teil von ihr davonwehen oder hinwegschmelzen, so daß sie manchmal ganze Nachmittage in ihrem Schlafzimmer sitzt –, hält der Gedanke an ein Kind sie gesund. Mit einem Kind wird sie sich sich teilen können, ein Kind wird Teil von ihr sein, wird ihre Einsamkeit aufheben. Sie empfindet immer stärker, daß ihr Kameradschaft fehlt, Freundinnen, Bekannte, Familie. Das Eigene. Hier ist niemand, der sie von früher kennt. Sie vermißt ihre Mutter und, ja, sie vermißt sogar John Fraser und die Schauspieler, die Perückenmacherin, den Buckligen. Die anderen Pflanzer und ihre Frauen, die sie gelegentlich einmal bei einer Hochzeit oder einem Begräbnis trifft, behandeln sie, als wäre sie ein unbekanntes Insekt, von dem sie noch nicht wissen, ob es schädlich ist. Über ihre Vorgeschichte als Schauspielerin wird geklatscht. Sie findet die Frauen dumm, scheinheilig, geschwätzig und eitel. Häßlich.

Sie ihrerseits werden sie wohl für arrogant und exzentrisch halten. Da sind keine Vertrauten zu finden. Ein Kind, am liebsten eine Tochter.

Als die Schwangerschaft ausbleibt, fürchtet sie, unfruchtbar zu sein. Sie träumt von der Abtreibung, die sie als Vierzehnjährige hatte. Sie sieht die groben Hände der Engelmacherin, die ihre Schenkel auseinanderdrücken, sie hört den Befehl, sie solle sich entspannen, als gefalle ihr das, denk mal an deinen Liebsten. Deinen Liebsten! Fanny wird schluchzend wach. Untröstlich. Sie denkt an den blinden Embryo, der stückchenweise und in Wogen von Blut aus ihr herausgerissen wurde. Sohnbrüderchen. Schwesterchentochter. Sie entwindet sich Jacobs tröstenden Armen. Wer oder was hat diesen Schmerz aus den Fesseln befreit, mit denen sie ihn in einem Winkel ihrer Seele angekettet und festgenagelt hatte? Mitten auf der Tamarindenallee bleibt sie stehen. Das Herz schlägt ihr bis zum Hals. Sie fährt sich mit Händen und Armen um den Kopf, als wische sie Spinnweben fort. Sie kauert nieder. Es weht. Selbst nachts weht es. Es weht klamm. Nasser Flanell. In Streifen gerissener und zerzupfter Verband. Um das Blut zu stillen. Um Wunden zu verbinden. Vom Hals bis zum Schambein ist sie wund. Will sich nicht aufrichten. Will nicht aufstehen. Will wie eine Nuß in die Erde gesteckt werden. Jacob findet sie und bringt sie besorgt ins Haus, legt sie ins Bett, betupft ihre Stirn mit nassen Tüchern. Sie hat Fieber. Fieberträume. Sie ist krank.

Jacob hat kein großes Zutrauen zum Gouvernementsarzt. Überdies muß der von weither kommen. Er ruft Plato zu Hilfe, als Fanny den dritten Tag Fieberphantasien hat. Plato seinerseits macht deutlich, daß Old Doll über das Wissen verfüge, das manche Frauenleiden heilen könne. Zu zweit erscheinen sie an Fannys Bett und beginnen eine Wache. Sie verabreichen Fanny Kräuteraufgüsse zu festgesetzten Zeiten, sie sprechen und singen Beschwörungen, sie legen Hand auf. Jacob fühlt sich wie der ehelichen Gewalt entzogen. Er kann nichts tun, darf nichts tun. Um Fannys Gesundheit willen nimmt er das hin, doch wenn er die beiden so sieht, Plato andächtig und in sich gekehrt, wie er mit den langen schwarzen Händen, die monströsen Spinnen gleichen, über das weiße Bettzeug streicht, Old Doll laut seufzend und wehklagend und Fanny mit ihrem mächtigen Körper nachgerade erstickend, wenn sie sich über sie beugt, um ihr einen Trank zwischen die Lippen zu gießen, fürchtet er, daß sie ihm Fanny stehlen, daß sie ihren Geist beeinflussen und bearbeiten und daß seine Frau – falls sie wieder gesund werden sollte – ihm ein für allemal entfremdet sein wird, ein weißer Zombie, eine wandelnde Tote. Verzweifelt läuft er durchs Feld, außerstande, seine Gedanken abzulenken. Bis ins Mark erschüttert ihn die Erkenntnis, daß nichts außer ihrem Mangel an Organisation und Zusammenarbeit der Freiheit der Sklaven im Wege steht. Es ist nur eine Frage der Zeit. Wir haben nicht darüber zu bestimmen, denkt er.

Fanny befindet sich in unzugänglichem Gebiet. Wenn sie später an diese Tage des Fiebers zurückdenkt, beschleicht sie eine unbestimmte Angst. Sie befand sich, so beschreibt sie es sich selbst, in einer Vorhölle, wo weniger die Hitze oder die eisige Kälte sie bedrängten als vielmehr eine panische Angst, nicht vor dem Tod, sondern eine Angst, schlimmer als der Tod, eine Angst ohne Ziel oder Richtung, schiere, nagende, nackte Angst. Und sie hatte keine Stimme, um das herauszuschreien, keine Tränen, die sie vergießen konnte. Alles gelähmt. Panik. Die beruhigenden Handlungen von Plato und Old Doll nahm sie kaum wahr. Wenn sie ihre Gesichter sah und ihre Hände spürte, schlug sie anfangs nach ihnen, es waren Teufel, Monstren, Handlanger des unsichtbaren großen Feindes. Sie rief nach ihrer Mutter, doch dann kam Grace mit hervorquellenden Augen und wirren Haaren und aufgekratzten Brüsten, um ihr zuzurufen, sie sei eine dreckige Hure. Das gallebittere Gebräu, das sie schmeckte, versuchte sie auszuspeien, nahm es aber hustend und prustend und schluckend doch zu sich. In der Weise kämpfend, verlor sie immer mehr an Boden, ermüdete, gab auf. Die Hände Platos und Old Dolls wurden zu streichelnden Händen, die sie mit Wohlbehagen erfüllten und nach Schlaf verlangen ließen, Schlaf und noch einmal Schlaf. Nach sieben Tagen Kampf fällt Fanny in Schlaf.

Sie hat sich verändert. Sie weiß selbst nicht genau, inwiefern. Nun, da sie die Angst kennt, in der sie wie in Fruchtwasser schwimmt, versucht sie durch Nachgiebigkeit und Zuvorkommenheit das Gleichgewicht nicht zu stören. Sie darf nicht auffallen, keine Wellen schlagen, die Ordnung nicht stören, sie muß sich gleichsam aufheben, verleugnen, nicht dasein. Das erfordert Übung und Planung. Es geht etwas von ihrer Unnahbarkeit verloren, das kalte Wasser ihrer Stimme wird lau; wo ihre Gebärden bisweilen abrupt und eckig waren, werden sie nun weich und matt. Im Bett ist sie lieb und warm, aber nicht mehr feurig. Jacob kann sich nicht beklagen, klagt aber dennoch. Er mißtraut Old Doll, die mehr und mehr das Sagen im Haus hat. Er weiß nicht, was die Gelegenheitskoalition von Plato und Old Doll für die Gesinnung der Sklaven zu bedeuten hat. Er wittert Subversion und hält Fanny für ein leichtes Opfer. Plato erhält den Auftrag, über die strikte Ausführung der Aufgaben zu wachen. Bis auf weiteres verbietet er den Samstagabendtanz.

Fanny ist Plato dankbar für ihre Genesung. Sie fühlt sich dadurch stärker mit ihm verbunden. In ihrer Nähe demonstriert er eine gewisse Autorität, macht auf subtile Weise eine Art Besitzanspruch geltend. Ohne ihn läge sie wie eine tote Nuß in der Erde und wartete auf den Jüngsten Tag. Ihr altes Selbst hätte sich von dieser Abhängigkeit distanziert, ihr neues Selbst findet sich ein wenig hinein, gibt nach. Aufgrund ihrer Krankheit hat sie ihren Kinderwunsch eine Weile zurückgestellt, doch in dem Maße, wie sie sich körperlich wieder kräftiger fühlt, beginnt auch der Gedanke an eine Tochter wieder aufzuleben. Ihre sexuellen Phantasien, in denen Plato die Rolle des Voyeurs spielte, läßt sie nicht mehr zu. Sie möchte Jacob gegenüber nicht ungerecht werden. Jacob ist das Eigene, solange kein Kind da ist. Er steht ihr am nächsten. An ihn will sie sich binden. Sie schmiegt sich an ihn, setzt sich zu ihm auf den Schoß wie ein artiges Kind.

Was Liebe ist, fragt sie sich nicht. Ehen werden nicht unbedingt aufgrund gegenseitiger Zuneigung geschlossen. Liebe ist zwar kein Hindernis, aber auch keine Voraussetzung. Der Erfolg einer Ehe wird nicht an der Liebe gemessen, sondern am sachlichen Zusammenwirken der Ehepartner, ihrer Komplementarität. Sie ist fest entschlossen, den Zufall, der sie nach Pelican Bay führte, als ihre Bestimmung zu betrachten. Sie ist nicht ohne Grund hier, sie hat eine Aufgabe. Für Jacob zu sorgen. Zu ihm zu gehören. Sie hat alles verloren, was sie an früher band, aber sie treibt nicht mehr umher. Sie ist angekommen.

Jacob ist in der Stadt, als der erste große Sturm der Orkanzeit an Läden und Türen rüttelt. Das ist typisch, daß sie gerade dann allein ist. Der Wind schlägt ihr die Röcke gegen die Beine, weht ihr die Haare aus der Haube, läßt ihre Gedanken im Kreis herumwirbeln, so wie totes Laub auf der Veranda raschelt und aufweht, drückt sie fast um. Es ist helllichter Mittag, und dunkle Sturm- und Regenwolken verdunkeln den Himmel, als wäre Nacht. In ihrem Magen steckt ein harter Kern Angst. Alle zurren fest, was lose ist und bringen sich in Sicherheit, bevor der Orkan und die Schauer mit ganzer Wucht losbrechen. Plato hat die Pferde in den Stall gestellt und rennt im ersten peitschenden Regen gebückt zu seiner Hütte, um dort Schutz zu suchen. Fanny steht auf der Veranda. »Komm her«, ruft sie ihm zu. »Komm her. Ich fürchte mich. Ich bin allein.«

Er bringt sie ins Haus, schließt die Läden und Türen, zündet einige Kerzen an. Wo sind die Haussklavinnen? Old Doll? In ihren Hütten. Fanny steht mitten im Zimmer, die Arme um sich geschlungen, ratlos. Plato sagt, die Mistreß brauche sich nicht zu fürchten. Was könne denn schon geschehen?

»Daß das Dach fortweht«, sagt Fanny verzagt. »Daß ein Baum aufs Haus fällt.«

»Die Bäume am Haus sind noch jung und biegsam.«

»Daß mich ein Balken trifft. Daß ich sterbe.«

»Ist der Tod das schlimmste?« fragt er, aber sie hört ihn nicht.

Ihre Augen weiten sich vor Angst. »Dieses Heulen. Dieses Brüllen. Dieses Knarren.« Sie läuft panisch und händeringend auf und ab. Natürlich hat sie schon andere Stürme erlebt, doch nie zuvor hat sie sich so sehr gefürchtet. Es kommt, weil sie noch schwach ist. Sie hat keine Widerstandskraft. In ihrem Innern stürmt es ebensosehr wie um das Haus herum.

Plato holt Kissen aus dem Schlafzimmer und legt sie unter den großen, bleischweren Tisch, der in der Halle steht, mit Kugelfüßen, stramm wie die Beine zeeländischer Bäuerinnen. Er bedeutet Fanny, sich dort hinzusetzen. Sie kriecht unter den Tisch. Gehorsam. Gut? Besser, ja, aber nein, noch nicht ganz. Womöglich weht der Wind den Tisch um. Plato setzt sich auf den Tisch. So gut, Mistreß Rivers? Ja, so ist es gut. Sie sind ein Schiff auf hoher See. Sie sind ein Schiff in der Luft. Plato ist der Steuermann. Palinurus. Sie reisen durch Zeit und Raum. Der Sturm ist kein Feind, sondern ein Verbündeter. Der Sturm nimmt sie in seine zotteligen Arme und trägt sie davon. Fort. Kann der Sturm sie nach Afrika bringen? Nach England? Wo könnten sie zusammen wohnen? Sechs Stunden lang brüllt der Sturm. Sechs Stunden verbringen sie zusammen, Plato auf dem Tisch, Fanny unter dem Tisch. Der Lärm macht ein Gespräch unmöglich, und doch sprechen sie wortlos miteinander in verwunderten Gedanken, verlegenen Bewegungen, wachsender Nähe, durch die Tischplatte hindurch. Geborgen.

Als der Sturm vorüber ist, läßt eine bleiche Mondscheibe den Schaden sichtbar werden. Einige alte Bäume lehnen sich geknickt an ihre Nachbarn. Das Zuckerrohr liegt an einigen Stellen flach auf dem Feld. Drei Sklavenhütten sind beschädigt. Platos Hütte hinten auf dem Hof ist von einer heftigen Bö getroffen worden: Eine Wand ist nach innen eingedrückt, das Dach hängt plötzlich bis auf den Boden herab. Fanny sagt, daß sie ihm das Leben gerettet habe mit ihrer Furcht.

»Mein Leben gegeben. Mein Leben genommen«, sagt Plato.

Dann müsse er jetzt eben im großen Haus schlafen, sagt Fanny. In der Halle unter dem Tischschiff rollt Plato seine Matte aus und lacht.

»Da willst du dich hinlegen?« fragt sie.

Es ist still im Haus und darum herum. Das Wetter gibt sich unschuldig wie ein Kind, das einen Lausbubenstreich verbergen will. Er wünscht ihr eine gute Nacht. In der Stille hören sie ein Knarren. Es fällt doch noch ein Baum um. Ganz in der Nähe. Fanny erschrickt und eilt zu Plato. Einen Moment zögert sie, als sie vor ihm steht, wirft sich dann mit einem Erschauern in seine Arme. Er beruhigt sie, indem er ihren Rücken und ihr Haar streichelt. In dem großen venezianischen Spiegel sieht Fanny sich und Plato, seine schwarzen Hände auf ihrem meergrünen Rücken, ihre Arme um seine Mitte, sie sieht seinen Nacken, sein krauses Haar, sein straffes Profil mit den weiten Nasenlöchern wie von einer verschreckten Antilope, seine geschlossenen Augen. Öffnete er doch kurz die Augen, und könnte sie sehen, was er denkt! Doch er hält sie fest geschlossen, als besinne er sich tief auf diesen Moment, vielleicht sogar, weil er von Liebe überwältigt ist. Fanny jedenfalls ist es. Erstaunt auch. Das kurze

Zögern, während sie zu Plato eilte, war der einzige Moment, der sie noch hätte bremsen können. In diesem Augenblick ballte sich alles zusammen, was gegen ihre Tat sprach: Jacob, die Konventionen, das Strafrecht. Es war ein Hindernis, das sie mit Leichtigkeit nahm. Sie blinzelte nur kurz mit den Augen, wie geblendet von der Schärfe des Zukunftsbildes: Verstoßung, Tod. Tod? Davor fürchtete sie sich nicht. Sie sprang durch den brennenden Reifen, vorsichtig wie ein Tiger. Kein Weg zurück. Nur noch Ankunft. Aber wo? Der Sprung dauerte und dauerte, sie schwebte, nein, sie fiel, sie fiel immer weiter. Sie fällt auch noch die ganze Nacht, tiefer und tiefer, bis die Dunkelheit sie völlig umschließt. Fanny gibt sich dem hin. Sie gibt sich der Liebe hin. Notfalls dem Tod.

Ada

Huib hatte sich nur Sorgen um mich gemacht. Ich hätte schon ein paar Tage nichts von mir hören lassen. Was denn los sei? Natürlich war nichts. Durch diesen komischen Zeitunterschied sei es immer gerade zu spät oder zu früh, wenn ich ihn anrufen wolle. Eine lasche Ausrede, die er leicht durchschaute, aber treu, wie er war, sagte er nichts dazu. Ob ich meinen Bruder gesprochen hätte. Ja, das hätte ich. Wie es gewesen sei. Interessant. Und das sei alles? Ja. Schlauer geworden? Viel schlauer. Ich solle vorsichtig sein, mahnte er. Keinen Tropenkoller oder andere gruselige Krankheiten kriegen. Kindchen. Warum konnte ich es nicht über mich bringen, ihm zu sagen, daß ich früher nach Hause kommen würde, daß er mir fehlte, daß ich schreckliche Dinge getan hatte, die ihm viel Kummer bereiten würden, daß ich ein nichtswürdiges, treuloses Etwas sei, nicht einmal wert, ihm die Schnürsenkel zu binden, daß ich in den Vorstand eines jüdischen Friedhofs aufgenommen worden sei. Ich blieb neutral und heiter-vergnügt. Solange ich sagte, daß es gutgehe, ging es gut. Tschüs, Schatz. Mach dir keine Sorgen.

Draußen, in einer Ecke des Gartens, hinter den zerstörten Pfingstrosen, saß Ma Edith auf einem wackligen gußeisernen Stuhl unter dem Lebensbaum mit den schönen blauen Blüten. Zu ihren Füßen standen einige große Kartons. Sie rauchte eine Zigarette. Nahm von Zeit zu Zeit ein Blatt Papier oder ein buchähnliches Gebilde aus einem Karton, schaute es sich kurz an und warf es dann in das kleine Feuer, das in anderthalb Metern Entfernung lustig brannte. Ich ging zu ihr und blickte mit ihr zusammen in die Flammen.

Sie hielt mir, ohne mich anzusehen, die Packung Zigaretten hin. So wie Angler einander die Flasche rüberreichen, ohne ihren Schwimmer aus den Augen zu lassen. Ich nahm eine heraus. Sie gab mir Feuer.

»Was machen Sie da?«

»T'ief come and carry some, fire come and carry all«, sagte sie. »Altes Sprichwort.«

»Was verbrennen Sie denn?«

»Alles mögliche. Papiere. Wertloses Zeug.«

»Warum?«

»Weil das trockene Zeug so prima brennt.«

Sie nahm einen Stapel mit einer Plastikklammer zusammengehaltene Abzüge aus einem der Kartons. Schaute auf die Titelseite, las: »Das Unterrichten von Kindern mit Sprachschwäche. Von Edith Penn-Best. Hopp, weg damit.«

Das Feuer wurde kurz von dem Reader überrascht, flammte dann höher auf. Ma Edith nahm eine Mappe aus dem Karton: »Westindisches Memorandum. Edith Penn-Best. Weg damit.«

So wurde ich Zeugin der definitiven Vernichtung von »Einwände gegen die Rechenmethode von Forbes für das karibische Gebiet«, »Notizen zur Schulreform 1959«, »Große Schritte, rasch nach Hause: Partizipationsprobleme«, »Entscheidung für die eigene Insel, Vor- und Nachteile karibischer Zusammenarbeit«, »Mao auf Martinique, Novelle«. Alles von Edith Penn-Best.

»Ich hätte gerne was davon gelesen«, sagte ich.

»O Gott, wieso denn das?«

»Einfach so. Interessant.«

Sie antwortete nicht, fütterte das Feuer.

»Ich werde heute versuchen, meinen Flug umzubuchen«, sagte ich.

»Bleiben Sie länger?«

»Nein, gerade nicht. Ich bin hier soweit fertig.«

Sie nahm »Kokosnüsse und Kinderfreuden« aus dem Karton und ließ das Feuer damit spielen. »Marcus ist in Sie verliebt.« Pause. »Er zeigt in letzter Zeit so großes Interesse an seiner Mutter.«

»Er macht sich Sorgen um Sie.«

Der Blick war vernichtend. »Bullshit.«

»Ich bin auch verliebt in ihn.«

»Aber Ihr Mann …«

»Das ist es nicht.«

»Ihr zwei seid zu alt für eine Urlaubsliebe.«

»Deshalb.«

Wir nahmen beide gleichzeitig einen Zug aus unserer Zigarette, inhalierten tief und bliesen den Rauch in Richtung Feuer. Mich ekelte vor der Zigarette und vor mir selbst, und ich warf die Kippe in die Flammen. Zu alt für eine Urlaubsliebe, aber alt genug, um zu wissen, wie schnell jedes Feuer verlöscht, ohne eine Spur zu hinterlassen. So war die Liebe von Ma Edith zu King nicht, daß sie verwehen konnte wie ein Blatt im Herbstwind. Die brannte wie ein Heidefeuer weiter. Sie begann *Jamaica Farewell* zu murmelsingen. Ich fiel beim Refrain mit der zweiten Stimme ein. »But I'm sad to say I'm on my way, won't be back for many a day, my heart is down, my head is turning around, I had to leave a little girl in Kingston Town.« Immer lauter und dann bei den letzten Tönen traurig ausklingend. Es hatte genau die richtige Trübseligkeit und Melancholie, war so richtig schön sentimental. Und mein Herz – das von Ma Edith wahrscheinlich auch, das kleine, giftig klopfende Herz in der rauhen Schale – füllte sich mit Wehmut.

»Wovor fürchten Sie sich?« fragte sie, als wir zu Ende gesungen und kurz gelacht hatten.

»Ich fürchte mich vor gar nichts«, log ich. »Ich bin furchtlos.«

»Keine Angst vor dem Tod?«

Ich dachte kurz nach, denn diese Frage, so banal sie auch sein mag, verdient eine ernsthafte Antwort. »Doch, ich denke schon«, sagte ich. »Ich tu nur so, als hätte ich keine Angst, aber vor dem Tod fürchte ich mich, wenn ich ehrlich bin, schon. Vor dem Sterben. Daß es schwierig ist. Daß ich allein bin. Auch vor dem Danach, obwohl das Unsinn ist, denn tot ist tot. Man weiß ja dann nicht, daß man tot ist.« Wishful thinking. Meine Angst war ja gerade, daß man es nur allzugut wissen und von ewiger Reue verzehrt werden würde. »Wer sich vor dem Tod fürchtet, fürchtet sich vor der Liebe, heißt es. Davor, daß er für immer verloren ist. Was auf den Tod zutrifft, aber nicht auf die Liebe. Wenn es doch nur umgekehrt wäre.« Ich grinste. Sah den Groschen nicht fallen und verdeutlichte: »Daß der Tod vorübergeht und die Liebe nicht.«

Ironie. Ach, ach, wie dünn dieser Schild wurde. Nicht, daß ich an Ma Ediths Schulter in Tränen ausbrechen würde, aber vielleicht würde etwas viel Schlimmeres passieren, vielleicht würde ich sagen, daß ich blieb.

»Hab ich Ihnen von Kings Tod erzählt? Wie er starb?« fragte sie.

Ich hoffte, daß sie es nicht noch tun würde.

»Jeden Morgen trugen Marcus oder Toussaint ihn auf das Bett hier auf der Veranda. Er war immer leichter geworden. Vogelknochen. Wir salbten ihm die Fersen und Hüften und den Po und die Ellenbogen ein. Legten ihm das Plaid über die Beine. Kissen in den Rücken. Blick aufs Meer. Er war kein Seemann, kein Fischer, er war ein Baumensch, aber er liebte das Meer. Dann fuhren die Jungen zur Arbeit, und ich saß neben King und wartete. Man sagt, daß Warten lange dauert, und das ist auch so. Während wir warteten, dauerte das Warten lange. Jetzt kommt es mir so vor, als hätten wir nicht lange zu warten gebraucht. Wir redeten ein bißchen, hielten uns bei der Hand.«

Ma Edith stocherte mit einem Stock im Feuer.

»Wir redeten über die Insel und die Jungen, manchmal auch über den Tod, so wie man über den Urlaub redet. Was man machen wird, wie es sein wird. Wir sprachen darüber, als bestünde kein Unterschied zwischen ihm und mir. Als gingen wir zusammen. Wie im Urlaub. Den wir übrigens nie gemacht haben. Sein Tod war mein Tod und umgekehrt, obwohl wir ganz genau wußten, daß er ging und nicht ich. Aber ich fühlte, wie der Tod seine Saat auch durch meine Adern schleppte, wie er auch in meinen Lungen, meiner Leber, meinem Gehirn seine Stecklinge pflanzte. In uns beiden wucherte erstickendes Krebsmoos, und wir atmeten beide den Modergeruch des Todes ein. Es wundert mich noch heute, daß ich in diesen letzten Tagen einfach aufrecht sitzen geblieben bin, Kings Hand in der meinen, während ich spürte, wie der Tod von seinen Zehen aus aufwärts kroch, eine Kälte verbreitete, gegen die kein Plaid mehr ankam, während ich hörte, wie unser Atem immer weiter oben blieb, gar nicht mehr die Lungen erreichte. Es war sehr still. Kein Wind. Sein Kopf lag tief im Kissen, sein Mund stand ein wenig offen, die Augen hatte er geschlossen. Wir waren so müde. So müde. Ich legte meinen Kopf neben seinen aufs Kissen. Es wurde still. Ich sah ihn an. So still. Er atmete ein. Aus. Dann zog der Tod ganz sanft das Leben aus ihm heraus. Der Tod enthüllte sich. Gleich neben mir. Es war ein Wunder. Ich warte noch immer darauf, daß King wieder einatmet. Mich einatmet.«

Ein Karton war leer. Sie zog den nächsten zu sich heran. Applaus, dachte ich. Ergriffener Applaus. Danke, daß du uns das anvertraut hast. And now for something completely different …

»Tja …«, sagte ich und schluckte. Schluckte. Und ich sah sie wieder vor mir, am Ufer des Styx: King und meinen Vater. King, der sich sehnsüchtig nach seiner Eurydike umschaute, die zurückblieb. Mein Vater, der den Blick stur auf die gegenüberliegende Seite gerichtet hielt. »Der Tod ist eine Verbannung.« Verbannung ist die Strafe für ein Verbrechen: »Der Arsch ist also tot.« Antonio konnte das vielleicht sagen. Aber es war nicht so leicht, einen Vater zu verbannen, der trotz allem *mein* Vater war. Ein wankelmütiger, zerrissener, abgetakelter Mann, der Angst säte, um der Angst Herr zu werden. Der schlug, um Schmerz zu empfinden. Der schrie, um die Stimmen zum Schweigen zu bringen. Das war zu verstehen, aber leben konnte man damit nicht. Meine Mutter begann in höheren Sphären zu schweben. Wir Kinder wehrten uns, jedes auf seine Art. Je älter er wurde, desto mehr fand er sich damit ab. Liebe mich. Diese Bitte an den richten, der am wenigsten dazu imstande ist. Liebe mich. Mein Vater war, das Jenseits herbeisehnend, mutterseelenallein gestorben. Es hatte niemanden gegeben, den er liebte. Niemanden, nach dem er sich umschaute. Niemand, nach dem er ausschaute.

»Ich geh dann mal«, sagte ich zu Ma Edith, die nicht den Eindruck machte, als hätte sie mich gehört.

»Man's love is in man's life a thing apart, t'is woman's whole existence«, sagte sie zu meinem Rücken.

Im Auto kam mir dieses letzte Zitat immer wieder in den Sinn. Mutige Ma Edith, nach vierzig Jahren Exil, vierzig Jahren Anderssein, war sie außerstande, den Sinn und die Sonne ihres Lebens, ihren King, gehen zu lassen. Die Liebe bekämpfte das Schicksal. Ihre Beharrlichkeit imponierte mir. Ohne die Liebe war ihre ganze Arbeit wertlos. Durch ihn hatte alles einen Sinn erhalten. Alles, was sie gemacht hatte, war Teil ihres Gesprächs mit ihm gewesen. Und über ihn mit der Welt. Als existierte sie als Individuum nur im Spiegel des anderen, durch ihn bestätigt, durch seinen Atem zum Leben erweckt. Und er durch ihren. Ihr Atem hatte nicht ausgereicht, er war tot. Ich fühlte Tränen in meiner Kehle brennen. Daß ich zu so etwas nicht imstande war, betrachtete ich plötzlich nicht mehr als eine Errungenschaft des Feminismus, sondern als jämmerliches Manko, als Gebrechen. Liebe. Egal zu wem oder was.

Es war machbar. Eine langnägelige Schönheit versenkte sich in eine längere Konversation mit dem Computer und wartete nach vielem Klickklacken mit einem günstigen Bescheid auf. Sie konnten mich unterbringen. Übermorgen würde ich im Flugzeug nach Hause sitzen. Übermorgen schon? Verdammt. Ich war kaum angekommen, da mußte ich schon Abschied nehmen. Tintin und Milou. Antonio. Ma Edith. Marcus. Sie hatten mich verändert, wenn ich auch nicht wußte, wie und in welchem Maße. Ich war derselbe Angsthase wie zu Beginn des Abenteuers. Hatte nur ein paar Leute kennengelernt. Hatte mich auf der Schwelle zu einer großen Liebe in meine eigene Gänsehaut zurückgezogen. Hatte mir die ferne Vergangenheit zurechtgebogen, um meine Gegenwart zu deuten. Konnte die Aufzeichnungen über Jacob Rivers, Fanny Fenwick und Plato in Ma Ediths Feuer werfen, ohne daß ein Hahn danach krähen würde. Vergeblichkeit.

Ich fand das *Piggelmee* ohne große Mühe. Die Gegend machte mir keine Angst mehr. Ich dachte sogar – Kunststück, wo ich übermorgen im Flugzeug sitzen würde –, daß ich mich auf der Insel eventuell zu Hause fühlen könnte, und ich entwickelte den dazugehörigen selbstverständlichen Gang, wodurch ich nicht mehr auffiel, mich nicht mehr vom Hintergrund abhob, sondern darin aufging. So einfach war das. Ich hatte das andere, das Unbekannte gekostet, gefühlt, von innen berührt, und es hatte sich als gar nicht so anders erwiesen. Mein Zuhause erschien viel unwirtlicher als diese traurige tropische Insel.

In der grünlichen Grotte fand ich den Konsul, der auf Antonio wartete. Die gespenstische Beleuchtung ließ ihn todkrank aussehen. Ein Strohhut mit schwarzem Band verbarg die schuppigen Stellen auf seinem Kopf. Er schien in dem beigen Anzug geschlafen zu haben. Seine Hände ruhten auf dem Knauf eines Spazierstocks, den er zwischen den Beinen aufrecht hielt. Antonio könne jeden Moment kommen, sagte er. »Please sit down, my dear, and keep an old man company.«

Ich setzte mich neben ihn, roch den schweren Duft viel zu süßlichen Aftershaves und rückte mit meinem Stuhl ein wenig von ihm weg.

»Ist es wieder zuviel?« fragte er.

»Wie meinen Sie?«

»Ich rieche fast nichts mehr. Da neige ich dazu, zuviel Eau de Toilette zu benutzen.«

»Das Zuviel ist nicht so schlimm. Es ist die Marke. Sie sollten einen leichten Duft nehmen. Mit einem Hauch Zitrone.«

»Säuerlicher alter Mann.«

»Ist es noch eine nette Party geworden?«

Er beantwortete meine Ironie mit einem schmalen Lachen, das kurz seine weißen Nylonzähne entblößte. »Ich habe Antonio zur Rede gestellt, weil er mir seine Vergangenheit in Europa verheimlicht hat.«

»Und, hat es ihn beeindruckt?«

Der Konsul verstand mich falsch und antwortete: »Er sagte, er sei wie ein Mustersklave behandelt worden.«

Er erläuterte das. Antonio sei sich wie ein Vorzeigeobjekt vorgekommen. Preistier. Halsband. Geschoren und getrimmt wie ein Pudel, der vor linken Freunden paradierte. Sie hätten ihn nie vergessen lassen, daß er schwarz war. Er sei auch der einzige schwarze Junge in der Schule gewesen. Sie hätten immer über seine Abstammung geredet, weil sie wollten, daß er sich seiner Wurzeln bewußt blieb. Und daß er stolz darauf war. Das habe er schon gewollt, aber nicht auf weißes Kommando. Er habe kein Referat über den Bau von Iglus halten dürfen. Er habe über die Sklaverei oder über Zuckerpflanzungen sprechen müssen. Der Konsul gackerte leise. »Und der Junge träumte davon, Ingenieur zu werden oder Kunsthistoriker, aber sie wollten ihn im tropischen Landbau haben. Oder in der Musik. Neger haben doch so ein herrliches Rhythmusgefühl.«

»So ein Quatsch. Das haben Sie frei erfunden.«

»Ich schwöre, daß er es so gesagt hat.«

»Wir haben alle unsere Geschichte. Und die entspricht nicht unbedingt der Wahrheit.«

Es wurmte mich, daß Antonio Fremden gegenüber nicht vorteilhaft über uns, also mich, gesprochen hatte. Ich wollte uns verteidigen, sah aber, daß der Konsul allzu großen Spaß daran hatte, Antonios Geschichte wiederzugeben. Er erfand alles mögliche hinzu, um mich zu ärgern. Alles erfand er. Er wußte, wie er mich am besten kränken konnte.

»O ja, wir haben alle unsere Geschichte, und wir lügen allesamt«, sagte er. »Aber manche Lügen weisen geradewegs auf die Wahrheit hin.«

Wir schwiegen eine Weile unruhig. Er sann auf neue Nadelstiche, weil er kein anderes Mittel hatte, die Welt dafür büßen zu lassen, daß er alt und krank war. Und daß es zu spät war für das offene Ausleben der Männerliebe, das jetzt viele Städte in der Welt rosa färbte. Zu spät. Ich suchte nach einem Weg, wie ich ihn loswerden konnte, sobald Antonio sich blicken ließ. Das letzte Gespräch mit meinem Bruder wollte ich mir nicht von einer falschen alten Tunte verderben lassen. Der Konsul bekam einen heftigen Hustenanfall, zog mit knochiger Hand ein großes, weißes Taschentuch aus seiner Hosentasche und schien vor Atemnot fast zu ersticken. Er lief so rot an, daß ich fürchtete, er könnte einen Schlaganfall bekommen. Ich holte ein Glas Wasser. Die drei Gäste an der Bar schauten interessiert zu. Es ratschte und pfiff durch seine Luftröhre. Die blaßblauen Augen quollen ihm aus dem Kopf und sahen mich flehend und verstört an. Eine zitternde Hand streckte sich wie ein winterlicher Zweig nach mir aus. Es legte sich. Er sank in seinen Korbsessel zurück, ließ den Kopf auf der Rückenlehne ruhen und wischte sich mit dem Taschentuch den Schweiß von der Stirn.

»Irgendwann geh ich noch dabei drauf«, keuchte er. Ein dunkler Fleck breitete sich auf seinem Hosenschlitz aus. Er merkte es nicht. Erst als er das Glas an die Lippen setzte, fiel ihm der Fleck auf. Er zog sein Jackett ein wenig darüber, schaute zu mir und sah, daß ich es gesehen hatte. Er schämte sich. Das Glas zitterte in seiner zitternden Hand, das Wasser schwappte beinahe über den Rand. Ich wandte mich ab, um ihm die Gelegenheit zu geben, ungesehen zu kleckern.

Im breiten Eingang sah ich Antonios Silhouette auftauchen, und ich ging auf ihn zu.

»Wimmle den Konsul ab«, sagte ich, »ich möchte mich allein von dir verabschieden. Ich reise übermorgen ab.«

»Ich dachte, du würdest länger bleiben.«

»Das dachte ich auch. Aber ich bin fertig.«

»Wir haben fast nicht miteinander geredet.«

»Macht nichts. Nicht mehr wichtig.« Ich war mir nicht bewußt, entschieden zu haben, daß es nicht mehr wichtig sei. Das rutschte mir einfach heraus.

»Ich muß den Konsul eben nach Hause bringen«, sagte er. »Fahr mit, wir gehen danach irgendwo was trinken. Okay?«

Wir gingen zum Konsul. Der saß schief zusammengesackt in seinem Sessel, das Glas Wasser war in seinem Schoß ausgekippt, seine Augen waren verdreht. Die Zunge hing obszön heraus.

Im Krankenhaus wurden Antonio und ich in ein Wartezimmer gebracht, während die Ärzte das Leben des Konsuls zu retten versuchten, obwohl sie nicht mehr viel dafür gaben. Ich dachte: Laßt es bleiben, es lohnt doch nicht.

»Er hatte einen furchtbaren Hustenanfall, kurz bevor du kamst.«

Antonio saß mit den Händen zwischen den Knien da und wartete inständig. Hatte bis dahin nicht viel gesagt.

»War er ein guter Freund?« fragte ich. »Sorry, *ist* er ein guter Freund?«

Antonio zog die Schultern hoch. »Er hat mich benutzt. Und ich ihn.«

»Wofür hat er dich benutzt?«

»Er war geil auf mich.«

»Und wofür hast du ihn benutzt?«

»Geld. Er hat meine Geschäfte finanziert.«

Das klang mir zu cool. Ein Stück von uns entfernt saß eine fünfköpfige Familie. Die Mutter schenkte Kaffee aus einer Thermoskanne ein, packte selbstgebackenes Bananenbrot aus der Frischhaltefolie aus und brach Brocken davon ab, die sie den anderen gab. Die hatten sich in aller Ruhe und Ausführlichkeit auf eine lange Wartezeit eingerichtet. Ein Patient kam summend vorüber, seine fahrbare Infusion wie einen Stab in der Hand. Die Hose rutschte ihm vom mageren Hintern. Zwei Krankenschwestern standen untätig herum. Antonio schaute alle naselang auf seine Armbanduhr.

»Weißt du noch, wie Papa dich auf dem Dachboden eingeschlossen hatte? Eingesperrt?«

Er sagte nichts, sah mich nicht an, aber ich spürte, wie er sich in sein Schneckenhaus zurückzog. Ich mußte da hindurchbrechen, jetzt, wo er nicht wegkonnte.

»Du warst dreizehn. Zwei Wochen hast du in der Kälte gesessen. Es war Winter. Um Weihnachten herum. Er brachte dir deinen Teller Essen, als wärst du ein Hund. Du solltest dich für etwas entschuldigen. Und das hast du nicht getan.«

»Ja, und?« sagte er stur.

»Als ich das mitbekam, hab ich gedroht, ihn anzuzeigen, wenn er dich nicht freiläßt.«

»Soll ich mich jetzt dafür bedanken?«

»Nein, nicht nötig. Warum hast du da gesessen?«

»Warum willst du das wissen?« Antonio schaute eine Weile zu der picknickenden Familie, dann wieder zu mir. »Ich weiß nicht mehr, warum. Er brauchte keinen besonderen Grund. Das seien Disziplinierungsmaßnahmen, sagte er. Ich war schwierig. Mein Wille mußte gebrochen werden. Ich hatte seinen Erwartungen gerecht zu werden.«

»Er bekam dich nicht in den Griff.«

»Dich schon.«

Antonio rieb sich die Hände, sah mich an, schaute von mir weg, machte Anstalten, etwas zu sagen, tat es dann doch nicht. Er spielte mit seiner Rolex. Ich wartete und versuchte ihn schon beinah mit telepathischen Ermunterungen zum Sprechen zu zwingen. Noch ein Blick, und dann kam es plötzlich. Es war seltsam, seine erwachsene Stimme zu einer Erinnerung aus der Zeit vor seinem Stimmbruch zu hören. Voice-over zu einem alten Film. Ich horchte zuerst verwundert auf den Klang.

»Ich weiß noch, daß ich einmal auf der Treppe saß«, sagte er. »Die Tür zum Wohnzimmer stand offen. Du warst da. Du warst vierzehn oder so. Dein Vater war da und dieser Freund von ihm, zu dem er aufschaute. Ein Therapeut, glaube ich. Der Ratschläge zu mir abgab. Mit dem hat er später Streit gekriegt. Wo Mama war, weiß ich nicht, bei ihrem I-Ging-Kurs wahrscheinlich. Das war zu der Zeit der großen Offenheit und der Experimente mit Beziehungen. Sie gingen auch manchmal zu Schlüsselpartys. Oder die Paare kamen zu uns. Weißt du das nicht mehr?«

»Verdrängt«, sagte ich. Tatsächlich, ich hatte es verdrängt, aber es kam in seiner ganzen Schmuddligkeit wieder hoch. Gekicher im Gästezimmer. Fremde Männer im Bad. Ich fürchtete, was jetzt kommen würde. Ich spürte, wie sich die klammen Wolken verdichteten, wie Kopfschmerzblitze aufzuckten.

»Sie hatten was getrunken, dein Vater und dieser Heini mit dem Rauschebart. Du hast Fernsehen geguckt oder so. Und da sagte dein Vater zu diesem Freund, daß du schon ganz schöne Brüstchen kriegtest. Du solltest dich zu dem Typ auf den Schoß setzen. Wolltest du nicht. Aber du mußtest. Dieser Bartaffe sagte, unser Körper sei nichts Schmutziges, dafür bräuchtest du dich nicht zu schämen, das sei alles ganz lieb. Lieb. Und dann hat er deine Brüste betatscht.

Ich hab mich zu Tode geschämt. Ich war neun. Ich bin in mein Zimmer zurückgerannt. Und ich hatte meine erste richtige Erektion.«

Mein Mund füllte sich mit Speichel, mein Magen verkrampfte sich. Nein, natürlich hatte ich das nicht vergessen. Ich hatte nur gedacht, daß ich es nicht richtig in Erinnerung hätte, weil ich eine Phantastin war, eine pathologische Lügnerin, wie Mama sagte. Ich hatte es mit noch schrecklicheren Erinnerungen zugedeckt, um mich von dieser ersten Erfahrung der Wehrlosigkeit abzulenken. Ich haßte diese geilen Erwachsenen, fand sie schmierig und schweinisch, und ich schämte mich. Auch für mich selbst. Dafür, daß ich so zu war. »In der Sexualität erlebst du dein vollkommenes und wahres Menschsein.« Damit wurden wir groß. Make love, not war. Wir sollten uns unsere kindliche Offenheit bewahren, und sie selbst versuchten die zu imitieren. Kinder sind unschuldig. Die Sexualität von Kindern ist wie die von Adam und Eva im Paradies. Hopp, weg mit den Feigenblättern. Sie hüpften nackt durchs Haus, nackt durch den Garten, nackt über den Campingplatz. Das triefte vor Verlogenheit. Das war viel schlimmer als Pornographie. Sie verstanden überhaupt nichts von Kindern, als wären sie nie selbst Kinder gewesen. Ich war als Kind nicht unschuldig. Ich war kein Paradieskind. Kein Blumenkind. Ich hatte immer eifersüchtige und hinterhältige Gedanken. Und solange ich mich erinnern kann, war mein Körper für mich eine Quelle des Ekels. Alles, was sich darin abspielte, geschah gegen meinen Willen. Ich fühlte mich dadurch gedemütigt, daß andere wissen konnten, was in meinem Körper vor sich ging, die Verdauung, die geheimen Ausscheidungen, die Gerüche. Ich schnupperte an meiner Unterhose, ich schnupperte an meinen Fingern, nachdem ich sie zwischen meinen Zehen hindurchgezogen hatte, ich probierte Rotz und Ohrenschmalz, und ich ekelte mich. Meine erste Menstruation war ein Tiefpunkt. Ich habe mich selbst entjungfert, indem ich mir mit

Gewalt und schluchzend vor Wut einen großen Tampon reinjagte. Damit ich nur ja das Blut nicht sah. Damit ich es nur ja nicht aus mir herausrinnen fühlte. Das Mittel war schlimmer als das Leiden selbst. Ich fühlte mich vergewaltigt. Am liebsten hätte ich nicht mehr existiert. Jedenfalls nicht so, wie ich war.

Das Paradies war eine Qual – das Nacktschwimmen im Sommer in Frankreich, das Fangenspielen, diese Anfasserei immerzu. Diese schrecklich unappetitliche, fickrige Erregung, diese abscheulich bleichen, leptosomen Männerkörper unter diesen Bärten, diese widerlichen baumelnden Geschlechtsteile. Und wenn sie sich bückten, diese Männer und Frauen, so daß sie einander in Arschloch und Ritze gucken konnten, struppiges Gebüsch. Folter war das. Ich saß immer in einer Ecke, und immer wurde ich von fröhlichen Erwachsenen daraus hervorgezogen: Los, komm, sei keine Spielverderberin. Diese lockeren Sprüche, mit denen sie die Welt zu reformieren glaubten. Der freie Sex. Mir war, als hinge den Männern permanent der Schwanz aus der Hose und als rammelten sie nur so drauflos, nagelten stöhnende Frauen fest, spießten sie auf, im Zelt, an den Zaun gedrückt, hinter den Campinglatrinen, im Wasser des Flüßchens. Zu wissen, daß mein kleiner Bruder Zeuge dieser schändlichen Freiheiten gewesen war und mit der ersten Erektion seines kleinen Pimmelchens voller Scham in sein Zimmer geflüchtet war, begrub mich unter einer Woge neuer Scham, aber auch Freude, weil es gerade die Zwiespältigkeit meiner eigenen Empfindungen gewesen war, die mich immer verwirrt hatte. Verlangen und Scham in einem. Damit soll man als Vierzehnjährige mal zurechtkommen. Oder als Erwachsene. Und diese verdammten Egoisten waren einfach drüber hinweggewalzt. Ich warf ein paar Türen zu. Das reichte erst mal wieder für eine Weile. Ich mußte kotzen. Schluckte. Schluckte.

»Ich weiß noch mehr«, sagte Antonio.

Ich schüttelte den Kopf. Lieber nicht. Aber er fuhr fort.

»Es war nicht in Frankreich. Es war zu Hause. Und er selbst ist es gewesen. Er hatte das Messer. Er hielt dich an den Haaren fest. Du hast geschrien. Er hatte dir das Messer an die Kehle gesetzt. Papa, nicht! Papa, nicht! Ich bin reingekommen. Ich hab's gesehen. Da hat er gerufen, daß es nur ein Scherz sei. Und er hat gelacht. Aber es war kein Scherz.«

Ein kleiner Junge, der zu der picknickenden Familie gehörte, war beim Spielen auf Abwege gekommen und purzelte gegen Antonios Beine. Antonio half dem Kind auf und streichelte ihm über den Kopf. Der Kleine rannte zu seiner Mutter zurück. Ich hatte keine Kinder. Antonio hatte keine Kinder. Bei uns hörte es auf.

In meinem Kopf zerbrach etwas. Es entstand ein Trichter, ein Strudel, in dem alles mögliche versank, als zerbröckelte eine Stadt am Rande einer Erdspalte. Ein Grummeln wurde laut. Ein Tosen. Meine Ohren waren zu, meine Augen nahmen die Welt nicht mehr wahr, der Druck in meinem Schädel wurde stärker, mein Herz explodierte, es glich einer Panik, aber es war das genaue Gegenteil, so wie Liebe und Haß völlig verschieden, aber in ihrer Heftigkeit nicht voneinander zu unterscheiden sind. Es war Wut: reine, explosive, furchterregende, schonungslose, vernichtende, ganz entsetzliche Wut. Ich wollte den Mund aufmachen und schreien. Ich mußte es rauslassen. Stückchenweise, in Wogen von Blut.

Der Notarzt, derselbe, der meine Kopfwunde behandelt hatte, kam, um uns zu sagen, daß der Konsul gestorben sei. Ich sah Antonio an. Die Tränen strömten ihm über die Wangen.

Jacob und Fanny

Fanny Rivers-Fenwick hat einen schwarzen Liebhaber. Sie fürchtet, daß Jacob es merken könnte, doch es ist eine so verbotene und abstruse Beziehung, daß selbst Jacobs eifersüchtige Phantasie nicht auf die Idee kommt. Obwohl Fanny die treue Ehefrau nach ihrem Dafürhalten sehr gekünstelt spielt, wiegt ihr schauspielerisches Talent sein Mißtrauen offenbar bei weitem auf. Plato ist nichts anzusehen. Oder ist sein Gang stolzer geworden und sein Blick unabhängiger? Anfangs beschränken sie ihre »Schäferstündchen«, wie Fanny es nennt, auf die Tage, da Jacob in der Stadt ist. Doch das halten sie nicht durch. Fanny kann an nichts und niemand anderen mehr denken als an Plato, und er sagt, ihm sei nie zuvor eine Frau so unter die Haut gekrochen. Sobald sie ihn sieht – und das geschieht schon frühmorgens, wenn sie um sechs Uhr mit Jacob zusammen auf der Veranda das Frühstück einnimmt und Plato aus seiner Hütte kommt, um die Pferde zu versorgen –, schießt heißes Begehren in ihren Schoß, fühlt sie ihre Brustwarzen hart werden und gegen den Stoff ihres Morgenmantels drücken, und ihre Hände zittern vor Verlangen nach seiner Haut, nach den festen Rundungen seines Gesäßes, die sie fordernd umfaßt, wenn er sie reitet und sie ihm den Rhythmus angibt. Und wenn sie ihm im Laufe des Tages begegnet oder ihn auch nur von weitem sieht, versagen ihr fast die Beine vor Begierde. Jacob kommt gut dabei weg. Er hat seine alte Fanny wieder, die Fanny von vor der Krankheit: glühend und heftig. Unersättlich scheint sie zu sein. Unnahbar auch. Mürrisch manchmal. Ihre Leidenschaft hat etwas Rücksichtsloses. Dem kommt er mit Worten nicht bei. Die Sehnsucht nach einem

Kind mache sie so, sagt sie. Ist das nicht schändlich? Sie muß schon bei Sinnen bleiben, denn Gott verhüte, daß sie beim Höhepunkt in Jacobs Armen nach Plato ruft, mein Liebster, mein herrlicher, lieber Liebster, mein schwarzer Prinz, mein schwarzer Hengst! Ja, ja! Mehr! Fester! Schneller! Tiefer!

Sie kann nicht verhindern, daß sie Vergleiche zieht, und dabei verliert Jacob, weil sie für ihn Freundschaft empfindet, für Plato aber eine unfaßbare, übermächtige Liebe. Liebe? Ja. Woher weiß sie, daß es Liebe ist? Was ist Liebe, Fanny Fenwick? Das entzieht sich mir, sagt sie. Ich weiß es nicht. Ich versuche mir Rechenschaft darüber abzulegen, was ich empfinde und warum, aber zeichnet sich wahre Liebe nicht gerade dadurch aus, daß sie sich nicht fassen läßt? Man kann alle Gründe dafür aufzählen, warum man den Mann, den man liebt, nicht lieben sollte, doch diese Worte werden stets von der wortlosen Hitze verbrannt, die das eigene Herz mit dem seinen verschmelzen läßt. Ich bin die weißglühende Spitze des Eisens, das auf seinem Amboß geschmiedet wird, versteh das doch. Er macht mich zu einem besseren Menschen, als ich es je war, ich bin ein besserer Mensch, als wenn er nicht in meiner Nähe ist, als ich sein werde, wenn er aus meinem Leben fortgegangen ist. Alle meine Talente werden von ihm angesprochen und erblühen in seiner Gegenwart, und zugleich schmelze ich dahin, ich gehe in Rauch auf und bin der Atem in seinen Lungen, der Schweiß in seinen Achselhöhlen, das Blut in seinen Adern, der Speichel in seinem Mund, der Samen in seinen Hoden, die Gedanken in seinem Hirn. Wenn ich ihn nicht sehe, existiere ich nicht. Ich werde erst in seinem Blick. Wo er mich berührt, werde ich Milch. Wo ich ihn berühre, sprüht er Funken. Oh, das nennst du Leidenschaft? Nicht Liebe? Hat Liebe nichts mit dem Körper zu tun, sondern mit dem Geist, dem Herzen, der Seele? Aber ich bete sein großes, warmes Herz an! Das fühle ich doch in seinen Händen schlagen, wenn er meine Wangen streichelt, in seinem Geschlecht, wenn er meine Beine auseinanderschiebt und meinen Fluß hinaufschwimmt. Ich verehre seine edle Seele, auf die das Böse nie Einfluß gewonnen hat. Ich bewundere seinen Geist, seinen Mut, seinen Stolz. Ist es jetzt genug? Habe ich jetzt bewiesen, daß ich ihn liebe? Nein, Fanny Fenwick, du beweist erst, daß du ihn liebst, wenn du ihn zu einem freien Menschen machst.

Sie suchen sich einen Ort, wo sie sich treffen können, von anderen ungesehen, wenn nicht jeden Tag, dann doch so oft wie nur möglich, zu unregelmäßigen Zeiten, denn eine feste Zeit fällt auf, und sie fürchten, daß Old Doll mit ihren Zauberkünsten und ihrer Wahrsagerei ohnehin schon erspürt hat, daß etwas ist zwischen der Mistreß und Plato. Es gibt auf der weitläufigen Plantage drei Orte für ihre Liebe: eine Höhle an einem verlassenen Strand mit schwarzem Vulkansand, die Ruine einer Hütte, in der ein Sonderling wohnte, dessen Geist noch umgeht, weil er Selbstmord begangen hat und keine Ruhe findet, und ein Eckchen im Pferdestall nahe beim Haus, hinter einer Trennwand, die Plato eigens aufgestellt hat, so wie Schmuggler einen doppelten Boden in ihren Koffern anbringen. Am liebsten liegt sie in der Höhle mit Blick auf das grüne, grüne Meer, auch wenn diese am weitesten entfernt ist.

Sie reden nicht viel miteinander. Worte sind eine Vergeudung der Zeit, die ihre Körper brauchen, um ein richtiges Gespräch zu führen. Fanny setzt einmal an, über die Zukunft zu sprechen, doch er verschließt ihr den Mund mit einem Kuß und sagt, es gebe keine Zukunft. Nur das Jetzt. Dieser letzte Satz ist eine dünne Schicht Zucker über der Bitterkeit, die in »keine Zukunft« steckte. Fanny ist den Rest des Tages betrübt darüber. Ihre Liebe hat keine Zukunft. Das will sie nicht. Sie hat ihn lieb und möchte für immer im Haus dieser Liebe wohnen, alle Tage ihres Lebens. Doch er hat recht. Sie werden den Pfad zur Höhle, zur

Ruine oder zum Pferdestall nicht dadurch austreten, daß sie dort bis ins hohe Alter dem Liebesspiel nachgehen. Sie werden nicht von der Plantage weglaufen, um anderswo von vorne anzufangen. Denn wohin er auch geht, die Miliz wird ihn hetzen, er hat keinen Freiheitsbeweis, keine Papiere. Und wo immer sie gemeinsam auftauchen, wird man mit dem Finger auf sie zeigen, die weiße Frau und den schwarzen Mann, und sie beschimpfen und ausstoßen. Sie werden aufhören, einander zu lieben, ganz allmählich, werden sich voneinander lösen, oder man wird sie entdecken und an den Schandpfahl stellen, sie verteufeln, foltern, verurteilen, hängen. Wohin sie auch blickt, wenn sie in die Zukunft schaut, sie läuft gegen eine Wand. Es sei denn, sie macht ihn frei.

»Es sei denn, du bist frei«, sagt sie am nächsten Tag. »Ich werde dir Geld geben, damit du dich freikaufen kannst.«

»Dann kaufst du mich.« Das will er nicht. Von der einen Sklaverei in die andere.

»Flieh nach England. Sobald du dort den Fuß an Land setzt, bist du frei. Ich komme nach.«

Er will nicht nach England. Er will nicht fliehen. Er ist auf eine Weise an Jacob Rivers gebunden, die Fanny nicht versteht. Sie solle damit aufhören, sagt er. Aber sie sinnt weiterhin auf eine Möglichkeit, wie sie ihn frei bekommen kann. Er könnte sich bei einem anderen Pflanzer als Aufseher verdingen. Einen Handel aufmachen. Und du, Fanny? Ziehst du dann zu mir? Sie weiß, daß es nicht geht. Aber sie weiß auch, daß sie nur dann ihre Liebe beweisen und ihr Bestand geben kann, wenn sie Plato frei macht und ihn gehen läßt. Warum muß sie unbedingt beweisen, daß Plato die Liebe ihres Lebens ist? Weil sie keinen Sklaven lieben kann, solange er Sklave ist. Liebe ist nur Liebe, wenn man sie in Freiheit teilt. Was sie jetzt mit ihm teilt, ist ein Vorschuß auf die Zukunft. Sie muß ihn frei machen. Oder aufhören, seine Geliebte zu sein.

Jacob schaut hin und wieder bei der Schule herein und ist dann voll des Lobs. Die Schule hat sich als gute Sache erwiesen. Seine Sklaven fühlen sich den Sklaven anderer Plantagen gegenüber als Elite. Sie arbeiten härter, sind ehrlicher, es blitzt wieder etwas Hoffnung in ihren Augen. Das schmeichelt einerseits seinem Stolz und belohnt ihn andererseits für seine Mühen: Die Plantage wird zu einem Musterbetrieb, wie er auf keiner anderen Zuckerinsel zu finden ist. Weil er aber selbst einsieht, daß das System ökonomisch und sozial unhaltbar ist, wird ihm andererseits immer klarer, daß ihm das Ganze jeden Augenblick unter den Händen zusammenbrechen kann, daß Quaco Adjoe sich gegen ihn wenden wird – mag er auch noch so gut behandelt worden sein. Er wird die Gefährten von anderen Plantagen unter seinem Kommando vereinen und Jacob und andere Pflanzer abschlachten. Abschlachten, so wie sie einem Huhn den Kopf abhacken, ohne den leisesten Gedanken an seine unsterbliche Seele. Es läuft besser denn je, doch sein Thron hat noch nie so sehr gewackelt. Vielleicht sollte er alle seine Sklaven befreien und sie dann gleich als Angestellte beschäftigen. Doch dafür fehlt ihm das Kapital. Zudem wäre diese Maßnahme so rigoros und dementsprechend verwirrend, daß weder die Sklaven noch seine Kollegen ihn verstehen würden. Man würde ihn im Stich lassen. Er sinnt auf eine Methode, wie er das Schicksal, das er täglich deutlicher vor sich sieht, abwenden kann. Er läßt den Samstagabendtanz wieder zu. Er weitet die Bewegungsfreiheit der Sklaven so sehr aus, daß sie sich beinahe frei zu fühlen beginnen. Das bringt ihm Dankbarkeit ein. Auch von Fanny.

Ihre blühende Schönheit erfüllt ihn mit Freude. Daß er die Hand dabei im Spiel hatte, erachtet er als formidable Leistung. Unter seiner Aufmerksamkeit und Liebe hat sie ihre volle Pracht entfaltet. Manchmal blickt er ihr vor Anbetung erschauernd nach, wenn sie mit einem Sonnenschirm über dem Kopf zur Schule oder wohin auch immer eilt. Ihre Arbeit auf der Plantage im Interesse der Sklaven hat sehr zum Erfolg des Betriebs beigetragen. Die Frauen vertrauen ihr. Die Kinder tragen sie auf Händen. Die Männer sind in ihrer Nähe lammfromm. Fünf Frauen sind jetzt schwanger. Die Politik der Förderung beginnt Früchte zu tragen. Und gerade wegen dieses strahlenden Glücks, dieser Fortüne, hinter der Jacob das zerstörerische Wirken der Zeit stetig voranschreiten sieht, beschleicht der tollkühne Wunsch sein Herz, selbst zu zerstören, was so vollkommen ist und doch keinen Bestand haben darf. Er will das Schicksal herbeizwingen. Wenn es denn sein muß, dann lieber gleich. Es ist noch schlimmer: Er möchte das Glück selbst zerschlagen, nicht, weil es ja doch unwiderruflich verlorengeht, sondern weil dieses Glück etwas Unerträgliches und Untragbares in sich trägt. Er fürchtet den Wurm im Holz so sehr, daß er das Holz lieber eigenhändig spaltet und anzündet. In ratloser Verzweiflung über diese widerstreitenden Gefühle galoppiert er über die Insel, an der schäumenden Brandung entlang. Eines Tages sieht er in der Ferne den Sonnenschirm seiner Frau. Einen Moment nur, dann ist sie fort. Was sie dort am Strand gemacht habe, so weit von zu Hause? Sie errötet, als er sie das fragt, hat aber eine Antwort parat.

»Wie teuer ist ein Sklave?« fragt sie kurz darauf und nimmt einen Bissen vom Lammhaschee.

»Das kommt darauf an«, sagt Jacob.

»Sagen wir, ein kräftiger Mann in der Blüte seines Lebens. Gut eingearbeitet. Folgsam.«

Er nennt den derzeit höchsten Preis.

»Eine kranke alte Frau ist demnach wenig wert.«

Er nickt. Das weiß sie doch.

»Old Doll kann sich also leichter freikaufen als Plato.«

»Das wäre nicht in ihrem Interesse. Was kann sie sonst? Wo soll sie wohnen?«

»Würdest du Plato gehen lassen?«

Er schaut von seinem Teller auf. Sie haben diese Diskussion schon des öfteren geführt, wenn auch in abstrakterer Form. »Plato will nicht fort«, sagt er. »Plato gehört zu mir.«

Sie beugt sich etwas tiefer über ihr Essen. »Ich habe gemerkt, daß er anders ist als andere. Manchmal glaube ich, du hast Angst vor ihm.«

»Ich, Angst vor Plato?« Jacob lacht. »Ach wo. Wir haben viel zusammen erlebt.«

»Erzähl doch einmal davon«, bittet Fanny. Sie bebt. Sie erschauert vor Spannung, lacht beinahe über ihre Kühnheit. Will über Plato reden. Gerade mit Jacob.

»Das ist alles Vergangenheit«, sagt Jacob. Er nimmt einen Schluck Wasser und sieht seine Frau an. Ein paar nasse Löckchen auf ihrer Stirn, Schweißglanz zwischen ihren Brüsten im Dekolleté. Ihr Mieder spannt. Sie ist schwerer geworden. Unter ihren Augen schwarze Ringe, als habe sie schlecht geschlafen. Ihre Lippen glänzen vom Fett. Sie leckt mit der Zunge darüber. Kleine Bewegungen. Er kann nicht genug davon bekommen, von diesen kleinen Bewegungen. Dieser verspielten kleinen Zunge, der Hand, die eine Haarlocke wegsteckt, dem verstohlenen Blick aus diesen delfterblauen Augen, dem Auf und Ab ihres Busen.

»Du solltest nach dem Essen ein wenig ruhen«, sagt er. »Du siehst müde aus.«

»Ich bin schwanger«, sagt sie.

Jacob hüpft das Herz in der Brust. Er ist glücklich. Den Bruchteil einer Sekunde später fürchtet er, daß dieses äußerste Glück die äußerste Katastrophe in sich birgt. Er weiß nicht, was er sagen soll, stammelt etwas, steht dann auf, schiebt den Stuhl zurück, hebt sie hoch und trägt sie ins Bett, kniet neben ihr nieder und vergräbt den Kopf in ihrem Schoß. Er weint. Er schluchzt, als wäre ihm ein schwerer Verlust angekündigt worden.

Fanny sitzt auf dem Strohsack hinter der Trennwand im Pferdestall. Sie hat Plato ein Zeichen gegeben und hofft, daß er rasch kommt. Doch Plato hat nie Eile. Ihm ist daran gelegen zu betonen, daß er nicht auf der Stelle spurt. Damit beweist er seine Unabhängigkeit. Fanny verunsichert das, sie kann nicht an die tiefe Liebe glauben, die er, seinen Worten nach, für sie empfindet, will stets weitere Beweise, stellt Ansprüche an ihn, die er zärtlich und geduldig zurückweist. Die penetranten Ausdünstungen vom Pferdemist schlagen ihr auf die Augen. Es ist warm und feucht im Stall. Jacob ist auf dem großen braunen Wallach zum abgelegenen Feld; die beiden Ponys, die vor den Karren gespannt werden, laufen frei auf der kleinen Weide; Platos Stute Selene, die eine Entzündung am rechten Vorderbein hat, steht unruhig im Stall und schnauft und scharrt. Dann schnaubt sie leise und wiehert. Plato kommt. Er streicht der Stute über die Nase, sieht sich die Schwellung am Bein an und erscheint dann hinter der Trennwand.

Ihrem bleichen, starren Gesicht muß er ansehen, daß etwas nicht stimmt. Doch sie zieht ihn erst an sich und küßt ihn mit aller Macht. Hastig entkleidet sie sich, während er seine drei ärmlichen Kleidungsstücke viel langsamer aufknöpft und auszieht. Er legt sich hin. Fanny bleibt stehen. Wie Säulen ragen ihre langen weißen Beine auf und treffen sich im dunklen Gewölbe ihres Geschlechts. Darüber rundet sich der kleine Bauch zwischen den wohlgeformten Hüften, und darüber wiederum hängen ihre vollen weißen Brüste mit großen, rosafarbenen Spitzen, weich und sahnig wie Festtagspudding.

»Siehst du es mir an?« fragt sie. »Schau genau hin. Siehst du es mir schon an?« Sie klingt nervös. »Ich bin schwanger«, sagt sie und beginnt zu lachen.

Sie legt die Hände auf ihren Bauch. Schwanger. Plato schüttelt den Kopf, als begreife er es nicht. »Was soll aus uns werden?« sagt sie.

Sie fällt auf die Knie. Das Töchterlein dort in ihr, das Klümpchen Mensch, eingenistet in ihrer Gebärmutter, der sicheren Höhle, immerfort wachsend, hat ein blondes und weißes Milchtöchterlein zu sein, doch vielleicht wird es einen Kopf voller schwarzer Löckchen haben und eine Haut in der Farbe von altem Rum. Sie liebt es. Sie liebt es schon jetzt so, wie sie niemand anderen liebt. Sie möchte es hegen und beschützen, doch sie wird es herausreißen müssen, abschneiden müssen, stückchenweise und in Wogen von Blut fortfließen lassen müssen. Denn wird es mit einer Haut in der Farbe von altem Rum geboren, wird man sie verurteilen, verstoßen, ächten. Und Plato hängen. Selbst wenn sie unter Tränen bekennen würde, vergewaltigt worden zu sein und sich zu sehr geschämt zu haben, um es früher zu beichten, und selbst vielleicht ungeschoren bliebe, was geschähe mit dem Kind und was, wenn herauskäme, daß Plato der Vater ist, und es würde herauskommen, denn wie schnell machten Klatschgeschichten und Gerüchte nicht die Runde, wie schnell wurde nicht eine vage Vermutung mit einemmal zum Beweis. Es ist zu gefährlich, das Kind zu bekommen. Du mußt Abschied nehmen von deinem weichen Fleckchen, meine süße Kleine. Meine liebe Kleine.

»Ich dachte, ich wäre unfruchtbar«, sagt Fanny. Sie flüstert: »Es muß weg. Hilf mir.«

Von den Sennesblättern bekommt sie Durchfall. Vom Sadebaumöl wird ihr noch unwohler als ohnehin schon. Dann versucht sie es mit der Flos pavonis. Ausschlag im Gesicht. Fieber. Und auch das geht wieder vorbei. Die Frucht klammert sich fest, gräbt sich ein. Sie mag diese Kämpferin, kämpft jedoch genauso erbittert darum, sie zu verlieren. Noch eine Möglichkeit fällt ihr ein: Sterben, und das Kind stirbt mit ihr in ihrem Schoß. Sie wird dem Tod entgegenlaufen. Ins Meer. Mit in den Unterrock eingenähten Steinen. Sie bringt den Mut nicht auf.

Das ratlose Rasen ihrer Gedanken ermüdet sie so sehr, daß sie manchmal in eine fast gleichgültige Leugnung der

Realität verfällt. Es könnte ja schließlich auch von Jacob sein. Solange sich das Kind nicht bewegt, vergißt sie hin und wieder die Unsicherheit, die Schwangerschaft. Doch solange es sich nicht bewegt, kann sie es auch noch loswerden. Deshalb darf sie nicht aufhören, an das Kind zu denken und es zu bekämpfen. Sie betet für den Tod als Ausweg. Eine andere Lösung gibt es nicht. Und zugleich muß sie Jacob das Glück vorspielen. Ihrem schauspielerischen Talent wird das Äußerste abverlangt.

Dann überlegt sie, daß sie das Kind bei der Geburt töten könnte, als wäre es nicht lebensfähig, als hätte sich die Nabelschnur um den kleinen Hals gewickelt – daher auch die dunkelblaue Färbung des kleinen Leichnams –, doch dann müßte sie bei der Geburt allein sein. Weit draußen auf dem Feld von Wehen überfallen werden. Ihr eigenes Kind töten. Sie schaudert, aber wo ist der Unterschied zu dem, was sie jetzt tut? Hätte sie sich doch nur nicht auf dieser Insel fangen lassen, mit dem Versprechen von Reichtum und Ruhe. Sie sehnt sich nach der lockeren Atmosphäre von Kaffeehäusern und Herbergen zurück. Nach John Fraser sogar. Sie wollte, sie könnte sich sicher sein, daß das Kind von Jacob ist. Doch die Liebe fügt es natürlich anders. Plato. Mein Liebster, mir stockt der Atem, wenn ich dich sehe. Wir sind verdammt.

Von dem Moment an, da sie fühlt, wie sich das Kind bewegt, weiß sie, daß sie verloren hat. Das Kind, das Leben, das blinde Leben, der Wille, geboren zu werden, der Wille, den Weg von der Dunkelheit ins Licht zu gehen und wieder in die Dunkelheit, so wie die Sonne ihre Bahn am Himmel beschreibt, ist stärker als der verfrühte Tod. Fanny fügt sich. Sie ergibt sich in das Schicksal. Sie liefert sich der Kraft aus, die sie als Instrument benutzt. Leben. Liebe. Was auch daraus folgen mag. Das läßt sie erstarken. Vom vierten, fünften Monat an macht ihre Schwangerschaft sie unbesiegbar.

Die Treffen mit Plato werden seltener und schwerer. Die Liebe büßt nicht an Stärke ein, birgt nun jedoch – was vorher nicht der Fall war – das Wissen um ihre verdammte Zukunft. Die Zärtlichkeiten sind weniger hastig und andächtiger, sein Mund an ihrer Brust saugt bedachtsam einen angenehm stechenden Schmerz in ihren Bauch. An ihm sieht sie, wie sich das Kind später dunkel von ihrer weißen Haut abheben wird, und ihr ist, als tränke ein Fremder ihre Milch. Er fordert sie auf, sich auf alle viere hinzuknien, sagt, sie sei seine geliebte, fruchtbare Geiß, streichelt ihren hängenden Bauch und ihre hängenden Brüste, schwer von Milch und Honig, und dringt sanft in sie ein, wiegt sie und ihr Kind auf seiner glänzenden Rute, sie tanzen zu dritt, der Vater, die Mutter, das Kind. Ihre Vulva stülpt sich rosa durchblutet, reich und feucht um ihn, und nie war ein Orgasmus so wogend und fließend und voll und das Echo bis tief in die Eingeweide der Erde spürbar. Jacob läßt sie nicht mehr an sich heran. Sie sagt, es sei aus Angst vor einer Fehlgeburt.

Jetzt, da Jacob Vater eines leiblichen Kindes wird – das Kind von Louise van der Palm war in seinen Augen nie etwas anderes als ein Inkubus, und das Kind in Sluis hat er schon fast vergessen –, fordert er das Schicksal heraus, das heißt den scheußlichen Dämon, der auf seiner Schulter mitreitet, ihm doch sein Glück abspenstig zu machen. Der Drang, sein Glück zu zerschlagen, hat sich vorübergehend in Übermut verkehrt. Hybris. Er regiert gegen seine Unruhe. Treibt die Sklaven an. Auch Plato gegenüber zeigt er nicht mehr diesen Anflug von Schuldbewußtsein, der ihre Beziehung beinahe ebenbürtig machte. Er schlägt beim Gehen wieder mit der Elefantenpeitsche gegen seinen Reitstiefel. Als die zwangsweise eheliche Enthaltsamkeit ihn nach einer anderen Frau gelüsten läßt, trägt er Plato auf, ihm eine vierzehnjährige Sklavin zu bringen, deren breiter, gieriger Mund mit großen weißen Zähnen und deren verlegener, aber brennender Blick ihm aufgefallen waren, und schämt sich nicht angesichts Platos stiller Mißbilligung. Sobald er sie beschlafen hat, schickt er sie aufs Feld zurück und steigt pfeifend auf sein Perd, das Plato festgehalten hat. Das Tier bäumt sich auf, und Jacob führt das auf eine plötzliche, ruppige Bewegung Platos zurück. Die Elefantenpeitsche knallt wie ehedem über den Rücken des Sklaven. Der Brief, den Jacob an Henriquez da Silva schreibt, ist selbstbewußt. Er macht Pläne für den Sohn, den Fanny ihm gebären und den er Dirk nennen wird.

Die Leute von Pelican Bay haben die Schwangerschaft der Mistreß zur Kenntnis genommen. Das Gerücht macht die Runde, das Kind sei nicht vom Herrn, sondern von Plato. Plato bestätigt das weder, noch widerspricht er, aber Old Doll schäumt vor Wut. Die Herrin sei unschuldig wie ein Lamm. Sie, die täglich in ihrer Nähe verkehre, müsse es ja wohl wissen. Sie weiß es in der Tat, wirft aber das ganze Gewicht ihrer Autorität in die Waagschale, damit die Gerüchte verstummen. Sie selbst wartet ruhig ab, bis sie ihr Wissen zu Geld machen kann. Wenn Plato in Ungnade fällt, ist für ihren Neffen der Weg zur höchsten Stellung frei. Es ist eine heikle Angelegenheit. Wenn das Kind da ist, und es ist blond, ist das Gerücht damit entkräftet. Ist das Kind da, und es ist dunkel, dann ist ohnehin die Hölle los. Sie muß also sehen, daß sie noch vor der Niederkunft ihr Schäfchen ins trockene bringt. Um Erfolg zu haben, muß sie weniger den Verdacht des Herrn auf seine Frau lenken, als ihn vielmehr vor Platos unheilvoller Passion für die unschuldige Fanny warnen. Plato sei bei ihr gewesen, um sich einen Zaubertrank und einen Obeah-Spruch zu besorgen, womit er die Herrin für sich gewinnen könne. Sie habe das empört abgelehnt. Plato sei verrückt vor Liebe, ein böser Geist habe Besitz von ihm ergriffen, es sei fürchterlich, was dieser Geist alles anrichten könne, sie habe das gesehen, sie habe besessene Männer gesehen, die wild zu morden begännen, mit Schaum vor dem Mund, rollenden Augen, um ihren Willen zu bekommen. Sie schnitten Kehlen durch wie Zuckerrohr. Summend bereitet Old Doll ihre Geschichte bis ins Detail vor.

Ada

Marcus schlief mit dem Arm auf meinem Bauch, dem Mund an meiner Schulter ein. Ich wagte nicht, mich zu bewegen, ich versuchte, mich in dem Moment einzuschließen. Sein Atem. Mein Atem. Seine Haut. Meine Haut. Seine Träume. Meine Träume. Ich sah die Wege, die wir beide gegangen waren, um hierherzugelangen, von meiner Geburt in Europa während der Kubakrise und seiner Geburt auf dieser karibischen Insel während des Ungarnaufstands an. Wie seltsam, daß sich diese Wege gekreuzt hatten. Aber andererseits, wie selbstverständlich. Hier lag ich in seinem Bett, in seinem Haus, in einer Stadt, der ich mich unaufgefordert hinzugefügt hatte. Ich hörte den Lärm des Viertels im Hintergrund, entfernte Musik, Stimmen, einen allzu frühen oder zu späten Hahn. Ich bildete mir ein, das Meer zu hören, doch das war eigentlich zu weit entfernt. Ich hörte meinen Herzschlag in den Ohren und als ganz leises Summen das Geräusch des Knalls, mit dem alles Seiende entstanden war. Es war der Ventilator, der uns Kühle zublies. Wenn ich auf dieser Calypso-Insel bliebe, würde er sich dann immer so an mich schmiegen, würden wir nach den Alltagsmühen blindlings zueinanderfinden in der Nacht und in der Liebe, Woche für Woche, Jahr für Jahr? Würden wir die Gewöhnung aushalten? Würde mich auch nach zwanzig Jahren noch der Anblick seiner Finger und Hände freuen, die pochende Ader wie ein gewundener Fluß auf seinem Geschlecht, das dunkle Muttermal auf seinem Schulterblatt, wo King seine Farbe ausprobiert hatte. Ja, da war ich mir sicher. Ja. So wie man eben manches mit Sicherheit weiß, obwohl man sich lieber etwas vormachen würde. Ich schlief ein. Es war die tausendunderste Nacht unseres Zusammenseins.

Ich tat, als schliefe ich, als er leise aufstand, um zur Toilette zu gehen. Es war hell. Er hatte nachts, ohne daß ich es gemerkt hatte, den Ventilator abgestellt. Die Luft war still und schwer. Der Hahn hörte nicht auf zu krähen: Endlich Tag. Ich legte mich so zurecht, daß er mich mit Zärtlichkeit betrachten konnte, wenn er zurückkam. Die Schlafzimmertür stand offen und bot einen Blick ins übrige Haus. Ich machte die Augen wieder zu. Mit klopfendem Herzen folgte ich im Geiste seinen Bewegungen. Ich hörte, wie er weit entfernt in der Küche Wasser aufstellte, die leeren Flaschen und Gläser aus dem Wohnzimmer holte, den Kühlschrank auf- und zumachte, etwas in ein Glas einschenkte. Ich sah vor mir, wie er trank, wie sich seine Kehle bewegte, wie er das Glas hinstellte und kurz gedankenlos sein Geschlecht berührte, sich in den krausen Kommas und Kringeln seiner Brusthaare kratzte, die Kleider, die im Zimmer verstreut lagen, aufhob und auf einen Stuhl legte, sich reckte, gähnte, und die ganze Zeit über prägte ich mir den Geruch des Hauses ein, damit ich ihn nie vergaß. Ich machte in meinem Gehirn eine spezielle Nische frei, in der ich dies alles aufbewahren konnte, eine geräumige, hübsche Nische mit schöner Beleuchtung, eine Vitrine für meine gefundene und verlorene Liebe, mit einer Tür, die ich leicht öffnen könnte, damit ich ihn – zurück in Amstelveen – hin und wieder geräuschlos herausnehmen und hätscheln konnte.

Er kam mit Tee herein, stellte einen Becher auf das Tischchen meiner Bettseite, küßte mich auf die Wange und flüsterte »Tee« in mein Ohr. Ich wachte so schön auf, wie ich nur konnte, mit schmetterlingshaft blinzelnden Lidern, dem noch weit entfernten Wo-bin-ich-Blick, dann ein Lächeln, eine träge Bewegung meiner Hand zu seinem Kopf, ein Streicheln, sanft: »Danke«. Er blieb auf der Bettkante sitzen und sah zu, wie ich meinen Tee trank, mit einer so intensiven Aufmerksamkeit, als wäre ich ein krankes Kind.

»Ich reise morgen ab«, sagte ich. »Nach Hause.«

»Ich dachte mir schon, daß es so was sein würde.« Ich bildete mir ein, daß Enttäuschung in seiner Stimme mitschwang.

»Ich bin fertig mit meinen Recherchen«, sagte ich.

Er nickte. »Was hast du herausgefunden?« fragte er. »Was ist deine Schlußfolgerung?«

»Ich bin jetzt soweit, daß ich sowohl für Jacob als auch für Plato ein Motiv konstruiert habe.«

»Und hast du Beweise?«

»Beweise? Nein. Hinweise.«

»Was ist das Motiv?«

»Liebe.«

»Crime passionnel.«

»Nicht so, wie du denkst. Nicht das Töten einer Geliebten. Sondern das Töten der Liebe. Nicht Fanny war die Zielscheibe, sondern die Liebe zu Fanny.«

»Ist das für beide das Motiv?«

»Ja, das glaube ich.«

»Weit hergeholt. Und es nützt uns nicht viel. Hätten sie da nicht besser jeder für sich Selbstmord begehen können?«

»In gewissem Sinne haben sie das ja auch getan.«

»Warum mußte die Liebe sterben?«

»Das weiß ich nicht. Dafür läßt sich kein triftiger Grund anführen. Es mußte einfach sein.«

»Warum denkst du das?«

»Das weiß ich nicht. Ich glaube, es mußte sein. Das Schönste, Kostbarste, Zerbrechlichste muß zerstört werden, denn es geht dir an die Gurgel, überwuchert dich, erstickt dich, träufelt dir tagtäglich den bitteren Geschmack von Unvollkommenheit ins Herz.« Ich stockte, hielt den Atem an. Ich hatte mich verraten.

Er sah mich an, einen Mundwinkel zu einem nachsichtigen Lächeln hochgezogen. »Romantikerin.« Er tippte mit dem Finger an meine Nase, zog das Laken weg, beugte sich vor, um meine Brüste zu küssen. Ich schob seinen Kopf weg. Er legte sich neben mich, die Hände auf dem Bauch gefaltet.

»Warum reist du früher ab als geplant?«

»Das sagte ich doch. Ich bin fertig mit meinen Recherchen.«

»Da steckt mehr dahinter«, sagte er und stützte sich auf seinen Ellenbogen. »Was ist mit dir?«

»Nichts. Was sollte sein?«

»Dieser letzte Abend bei Gabriel. Da ist etwas mit dir passiert. Und vorgestern, als du abends zurückkamst, warst du ganz durcheinander.«

»Wir wollten nicht darüber reden. Über die Vergangenheit.«

»Hat es mit deinem Mann zu tun?«

»Es hat hauptsächlich mit mir zu tun.«

Mit professioneller Geduld wartete er, bis ich fortfuhr.

»Wenn ich länger bleibe, bleibe ich für immer.«

»Und das möchtest du nicht.«

»Es sollte eine kurze Geschichte bleiben.«

Er nickte. Der Meinung war er offensichtlich auch. Er hätte ruhig etwas mehr protestieren können. Und sei es nur der Form halber.

»Eine hübsch abgerundete, kurze Geschichte. Keine Verpflichtungen. Kein Bedauern«, sagte ich.

»Keine Liebe.«

»Bevor es nicht wiedergutzumachen ist.«

»Kein Vertrauen.«

»Was meinst du?«

»Eine kurze Geschichte braucht nicht oberflächlich zu sein. Warum vertraust du mir nicht?«

»Ich vertraue dir doch.«

»Für wen hältst du mich?« Irritation.

Es drohte Streit. Ich streichelte ihn. Er wehrte mich ab.

»Suchst du Streit?« fragte ich. »Fühlst du dich in deiner Männlichkeit gekränkt?«

Meine Ironie kam schlecht an. Er stand abrupt auf. Kurz danach hörte ich die Dusche. Das Wasser prasselte vorwurfsvoll auf das Emaille des Duschbeckens nieder. Es war unser letzter Vormittag. Jetzt war sowieso alles egal, ob ich nun im Staub kroch, ob ich den Boden leckte, den seine Füße berührten, ob ich in tiefer Demut den Kopf beugte, um eine Abreibung zu beziehen. Liebe mich. Liebe mich. Aber Liebe muß bezahlt werden, Ada. Leg's schon mal auf den Nachttisch. Die Liebe muß im voraus mit Vertrauen und Offenheit bezahlt werden. Liebe darf nicht verjagt werden. Liebe verlangt alles. Keine Zurückhaltung. Keine Angst.

Am nächsten Tag würde ich im Flugzeug sitzen und alle diese Momente würden zu einem Schleier von Vergangenem verfliegen. Genau gesehen existierte diese Szene nicht, wurde sie mit Wasser auf Wasser geschrieben. Alles, was ich dem hinzufügen würde, mein freier Ausdruck in Wort und Gebärde, würde im selben Moment Erinnerung sein. Meine Erinnerung. Und ich war Expertin im Einpacken und Wegstecken von Erinnerungen.

Mit einem Herzen, schwer wie eine Bowlingkugel, ging ich zur Dusche, wo sich Marcus hinter dem Vorhang einseifte. Ich schlüpfte zu ihm, schlang die Arme um seinen glatten, nassen Leib, ließ mir das Wasser auf Kopf und Schultern regnen.

»Es tut mir leid«, sagte ich. »Ich bin eine Idiotin. Ich meine gar nicht, was ich sage. Ich mache alles kaputt.«

Es dauerte ein Weilchen, bis er seinen Ärger fahren ließ. Ich mußte noch einige versöhnende Liebesbeweise springen lassen. Ich mußte ihm in den Hals beißen, das Ohr lecken, ich mußte in die Knie gehen und, beinahe in den Wasserstrahlen ertrinkend, seinen Schwanz, der die Ernsthaftigkeit und Strenge längst eigensinnig Lügen strafte, in den Mund nehmen und mit endloser, tiefer Andacht sachte in mich hineinsaugen und mit der Zunge umspielen. Auf dem Höhepunkt unseres letzten Liebesspiels wurde mir bewußt – im nachhinein betrachtet natürlich, denn mit Denken war nicht viel –, daß die Form der Liebe, die wir praktizierten, die Liebe, die losgelöst ist von der Zukunft, die keine Verpflichtungen kennt, die man in absoluter Freiheit und Gleichheit vollzieht, daß diese Liebe eine höhere Form von Einsamkeit ist, bei der Einsamkeit kein Defizit, sondern eine Qualität ist, die nicht gelitten wird, sondern gefeiert. So etwas kann man nur in einem Moment rigorosen Abschieds erleben. Ich stand zusammengestaucht in der Dusche, den Kopf schief gegen die kalten, nassen Kacheln gedrückt, umklammerte wie ein Äffchen seinen Hals, hing im Duschvorhang, der von seinen Ringen riß, lag weit geöffnet für seine Hände, seine Zunge, sein pochendes Geschlecht in den nassen weißen Plastikfalten. *Lord Jesus, have mercy on me.*

Milou hatte ein ganz kleines Stimmchen am anderen Ende der Leitung. Ich dürfe schon kommen, aber ich würde nicht viel von ihnen haben. Tintin sei nämlich krank. Und wenn ich käme, ob ich dann vielleicht Mangobaisers aus der Konditorei mitbringen könne, die möge er so gern, das heitere ihn vielleicht auf, denn, ach, wissen Sie, Ada, es ist nicht so sehr eine Krankheit aus dem Buch vom Onkel Doktor, sondern eher eine Art tödliche Müdigkeit eines Geistes, der übersensibel ist für das Leid der Menschen, der sein tiefes Mitgefühl auf alles Lebende verströmt, so daß er leer zurückbleibt wie eine Mutterbrust nach dem Stillen eines Zwillings, oder ist das bei einem Mann ein komischer Vergleich. Und wenn sie keine Mangobaisers hätten, dann einen bleischweren, triefenden Rumcake mit Rosinen. Ich brachte sicherheitshalber beides mit.

Der Himmel war bedeckt. Es war der Beginn der stürmischen Jahreszeit. Möglich, daß ein tropischer Regenguß bevorstand. Der Boden verlangte danach und hatte sich schon in breiten, trockenen Rissen geöffnet, um den Regen tief eindringen zu lassen. Das Meer wurde von weither von der gigantischen Drehbewegung eines Tiefs aufgewühlt und vorwärts getrieben. Auf den Wellen standen Schaumkronen. Einige Segelboote ackerten und stampften gegen den Wind an, das Wasser stob über die Gangborde und sprühte über die Kajüte, die Segel waren gerefft und festgezurrt. Die kleinen Häuser mit ihren abblätternden Farben Terracotta, Türkis und Grün waren nicht mehr so pittoresk wie im Sonnenschein, sprachen von Armut und einem Leben von der Hand in den Mund und von Tag zu Tag. Dazwischen fiel mir sogar unter dem grauen Himmel ein frisch gestrichenes, leuchtendes, knallrosafarbenes Häuschen auf, so ein richtig schnuckliges Häuschen, tiptop in Schuß, der kleine Garten mit blühenden Blumen und Gemüse gefüllt, und eine Frau, die darin arbeitete. Virginias Mutter.

Tintin krank, der Konsul tot, Ma Edith, die dabei war, die Spuren ihres Lebens zu tilgen: Wohin ich kam, legte sich ein Fluch auf die Menschen. Wie eine böse Fee berührte ich die Alten und Schwachen mit meinem Zauberstab. Und wenn die Köpfe fallen, da sag' ich: Hoppla! Wie ich immer alles kaputtmachte. Mich selbst eingeschlossen. Tja. Wenn es denn keine Liebe geben konnte, dann eben den Tod. Machte doch keinen Unterschied.

Die Nichte von Tante Lettie, mit den Perlenzöpfchen, öffnete das Tor und ging mir voran ins Haus. Herr da Silva habe das öfter, sagte sie. Meistens sei er nach ein paar Tagen wieder darüber hinweg. Größere Sorgen mache ihr Frau da Silva. Die nehme sich die Krankheit ihres Mannes so sehr zu Herzen.

Die sagenhafte Aussicht war jetzt grau in grau, wie eine Bleischürze, und erinnerte an die Nordsee an einem trüben Sommertag. Milou trug ein lila Kostümchen mit dunkellila Applikationen auf dem Revers. Sie hatte schwarze Strümpfe mit Naht an und kokette schwarze Slipper mit einem kleinen Absatz. Ich wunderte mich über die für Milou ungewöhnlich frivole Kleidung, doch sie nahm mir gleich etwaige falsche Vorstellungen und sagte, es sei Tintins Lieblingskostüm und sie trage es nur, um ihn aufzumuntern. Sie besitze es schon viele Jahre. Kurz nach dem Krieg bei Bergdorf Goodman in New York gekauft, eine Zeit guter und trauriger Erinnerungen. Oh, Baisers *und* Rumcake!

Tintin lag im Bett. Seine braunen Augen mit einem hellgrauen Altersschleier darüber sahen stumpf aus, aber das Lächeln, mit dem er mich begrüßte, war regelrecht spitzbübisch.

»Da ist ja unsere Historikerin«, sagte er. Er wußte natürlich längst, daß ich das nicht war. Tintin, alter Jude, schien der Inbegriff eines müden, aber auch sehr barmherzigen allwissenden Gottes. Er legte die Hände, krumm und dürr wie die Wurzeln eines alten Baums, auf die Baumwolldecke und verschränkte seine Finger. Milou zog einen Stuhl für mich heran, drückte mich darauf und setzte sich selbst auf ihre Seite des Bettes.

»Tintin, du sollst deine Hände nicht so hinlegen«, sagte sie. »Das ist ja, als wärst du aufgebahrt.«

»Das macht es doch einfacher für dich. Da brauchst du sie nicht mehr zu falten, wenn du mich herrichtest.«

»Hast du schon mal die verschränkten Hände eines Toten gelöst, um ihm sein Totenhemd anziehen zu können? Nein. Na, das ist eine Heidenarbeit. Also, wenn du es mir leichter machen willst, leg die Arme einfach an deine Seiten.«

»Auch gut«, sagte Tintin und legte die Hände an die Seiten. Er zwinkerte mir zu, als tue er damit seine ganze Krankheit ab und beteilige mich quasi an einem Komplott, das dazu dienen sollte, Milou einen gehörigen Schrecken einzujagen.

»Sie möchte uns darüber Bericht erstatten, zu welchen Erkenntnissen sie gelangt ist«, sagte Milou mit Nachdruck. »Ist das nicht nett?«

Milou gehörte zu der unausstehlich gesunden Sorte Mensch, die jeden Kranken sofort wie ein Kind oder einen Schwachsinnigen behandelt. Sie strich imaginäre Falten glatt, zupfte Tintin zärtlich das Haar zurecht, das ein wenig hochstand, und machte mir unzweideutig jedes bißchen Aufmerksamkeit streitig, das Tintin mir zu schenken drohte. Sie erstickte ihn mit ihrer Fürsorge. Wenn irgend etwas Tintins Gesundung förderte, dann der sehnliche Wunsch, von Milous Heckmeck verschont zu sein.

»Das nicht allein«, sagte ich, »ich komme auch, um mich zu verabschieden. Ich reise morgen ab.«

Ihr Entsetzen schmeichelte mir. Tintin und Milou wechselten einen bestürzten Blick. Milou fing sich als erste.

»Das ist mir ja 'ne schöne Geschichte«, sagte sie mit einem Stimmchen, das so präzise und scharf war wie ein Skalpell. »Da beginnen wir uns gerade an Sie zu gewöhnen, und schon hauen Sie wieder ab. Ich hatte das schon befürchtet, aber Tintin war ja so angetan. Tintin ist schnell angetan. Na gut, Undank ist der Welt Lohn. Sonderlich überraschen kann mich die Menschheit weiß Gott nicht mehr. Aber Tintin gegenüber finde ich das krude.« Fehlte nur noch, daß sie ihn einbezog und »nicht wahr, Tintin?« sagte.

Tintin blickte ein bißchen geniert, zupfte am Laken. »Aber Milou, wir wußten doch von vornherein, daß sie nicht lange bleiben würde. Daraus hat sie doch nie einen Hehl gemacht.«

»Sie wollte erst nächste Woche abreisen. Das hat man nun davon, wenn man Kopien herausgibt. Jetzt kann sie früher weg. Das ist respektlos. Ja, das finde ich. Hopp, geschnappt und ab damit. Erst schmeicheln und Honig um den Bart schmieren, und wenn sie uns an der Angel hat, läßt sie uns fallen. Glaubst du denn wirklich, daß ihr etwas an Nidhe Israel liegt? Glaubst du das wirklich? Sitzung in Amsterdam! Von wegen. Aber du mußtest sie ja unbedingt im Vorstand haben. Du alter Lüstling.« Milou verlegte das Objekt ihrer Empörung mit spielender Leichtigkeit von mir auf Tintin.

Tintin bohrte unterdessen in der Nase. »Bist du fertig?« sagte er, während Milou Luft holte, um dann die Schalen ihres Zorns erneut über mir auszugießen. Sie lief leer wie ein Ballon, ganz klein in ihrem lila Kostüm. Das Nylonhaar war plötzlich zu weit und hing ihr wie eine Donnerwolke um den Kopf.

Tintin wandte sich mir zu. »Erzählen Sie mal, was Sie herausgefunden haben. Konnten Sie die Wahrheit ertragen?«

»Ich bin noch dabei, zu ihr vorzudringen«, sagte ich. »Aber ich tue das zögernd und umsichtig. Das schreckliche Gesicht Gottes verbirgt sich im Detail, das man so leicht übersieht.«

Milou streckte den Kopf wieder aus dem applizierten Kragen ihres Kostüms hervor. Schildkröte mit Perücke. Sie drohte mir mit dem Finger: »Daß Sie's nur wissen!«

Ich informierte sie über mein Ringen mit Jacob und seinem Engel. Für die Rekonstruktion seines Lebens hätte ich nicht viel mehr gehabt als seine exaltierten Briefe an Henriquez da Silva, der meiner Meinung nach nur eine untergeordnete Rolle in Rivers' Leben gespielt habe. War Milous Gesicht Erleichterung oder Enttäuschung abzulesen? Ihr Verwandter sei der Resonanzkörper, der ergebene Freund gewesen, nach dessen Wohl und Wehe nicht gefragt, dessen Treue aber für selbstverständlich gehalten worden sei. Mir sei der Unterton der Ungleichheit aufgefallen. Daß bei da Silva Dankbarkeit für das Vertrauen, das man ihm schenkte, vorausgesetzt worden sei. Ich hätte daraus geistige Distanz abgelesen. Es hätte mir Unbehagen verursacht. Ich schämte mich für Jacobs Ton. Es sei ebenjener Ton, in dem ein Weißer auch heute noch sagen könne, daß er Surinamer (oder Türken oder Marokkaner) so viel herzlicher und wärmer finde als Menschen aus dem Westen. Bewunderung, die keine Bewunderung sei, sondern Neid. Neid, der kein Neid sei, sondern Verachtung.

»Ja, ja, das kenne ich«, rief Milou begeistert. »Wir werden auch oft so behandelt, nicht, Tintin? Diese sympathischen, interessanten Juden. Sie wollten alle Freunde unseres Leids werden. Aus Sensationslust und falschem Mitleid. Jew lovers! Neidisch auf unsere besondere Stellung. Ganz wild auf Opfer. Eine verkappte Wiedergutmachung, für die wir dann wieder dankbar sein sollten, weil ihnen persönlich natürlich nichts vorzuwerfen war, aber eigentlich war es schlichtweg eine Fortsetzung der althergebrachten, gönnerhaften Variante des Antisemitismus.«

»Israel gründet darauf«, sagte ich. »Israel baut darauf.«

Das trug mir einen geschnalzten Rüffel ein. Lassen Sie Israel aus dem Spiel!

»Nein, im Ernst«, sagte ich. »Die Welt spaltet sich entlang der Linie von Tätern und Opfern. Aber es gibt Opfer ohne Täter und Täter ohne Opfer.«

»Was meinen Sie denn damit nun wieder?«

»Es ist die Position, für die man sich im Leben entscheidet. Als Mensch. Als Volk. Israel will nicht mehr Opfer sein, nie mehr. Die Israelis leiden jetzt unter der Täterschaft. Und hierzulande haben die Urenkel der Sklaven unbewußt ihre Opferrolle nie aufgegeben, aber die Täter sind längst tot, was immer sie auch behaupten. Und wenn Sie von der Gönnerhaftigkeit des sensationslustigen Mitleids reden, dann schauen Sie sich erst mal die pazifistischen Humanisten an, die überall lindernd die Hand reichen und überall mit ihrer salbungsvollen Botschaft von Freiheit und Demokratie daherkommen.«

»Unbewußt?« fragte Milou.

»Aber wenn ich es recht verstehe«, sagte Tintin, der zum eigentlichen Thema zurückwollte, »sind Sie der Meinung, daß Ihr Urgroßonkel, an den Maßstäben seiner Zeit gemessen, trotz allem ein aufgeklärter Geist war.«

»Das ist nun gerade mein Problem«, sagte ich. »Ist das das Ziel meiner Nachforschungen über Jacob Rivers? Ihn nach den Maßstäben seiner Zeit zu beurteilen und demnach auch nach den Maßstäben meiner Zeit? Denn einen Vergleich zieht man unweigerlich. Das ist eine seltsame Forderung: Den Menschen nach dem zu beurteilen, was er in seiner Zeit kennen und wissen und empfinden konnte. Klingt plausibel und nobel, ist aber falsch. Das eigene Urteil sorgfältig wegretuschieren! Keine zu hohen Ansprüche an den Neanderthaler! Das hat viel von dieser Gönnerhaftigkeit der helfenden Hand. Ich kann objektiv berichten, aber es schleicht sich ein Urteil hinein, so unsicher und unentschieden es auch sein mag. Bei allem Wissen und aller Relativierung, die ich hineinstecke, bleibt meine Vorstellung vom Ablauf des Geschehens doch eine Phantasie. Ich urteile, beurteile, verurteile, berücksichtige dabei alles, was ich nur berücksichtigen kann, gelange aber letztlich zu einer Phantasie. Einem Hologramm. Jacob Rivers hätte zu seiner Zeit sehr wohl anders denken können, als er es tat. Er hätte seiner Zeit voraus sein können. Woher wissen wir, wie jemand denkt. Aus seinen Briefen? Dokumenten? Aus seinen Tagebüchern? Seinen Handlungen? Wir wissen nie, wie jemand denkt. Nie. Nie, nie. An sich ist das auch gar nicht so schlimm. Jeder weiß, daß es so ist. Aber jetzt, da ich auf der Suche nach einer simplen Wahrheit bin, nämlich, wer Fanny Fenwick tötete, stehen mir die Unsicherheitsrelationen im Weg. Plato wird vom Rechtssystem seiner Zeit verurteilt, und Jacob wird vom Rechtssystem meiner Zeit verurteilt, Systeme, die eben wegen ihrer Abhängigkeit von einem diffusen Zeitgeist beide nicht zu den Tatsachen vordringen können. Recht walten lassen können. Das ist die Forderung der Opfer. Zuerst Recht walten lassen, dann kann jeder seine Position aufgeben. Die des Täters. Die des Opfers. Ich weiß nicht, was rechtmäßig ist.«

»Halt, halt«, sagte Tintin und setzte sich auf. Ein graues

Haarbüschel stand keck in die Höhe. »Nicht so schnell. Das Recht ist blind. Nun ja: kurzsichtig. Das ist nicht das Problem. Das Problem ist, daß es keine Fakten gibt. Unzureichende Fakten jedenfalls. Und daß gerade in dem Moment der Zeitgeist in die Bresche springt. Faktum ist nur, daß Fanny Fenwick mit durchgeschnittener Kehle und aufgeschlitztem Bauch gefunden wurde. Der Rest ist ›circumstantial evidence‹. Seinerzeit führte das zu einer Verurteilung Platos, und heute führt es zu einer Verurteilung Jacobs. Das spricht lediglich gegen die Billigung einer ›circumstantial evidence‹ in einem Gerichtsverfahren, weil wir, ohne uns dessen bewußt zu sein, zu sehr vom beschränkten Blick der eigenen Zeit geleitet werden. Manchmal sogar so sehr, daß wir ›circumstantial evidences‹ als harte Fakten ansehen. Womit sogar die echten Fakten untergraben werden.«

»Halt, halt«, rief ich nun meinerseits. »Eine Tatsache wie eine durchgeschnittene Kehle und ein aufgeschlitzter Bauch dürfte wohl niemals zu untergraben sein. Aber das ist zuwenig für eine schlüssige Geschichte.«

Milou sah mit einer Mischung aus Stolz und Freude zu Tintin. »Jetzt hat sie dich, Tintinlein. Bin ich froh, daß du wieder aufrecht sitzt. Machen Sie weiter«, sagte sie mit einem Nicken zu mir, »das tut ihm gut.«

»Aber wir sind uns doch einig, Milou!«

»Der Punkt ist«, sagte ich – und ich dachte mit plötzlicher Wärme: Ach, wenn sie doch meine Eltern gewesen wären! –, »daß ich also kein bißchen weitergekommen bin. Ich habe lediglich für beide ein Motiv konstruiert. Und egal, welche Schlußfolgerung ich weiter damit verbinde, sie wird mir eingegeben sein als Reaktion auf den Zeitgeist, welchen Zeitgeist auch immer, und diese Schlußfolgerung ist in sich wiederum eine neue Äußerung des Zeitgeists. Es ist schwer, wenn nicht sogar unmöglich, gegen die Zeit anzudenken. Verstehen Sie?«

»Ich verstehe sehr gut«, sagte Tintin. Er schwieg kurz

und dachte nach. »Aber haben Sie auch an eine dritte oder vierte Möglichkeit gedacht? Gab es niemand anders, der den Mord begangen haben könnte? Kann der Mord nicht sogar von Fanny Fenwick in Auftrag gegeben worden sein? Hilfe bei Selbsttötung nach Art des achtzehnten Jahrhunderts?«

»Jetzt treiben Sie's aber sehr weit mit der Phantasie!« rief ich. Doch ich mußte zugeben, daß die Fakten weitere Geschichten erlaubten. Es gibt immer noch mehr.

»Darf ich noch mal eben«, sagte Milou und schob sich ein wenig weiter hoch, so daß Tintin und sie dasaßen wie zwei alte Stoffpuppen, die man nebeneinander ans Kopfende des Bettes gelehnt hatte. »Was das schreckliche Gesicht Gottes im Detail betrifft, von dem Sie gesprochen haben ... Die Wahrheit, die nicht relativ ist und die wir so gerne übersehen, um uns mit der Lüge zu trösten, wo würden Sie die im Falle von Jacobs Geschichte ansiedeln? Wo meinen Sie denn den Anflug einer furchtbaren Einsicht gehabt zu haben, die Ihnen gleich wieder entschwunden ist?«

Ich dachte nach. Lesend, denkend und schreibend hatte ich mir eine vertretbare, logische Geschichte zusammenbasteln wollen. Dabei hatte ich zugleich gehofft, daß sich zwischen den Zeilen das Geheimnis manifestieren würde, denn das – so hatte ich es mir oft verzweifelt eingeredet – ist die Kunst des Schreibens, unwissentlich das Geheimnis mitweben, so daß man seiner gewahr wird, ohne es in Worte fassen zu können, höchstens sagen kann: Ja, dort ungefähr, hinter diesem Satz, zwischen diesen beiden Absätzen, in dieser Leerzeile, beim Aufeinanderstoßen dieser beiden Wörter hat es sich, glaube ich, abgespielt. Komisch, aber in dem Zusammenhang kam mir ein Moment aus meiner eigenen Realität in den Sinn, der auch für Jacobs Geschichte galt. Und daran waren weniger die Worte schuld als vielmehr alles, was sich verschwor, um diesen Worten ihre Wirkung zu verleihen – die Zeit, mein Gemütszustand, die

Kulisse, das Wetter, das Licht, der Geruch, die Gegenwart zweier alter Menschen.

Ich sagte: »Zur Erinnerung an Sarah, Frau des Mozley Elkin, die dieses Leben am 15. Tebet 5599 (1. Januar 1839) im Alter von 42 Jahren verließ. Ihre Tugenden bedürfen keiner Grabinschrift, ihr Name wird den Armen, den Unglücklichen, den Betrübten Tränen entlocken immerdar, ihre beispielhafte Frömmigkeit wird die Menschheit überleben und ihren sanftmütigen Geist in den Himmel geleiten; möge sie dort in Frieden ruhen.«

»Sie wissen es noch auswendig!« Tintin schwang nun die Beine über Bord, stand auf, nahm meinen Kopf zwischen seine Hände und drückte mir zitternd einen Kuß auf die Stirn. Ritterschlag. In dem Moment brachte Letties Nichte Tee mit Rumcake und Mangobaisers herein.

»Stell mal das Tablett her, Winnie, und setz dich zu uns«, sagte Milou und klopfte auf die Matratze. »Ich schlage vor, daß wir den Rest unseres Lebens zu viert hier auf dem Bett sitzen bleiben und Baisers zerkrümeln und einander Geschichten erzählen.«

So schwer mir auch der Abschied von Antonio und Marcus fiel, dieser Abschied fiel mir am schwersten.

Ma Edith und ich tranken an diesem Abend ein Glas Whisky auf der dampfenden Veranda. Wir saßen dort wie in einem Aquarium. Der verheißene Regen war gefallen. Das Land hatte sich eilig vollgesogen. Die Feuchtigkeit sättigte die Luft, die uns klamm umstand. Es war extrem dunkel und unruhig. Kein Mond, keine Sterne. Nichts. Wir starrten in ein dunkles Loch. Die Kerze auf dem Tisch schien höchstens Licht aufzusaugen, anstatt es zu verbreiten.

»Ich glaube, daß Plato es doch getan hat«, sagte ich.

»Hab ich's mir nicht gedacht«, sagte Ma Edith. »Sie haben sich von weißen Stereotypen leiten lassen.«

Ich wiederholte die Tirade über den Zeitgeist, die ich bei Tintin und Milou zum besten gegeben hatte.

»Bullshit«, sagte Ma Edith. »Wenn Fanny es mit Plato trieb, was nicht verborgen bleiben konnte, konnte ein Mann wie Rivers das nicht einfach schlucken. Er zog schließlich den kürzeren gegen seinen eigenen schwarzen Sklaven.«

»Warum dann nicht Plato ermorden, sondern Fanny?«

»Zwei Fliegen mit einer Klappe. Treulose Fanny tot. Plato der Schuldige. Genial und probat.«

»Es gibt noch andere Möglichkeiten. Vielleicht haben weder Plato noch Jacob es getan, und es war ein Dritter im Spiel.«

Ma Edith ließ sich diese Möglichkeit kurz auf der Zunge zergehen, lehnte sie dann aber resolut ab. »Es war Rivers.«

»Er fühlte sich schuldig, war es aber nicht. In dem Brief an seinen Bruder schrieb er, ihm sei, als ob er es getan hätte. Als ob. Das ›als ob‹ hat mich immer an Jacobs Schuld zweifeln lassen.«

»Sie schenken einer einzigen Quelle allzu großen Glauben, noch dazu einer zweifelhaften. Plato hat keine Briefe hinterlassen, keine Unschuldsbeteuerungen. Plato ist einfach den stillen Weg eines ehrlosen Todes gegangen. Und Sie beugen das Recht noch ein weiteres Mal, indem Sie erneut seinen Namen besudeln.«

»Ich habe ja auch keinerlei Gewißheit. Keinen Beweis. Nur Hinweise. Es ist eine Frage der Entscheidung. Des Gegen-die-Zeit-Denkens. Und diese Motivation für meine Entscheidung sagt mehr über mich aus als über das historische Ereignis, das der Mord an Fanny Rivers war.«

»Das hätte ich Ihnen auch schon zu Beginn Ihrer Recherchen sagen können.« Sie zog eine zerknüllte Packung Zigaretten aus der Tasche ihres Kimonos und bot mir eine an.

Ich lehnte höflich ab. »Ich hab wieder aufgehört.«

Sie zündete sich behaglich ihr Zigarettchen an und blies den Rauch aus, der auf dem warmen Wind davongetragen wurde. Ihre Gedanken wanderten mit. Sie schien plötzlich meilenweit weg.

»Haben Sie schon einen Entschluß gefaßt?« fragte ich.

»Worüber?«

»Über das Haus.«

»Ja«, sagte sie. »Ich denke, ich gehe zurück. Nach England. Schwimmend.«

Sie lachte, war eine Weile still, schnippte die Asche von ihrer Zigarette und sagte dann beinahe träumerisch: »Manchmal höre ich seine Stimme. Wir haben ihn am anderen Ende der Bucht begraben, aber er ruft mich aus dem Meer. Ich stelle mir vor, wie er in den Sand eingesickert ist, gefiltert, nach und nach ins Wasser gezogen, und daß er sich hier vor der Küste in den Korallen verfangen hat. Man sieht dort am Ende der Bucht immer einige Brecher über dem Riff. Dort ist er, denke ich.«

Es war meine letzte Nacht auf der Insel. Ich lauschte den Stimmen. Von Ma Edith. Von ihrem King, der in der Ferne auf dem Riff flüsterte. Ich hörte die Stimmen von Fanny und Plato, die auf dem schwarzen Vulkanstrand über die Liebe und die Zukunft sprachen. Von Jacob, der nach Fannys Tod verzweifelt zum Himmel schreit. Die Stimme des Konsuls kräht, daß ich mit Antonio im Bett gewesen bin. Marcus, der sagt, daß er mich liebe, obwohl ich mich nicht entsinne, daß er das gesagt hat. Und ich hörte zu meiner Verwunderung die Stimme von John Fraser: Wie zivilisierte Menschen immer die Barbaren von den Toren verjagen.

Jacob und Fanny

Fanny geht in den neunten Monat ihrer Schwangerschaft. Ihr Bauch ist straff gespannt. Unter der Haut fühlt sie die trägen Bewegungen des Kindes, das sich in seinem wäßrigen Weltall dreht. Das Köpfchen drückt auf ihre Blase. Die Füßchen stemmen sich in ihren Magen. Die kleinen Knie schürfen an ihren Eingeweiden entlang, die kleinen Hände betasten die Kuppel der Gebärmutter. Fanny möchte die Niederkunft hinauszögern, endlos hinauszögern. Sie macht alles langsam, weil die Hitze und ihr eigenes Gewicht sie ermüden, und auch, um gleichsam die Zeit aufzuschieben. Eine Glasglocke umgibt sie. Kein Geräusch dringt zu ihr durch, keine Geste der Liebe weckt ihre Aufmerksamkeit, nichts stört ihre Konzentration auf das verdammte Wesen in ihrem Bauch, mit dem sie fortwährend im Gespräch ist, dem sie vorsingt und vorsummt. Denn ihr Beschluß ist gefaßt. Sobald sie Wehen spürt, wird sie zu der Höhle am Vulkanstrand gehen, um dort ihr Kind zur Welt zu bringen. Hat es die Farbe von altem Rum, dann wird sie das Kind in die Arme nehmen und mit ihm ins Meer waten und bis zu den Brechern am Ende der Bucht abgetrieben werden, wo das Riff das Land gegen den Ozean schützt. Dort werden sie auf den Korallen zerschellen und von ganz kleinen Fischen aufgeschlabbert werden. Wenn es von Jacob ist, wird sie mit dem Kind zum Haus zurückkehren und Jacob niemals mehr erlauben, sie anzurühren.

Sie möchte, daß es von Jacob ist, und sie möchte, daß es von Plato ist. Sie möchte die Welt verändern, die sie hierzu zwingt. Liebt sie Plato noch? Möchte sie ihn nicht mehr frei machen? Natürlich, aber mit größerer Umsicht, damit er ihr nicht dankbar zu sein braucht. Sie hat Jacob davon überzeugt, daß es gut wäre, eine Manumissio für Plato aufsetzen zu lassen, um ihm diese zur Belohnung für jahrelange treue Dienste zu geben, für den Fall, daß er – Jacob – sterben sollte, bevor die Plantage von ihrem Sohn, ihrem Dirk, geleitet werden kann, und ein vertrauter und vor allem freier Betriebsführer benötigt wird. Sie hat auf Jacobs Gemüt eingewirkt. Er kann ihr nichts abschlagen. Ihre Idee ist vernünftig. Er zeigt ihr, wo seine Papiere liegen, damit sie weiß, was sie zu tun hat.

»Und sollte ich im Kindbett sterben«, sagt Fanny, »dann möchte ich auch, daß du Plato freiläßt. Das wird das letzte sein, was du für mich tun kannst.«

»Warum?« fragt Jacob verwundert. »Warum Plato?«

»Betrachte es als eine Geste. Wenn ich vom irdischen Leben befreit bin und zu meinem Herrn aufsteige, möchte ich, daß an diesem gesegneten Ort auch jemand befreit wird. Ich würde am liebsten allen Sklaven die Freiheit geben, aber wenn das nicht geht, dann diesem einen, der am längsten bei dir ist und der – in Freiheit – dein Freund werden kann, wenn ich nicht mehr da bin.«

Jacob sieht seine Frau mit dem blassen, müden Gesicht, in dem die Augen noch stets so blau und frisch sind wie Gebirgsseen in Schottland, und in der im Schrein zwischen ihrem Herzen und ihrem Geschlecht sein kostbarer Schatz eingeschlossen ist, und ihn erfaßt eine Rührung, deren Reinheit ihn erschreckt. Immer war Finsternis in einem Winkel des Glücks, immer legte das Feixen eines Spötters einen schmutzigen Schleier über das Weiß, und nun plötzlich sieht er in Fannys Geste das Geschenk uneigennützigen Mitgefühls und wird von dem gleichen Gefühl ergriffen. Es ist, als würde er neu geboren, als käme er aus einer Gebärmutter und Kot und Blut hervor und atmete zum erstenmal in seinem Leben klare Bergluft ein, nein, die salzige Luft des Südwestwinds über der Nordsee, leicht angewärmt vom hellgelb blühenden Raps auf den Feldern rund um Vlissingen. Heimweh springt ihn so unerwartet an, daß er regungslos sitzen bleibt, wie um schmerzhafte Stiche vergehen zu lassen.

»Du brauchst nicht so zu erschrecken«, sagt Fanny, »ich habe nicht vor zu sterben.«

Er verspricht ihr alles. Fanny ist beruhigt. Plato ist frei.

Jacob steht wie immer früh auf. Fanny bleibt, jetzt, da sie hochschwanger ist, so lange wie möglich im Bett liegen. Er frühstückt allein, bringt Fanny aber, bevor er an die Arbeit geht, ein Tablett mit einer Tasse Schokolade. Sie liegt noch in tiefem, aber unruhigem Schlaf. Ihre Stirn ist feucht, ihr Bauch wölbt sich unter der Bettwäsche wie der Rücken eines heimlichen Liebhabers. Jacob wird Plato Bescheid geben, daß Fanny vielleicht wieder Fieber hat und er die Medizin bereiten soll. Auch mit Old Doll muß er darüber sprechen. Plato steht bei den Pferden und nickt nach Jacobs Bitte. Old Doll werkelt um ihre Hütte herum, ihre Miene erhellt sich, als sie ihn sieht: Ah, Master Boß, Euch wollte ich gerade sprechen.

Fanny erwacht von einem dumpfen Schmerz in ihrem Rücken, der kurz darauf verfliegt. Nach zehn Minuten bekommt sie erneut einen langsam anschwellenden und wieder abnehmenden Krampf. Heftig durchfährt es sie, daß dies eine Wehe ist. Das Kind kündigt seine Ankunft an. Das Töchterchen liegt mit dem Kopf nach unten bereit, ins Leben und vielleicht geradewegs wieder in den Tod zu tauchen. Sie muß zum Strand. Wie sie diese Entfernung überwinden soll, weiß sie nicht, doch sie vertraut darauf, daß ihr die Angst Flügel verleihen wird. Nun, da sie dem Ende so nah ist, möchte sie Plato noch einmal sprechen. In der Türöffnung überfällt sie eine neuerliche Wehe, schärfer schon. Mitten auf dem Hof eine weitere. Sie schickt einen kleinen Jungen, der dahockt und Unkraut jätet, nach Plato. Am Beginn des steilen Pfads zum Meer, muß sie sich an einem Baum festhalten und warten, bis der Schmerz abebbt. Als Plato sie erreicht, ist sie keine hundert Meter weitergekommen, ihr Atem geht kurz und schnell, und sie ist schweißgebadet. »Zum Strand«, keucht sie. »Zum Strand.«

Aber Plato führt sie mit fester Hand zurück. Es sei undenkbar, daß sie es bis zum Strand schafft.

»Aber wenn das Kind von dir ist?«

Er antwortet nicht.

Sie wiederholt die Frage. Panisch.

»Wenn es von mir ist, werde ich dankbar sein«, sagt er.

»Aber Jacob ermordet uns.«

»Mich ermordet er.«

»Du mußt fliehen.«

»Man kann seinem Schicksal nicht entrinnen.«

»Man kann es aber aufschieben«, sagt Fanny und krümmt sich.

Plato hilft ihr in ihr Bett zurück und läßt Old Doll holen. Jacob scheint plötzlich wegen einer dringenden Besorgung in die Stadt gefahren zu sein.

»Ein Glück, ein Glück«, seufzt Fanny.

Zwischen den Wehen, wenn sie einen Moment nachdenken kann, betrachtet sie Jacobs Besorgung als Gottesgeschenk. Wenn das Kind in seiner Abwesenheit kommt und es sich als Platos Kind erweist, kann sie es vielleicht mit Old Dolls Hilfe in einem Kissen ersticken und, noch bevor Jacob zurück ist, in Tücher wickeln, damit er es nicht zu sehen braucht. Beeil dich, beeil dich, ruft sie dem Kind zu, erlöse mich, verlasse mich, zeig dich. Sie seufzt, stöhnt, ächzt und schreit. Die Folterung ist ihre Strafe. Stundenlang ringt sie. Gerät in einen fieberähnlichen Zustand, in dem sie halluziniert. Ihr Bett ist ein Schlachtfeld. Fanny scheint vom Teufel besessen. Old Doll schüttelt den Kopf. Sie hat so etwas häufiger gesehen. Die Gebärmutter will sich nicht öffnen. Der Geburtskanal will das Kind nicht hindurchlassen. Mutter und Kind sterben, wenn nicht eingegriffen wird. Ein Schnitt mit einem scharfen, sauberen Messer. Saubere Nadel, sauberer Faden. Die einzige Chance. Sie geht das Benötigte suchen. Kochendes Wasser holen.

»Tu's«, sagt Fanny zu Plato. »Tu's. Jetzt. Jetzt. Jetzt.«

Er zieht sein Messer aus dem Lederfutteral, hält mit einer Hand ihren Bauch ruhig. »Still, lieg still. Ich werde während einer Wehe schneiden, damit du den Schnitt nicht spürst, nur die Wehe.«

Er schneidet. Die Bauchdecke spaltet sich, Blut – nicht einmal so viel – fließt, die Gebärmutter wird sichtbar. Er schneidet wieder. Seine Hand faßt in den Bauch und zieht den Kinderkopf hoch. Er sieht das Haar, das Gesicht, die Lippen, die Nase, die Haut. Es ist ein zeeländisches Kind. Es ist von Jacob. Jacob, der alles hat. Plato sieht Fanny an, seine Fanny. Ihr Kopf zurückgebogen, der glänzende Hals bloß, dem Schicksal ergeben. Er schneidet.

Als Jacob Fanny ihre tägliche Tasse Kakao ans Bett bringt, wird sie gerade wach. Sie stützt sich auf einen Ellenbogen und dankt ihm mit matter Stimme.

»Ich fühle mich nicht wohl«, sagt sie.

»Kommt das Kind?« fragt er.

Nein, das Kind komme nicht. Das dauere noch rund drei Wochen. Nur Kopfschmerzen. Es sei so warm. Er werde Old Doll holen. Fieber sei schlecht in ihrem Zustand. Meine Liebste. Nicht lange mehr, und unser Glück ist vollkommen. Besorgt um Fanny, die ihn dauert – so dankbar ist er seiner Frau, daß sie dies für ihn tut, sein Kind trägt und mit ihrem Blut nährt und bald in Schmerzen für ihn gebärt –, sucht er Old Doll, die ihm winkt.

»Ah, Master Boß, Euch wollte ich gerade sprechen.«

»Kümmere dich um die Mistreß«, sagt Jacob, »sie fühlt sich nicht wohl.«

Old Doll nickt. »Genau, Master Boß, das hatte ich schon

befürchtet. Es sind die Nerven. Das ist die Strafe. Ich hätte es Euch vielleicht früher sagen sollen.«

Die alte Frau zögert, mimt Zurückhaltung, so daß Jacob ihr immer dringlicher befiehlt, zu sagen, was sie auf dem Herzen hat.

»Vermutungen, Boß, sind keine Gewißheit. Glück macht viele mißgünstig. Eine schöne Frau verhext Männer. Das Verlangen nach Macht und Rache ist ein garstiger Wurm, der am Herzen nagt.«

»Sag, was du meinst, Frau!«

Die Mistreß, schön, verletzlich, begehrenswert. Stille.

Jacob schüttelt Old Doll, daß ihr Fett wackelt. Er braucht sie gar nicht einmal so sehr in die Enge zu treiben. Die Geschichte kommt nach dem anfänglichen Zögern beinahe eilfertig heraus. Wie Gerüchte in den Sklavenquartieren kursierten, daß Plato ein heftiges und unbezähmbares Verlangen nach dem unmöglichen, verbotenen und sündigen Besitz der Mistreß entwickelt habe. Wie er alles getan habe, um in ihre Gunst zu gelangen und den Boß von seinem Thron in ihrem Herzen zu stoßen. Dafür habe er sogar Zuflucht zu geheimen Sprüchen und Zauberei genommen, in der er sich ja, wie der Master wisse, sehr gut auskenne. Wenn jemand den bösen Blick habe, dann Plato. Sein Blick, dieser dunkelrote Blick, selbst sie überlaufe dabei manchmal ein Schauder, wo sie doch nun wirklich nicht so leicht einzuschüchtern sei. Vielleicht sei sie, ohne es zu wissen, Zeugin des Beginns der sündigen Affäre geworden. Affäre?! Ist es denn wirklich …?! Er erinnere sich doch, wie die Mistreß einmal krank gewesen sei und wie Plato und sie selbst sie wieder in das Land der Lebenden zurückgeholt hätten. Da habe er die Mistreß vielleicht verzaubert. Was er damals alles gemurmelt habe, daraus sei sie zwar nicht schlau geworden. Sie wisse aber wohl, daß die Mistreß danach anders gewesen sei, nicht mehr sie selbst, das müsse der Boß doch zugeben. Nicht lange danach sei die Mistreß schwanger geworden. Nein, nein, jetzt dürfe der Herr nicht denken, daß das Kind von Plato sei. Sie als vertraute Sklavin könne die Hand für die Unschuld der Mistreß ins Feuer legen. Was immer auch geschehen sei, es sei ohne deren Zutun geschehen. Soweit sie, Old Doll, das mit ihren schlechten Augen beurteilen könne. Freilich sei sie nicht allwissend und könne nicht in die Herzen der Menschen schauen und schon gar nicht in die Herzen von Weißen. Mit den Schwarzen, da kenne sie sich aus. Sie kenne Platos Sorte. Gefährlich. Dem Anschein nach ruhig und würdig, ja sogar vertrauenerweckend – hat der Boß ihm nicht die Führung über große Teile des Betriebs anvertraut –, und dann stelle sich plötzlich heraus, daß der, den man zu kennen meinte, ein Geheimnis hege, ein schlafender Vulkan sei, der plötzlich Rauch und Lava und Feuer speie und alles in seiner Umgebung verwüste. Nun, so ein schlafender Vulkan sei Plato. Seine Leidenschaft für die Mistreß, gepaart mit Haß auf den Boß (ja, nehmt es mir nicht übel, aber so ist das nun einmal zwischen Sklaven und Herren), hätte ihn vielleicht zu Taten veranlaßt, die gleichsam den untersten Stein aus dem Haus vom Master wegzögen, so daß es ihm über dem Kopf einstürze. Und die Mistreß. Old Doll sei ganz vernarrt in die Mistreß. Sie sei sehr gut zu den Sklaven. Der Master wisse selbst, wie eifrig sie sich für ein besseres Los einsetze, wie sie sie alle am liebsten befreien würde. Sei es nicht so, daß sie, nun, da sie nicht alle befreit werden könnten, um die Freiheit eines von ihnen gebeten habe? Und wer sei das? Aha. Eben. In ihrer Unschuld, Master Boß, in ihrer Unschuld. Aber was eine Frau in Unschuld und aus Mitleid tun könne, oder was einem Menschen mit gutem Herzen zustoßen könne, gerade *weil* er ein gutes Herz habe ... sie rissen es ihm aus dem Leib, nicht wahr, Master Boß? Ist Euch nicht das Herz aus dem Leib gerissen worden? Vermutungen seien keine Gewißheit. Aber woher kämen Vermutungen?

Jacob hat die faselnde alte Frau bei ihrer Hütte zurückgelassen, hat sein Pferd gesattelt (Plato war weit und breit nicht zu sehen) und ist in vollem Galopp die Tamarindenallee hinuntergeritten, ohne zu wissen, wohin. Auch wenn Old Dolls Geschichte nicht eben zusammenhängend war und er, wenn es um einen anderen gegangen wäre, herzlich darüber gelacht hätte, nun, da es um seine Frau geht, um ihn selbst und um Plato, läßt sie sich nicht so leicht verwerfen. Er drückt das triumphierend grinsende Monster unter Wasser, um es zu ertränken, doch immer wieder reckt es den Kopf in die Höhe. Hiermit habe er gewiß nicht gerechnet, prustet das schleimige Wesen, und das Lachen hallt in Jacobs Kopf wider, sein Schädel ist ein hohles, kaltes Gewölbe, wo der Tod schwarze Fäden zu einem Vorhang webt, der seinen Blick trübt und seinen Willen umflort. Er gibt dem Pferd die Sporen, der schnaubende, keuchende Atem des Tieres kommt nach minutenlangem gestreckten Galopp in kurzen Stößen. Die Augen weit aufgerissen vor Angst und Anstrengung, die Ohren flach angelegt, schafft es das Tier gerade noch auf den höchsten Kamm des Hügels, von wo Jacob Ausblick über einen großen Teil der Insel und der See hat. Er sitzt ab und bindet das Pferd an einen Baum. Die Sonne ist ein kleiner, greller, glühendheißer Stern. Jacob denkt: Wenn ich die Hand emporstrecke, werde ich das Feuer der Sonne in meinen Fingerspitzen auffangen und es durch meinen Körper zur Erde leiten; möge mich das Licht versengen, verkohlen, verdampfen. Still zwischen Himmel und Erde stehend, aufgerichtet wie ein Galgen, ein Mensch, an dem der Tod gehängt werden kann, irrt er in einem Wald flüsternder Gedanken umher, die sich um seine Beine winden, die in seiner Leber wühlen, mit scharfen Nägeln durch seine Eingeweide kriechen und sich einen Weg nach draußen bahnen, ihm als schwarze Würmer aus den Ohren gleiten, als grüner Schleim aus den Nasenlöchern rinnen, ihm den Mund mit Galle verstopfen. Er fällt auf die Knie. Er liefert sich der Kraft aus, die ihn schon sein Leben lang vernichten will. Komm nur. Mach nur. Nimm mich von hier fort. Ich bin nichts wert. Er betet, aber er weiß nicht, ob zu Gott. Er weiß nicht, zu wem oder was er betet. Er weiß nicht einmal, *daß* er betet. Sein Gebet ist ein Schmerzensschrei. Die Laute pflanzen sich durch die Luft fort. Sie verbreiten sich in Kreisen und Ringen bis an die äußersten Grenzen des Weltalls. Keiner weiß, wo das ist oder wie lange es dauert, bevor das Gebet ankommt, bevor es auf eine Wand von Stille stößt.

Jacob kämpft mit seinem Würgeengel. Der ist ihm in Person seiner strahlenden, hochschwangeren Fanny geschickt worden. Nun, da er es weiß, weiß er, daß er es immer gewußt hat. Er sitzt wieder auf. Es geht ein harter Wind, der den Staub aus Afrika heranführt. Gelber Schleier auf dem Grün. Jacob fühlt sich als einsamer apokalyptischer Reiter auf dem Weg zum Treffen mit den anderen. Er ist der Tod auf dem falben Pferd. Er kommt, um zu richten, er kommt, um zu strafen. Er kommt, um das Urteil zu vollstrecken. An ihr. An sich selbst. An Plato.

Er erntet sie wie Zuckerrohr. Es ist nicht genug; er öffnet mit einer Bewegung seines scharfen Messers ihren Schrein. Er sieht, daß es sein Kind ist.

Ada

Abner Cuckoo brachte mich zum Flughafen. Er hoffe, ich hätte eine schöne Zeit gehabt und würde einmal wiederkommen. Bestimmt, sagte ich. Diese Insel war ein Siegel auf meinem Herzen, ein Siegel an meinem Arm, denn die Liebe ist stark wie der Tod. Ich war viel zu früh dran, checkte bei einem gelangweilten Angestellten ein, kaufte eine Flasche Wasser, setzte mich auf eine Bank und starrte auf den kleinen Souvenirshop, die Kaffeebar, den Zeitschriftenstand. Der Zeitungsmann las an seinem Ladentisch einen Comic und popelte in der Nase. Das Mädchen vom Kaffee feilte sich die Nägel. Am Gepäckband standen zwei Männer und unterhielten sich. Ein sonnengegerbter Gepäckträger lehnte schlafend an seinem Karren. Aus einem kleinen Büro kamen drei uniformierte Beamte geschlendert. Sie gingen durch eine andere Tür in einen anderen Raum. Auf diesem kleinen Flughafen liefen mehr Obrigkeitsvertreter herum als Passagiere. Sie waren sichtlich stolz auf ihre Berufskleidung und rasselten mit Schlüsselbunden, soweit vorhanden. Große, laminierte Ausweise baumelten an ihren Brusttaschen.

Ich konnte mich in der aufgeschobenen Wirklichkeit, die das Reisen darstellt, sicher verschanzen. Schon von dem Moment an, da die automatischen Türen hinter mir zugerauscht waren, war ich Stückgut und würde erst wieder Ada sein, wenn ich mir vor dem Flughafen in Schiphol ein Taxi heranwinkte. Dazwischen war ich ein Paket Knochen und Fleisch und Wasser mit einem Adreßaufkleber und einem Strichcode drauf. Wenn ich während einer Flugreise ein Buch las, vergaß ich sofort wieder, wovon es handelte. Ich erinnerte mich an nichts aus einem vorigen Leben. Oder nur vage. Das war an diesem Tag eine willkommene Eigenschaft. Siehst du, es ist schon Traum geworden, schon im ausgebaggerten Schlick versunken.

Was mich nicht verlassen hatte, war die Wut. Die war wie Pigment in meine Haut eingezogen. Duschen half nicht. Schwimmen half nicht. Essen half nicht. Trinken half schon gar nicht. Ich war mit Angst angekommen und reiste mit Wut ab. Metabolismus des Aufenthalts. Ich wußte nicht, ob es ein so guter Tausch war. Ich wußte nicht, gegen wen ich diese Wut richten sollte. Viel weiter als bis zum Ärger über meinen Zorn kam ich nicht. Ich hockte nur ein bißchen lächerlich neben meinem Handgepäck und starrte ins Nichts, versuchte das Flackern der Neonreklame zu timen und fluchte innerlich. Ja, der Mensch war allein auf der Welt. Ja, er zog mit seinem Bündel Kleider und Talente über den Pfad der Zeit, mal singend und pfeifend im Sonnenschein, mal von Regen und Wind geplagt, hin und wieder auch in Gesellschaft von diesem oder jenem, aber immer fand er sich auf einer eisernen Bank auf einem Flughafen wieder, verdammt, in die Ferne starrend, wartend. Wenn ich hätte denken können, wäre dies der Moment für tiefschürfende Gedanken über das Seiende oder das Andere gewesen, dieser Ort mein Sils-Maria. Aber ich konnte nicht denken. Die Ameisen der Wut krochen mir unter die Haut.

Die Glastür zu einem Warteraum, in den die abfliegenden Passagiere hineinmußten, um ihre Ausweise und ihr Handgepäck kontrollieren zu lassen, ging auf. Die dreißig Leute, die sich für meinen Flug angemeldet hatten, drängten, die Boarding Card in der Hand, nach vorn. Die Eile, in ein Flugzeug zu kommen, hat was von Todestrieb. Hängende Unterlippe tat Dienst bei der Ausweis- und Ticketkontrolle. Als ich an der Reihe war, sah er mich an und las von meinem Foto die Ähnlichkeit ab. In seinen Relais leuchteten Lämpchen auf, Sperrklinken gingen herunter, chemische Stoffe stellten mit kleinen Puffen Verbindungen zwischen schlappen Neuronen her, der Kreis wurde geschlossen, und das Resultat war, daß er fünf Dosen Twining's Earl Grey sah, einen Bodywarmer und eine blonde Frau mit Pferdeschwanz, die vom Inspektor verhört und mangels Beweisen freigelassen worden war. Bingo. Er las nun ausführlich in meinem Paß, suchte nach Stempeln und Visa und blickte so oft zwischen dem Paß und meinem Gesicht hin und her, als hätte ich es durch plastische Chirurgie verändern lassen und er müsse nun die sieben Unterschiede entdecken. Auf der Wand hinter seinem Kopf hatte jemand eine vollgesogene Mücke totgeschlagen.

»Remember me?« fragte ich.

Er klappte den Mund zu, gab mir meinen Paß zurück und winkte mich zu dem Tisch durch, auf dem ein mir unbekannter junger Zollbeamter eifrig die Taschen visitierte. Als packte er Geburtstagsgeschenke aus, so entzückt und aufgekratzt blickte er. Ich schaute mich um und sah, wie der Kontrolleur seinem Kollegen an der Tür winkte und ihm etwas zuflüsterte, während er mit dem Daumen nach hinten zeigte. Zu mir. Ein banges Vorgefühl beschlich mich. Wenn ich eine Woche später abgereist wäre, hätte ihr Gedächtnis mich vielleicht schon gelöscht. Jetzt war ich noch die Gelackmeierte.

»Was haben Sie in Ihrem Handgepäck?« fragte der frischgebackene Zollbeamte gewichtig, aber gar nicht mal unfreundlich. Sogar ein bißchen verlegen. Die Mütze war eine Idee zu groß. Aus dem Augenwinkel sah ich den langen Türsteher in ein Mobiltelefon reden und dann dessen Antenne einschieben, woraufhin er zu dem Visitationstisch kam und über die Schulter des freundlichen jungen Mannes hinweg mitschaute, wie dieser den Reißverschluß meiner Handtasche aufzog und den Rucksack mit meinem Laptop und den Disketten öffnete. Er wühlte zwischen meinen Schlüsseln, Notizbüchern, Lippenstiften und meiner Reserveunterwäsche herum und zog aus dem Rucksack außer einem Beutel mit Kabeln und einer Gebrauchsanweisung die beiden dicken Umschläge hervor, die Antonio mir für Mama und Steven mitgegeben hatte. Ich wollte sie gleich von Schiphol aus abschicken. Nicht selbst abliefern. Bloß nicht selbst abliefern.

»What's this?«

»Briefe. Fotos. Hier, zeigte ich, da steht ›Nicht knicken‹. In Niederländisch, fiel mir plötzlich auf. Komisch.

Er wog die Umschläge auf der flachen Hand und legte sie hin, nahm den Laptop heraus und besah ihn sich von allen Seiten. Ich mußte ihn aufmachen. Das tat ich. Nichts zu sehen. Der zuschauende Zollbeamte zog plötzlich – Eingebung – ein Taschenmesser aus der Tasche, nahm einen der Umschläge und kerbte eine Wunde hinein. Keine Schmarre, kein Riß, sondern ein professioneller kurzer Schnitt. Daraus hervor quoll weißes Pulver. Sie blickten vom Umschlag zu mir und wieder zurück. Der Lange klappte sein Messer zusammen, sein Mobiltelefon auf und suchte Kontakt zur Basis. Der Kleine war angesichts seiner ersten Drogenkurierin einen Augenblick ratlos, der Schweiß brach ihm aus, so was war ihm noch nie untergekommen, und er wußte nicht, was er zu tun hatte. Er räusperte sich, das Stimmchen, mit dem er mich auffordern wollte, ihm zu folgen, war zuerst hoch vor Angst, dann faßte er sich und schlug einen erwachsenen, sonoren Ton an. »Kommen Sie bitte mal mit?«

Das war natürlich keine Frage, sondern ein Befehl. Ich konnte zwar wieder sagen, daß es Waschpulver sei, doch ich fürchtete, daß meine weiße Blusen von diesem Wipp Express nicht sonderlich sauber, sondern ziemlich hyperaktiv werden würden. Betäubt von dem Schock, noch nicht ganz begreifend, wie mir geschah, trat ich mit hängenden Schultern den Gang zu dem Kabuff an, in dem mich die dicke Bewacherin so genau gefilzt hatte. Hinter mir wurde die Tür abgeschlossen.

Die Wut, die ich geschickterweise parat gehalten hatte, brachte mir gar nichts. Ich war total und komplett aufgelöst. Wie ein besiegter Römer, der benommen durch den Teutoburger Wald irrt. Ein Elefant stand auf meiner Brust. Ich schnappte nach Luft. Ich wußte weder ein noch aus. Ein Panikanfall oder ein Wutausbruch ist ein Sturm, eine Überschwemmung, ein Erdbeben; sie sind unaufhaltsam, füllen den Raum im und um den Leib mit Donnern und Tosen und Schäumen. Aber das hier war neu. Anders. Es passierte nichts *in* mir. Es passierte etwas *mit* mir. Ich war im freien Fall. Aus einem Flugzeug in die Stratosphäre geworfen und fiel und fiel und fiel. Nirgendwo Halt, kein Fallschirm, nirgendwo Arme, die mich auffingen, oder Hände, die mich beruhigten. Mein Herz bereitete sich auf den Aufprall vor. Krampfte sich im Abwärtssausen zusammen. Und es nahm kein Ende mit dem Krampfen und Fallen. Da war nichts. Überhaupt nichts. Das war der Tod. Ich war verlassen. Abgeschnitten. Ich glaube nicht mal, daß mir das Wort Verrat kam. Ich war nicht verraten worden. Mir wurde ganz einfach das Siegel der Stempel das Brandmal meines Namens bestätigt: Ada. Nada. Niemand. Nichts. Kein Wert. Ada. Palindrom. Name, der sich selbst in den Schwanz beißt und aufhebt.

Ich fiel noch immer, als sie mich holten und mich in einem Polizeiwagen zur Hauptwache abführten. Ja, natürlich sah ich ein, daß eine so ernste Angelegenheit meiner Abreise im Wege stand. Mein Koffer wurde aus dem Flugzeug geholt, und das Flugzeug flog ohne mich ab. Selbstverständlich. O ja, sicher würde ich mitarbeiten, denn ich war ja unschuldig. Ich verstand nicht, wie ... aber ich verstand schon, daß ... ja, ja, ich verstand schon, daß es ein ziemlicher Akt sein würde, meine Unschuld zu beweisen. Wenn ich meine Unschuld beweisen *wollte*. Es war nicht so schlimm, Jahre in einer Zelle zu verfaulen, ohne daß sich jemand um mich kümmerte. Ich würde mit sechzig, grau und verkrümmt, herauskommen, ohne Freunde und ohne Illusionen, eine Verbannte auf der Suche nach einem Dachboden, wo sie das Gefangenenleben fortsetzen konnte, lautlos sterbend. Es hatte was für sich, das Am-Boden-Sein, das Leben ohne Hoffnung und Aussicht, das zähe, tumbe, blinde Weitermachen, wo der Übergang zum Tod, das Hinübergleiten vom einen ins andere Sein unmerklich war.

Marcus Garvey Penn war einer der beiden Beamten, die das Verhör führten. 220 Volt durch mich hindurch, als ich ihn sah. Alles fügte sich zusammen. Mit dumpfen Schlägen. Puzzlesteinchen wie Handgranaten. Doof war ich gewesen, eine blinde Idiotin. Van de Wetering war einer von Antonios Namen. Kam eine van de Wetering auf die Insel, war sie per familiärer Bande mit dem zwielichtigen Kneipenwirt, der mein Bruder war, sofort verdächtig. Das barg die Möglichkeit der Verschwörung, Mitschuld und was nicht noch alles. Zumal, wenn die Trägerin des Namens aus einem der tolerantesten Drogenparadiese der Welt kam. Für die Polizei eine Chance, den Mann zu schnappen, wenn der gesucht wurde. Die Trägerin des Namens, ob unschuldig oder nicht, würde, ohne es zu wissen, Krümelchen auf ihrem Weg ausstreuen und sie so zu dem Capo führen, der nicht zu greifen war. Deshalb hatten sie mich bei der Ankunft so lange festgehalten. Und wenn ich mit meinem Köfferchen mitten in der Meute der Ankommenden gestanden hätte, sie hätten mich wegen meines Namens herausgefiltert. Und Marcus Garvey Penn hatte mich zur Pension seiner Mutter gebracht, um so über meine Kontakte mit meinem Bruder auf der Höhe zu sein. Ma Edith die Spitzelin, bewußt oder nicht. Er hatte mich vorsichtig ausgehorcht, mich en passant gedemütigt und benutzt, und jetzt schlug er zu. Angebissen. Der zweite Verrat. Ich schämte mich für alles, was ich zu ihm gesagt und mit ihm gemacht hatte. Genierte mich zutiefst für meine gutgläubige Liebe. Ich stand nackt vor einem Zug Soldaten, ihren Blicken preisgegeben, und ich war nicht schön.

Marcus stellte nicht die Fragen. Er stand schweigend an der Seite. Er sah mich nicht an. Ich fragte mich, ob er sich schämte oder ob er seinen Triumph verbergen wollte. Die Umschläge seien für Landsleute bestimmt, sagte ich. Soweit ich wüßte, seien Fotos und Briefe darin. Das sei mir gesagt worden. Bei einem der beiden Umschläge – dem für meine Mutter – war das in der Tat der Fall. Fotos von der Insel und ein Prospekt. Mehr nicht. Kein Wort von Antonio. Der Umschlag für Steven hatte in dem speziell präparierten Futter Kokain enthalten. Gut dreihundert Gramm. Da hätte Steven 'ne Weile von schnupfen können. Der Polizist hielt es für eine reichlich naive Form des Versands. Wenn Sie wirklich unschuldig sind, wie Sie sagen, dann sind Sie aber sehr vertrauensselig gewesen, daß Sie diese Umschläge angenommen und versprochen haben, sie den Adressaten zukommen zu lassen. Und das von einem Wildfremden, wie Sie sagen. Beschreiben Sie uns diesen sogenannten Wildfremden doch einmal. Denn wir nehmen doch an, daß Sie ihn wegen böswilliger Täuschung und Anstiftung zu einer kriminellen Handlung anzeigen wollen. Dieser zynische Ton. Der Polizist ritt breit auf der hohen Welle eines guten Fangs. Hatte sich gemütlich zurückgelehnt auf seinem Stuhl. Er trug eine große Brille mit schwarzem Gestell und sah aus wie ein kongolesischer Priesterstudent, der ein abgelegtes Modell vom kurzsichtigen Missionar trägt.

Ich stand vor dem vollendeten Dilemma. Antonio hatte mich verraten. Sollte ich ihn, der mein Bruder war, an den Mann verraten, der mich getäuscht und verraten hatte? Ich konnte meinen Bruder anzeigen, der mich als Kurier benutzt hatte. Der mich offenbar verachtete. Ich konnte auch versuchen, nach Ehre und Gewissen und unter Aufbietung meiner lebhaften Phantasie den sogenannten Wildfremden zu beschreiben. Wer weiß, vielleicht konnte ich dafür die kleine Hure Virginia aus der Versenkung holen. Was mich schon reizte. Und – bedachte ich listig – ich konnte Marcus reinlegen. Den abgefeimten Marcus. Unter Hinweis auf unsere Beziehung würde ich den Verdacht mit Leichtigkeit auf ihn lenken können. Niemand ist so glaubwürdig ein Krimineller wie gerade ein Polizist. Vor allem hier. In diesem korrupten Saustall. Meine Hirnzellen arbeiteten auf Hochtouren. Wenn mir das Hemd näher war als der Rock, durfte Antonio auf meinen Schutz zählen. Mein kleiner Bruder. Trotz allem. Trotz des Nagels, den er mir durchs Herz getrieben hatte. Wenn Liebe blind war, würde ich Marcus schützen. Marcus, der da stand, mit gesenktem Blick, unbehaglich. Er strich sich mit der Hand übers Haar. Diese Hand. Ich blickte darauf, fixierte seine Hand, spürte sie über meinen Körper streichen. Ich erschauerte. Ich begehrte ihn. Jetzt vielleicht mehr denn je. Schmerz. Überall.

Ich sagte, daß ich auf jeden Fall Anzeige wegen böswilliger Täuschung erstatten wolle. Und daß ich einen Rechtsanwalt wolle. Eine Beschreibung des Täters? Ob ich Marcus Garvey Penn dazu kurz allein sprechen dürfe? Es sei doch ziemlich delikat. Der Mann mit der Missionsbrille zog bei diesem ungewöhnlichen Ersuchen die Augenbrauen hoch. Er sah von Marcus zu mir und versuchte die Verbindung zu erraten. Wie konnte Penn mein Vertrauensmann sein? Ein Tête-à-tête von einem Polizisten und einer Verdächtigen, das roch nach Schmiergeld. Aber wenn dem so war, sah ich Brille denken, dann fiel bestimmt etwas für ihn ab, wenn er ein Auge zudrückte. Er erhob sich, nickte Marcus zu und sagte, er habe kurz etwas Dringendes zu erledigen.

Marcus stand mit gerunzelter Stirn an der Wand. Ich saß regungslos auf meinem harten Holzstuhl. Sollte er doch kommen. Ich war unschuldig. Er hatte mich reingelegt. Er hatte mit mir gespielt. Es dauerte einige Minuten. Das hielt ich nicht aus. Marcus hatte die Hände in den Hosentaschen. Ich bat um eine Zigarette.

»Du rauchst nicht.«

»Du weißt, daß ich es nicht getan habe.«

Er schwieg.

»Virginia«, sagte ich. »Es war Virginia.«

»Du lügst.«

»Beweis das mal.«

»Es war dein Bruder.«

»Beweis das mal. Vielleicht warst du es ja.«

Er zog die Hände aus den Taschen und setzte sich mir gegenüber auf den Stuhl, den Brille verlassen hatte. Er dachte eine Weile nach. Und er sah mich an. Ich wußte nicht, wie ich seinen Blick deuten sollte. Gestern hatte ich noch Liebe und Verlangen, ja sogar Freundschaft darin zu lesen gemeint, als er sich von mir verabschiedete und mir eine gute Reise wünschte. Da mußte er schon gewußt haben, daß dies hier passieren konnte. Er hatte den Auftrag gegeben, mich bei meiner Abreise gründlich zu filzen. Und jetzt war sein Blick doch nicht anders als am Tag davor. Eine gewisse Sanftheit, Zärtlichkeit. Das konnte nicht sein. Ich hatte am Tag davor gesehen, was ich sehen wollte, jetzt sah ich, was ich fürchtete: Der Sieger kann sich Mitgefühl erlauben. Er sagte nichts. Guckte nur. Ich wand mich unter seinem Blick heraus.

»Du warst dann im Bett wohl undercover«, sagte ich. »Was für 'n Scheißjob. Noch versucht, den Auftrag zurückzugeben. Aber du mußtest.«

Er antwortete nicht.

»Kann ich hier auch Anzeige wegen Vergewaltigung erstatten?«

»Wir wollen Antonio Alleyne.«

»Du willst, daß ich einen Unschuldigen anzeige.«

»Er hat dir diese Umschläge gegeben. Er hat gehofft, daß du sie durchbekommen würdest. Und er rechnet jetzt mit deiner Loyalität, daß du ihn nicht anzeigst. Vielleicht hast du noch etwas gutzumachen. Er rechnet damit, daß ich die Geschichte glaube, die du zum besten gibst, und dich laufen lasse, denn du hast ihm natürlich von unserem Verhältnis erzählt und wie der Inspektor auf Weiß und Blond abgefahren ist. Das war ein kluger Schachzug von dir: Den Polizisten einlullen. Größtmöglicher Verlust für ihn: Der Straßenverkaufswert von dreihundert Gramm Puderzucker. Und solltest du unter Anklage gestellt werden, kann dein Schicksal ihm egal sein. Verrätst du ihn, dann hat er seine Verteidigung parat. Die Umschläge stammen nicht von ihm. Die hast du aus Amsterdam mitgebracht. Er hat dich nicht gesehen. Er wollte keinen Kontakt mehr mit dir. Er ist nicht umsonst aus Europa geflohen.«

Antonio hatte mir nie seine Adresse gegeben. Das stimmte. Und wenn Marcus wirklich meinte, was er sagte, dann unterstellte er mir das gleiche, was ich ihm anlastete: Liebe zu heucheln, um unverdächtig zu sein. Wie ein genialer Schauspieler. Wie echt. Was für ein billiges Szenario.

»Mein Wort gegen das seine«, sagte ich. »Das meine wird hier nicht viel wert sein.«

»Betrachte die Fakten. Du hast den Koks. In niederländischen Umschlägen. Ein guter Anwalt kann vielleicht noch etwas retten, aber ohne Anzeige fängst du sowieso nichts an. Virginia? Keine Option. Wir können sie nicht finden. Sie existiert nicht. Du hast sie schon beim vorigen Mal nicht erkannt.«

Ich mußte nachdenken. Zeit gewinnen. Noch rechnete ich damit, daß die Wahrheit ins Auge sprang, daß man mir nichts tun würde. Andere werden fälschlich beschuldigt, nicht man selbst. Andere sterben, nicht man selbst. Andere haben Glück, nicht man selbst. Es sind immer die anderen, denen alles geschieht.

»Angenommen, Antonio hat mir die Umschläge gegeben. Glaubst du dann, daß ich nichts von dem Koks wußte? Oder bin ich dann automatisch mitschuldig? Wenn ich den Richter nicht von meiner Unwissenheit überzeugen kann, hat es wenig Sinn, Antonio anzuzeigen.«

»Es wirkt sich aufs Strafmaß aus.« In der Klemme. Kein Vor und kein Zurück.

Lichtpunkt. »Ich hatte diese Umschläge nicht bei mir! Ihr habt mich bei meiner Ankunft ausgezogen. Keine Umschläge gefunden. Das kann ich beweisen.«

»Gib uns Alleyne.«

»Wie denn? Er streitet doch alles ab, das hast du selbst gesagt.«

»Wir haben einen Plan.«

»Ich will einen Anwalt.«

Im Hintergrund hörte ich die Geräusche aus der Polizeiwache: Türen, die zufielen, das aufgeregte Reden eines Verdächtigen oder eines Opfers, das Rattern eines Telex. Zu meinem Erstaunen existierte die Welt noch und ging einfach weiter. Mein Leben war vom einen auf den anderen Moment aus dem Gelenk gesprungen. Das Verrückte war, daß ich Antonios Handlungsweise noch billigen konnte, obwohl sie äußerst schmerzlich war, so, als sei das ein Zug in einem Schachspiel, in das wir ihn hineingezogen hatten und das er jetzt, nachdem er anfangs im Nachteil gewesen war, in einem hervorragenden, überraschenden Endlauf zu gewinnen schien. Marcus' hinterlistige Verführungstaktik dagegen, sein zärtlicher Machismo, seine betrügerischen Hände, sein hinterhältiges Interesse waren viel schmerzlicher. Von seinem Spiel waren mir die Regeln nicht bekannt. Ich konnte es nicht gewinnen. Konnte man Liebe derart heucheln? Das glaubte ich nicht. Ich hatte nichts zu verlieren. Ich las ihm mein eigenes Herz vor.

»Marcus Garvey Penn«, sagte ich, und meine Stimme zitterte, »du hast mich unter den demütigendsten Umständen erlebt. Ich habe mich dir gegenüber nicht anders gegeben, als ich bin. Ich habe mich in dich verliebt. Es spielt keine Rolle, ob du deine Gefühle für mich geheuchelt hast. Meine sind aufrichtig. Die kann ich nicht ausziehen wie einen Mantel. Ich habe mich dir in voller Freiheit und mit Überzeugung gegeben. Und das bedaure ich nicht. Ich habe nicht gelogen. Du wußtest, weshalb ich hier war. Du wußtest von

Jacob, du wußtest von meinem Vater. Über meinen Bruder habe ich dir nichts erzählt, weil ich fand, daß es dich nichts anging. Vielleicht hätte ich mit offeneren Karten spielen sollen. Dadurch, daß ich so diskret war, habe ich mich verdächtig gemacht. Deiner Mutter habe ich es schon erzählt. Aber das weißt du bestimmt. Daß du mich von Anfang an betrogen und verraten hast und benutzt und gedemütigt, kann ich dir kaum verzeihen. Ich will es auch nicht verstehen oder mir erklären. Ich nehme es als gegeben hin. Und ich hoffe, daß meine Beschämung mit der Zeit vergeht.«

Alles, was ich an Tränen gehabt hatte, war verdampft. Der freie Fall ging weiter. Die eiserne Zange, die meinen Magen und meine Eingeweide zusammenkniff, hatte nicht losgelassen. Ich wartete auf den Schlag, den Aufprall auf dem Boden, die Fragmentierung. Marcus hielt die Hände um Mund und Nase, und seine Augen waren geschlossen, während ich zu ihm sprach. Als ich fertig war, sah er mich an. Traurig? Er blickte, wie wohl Huib blicken würde, wenn ich ihm von Marcus erzählte. Verletzt. Schmerzlich getroffen. Das konnte doch nicht sein, daß uns das passierte?

»Es ist passiert«, sagte er, »ohne Plan oder Vorsatz. Du wirst mir nicht glauben, und das brauchst du auch nicht. Kein Gefühl ist rein. Immer mischt sich etwas anderes mit hinein. Ja, mich wird ganz sicher Berechnung dazu veranlaßt haben. Ich sammle Beweise gegen deinen Bruder. Deine Ankunft war eine einmalige Gelegenheit. Aber du hast etwas in mir ausgelöst. Ich wollte dich haben. Das war unprofessionell. Aber deswegen um so aufrichtiger. Ich wollte dir glauben. Ich glaubte dir. Ich glaube dir noch immer. Aber die Fakten sprechen gegen dich. Es gibt Fakten. Harte Fakten. Daß sich meine Arbeit und mein Verlangen nach dir gegenseitig unterstützten und zugleich miteinander kollidierten, machte mich wütend. Es ist gut, daß das jetzt ein Ende hat.«

»Kannst du mich frei bekommen, ohne daß ich meinen Bruder verrate?«

»Ich weiß es nicht«, sagte er.

Der Anwalt war weiß und sah mich kopfschüttelnd und seufzend über seine goldene Lesebrille hinweg an. Mädchen, Mädchen. Wie konnten Sie so dumm sein. Der Mann mißfiel mir von dem Moment an, da er die Tür des Besucherraums öffnete und den Polizisten, der mich bewachte, mit einer Gebärde hinausschickte, weil er mit seinem Klienten allein zu sein wünschte. Abhängigkeit hat eine eigentümliche Wirkung auf Menschen, besonders auf mich. Im allgemeinen lecke ich die Hand, die mich nährt, aber in diesem Fall war mir danach, kräftig hineinzubeißen. Nicht, weil er *mir* gegenüber so einen bevormundenden Ton anschlug. Er bevormundete seine gesamte Umgebung. Ich konnte mich täuschen, aber er schuf um uns beide herum diese Aura von Weißen, die den zurückgebliebenen Schwarzen mal eben zeigen würden, wo sie hingehörten. Äußerst lästig und ärgerlich und ungerechtfertigt, daß diese Kaffer das Sagen hatten, aber diese »half-wits« konnten es nicht mit seiner überlegenen Intelligenz aufnehmen. Freilich mußte das Frauchen schon ein wenig mitarbeiten.

Er machte mich zum Mitglied einer Gruppe, seiner Gruppe. Oh, daß wir immer wieder in so eine Phalanx hineingeraten, ohne es zu wollen, daß wir einen Platz zugewiesen bekommen, ohne daß wir darum bitten, daß wir die Menschen, Gruppen, Rassen, Völker, Geschlechter ständig einteilen! Mal fühlen wir uns in einer Gruppe geborgen und trauen uns nicht, allein dazustehen. Mal empfindet sich unser blindes Selbst als willenloses Opfer einer Einteilung, der es sich nicht entziehen kann. Für den Anwalt war ich ein verirrtes Schaf aus der weißen Herde. Für ihn ging es um das Gruppeninteresse. Wäre ich eine Farbige gewesen, hätte er mich nicht verteidigt.

»Ich brauche die Wahrheit nicht zu wissen«, sagte er zur Eröffnung. »Ich glaube Ihnen nicht. Ich kann ohnehin nicht beurteilen, ob Sie die Wahrheit sagen. Es gibt genügend Geschichten von Anwälten, die ihren Klienten auf deren Ehrenwort hin glaubten, leidenschaftlich deren Unschuld verteidigten und dann hinterher zu hören bekamen, daß sie es doch getan hatten. Ätsch! Es geht hier also nicht darum, die Wahrheit festzustellen. Im Gegenteil, es geht darum, die Wahrheit zu entkräften. Wahrheit ist, daß Betäubungsmittel in Ihrem Besitz gefunden wurden.«

Ich hörte Echos von Gesprächen mit Tintin und Milou, mit Ma Edith über den Mord an Fanny Fenwick. Wahrheit ist, daß ihr die Kehle durchgeschnitten und der Bauch aufgeschlitzt worden war.

»Wie säen wir Zweifel?« Der Anwalt beugte sich zu mir herüber und durchbohrte mich mit seinem Blick, als wäre ich schon die Jury und er mit seinem Plädoyer befaßt. Er habe die Akten gut studiert, versicherte er mir. »Was heißt eigentlich ›im Besitz haben‹«, begann er mit der Weitschweifigkeit von jemandem, der sich gern reden hört und damit auch noch hübsch verdient. »Dem Im-Besitz-Haben muß eine intentionale und epistemologische Bedeutung beigemessen werden, mit anderen Worten: Es muß festgestellt werden, ob Sie die Mittel in Ihrem Besitz haben *wollten* und ob Sie *wußten*, daß Sie die Mittel in Ihrem Besitz hatten. Der willentliche und wissentliche Besitz von Betäubungsmitteln ist strafbar. Sie haben die Umschläge, soweit wir das jetzt feststellen können, in Ihrem Besitz haben *wollen*, denn Sie haben sie angenommen, und Sie *wußten* also, daß Sie sie hatten. Wußten Sie aber auch, daß Sie sich damit in den Besitz von dreihundert Gramm Kokain gebracht hatten? Sie sagen: Nein. Sie sagen: Es waren Fotos und Briefe darin. Hatten Sie die gesehen? Nein, sagen Sie. Wie konnten Sie dann wissen, daß sie darin waren? Sie haben es auf Gewähr dessen, der Sie bat, die Umschläge mitzunehmen, angenommen. Ist das Auf-die-Gewähr-eines-anderen-hin-Annehmen auch wirklich *wissen* im Sinne des Gesetzes? Hier beginnt das Ganze zu einer philosophischen Frage zu werden. Gelegenheit für ein Für und Wider, bei dem der Vorsitzende Richter, beschränkt, wie er zweifellos sein wird, nicht mehr mitkommen dürfte, bis ich das Kaninchen aus dem Zylinder zaubere und Sie für unschuldig erkläre. Er wird mir beipflichten müssen, weil er sich sonst als Dummkopf lächerlich macht, der einer philosophischen Darlegung nicht folgen konnte.

Der Mensch nimmt auf die Gewähr anderer hin sehr vieles an. Ein Entdeckungsreisender kommt zurück und erzählt, er sei in einem Land gewesen, in dem die Bäume bis in den Himmel wüchsen und sich die Tautropfen allmorgendlich in harte Diamanten verwandelten. Das wird auf seine Gewähr hin angenommen, denn er ist ja schließlich dort gewesen, er hat es, wie er sagt, mit eigenen Augen gesehen. Sehen ist wissen. Das weiß jeder. Er *weiß*. Man nimmt an, daß er *weiß*. Man leiht ihm aufgrund dieser Annahme Geld. Man stützt das eigene Wissen auf diese Annahme und erzählt das Ganze als Gewißheit weiter. Aber kein Tautropfen wird je zum Diamanten. Das kann ich Ihnen versichern. Woher ich das weiß? Ich habe nie gesehen, daß das geschieht. Aber ist etwas, was man nie gesehen hat, unmöglich? Nein. Ist das, was man nicht selbst gesehen hat, immer unwahr? Nein, gewiß nicht. Aber manchmal schon. Wann ist die auf die Gewähr eines anderen hin angenommene Wahrheit eine Gewißheit? Nie. Sie nahmen also an, daß Fotos und Briefe darin waren, aber sicher konnten Sie sich dessen nicht sein. Sie *waren* sich auch nicht sicher, das ist das allgemein anerkannte Prinzip des Auf-Gewähr-Annehmens. Sie waren sich also auch nicht sicher, ob nicht vielleicht andere Dinge in die Umschläge gesteckt worden waren und, falls ja, welche. Das einzige, was Sie sicher wußten und wissen wollten, war der Besitz der Umschläge. Was Sie betrifft, waren sie also genaugenommen leer. Schlichtweg leer. Sie transportierten leere Umschläge in die Niederlande. Selbst wenn derjenige, der Sie bat, die Umschläge mitzunehmen, Sie über deren geheimen Inhalt informiert hätte, selbst dann noch transportierten Sie leere Umschläge, wenn Sie den Inhalt nicht mit eigenen Augen gesehen hatten. So far, so good. Jetzt müssen wir glaubhaft machen, daß nicht Sie selbst die Umschläge mit dem verhängnisvollen Zeug gefüllt haben oder bei dieser Operation anwesend waren. Das ist eine interessante Frage. Der Inspektor hat gesehen, wie Sie vor drei Tagen mit einer Plastiktasche nach Hause kamen, in der er die Umschläge bemerkte. Seiner Überzeugung nach waren sie zu dem Zeitpunkt bereits zu und somit gefüllt. Mrs. Penn hat gesagt, daß Sie an jenem Abend ohne Plastiktasche weggegangen waren. Diese Plastiktasche wurde Ihnen also in der Zeit dazwischen übergeben, oder – und das ist eine vielleicht unrealistische, aber nicht auszuschließende Möglichkeit – jemand hat sie Ihnen ins Auto gelegt.«

»Ich bin an dem Abend nicht mit meinem eigenen Wagen weggewesen«, unterbrach ich ihn.

»Ich will die Wahrheit nicht hören!« sprach der Anwalt drohend. »Sie erschweren mir die Sache nur, wenn Sie mir Ihre Version der Wahrheit erzählen.«

Ich hielt erschrocken den Mund. Der Anwalt hatte ein rotes Gesicht von zu hohem Blutdruck und etwas zu langes, dünnes graues Haar, gut gepflegt und mit einer Welle nach hinten gekämmt. Er betrachtete seine manikürten Fingernägel. Am kleinen Finger trug er einen dicken goldenen Diamantring. Er tastete in seiner Hosentasche nach einem Taschentuch, hauchte auf den Ring, polierte ihn und nahm sich danach seiner Brille an.

Unterdessen fuhr er fort: »Die Tragetasche ist Ihnen vielleicht ins Auto gelegt worden, und Sie haben sie in der Annahme, daß sie Ihnen gehörte (ein Mensch vergißt ja schon mal, was er gekauft hat, nicht wahr?) mit hineingenommen, entdeckt, daß es Umschläge waren, die Sie gebrauchen konnten, und sie in Ihre Tasche gesteckt. In einen davon taten Sie einige Prospekte.«

Ich wollte zwei Dinge dagegen vorbringen: Erstens: Auf den Umschlägen stand in Niederländisch »Nicht knicken«. Zweitens: Ich hatte schon gesagt, daß mich jemand gebeten hatte, diese Umschläge mitzunehmen. Ich konnte wohl kaum von einer einmal gegebenen Erklärung abrücken. Wenn er glaubte, daß dieser löchrige Käse von Plädoyer Eindruck machen würde, mußte seine Einschätzung der Intelligenz des Gerichts schon sehr düster sein. Mein Mißtrauen sagte mir, daß er mir mit Absicht zugeteilt worden war, damit sich die Staatsanwaltschaft der Verurteilung gewiß sein konnte.

»Das mag vielleicht nicht die naheliegendste Lösung sein, aber sie kann als Hilfskonstruktion dienen, um Verwirrung zu stiften«, sagte der Anwalt und überprüfte, ob der Diamant auch gebührend funkelte. »Das Füllen der Umschläge muß also, wenn es in Ihrem Beisein erfolgt sein soll, an jenem Abend vor drei Tagen stattgefunden haben, als Sie einige Stunden außer Haus waren. Wollen wir mal sehen, wo Sie waren ...«

Er legte die Fingerspitzen aneinander. Ich hatte es mir abgewöhnt, auf so ein Pünktchen, Pünktchen, Pünktchen mit einer Antwort einzugehen. Außerdem wollte ich ihm auch gar nicht erzählen, wo ich gewesen war.

»Sie waren als Touristin auf der Insel. Was tun Touristen im allgemeinen? Touristen besuchen Sehenswürdigkeiten, sitzen in Straßencafés, gehen essen, bummeln bei Sonnenuntergang am Strand entlang. Eine so auffällige blonde Schönheit wie Sie muß von Kellnern, Straßenhändlern, Verkäufern bemerkt worden sein.« Er sah mich gewieft an. »Und jetzt kommt's. Sie sind ohne Zweifel eine auffällige blonde Schönheit, aber es wird Ihnen nicht entgangen sein, daß Sie nicht die einzige sind. Viele langbeinige Gazellen aus nördlichen Gefilden lassen sich hier von singenden und tanzenden Jägern mit hungrigen Gewehren vernaschen. Sagen Sie ruhig, wo Sie an jenem Abend spaziergegangen sind und im Straßencafé gesessen haben, und man wird sich an eine blonde Schönheit erinnern. Man wird sich an Sie erinnern. Und dort hat Sie nun jemand angesprochen, mit einer Plastiktasche in seiner oder ihrer Hand ... Dafür wird sich zweifellos ein Zeuge finden. Eventuell gegen Bezahlung. The rest is history. I rest my case.«

Er lehnte sich zurück und schlug mit der flachen Hand auf den Tisch, als wollte er sagen: Na, gut oder nicht gut? Er nahm die Lesebrille ab, klappte die Bügel zusammen und steckte sie in ein goldfarbenes Etui. Dann fegte er seine Papiere zusammen, in die er nicht einen Blick geworfen hatte, und erhob sich. Er gab mir die Hand. Warm und trocken. Fest. Machen Sie sich keine Sorgen, Mädchen. »Hat mich sehr gefreut«, sagte er. Fließbandarbeit.

An der Tür drehte er sich um und sagte: »Ich möchte Namen und Adressen von Leuten, die für Sie und mein Honorar bürgen können. Geheimhaltung garantiert.« Er zwinkerte obszön.

Ich blieb in Untersuchungshaft und ließ dumpf und resigniert die Demütigung der Gefangenschaft über mich ergehen. Der Anwalt arbeitete angeblich an meiner Freilassung, und bis dahin würde es mir nicht im geringsten helfen, wenn ich mich gegen mein Schicksal auflehnte. Ich gab nach, ließ mich willig von Brille und Konsorten (Marcus war seit der ersten Vernehmung unsichtbar) verhören und blieb bei meiner Geschichte von dem Wildfremden mit Familie in den Niederlanden. Und daß ich nicht so blöd hätte sein sollen, aber daß die Frau (Frau? Ja: Frau) so vertrauenerweckend gewirkt habe. Nein, konkrete Adressen habe sie mir nicht gegeben, ich hätte die Umschläge im Sheraton in Schiphol für ihre Cousine Maria abgeben sollen, die dort an der Rezeption arbeite. Ich hätte nicht weiter gefragt. Es sei eine ganz normale, gutgekleidete, nette junge Frau gewesen, nicht auffällig. Ich sei zufällig mit ihr ins Gespräch gekommen, in einem Kaufhaus, in dem wir beide herumgegangen seien. Wie sich das abgespielt habe? Ich sei in der Schmuckabteilung mit ihr zusammengestoßen oder sie mit mir, und dann habe ein Wort das andere gegeben. Zeugen? Woher sollte ich das wissen?

Sie glaubten mir nicht. Aber ich blieb bei meiner Geschichte. Sie setzten mich unter Druck, indem sie mir erzählten, wie streng hier die Strafen auf Drogenbesitz seien. Und ich solle mich doch nicht von jemandem benutzen lassen, der selbst ungeschoren bliebe. Wir könnten uns doch arrangieren. Sie würden mir abnehmen, daß ich in gutem Glauben gehandelt hätte, wenn ich meinen Bruder verriet. Es war ein Film, es war nicht echt.

Aus der Außenwelt drang nichts zu mir durch. Ich fürchtete, daß mich alle im Stich gelassen hätten. Huib, von meinem Anwalt informiert, hatte natürlich erleichtert Abstand von mir genommen. Der niederländische Konsul oder Botschafter schickte eine Sekretärin, die nicht weiterkam als bis zum Pförtner und unverrichteter Dinge ins Büro zurückkehrte, woraufhin der Konsul sagen konnte, er habe alles in seinem Vermögen Liegende getan. Meine Freunde waren sowieso nicht zahlreich und standen mir auch nicht besonders nah. Jeder von ihnen würde denken, daß sich schon jemand anders um mich kümmerte. Antonio blieb nichts anderes übrig, als sich an einen geheimen Ort zurückzuziehen und sich eine Weile nicht blicken zu lassen. Die einzigen, denen ich zutraute, daß sie Hilfe und Beistand leisten würden, waren Tintin und Milou, doch die wähnten mich sicher in Amsterdam. Und ich hätte sie um keinen Preis in diese Affäre hineinziehen wollen.

Ich dachte ernsthaft daran, Antonio zu verpfeifen, aber ich konnte nicht. Ich tat Buße. Für eine Schuld, die ich nicht hatte, die keiner hatte und die ich mir bis dahin auch nicht hatte einreden lassen wollen. Ich tat gratis und umsonst Buße. Auf gut Glück, für von anderen an einem anderen Ort zu einer anderen Zeit begangene Verbrechen. Ich ließ mich zum Sündenbock machen und aus der Gemeinschaft vertreiben, um die Gemeinschaft reinzuwaschen. Sündenbock und Opferlamm. Der Jesus-Komplex. Ich fand mich selbst zum Kotzen.

Es war warm in meiner Zelle. Das Fenster hinter den Gitterstäben stand einen Spaltbreit geöffnet, aber die Zelle lag im Windschatten, und die Sonne brannte. Ich trank zuwenig. Die Zunge lag mir wie Leder im Mund. Ich bekam eine Blasenentzündung, Nierenschmerzen, saß den ganzen Tag auf dem Eimer, pinkelte sogar Blut. Schmerzen. Wahrscheinlich Fieber. Ich war müde vom Denken und Grübeln, von den Vorstellungen, die ich mir machte, unaufhörlich, darüber, wie meine Prüfung enden würde, wie ich gerettet würde, wie trotz der Gleichgültigkeit, die mir von allen Seiten entgegenschlug, doch etwas angeleiert werden würde, um mich rauszuholen, wie ich selbst dazu beitragen könnte, wie ich sowohl Antonio schonen als auch Marcus zurückgewinnen konnte, wie alles gut werden und sich als großes Mißverständnis erweisen würde, wie sich das weiße Pulver, einmal analysiert, als harmloser Kalk entpuppen würde, von den unbekannten Tätern als Practical joke oder Try-out hineingesteckt. Und damit hätte man mich nicht des Besitzes verbotener Mittel überführt, sondern des Besitzes zermahlener Schulkreide, was etwas ganz anderes und nicht strafbar war. Ermahnung, Rüffel und dann frei und nach Hause und Huib in die Arme fallen und das Abenteuer aufschreiben und versiegeln und vergessen.

Mein Vater kam herein. Er trug Jeansjacke und Bell-bottom-Jeans und ein indisches Baumwolloberhemd und hatte seinen Bart noch. Er war genauso alt wie ich. Er setzte sich, drehte sich eine Zigarette, rauchte sie schweigend und verschwand wieder. Ich rief ihm nach. Papa! Der Geruch von Tabak hing unverkennbar in meiner Zelle. Die Vision alarmierte mich. Aber als Jacob Rivers schweigend eine Tasse Tee bei mir getrunken und Fanny Fenwick mir ihr halb aus dem Bauch hängendes Kind präsentiert hatte und wieder gegangen war, begriff ich, daß ich immer wieder kurz einnickte und ein Stückchen Traum träumte, um das Chaos zu einer regulären Geschichte zu verarbeiten, in der alle Elemente eine Bedeutung trugen und in Beziehung zueinander standen. So war das Leben. Bedeutung erhielt es dadurch, daß von Ereignis zu Ereignis Linien gezogen wurden, durch das Gruppieren und Konfrontieren von Menschen, dadurch, daß Theater daraus gemacht wurde, die Realität in einem kühlen Spiel von Imitationen inszeniert wurde, daß es auf der Grenze zwischen Lüge und Wahrheit ungreifbar war. Sieh dich selbst an, Ada, sagte ich, du bist nicht echt. Du bist eine Schriftstellerin, das heißt eine Schauspielerin. Du beherrschst deinen Text vollkommen und berechnest genau, wie du deine Emotionen anbringst, ohne sie zu haben. Wenn das gelingt. Es war lebenswichtig, diese Fiktion in der Realität durchzuhalten, um die Zeit der Gefangenschaft zu überstehen. Ich mußte die Darstellerin meines eigenen Lebens sein.

Mein Vater steckte den Kopf zu meiner Zelle herein. Er trug jetzt ein flatterndes, schon halbwegs aufgelöstes Totenhemd und hatte die bleigraue Farbe der Felsen bei Tomi.

»Bei der Fiktion bleiben«, sagte er. »Denk um Himmels willen auch daran, wenn du die Weiden deiner und meiner Vergangenheit abgrast. Wer kann sich selbst glauben? Wer kann sich selbst vertrauen? Das unzuverlässigste Zeugnis ist jenes, das ein Mensch von sich selbst ablegt. Habe ich den Kaiser beleidigt? ›Füg den Geretteten einen hinzu, du gütigster Vater, der am Ende der Welt still die Verbannung erträgt, der seine Strafe, die, wie er zugibt, verdient ist, nicht wegen eines Verbrechens erhielt; sondern er irrte sich nur!‹«

Er brach in Gelächter aus. Er lachte schallend laut. Seine Schultern zuckten vor Lachen. Lachtränen rannen in seinen Schnurrbart. Rotz lief ihm aus der Nase. Er schlug die Hände vor die Augen. Unbändig. Ich guckte und guckte, bis sein Schatten verschwamm.

Papa, jetzt, da wir beide verbannt sind, du aus dem Leben und ich aus der Liebe, unterbreite ich dir meinen Fall. Du warst mal ein guter Vater. Den wollte ich nie vergessen. Wurden deine Angst oder dein Groll größer, je mehr dir das Leben abverlangte und je weniger du den Anforderungen gerecht werden konntest? Hattest du zu große Träume? Jetzt, da diese Angst keine Rolle mehr spielt, kannst du mich und dich selbst vielleicht mit Mitgefühl betrachten? Ich habe die Bedeutung dieses Wortes in den letzten Wochen kennengelernt, nicht, weil ich es erfahren hätte: Ich habe gesehen, wie groß das Bedürfnis danach und die Notwendigkeit dafür sind. Ich möchte nicht die Moralistin herauskehren, die zu einem internationalen Jahr des Mitgefühls aufruft. Aber man braucht Mitgefühl, um zuerst streng und ehrlich sein zu können und dann die Salbe der angenehmen Illusionen auf die Wunden zu geben.

Was also ist bei mir der Fall? Du weißt es. Du hast es mir mehr oder weniger selbst dargelegt. Ich bin zur Liebe nicht fähig, zur Hingabe und zum schon erwähnten Mitgefühl. Ich bin nicht imstande, Liebe anzunehmen, aus Angst, entlarvt zu werden, aus Angst, daß sich herausstellen wird: Ich bin die Liebe nicht wert. Ich bin nicht imstande, Liebe zu geben, aus Angst, daß niemand meine Liebe will. Ich kann mich selbst nicht akzeptieren, das ist bei mir der Fall. Ich umgebe mich mit täuschend echten Imitationen von Gefühlen und flüchte mich in unausgeglichene Beziehungen. Kümmere mich nicht fürsorglich und liebevoll um den zarten Schleimklacks von Selbst, der im Herzen meiner Verdrahtung nach Schutz verlangt. Ich bin nichts wert, und jeder Anschein des Gegenteils ist ein Hirngespinst. Du weißt so gut, was bei mir der Fall ist, weil es bei dir das gleiche ist. Du hast mich schändlich behandelt. Du hast Antonio schändlich behandelt. Du hast Mama schändlich behandelt. Du hast um unsere Nähe gefleht und uns von dir weggeschlagen. Deine ängstliche Lieblosigkeit hat dich zu einem engherzigen Egoisten gemacht. Bis zu deinem letzten Atemzug – den ich nicht gehört habe, und das tut mir aufrichtig leid – hast du ein Netz aus Erdichtetem gesponnen, um dich selbst zu rechtfertigen. Du hast daran geglaubt. Sosehr ich dir auch ähnele und sosehr das Spinnen von Erdichtetem auch mir zur zweiten Natur geworden ist, ich distanziere mich in dieser Hinsicht von dir: Ich hege keine Illusionen über mich. Du hast es der Welt übelgenommen, daß sie deine Großartigkeit nicht erkannt hat. Ich verstehe nicht, daß die Welt mich zuläßt.

Dem Paradox des Schauspielers, der kühl sein muß, um warm zu wirken, steht das Paradox des realen Menschen gegenüber. Wir sind, wer wir sind, und leider nicht, wer wir sein wollen. Das Traumbild von uns selbst wird von der Wirklichkeit pulverisiert. Es bleibt uns nichts anderes übrig, als immer wieder neue Träume zu träumen, neue Geschichten zu erdichten. Ich sehe, daß du das auf unsere Kosten getan hast. Und ich? Ich stehe vor der Wahl, Papa, vor der einzigen schwerwiegenden Wahl, vor die ein Mensch gestellt ist: Selbstmord oder Leben mit einer Illusion. Einer angenehmen Illusion wohlgemerkt. Der aufmerksame Psychologe wird mein Selbstbild auch eine Illusion nennen, eine unangenehme Illusion. Ich bagatellisiere den Tod nicht. Er ist unser beachtlichster Gegner. Wer mit ihm im Clinch gewesen ist und sich gegen ihn geschlagen gibt, hat einen harten Kampf geliefert. Nicht jeder nimmt diesen Kampf auf, aber ich glaube, ich habe seit unserem letzten Gespräch mit ihm gerungen. Es war, als hätte mich zu deinen Lebzeiten einzig und allein die Illusion aufrechtgehalten, daß du mich trotz allem liebtest. Die sorgte dafür, daß ich deine Launen, deine Macken, deine Macht über mich ertrug. Und ich glaube, daß ich mich jetzt, da du dich im Hades oder in Tomi schwarz ärgerst über das vergebliche Leben, das du geführt hast, für die Illusion, die Träumerei entscheide. Ich mache dich zu dem Papi, der du hättest sein können. Ich mache mich zu dem hübschen Mädchen, deinem hübschen Mädchen mit den blonden Haaren und den Augen wie dunkle Kirschen, deiner kleinen Freundin, der du die Namen von Bäumen und Pflanzen beibrachtest, und von da aus spinne ich mir das Gewebe einer glücklichen Kindheit zurecht und eines stürmischen, aber geborgenen Heranwachsens und einen kleinen Bruder, der für immer mein allerliebstes Brüderchen war, und eine Mutter, die Pfannkuchen backte und mit mir in die Stadt ging – ach, Papa, ich erdichte mir eine normale Kindheit, wie keiner sie hat, und danach eine glückliche Ehe mit lieben Kindern und ein geruhsames Alter und einen seligen Alzheimer. Und ich bin ein guter Mensch, beschließe ich, ich habe Freunde, die mich lieben, die gern meinen Erzählungen lauschen, die mich auf Händen tragen und von denen sich beinahe jeden Tage einige um meinen großen Küchentisch versammeln, um zu lachen und zu reden und sich das Essen schmecken zu lassen, das ich für sie koche. Sie lieben mich, Papa, allesamt, einfach um meiner selbst willen. Und ich verlange nichts von ihnen. Sie verlangen nichts von mir. Ist das nicht ein wunderschöner Traum, mit dem man durchs Leben gehen kann? Ich habe fest vor, diesen Traum zu träumen. Ich habe es fest vor. Meine Tugenden werden keiner Grabinschrift bedürfen, mein Name wird den Armen, den Unglücklichen, den Betrübten Tränen entlocken immerdar, meine beispielhafte Frömmigkeit wird die Menschheit überleben und meinen sanftmütigen Geist in den Himmel geleiten.

Wie ich freigekommen bin, weiß ich nicht. Fragen Sie nicht nach der Wahrheit, sagte mein Anwalt, es ist besser, wenn

Sie nichts wissen. Er holte mich ab, geleitete mich kundig und schnurstracks an Beamten und Formularen vorbei hinaus, die Hand an meinem Ellenbogen. Er hatte sogar einen Polizisten so weit gekriegt, uns wie ein Träger mit meinem Gepäck zu folgen. Draußen stand sein Auto, ein blitzender BMW, äußerst selten auf der Insel. Mein Gott, der Mann mußte den, der mir geholfen hatte, Huib oder wer auch immer, ein Vermögen gekostet haben. Er fuhr mich zum Flughafen und überreichte mir das neue Ticket für die Rückreise, tippte mir auf die Wange und sagte, ich solle ein braves Mädchen sein und keine Dummheiten mehr anstellen.

»Und Ihre Rechnung?« fragte ich schüchtern. »Schicken Sie die nach Amstelveen?«

»Don't worry, dear. Everything has been taken care of.«

Der Ring an seinem kleinen Finger funkelte, als er winkte und davonfuhr, die Felgen seiner schicken Reifen reflektierten die Sonne und blendeten mich. Deus in machina.

Jacob

Vom Magistrat.

»Die dringenden Umstände und die Gefahr, in der wir uns infolge des gewaltigen Negeraufstands befinden, haben mich für einen Augenblick von der sonst üblichen Prozeßführung in Strafsachen abweichen lassen. Da sich alle Neger, die am letzten Donnerstag durch den Strick gerichtet wurden, zweifelsfrei des Aufruhrs schuldig gemacht hatten und die Absicht verfolgten, sich dieser Insel zu bemächtigen und die auf ihr befindlichen Weißen zu ermorden, habe ich ohne Bedenken ihren Tod beschlossen, um durch Abschreckung dem Fortgang von Mord und Raublust Einhalt zu gebieten. Doch nun, da ich einige Tage gründlich darüber nachgedacht habe, scheint mir, daß es von größter Wichtigkeit ist, das folgende festzustellen. Nach der sonst üblichen Prozeßführung in Strafsachen kann ich die Todesstrafe lediglich dann fordern, wenn über das verübte Verbrechen Gewißheit besteht. In Zeiten des Aufruhrs wird freilich von dieser üblichen Prozeßführung in Strafsachen abgewichen. Dann ist eine sofortige Bestrafung notwendig, um den Aufruhr zu unterdrücken, und man sieht von allen sonst üblichen Formalitäten ab. Dafür gibt es etliche Beispiele. Ich brauche sie Euch nicht in Erinnerung zu rufen, Ihr seid bestens damit vertraut.

Gegenwärtig befinden wir uns nicht nur in einer Zeit des Aufruhrs, sondern in einer Zeit von Mord und Raublust, und zwar seitens solcher Leute, die bar aller Ehre und aller Gotteskenntnis sind, die ihrer Meuterei noch Mord und Raub hinzusetzen, ja, ihre gottlosen und verfluchten Vorhaben sogar durch Brandstiftung untermauern.

Das Wohl der Kolonie verlangt salvo meliore, daß alle diejenigen, die Waffen gegen die Weißen erheben, den sicheren und sofortigen schändlichen Tod erleiden, wie auch alle diejenigen, die sich der Ausraubung und Verwüstung der Häuser und Plantagen und der Brandstiftung schuldig gemacht haben, ohne Gnade und, zur Abschreckung anderer, auf greuliche Weise hingerichtet werden. Ihr Verbrechen verlangt das, das Wohl der Kolonien verlangt das, und eine entsprechende gemeinsame Resolution können wir vor Gott und den Menschen verantworten.«

Vom Magistrat.

»... So haben wir derzeit noch eine große Zahl der am mordgierigen Komplott Beteiligten in Gewahrsam, worunter etliche der allerwichtigsten Köpfe, zu nennen insbesondere Thoula, genannt Rigeau, Bastiaan, genannt Carpatta, Louis Mercier, Pedro Wacaauw, Juan Felice und Louis. Sie alle sind nach eigenem Geständnis schuldig und verdienen die Todesstrafe. Doch obgleich ihnen bekannt ist, daß sie diese erleiden werden, sind ihr angeborener Starrsinn und vielleicht auch der sogenannte Zusammenhalt untereinander derart, daß ich bis dato die wahre Wurzel und den Anstifter zu dem Übel nicht habe ausfindig machen können.

Sosehr ich auch ein Feind, ja ein Erzfeind jenes Schreckgetüms bin, das man bei uns Folterbank nennt, bin ich doch der Meinung, daß in casu quo die Folterbank zum wesentlichen Nutzen für diese Insel und ihre Einwohner eingesetzt werden könnte. Sie durch ein schärferes Verhör oder durch Folterung dazu zu bringen, ihre Komplizen zu nennen und die von ihnen begangenen und noch geplanten Greueltaten sowie das Versteck der geraubten Güter, um diese unseren unglücklichen und ruinierten Einwohnern, soweit sie ausfindig gemacht werden können, zurückzugeben, dazu sind wir, so verstehe ich es, nicht nur befugt, sondern verpflichtet. Denn es hat die Insel bereits viel Geld gekostet. Der Wundarzt muß dabei zugegen sein, um zu beurteilen, wie weit wir gehen können.«

Eingabe gemacht und gebilligt:

»Daß der Anführer der aufständischen Neger, Thoula, genannt Rigeau, ohne weiteren Prozeß zum Hinrichtungsplatz verbracht werde, dort auf ein Kreuz geflochten, von unten nach oben lebendig gerädert, danach im Gesicht versengt und geköpft werde; daß sein Kopf anschließend auf dem Galgen ausgestellt werde; und daß Bastiaan, genannt Carpatta, nachdem er zuvor diese Hinrichtung Thoulas mit angesehen hat, auf dieselbe Weise hingerichtet werde; daß Pedro Wacaauw an den Füßen ums Schafott geschleift werde, ihm danach, an einen Pfahl gebunden, die Hände abgeschlagen und mit einem Eisenhammer der Kopf zertrümmert werde; desweiteren, daß Louis Mercier, Louis Sambo, Mars, Juan Domingo Coraar und Juan Felice gehenkt werden, bis daß der Tod eintritt, und daß alle toten Rümpfe am Nachmittag, fünf Stunden nach der Hinrichtung, mit einigem Ballast ins Meer geworfen werden; daß die beiden Köpfe von Thoula und Bastiaan aber zum Riff oder Galgenfeld gebracht werden und dort auf zwei Stangen ausgestellt werden.«

Der Aufstand hat die Plantage und das Haus von Jacob Rivers zerstört. Sein Leben hat er bereits selbst zerstört. Dafür bedurfte es keines Aufstands. Die Ruine seines Besitzes ist das Symbol für sein Leben. Wie Hiob kehrt er zu den Trümmerhaufen zurück. Hiob sagt: »Ich habe erkannt, daß du alles vermagst und kein Plan für dich unausführbar ist. ›Wer ist es, der den Ratschluß verhüllt ohne Erkenntnis?‹ So habe ich denn meine Meinung mitgeteilt und verstand doch nichts, Dinge, die zu wunderbar für mich sind und die ich nicht kannte. Höre doch, und ich will reden! Ich will dich fragen, und du sollst es mich wissen lassen! Vom Hörensagen hatte ich von dir gehört, jetzt aber hat mein Auge dich gesehen. Darum verwerfe ich mein Geschwätz und bereue in Staub und Asche.«

Jacob hofft, daß der Herr nun sein späteres Leben segnen wird und er noch hundertvierzig Jahre leben wird wie Hiob. Doch so ist der Herr nicht. Er hetzt Jacob durch Visionen und Träume. Er schwört, ihn bis ans Ende der Erde und ans Ende der Zeiten zu verfolgen. Sosehr Jacob auch betet, sosehr er sich auch im Schlamm wälzt und um Vergebung weint, Er läßt sich nicht erweichen.

»Böses, du sollst für mich das Gute sein«, ruft Jacob schließlich zum leeren Himmel empor. Da ist Schweigen. Nichts. Endlosigkeit. Der Tod im Leben.

EPILOG

Ihre Haut hat die Farbe von altem Rum. King Penn ist in meiner Tochter hübsch hervorgemendelt worden. Ich sagte in Gabriels Bucht, daß ich etwas Schönes für ihn machen würde. Das ist geglückt. Huib hat ihr Kommen mit der ihm eigenen Großmut begrüßt. Das Kind sei unschuldig an den Sünden seiner Eltern, sagte er. Aber auch mir habe er verziehen, sagt er. Er hat das Gefühl, daß ich durch die Geburt meiner Tochter heiterer geworden bin, etwas *Lebensbejahendes* bekommen hätte, das mir vorher fremd gewesen sei. Daß er so gleichbleibend und im allgemeinen positiv eingestellt ist, gehört zu Huibs größten Qualitäten. Leidenschaft ist ihm fremd, weil sie ihm peinlich ist. In seinen Augen gerät sie schnell zur Mache. Aber ich schätze seine ruhige Wärme und die liebevolle Aufmerksamkeit, mit der er meine Tochter in den Armen hält. Daß ich ihn nicht so liebe, wie er es sich wünschen würde, stört uns beide nicht mehr. Es ist gut, so, wie es ist.

Meine Tochter wird nicht aufwachsen, ohne ihren leiblichen Vater zu kennen. Marcus weiß von ihrer Existenz. Er hat geschrieben, daß er sich danach sehnt, sie kennenzulernen. Auch, daß er mich vermißt, aber das glaube ich ihm nicht. Ich habe beschlossen, ihn nicht zu vermissen. Die Liebe, die ich für ihn empfunden habe, überkam mich in einer Zeit der Verunsicherung, und ich leugne weder, daß sie heftig war, noch versuche ich, sie zu vergessen. Ich war dazu fähig. Ich war wenigstens dazu fähig. Er hat mich einmal angerufen, aber obwohl mich ein Stich des Verlangens durchfuhr, als ich seine Stimme hörte, war er mir doch fremder, als ich gedacht hätte. Er sollte lieber nicht nach Amstelveen kommen. Wenn ich ihm meine Tochter zeigen möchte, werde ich zu ihm fahren.

Gestern läutete das Telefon. Es war Milou. Sie seien jetzt fertig mit den Grabinschriften und hätten tatsächlich mit den Testamenten angefangen. Dafür bräuchten sie noch viel Zeit. Und obwohl sie das ewige Leben habe, man könne nie wissen, ob der Unaussprechliche genauso darüber dächte. Vor allem Tintin werde älter.

»Wie steht es jetzt mit Ihrem Projekt?« fragte sie.

Ich sagte, daß ich die Wahrheit nicht herausbekommen hätte. Ein unbefriedigendes Remis zwischen den beiden Kandidaten.

Ob ich das schlimm fände, wollte sie wissen.

»Ja«, sagte ich, »eigentlich finde ich das schlimm.«

»Vielleicht sollten Sie noch mal herkommen. Sie sind ja schon sehr überstürzt abgereist. In einem der Testamente, die wir beschreiben, wird ein gewisser Esau Rivers erwähnt. Vielleicht ist das ein Verwandter und Sie können, wenn Sie diese Spur verfolgen, noch mehr über die Wahrheit herausbekommen. Eine Anspielung, ein Gerücht, ein Zeugnis aus zweiter Hand, genug, um das Patt zu durchbrechen. Deswegen rufe ich an.«

Milou war beharrlich. Die gab sich mit einem Remis nicht zufrieden. Die würde bis zu ihrem Tod nach dem schrecklichen Gesicht Gottes weitersuchen. Ich versprach ihr zu kommen, aber nicht, um noch weiter nach der Wahrheit oder der heilsamen Lüge zu suchen. Wenn ich käme, sagte ich, würde ich ihr bei ihrem demütigen Werk helfen. Der Abschrift von Texten, die sonst zerfallen würden und die – durch unsere Hand zu neuem Leben erweckt – ungesehen und ungekannt weiterexistieren würden, bis sie für immer untergingen.

Andrew Miller
Zehn oder fünfzehn der glücklichsten Momente des Lebens. Roman
Aus dem Englischen von Nicolaus Stingl
336 Seiten. Paul Zsolnay Verlag 2003

»Andrew Miller hat die Handlung ins Jahr 1997 verlegt, als der Kosovo noch im Würgegriff von Slobodan Milošević lag. Aber nur für diesen politischen Hintergrund benötigt der Roman das Datum, denn sein Thema ist ansonsten groß, zeitlos repräsentativ und wird beeindruckend gemeistert: Was mache ich aus meinem Leben, und wann reiße ich mich endlich zusammen und treffe die notwendigen richtigen Entscheidungen? Alle Protagonisten stehen auf der Kippe, sehen vor sich die Trümmer ihrer Existenz ...«

Joachim Scholl, *Die Welt*

»Millers Buch erzielt seine leuchtende erzählerische Stringenz gerade in der Untersuchung des Alltäglichen, ohne jede Effekthascherei – und doch entfaltet der Roman in seinen besten Momenten jene erzählerische Suggestion, der Miller den Erfolg seiner früheren Bücher verdankt.«

Tilmann Urbach, *Neue Zürcher Zeitung*

»Mit diesem Roman hat sich Miller endgültig in die erste Liga der zeitgenössischen britischen Literatur geschrieben. Die große Ernsthaftigkeit des Buches, dessen kühne Konstruktion und Millers klare Sprache, die mit Gelassenheit dahinfließt und doch immer wieder zu überraschenden Bildern gefriert, machen das Buch zu einem Roman, der zehn oder fünfzehn der glücklichsten Momente des Lesens garantiert.«

Thomas David, *Frankfurter Allgemeine Zeitung*

Soti Triantafillou
Die Bleistiftfabrik. Roman
Aus dem Griechischen von Birgit Hildebrand
384 Seiten. Paul Zsolnay Verlag 2004

»Soti Triantafillou hat ein gewaltiges Familienepos entworfen. Vor den Augen der griechischen Familie Assimákis aus Kairo läßt sie das ausgehende 19. und das nachfolgende 20. Jahrhundert mit ihren gewaltigen technologischen und ideologischen Umwälzungen Revue passieren ... Die Charaktere sind mit einer komplexen Reflexions- und Gefühlswelt ausgestattet. Und Soti Triantafillou hat etwas, was bei griechischen Schriftstellern nicht allzu häufig anzutreffen ist: Witz und Ironie.«

Barbara Spengler-Axiopoulos, *Neue Zürcher Zeitung*

»Die 46jährige Autorin, die zu den erfolgreichsten Schriftstellern Griechenlands gehört, erzählt souverän von den Glücksrittern, die in die Kolonien fuhren, von dem Glauben daran, daß der Fortschritt alles richten könne, von neuen Bewegungen wie dem Kommunismus und vor allem vom Leben, das all dem einen Strich durch die Rechnung macht.«

Kerstin Schneider, *Hannoversche Allgemeine*

»Trauer und Komik machen den Ritt der Griechin durch mehr als sieben Jahrzehnte Industriegeschichte zu einem grandiosen Buch mit großer Fallhöhe. Hinzu kommt Triantafillous ausgefeilter Stil. Er ist klar und unprätentiös ... Vor allem hat Soti Triantafillou etwas niedergeschrieben, das tief berührt. Und mehr vermag ein Buch nicht zu geben.«

Dirk Benninghoff, *Financial Times Deutschland*